KB113586

레 미제라블 4

레 미제라블 4

빅토르 위고 지음 | 베스트트랜스 옮김

더클래식

| 차례 |

1. 몇 페이지의 역사 7

2. 에포닌 61

3. 플뤼메 거리의 집 89

4. 낮은 곳에서의 구원, 높은 곳에서의 구원이 되다 139

5. 그 결과가 시작이라니 이치에 맞지 않다 155

6. 소년 가브로슈에 대하여 181

7. 은어 237

8. 기쁨과 슬픔 271

9. 그들이 가는 곳은 어디인가 325

10. 1832년 6월 5일 337

11. 작은 알갱이와 폭풍 369

12. 코랭트 391

13. 어둠 속으로 들어가는 마리우스 441

14. 고상한 절망 457

15. 옴프 아르메 거리 485

1. 몇 페이지의 역사

훌륭한 재단

1831년과 1832년은, 7월 혁명과 직접적으로 관련되어 있던 해로 역사상 가장 특수하고 놀라운 시기였다. 이 2년은 그전과 후의 시기 사이에 마치 커다란 두 개의 산봉우리가 치솟아 있는 것과 같았다. 이 산봉우리는 혁명이라는 웅장한 광경과 절벽을 가지고 있었다. 사회 집단, 문명이라는 지층, 층층으로 정착된 권리를 둘러싼 굳세고 튼튼한 단결, 프랑스의 과거를 형성하는 연륜과 흔적, 이 모든 것들이 여러 가지 체계와 정열과 이론의 반란 속에서 시시각각 나타났다 사라졌다. 사람들은 이런 것들의 출현과 소멸을 저항과 운동이라 불렀다. 그리고 인간 영혼의 햇살인 진리가 그 속에서 일정한 간격을 이루며 반복적으로 빛나고 있었다. 이 주목할 만한 시기는 이미 그 한계가 분명했고 멀리 바라볼 수 있는 과거가 되기 시작했으므로 현재를 살아가는 우리는 그 주요한 윤곽을 뚜렷하게 발견할 수 있었다. 그럼 이제부터 그것을 돌이켜 보도록 하자.

폐지되었던 왕정이 복고되는 일은 일정한 판단을 내릴 수 없는 과도기의 한 예다. 이 시기는 피로와 졸음과 동요와 속삭임과 시끄러움 속에서, 모든 국민이 한꺼번에 어떤 숙박 장소에 도착한 것과 같다. 이 시기는 매우 특수해서 이를 이용하고자 하는 정치가들을 매우 잘 속인다. 국민은 휴식만을 요구하고 평화를 간절히 바라며 보통 시민이 되고자 한다. 바꿔 말하면 단지 평안하게 지내고 싶어 한다는 것이다. 국민은 큰 사건, 위기, 모험, 위대한 사람 같은 것을 이미 너무 많이 봐서 이제는 그것들에 대해 진저리가 났다. 사람들은 이제 카이사르보다는 차라리 무력한 프뤼지아스 왕을 원했고 나폴레옹보다는 태평한 이브토 왕을 바랄 뿐이었다.

'그는 너무나 착하고 귀여운 왕이었지(이브토 왕을 노래한 샹송의 후렴_옮긴이)!'

사람들은 새벽부터 걷기 시작해서 이제야 겨우 괴롭던 하루해를 넘길 수 있었다. 처음에는 미라보와 함께 뛰고 다음에는 로베스피에르와 함께 뛰고 세 번째는 보나파르트와 함께 뛰어 모두 완전히 지쳐 버린 것이다. 단지 모든 사람들은 자신이 쉴 수 있는 잠자리만을 요구했다.

지친 헌신, 늙은 영웅주의, 채워진 야심, 손에 들어온 행운이 찾고 원하는 것은 대체 무엇일까? 그것은 단지 편히 쉴 수 있는 곳이면 된다. 그들은 이제 그런 안식처를 얻었다. 평화와 안정과 한가한 시간이 그들 손에 들어왔고 그들은 만족했다. 그러나 그와 함께 또 다른 사실들이 불쑥 나타나 정당성을 얻으려고 문을 두드린다. 이러한 사실들은 모두 혁명이나 전쟁에서 생겨나 사회에서 자리 잡을 권리가 있으며, 또 실제로 자리 잡고 있었다. 그것은 대개 주거와 식량에 관한 문제로 그런 모든 주의(主義)에 자리 잡을 준비를 할 뿐이다.

따라서 다음과 같은 사실이 정치 철학자들에게 더욱 분명해졌다.

지친 인간들이 휴식을 요구할 때 이미 결정된 사실들은 보장해 주기를 요구한다. 결정된 사실에 대한 보장은 인간에게 필요한 휴식과도 같다.

그것은 크롬웰의 섭정 후 영국이 스튜어트 왕가에 요구한 것이고, 프랑스가 제정시대 후에 부르봉 왕가에 요구한 것과 같은 것이다.

그러한 보장은 바로 시대가 원했던 것이다. 이 보장은 정말 인정해야 한다. 형식적으로는 '왕'이 내리지만 실제로는 사물의 필연적인 힘에 의한 것이다. 그것은 깊은 진리, 꼭 알아 두어야 하는 진리였으나 1660년 스튜어트 왕가는 그 진리에 대해 생각하지 못했고, 1814년 부르봉 왕가는 그것이 앞으로 일어날 것이라고도 느끼지 못했다.

나폴레옹의 몰락 뒤에 프랑스로 돌아온 이 숙명의 왕가는, 자신이 주는 자이고, 자기가 준 것은 다시 빼앗을 수 있다고 믿는 바보였다. 부르봉 왕가는 국왕의 권리는 신에게서 부여받은 것이라는 신수권(神授權)에 의지했다. 즉 루이 18세의 헌법 속에서 국민에게 허용한 참정권은 신수권의 한 가지일 뿐이며 부르봉 왕가는 왕이 도로 찾고 싶은 날까지 관대하게 국민에게 맡겨 두는 거라고 믿었던 것이다. 하지만 비록 받아들이고 싶지 않더라도 부르봉 왕가는 국민이 받은 그 선물이 사실은 자기들이 보낸 게 아니라는 것을 스스로 깨달아야만 했다.

19세기 부르봉 왕가는 매우 심술궂었다. 그리고 국민이 기뻐할 때마다 못마땅한 얼굴을 했다. 다시 말해, 통속적인 진짜 언어로 말하자면 얼굴을 찌푸렸다. 민중은 그것을 눈치챘다.

부르봉 왕가는 제정(帝政)이 마치 극장의 무대 장치처럼 해체되는 것을 보고 스스로에게 힘이 있다고 믿었다. 왕가는 자기도 똑같이 떠밀려 가게 되리라는 것을 조금도 예감하지 못했다. 자신 또한 나폴레옹을 끌어내린 그 손아귀 안에 있음을 깨닫지 못한 것이다.

부르봉 왕가는 흔들림 없이 견고하게 뿌리를 내린 유서 깊은 자기 가문을 믿었다. 그러나 그것은 틀린 생각이었다. 왕가는 이제 과거의 일부일 뿐이었고 과거 전체는 바로 프랑스 자신의 것이었다. 프랑스 사회의 뿌리는 부르봉 왕가 속에 있는 것이 아니라 국민 속에 있었다. 그 깊이 감추어진 튼튼한 뿌리는 왕가의 권리가 아닌 한 민족의 역사를 구성하는 것이었다. 그 뿌리는 사방으로 가지를 뻗고 있었으나 왕가 속에는 단 하나의 가지도 뻗어 있지 않았다.

부르봉 왕가는 프랑스 역사에서 하나의 뚜렷한 피 어린 매듭임엔 분명했지만 이미 프랑스 운명의 중요한 요소도 아니었고 정치상 없어서는 안 될 토대도 아니었다. 이젠 부르봉 왕가가 없어도 어떤 문제도 생기지 않았다. 이미 부르봉 왕가 없이 22년간이나 잘 지낸 것이다. 그런 단절이 있었다는 것을 부르봉 왕가는 전혀 자각하지 못했다. 사실은 루이 17세가 열월(熱月) 9일(1794년 7월 27일, 로베스피에르 실각의 날_옮긴이)에도 여전히 군림했고 마렝고 전투의 날에도 루이 18세가 계속해서 군림했다고 여기던 부르봉 왕가였기 때문에 더욱더 깨닫기 어려웠던 것이다. 역사 이래 군주가 사실에 대해, 또 사실 속에 포함되어 있는 신수권의 분배에 대해 이처럼 분별없었던 적은 없었다. 왕의 권력이라 불리는 지상의 주장이 이토록 하늘의 권리를 부인하는 근거가 된 적은 일찍이 없었다.

1814년 국왕이 친히 제정한 보장을 근거로 부르봉 왕가가 자신들이 양도한 권리—그들 말로는—를 되찾겠다고 반복해서 손을 내민 것은 엄청나게 큰 과오였다. 슬퍼 탄식할 만한 일이 아닌가! 그들이 양도라고 말하는 것은 우리가 쟁취한 것이고, 그들이 반역으로 빼앗았다고 외치는 것, 그것은 우리의 권리였다.

복고정부(復古政府)는 때가 왔다고 생각하자, 자기는 보나파르트를 이겼고 국내에 뿌리를 내리고 있다고 생각하고, 다시 말해, 자기는 강하고 그곳에 깊이 뿌리를 박고 있다고 믿고 강력한 공격을 시작했다. 어느 날 아침, 복고정부는 프랑스에 정면으로 맞서 집단의 권리와 개인의 권리, 곧 국민의 주권과 시민의 자유에 대해 강하게 이의를 제기했다. 다시 말하자면 국민에 대해서는 그 국민의 권리를, 시민에 대해서는 그 시민의 권리를 부인한 것이다.

이것이 7월 칙령(1830년)이라고 부르는 유명한 법령이다. 복고정부는 무너졌다.

마땅히 무너질 만했다. 그러나 감히 말하자면 복고정부라 해서 진보적인 형식 모두를 다 적대했던 것만은 아니었다. 복고정부도 훌륭한 일들을 이루었다.

복고정부 아래 국민들은 서로 조용히 의논하는 습관이 생겼다. 그것은 공화제 시대에는 없던 일이었다. 또 그들은 평화의 위대함에 익숙해졌다. 이것도 제정시대에는 없던 일이었다. 강력하고 자유로운 프랑스는 유럽 여러 나라 민족에게 실로 용기와 의욕을 북돋아 주었다. 로베스피에르 아래에서는 혁명이 활개를 쳤고, 보나파르트 아래에서는 대포가 활개를 쳤다. 그 활개는 루이 18세와 샤를 10세의 시대가 되어서야 지성의 편이 되었다. 바람은 잠자고 햇불은 다시 높이 들렸다. 사람들은 맑게 갠 산꼭대기마다 정신의 순수한 빛이 반짝이는 것을 보았다. 그 광경은 매우 위엄 있고 엄숙하며 유익하고 매혹적이었다. 평화로 가득한 15년 동안, 거리의 광장 한복판에 위대한 주의들이 꿈틀대기 시작했다. 이 주의들은 사상가에겐 너무나 진부한 것이었지만 정치가에겐 참신하게 느껴졌다. 이 주의들은 법 앞의 평등, 신앙과 언론의 자유, 인쇄와 출판의 자유 그리고 인재에게 직업을 개방하자는 것이었다. 이런 상태는 1830년까지 지속되었다. 부르봉 왕가도 문명 앞에서는 하나의 도구였다. 그런데 그 도구조차 얼마 지나지 않아 신의 주먹으로 산산조각이 나고 만 것이다.

부르봉 왕가의 몰락은 왕가의 편에서만이 아니라 국민의 편에서도 실로 장엄하고 엄숙했다. 그들은 숙연했지만 아무런 권위도 없이 왕위를 떠났다. 그들의 퇴위는 역사에서 흔히 보이는 비참한 감동을 남기는 장대한 소멸이 아니었다. 샤를 1세의 유령 같은 고요도, 나폴레옹의 독수리 같은 외침도 아니었다. 그들은 그냥 사라졌을 뿐이었다. 그들은 왕관을 벗어 놓았으나 후광은 없었다. 그들은 당당하긴 했지만 엄숙하진 못했다. 그들에게는 불행에 따르는 위엄과 엄숙함조차도 없었다. 샤를 10세는 셰르부르를 여행하다가 둥근 테이블을 사각으로 자르도록 명령했다.

그것으로 짐작하건대, 그는 무너져 가는 왕정보다는 위태로운 예절에 더 신경을 쓴 것 같다. 왕의 그러한 타락은 왕가를 사랑하는 충성스런 신하와 그 가문을 존중하는 사람들의 마음을 더욱 슬프게 했다. 한편 국민은 매우 훌륭하게 행동했다. 국민은 어느 날 아침 갑자기 무장한 왕당파의 폭동의 공격을 받았지만 자신들에게 힘이 있음을 느끼고 그다지 분개하지 않았다. 국민은 저항하고 자제하고 흩어진 사물을 제자리에 돌려놓았다. 정부를 법률 속에 돌려놓은 것이다. 그렇게 부르봉 왕가는 다시 망명을 가고 모든 일은 일단락되었다. 국민은 늙은 왕 샤를 10세를 전에 루이 14세가 있던 왕좌에서 끌어내어 땅바닥에 내려놓았다. 그들은 슬펐지만 조심스럽게 왕가에 손을 대었다. 바리케이드 시가전이 있은 뒤에 기욤 뒤 베르(당시 웅변가로 유명했던 사법관_옮긴이)의 저 장엄한 말을 돌이켜 생각하게 하고 세상 사람들의 눈앞에서 실행한 것은, 어떤 한 사람도 아닌, 단 몇 사람도 아닌, 바로 프랑스였다. 즉 승리를 거두고 그 승리에 도취한 것은 프랑스 자신이요, 프랑스 전체였다. 기욤 뒤 베르의 말은 다음과 같았다.

"권세에 아첨하며, 가지에서 가지로 날아다니는 작은 새처럼 비운의 문에서 행운의 문으로 옮겨 다니는 사람들은 역경에 처한 군자에 대해 뻔뻔스러운 태도를 취하기 쉽다. 그러나 나에게 군주의 운명은, 특히 비운에 처한 군주의 운명은 항상 경의를 표할 만한 것이었다."

부르봉 왕가는 존경을 받으며 떠나간 것이지 결코 애석하게 사라진 것은 아니었다. 앞에서 말했듯이 왕가의 불행은 그들이 상대하기엔 너무 벅찼다. 왕가는 지평선 저쪽으로 그렇게 사라져 버렸다.

7월 혁명은 전 세계에 즉시 우방과 적국을 만들었다. 우방은 기뻐 열광하며 몰려들었고 적국은 등을 돌렸다. 유럽 각국의 군주들은 처음 새벽빛을 본 올빼미처럼 놀라움에 떨며 눈을 감았다가 다시 위협하기 위해 눈을 떴다. 하지만 그것은 그들에게 이해할 수 있는 공포였으며 용서할 수 있는 분노였다. 이 이상한 혁명에는 어떤 충돌도 일어나지 않았다.

이 혁명은 무너진 왕권에게 혁명을 적으로 돌릴 명예는 물론, 피를 흘리며 쓰러질 명예조차 허락하지 않았다. 자유가 스스로 깨지는 것을 즐기는 전제 정부의 눈에는, 7월 혁명이 두려워할 만한 힘을 가졌으면서도 점잖게 구는 것은 잘못이었다. 게다가 7월 혁명에 대항하는 시험과 계획도 전혀 없었다. 하지만 누구보다 가득 찬 불만과 초조함 그리고 누구보다 전율을 느꼈던 사람들조차 7월 혁명에는 고개를 숙일 수밖에 없었다. 인간의 이기심과 원한이 아무리 강하다 해도, 인간을 훨씬 능가하는 어떤 절대자의 손이 협력하는 것 같은 사건에 대해서는 항상 불가사의한 경의를 표한다.

7월 혁명은 사실을 쓰러뜨린 정의의 승리였으며 찬란한 빛으로 가득한 사건이었다.

사실을 쓰러뜨리는 정의. 이 말 속에 1830년 혁명의 눈부신 빛과 온화함이 있다. 승리를 확신하는 정의는 난폭해질 필요가 전혀 없다.

정의(正義)란 바르고(正) 참되다(眞)는 뜻이다. 정의가 다른 것들과 구별되는 기질은 영원히 아름답고 순수한 것에 있다. 반면 사실은, 겉모습이 아무리 필연적으로 보이고, 동시대인이 아무리 훌륭하다고 해도 그것이 단순히 사실로만 있다면, 즉 정의를 조금도 내포하고 있지 않다면, 시간이 흐름에 따라 반드시 추해지고 더러워지며 심지어는 기괴한 꼴로 변할 운명에 있는 것이다.

몇 세기가 흐른 다음에 어느 정도 추하게 변모했는가는 마키아벨리의 예로 쉽게 알 수 있다. 마키아벨리는 결코 악령도 악마도 아니었고, 비열하고 천한 저술가도 아니었다. 그는 단지 하나의 사실에 지나지 않았다. 그것도 이탈리아뿐만 아니라 유럽의 사실이었고 16세기의 사실이었다. 그러나 19세기의 도덕관에 비추어 보면 그는 추악했다.

정의와 사실, 이 두 개의 투쟁은 사회가 시작된 이래 끊임없이 계속되어 왔다. 이 싸움을 멈추게 하고 순수한 관념과 인간의 현실을 잘 융합해서 정의를 사실 속에, 사실을 정의 속에 평화롭게 스며들게 하는 것, 그것이 바로 현명한 인간이 할 일인 것이다.

서툰 바느질

그러나 현자(賢者)가 하는 일과 수완가가 하는 일은 엄연히 다르다. 1830년의 혁명은 곧 걸음을 멈추었다. 혁명이 걸음을 멈추기가 무섭게 수완가들은 그 좌절을 촉진시킨다. 수완가들은 19세기에 스스로 정치가라고 칭했다. 이리하여 정치가라는 말이 조금은 은어처럼 되어 버리고 말았다. 사실 교묘함이 있는 곳에는 반드시 하찮음이 있다는 것을 기억해야 한다. 수완가라는 말은 결국 시시한 사람이라는 말과 같다.

이와 같이 정치가란 말은 때때로 반역자와 비슷하기도 하다. 그런데 수완가들의 말을 빌리자면, 7월 혁명 같은 혁명은 단절된 동맥과 같아서 곧 이어 주지 않으면 안 된다는 것이다. 정의를 너무 당당하게 외치다 보면 동요가 일어나기 쉽다. 그러므로 일단 정의가 확인된 다음에는 국가를 튼튼히 해야 할 필요가 있다. 자유가 확보되면 다음엔 권력을 생각해야 한다는 것이다. 여기까지는 현자와 수완가의 구별이 거의 없어 보지만 둘 사이에는 분명 경계가 있다. 권력이란 매우 좋은 것이다. 하지만 권력은 대체 무엇인가? 그것은 어디에서 오는 것인가?

수완가들은 현자의 이런 반론을 조금도 개의치 않고 자기 할 일만 계속해 나간다. 자신에게 유리한 허구에다 필연이라는 가면을 씌우는 것에 뛰어난 재능을 가진 정치가들의 말에 의하면 국민이 혁명을 겪고 난 뒤 제일 처음 필요한 것은, 그 국민이 군주 정치의 대륙에 속해 있는 경우, 대부분 하나의 왕조를 바란다는 것이다. 그렇게 함으로써 국민은 혁명 뒤에 평화를 얻을 수 있는 것이다. 즉 상처를 치료할 수 있고 부서진 집을 수리할 여유를 얻는다. 왕조가 집의 토대를 숨겨 주고 부상자의 병원을 가려 준다.

하지만 하나의 왕조를 맞이하는 건 그렇게 간단한 일이 아니다.

엄밀히 말하면, 재주 있는 사람이라면, 큰 행운을 타고난 사람이라면 누구나 왕이 될 수 있다. 첫 번째의 경우는 보나파르트를 예로 들 수 있고 두 번째의 경우는 이투르비드(멕시코의 장군, 1821년부터 스스로 황제라고 했으나 3년 뒤 총살됨_옮긴이)가 그 예다.

그렇다고 해서 어떤 가문이나 다 왕조를 이룰 수 있다는 것은 아니다. 한 민족 안에서 어느 정도 오랜 역사를 가진 가문이어야 한다. 그런데 오랜 세월에 걸친 연륜이라는 것이 그렇게 쉽게 얻을 수 있는 것은 아니다.

'정치가'의 입장에서 보면, 이런 경우 물론 여러 가지 조건이 붙는 얘기지만, 혁명 뒤에 나타날 수 있는 왕의 자격이란 대체 무엇을 말하는 것일까? 만일 그 왕이 스스로 혁명에 가담한 혁명가라면, 그 때문에 위험을 겪고 도끼와 칼을 손에 쥐고 휘두른 일이 있는 사람이라면, 그로서는 대단히 유리할 것이다.

그러면 왕조가 될 가문의 자격이란 대체 무엇일까? 첫째, 그 가문은 국민적이어야 한다. 즉 간접적으로—행동이 아닌 사상을 받아들임으로써—혁명파여야 한다. 그 가문은 과거에 걸쳐 역사적이어야 하며 동시에 미래를 통해 시대에 공감하는 무언가를 갖고 있어야 한다.

최초의 혁명이 왜 크롬웰이나 나폴레옹 같은 인물을 발견한 것에 만족하는가, 또 두 번째 혁명은 왜 브란스윅이나 오를레앙 같은 가문을 애써 찾으려 했는가. 이런 의문에 대해 충분한 답이 되었을 것이다.

왕실이란 가지 하나하나가 땅에 늘어져 뿌리를 박고 그것이 다시 저마다의 나무가 된다는 인도의 벵골보리수와 비슷한 점이 있다. 갈라진 가지 하나하나가 왕조가 될 수 있다. 하지만 국민의 한가운데까지 가지가 구부러져야 한다는 조건이 필요하다.

이런 것이 수완가들이 주장하는 이론이다.

그런데 이를 위해서는 다음과 같은 굉장한 기술이 필요하다. 성공에 약간의 파국을 섞어 그 성공을 이용하려는 사람들까지 두려움에 떨게 할 것, 일의 진전, 한 걸음 한 걸음에 공포의 맛을 뿌릴 것, 될수록 일의 진행을 완만히 하여 진보를 늦출 것, 그 여명의 빛을 약화시킬 것, 거칠게 날뛰는 열광을 들춰내어 하루 빨리 그 기운을 감쇠시킬 것, 날카로운 뿔과 발톱을 자를 것, 승리를 가벼운 것으로 만들 것, 정의를 대수롭지 않게 여길 것, 거대한 인간이라고 할 수 있는 국민을 빨리 잠옷을 입혀 재울 것, 건강한 그에게 절식을 강요할 것, 헤라클레스 같은 그를 병자처럼 다룰 것, 사건을 술책 속에 얼버무릴 것, 이상을 갈망하는 정신에 탕약을 섞은 감로수를 먹일 것, 지나치게 성공하지 않도록 조심할 것, 혁명에 차양을 달 것.

1830년에는 이 이론—이미 1688년 영국에서 명예혁명에 응용된—이 실제 행동에 옮겨졌다.

1830년 혁명은 중단되었다. 진보는 중도에서 그쳤고 정의는 거의 실현될 단계까지 이르렀을 뿐이었다. 그러나 논리는 '거의'를 결코 인정하지 않는다. 태양이 촛불을 모르는 것처럼.

그러면 혁명을 누가 중단시켰는가? 그것은 부르주아다.

왜 그런가?

부르주아 자체가 이미 만족할 만한 이익이었기 때문이다. 어제는 욕망이 있었지만 오늘은 이미 충족되었고 내일은 포만감으로 가득할 것이다. 나폴레옹이 무너진 뒤 1814년에 일어난 현상은 샤를 10세가 사라진 뒤인 1830년에 다시 나타났다.

부르주아를 하나의 사회 계급으로 만들려고 한 것은 잘못된 일이었다. 부르주아란 단순히 국민 속에서 만족해하는 일부일 뿐이었다. 부르주아란 이제 겨우 의자에 걸터앉을 여유를 가진 사람이다. 하지만 의자는 사회 계급이 될 수 없다.

그러나 사람은 너무 성급히 편안해지려는 생각 때문에 때때로 인류의 진행까지도 정지시키는 경우가 있다. 이것은 부르주아가 자주 저지르는 과오였다.

하지만 과오를 저지르면 계급이 될 수 없다. 이기주의는 사회체제를 나누는 한 부분이 될 수 없다.

뿐만 아니라 이기주의에 대해서도 정당해야 한다. 1830년에 있었던 동요 이후 부르주아로 불리게 된 이 일부 국민이 절실하게 바란 것은 무관심과 게으름 그리고 얼마간의 불명예를 포함하는 무위의 상태가 아니었다. 또한 꿈처럼 한순간 잊어버릴 수 있는 잠도 아니었다. 그것은 정지였다.

정지란 말은 정말 기묘하고 모순에 찬 이중적 의미로 되어 있다. 진군하는 운동의 의미와 주둔하는 휴식의 의미, 둘 다를 지닌다.

정지는 그러니까 힘의 회복이다. 무장을 풀지 않은 채 뜬 눈으로 취하는 휴식이다. 보초를 세워 경계하는 기정사실이다. 정지는 어제의 전투와 내일의 전투를 전제한다.

그것은 1830년과 1848년(2월 혁명_옮긴이)의 중간 시기였다.

여기서 전투라고 한 것은 진보라는 말로 바꿀 수도 있다. 그러므로 부르주아 역시 정치가와 마찬가지로 이 '정지'라는 말을 입에 올리는 한 인간이 필요했던 것이다. '그러니까 아무튼' 어쩌고 하는 식의 인물이, 혁명을 의미함과 동시에 안정을 의미하는 타협적인 인물이, 바꾸어 말하면 과거와 미래를 확실히 양립시키면서 현재를 확고히 하는 사람 하나가 필요했다.

마침 그런 인물이 '발견'되었고 그가 루이 필리프 도를레앙이었다.

221명의 인사(의회를 가리킴. 사실은 202명 투표_옮긴이)가 루이 필리프를 왕으로 추대했다. 라파예트가 그 대관식을 주관했고 그는 왕을 '최상의 공화국'이라고 말했다. 파리의 시청이 랭스 대성당을 대신했다.

이 반왕위(半王位)를 완전한 왕위로 바꾸어 놓은 것이 바로 '1830년의 업적'이라고 할 수 있다. 수완가들이 일을 다 끝냈을 때 그들의 해결 방법에는 큰 결함이 나타났다. 그들의 일은 모두 절대권리를 무시하고 이루어졌던 것이다. 절대권리는 "나는 반대한다!"고 소리쳤다. 그러고 나서 그것은 끔찍하게도, 다시 어둠 속으로 사라졌다.

루이 필리프

혁명이란 것은 놀라운 팔과 감탄할 만한 손을 가졌다. 확실한 타격과 훌륭한 선택을 가진 것이다. 1830년의 혁명처럼 불완전하고 특이하고 복잡하며 유치한 상태에 이르더라도, 그곳에는 한결같이 하늘의 뜻에 순응하는 명철함이 있어서 졸렬하게 무너지지는 않는다. 따라서 혁명의 공백은 결코 사라지거나 포기되지 않는 것이다. 그러나 너무 자부를 느끼는 건 삼가기로 하자. 혁명도 과오를 저지를 수 있고 중대한 착오를 일으키기도 한다.

이야기를 1830년으로 돌려 생각해 보자. 1830년은 비록 탈선하기는 했으나 매우 행복했다. 중단된 혁명 이후 질서를 확립했기 때문에 왕은 왕위보다 훨씬 탁월했다. 루이 필리프는 정말로 보기 드문 사람이었다.

훗날 역사는 그의 아버지에게 어느 정도 정상참작을 해 주지만 어쨌든 상당한 비난의 대상이 되는 아버지에 비해 아들인 루이 필리프는 너무나 존경받을 만한 인물이었다. 그는 개인의 덕과 더불어 공인의 덕도 지니고 있었다. 루이 필리프는 자기 건강과 재산과 풍채와 일에 상당히 관심을 두었다. 1분의 가치를 무시하지 않았고 1년이라는 긴 세월의 가치도 결코 무시하지 않았다. 쾌활하고 온화했으며, 절제심과 인내심이 강했고, 선량한 인간이었으며, 선량한 군주였다. 왕비와 늘 함께 잠자리에 들었고 부부가 같이 쓰는 침실을 궁정의 종복들이 볼 수 있도록 했다. 올바른 부부의 애정을 과시하기 위한 수단으로 종전의 왕가가 한결같이 방종한 생활을 해 온 만큼 그것은 한층 유익했다. 루이 필리프는 또 유럽 각국어에 능통했으며 모든 계급 언어에 능통해 마음대로 이야기할 수 있었다. 그는 '중간계급'의 훌륭한 대표자이면서 모든 점에서 그들보다 탁월했다. 자기 혈통을 존중하면서도 특히 자기 안에 있는 가치를 스스로 평가할 줄 아는 뛰어난 정신의 소유자였다. 매우 특수한 자기 가문에 대해서도 오를레앙가(家)라고 했지, 부르봉가라고는 말하지 않았다. 또한 전하(殿下)에 불과했던 시절에는 최고의 혈통을 자랑하는 왕족으로서 처신을 했고, 폐하(陛下)가 된 날부터는 노골적인 부르주아였으며 공석에서는 장황하게 말이 많았지만 허물없는 사이에서는 간단하고 깔끔했다. 인색하기로 유명했지만 그 인색함이 도를 지나치지는 않았다. 그는 자기의 기분이나 의무를 위해서는 선뜻 돈을 쓰는 절약가였다. 그리고 문학은 이해했지만 감수성은 부족했다. 그는 신사였지만 기사다운 면모는 없었다. 단순하고 침착하고 또 강인했다. 가족이며 친척들에게 사랑받았고, 사람의 마음을 사로잡는 화술을 갖고 있었으며, 환상을 갖지 않는 정치가였고, 마음은 냉정하였으며 직접적인 이해관계에 민감하게 좌우되는 사람이었다. 그리고 항상 가장 가까운 데서 통치하고 남을 원망하지 않지만 감사할 줄도 모르고, 아랫사람에 대해서는 윗사람의 우월권을 서슴없이 발휘하고 왕 뒤에서 불평을 늘어놓는 여론에 대해서는 의회의 대다수를 조정하여 반대 의견을 내세울 줄도 아는 위인이었다. 그는 뭐든지 생각하는 대로 말을 해서 때로는 경망할 정도로 활발했으나, 그렇게 경망한 가운데서도 놀라운 말솜씨가 있었다. 여러 가지 수단을 자유자재로 쓰고, 풍부한 표정을 가졌고, 가면을 쓰는 데도 능숙했다. 프랑스는 전 유럽을 두려워하게 되었고 동시에 전 유럽이 프랑스를 두려워하게 만들었다. 나라를 사랑하는 것은 의심할 여지없이 확실했지만 그것 이상으로 자기 가족도 사랑했다. 권력보다는 지배권을, 위엄보다는 권력을 더 존중하는 그의 성향은 모든 일을 성공하도록 만들었다. 따라서 때때로 교활한 수단이나 비열한 짓도 서슴지 않는 단점과 함께, 정치를 안정시키고 국가의 붕괴를 막고 사회 전복을 막는 장점도 동시에 지녔다. 또 루이 필리프는 지극히 세심하고 정확하고 조심성 있고 신중하고 민첩하고 피로를 모르는 사람 같았다. 때로는 모순에 찬 말을 하기도 하고 이미 한 말을 뒤엎어 엉뚱한 결론을 내리기도 했다. 앙코나에서는 대담하게 오스트리아에 대항했으며 스페인에서는 영국에 완강하게 대항했고, 앙베르를 포격하고 프리차드에게는 배상금을 지불하기도 했다. 그리고 항상 신념에 차 '마르세예즈'를 노래했다. 루이 필리프는 낙심, 권태, 아름다움과 이상에 대한 취미, 무모한 감정, 유토피아, 공상, 분노, 허영심, 공포 따위는 전혀 갖고 있지 않았고 갖가지 대담성만을 갖추고 있었다. 발미에서는 장군이었고 제마프에서는 일개 졸병이었으며, 암살을 여덟 번이나 당할 뻔했으나 그때마다 태연히 웃었다. 투척병처럼 용감했고 사상가처럼 대담했다.

그러나 그는 전 유럽의 동요에 강한 불안을 느꼈기 때문에 정치적 대모험을 할 만한 사람은 아니었다. 자기희생은 늘 각오하고 있었지만, 자기 사업이 위태로워지는 것은 절대 참을 수 없었다. 국왕이 아닌 지식인으로서 사람들을 이끌고 싶어 하여 자기 의지에 감화의 가면을 씌우길 좋아했다. 그는 관찰력이 뛰어났지만 그에 비해 통찰력은 부족했다. 인간의 정신에 대해서 특별한 주의를 기울이지 않았으나 인간 자체에 대해서는 통달했다. 다시 말해, 자신이 보지 않은 것은 어떤 것도 판단하지 않았으며, 날카롭고 깊은 양식을 가졌고 총명하며 실리에 밝았다. 웅변

술이 뛰어났으며 놀랄 만한 기억력을 가지고 있었고 기억에서 끊임없이 뭔가를 이끌어 내는 것은 그가 카이사르와 알렉산더, 나폴레옹과 닮은 점이기도 했다. 다양한 사실, 상세한 일, 날짜, 고유명사는 알고 있었지만 민중의 갖가지 경향이나 정열과 재능, 사람들이 간절히 바라는 소망이나 인간 영혼의 은밀한 반발에 대해서는 전혀 아는 것이 없었다. 다시 말하면 인간 의식의 눈에 보이지 않는 흐름에 대해서는 무지했다. 프랑스 사회와 표면적으로 어울리는 것 같았으나 그 이면에는 프랑스와 공통점이 없었다. 그러나 루이 필리프는 타고난 솜씨로 그것을 잘 조정해 나갔다. 많은 것을 통치하면서도 그에 대해 충분히 군림하지는 않았다. 자기 자신의 책임자였으며, 하찮은 현실 문제를 가지고 광대한 사상을 방해하는 것에도 능숙했다. 문명과 질서, 조직이 필요로 하는 참다운 창조적 능력에 어떤 정규적이고 소송 절차적 정신을 혼합했다. 한 왕조의 창시자이면서 또한 그 법정 대리인이었기 때문에 샤를마뉴 대왕 같은 점과 동시에 소송 대리인 같은 점을 동시에 갖고 있었다. 즉, 고매하고 특이한 인물이며, 프랑스 정세는 불안했지만 전 유럽이 질투할 만한 세력을 착실히 쌓아 올린 군주라 할 수 있었다. 때문에 루이 필리프는 마침내 19세기의 뛰어난 사람들에 속하게 되었다. 그가 만일 조금이라도 명예를 사랑하고 유리한 것에 대한 것만큼 위대한 것에도 관심이 있었다면, 그는 아마도 역사의 가장 위대한 통치자 가운데 한 사람으로 평가되었을지도 모른다.

루이 필리프는 준수한 외모를 가졌고 나이가 들어도 여전히 우아했다. 항상 국민의 마음에 든 것은 아니었지만 군중에게는 언제나 환영받았다. 그는 누구에게나 호감을 갖게 하는 인물이었다. 하지만 타고난 매력에 비해 위엄만은 부족했다. 왕이면서 왕관을 쓰지 않았으며, 노인이 되어도 머리가 하얗게 세지 않았다. 그의 예절은 구식이었으나 습성은 신식이어서 1830년에 어울리는 귀족과 부르주아의 혼합체 같았다. 루이 필리프는 과도기의 군주였다. 그는 말을 할 때 옛날 발음과 옛 철자법을 그대로 쓰면서도 근대에 적합한 의견을 발표하였고, 폴란드와 헝가리를 사랑했지만 '파란 인'이라고 쓰고 '헝가리인'라고 말하곤 했다. 샤를 10세처럼 국민군 복장을 하면서도 나폴레옹처럼 레지옹 도뇌르 훈장을 달고 있었다.

그는 성당에 거의 다니지 않았고, 사냥도 전혀 하지 않았으며, 오페라 극장에도 간 적이 없었다. 그러니까 성당지기나 무용가와 전혀 인연이 없었다. 이것은 그가 시민에게 인기를 얻는 데 많은 영향을 미쳤다. 그의 주위에는 아첨하는 신하가 한 사람도 없었다. 그는 항상 겨드랑이에 양산을 끼고 다녔고 그래서 그 양산은 오랫동안 그의 영광의 일부가 되었다. 그는 석공이나 정원사나 의사에 대한 깊은 이해를 가졌다. 말에서 떨어진 마부에게 수혈을 해 준 적도 있었다. 그 뒤로 그는 앙리 3세가 단도 없이는 외출하지 않은 것과 같이 랜싯(수술용 메스_옮긴이) 없이는 다니지 않았다. 왕당파는 부상한 사람에게 처음으로 피를 나누어 준 이 왕을 비웃었다.

그러나 루이 필리프에 대한 역사의 비난 중에는 지워야 할 것들이 있다. 왕권의 책임인 것이 있고, 국정의 책임인 것이 있고, 왕 자신의 책임인 것이 있다. 이 세 가지 항목은 저마다 서로 다른 전체를 나타낸다. 민주 권리의 박탈, 부차적 진보, 항의에 대한 폭력적 탄압, 폭동에 대한 무력행사, 소란의 무기 진압, 트랑스노냉 거리의 사건, 군법 회의, 지배계급의 실제 국민 흡수, 30만 특권계급과 공동출자한 정부, 이 모든 것이 왕권이 저지른 일이었다.

벨기에 왕위를 계승하려 하고 알제리아를 정복해 마치 영국군이 인도에 그랬던 것처럼 문명 수단이 아닌 야만적 수단으로 거칠게 다룬 것, 아브 델 카데르를 배신한 행위, 블라이 사건, 매수한 도이치, 프리차드에 치른 배상, 이 모든 것 또한 왕정이 저지른 일이다. 그리고 국민을 위해서가 아닌 자기 집안을 위해 한 정치는 왕이 저지른 일이다.

이렇게 역사의 비난을 지워 나가다 보면 왕 자신의 책임은 상당히 줄어든다.

프랑스라는 이름 앞에서 너무 겸손했던 것은 루이 필리프의 가장 큰 과실이다.

그 과실은 대체 어디에서 온 것인가?

그것에 대해 말해 보자.

루이 필리프는 너무 가정적인 왕이었다. 왕조를 부화하고자 하는 이 집안은 모든 것을 두려워하고 방해받는 것을 좋아하지 않았다. 그런 지나친 소심증은 시민의 전통 속에 7월 14일을 낳았고, 군사 전통 속에 아우스터리츠(나폴레옹의 최대 승전_옮긴이)를 갖고 있는 국민을 불쾌하게 했다.

그런데 당연히 제일 먼저 처리해야 할 공무를 제외한다면, 자기 가족에게 그토록 깊은 애정을 쏟는 것은 충분한 가치가 있었다. 그 가정은 한마디로 매우 훌륭했다. 그의 가정에는 미덕과 재능이 흘러넘쳤다. 루이 필리프의 딸 마리 도를레앙은 옛날 샤를 도를레앙이 가문의 이름을 시인들 사이에 남겼던 것과 같이 가문의 이름을 예술가들 사이에 남겼다. 마리 도를레앙은 온 마음과 정신을 기울여 대리석 상(像)을 만들어 잔 다르크라고 이름 붙였다. 또한 루이 필리프의 두 아들은 메테르니히에게서 이런 찬사를 들었다.

'두 사람 다 요즘 보기 힘든 뛰어난 청년이고 이전에는 볼 수 없었던 왕자들이다.'

이상은 루이 필리프에 관하여 가감 없이 말한 진실 그대로다.

그는 평등의 군주요, 왕정복고와 대혁명의 모순을 함께 품은 혁명가로서 사람들에게 염려하고 두려워하는 마음을 주었던 반면, 통치자가 되면서 오히려 안심을 주었다. 이런 것들은 1830년 루이 필리프에게는 상당한 행운이었다. 한 인간이 한 사건에 이보다 더 완전히 순응한 예는 지금까지 없었다. 인간이 사건 속에 들어가 그대로 그 안에서 사건의 화신이 된 것이다. 루이 필리프, 그는 그 자체로 1830년의 화신이었다. 게다가 그는 왕위에 오를 만한 훌륭한 자격, 곧 망명이라는 조건을 갖추고 있었다. 그는 일찍이 추방되어 방랑과 곤궁을 겪은 적이 있다. 그래서 그는 자기 스스로 일을 해서 살았다. 프랑스 왕가에서 가장 비옥한 소유지의 영주였던 그가 스위스에선 입에 풀칠을 하기 위해 늙은 말을 팔아야 했던 것이다. 라테나우에서는 직접 수학 선생으로 일했고, 누이동생 아델라이드는 자수와 바느질을 해서 돈을 벌었다. 왕에 얽힌 이런 추억들은 부르주아를 감동시켰다. 또 루이 11세가 건설하고 루이 15세가 이용한 몽 생 미셸 성의 마지막 무쇠 감방을 직접 파괴한 일도 있었다. 그는 뒤무리에의 전우이자 라파예트의 친구이고 자코뱅당에 가입한 일도 있었다. 미라보는 친히 그의 어깨를 두드렸고, 당통은 그를 "젊은이!"라고 불렀다. 1793년, 아직 샤르트르라고만 불리던 스물네 살의 그는, 국민의회의 어두운 작은 방에서 열렸던, '가련한 폭군'으로 불린 루이 16세의 재판에 출석했다. 왕에게서 왕위를 빼앗고 왕권과 함께 왕과 절교하며, 사상의 용서 없는 분쇄 속에서 거의 인간을 인정하지 않던 대혁명의 분별 없는 통찰력과 혁명 재판소의 폭풍과 같은 분위기와 그를 심문하는 국민의 분노, 대답할 바를 모르는 카페(루이 16세), 이 암울한 회오리 속에 왕의 머리가 지각을 잃은 듯 흔들리던 무서운 광경, 모든 것이 파괴된 그러한 지경에서는 유죄를 선고한 사람들이나 선고받은 사람이나 모두가 나름대로 결백하다는 사실, 그 혼돈을 그는 분명하게 보았던 것이다. 루이 필리프는 국민의회 법정에서 과거 몇 세기가 출두한 것을 보았다. 루이 16세의 뒤에, 모든 책임을 짊어진 이 불행한 인간의 등 뒤 어둠 속에서 그는 왕정이라는 무서운 피고가 불쑥 일어서는 것을 보았다. 그래서 그의 마음속에는 신의 심판과 다름없는 민중의 거대한 재판에 대한 깊은 경의와 그에 대한 공포가 깊이 새겨졌다.

프랑스혁명은 그의 마음속에 대단한 인상을 남겼다. 그 위대한 시기는 시시각각으로 그에게 각인되었기 때문에 그는 그것을 생생하게 기억할 수 있었다. 어느 날, 루이 필리프는 우리들이 의심할 수 없는 한 목격자 앞에서 헌법 제정 의회의 알파벳순 명부의 A 부분 전체를 기억만으로 낱낱이 바로잡았다.

루이 필리프는 환히 밝은 낮과 같은 왕이었다. 그의 통치 아래서는 출판의 자유, 언론의 자유, 신앙의 자유가 있었다. 9월 법(1835년 9월 제정된 언론 탄압의 반동 입법)은 이제 밝은 빛 속에 공개되었다. 빛이 특권층을 좀먹게 하는 힘을 가지고 있다는 걸 알면서도 그는 태연히 자기 왕위를 햇빛에 드러내 놓았다. 역사는 언젠가 그의 그러한 공을 간과해서는 안 될 것이다.

루이 필리프는 무대를 떠난 역사의 인물들이 그렇듯이 오늘날 인류 양심의 재판에 부쳐져 있다. 하지만 그에 대한 재판은 이제 겨우 제1심이 끝났을 뿐이다.

역사가 존경할 만한 자유로운 어조로 그에 대해 발언할 시기는 아직 시작되지 않았다. 즉 아직은 이 왕에 대한 확정 판결이 내려지지 않은 것이다. 준엄하고 저명한 역사가인 루이 블랑조차 그의 처음 판결을 요즘에 와서 상당히 완화시켰다. 루이 필리프는 이른바 222명과 1830년이라고 불리는 반의회와 반혁명에 의해 선출됐다. 어쨌든 철학의 높은 견지에서 본다면, 이미 알다시피 도저히 그를 지금 이 자리에서 절대 민주주의의 이름으로 비판할 수는 없다. 절대자의 눈으로 본다면, 인간의 권리와 민중의 권리를 제외한 나머지 것들은 모두 부당하게 얻은 것이다. 오늘날 우리는 다음과 같이 말할 수 있다. 즉 루이 필리프의 인간적인 선량함만을 따진다면, 역사가 말하듯이 어떤 면에서 그는 왕위에 오른 역대 군주의 최상위급에 속할 것이다.

그러면 그의 가치를 떨어뜨리는 것은 어떤 것인가? 바로 왕위다. 루이 필리프에게서 왕을 빼면 남는 건 인간뿐이다. 그리고 그 인간은 선량했다. 정말 감탄할 정도로 선량했다. 그는 가끔 많은 근심과 걱정 속에서 대륙 각국의 외교에 맞서 일전을 벌인 뒤, 저녁 무렵 자기 방으로 돌아와 피로한 몸을 이끌고 밀려오는 잠을 쫓으면서도 소송 기록을 꺼내 형사 재판 사건을 검열하며 하룻밤을 꼬박 새우곤 했다. 유럽 대륙에 대항하는 것만큼이나, 한 인간을 사형 집행인의 손에서 구출하는 것 역시 대단히 중요한 일이라고 생각했기 때문이다. 그는 옥새를 담당한 관리의 지극한 간청도 단호히 물리친 채 '시끄러운 법률가'라고 별명을 붙인 검사들과 세세한 점에까지 의견을 나누며, 단두대에 대한 자기 의견을 굳건히 했다. 가끔 소송 기록이 테이블 위에 산더미처럼 쌓이는 때도 있었지만 그는 하나도 빠짐없이 모두 다 검토했다. 루이 필리프는 비참한 기결수들이 그대로 방치되는 것을 견딜 수 없어했다. 어느 날, 조금 전에 말했던 목격자에게 그는 "오늘 밤 나는 기결수 일곱 명을 구했다."라고 말한 적도 있다. 말하자면 그의 통치 초기에 사형은 거의 폐지된 것과 같았다. 단두대가 다시 섰다는 얘기는 왕에게 굉장한 충격이었다. 그레브 형장은 왕의 가문과 함께 사라졌으나, 그 대신 부르주아의 그레브 형장이 생 자크 성문의 이름으로 세워졌다. '현실주의자들'은 대부분 적법한 단두대의 필요성을 느꼈기 때문이다. 그것은 부르주아의 편협한 면을 대표하는 카지미르 페리에가 부르주아의 자유로운 면을 대표하는 루이 필리프에게 승리한 것 중 하나였다. 루이 필리프는 또 법학자 베카리아의 저서에 직접 주석(註釋)을 달았다. 그리고 피에스키의 기계(루이 필리프를 암살하려고 제작됨_옮긴이) 사건 후, 그는 다음과 같이 부르짖었다.

"내가 부상을 당하지 않은 것은 매우 유감이오. 만약 부상을 당했다면 그를 특사할 수 있었을 텐데."

그리고 어느 때는 대신들의 반대를 암시하는 듯 근대사에서 가장 고결한 어느 정치범에 대해 이렇게 기록하기도 했다.

'그의 특사는 이미 인정했다. 이제 승인을 얻는 일만 남았을 뿐이다.'

루이 필리프는 루이 9세처럼 자비로웠으며 앙리 4세처럼 선량함을 갖고 있었다. 그런데 역사 속에서 선량함은 진주보다도 더 희귀하기 때문에 선량한 인간이 위대한 인간보다 더 훌륭하다고 해도 과언은 아닐 것이다.

루이 필리프는 때로는 준엄하게 평가되고 때로는 가혹하게 평가되었으므로, 이 왕을 잘 아는 한 사나이가―그 사나이도 이미 망령과 다름없기는 하지만(저자 자신_옮긴이)―역사 앞에서 그를 변호하고자 하는 것은 지극히 당연한 것이다. 더구나 그 증언은 내용을 떠나 어떤 것보다도 먼저, 공정하다. 죽은 자가 쓴 비문은 매우 진지하다. 한 망령은 다른 망령을 위로해 줄 수 있다. 같은 어둠을 공유하고 있기 때문에 당당하게 칭찬할 수 있다. 망명지의 두 무덤에 대해서는 "이 사람은 저 사람에게 아첨했다."라는 말을 들을 걱정이 전혀 없기 때문이다.

토대 아래 갈라진 틈

이야기가 차차 루이 필리프 시대 초기를 덮고 있던 비극적인 구름을 향해 걸어 들어감에 따라, 모호한 점이 없도록 그에 대한 좀 더 자세한 설명이 필요할 것 같다.

루이 필리프는 혁명의 진짜 목적과 분명히 꽤 동떨어진 사람이었지만, 혁명적 변화의 미덕에 의해 폭력을 행사하지도 않았고 스스로 직접 행동에 참가하지도 않은 채 왕권을 갖게 되었다. 오를레앙 공작이었던 그는 그 혁명에 있어 개인적인 계획은 전혀 갖고 있지 않았다. 그는 자신이 왕자로 태어났기 때문에 국왕이 되었다고 여겼다. 그는 결코 자기 스스로에게 권한을 부여하지 않았다. 그는 절대 그것을 빼앗은 것이 아니다. 단지 사람들이 주는 것을 받아들였을 뿐이다. 그는 그에게 주어진 통치권이 정의에 어긋남이 없고, 수락해야 하는 것은 의무라고 믿고 있었다. 물론 잘못된 생각이었지만 루이 필리프는 그것을 굳게 믿었다. 그렇게 선의에 의한 권리 획득이 일어났다. 그런데 진심으로 말하지만 루이 필리프가 통치권을 받아들이고, 민주주의가 공격을 한 것 모두 선의로부터 비롯된 것이므로 사회 투쟁에서 생겨나는 공황의 무거운 책임을 왕의 탓으로 여기거나 민주주의에 떠넘겨서는 안 된다. 주의(主義)와 주의의 충돌은 자연의 요소들끼리 충돌하는 것과 유사하다. 바다가 물을 지키듯이 태풍이 공기를 지키듯이, 왕은 왕권을 지키고, 민주주의는 민중을 지키는 것이다. 군주제라는 상대는 공화제라는 절대에 대항하고 사회는 이런 충돌 속에서 피를 흘리게 된다. 하지만 오늘날 사회가 겪는 고통이 훗날에는 구원이 될 수 있다. 어쨌든 싸우는 양자를 굳이 여기서 비난해야 할 까닭은 없다. 단지 양자 중에 어느 쪽이 되었든 오류를 범하고 있는 것만은 분명하다. 권리라는 것은 로데스의 거대한 상(像)처럼 한 번에 양쪽 해안을 다 밟고 서 있을 수는 없기 때문이다. 즉 한 발은 공화제를 딛고 다른 발은 군주제를 딛을 수는 없다는 말이다. 그것은 불가분의 것이기에 오직 한쪽에만 설 수 있다. 하지만 설사 한쪽이 오류를 행하고 있다고 해도 그 모든 것은 다 진지한 것이다. 방데 당원이 강도가 아닌 것과 같이 장님은 죄인이 아니다. 따라서 그 무서운 투쟁은 단지 세상의 숙명이라고 생각할 수밖에 없다. 그 폭풍이 어떤 것이든 거기에는 인간에게 책임을 물을 수 없는 부분이 있다.

이 설명을 정리하면 다음과 같다.

1830년의 정부는 역경에 빠진 적이 있다. 어제 겨우 태어나서 오늘 벌써 싸우지 않으면 안 되었다.

겨우 자리 잡은 정부는 세워진 지 얼마 되지 않아 기초도 튼튼하지 못한 상태에서 7월(7월 혁명)의 기관을 사방에서 무너뜨리려고 하는 막연한 운동을 이미 느끼고 있었다.

이튿날 저항은 시작되었다. 아니 어쩌면 그 전날부터 시작했는지도 모른다.

시간이 흐를수록 반대는 늘어 갔고 막연하던 것은 공공연한 것이 되었다. 7월 혁명은 앞서 말한 것처럼 프랑스 외 유럽 각국 왕들의 승인을 얻지 못했고 프랑스 국내에서 역시 다양한 의미로 해석되었다.

신(神)은 자신의 뜻을 어떤 사건을 통해 인간에게 알리기도 하는데 그것은 신비한 말로 쓰인 난해한 문장과도 같다. 인간은 그 문장을 여러 가지로 해석해 본다. 하지만 너무 성급하고 정확하지 못한 해석으로 인해 착오와 탈락과 모순으로 가득 찰 뿐이다. 신의 말을 이해하는 사람은 거의 없을 것이다. 가장 총명하고 침착하고, 사려 깊은 사람만이 그 말을 천천히 해독해 가는데, 그들이 바르게 번역을 다 마쳤을 때는 이미 일이 상당히 진전된 뒤다. 광장에는 그것에 대한 수많은 번역이 이미 나와 있었다. 그 해석 하나마다 당파가 생기고, 또 잘못된 해석마다 도당이 하나씩 탄생했다. 그리고 각 당파들은 자신만을 옳다고 생각하고 자기만 광명을 얻고 있다고 확신한다.

때때로 권력 그 자체도 하나의 도당이 되기도 한다.

혁명이 한창 진행되고 있을 때 그 흐름에 반대하고 거슬러 올라가는 사람들도 있다. 그들은 구당파(舊黨派)들이다.

신의 은총을 받아 세습제에 속해 있던 구당파들은 혁명이 반항의 결과이므로 그 혁명에 대해 반항할 권리를 가지고 있다고 말한다. 그것은 잘못된 생각이다. 혁명에 반항하는 것은 국민이 아닌 왕이기 때문이다. 혁명은 반항의 반대라고 할 수 있다. 혁명은 모두 정당성을 갖고 있기 때문에 그 속에는 합법성이 들어 있다. 가끔씩 가짜 혁명가들이 합법성의 명예를 더럽히는 수가 있으나, 설사 더럽혀져도 엄연히 존재하며 설사 피투성이가 된다고 해도 살아남는다. 혁명은 어떤 사건에서 유발되는 것이 아니라 필연으로부터 생겨난다. 혁명이란 허구에서 현실로 돌아오는 것과 같다. 다시 말해 혁명은 존재하지 않으면 안 되기 때문에 존재하는 것이다.

그런데도 부르봉 왕가를 받드는 정통 왕조파는 그릇된 이론으로부터 오는 폭력으로 1830년 혁명에 뛰어들었다. 오류는 뛰어난 성능의 탄환과도 같다. 그들은 아주 교묘히 다치기 쉬운 곳이나 갑옷을 입지 않은 곳, 논리의 결함을 노리고 공격한다. 그들은 왕위에 대해서도 혁명을 공격했다. 그들은 이렇게 소리쳤다.

"혁명이여, 왕은 대체 무엇이란 말이냐?"

그러한 무리들은 맹목적이면서도 목표에 대한 겨눔은 지극히 정확했다.

공화주의자도 그들과 같이 외쳤다. 그러나 그들이 그렇게 주장하는 것에는 충분한 이론의 근거가 있다. 정통파들의 무지가 민주주의자들에게는 통찰력이었다. 1830년은 민중을 파산시켰고 이에 격분한 민주주의는 비난을 퍼부었다.

과거에서 행해지는 공격과 미래에 다가올 공격 사이에 끼어 7월의 지배계급은 매우 힘든 싸움을 계속했다. 수 세기에 걸친 왕정과 싸우고, 다른 한편으로 영원한 정의와 싸웠다.

게다가 대외적으로 1830년은 이미 혁명이 아니라 군주제에 접어들었기 때문에 유럽과 보조를 맞추어야만 했다. 평화를 지키는 것은 오히려 분쟁을 초래하기도 한다. 서로 반대되는 화합을 보전하는 것이 오히려 전쟁보다 더욱 부담이 되는 경우도 있다. 항상 암묵 속에 으르렁대는 갈등에서 무장된 평화가 생겨났다. 유럽 내각들에 매인 그 문명의 파괴적인 방책은 그 자체로 수상쩍었다. 7월 왕정은 유럽 내각들에 매여 있다는 사실에도 불구하고 분연히 일어섰다. 메테르니히는 이 왕위에 고삐를 매어 놓고 싶었을 것이다. 프랑스에서 진보의 채찍질을 받고 있는 이 왕위가 유럽 안에서는 느린 걸음을 걷고 있는 다른 군주국들을 채찍질했다. 왕위는 스스로 끌려감과 동시에 끌어가고 있었다.

그러는 동안에도 프랑스에서는 빈민, 프롤레타리아, 임금, 교육, 형벌, 매음, 여성의 지위, 빈부, 생산, 소비, 분배, 교역, 화폐, 신용, 자본가의 권리, 노동자의 권리 같은 각종 사회문제가 쌓여 갔다. 그것은 무서운 낭떠러지와 같았다.

본래의 정치적 당파뿐 아니라 또 하나의 다른 운동이 일어났다. 철학적 동요는 민주주의의 동요에 응답하고 있었다. 엘리트들도 군중과 마찬가지로 불안을 느꼈다. 물론 불안의 본질은 달랐지만 그 정도의 차는 다르지 않았다.

지반(地盤)이 국민인 혁명의 물결에 휩쓸려 그 아래에서 간질병 같은 막연한 발작에 몸부림치고 있는 한편, 사상가들은 명상에 잠겨 있었다. 이러한 사색가들은 스스로 고립을 선택하거나 아니면 대부분 단체로 집결해서 평화로우면서도 심각하게 사회문제를 연구했다. 그들은 다시 말해, 마음을 비운 고요한 갱부들과 같아서 조용히 그 갱도를 화산의 밑바닥까지 파고 들어갔기 때문에 미약한 진동과 어렴풋한 용암의 불길에도 전혀 마음이 흔들리지 않았다.

이 같은 조용한 움직임은 소란 가득한 시대의 장관을 이뤘다.

그 사람들은 권리의 문제는 정당 사람들에게 맡긴 채 자신들은 행복에 관한 문제에만 전념했다.

인간의 행복은 그들이 사회에서 캐내고자 하는 중요한 목적이었다.

그들은 물질적 문제들, 즉 농업, 공업, 상업 문제를 거의 종교와 비슷한 수준까지 끌어올려 생각했다. 오늘날처럼 신이 아닌 인간에 의해 이루어지는 문명에서는 다양한 이해관계가 정치의 지질학자라 할 수 있는 경제학자의 손에 의해 끈기 있게 연구된 역학 법칙에 따라 결합되고 집합되고 혼합되어서 하나의 단단한 암석을 이룬다.

갖가지 다양한 명칭 아래 모여 있는 그러한 사람들은 모두 사회주의자라고 칭할 수 있다. 그들은 앞서 말한 암석에 구멍을 뚫고 거기서 인류의 행복이라는 살아 있는 물을 끌어올리려고 상당히 노력했다.

단두대 문제에서부터 전쟁 문제에 이르기까지 그들의 작업은 사회의 다양한 문제들을 다 포함했다. 프랑스대혁명의 인권 선언에 그들은 여성의 권리와 아동의 권리 또한 덧붙였다.

여러 가지 이유로 인해, 사회주의에서 제기한 문제들에 대해 이론적 시각에서 근본적인 논의를 하지 않는다고 하더라도 놀랄 사람은 없을 것이다. 여기에서는 단지 그 문제에 대한 지적만 하려고 한다.

우주 창조설의 시각과 몽상, 신비설을 제쳐 놓고 생각한다면 사회주의가 제기하는 문제는 두 가지 기본 명제로 집약될 수 있다.

제1의 명제, 부의 생산

제2의 명제, 부의 분배

제1의 명제에는 노동 문제가 포함된다.

제2의 명제에는 임금 문제가 내포된다.

제1의 명제에서는 노동의 사용 방법이 문제된다.

제2의 명제에서는 수익의 분배 방법이 문제된다.

노동을 바르게 사용해야 국민의 힘이 생긴다.

수익을 바르게 분배해야 개인의 행복이 생긴다.

여기서 바른 분배란 평등한 분배가 아닌 공정한 분배를 뜻한다. 최상의 평등은 곧 공정이다. 이 두 가지, 즉 외부적인 국민의 힘과 내부적인 개인의 행복이 조화를 이룬다면 사회는 번영할 수밖에 없다.

사회의 번영이란 행복한 인간들, 자유로운 시민, 위대한 국민을 통해 이루어진다. 영국은 이 두 가지 명제에서 제1의 문제를 해결하고 있다. 영국은 매우 놀랄 만큼 부를 쌓아 올렸다. 하지만 그 부의 분배는 서툴렀다. 그렇게 한쪽만 완전하게 해결한 것은 영국을 필연적으로 양극단으로 몰고 갈 수밖에 없었다. 즉 말이 되지 않을 만큼의 부와 역시 말이 되지 않을 만큼의 빈곤으로 일부에게만 모든 수익이 돌아가고 나머지에게는, 다시 말해 국민에게는 모든 것이 결여된 것이다. 특권, 예외, 독점, 봉건제와 같은 것은 바로 노동에서부터 발생한다. 그것은 잘못되고 위험한 상태로 국민의 힘을 개인의 빈곤 위에 올려놓았고, 국가의 위대성을 개인의 고통 속에 뿌리박았다. 그것은 완전치 못한 위대성이어서, 대부분의 물질적 요소가 모두 결합되었지만 정신적인 요소는 어느 하나도 깃들어 있지 않았다.

공산주의와 농지법 등을 주장하는 사람들은 자신들이 제2의 문제를 해결할 수 있다고 믿는다. 그러나 그 역시 그릇된 생각이다. 그들이 말하는 분배란 생산을 죽이는 것과 같다. 평등한 분배는 경쟁심을 소멸시키게 되고 따라서 노동도 소멸시킨다. 그것은 도살업자가 하는 분배와 같아서 스스로 분배하려는 심리를 말살시키는 것이다. 결론적으로 문제 해결은 그런 방법을 통해서는 불가능하다. 부를 없애는 것이 부를 분배하는 것은 아니다.

이 두 명제는 둘 다 해결하지 않고서는 해결했다고 하기 어렵다. 즉 두 개의 해결이 동시에 하나로 결합되어야만 한다.

두 가지 문제 중 하나만 해결된다면 베네치아나 영국과 같은 일이 일어날 것이다. 다시 말해, 베네치아처럼 인위적인 힘을 갖게 되거나 영국처럼 물질적인 힘을 갖게 될 것이다. 그래서 사악한 부자가 될 것이다. 결국 베네치아처럼 녹슬어 폭동에 의해 멸망하거나 장차 일어날 영국의 파산처럼 몰락하게 되는 것이다. 그렇게 되면 세계는 그들 나라가 멸망하는 것을 멀리서 방관할 것이다. 왜냐하면 세계는 그런 이기주의에 굳어 버린 나라를, 인류에 대한 미덕과 이념도 대표하지 못하는 나라를 멸망에서 구해야 할 의무를 전혀 느끼지 않기 때문이다.

물론 베네치아니 영국이니 하는 것은, 그 나라의 국민을 말하는 것이 아니라 그 나라의 사회기구를 말하는 것이다. 즉 국민 위에 군림한 과두정치를 말하는 것이지 국민 그 자체를 이야기하는 것은 아니다. 모든 나라, 모든 국민에게 나는 경의와 동정을 갖고 있다. 베네치아는 결국 국민의 것이 되었기에 점점 번영해 나갈 것이다. 귀족의 영국은 몰락했지만 국민의 영국은 불멸할 것이다. 이제 이 이야기는 그만하고 앞서 하던 얘기를 계속하자.

두 명제를 해결하라. 부자를 격려하고 가난한 자를 보호하여 빈곤을 없애라. 강자에 의한 약자의 부당한 착취를 없애고, 성공한 자에 대한 실패한 자의 질투를 없애라. 임금과 노동의 균형을 수학적으로, 그리고 우애를 가지고 조정하라. 자라는 아이들에게 의무교육을 실시하고 학문이 노동력의 기초가 되게 하라. 손을 놓지 말고 지성을 계발시켜서 강력한 국민인 동시에 행복한 인간 가족이 되게 하라. 소유권을 민주화해서 그것을 폐지하지 않고 보편화하여 전 국민 모두가 소유자가 되게 하라. 이것은 사람들이 생각하고 있는 것보다 훨씬 더 쉬운 일이라 할 수 있다. 요컨대, 부를 생각할 줄 알고 부를 분배할 줄 알면 마침내 물질적인 위대함과 정신적인 위대함을 한꺼번에 손에 넣을 수 있을 것이다. 그렇게 된다면 여러분은 우리의 프랑스라는 말을 할 수 있게 될 것이다.

여기까지가 길을 헤매고 있는 몇몇 학파를 초월해서 사회주의가 주장하고 있던 것이다. 이것은 사회주의가 사회 속에서 간절히 찾아 헤매던 것이고 정신 속에 그리고 있는 것이다.

놀랄 만한 노력! 신성한 시도!

이러한 이론, 이러한 학설, 이러한 저항, 철학자의 의견을 고려해야 한다는, 정치가로서는 뜻밖의 필요성, 혼란 속에서도 보이는 명백한 사실, 새롭게 창조해야 할 정치, 혁명의 이상과 괴리되지 않는 구세계와 일치하는 조화, 폴리냐크를 보호하기 위해 라파예트를 기용해야 했던 사정,

반란 아래 뻔히 예감되는 진보, 상하 양원과 거리의 대중, 해결해야 하는 주위의 세력 분쟁, 혁명을 향한 자기 신념, 최고 결정권을 막연히 받아들인 결과 생긴 불안과 체념, 가문을 지키려는 의지, 가족 정신, 국민에 대한 진심에 찬 경의, 타고난 성실성, 이러한 모든 것이 루이 필리프의 마음을 온전히 사로잡아 때때로 그처럼 힘차고 씩씩했던 그였음에도 불구하고 왕 역할을 하는 것이 어려워서 쩔쩔맸다.

루이 필리프는 자기 발밑에서 무서운 분열을 느끼고 있었지만 그때는 이미 전과 같은 프랑스가 아니라는 생각 때문에 산산조각이 날 우려는 전혀 없었다.

그러나 어둠이 앞길에 첩첩이 덮이고 그 기괴한 그림자가 서서히 다가와 사람들 위에, 사물 위에, 사상 위에 점차적으로 날개를 폈다. 그것은 분노와 주의(主義)에서 만들어진 그림자였다. 그랬기 때문에 숨이 막힌 모든 사람들은 혼란에 빠져 동요했다. 그래서 이 성실한 인간의 양심은 때때로 숨결을 가다듬어야만 했다. 궤변과 진리가 뒤섞인 공기는 그처럼 독기로 가득 차 있었다. 사람들의 정신은 사회의 불안 안에서 마치 태풍 앞의 바람인 듯 떨고 있었다. 센 전압으로 인해 이따금 정체를 알 수 없는 번개가 휙 지나가곤 했다. 그리고 다시 곧이어 어둠이 닥쳐왔다. 우둔한 천둥소리가 간간히 길게 들려왔기 때문에 구름 속에 숨어 있는 또 다른 커다란 천둥을 예감할 수 있었다.

7월 혁명 이후, 채 스무 달도 되지 못해서 절박하고 위협적인 양상으로 1832년이 시작되었다. 빈곤한 국민, 빵 없는 노동자, 어둠 속에 사라진 마지막 대공(大公) 콩데, 파리가 부르봉 왕가를 추방한 것처럼 나소 왕가를 추방한 브뤼셀, 프랑스의 한 왕족을 바라다가 영국 왕족에게 왕위를 넘겨 버린 벨기에, 러시아 니콜라이 1세의 원한, 프랑스 배후에 있는 남방의 두 악마인 스페인의 페르디난드와 포르투갈의 미구엘, 이탈리아의 지진, 볼로냐에 손을 뻗친 메테르니히, 앙코나에서 갑자기 오스트리아에 대항하고 나선 프랑스, 폴란드를 관에 넣고 북방에서 못질하는 처참한 망치 소리, 프랑스를 바라보는 전 유럽의 분노에 찬 눈, 비틀거리면 넘어뜨리고 쓰러지면 덤벼들 준비를 하고 있는 속을 알 수 없는 동맹국 영국, 법학자 베카리아의 그늘에 숨어 네 사람의 목을 법률에 넘겨주지 않으려 애쓰는 귀족원(貴族院), 왕이 타는 마차의 칠에 의해 없애 버린 백합꽃, 뽑혀 버려진 노트르담 성당의 십자가, 거세당한 라파예트, 파산한 라피트, 빈곤에 허덕이다 죽어 간 뱅자맹 콩스탕, 실권 중에 죽은 카지미르 페리에, 사상의 도시와 노동의 도시에서 동시에 발생한 정치적·사회적 질병, 즉 파리 내란과 리옹의 폭동, 두 도시에서 일어난 똑같이 무서운 불길, 국민의 이마에 비친 분화구의 불꽃, 열광하는 남부, 혼란에 빠진 서부, 방데 지방에 숨은 베리 공작 부인, 음모, 모반, 봉기, 콜레라, 이러한 모든 사태로 유발되는 어수선하고 불안한 분란이 사상의 동요를 한층 더 무겁게 하고 있었다.

역사의 모태이지만 역사가 모르는 사실

4월 말경에는 이미 모든 것이 악화되었다. 민심은 이제 단순한 동요를 넘어서 물이 끓듯 끓었다. 1830년 이래 여기저기에서 일어난 국부적인 폭동은 곧 진압되었지만 또다시 되살아났다. 이것은 하층을 뒤덮을 만한 광대한 봉화의 전조와 같았다. 무서운 어떤 것이 서서히 날개를 펼치고 있었다. 불이 충분히 점화되지는 않았지만 또다시 일어날지도 모르는 혁명의 윤곽이 흐릿하게나마 보였다. 온 프랑스가 파리를 주의 깊게 살폈고 파리는 생 앙투안 성 밖을 주시했다.

생 앙투안 성 밖은 조용한 열기 속에 당장이라도 끓어올라 넘칠 것 같았다.

샤론 거리의 술집들은 사뭇 진지하면서도 요란했다. 술집을 그렇게 표현한다는 것이 조금은 기이한 느낌이 들지만 사실이 그러했다.

그곳에서는 항상 정부가 문제였다. 한번 맞붙어 싸울 것인지 아니면 모른 채 방관할 것인지에 대한 문제가 공공연하게 논의되었다. 술집 뒷방에서는 노동자들이 첫 경보를 듣는 즉시 거리로 뛰어나와 적이 많든 적든 싸울 것을 맹세하기도 했다. 맹세가 끝나면 술집 한편 구석에 앉아 있던 한 사나이가 '매우 크고 힘찬 목소리'로 이렇게 외쳤다.

"이제 자넨 맹세한 거야!"

가끔은 2층 방으로 올라가 문을 걸어 잠근 채, 그 안에서 비밀결사 같은 장면이 벌어지는 일도 있었다. 그들은 새로 들어온 가입자에게 '아버지를 섬기는 것과 같이 섬길 것'을 맹세하도록 했다. 그것이 그들의 규칙이었다.

그리고 1층에서는 사람들이 '파괴적' 팸플릿을 읽고 있었다. '그들은 정부를 비난했다.'라고 당시의 어느 비밀결사 보고서에 기록되어 있기도 했다.

그곳에서는 다음과 같은 이야기가 오갔다.

"우리는 우두머리의 이름조차 모르고 두 시간 전에야 겨우 그날을 알 수 있다."

노동자 한 사람이 이렇게 말했다.

"우린 모두 300명이다. 그러니 한 사람이 10수씩만 내놓는다면 총알과 화약값으로 150프랑을 모을 수 있을 거야."

다른 사람이 말했다.

"여섯 달도 필요 없어. 두 달까지도 필요 없지. 우린 보름이 채 되기 전에 정부와 맞설 수 있을 거야. 우린 2만 5천 명이나 되니까 정면대결을 할 수 있어."

또 다른 한 사람이 말했다.

"난 밤중에 탄통(彈筒)을 만들기 위해 요즘 잠도 자지 않아."

이따금 '부르주아처럼 보이는 잘 차려 입은' 사람들이 찾아와서 '거만하게 억누르고 압박하는 듯한 태도'로 '거물급들'과 악수를 하고 사라지곤 했다. 그런 사람들은 절대 10분 이상 머물러 있지 않았다. 그리고 그들 사이에는 은근히 의미심장한 말들이 오갔다.

"계획은 진행되어 가고 있소. 만사 빈틈이 없을 것이오."

거기 합석했던 어떤 사람의 표현을 빌리자면 '그곳에 있던 모든 사람들이 그런 이야기를 했다'.

어느 날 선술집 한복판에서 흥분한 노동자가 이렇게 소리쳤다.

"우리는 무기를 가지고 있지 않다!"

그의 동료로 보이는 한 사람이 이렇게 대답했다.

"당연히 무기는 군인들이 가지고 있지!"

그는 스스로 알지 못했지만 보나파르트가 이탈리아를 상대로 포고할때 쓴 말을 은연중에 흉내 내고 있었다.

'뭔가 새삼 새로운 비밀이 생겼을 때 그들은 그 자리에서는 전달하지 않았다.'

어느 보고서는 이렇게 덧붙였다. 하지만 이런 말을 공공연히 하고 다녔던 그들이 뭔가를 숨기고 있었다는 것은 도저히 납득하기 힘든 일이다.

모임은 때때로 정기적으로 열렸다. 어떤 때의 모임은 여덟 명 내지 열명을 절대 넘지 않았고 참여하는 사람도 대부분 일정했다. 그러나 다른모임에서는 누구나 참석이 자유로웠기 때문에 방 안이 사람들로 가득 차서 서 있는 사람까지 있을 정도였다. 감격과 정열에 불타 열정적으로 참가하는 사람이 있는가 하면 '일을 하러 가는 도중'에 들른 사람도 있었다. 혁명 중에 볼 수 있었던 것처럼 그러한 술집에는 애국심에 불타는 여자들이 있어서 새로 가입하는 사람들에게 키스를 해 주기도 했다.

그 외에도 여러 가지 의미심장한 일들이 일어났다.

한 남자가 술집에서 술을 마신 다음 나가면서 이렇게 말했다.

"주인 양반, 술값은 혁명이 내줄 것이오."

샤론 거리에 있는 한 술집에서는 혁명실행위원을 선출했는데 모자 속에 투표를 했다.

코트 거리에서 검술을 가르치는 교사 집에 몇 명의 노동자들이 모였다. 거기에는 목도(木刀)와, 지팡이, 몽둥이, 연습용 칼로 만든 무기들이 쭉 진열되어 있었다. 어느 날 그곳에 모인 사람들이 모두 연습용 칼끝을 씌우는 가죽 덮개의 단추를 모두 벗겨 버렸다. 그들 중 한 노동자가 말했다.

"우린 모두 스물다섯 명이나 되는데 아무도 상대해 주지 않잖아. 모두 우리를 기계로 여기고 있는 거야."

그 기계가 바로 나중에 이름을 떨친 케니세였다.

그들이 미리 계획했던 일들은 점차 뭐라 말할 수 없는 이상한 소문으로 떠돌아다니고 있었다. 문 앞을 쓸고 있던 한 여자가 다른 여자에게 말했다.

"모두 열심히 아주 오래전부터 총알을 만들고 있어요."

때로는 각 지방의 국민군에게 호소하는 성명서를 공공연히 큰길에서 읽기도 했다. 그 성명서 중의 하나에는 '와인 상인 뷔르토'라고 서명되어 있었다.

어느 날, 르누아르 시장의 한 술집 앞에서 이탈리아 억양을 쓰는 덥수룩한 수염을 가진 남자가 경곗돌 위에 올라서서 왠지 모를 신비로운 마력이 느껴지는 해괴한 글을 소리 높여 읽고 있었다. 사람들은 그 주위에 둘러서서 박수를 쳤다.

군중이 특히 큰 감동을 받은 것은 누군가가 발췌한 다음과 같은 글 때문이었다.

'……우리의 인식과 행동 원칙은 방해를 받고, 우리의 성명서는 찢겼으며, 우리의 전단을 붙이던 동지들은 잠복경찰에 의해 체포되었다…….'

'……최근에 면사(綿絲)의 폭락으로 인해 많은 온건파들이 우리 편으로 돌아왔다…….'

'……우리의 지하 대열 속에서 민중의 미래는 준비되고 있다.'

'……우리가 당면한 문제는 바로 이것이다. 행동인가 반동인가, 혁명인가 반혁명인가. 현대에는 이미 무위(無爲)도 부동(不動)도 신뢰할 수가 없기 때문이다. 국민의 편에 서든가 아니면 국민과 적대 관계에 서든가, 문제는 그것뿐이다. 그것 외에 다른 문제는 없다.'

'……우리가 여러분의 마음에 들지 않게 된다면 그때는 우리를 쳐부숴 달라. 하지만 그날까지는 우리가 앞으로 하려는 것에 대해 믿고 도와 달라.'

대낮에 큰길에서 이런 모든 말들을 거리낌 없이 그대로 외쳐 댔다. 그 외에도 여러 가지 배짱 두둑하고 용감한 일들이 있었으나 그것들은 너무 대담해서 오히려 민중들이 믿지 않았다. 1832년 4월 4일, 한 행인이 생 마르그리트 거리 한 모퉁이 경곗돌 위에 올라가 "나는 바뵈프파다!" 하고 소리쳤다. 그러나 그가 외치는 바뵈프라는 이름의 이면에서 민중은 지스케(당시 경찰서장_옮긴이)의 냄새를 맡았다.

그 행인은 또한 이런 말도 했다.

"소유권을 타도하라! 좌파의 반대당은 비열하고 배신할 염려가 있다. 그들은 우리 비위를 맞추려고 할 때 혁명을 외친다. 그들은 공격을 받고 싶지 않으면 민주주의자가 되었다가 싸우고 싶지 않으면 왕당파가 된다. 공화당은 날개가 달린 괴물이다. 노동자 제군이여! 공화당을 경계하자!"

"그만 지껄여! 이 밀정이나 하는 놈아!"

한 노동자가 소리쳤다.

행인의 연설이 한 노동자의 외침으로 중단되었다.

그 이후에도 의미심장한 일들이 차례로 일어났다.

해 질 녘, 한 노동자가 운하 부근을 지날 때 '잘 차려입은' 한 남자가 그에게 말을 건넸다.

"자네 어디로 가나?"

"누구신지 모르겠는데요."

노동자가 대답했다. 그러자 남자가 말했다.

"하지만 난 자네를 잘 알고 있지. 걱정 말게, 난 위원회 회원이야. 자네는 믿을 수 없는 사람이라는 혐의를 받고 있네. 알겠어? 자네가 누군가에게 대가를 받고 비밀을 누설하지 않는지 의심을 받고 있다는 얘기지."

남자는 노동자의 손을 잡으며 이렇게 덧붙이고 사라졌다.

"우리는 언젠가 다시 만나게 될 걸세."

경찰은 그 뒤를 따라다니며 그들의 이야기를 엿들었다. 근래에는 선술집뿐 아니라 길가에서도 수상쩍은 대화를 들을 수가 있었다.

"빨리 가입시켜 달라고 해."

한 기계공이 가구공에게 말했다.

"왜?"

"곧 총을 쏘게 된다는군."

허름한 옷을 입은 행인 두 사람이 확실히 자크리(농민 폭동_옮긴이) 같은 거친 말투로 의미심장한 대화를 주고받고 있었다.

"우리의 통치자가 누구지?"

"당연히 필리프 씨지."

"아니야, 부르주아야."

여기서 자크리라는 말은 나쁜 의미로 쓰인 것이 아니다. '자크'란 빈민을 의미한다.

또 어느 때는 지나가던 두 남자가 이런 이야기를 하는 것을 들었다.

"우리에게는 아주 좋은 공격 계획이 있지."

또한 트론 성문 네거리의 도랑 옆에 숨은 네 남자가 이런 말을 몰래 주고받는 것도 들렸다.

"그자가 더 이상 파리에서 돌아다니지 못하도록 가능한 모든 조치를 취할 거야."

'그자'란 누구인가? 꺼림칙한 수수께끼와 같다.

성 밖 사람들의 말처럼 '중요한 우두머리들'은 단독 행동을 하고 있었다. 그들은 생 퇴스타슈 곳 부근의 한 선술집에 모여서 협의를 한다고 사람들은 믿었다. 몽데투르 거리에 있는 재봉사 원호협회 회장 오…… 뭐라는 사람은 그들 우두머리들과 생 앙투안 성 밖 사이에서 중계자 역할을 하고 있는 것으로 알려졌다. 그러나 그 우두머리들은 항상 어둠에 싸여 있었다. 그로부터 얼마 후 귀족원 법정에서 알 수 없는 긍지에 찬 태도로 한 피고가 다음과 같이 답변했다. 하지만 그것을 뒤엎을 만한 사실은 존재하지 않았다.

"피고의 두목을 말하게."

"전 두목이 누군지도 모르고 그의 얼굴을 본 적도 없습니다."

대충 이해는 되지만 그것은 막연한 대답이었다. 즉 그것은 가끔 풍문으로 들리는 소문과 같았다. 그런데 곧이어 또 다른 징조가 나타났다.

뢰이 거리에서 건축 중인 건물 주위에 판자를 둘러치던 일을 하는 한 목수가 그 근처에서 찢어진 편지 한 조각을 발견한 것이다. 그 편지 조각에는 다음과 같이 적혀 있었다.

'……위원회는 각 소대 회원들이 다른 단체로 이탈하지 않도록 특별한 방지책을 찾아내야 한다……'

또 추신으로 이렇게 적혀 있었다.

'우리 정보에 의하면 푸아소니에르 거리 5번지에 있는 무기 상점 안뜰에 소총이 오륙천 정 숨겨져 있다고 한다. 하지만 우리 소대는 한 정의

무기도 보유하지 못하고 있다.'

그 목수는 그 자리에서 대여섯 발짝 떨어진 곳에서 또 다른 쪽지를 발견했는데 너무 놀라서 근처 사람들에게 보여 주었다. 그것 역시 아까 것과 마찬가지로 찢어지긴 했으나 편지 이상으로 뭔가 의미 있는 것이 적혀 있었다. 이 이상한 문서가 갖는 역사적인 흥미 때문에 여기에 옮겨 적는다.

Q C D E

u og a fe

이 표를 암기한 후 찢어 버려라. 가입자들에게 명령을 전할 때도 똑같이 하라. 영원한 번영과 우애를 위하여.

그때 이것을 주운 사람들은 이제부터 적으려는 네 개의 대문자가 무엇의 약자인지, 또 왼쪽 아래에 있는 u og a fe 라는 글자가 무슨 의미를 나타내는지 알지 못했다. 훨씬 나중에 알게 되었는데 Q, C, D, E는 각각 '500인 대장(quinturions)', '100인 대장(centurions)', '10인 대장(decurions)', '정찰병(eclaireurs)'의 약자이고 u og a fe 는 날짜로 '1832년 4월 15일'을 뜻하는 것이었다. 각 대문자 아래에는 매우 특이한 지시가 달려 있는 이름들이 적혀 있었다. 예를 들어, Q, 바느렐, 소총 8, 탄통 83, 확실한 남자. C, 부비에르, 피스톨 1, 탄통 40. D, 롤레, 포일 1, 피스톨 1, 화약 1파운드. E, 테시에, 군도 1, 탄약 상자 1, 정확한 사람. 테뢰르, 소총 8, 용감한 사람 등등.

끝으로 그 목수는 역시 같은 장소에서 세 번째 쪽지를 주웠다. 그 조각에는 연필로 다음과 같은 표가 마치 수수께끼처럼 분명하게 적혀 있었다.

단위. 블랑샤르. 아르브르 섹. 6

바라. 수아즈. 살 오 콩트.

코시우스코. 푸줏간 오브리?

J. J. R.

카이우스 그라퀴스.

개정의 권리. 뒤퐁. 푸르.

지롱드 당원들의 몰락. 데르박, 모뷔에.

워싱턴, 팽송. 피스톨 1. 탄통 86.

마르세예즈.

국민의 주권자. 미셸 캥캉푸아. 사브르.

오슈.

마르소. 플라톤. 아르브르 섹.

바르샤바. '민중보' 판매인 티이.

이 쪽지를 손에 넣어 간직해 온 시민은 결국 그 의미를 알았다. 이 리스트는 인권 결사의 파리 제4 지구 각 소대의 전체 명부로서, 소대장의 이름과 주소가 적혀 있는 것으로 짐작된다. 어둠 속에 숨어 있던 이 사실도 오늘날에 이미 역사의 한 페이지를 기록하고 있으므로 그것을 발표해도 상관없을 것이다. 인권 결사가 창립된 것은 이 쪽지가 발견된 훨씬 나중이다. 여기 쓰인 것은 그것의 초안일 것이다.

어느덧 사람들의 소문과 문서로 된 증거들에 이어서 구체적인 사실들이 차츰 드러나기 시작했다.

포팽쿠르 거리에 있는 어느 골동품 상점의 서랍에서 세로로 두 번 접은 회색 종이 일곱 장이 압수되었는데 그 종이 아래에 역시 같은 회색 종이를 탄통 모양으로 접은 스물여섯 개의 상자와 다음과 같이 쓰여 있는 카드 한 장이 숨겨져 있었다.

초석 ····································	12온스
유황 ····································	2온스
숯 ·····································	2온스 반
물 ·····································	2온스

압류한 물품에 대한 조서(調書)에 따르면 그 서랍에서 독한 화약 냄새가 났다고 한다.

어느 날 일을 마치고 돌아오는 석공 한 명이 아우스터리츠 다리 가까이에 있는 벤치 위에 작은 꾸러미를 잊어버리고 놓고 간 일이 있었다. 누군가가 그 꾸러미를 발견하여 경비대로 가지고 갔다. 그것을 열어 보니 그 속에는 '라오티에르'라고 서명한 팸플릿과 '노동자여, 단결하라!'라는 제목의 악보가 들어 있었고 탄통을 넣은 양철 상자도 있었다.

어떤 노동자 한 명이 친구와 술을 마시면서 자기 몸이 얼마나 뜨거운지 친구에게 만져 보라고 했다. 만져 본 친구는 그의 윗옷 밑에 피스톨이 숨겨져 있는 것을 눈치챘다.

페르 라셰즈 묘지와 트론 성문 사이에 있는 길가 도랑에서, 큰길이기는 하지만 거의 인적이 드문 곳이었던 그 근처에서 놀던 아이들이 나무 부스러기며 쓰레기가 산더미같이 쌓인 곳 아래에서 자루 하나를 발견했다. 자루 안에는 탄통을 만드는 데 이용되는 나무 굴대, 사냥에 쓰이는 화약 가루가 든 나무 그릇, 안에 납을 녹인 흔적이 있는 작은 냄비 같은 것이 들어 있었다.

어느 날 새벽 5시에 파르동이라는 남자의 집에 경관들이 갑자기 들이닥쳤다. 이 남자는 후에 바리카드 메리 구의 소대에 들어가 1834년 4월 폭동 때 죽은 사람으로, 그때 마침 침대 옆에서 만들다 만 탄환을 손에 들고 있었고 그 모습이 경관들에게 발각되었다.

노동자들이 쉬는 시간에, 픽퓌스 성문과 샤랑통 성문 사이, 문 앞에 샘

놀이 시설이 있는 어느 술집과 접한 좁은 순찰 도로에서 두 노동자가 비밀스럽게 만나는 모습이 발견되었다. 한 사람이 작업복 밑에서 피스톨을 꺼내 은밀히 상대에게 건넸다. 건네줄 때 화약은 가슴에 밴 땀 때문에 약간 젖어 있었다. 그는 피스톨에 뇌관을 장치하고, 약실에 이미 화약이 들어 있었지만 화약을 좀 더 넣었다. 그러고는 두 남자는 헤어졌다.

갈레라는 사람은 나중에 4월 혁명 때 보부르 거리에서 죽은 남자로, 자기 집에 700개의 탄통과 스물네 개의 부싯돌이 있다고 뽐내고 다녔다.

정부는 어느 날 성문 밖에서 무기와 20만 개의 탄통이 배급됐다는 정보를 입수했다. 그다음 주에는 또다시 3만 개의 탄통이 배급됐는데 이해할 수 없는 일이지만 경찰은 그것을 단 하나도 압류하지 못했다. 단지 편지 한 통만을 압수했는데 거기에는 이렇게 적혀 있었다.

'네 시간 안에 팔만의 애국자가 완전 무장할 수 있는 날이 곧 다가올 것이다.'

그런 불온한 움직임은 공공연하게, 그러나 서두름 없이 착착 진행되고 있었다. 바로 앞으로 성큼 다가온 폭동은 정부 앞에서 태연하게도 그 폭풍을 준비하고 있었다. 아직은 땅속 깊숙이 숨겨져 있었지만 분명히 예감할 수 있는 그 위기는 갖가지 점에서 조금도 빈틈이 없었다. 노동자들과 부르주아들은 천연덕스러운 얼굴로 준비되고 있는 이 일에 대해 서로 이야기를 나누었다. 그들은 "부인은 잘 지내십니까?" 하는 말투로 "폭동은 요즘 어떻게 돼 갑니까?" 하고 아무렇지 않게 물었다.

모로 거리에서 가구점을 운영하는 한 상인이 어떤 사람에게 물었다.

"대체 언제 공격을 시작합니까?"

다른 상인은 대답했다.

"얼마 안 있어 공격할 것입니다. 나는 분명히 알고 있어요. 한 달 전에는 1만 5천 명이었는데 지금은 2만 5천 명으로 불어난 것을 보면 확실합니다."

그는 자기가 갖고 있던 소총을 내놓았다. 그러자 옆집 남자도 7프랑에 팔려던 피스톨을 제공했다.

그렇게 혁명의 열기는 더욱 퍼져 갔다. 파리의 어느 곳도, 프랑스 전국의 어느 곳도 예외는 아니었다. 동맥이 고동치듯 가는 곳마다 그 열기로 가득했다. 염증으로 인해 인체에 생기는 점막처럼 각종 비밀결사의 그물 같은 조직이 전국에 널리 퍼지기 시작했다.

그리고 공공연하면서도 비밀결사인 '민중의 벗 결사'에서 '인권 결사'가 만들어졌다. 이 결사의 한 의사록에는 '공화력(共和曆) 40년 우월(雨月)(1833년 1월 20일부터 2월 19일까지를 의미_옮긴이)'이라고 기록되어 있었다. 그 결사는 나중에 중죄재판소에서 해산 명령을 받고도 계속 존속되었는데, 각 소대에 주저 없이 다음과 같은 매우 의미 있는 이름을 붙였다.

데 피크(창)

톡생(경종)

카농 달라름(경포)

보네 프리장(자유의 상징인 붉은 모자)

1월 21일(1793년 루이 16세가 처형된 날)

데 괴(거지)

데 트뤼앙(건달들)

마르슈 앙나방(전진)

로베스피에르

니보(수준)

사 이라(혁명가의 하나)

인권 결사에서 '행동 결사'가 새로 탄생해 활동을 시작했다. 그 결사 대원은 무리에서 떨어져 나와 앞만 보고 달리는 혈기왕성한 젊은이들이었다. 그것을 제외한 몇 개의 결사가 모체인 큰 결사에서 떨어져 나와 서로 뭉치려 하고 있었다. 조직 사람들은 사방으로 불려 가는 것에 대해 불평을 늘어놓았다. 그렇게 만들어진 것이 '골(프랑스의 옛 이름) 결사'와 '자치 도시 조직위원회'였다. 또 이것이 계기가 되어 '출판의 자유'를 위한 단체, '개인의 자유'를 위한 단체, '국민 교육'을 위한 단체가 조직되었다. 그리고 평등주의 노동자 결사도 만들어졌는데 이 결사는 평등주의자와 공산주의자 그리고 혁신주의자 이렇게 세 파로 나뉘었다. 그다음 바스티유군(軍), 이것은 일종의 군대식으로 조직된 부대로 하사 네 명, 상사 열 명, 소위 스무 명, 중위 마흔 명을 각각 그 휘하에 두고 있었다. 지극히 꼼꼼하고 빈틈없는 대담한 조직으로 베네치아 사람의 재능을 그대로 엿볼 수 있었는데 그중 다섯 명 이상은 절대 서로를 알지 못하도록 짜여 있었다. 수뇌부인 중앙위원회 아래에 양팔이라고 할 수 있는 행동 결사와 바스티유 군이 있었다. 정통 왕조파 단체 중 하나인 '충성기사단'은 이들 공화주 단체들 사이에서 동요하고 있었다. 이 기사단은 그들 사이에서 고발되고 거부되었다.

파리의 여러 결사들은 주요 도시들로 그 가지를 뻗어 나갔다. 리용, 낭트, 릴, 마르세유 같은 도시에도 인권 결사며, 카르보나리당이며, 자유인 결사가 만들어졌다. 엑스에서도 쿠구르드 당이라는 하나의 혁명 결사가 조직되었는데 여기에 대해서는 앞서 언급한 적이 있다.

파리에서는 생 마르소 성 밖도 생 앙투안 성 밖 못지않게 소란스러웠고, 학교도 모두 이들 성 밖과 마찬가지로 동요하고 있었다. 생 티야생트 거리의 한 카페와 마투랭 생 자크 거리의 세트 비야르 술집은 이미 학생들의 집합소가 되었다. 'ABC의 친구'는 앙제 상조회(相助會)와 엑스의 쿠구르드와 자매결연을 맺었는데 이들은 앞서 말한 카페 뮈쟁에서 만나고 있었다. 그 젊은이들은 또한 앞서 언급한 바와 같이 몽데투르 거리 근방 코랭트 술집에서도 가끔씩 만나고 있었다. 그러한 집회는 대부분 거의 비밀리에 개최되었다. 이와 다르게 매우 공공연하게 열리는 집회도 있었는데 그것이 얼마나 대담했는가는 훗날 재판에서 행해진 신문의 일부만 봐도 알 수 있었다.

"그 집회가 열린 장소는 어디인가?"

"폐 거리에서 열렸습니다."

"누구의 집인가?"

"집이 아닌 거리 한복판입니다."

"몇 소대나 모인 것인가?"

"단지 한 소대만 있었을 뿐입니다."

"그 소대 이름은 무엇인가?"

"마뉘엘 소대입니다."

"그 소대의 책임자는 누구인가?"

"바로 접니다."

"자네 혼자서 정부를 공격할 계획을 했다니 그러기엔 자네가 너무 젊은데. 어디서 명령을 받았나?"

"바로 중앙위원회에서입니다."

군대도 민중과 똑같이 잠식당하고 있었다. 훗날 벨포르와 뤼네빌, 에피날 같은 데서 일어난 폭동이 증명했듯이 제52, 제5, 제8, 제37 연대와 경기병(經騎兵) 제20 연대 등이 민중의 기대를 한 몸에 받았다. 부르고뉴와 남부 지방의 여러 도시에는 '자유의 나무', 즉 붉은 모자를 씌운 깃대가 세워지기 시작했다.

여기까지가 당시의 정세라고 할 수 있다.

이러한 정세는 앞서 언급한 바와 같이 다른 어느 민중 집단보다도 생앙투안 성 밖에서 더욱 두드러졌다. 왜냐하면 바로 그곳이 본거지였기 때문이다.

많은 사람들이 개미집처럼 모여들었다. 그리고 벌집처럼 근면하고 용기 있고 격분한 이 낡은 성 밖은 폭동에 대한 기대와 희망으로 부풀어 있었다. 일이 손에 잡히지 않을 정도는 아니었지만 대부분의 사람들이 들떠 있었다. 어둠 속에 비친 생기에 찬 표정은 어떤 말로도 표현하기 힘든 것이다. 이 성 밖에는 가슴을 도려내는 극심한 빈곤이 지붕 아래 방마다 도사리고 있었지만 동시에 일찍이 볼 수 없던 강렬한 지성이 넘치고 있었다. 극단적인 것이 서로 마주하는 것은 상당히 위험한 일인데 가난과 지성의 경우 더욱 그랬다.

생 앙투안 성 밖은 이 밖에도 사람을 전율하게 만드는 또 다른 이유들을 갖고 있었다. 그곳은 상업상의 위기, 파산, 파업, 휴업 등 대개 정치상 큰 동요가 있을 때 항상 나타나는 여러 현상의 반동을 그대로 받는 장소였다. 혁명기에 빈곤은 그 원인이면서도 결과가 되기도 했다. 혁명의 잔물결들은 그대로 민중에게 밀려오기 때문이다.

신념에 대한 자긍심으로 내재되어 있는 열정을 최상으로 끌어올려 언제든지 무기를 잡을 준비가 되어 있는 자세로 금방이라도 폭발할 것처럼 초조하고 격렬하며 심각한 그 민중들은, 이제 어떤 불꽃이 떨어지기만을 기다리는 것 같았다. 사건에 휘말린 불꽃이 지평선 위에 피어오를 때마다 사람들은 생 앙투안 성과 그러한 고뇌 넘치는 사상의 화약고를 바로 파리의 입구에다 가져다 놓은 무서운 그 우연에 대해 생각했다.

앞서 여러 번 되풀이해 나왔던 '앙투안 성 밖'의 술집들은 역사적으로도 매우 유명한 집들이다. 세상이 어지럽던 시절에 사람들은 그곳에서 술이 아니라 말에 더 취했다. 그곳에서는 예언자 같은 정신과 미래의 새롭고 산뜻한 바람이 떠돌고 있어 사람들의 마음을 채워 주고 영혼을 살찌게 했다. 앙투안 성 밖에 있는 술집들은 무녀의 동굴 위에 지어져서 항상 신성한 숨결과 통하고 있었다는 로마의 아벤티나 언덕 위 선술집과 비슷했다. 그곳에 놓인 테이블은 마치 신 앞에 놓인 삼각대를 연상시켰고, 그곳에 모인 사람들은 로마의 시인 엔니우스가 '무녀의 술'이라고 불렀던 술을 마시고 있었다.

생 앙투안 성 밖은 그대로 국가와 사회 구성원들의 저수지였다. 혁명의 동요는 그곳에 틈을 내어 그 사이로 민중의 주권이 흘러들게 했다. 이 주권은 해롭고 악한 영향을 끼치는 수도 있었다. 다른 모든 것처럼 잘못을 저지르기도 했다. 그러나 설사 잘못이 있어도 그것 역시 위대한 것임이 분명했다. 그것은 외눈박이 거인 '인젠스'와 같았다.

1793년에는 그 무렵 떠돌던 사상의 옳고 그름에 따라, 또 광신의 날인지 감격의 날인지에 따라, 생 앙투안 성 밖에서 때로는 야만의 집단이, 때로는 영웅다운 군중이 나오기도 했다.

여기서 나는 야만이라는 말의 이유를 밝히고 싶다. 혼돈스런 개벽과 같은 혁명기에 누더기를 걸치고, 성난 소리로 외치고, 사납게 날뛰고, 몽둥이를 휘두르고, 곡괭이를 둘러메고, 허둥지둥 낡은 파리로 몰려와 민중들을 당혹스럽게 했던, 머리칼이 곤두선 그 사람들은 대체 무엇을 원하고 있었는가? 권력의 억압이 끝나기를, 폭정이 끝나기를, 군주의 살생권이 없어지기를, 남자에게는 일을, 아이들에겐 교육을, 여자에게는 사회의 온정을, 만인에게 빵을, 자유를, 평등을, 우애를, 사상을, 세계의 낙원화를, 진보를 바라고 원했던 것이다. 모든 거룩하고 성스러우며 선량하고 따뜻한 것, 즉 진보를 견딜 수 없을 정도로 억압당해 거의 이성을 잃어버린 그들은 무서운 얼굴로, 벌거벗은 몸뚱이로 무섭게 으르렁대며 그것을 요구한 것이다. 그들은 과연 야만인 같았다. 하지만 그들은 문명의 야만인이었다.

그들은 몹시 사납고 세차게 자신의 권리를 선언했다. 그들은 전율과 공포를 수단으로 삼았지만 온 힘을 다해 인류를 낙원으로 끌어올리려고 노력했다. 그들은 겉으로 보기엔 야만인처럼 보이지만 사실은 구원자였다. 그들은 밤의 복면을 쓴 채 낮의 광명을 요구한 것이다.

분명히 거칠고 사납긴 하지만 언제나 선을 위해 거칠고 사나운 이 사람들과 다른 종류의 사람들이 있었다. 그들은 미소를 짓고 수놓은 옷이며, 황금이며, 리본으로 몸을 장식하고, 보석을 뿌리고, 비단 양말을 신고, 흰 깃털을 달고, 노란 장갑을 끼고, 에나멜 구두를 신고, 대리석 난로 옆 벨벳 테이블에 팔꿈치를 올려놓고 과거와, 중세와, 신성한 권리와, 광신과, 무지와, 노예 제도와, 사형과, 전쟁, 이 모든 것들의 유지와 보전을 천연덕스러운 말투로 주장하고, 군도와 화형장과 단두대를 조용한 목소리로 정중하게 칭송했다. 만약 문명의 야만인과 야만의 문명인 사이에서 어느 한쪽을 선택하라고 한다면 우리는 서슴없이 야만인 쪽을 택해야 한다.

그러나 다행히도 또 다른 선택도 가능하다. 전진과 후퇴 사이에서 곧바로 거꾸로 떨어질 필요는 없다. 전제주의도 공포 정치도 필요하지 않다. 우리는 단지 완만한 경사의 진보만을 바랄 뿐이다.

신이 그것을 준비해 준다. 완만한 경사, 이것은 바로 신이 하는 정치의 핵심이라고 할 수 있다.

앙졸라와 그의 부관들

그때, 앙졸라는 곧 사건이 일어날 것이라는 예감으로 조용히 비밀 수사를 전개하고 있었다.

모든 사람들이 카페 뮈쟁에 모였다.

앙졸라는 분명치는 않지만 의미심장한 비유를 섞어 말을 시작했다.

"지금 우리는 현재 어떤 상태에 놓여 있으며 누구를 믿어야 하는지를 생각해 둘 필요가 있다. 투사를 얻으려면 먼저 투사를 만들어야 하는 것이다. 뿔을 만드는 것이지. 뿔은 결코 방해가 되지 않으니까. 길에 소가 없을 때보다 소가 있을 때 지나가는 사람이 소에 떠받칠 기회가 많은 것과 마찬가지지. 그러니 우리의 소가 전부 얼마인가 한번 세어 봐야겠어. 우리 편은 대체 얼마나 되는지 말이야. 절대 일을 뒤로 미뤄서는 안 돼. 혁명가는 항상 재빨리 움직여야 해. 진보는 낭비할 시간이 없으니까. 급습을 받지 않으려면 경계를 게을리해서는 안 돼. 그리고 또 다른 문제는 우리가 펴놓은 그물망에 한 군데라도 뚫린 곳이 있는지 샅샅이 조사해 볼 필요가 있다는 거야. 그 일만은 오늘 중으로 철저하게 끝을 내야 해. 쿠르페락, 자네는 이공과 학생들을 조사하게. 오늘은 그들이 외출하는 날이니까. 오늘은 마침 수요일이 아닌가. 푀이, 자네는 글라시에르에 있는 사람들을 살펴봐 줘. 콩브페르는 픽퓌스에 가기로 되어 있었지. 그곳엔 많은 사람들이 모여 있어. 바오렐은 에스트라파드를 돌아보고, 플루베르는 요즘 석공들의 사기가 떨어진 것 같으니까 그르넬 생 토노레 거리의 비밀 집회소를 한번 돌아보고 어떤지 얘기해 주게. 졸리는 뒤피이트랑 병원에 가서 의학생들을 진단하고 와. 보쉬에는 변호사 견습생들을 살펴보는 게 좋겠어. 나는 쿠구르드 당을 맡겠네."

"그럼 일단 거의 다 정해졌군."

쿠르페락이 말했다.

"그렇지 않아."

"그럼 뭐가 또 있나?"

"매우 중요한 게 남았다네."

"그게 무엇인가?"

콩브페르가 물었다.

"멘 성 밖이지."

앙졸라가 대답했다. 앙졸라는 잠시 무슨 생각을 하는 듯하더니 말을 이었다.

"멘 성 밖에는 대리석공이며 화가며 조각가 조수들이 살고 있어. 모두 열광적이지만 그에 반해 곧잘 열이 식는 사람들이야. 요즘 그들이 어떤 정신 상태로 지내는지 도무지 알 수 없어. 왠지 모르게 엉뚱한 생각들을 하고 있는 것 같아. 그전보다 열이 식어 가고 있으니까 말이야. 도미노 놀이만 하면서 시간을 보내는 모양인데 빨리 가서 설득해야 하지 않을까? 그들은 주로 리슈쾨네 집에서 모여. 12시에서 1시 사이에 가면 그들을 만날 수 있을 거야. 그들에게 남은 불씨를 불어서라도 다시 불길을 일으켜야 해. 난 이 일이 몽상가 마리우스에게 적합하다고 생각해. 어쨌든 그는 쓸모가 있는 사람이니까. 한데 통 소식이 없어. 그래 누가 대신 멘에 다녀와야 할 것 같은데 이제 남은 사람이 없지?"

"여기 내가 있잖아. 내가 다녀오겠네."

그랑테르가 말했다.

"자네가 간다고?"

"그래, 내가 가지."

"자네가 공화주의자를 설득시키겠다고? 자네가 주의(主義)라는 이름으로 열기가 식은 영혼을 다시 타오르게 하겠다고!"

"왜, 못 할 것 같나?"

"그럼 할 수 있다고 생각하나?"

"내게도 양심은 있다네."

그랑테르는 대답했다.

"자네는 아무것도 믿지 않잖아."

"나는 자네를 믿네."

"그랑테르, 그럼 내 부탁을 들어 주겠나?"

"당연하지. 뭐든지 하겠네. 구두를 닦으라면 그렇게 하겠어."

"좋아, 그럼 부탁이니 우리 일에 간섭하지 말아 주게. 그냥 한숨 자고 술이나 깨면 얘기하게."

"앙졸라, 자넨 정말 너무 심하게 말하는군."

"자네가 멘 성 밖에 간다고? 정말 잘해 낼 수 있을까?"

"그럼. 당연히 할 수 있다네. 그레 거리로 내려가서 생 미셸 광장을 가로질러, 무슈 르 프랭스 거리를 비스듬히 올라가 보지라르 거리를 지나, 카르므 수도원을 거쳐 다사스 거리를 돌아, 셰르슈미디 거리로 들어가 군법 회의소 뒤로 비에이 튈르리 거리를 걸어가서 가로수길을 뛰어넘고 멘 둑길로 올라가 성문을 지나 리슈푀 집으로 들어가면 되지. 나도 그 정도 일은 할 수 있어. 내 구두가 나를 곧장 그곳으로 데려다 줄 걸세."

"리슈푀 집에 모이는 사람들을 잘 알고 있나?"

"잘은 몰라도 서로 어느 정도 말은 터놓고 지내는 사이일세."

"자네가 가서 대체 무슨 얘기를 할 수 있다는 거지?"

"그야 물론 로베스피에르 얘기를 해야지. 당통 얘기도 하고. 그리고 또 주의(主義)에 대해서도 말을 해야겠지."

"자네가 그런 얘기를 할 수 있다고?"

"그래, 날 왜 그렇게 믿지 못하나. 나도 마음먹고 일하면 잘하네.《프뤼돔》도 읽었고《사회계약론》도 알고 공화국 제2 헌법도 외고 있네. '민중의 자유는 다른 민중의 자유가 시작되는 곳에서 끝난다.' 하는 것 말이야. 자넨 날 바보로 생각하는 건가? 난 혁명 때의 지폐도 한 장 서랍에 간직해 두고 있네. 인간의 권리, 민중의 주권, 젠장! 나는 약간 에베르티스트(저널리스트 겸 과격주의 혁명가인 자크 에베르의 지지자_옮긴이)이기도 해. 회중시계를 들고 여섯 시간 동안 쓸데없는 말을 지껄일 수도 있다네."

"농담은 하지 말고 얘기하게."

앙졸라가 말했다.

"난 진심으로 하는 말일세."

그랑테르가 말했다.

앙졸라는 한참 생각을 한 뒤 마음을 결정한 듯 엄숙한 목소리로 입을 열었다.

"그랑테르, 좋아. 자네를 믿지. 자네를 한번 시험해 보겠네. 멘 성 밖에 다녀오게."

그랑테르는 카페 뮈쟁 바로 옆, 가구 딸린 방에서 세를 살고 있었다. 그는 밖으로 나갔다 5분쯤 뒤에 돌아왔다. 집에 가서 로베스피에르식 조끼를 입고 돌아 온 것이다.

"빨강이야."

그는 안으로 들어오면서 앙졸라의 얼굴을 쳐다보며 말했다. 그리고 억센 손바닥으로 조끼의 새빨간 양쪽 깃을 가슴 위로 가볍게 두드렸다.

그는 앙졸라 옆으로 다가와 작은 목소리로 속삭이듯 말했다.

"걱정 말게."

그러고는 모자를 푹 눌러 쓴 채 밖으로 나갔다.

15분쯤 지나자 카페 뮈쟁에는 아무도 없었다.

'ABC의 친구'들은 저마다 자기가 할 일을 하기 위해 맡은 구역으로 떠났다. 쿠구르드당을 맡은 앙졸라가 제일 마지막에 출발했다.

파리에 있던 엑스의 쿠구르드 당원들은 그 무렵 이시 들판에 모여 파리 근교에서 흔히 볼 수 있는 한 폐쇄된 채석장에서 모임을 진행하고 있었다.

앙졸라는 그 모임 장소를 향해 걸으면서 머릿속으로 현재의 상황을 정리해 보았다. 시국의 중대성은 너무나 뚜렷했다. 일종의 잠재적 사회병의 전조라 할 수 있는 사실들이 무겁게 몸을 뒤척이는 동안에는, 사소한 병발증(竝發症)에도 쉽게 활동을 멈추고 혼란에 빠지게 된다. 그 현상에서 비롯되는 것은 붕괴나 재생, 둘 중 하나라고 할 수 있다. 앙졸라는 미래의 어두운 치맛자락 아래에서 광명이 솟아오르는 것을 살짝 엿보았다. 앞으로 어떻게 될 것인가? 그는 때가 점차 가까이 다가오는 것을 느꼈다. 민중이 다시 권리를 되찾는다. 이 얼마나 아름다운 광경인가! 혁명이 다시 프랑스를 손에 쥐고 당당하게 세계를 향해 '내일을 보라!'고 소리치는 것이다. 앙졸라는 가슴이 뿌듯해짐을 느꼈다. 그에게는 이제 파리 전체에 도화선처럼 흩어진 동지들이 있었다. 콩브페르의 날카로운 철학적 웅변, 푀이의 세계주의적 정열, 쿠르페락의 기발한 착상, 바오렐의 웃음, 장 플루베르의 우울, 졸리의 학식, 보쉬에의 풍자, 그는 이 모든 것을 머릿속에서 결합하여 사방에서 한꺼번에 폭발하는 전광 같은 모습을 떠올리며 상상했다. 모두 열정적으로 일에 전념하고 있다. 언젠가 일한 만큼의 성과가 반드시 올 것이다. 그것으로 충분하지 않은가. 그런 생각 끝에 문득 그랑테르의 일이 생각났다.

'잠깐.'

그는 생각했다.

'멘 성 밖으로 가면 돌아가지 않아도 되겠군. 리슈뢰 집에 잠깐 들러 볼까. 그랑테르가 어떻게 하고 있는지 가 봐야겠어.'

보지라르 종탑이 1시를 칠 때쯤 앙졸라는 리슈뢰 상점에 당도했다. 그는 문을 밀고 들어가서 팔짱을 긴 채 테이블과 사람과 담배 연기로 가득 차 있는 방 안을 빙 둘러보았다.

뽀얀 연기 속에서 누군가 고함을 지르는 것 같았는데 곧 또 다른 고함소리에 묻혀 버렸다. 그것은 맞은편 사람과 대화를 나누고 있던 그랑테르의 목소리였다.

그랑테르는 왕겨를 뿌리고 도미노 패를 벌여 놓은, 성안의 대리석 테이블 사이에 어떤 사내와 마주 앉아 있었다. 그는 그 대리석을 주먹으로 탁탁 두드리고 있었는데 앙졸라가 들은 대화는 다음과 같았다.

"더블 6."

"4."

"젠장! 벌써 다 없어졌잖아."

"자넨 끝났어. 2."

"6."

"3."

"포인트."

"내가 먼저야."

"4점."

"이거 곤란한데."

"이제 자네 차례야."

"음, 큰 실수를 했군."

"아직 괜찮은데 뭘 그래."

"15."

"7에 한 번 더."

"그럼 난 22가 되는데. 22!"

"자넨 더블 6을 보지 않았군. 내가 처음 그걸 쳤으면 판은 아주 정반대가 됐을 거야."

"다시 한 번 2."

"포인트."

"포인트라고! 그럼 좋아. 5."

"난 더 이상 아무것도 없어."

"분명 자네가 선이었지?"

"응."

"백(白)."

"운이 좋은데, 쳇! 2."

"포인트."

"5도 없고 포인트도 없어. 큰일이야."

"도미노."

"에잇, 젠장!"

2. 에포닌

종달새 들판

마리우스는 자베르가 잠복했던 그 사건이 엉뚱한 결과로 마무리되는 것을 지켜보았다. 자베르가 체포한 악당들은 세 대의 마차에 나눠 타고 그 집을 떠났고 마리우스도 곧 그곳에서 나왔다. 아직 밤 9시였다. 마리우스는 쿠르페락의 집으로 향했다. 쿠르페락은 예전처럼 라틴 구에서 한가하게 살고 있지 않았고 '정치적 이유' 때문에 베르리 거리로 이사를 했다. 그곳은 요즘 자주 폭동이 일어나고 있는 지역 중의 하나였다.

마리우스는 쿠르페락에게 말했다.

"여기서 좀 머무르려고 왔네."

쿠르페락은 매트리스 하나를 끌어내 마룻바닥에 펴 주면서 말했다.

"얼마든지 있게."

다음 날 7시가 되자 마리우스는 가축우리 같은 집으로 되돌아가 부공 할멈에게 집세 등 밀린 돈을 치렀다. 그리고 책, 침대, 테이블, 장롱, 의자 둘을 직접 손수레에 싣고 어디로 가는지 아무에게도 말하지 않은 채 곧바로 떠났다. 그래서 자베르가 어제 저녁 일어난 사건에 대해 좀 더 조사하기 위해 다음 날 아침 마리우스를 찾아왔을 때는, 혼자 남은 부공 할멈한테서 이런 말을 들을 수밖에 없었다.

"그는 이사 갔어요!"

부공 할멈은 마리우스 역시 어제 잡힌 도둑과 어떤 관계가 있을 것이라고 생각하고 있었다.

"정말 세상일이란 알 수 없다니까. 그 젊은 남자가 어떻게 그럴 수 있지! 꼭 계집애 같던 남자가 그런 짓을 한다는 게 믿어지지 않는군!"

그녀는 근처에 사는 문지기 여자들한테 이렇게 떠들며 다녔다.

마리우스가 서둘러 이사를 한 이유는 다음과 같다. 첫째는, 마음이 고약한 부자보다 더 무서운, 사회의 오점인 무서운 빈민의, 더없이 사악하고 잔인한 배 속을 너무나 분명하게 봐서, 그 집이 싫어졌기 때문이었다. 둘째는 이제 곧 벌어질 재판에 참석해서 테나르디에에게 불리한 증언을 해야 했기 때문이다.

하지만 자베르는 그가 이사한 이유가 무서워서 도망을 갔거나 아니면 잠복이 있었을 때 집에 돌아오지 못했거나 둘 중 하나라고 생각했다. 그래도 그는 그를 찾기 위해 사방에 손을 뻗쳤으나 성과가 없었다.

그렇게 한 달이 지나고 또 한 달이 지났다. 마리우스는 그동안 쭉 쿠르페락의 집에 머물렀다. 그는 재판소 대기실을 출입하는 한 견습 변호사에게 테나르디에가 면회 금지 상태에 있다는 이야기를 들었다. 매주 월요일마다 마리우스는 테나르디에를 위해 5프랑을 포르스 감옥 사무실로 보냈다.

마리우스는 가진 돈이 없어서 그 돈을 매번 쿠르페락에게 빌렸다. 그가 친구에게 돈을 빌리는 것은 처음이었다. 쿠르페락은 마리우스가 주기적으로 돈 5프랑을 빌려 가는 것이 수수께끼였다. '대체 누구한테 돈을 보내는 것일까?' 하고 생각했다. 테나르디에 역시 '이 돈을 보내 주는 사람은 누구일까?' 하고 그 점에 대해 이상하게 생각했다.

마리우스는 슬픔에 잠겼다. 모든 것은 어둠의 나락으로 떨어져 갔다.

앞길에는 더 이상 아무것도 보이지 않았다. 생활은 다시 그 이해할 수 없는 신비 속으로 잠기고 그 속에서 다만 손을 더듬어 헤맬 뿐이었다. 이 넓은 세상에서 그가 사랑한 여자와 그녀의 아버지인 것 같은 그 노인을 암흑 속에서 문득 발견해 그를 위해 두 팔을 벌리려는 순간, 바람이 그들의 그림자를 몰고 떠나 버린 것이다.

　지금 그에게 있어 오직 확실하고 진실한 것은 그토록 무서운 사건을 겪었음에도 불구하고 무엇 하나 그것에 대해 아는 것이 없다는 사실이다. 짐작조차 할 수 없었다. 그녀의 이름만은 알고 있다고 여겼는데 그것조차 아닌 게 되어 버렸다. 그녀의 이름은 위르쒈이 아니라는 것만은 분명했다. 그리고 그녀에게 '종달새'라는 별명이 있다는 것을 기억했다. 그런데 그 노인에 대해서는 어떻게 생각해야 할지 몰랐다. 그가 경찰의 눈을 피해야 하는 이유는 무엇일까? 문득 앵발리드 근처에서 만났던 그 백발의 노동자가 떠올랐다. 어쩐지 그 노동자와 르블랑 씨가 같은 사람인 것처럼 느껴졌다. 그렇다면 그때 그는 변장을 했던 것일까? 그 노인은 확실히 영웅적인 면과 수상한 면을 동시에 갖고 있었다. 그런데 왜 그는 도움을 청하지 않은 채 도망갔을까? 그가 정말 그녀의 아버지일까? 아니면 사실이 아닐까? 그리고 테나르디에가 그를 만난 적이 있다고 했는데 그건 정말일까? 테나르디에가 혹시 사람을 착각한 것이 아닐까? 어느 것이나 다 답이 나오지 않는 문제였다. 하지만 그렇다고 해서 뤽상부르 공원에서 만났던 그녀의 청순한 매력이 사라지는 것은 아니었다. 몹시 가슴 아픈 슬픔, 마리우스의 마음에는 정열이 넘쳤지만 눈에는 밤의 어둠이 덮였다. 그것들이 밀리고 당기고 하여 이제 그는 움직일 힘조차 없었다. 모든 것은 다 사라졌고 그에게 남은 건 사랑뿐이었다. 하지만 그는 사랑에 대한 직관과 재빠른 영감조차 잃어버렸다. 인간의 마음에 불붙는 불길은 스스로에게 빛을 주어 밖으로까지 빛을 새어 나가게 한다. 그러한 정열의 비밀스러운 약속조차 마리우스에게는 전혀 들리지 않게 되었다.

더 이상 그는 '그곳에 가 볼까?'라든가 '이렇게 하면 어떨까?' 하는 얘기를 절대로 스스로에게 묻지 않게 되었다. 이제는 위르쉴이라고 부를 수도 없는 그녀, 분명 어딘가에서 살아가고 있겠지만 그에게 그녀가 어디에 있는가를 알려 주는 사람은 아무도 없었다. 그의 생활은 캄캄한 어둠 속, 단 이 한마디로 표현할 수 있을 뿐이었다. 그는 그녀를 정말로 만나게 될 것이라고는 믿지 않았다. 게다가 빈곤이 다시 그를 찾아왔다. 몸 가까이, 바로 등 뒤에서, 얼음처럼 차디찬 그 숨결이 그에게 느껴졌다. 많은 고민 속에서 그는 이미 오래전부터 일을 하지 못했다. 인간이 일을 하지 않는 것만큼 위험한 일은 없을 것이다. 그것은 어떤 습관 하나가 사라져 버리는 것과 같다. 습관이라는 것은 버리긴 쉬워도 그것을 다시 시작하려면 꽤 어려운 일이 되기 때문이다.

어느 정도의 몽상은 적당한 양의 마취제처럼 이로운 것이다. 그것은 지친 지성의 거칠고 살벌한 열기를 식혀 주고, 정신 속에 신선하고 부드러운 윤기를 더해 준다. 그리고 순수한 사색의 지나치게 날카로운 윤곽을 늦추게 하고, 여기저기 공백이나 틈을 채워 주어 전체를 하나로 묶은 관념의 모서리를 무디게 해 주기도 한다. 하지만 지나친 몽상은 인간을 결국 침몰시키고 만다. 사색에서 몽상으로 미끄러지듯 빠져 들어가 다시는 헤어날 수 없는 지경에 이른 정신 노동자들은 불행하다! 그는 언젠가는 다시 떠오를 것이라고 생각하지만 그것은 옳지 못한 생각일 뿐이다.

사색은 지성의 노동이지만 몽상은 지성의 쾌락이기 때문이다. 사색을 따르다가 몽상에 빠지는 것은 마치 독을 마시는 것과 같다.

독자들이 기억하듯이 마리우스는 처음 그런 식으로 출발했다. 정열이 물밀 듯 마리우스를 덮치며 끝이 없는 몽환 속으로 그를 밀어 넣었다. 그는 꿈을 꾸기 위해서가 아니면 집 밖으로 나가려고 하지 않았다. 생기를 잃고 무력해졌으며, 침착성을 잃고 그러면서도 침체되어 괴어 있는 늪. 일거리가 줄어들면서 그의 결핍은 더욱 커져 갔다. 그것은 하나의 법칙과도 같다. 인간은 몽상에 빠져들면 자연스럽게 긴장이 풀리고 낭비를 하게 마련이다. 그렇게 해이해진 정신은 긴축 생활을 버티지 못한다. 그런 생활 방식에는 선과 악이 뒤섞여 있다. 게으른 생활은 나쁜 것이지만 인색하지 않은 생활은 건강하고 멋있는 것이다. 하지만 가난한 사람이 아무리 멋을 내고 건강하게 살고 싶다고 해도 일을 하지 않는다면 파멸한다. 재원은 점점 말라 가고 필요한 것들은 자꾸 넘쳐 나게 된다.

도저히 돌이킬 수 없는 내리막길에서는 아무리 착실한 사람, 꿋꿋한 사람이라도 무력하기 짝이 없는 사람이나 불량한 사람처럼 질질 미끄러져 내려가 결국엔 자살이나 범죄, 둘 중의 한 구멍으로 빠져들게 된다. 단지 꿈을 꾸기 위해서만 집 밖으로 나오다 보면 나중엔 자신도 모르게 몸을 강물에 던질 날이 닥쳐오고야 만다. 꿈이 정도를 지나치면 에스쿠스와 리브라(1830년대 희곡을 공동으로 썼다가 실패, 실의에 빠져 자살한 두 청년_옮긴이)같은 인간이 되는 것이다.

마리우스는 그런 내리막길을 자신도 모르는 사이에 천천히 미끄러져 내려갔다. 이제는 볼 수 없게 된 그녀 쪽을 물끄러미 바라보면서. 이렇게 표현하면 어쩌면 이상할 수도 있지만 그러나 그것은 사실이었다. 더 이상 함께하지 못하는 사람에 대한 추억은 어두운 마음속에 불을 피운다. 그리고 멀리 사라지면 사라질수록 그 빛은 더욱더 밝게 빛날 뿐이다. 희망을 잃어버린 어두운 영혼은 영혼의 지평선 끝에서 인간 내부에 새겨진 하나의 별빛처럼 그 빛을 보게 된다. 마리우스가 생각하는 전부는 바로 그녀였다. 그는 그녀 외의 것은 일체 생각하지 않았다. 헌 옷은 더 입을 수 없을 정도로 낡았고 새 옷은 헌 옷이 되었고 셔츠가 다 해졌고 모자가 헐어 빠졌고 구두가 닳았고, 다시 말해 생활 일체가 낡아 빠졌다는 것을 막연하게 느끼면서도 그는 오직 마음속으로 이렇게 말할 뿐이었다.

"죽기 전에 단 한 번만이라도 그녀를 만날 수 있다면!"

그에게 있어 그녀가 자기를 사랑했던 것은 단 하나의 위안이었다. 그녀의 눈이 그것을 말하고 있었고, 그녀 역시 자기의 이름도 모르고 있지만 자기의 마음은 알고 있다는 것, 그리고 지금 그녀가 어디 살고 있는지는 모르지만 틀림없이 그녀도 그곳에서 계속 자기를 사랑하고 있을 것. 자기가 그녀를 생각하듯이 그녀도 자기를 생각하지 않는다고 누가 말할 수 있겠는가? 그리고 사랑하는 사람이라면 누구나 느끼듯이 마리우스는 가끔씩 어디를 보나 슬픈 이유밖에 없는데도 차마 억누를 수 없는 기쁨의 환희 속에서 이렇게 중얼거렸다.

"그녀의 생각이 나에게도 통한 것이다!"

그리고 마리우스는 덧붙여 말했다.

"그리고 내 생각도 틀림없이 그녀에게 통할 것이다."

그는 이런 공상을 머릿속에서 서둘러 떨쳐 버리려고 했지만 때로는 공상도 희망 비슷한 빛이 되어 그의 가슴에 던져 주기도 했다. 때때로 공상에 잠긴 사람을 더욱 슬픔 속에 빠지게 하는 저녁 무렵, 마리우스는 그녀에 대한 사랑으로 가득 찬 머릿속에 떠오른 가장 순수하고 보편적이고 더없이 이상적인, 그런 모든 것들을 수첩에 적곤 했다. 마리우스는 그것을 '그녀에게 바치는 편지'라고 불렀다.

그의 이성이 갈피를 못 잡고 비틀거렸다고 생각할 필요는 없다. 오히려 그 반대였다. 일하는 능력과 목표를 향한 확실한 행동력은 잃었지만 그는 그 어느 때보다도 깊은 통찰력과 정확성을 갖추고 있었다. 마리우스는 자기 눈앞을 스쳐 가는, 전혀 관계가 없는 사물이나 인간까지도, 좀 유별나기는 하지만 침착하고 현실적인 빛에 비추어 바라보았다. 모든 일에 대해 정직한 유약성과 순수한 천진함을 갖고 판단했다. 그의 판단력은 일을 기대하는 심정을 완전히 떠나 지극히 높은 곳을 행하고 있었다. 그러한 정신 상태에 있는 마리우스는 어떤 것도 잘못 보거나 잘못 생각하지 않았고 오히려 인생과 인간성과 운명의 밑바닥을 끊임없이 꿰뚫고 있었다. 사랑과 불행을 짊어지고 살아가도록 태어난 사람은 설사 고민 속에 있어도 행복한 법이다. 이 세상의 사물과 인간의 마음을 사랑과 불행이라는 두 빛에 비추어 보지 못한 사람은 아직 진실한 것이 무엇인가를 모를 뿐만 아니라 아무것도 아는 것이 없다고 할 만하다.

사랑하고 괴로워하는 영혼은 숭고한 상태에 있다.

그러나 하루하루 시간은 흘러만 가고 특별한 일은 아무 일도 일어나지 않았다. 단지 자기에게 남겨진 공간이 끊임없이 좁아지는 듯한 느낌만 가득할 뿐이었다. 저 멀리 끝을 알 수 없는 깊은 절벽이 차츰 눈앞에 펼쳐지는 것 같았다.

"정녕 죽기 전에 그녀를 다시는 만날 수 없단 말인가!"

그는 몇 번이고 되풀이해 중얼거렸다.

생 자크 거리로 올라가서 성문 옆을 지나, 한참 동안 성내의 옛 큰길을 오른쪽으로 돌아가면 상테 거리가 나오고, 이어 글라시에르에 이르게 되면 고블랭의 작은 내에 다다르기 바로 전에 들판이 나온다. 그곳은 길고 변화 없는 파리의 큰길 중에서 오직 하나, 루이스달(네덜란드의 풍경화가_옮긴이)이 앉아 보고 싶다고 느낄 만한 곳이었다.

그곳은 어딘지 모르게 우아한 멋을 지녔다. 줄에 널린 빨래가 바람에 나부끼는 초원, 지붕창이 특이하게 뚫린 커다란 지붕으로 덮인, 루이 13세 시대에 세워진 낡은 농가, 부서진 울타리, 포플러 나무 사이로 보이는 작은 연못, 아낙네들, 웃음소리, 애기 소리. 그리고 멀리 지평선에 보이는 팡테옹, 농아원의 나무, 검고 육중하고 괴상하고 묘하고 재미있게 생긴 발 드 그라스 병원 건물, 그 모든 것들을 배경 삼아 네모지게 우뚝 솟은 노트르담 성당의 네모진 꼭대기.

그곳은 구경을 하기에 충분한 가치가 있었지만 15분 동안에 마차 한 대, 마부 한 사람 지나가지 않을 정도로 누구 하나 찾아오는 이가 없었다.

어느 날 혼자 산책하던 마리우스는 우연히 그곳을 걷게 되었다. 그날은 이상하게도 그 한길에 행인이 서 있었다. 황량하게 버려진 그 아름다운 풍경에 마음을 빼앗긴 마리우스는 그 행인에게 물었다.

"이곳을 뭐라고 부릅니까?"

"이곳은 '종달새 들판'이라고 부릅니다."

그는 덧붙였다.

"월박이 이브리의 양 치는 소녀를 죽인 곳이기도 합니다."

하지만 '종달새'라는 말이 귀에 들려오자 마리우스에겐 더 이상 어떤 말도 들리지 않았다. 깊은 생각에 빠져 있을 때는 이처럼 단 한마디 말로도 마음이 온통 응결된다. 모든 사고는 순식간에 하나의 관념 주위에 모여들어 그 이외의 것은 무엇 하나 지각할 수가 없게 되는 것이다. '종달새', 그것은 마리우스가 위르쉴이라는 이름 대신 매일 마음속으로 불러 온 이름이었다.

"잠깐만."

그는 중얼거리듯 말했다. 영문을 알 수 없는 독백에서 흔히 보듯이 일종의 얼빠진 상태 속에 그는 소리 높여 큰 소리로 말했다.

"아, 이곳은 그녀의 들판이다. 그녀가 사는 곳도 여기서 알 수 있게 되겠지."

그것은 아무 근거 없는 생각이었지만 그 생각을 억제할 수는 없었다. 그날 이후 그는 매일같이 이 종달새 들판을 찾았다.

감옥 속에서 싹트는 죄악

고르보 저택에서의 자베르의 승리는 얼핏 보면 완전한 것처럼 보였지만 실상은 그렇지 않았다.

자베르가 무엇보다 걱정한 것은 그 포로를 자신의 포로로 만들지 못한 일이었다. 피해자가 도망치는 것은 가해자가 도망치는 것보다 훨씬 더 수상한 일이다. 그 사내는 악한들에게 매우 소중한 포로였던 것으로 짐작건대 당국으로서도 꽤 큰 노획물인 것이 확실했다.

그리고 몽파르나스도 자베르의 손에서 도망쳤다. 그 '멋쟁이 악당'을 다시 체포하려면 별수 없이 다른 기회를 기다리는 방법밖에 없었다. 사실 몽파르나스는 큰길가의 가로수 밑에서 망을 보고 있던 에포닌을 만나, 그녀의 아버지와 함께 신데르한네스(사형당한 도적_옮긴이)가 되기보다는 그녀와 함께 네모랭(방랑아_옮긴이)이 되는 쪽이 훨씬 낫다는 생각이 들자 그녀를 데리고 다른 곳으로 갔다. 그것은 다행이었다. 덕분에 몽파르나스는 체포되지 않았다. 하지만 에포닌은 자베르의 손에 붙잡혔다. 그것은 자베르의 쓸데없는 분풀이었다. 에포닌은 아젤마와 함께 마들로네트 감옥에 수감되었다.

마지막으로, 고르보 저택에서 포르스 감옥으로 포로를 이송하던 도중에 붙잡은 주요한 포로 가운데 하나인 클라크수가 사라졌다. 그가 어떻게 해서 도망쳐 버렸는지 순경도 반장들도 통 알 수가 없었다. 그가 수증기로 증발한 것인지, 아니면 수갑 속으로 스며들어 버렸는지, 혹은 마차 틈새로 새 버렸는지, 아무튼 감옥에 도착했을 때는 클라크수가 없어졌다는 사실만이 분명했고 그가 어떻게 사라지게 되었는지 경위를 아는 사람은 하나도 없었다. 이 사건에는 요술이 쓰였거나 경찰이 개입됐거나 둘 중 하나가 확실했다. 클라크수는 눈이 물속에 녹아 없어지듯 어둠 속으로 녹아 들어간 것일까? 그는 경찰들과 내통하고 있었던가? 그 남자는 무질서와 질서, 두 수수께끼의 세계 속에 살고 있는 것일까? 범죄와 단속에 양다리를 걸치고 있었던 건가? 그 스핑크스는 앞발을 죄악에 뒷발을 당국에 넣고 있었던 것인가? 자베르는 그런 연관설을 부정했고 그런 밀착이 사실이라면 아마 대단히 분노했을 것이다. 그러나 그의 부하 중에는 다른 감찰관도 섞여 있었고 그들은 자베르의 부하였지만 경찰서 내부 사정에 대해서는 그보다 더 많이 알고 있었다. 또 클라크수는 지극히 유능한 형사가 될 수 있을 정도로 특별한 악한이었는지도 모른다. 그런 요술과 같은 비밀스러운 관계를 밤의 세계와 연결 짓는다는 것은 도둑들에게는 지극히 소중한 일이었고 경찰들로서도 매우 환영할 만한 일이었다. 분명히 그런 두 가지 방법을 쓰는 악한도 있었다. 어쨌든 그렇게 사라져 버린 클라크수를 다시 찾는 것은 힘들었다. 자베르는 그 사실에 대해 놀라움보다는 분노를 느꼈다.

'분명히 겁이 잔뜩 난 그 멍청이 변호사' 마리우스에 대해서라면 자베르는 그의 이름도 잊어버렸고 관심도 없었다. 그는 변호사니까 언제든지 만날 수 있다고 생각했다. 그렇다면 그 젊은이는 정말 단순한 변호사였을까?

사건에 대한 수사가 시작되었다.

예심판사는 파트롱 미네트와 한패인 사람은 면회를 금지할 필요가 없을 것이라고 판단했다. 판사에게 지목된 사람은 프티 방키에 거리에서 보았던 머리가 긴 사내, 브뤼종이었다. 하지만 그를 샤를마뉴 뜰에 풀어 주었어도 한순간도 감시를 게을리하지 않았다.

이 브뤼종이라는 이름은 포르스 감옥에선 매우 낯익은 이름 가운데 하나였다. 보통은 바티망 뇌프 뜰이라고 부르고, 관리들은 생 베르나르의 마당이라 부르고, 도둑들 사이에서는 사자 굴이라고 불리는 무서운 곳이다. 그 뜰의 왼쪽은 지붕 높이까지 때와 얼룩이 잔뜩 낀 벽 위, 지금은 죄수들의 침실로 변한 옛 포르스 공작 저택의 예배당으로 통하는 녹이 슬고 낡은 철문 가까이에, 지금으로부터 12년 전 못으로 긁어 돌에 아무렇게나 새긴 감옥 그림 같은 것 아래에 다음과 같은 이름이 적혀 있었다.

브뤼종, 1811년.

1811년의 브뤼종이란 1832년 브뤼종의 아버지를 말한다.

고르보 저택 사건이 있던 날 잠시 얼굴을 내밀었던 이 브뤼종이란 자는 겉보기엔 매우 멍청하고 가련하게 보였지만 그와 달리 머리가 상당히 영리하고 교활하고 활발한 청년이었다. 그를 면회 금지의 독방에 넣지 않고 샤를마뉴의 마당에 풀어 놓았던 것은 판사가 그의 멍청한 면만 보았기 때문이다.

그러나 도둑이 재판소에 들어갔다고 해서 완전히 도둑질을 그만두는 것은 아니다. 그런 것에 조금도 구애받지 않는다. 죄를 짓고 감옥에 들어간 것과 별개로 또다시 새로운 범죄를 계획한다. 다시 말하면 그들은 예술가처럼 한 장의 그림을 전람회에 내놓고도 다시 아틀리에에서 다른 그림에 착수하는 것과 같다.

브뤼종은 겉으로는 감옥살이로 기분이 침울해진 것처럼 보였다. 때때로 몇 시간이고 샤를마뉴 뜰 매점 창 옆에 서서 '마늘 62상팀'으로 시작해 '엽궐련 5상팀'으로 끝나는 가격표를 바보처럼 멍하게 바라볼 때가 있었다. 또 어떨 때는 온몸을 부들부들 떨며 "열이 난다."고 말하며 환자용 병실의 스물여덟 개 침대 중 비어 있는 것이 있느냐고 묻기도 했다.

그런데 1832년 2월 말경, 그 바보처럼 멍청한 브뤼종이 감옥의 사환들을 통해 자신의 이름이 아닌 세 동료의 이름으로 모종의 제각기 다른 세 가지 일을 계획하고 있었다는 것이 발각되었다. 그 때문에 쓴 돈이 무려 50수나 되었는데 그 엄청난 액수가 간수의 주의를 끌어 들키게 된 것이다.

수사가 시작되고 면회실에 붙은 수수료 요금표를 참조해 본 결과, 그 50수는 다음과 같은 세 가지 일로 쓰였다는 사실을 알았다. 하나는 팡테옹에 10수, 하나는 발 드 그라스에 15수, 또 하나는 그르넬 성 밖에 25수였다. 이 중 제일 마지막 것은 가장 단가가 비싼 것이었다. 그런데 팡테옹과 발 드 그라스와 그르넬 성 밖에는 저마다 우연하게도 시민들이 가장 두려워하는 세 악당, 즉 비자로라고 하는 크뤼이드니에, 석방된 죄수 글로리외 그리고 바르카로스가 살고 있었다. 이 사건으로 인해 경찰은 그들에게 집중했다. 이 세 사람은 바베와 쾰메르, 두 두목이 투옥되어 있는 파트롱 미네트파의 일당이라고 짐작된다. 브뤼종의 편지는 그들에게 직접 전해진 것이 아니라, 길에서 기다리던 어떤 자가 전했는데, 그 속에는 어떤 계획을 위한 정도가 씌어져 있는 것 같았다. 그 밖에도 몇 가지 증거들이 확보되었다. 그래서 경찰은 이 세 악당을 체포했고 그것으로 브뤼종의 뭔지 모를 계획을 사전에 막을 수 있었다고 생각했다.

그런 조치가 있은 지 일주일쯤 지난 어느 날 밤, 야간 순찰 간수가 신관 아래층 침실을 돌아보고 난 다음, 막 순찰표를 순찰함에 넣으려는 순간—이것은 간수들이 그들의 임무를 제대로 수행하는지 확인하기 위한 방법이다. 그들은 매시간 감방 바로 옆에 붙은 상자 하나하나에 순찰표를 넣게 되어 있었다.—간수는 침실 문에 난 구멍을 통해 브뤼종이 침대 위에 앉아 벽에 걸린 등잔불 밑에서 뭔가 쓰고 있는 것을 발견하고는 안으로 들어갔다. 브뤼종은 곧 한 달 동안 특별 감방에 감금되었지만 그가 쓰던 것은 압수하지 못했다. 경찰은 그 이상은 알 수 없었다.

다만 다음 날, 샤를마뉴 뜰에서 사자 굴 마당으로, 그 두 마당을 가로막고 있는 6층 건물 너머로 '마부' 하나가 던져졌다는 사실만은 확실했다.

마부란 죄수들이 솜씨 좋게 빚은 작은 빵 덩어리를 말한다. 그들은 마부를 감옥 지붕 너머 한쪽 마당에서 다른 쪽 마당으로 던졌는데 그들 사이에서 그 일은 '아일랜드'라고 불렀다. 그 말은 영국을 건너 한 지역에서 다른 지역, 즉 아일랜드로 간다는 뜻이었다. 빵 덩어리가 다른 쪽 마당으로 던져지고 그것을 주운 사람이 빵을 쪼개어 보면 그 안에는 그 뜰의 어느 죄수에게 보내는 편지를 발견하게 된다. 발견된 편지는 곧바로 편지를 받아야 할 사람에게 전해진다. 그런데 만일 간수가 그것을 발견하든가, 감옥에선 '양'이라고 부르고 유형장에선 '여우'라고 하는 매수된 죄수

중 한 사람이 발견하게 되면 서기과를 통해 경찰의 손에 넘어가고 만다.

그날 마침 편지를 받아야 할 사람은 '별실'에 가고 없었지만 다행히 편지는 제대로 잘 전해졌다. 그렇게 편지는 파르통 미네트파의 세 두목 중 하나인 바베라는 남자에게 보내졌다.

빵 안에는 돌돌 만 편지 한 장이 들어 있었고 그 편지에는 이렇게 적혀 있었다.

'바베, 플뤼메 거리에 할 일이 생김. 정원 쪽 쇠창살.'

그 편지는 브뤼종이 밤에 쓴 바로 그것이었다. 바베는 그 편지를 읽고 나서 검사관이 있는 포르스 감옥에서 살페트리에르 감옥으로, 두 번 다 검사를 교묘하게 피한 뒤 거기 수용되어 있는 '친한 여자'에게 전했다. 그리고 그 편지는 다시 마뇽이라는, 경찰이 주목하는 대상이었지만 아직 체포되지는 않은 한 여자의 손으로 넘어갔다. 이 마뇽이라는 여자를 독자는 기억할 것이다. 그녀는 테나르디에 집안과 뒤에 드러날 모종의 관계를 맺고 있어서, 에포닌을 만나는 것과 동시에 살페트리에르와 마들로네트, 두 감옥 사이에 다리를 놓아 주었다.

그 무렵, 테나르디에의 예심이 열렸는데, 그의 딸들인 에포닌과 아젤마는 증거 불충분으로 즉시 석방되었다.

에포닌이 감옥에서 나오는 날, 마뇽은 마들로네트 감옥 문에서 지키고 기다리겠다는 내용의, 브뤼종이 바베에게 보내는 편지를 건네주며 일을 실수 없이 하라고 단단히 말했다.

에포닌은 플뤼메 거리로 가서 쇠창살과 마당을 확인하고 그 집을 몰래 염탐한 다음, 며칠 뒤에 클로슈페르스에 살고 있는 마뇽에게 비스킷 하나를 전하였다. 그리고 마뇽은 그것을 살페트리에르에 있는 바베의 정부에게 전했다. 한 개의 비스킷은 감옥에서 몰래 쓰이는 암호로 '도저히 안 되겠다'는 의미를 가진다.

그로부터 일주일이 채 지나기 전에 '예심'에 가는 바베와 그곳에서 돌아오는 도중인 브뤼종이 포스의 순찰로에서 서로 스쳐 지나갔다. 브뤼종은 낮은 목소리로 "P거리(플뤼메 거리)는 어떻게 됐나?"라고 물었고 바베는 "비스킷."이라고만 대답했다.

이렇게 브뤼종이 포스 감옥에서 계획한 범죄의 태아는 세상에 나오지 못한 채 죽고 말았다. 그러나 그 태아의 유산은 브뤼종으로서는 전혀 상상조차 하지 못했던 엉뚱한 결과를 초래했다. 그것의 전모는 앞으로 드러날 것이다. 인간이 한 실의 매듭을 짓고 있는 동안 의도하지 않게 엉뚱한 다른 실의 매듭을 짓게 되는 경우도 있는 것이다.

마뵈프 노인에게 나타난 유령

마리우스는 마뵈프 노인을 가끔 만나는 것을 제외하고는 이제 더 이상 아무도 찾아가지 않았다.

머리 위로는 행복한 사람들의 발소리가 들려오는 그 어두컴컴한 계단을, 마치 굴속을 향한 계단이라고 해도 좋을 그 음침한 계단을 마리우스가 천천히 내려가고 있는 동안, 마뵈프 노인도 역시 그 계단을 내려가고 있었다.

《식물지》는 더 이상 팔리지 않게 되었다. 더구나 쪽 재배에 관한 시험은 해가 잘 들지 않는 아우스터리츠의 마당에서는 실효성이 없었다. 그곳에서 마뵈프 노인은 습기와 햇볕 없이도 잘 자라는 몇 가지 식물 재배만 성공했을 뿐이었다. 그래도 그는 크게 실망하지 않고 계속해서 햇볕잘 드는 식물원의 한쪽 구석을 얻어 자비로 쪽의 시험 재배를 했다. 결국 그는 《식물지》의 동판을 전당포에 잡힐 수밖에 없었다. 아침 식사는 대충 달걀 두 개로 때웠는데, 그중 한 알은 벌써 열다섯 달이나 월급이 밀린 늙은 하녀 몫으로 내놓았다. 또한 그 아침 식사가 그날 하루 식사의 전부인 날들도 있었다. 시간이 흐를수록 마뵈프 노인의 어린아이 같은 천진한 웃음도 사라져 갔다. 그는 점점 침울해졌고, 사람이 찾아가도 만나고 싶어 하지 않았다. 마리우스가 그를 별로 찾아가려 하지 않는 것은 오히려 그에게는 잘된 일이었다. 마뵈프 노인이 식물원으로 가는 도중에 노인과 청년은 오피탈 거리에서 우연히 가끔씩 만나게 될 때가 있었다. 그럴 때마다 두 사람은 말없이 다만 내키지 않는 기색으로 간단히 인사만 나누었다. 이렇게 가난이 사람과 사람 사이를 갈라놓는다는 것은 정말 슬픈 일이다. 한때 친한 친구였던 두 사람이 이제는 이렇듯 서로에게 무심히 지나치는 행인이 되어 버린 것이다.

로얄 책방 주인은 죽었다. 마뵈프 노인은 책과 정원과 쪽 외에는 가까이하는 게 없었다. 그것들은 그에게 행복과 위안과 희망을 주는 전부였다. 그는 그것으로 만족하며 살았다. 그리고 그는 마음속으로 이렇게 말했다.

"쪽 물감만 완성되면 큰돈을 벌 수 있게 된다. 그땐 동판을 전당포에서 찾아올 것이다.《식물지》의 인기도 다시 되찾을 수 있을 거야. 신문에 커다란 광고를 내야지. 그리고 피에르 드 메딘의《항해술》1559년판 목판 한 부가 어디 있는지도 알게 되었으니 그것을 사들이도록 하자."

마뵈프 노인은 곧 그런 날이 오기만을 기다리며 하루 종일 쪽 묘판에서 일하고, 저녁때 집에 돌아오면 정원에 물을 주기도 하고 독서를 하기도 하며 지냈다. 그렇게 시간이 흘러 어느덧 마뵈프 노인의 나이도 벌써 여든 가까이 되었다.

어느 날 저녁, 그는 괴이한 유령을 보게 되었다.

집에 돌아올 때는 아직 해가 다 넘어가지 않았다. 플뤼타크 할멈은 몸이 아파서 누워 있었다. 그는 고기가 약간 붙은 뼈다귀와 부엌 식탁 위에 놓인 빵 한 조각으로 저녁 식사를 하고 정원으로 나가 의자 대신 놓아둔

경곗돌 위에 걸터앉아 있었다.

그 돌 의자 옆에는 옛날 과수원에서 흔하게 볼 수 있는 각목에 판자를 댄, 다 부서진 기다란 나무 상자 같은 헛간이 하나 있었다. 헛간 아래는 토끼의 집으로 쓰였고 위는 과일을 넣는 창고로 쓰이고 있었다. 토끼집에 토끼는 한 마리도 없었지만 과일 창고에는 겨울을 위해 저장해 두었던 사과 몇 개가 남아 있었다.

마뵈프 노인은 그곳에 앉아 안경을 끼고 책을 읽었다. 그는 나이에 어울리지 않게 두 권의 책에 완전히 집중하고 있었다. 그는 타고난 겁쟁이였는데 그래서 미신을 어느 정도 믿었다. 그가 읽고 있는 책 중 한 권은 《악마의 변화론》이라는 들랑크르 의장이 쓴 유명한 책이었다. 또 다른 한 권은 《보베르의 악마와 비에브르의 마귀론》이라는 것으로 뮈토르 드 라 뤼보디에르가 쓴 사절판이었다. 그의 정원도 옛날엔 마귀가 출몰한 곳 중 하나였기 때문에 두 번째의 낡은 책은 특히 그에게 흥미로웠다. 어느새 땅거미가 내려와 높은 곳은 희미해지고 낮은 곳은 시커멓게 보이기 시작했다. 책을 읽으면서도 마뵈프 노인은 손에 든 책 너머로 그가 심어 놓은 화초를 바라보았다. 특히 철쭉나무를 바라보는 일은 그의 큰 위안거리 중 하나였다. 더운 열기와 바람과 맑은 날씨가 오늘까지 나흘이나 지속되었기 때문에 나무 줄기는 비틀어지고, 봉오리는 고개를 푹 떨구고, 나뭇잎은 축 늘어져 어느 식물이나 다 물을 필요로 했다. 게다가 철쭉나무는 더욱 심했다. 마뵈프 노인은 식물에도 영혼이 깃들어 있다고 생각했다. 노인은 하루 종일 쪽 묘판에서 일했기 때문에 매우 지쳐 있었지만 책을 의자 위에 놓고 일어나 물을 주기 위해 허리를 구부린 채 우물가로 비틀비틀 걸어갔다. 그는 우물의 두레박줄을 잡았지만 도저히 그것을 잡아당길 힘이 없었다. 그래서 그는 고개를 들어 걱정스러운 눈으로 하늘을 쳐다보았지만 하늘엔 별이 한가득 떠 있을 뿐이었다.

끝없이 맑은 저녁 하늘은 적막한 우주의 영원한 환희 속에 인간의 모든 고뇌를 남김없이 덜어 줄 것만 같았다. 하지만 그는 오늘 밤도 전날과 마찬가지로 이슬 한 방울 내리지 않을 것 같아서 걱정스러웠다.

'하늘엔 온통 별이 가득하군! 구름은 한 점도 찾아볼 수 없으니 결국 비는 한 방울도 내리지 않겠군!'

이렇게 생각한 노인은 힘없이 머리를 떨어뜨렸다.

그러더니 잠시 후 그는 다시 고개를 들어 하늘을 보며 혼자 중얼거렸다.

"제발 이슬이라도 내려 주소서! 자비를 베푸소서!"

그는 다시 우물 안의 두레박줄을 풀어 보려 했지만 그것은 아무리 해도 풀리지 않았다. 그때 갑자기 그의 등 뒤에서 누군가의 목소리가 들렸다.

"마뵈프 할아버지, 제가 정원에 물을 뿌려 드릴까요?"

그 목소리와 함께 사슴이 숲 사이를 지나는 것 같은 소리가 울타리 쪽에서 들렸다. 그리고 곧 덤불 속에서 키가 크고 여원 처녀가 나타났다. 그녀는 그의 앞으로 다가와 서슴없이 그를 쳐다보았다. 그것은 사람이 아니라 어둠 속에서 갑자기 나타난 그림자 같았다.

마뵈프 노인은 별거 아닌 일에도 곧잘 놀라곤 했다. 앞서 말했듯이 매우 겁이 많은 사람이었기 때문에 한마디도 하지 못하고 있었다. 그러자 그 그림자는 어두컴컴한 마당에서 이상할 정도로 다급한 몸짓을 하며 재빨리 두레박을 끌어 올려 물뿌리개에 물을 가득 채웠다. 그러고는 노인이 보고 있는 앞에서 너덜너덜 떨어진 스커트에 맨발로 정원의 여기저기를 돌아다니며 사방에 생명수를 뿌리기 시작했다. 물뿌리개의 물이 나뭇잎에 쏴아 하고 뿌려지자 마뵈프 노인의 가슴은 기쁨으로 가득했다. 이제 곧 철쭉나무도 다시 생기를 되찾을 것이다.

가득 채운 물뿌리개의 물을 다 뿌리자 처녀는 다시 한 번 물뿌리개에 물을 가득 채우더니 계속해서 정원에 물을 뿌렸다.

여윈 두 어깨에 실밥이 너덜너덜한 숄을 걸치고 정원을 너풀너풀 걸어 다니며 물을 주고 있는 처녀의 그림자는 꼭 한 마리의 박쥐 같았다.

처녀가 물 주는 일을 마치자, 마뵈프 노인은 눈물을 글썽이며 이마에 손을 얹고 그녀에게 말했다.

"하느님의 축복이 가득하기를. 아가씨는 천사일 거요. 꽃을 돌봐 주니까."

"그렇지 않아요. 전 악마예요. 하지만 그런 건 상관없어요."

그녀는 대답했다.

노인은 그녀의 말을 들으려 하지 않고 말했다.

"나는 너무 가난해서 아가씨한테 아무것도 해 줄 것이 없어 섭섭할 뿐이오."

"아니요. 제게 해 주실 수 있는 게 있어요."

그녀는 말했다.

"그게 무엇이오?"

"마리우스라는 분이 어디에 사시는지 가르쳐 주세요."

노인은 그녀의 말귀를 한 번에 알아듣지 못했다.

"마리우스가 누구지?"

노인은 멍한 눈으로 사라진 기억을 더듬었다.

"그전에 여기 자주 오던 젊은이 말이에요."

마뵈프 노인은 잠깐 기억을 더듬더니 생각이 났는지 이내 소리쳤다.

"아아, 맞다. 그 젊은이! 이제 누군지 알았어. 가만있자, 마리우스……. 그렇지, 마리우스 퐁메르시 남작, 그 사람이 어디 살고 있었지……. 아니, 이젠 그곳에 안 살지……. 이거 어쩌지? 잘 모르겠는데."

그렇게 말하고 허리를 굽혀 철쭉나무 가지를 바로잡으며 다시 말을 이었다.

"그래, 이제 생각이 났어. 그 사람은 매일 가로수길을 지나 글라시에르

쪽으로 가더군. 크룰르바르브 거리. '종달새 들판'이라고 하는 곳이지. 그곳에 가면 혹시 만날 수 있을지도 모르지."

그렇게 말하며 마뵈프 노인이 몸을 일으켰을 때 이미 그곳엔 아무도 없었다. 처녀는 벌써 사라지고 없었다.

그는 정말로 무서워졌다.

'만약 정원에 물을 뿌리지 않았다면 유령인 줄 알았을 거야.' 하고 그는 생각했다.

한 시간쯤 지나 잠자리에 들면서 그는 그 일이 생각났다. 스르르 잠이 들려는 순간에, 물고기가 되어 바다를 건넌다는 전설의 새처럼 생각이 차츰 꿈으로 바뀌어 깊은 잠으로 빠져 들어가는 혼돈의 순간에 다다랐을 때, 마뵈프 노인은 몽롱하게 이런 생각이 들었다.

'그 아가씨는 뤼보디에르가 쓴 작은 마귀와 똑같이 닮은 것 같군.'

마리우스에게 나타난 유령

'유령'이 마뵈프 노인에게 찾아온 뒤, 며칠이 지난 어느 날 아침이었다. 그날은 월요일이어서 마리우스가 쿠르페락에게 5프랑을 빌려 테나르디에에게 보내는 날이기도 했다. 마리우스는 빌린 5프랑을 주머니에 넣고 그것을 형무소의 서기과에 전해 주기 전에 '잠깐 산책을 하고 오면 일이 훨씬 잘되겠지.'라는 생각에 집을 나섰다.

그는 항상 같은 시간에 집을 떠났다. 잠자리에서 일어나자마자 책과 원고지를 앞에 놓고 번역을 하려고 했다. 요즘은 독일 사람들 사이의 유명한 논쟁, 간스와 사비니라는 두 법률가의 소유권을 둘러싼 논쟁을 프랑스어로 번역하는 일을 하고 있었다. 그래서 사비니를 살펴보기도 하고 간스를 살펴보기도 하며 넉 줄쯤 읽고 한 줄이라도 써 보려 했지만 좀처럼 진전이 없었다. 눈과 원고지 사이에 자꾸 별 하나가 아른거리기 시작해서 그는 결국 이렇게 중얼거리며 일어났다.

"집 밖에 나가 걷자. 그럼 조금 나아지겠지."

마리우스는 집을 떠나 곧장 종달새 들판으로 향했다. 그곳에 도착하니 눈앞의 별은 한층 뚜렷해지고 사비니니 간스니 하는 것은 이미 사라져 버렸다.

산책을 마치고 집에 돌아와서 다시 일을 시작하려 했지만 역시 손에 잡히지 않았다. 아무리 노력해도 머릿속에 토막토막 잘려진 문장을 제대로 이을 수가 없었다. 그는 이렇게 혼잣말을 했다.

"내일은 그곳에 가지 말자. 외출하니까 오히려 일이 잘 안 돼."

하지만 그렇게 거듭하여 되뇌면서도 그는 매일같이 그곳에 가지 않을 수 없었다.

그는 그렇게 쿠르페락의 집보다 종달새 들판에서 더 많이 살았다. 그가 사는 곳의 진짜 주소는 이러했다.

'상테 거리, 크룰르바르브 큰길, 일곱 번째 나무 앞.'

그날 아침도 늘 그랬듯이 마리우스는 그 일곱 번째 나무를 지나쳐 고블랭 냇가 옆 낮은 울타리에 걸터앉아 있었다.

화창한 햇빛이 새로 움튼 어린 풀잎을 눈부시게 비추고 있었다.

마리우스는 '그녀'에 대해 생각했다. 그녀에 대한 몽상은 마침내 자책으로 이어졌다. 그는 영혼의 마비라 할 수 있는 나태가 자기 안에 가득 차 있고, 밤의 어둠이 점점 자기를 에워싸고 있어 이제는 태양이고 뭐고 어떤 것도 볼 수 없게 되었다는 생각에 괴로운 심정이었다.

하지만 그런 막연한 생각이 떠올라도 이제는 그것을 독백조차 할 수 없을 만큼 그는 활동력이 약화되었다. 그렇게 그는 자신도 어찌할 수 없는 회오리 속에 잠겨 있을 수밖에 없었다. 하지만 외부의 감각은 여전히 그에게 남아 있었다. 등 뒤, 발아래를 흐르는 냇가 양쪽에서는 고블랭 직조 공장의 처녀들이 앉아 빨래를 하고 있었다. 그의 머리 위에서는 느릅나무에 앉은 새들의 지저귀는 소리가 들렸다. 이쪽엔 자유와 여유 있는 행복이 날개를 한껏 펼친 채 한가롭게 있었고, 저쪽엔 노동의 울림만이 퍼져 나가고 있었다. 이 두 가지의 울림은 그를 더욱더 깊은 사색으로 빠지게 했다.

이런 황홀의 도취에 빠져 있는 그에게 갑자기 문득 낯익은 목소리가 어디선가 들려 왔다.

"아! 정말 여기 계시네!"

소리가 들려온 쪽을 향해 고개를 들어 보니, 어느 날 아침 그의 방에 찾아왔던 그 불행한 처녀, 테나르디에의 큰딸이 서 있었다. 그녀는 그때보다 훨씬 남루한 차림을 하고 있었지만 이상하게도 얼굴만은 몰라볼 만큼 훨씬 더 아름다워져 있었다. 과연 그녀가 할 수 있었을까 싶을 정도의 전진. 빛을 향한, 동시에 가난을 향한 이중적 진보를 그녀는 이뤄 가고 있었다. 그녀는 예전과 똑같이 맨발에 누더기를 걸치고 있었지만 그 누더기는 두 달 전보다 더욱 해지고 더러워져 있었다. 예전과 같이 쉰 목소리에 얼굴은 햇빛에 그을려 윤기를 잃었고, 이마에는 주름이 가득했으며, 침착하지 못한 코를 가졌지만 얼굴 전체에 뭔가 놀란 듯한 표정만은 예전보다 훨씬 짙게 감돌고 있었다. 그녀는 아마 가난한 생활에 감옥살이마저 겪게 되어 그렇게 된 모양이었다.

그녀의 머리카락에 군데군데 마른 풀이 붙어 있었다. 그것은 오펠리어처럼 햄릿에 미쳤기 때문이 아니라 단지 어느 마구간에서 잠을 잤기 때문이었다.

그럼에도 불구하고 그녀는 충분히 아름다웠다. 아아, 정들었던 이여! 그대는 어쩌면 그렇게 반짝이는 별과 같이 아름다운가!

그녀는 창백한 낯빛이었지만 얼굴에 기쁨이 가득하여 미소를 지으며 마리우스 앞에 와서 섰다. 하지만 한참 동안 말이 나오지 않는 모양이었다. 잠시 후 그녀가 말했다.

"이제야 찾았군요! 마뵈프 할아버지 말씀대로 정말 여기 오니 만날 수 있게 됐어요! 정말 몹시 찾았어요! 그동안 큰일이 일어났어요! 혹시 알고 계셨나요? 2주일이나 유치장에 들어가 살고 나왔어요. 증거도 없었고 나이도 어리고, 아 전 아직 두 달이 모자라거든요. 정말 얼마나 찾았는지 몰라요! 6주 동안이나 찾아다녔어요. 이제 거기서 살지 않으세요?"

"그래."

마리우스가 말했다.

"그 일 때문에 그래요? 그 일 때문에 이사를 하신 건가요? 어머, 그런데 왜 그런 다 해진 모자를 쓰셨어요? 당신처럼 젊은 분은 깨끗하고 예쁜 모자를 쓰셔야 하는데. 그런데 마리우스 씨, 마뵈프 할아버지가 당신을 마리우스 남작이라고 부르는 것 같던데 그건 사실이 아니죠? 당신이 남작이라니, 남작이라면 뤽상부르 공원의 햇볕 잘 드는 곳에 앉아 〈코티디엔〉 신문이나 읽는 분을 말하잖아요. 전 편지를 전해 주는 일을 하면서 그런 사람을 본 적이 있거든요. 그는 백 살도 훨씬 넘은 사람이었어요. 참 그럼 당신은 지금 어디서 지내시나요?"

마리우스는 아무 말도 하지 않았다. 그러자 그녀는 계속 말했다.

"당신 셔츠에 구멍이 났어요. 걱정하지 마세요. 제가 바느질해 드릴게요."

그녀는 억지로 말을 이어 갈수록 표정은 차츰 어둡게 변해 갔다.

"당신은 저를 만난 것이 전혀 기쁘지 않군요."

마리우스는 여전히 대답이 없었다. 그녀도 갑자기 아무 말도 하지 않았다. 그러다 침묵을 깨고 커다란 소리로 말했다.

"하지만 이 이야기를 듣는다면 아마도 당신이 기뻐할 거라고 믿어요."

마리우스가 입을 열었다.

"그게 무슨 뜻이오? 방금 뭐라고 말했소?"

"어머! 저번에는 반말을 하셨잖아요."

그녀가 대답했다.

"그래 그럼, 어쨌든 그게 무슨 뜻이야?"

그러자 그녀는 아랫입술을 꼭 깨물면서 마음속으로 어떤 고민을 하는 듯했다. 말하기를 주저하는 듯 보였지만 이내 결심한 듯 입을 열었다.

"할 수 없군요. 하지만 당신은 여전히 우울한 얼굴이시네요. 제발 한 번이라도 제게 기쁜 표정을 지어 주세요. 그럼 먼저 약속해 주세요, 절 보고 웃으시겠다고. 전 당신이 웃으시는 걸 정말 보고 싶어요. 그리고 참 잘했어 하고 당신에게 칭찬받고 싶어요. 마리우스 씨, 당신은 예전에 저와 한 약속을 기억하시나요? 제가 원하는 건 다 들어주시겠다고 한 말씀……."

"당연히 기억해. 그러니 어서 말을 시작해 봐."

그녀는 마리우스의 눈을 깊게 들여다보며 말했다.

"제가 주소를 알아냈어요."

순간 마리우스는 얼굴빛이 변하며 온몸의 피가 심장으로 거꾸로 올라오는 듯한 느낌이 들었다.

"주소? 누구의 주소를 말하는 거지?"

"저에게 찾아 달라고 부탁하신 주소 말예요."

그녀는 말하기 싫은 것을 억지로 말하는 것 같아 보였다.

"이제 기억나세요?"

"그, 그래!"

마리우스는 놀란 듯 더듬거리며 말했다.

"그 아가씨의 주소 말이에요!"

그녀는 깊은 한숨을 내쉬며 말했다.

마리우스는 그녀의 말이 끝나기 무섭게 걸터앉았던 울타리에서 벌떡 일어나더니 미친 듯 그녀의 손을 움켜쥐며 말했다.

"날 그곳에 데려다 줘! 뭐든지 갖고 싶은 걸 말해! 다 줄게. 거기가 어디야?"

"정확한 주소는 몰라요. 어느 거리의 몇 번지인지를 확실히 알지 못했어요. 여기와는 아주 반대쪽이에요. 하지만 집을 보면 알 수 있으니까 안내해 드릴 수 있어요. 절 따라오세요."

그녀는 그에게 잡힌 손을 뿌리치며 말했다.

그녀의 말을 다른 누군가가 옆에서 유심히 지켜보았다면 틀림없이 사람의 가슴을 에는 듯한 어조라는 것을 느꼈겠지만 기쁨에 들떠 있는 마리우스의 귀에는 그 울림이 전혀 전해지지 못했다.

"그렇게 기쁘신가요!"

그런데 순간 마리우스의 얼굴이 잠시 흐려지더니 에포닌의 팔을 잡으며 이렇게 말했다.

"나에게 한 가지만 맹세해 줘!"

그녀는 그를 의아하게 쳐다보며 물었다.

"어떤 맹세요? 뭘 맹세해요?"

"나에게 약속해 주지 않겠어, 에포닌? 제발 부탁이야. 당신 아버지한테 주소를 가르쳐 주지 않겠다고 맹세해 줘."

그녀는 그가 자신의 이름을 아는 것에 놀란 듯 마리우스를 향해 돌아서며 말했다.

"방금 에포닌이라고 하셨나요? 당신 제 이름이 에포닌이라는 걸 알고 계셨어요?"

"맹세해 주겠어? 내가 한 말?"

하지만 그녀에겐 그의 말이 들리지 않았다.

"정말 고마워요! 절 에포닌이라고 불러 주셔서 정말 기뻐요."

마리우스는 다시 한 번 그녀의 두 팔을 움켜잡고 거듭 말했다.

"그러니까 제발 약속해 줘! 제발 내가 말한 대로 해 주겠다고. 당신 아버지한테 그 주소를 절대 알려 주지 않겠다고 말이야!"

"우리 아버지한테요?"

그녀는 말했다.

"그런 건 걱정하지 않으셔도 돼요. 아버지는 지금 감옥에 계시니까. 그리고 제가 우리 아버지 같은 사람을 염두에 둘 이유가 없잖아요."

"그래, 결국 약속은 안 해 줄 거야?"

마리우스가 다시 한 번 물었다.

"아아, 제발 이것 좀 놓고 말씀하세요!"

그녀는 깔깔대며 웃었다.

"이렇게 사람을 막 쥐고 흔들면 어떡해요! 약속할게요, 맹세하겠다니까요! 무슨 일이 있어도 아버지한테 주소를 가르쳐 주지 않겠어요! 이제 됐나요?"

"정말 아무한테도 알려 주지 않는 거지?"

마리우스는 확인하듯 말했다.

"네, 아무한테도 알려 주지 않을게요."

"좋아, 그럼. 지금 안내해 줘."

"지금요?"

"그래, 지금 바로 가자."

"그렇게 기쁘세요? 그럼 절 따라오세요!"

그녀는 그렇게 말하고 몇 발짝 걸어가더니 갑자기 걸음을 멈추었다.

"저, 너무 바싹 붙어 걷지 마세요. 몇 걸음 제가 앞서 걸을 테니 뒤따라오세요. 당신 같은 훌륭한 남자가 저 같은 여자와 같이 가는 걸 남이 보면 안 되잖아요."

아직 어린 처녀가 자신을 가리켜 스스로 '저 같은 여자'라 말을 한 데는 뭐라 표현할 수 없는 의미가 담겨 있었다.

마리우스는 그렇게 그녀를 뒤따라 걷고 있었다. 그녀는 열 발자국쯤

걷더니 걸음을 멈추고 고개를 돌리지 않은 채 그에게 물었다.

"제게 무엇을 주실 거예요?"

그녀의 말을 들은 마리우스는 주머니를 뒤적였다. 그가 가진 것이라 곤 테나르디에에게 보낼 5프랑밖에 없었다. 그는 그것을 꺼내 에포닌의 손에 쥐어 주었다. 그녀는 손바닥을 펴 동전을 바라보더니 그것을 땅바닥에 떨어뜨리고 왠지 모를 서글픈 얼굴을 하고 마리우스를 쳐다보며 말했다.

"제가 바란 건 돈이 아니에요."

3. 플뤼메 거리의 집

비밀의 집

18세기 중엽, 파리의 한 최고 재판소장이 정부를 숨겨 두었다. 귀족들이 첩을 공공연히 거느리긴 했지만 중류계급은 몰래 감추어 두던 시대여서 재판소장도 그 사실을 숨기기 위해 생 제르맹 성 밖 쓸쓸한 블로메 거리, 지금은 플뤼메 거리라고 불리는, 당시 콩바 데자니모에서 멀지 않은 곳에 집을 한 채 지었다.

그 집은 2층으로 된 건물이었다. 또한 1층과 2층에 방이 두 개씩 있었고 아래층에는 부엌이, 위층에는 부인용 거실이, 지붕 밑에는 광 겸 하인 방이 있고, 길과 마주한 집 앞의 넓은 정원은 철책으로 둘러싸여 있었다. 그 정원의 넓이는 거의 1아르팡이나 되었다. 지나다니는 사람들에게 겉으로 보이는 것은 그뿐이었다. 그러나 건물 뒤, 눈에 띄지 않는 곳에 또 하나 좁은 마당이 있었고 그 한구석에는 방 두 개와 지하실이 있는 낮은 집 한 채가 있었다. 그곳은 위급한 상황을 대비해서 아이와 유모를 숨기기 위해 준비해 둔 집인 것 같았다. 그 집 뒷마당에 붙어 있는 비밀 문을 열고 나가면 좁고 긴, 바닥에 돌을 깐 꾸불꾸불한 길이 나왔다. 지붕이 없고 양쪽으로 높은 돌 벽 사이에 끼어 있는 그 길은 기묘하게 사람 눈을 속여서, 여기저기 밭과 정원 사이로 길이 사라진 것처럼 보였다. 그러나 사실은 울타리 중 하나에서 끊길 뿐이고 거기서 다시 굽은 길을 따라 걷다 보면 어느 샛문 앞에 서게 된다. 이 문 또한 비밀 문이어서 집에서 500미터나 떨어져 있었고 구역도 다르며 바빌론 거리의 한적한 거리와도 연결되어 있었다.

재판소장은 항상 그 문을 통해 다녔기 때문에 만약 누가 그의 행동을 수상히 여겨 뒤를 밟아 그가 매일 살짝 들어가는 것을 목격했다 하더라도 바빌론 거리로 나간 것이 설마 플뤼메 거리로 나가는 것인 줄은 꿈에도 생각지 못했을 것이다. 그 영리한 법관은 교묘하게 땅을 산 덕분에 비밀 통로의 공사를 모두 자기 집 안에서 했다. 때문에 누구의 방해도 받지 않고 공사를 끝낼 수 있었던 것이다. 공사가 끝난 뒤 그는 그 길에 인접한 땅을 조금씩 팔기 시작했는데 그 땅을 산 사람들 모두가 길 어느 쪽에서 봐도 그냥 높은 담이 하나 있다고 생각했을 뿐, 그들의 원예장이나 과수원 사이가 긴 통로로 되어 있고 이중벽으로 되어 있다고는 상상조차 하지 못했다. 오직 새들만이 이 묘한 길을 내려가 볼 뿐이었다. 아마 18세기 멧새나 곤줄박이새들은 그 길을 보고 상당히 시끄럽게 재잘대며 울었을 것이다.

이 별채는 망사르 양식 석조 건물로서 벽과 가구 장식은 와토 양식, 실내는 로카유식, 바깥은 덩굴식이었는데 꽃 울타리가 둘러싸고 있어 왠지 모르게 은밀하고 요염했으며 그러면서도 위엄이 있어 사법관이란 직위와 야욕의 분위기에 적합했다.

15년 전만 해도 남아 있었던 이 집과 길은 지금은 없어져서 볼 수 없게 되었다. 1793년에 어떤 철물상이 그 집을 허물기 위해 산 적이 있었는데 집값도 다 치르기 전에 파산해 버리고 말았다. 그의 생각과는 반대로 집이 오히려 그 철물상을 허물어 버리고 만 셈이다. 그 후 이 집을 살 사람이 없었기 때문에 집은 조금씩 파괴되어 갔다. 더 이상 사람이 생명을 불어넣을 수 없게 된 빈집이 겪는 당연한 운명이었다. 집 안의 가구는 그대로 보전되어 언제든지 팔거나 빌려 줄 수 있었고, 1810년 이래 줄곧 울타리에 걸려 있는, 누렇게 변색되어 읽을 수조차 없게 된 게시판은 지나가는 사람들에게 집의 그런 운명을 말해 주고 있는 듯했다.

왕정복고 말기, 그곳을 지나가던 사람들은 그 낡은 게시판이 없어지고 2층의 덧문도 열려 있는 것을 보았다. 드디어 그 집에 사람이 살게된 것이다. 창밖으로 고운 커튼이 보이는 것으로 보아 여자도 살고 있는 것 같았다.

1829년 10월, 꽤 나이가 들어 보이는 남자가 찾아와서 그 집을 그대로, 물론 뒷마당의 작은 집과 바빌론으로 통하는 통로까지도 모두 빌렸다. 그 남자는 그 길 양끝에 있는 문을 수리했다. 앞서 말한 대로 집에는 재판소장이 살던 가구가 그대로 있었지만 새 주인은 여기저기 수리를 하고, 때우고, 마당에 깔린 돌이며 통로의 벽돌이며 계단이나 마루의 판자며 유리창을 갈아 끼웠다. 그는 어느 날 어린 소녀와 나이 든 하녀를 데리고, 이사 오는 사람이라기보다는 남의 집에 몰래 들어가는 사람처럼 살짝 짐을 옮겨 왔다. 그 근처에는 사람이 아무도 살지 않았기 때문에 그들의 이사는 전혀 남의 이목을 끌지 않았고 소문거리도 되지 않았다.

이 집의 주인은 장 발장이었고 소녀는 코제트였다. 하녀는 투생이라는 노처녀로 나이 든 시골 여자인 데다 말더듬이였기 때문에 그 집에 고용되었다. 장 발장은 그 집을 연금 소유자인 포슐르방이라는 이름으로 빌렸다. 아마 독자들은 테나르디에보다 먼저 그가 장 발장이라는 것을 짐작하고 있었을 것이다.

그럼 장 발장이 프티 픽퓌스 수도원에서 나온 이유는 무엇일까? 그에게 무슨 일이 있었던 걸까?

아무 일도 없었다.

사실 장 발장은 수도원에서 그 어느 때보다 행복하게 생활하고 있었다. 오히려 너무 행복해서 불안을 느낄 정도였다. 그는 거기서 코제트를 매일 볼 수 있었고 그 아이를 향한 부성애가 조금씩 싹터 자라 감에 따라 그녀에게 강한 애정을 느꼈다. 이 아이는 내 자식이다. 이 애만은 아무도 내게서 뺏어 갈 수 없다. 그리고 이것은 언제까지나 계속될 것이다. 그는 이렇게 생각했다. 이 아이는 수도원에서 매일 조용히 교육을 받은 다음 결국 훌륭한 수녀가 될 것이다. 그러니까 이제부터 수도원만이 그 애와 내게 유일한 세계다. 나는 여기서 나이가 들고 그 애는 그렇게 조금씩 크게 될 것이다. 이 아이는 여기서 나이를 먹어 갈 것이고 나는 여기서 언젠가 죽을 것이다. 그러므로 우리 두 사람에게 결코 헤어짐은 없을 것이다. 이 황홀한 희망. 이렇듯 행복한 생각을 하고 있는 동안에도 문득문득 그는 곤혹감을 느꼈다. 그럴 때면 그는 스스로에게 물었다. 이 행복은 오롯이 나의 것일까. 사실은 남의 행복, 이 아이의 행복을 나 같은 늙은이가 빼앗아 내 것으로 만들려는 욕심이 아닐까. 그는 스스로에게 물었다. 이것은 도둑질과 같은 것 아닐까? 사실 이 애는 인생이 뭐라는 것을 알 권리를 갖고 있지 않은가! 처음부터 본인의 생각은 듣지도 않고 고통에서 구한다는 단 한 가지 이유로 삶이 주는 모든 기쁨을 이 애에게서 강제로 뺏는 것, 이 애가 세상물정을 모르고 의지할 사람이 없다는 것을 이용해 순수성만을 강요하는 것은 오히려 한 인간의 본성을 해치는 것이고 신을 모독하는 것이 아닐까. 언젠가 뒤늦게 그 모든 것을 깨닫고 수녀가 된 것을 후회하는 날, 코제트가 나를 원망하지 않는다고 할 수 있을까? 이 마지막 생각은 매우 이기적이고 다른 무엇보다 남자답지 못한 생각이었지만, 코제트가 자신을 원망할 것이라는 데 생각이 미치자 그는 도저히 참을 수 없었다. 그래서 결국 그는 수도원에서 나오기로 결심했다.

마음은 괴로웠지만 그 아이를 위해서 그렇게 해야만 한다고 생각했다. 그가 수도원을 나가는 데 장애는 없었다. 5년이나 사방이 벽으로 둘러싸인 곳에서 살았기 때문에 세상을 두려워할 이유는 없었다. 이제 안심하고 나가도 되었다. 그는 이미 너무 늙었고 그의 늙음만큼 세상은 완전히 변했다. 이제 그를 알아볼 이도 없었다. 혹시 최악의 경우가 생긴다고 하더라도 위험한 것은 자기뿐이고 자기가 징역 선고를 받는다고 해서 코제트를 수도원에 가둘 권리는 자기에게는 없다고 생각했다. 게다가 의무 앞에 위험 같은 게 뭐가 대수란 말인가. 모든 일에 조심하면 되었다.

코제트의 교육은 이제 거의 끝나 갔고 마음에 걸릴 일은 더 이상 아무것도 없었다.

그렇게 한번 마음을 먹자 그는 기회를 기다렸고 그 기회는 얼마 지나지 않아 곧 다가왔다. 포슐르방 노인이 죽은 것이다.

장 발장은 수도원장에게 형님이 돌아가셔서 그 유산을 일부 받게 되었고 이제는 일하지 않고도 살아갈 수 있게 됐으니 수도원 일을 그만두고 딸과 함께 수도원을 나가고 싶다고 말했다. 그러나 수도의 맹세를 하지 않은 코제트가 지금까지 무료교육을 받은 것은 부당하므로 그 아이가 여기서 보낸 5년간의 생활에 대한 보상금으로 5천 프랑을 수도원에 기증할 생각이니 허락해 달라고 정중하게 말했다.

그렇게 장 발장은 '상시 예배'의 수도원에서 나왔다.

그가 항상 갖고 다니는 열쇠를 넣은 상자는 짐을 나르는 인부에게 맡기지 않고 그가 직접 들고 나왔다. 그 상자는 늘 좋은 향기를 풍겼기 때문에 늘 코제트의 호기심을 자극했다.

그로부터 그 상자는 장 발장의 몸에서 한 번도 떠난 일이 없다는 것을 다시 한 번 밝히는 바다. 그는 그것을 항상 자기 방에 두었다. 집을 옮길 때에도 무엇보다 먼저 그것을 챙겼고 때로는 그것만 들고 갈 때도 있었다. 코제트는 그 상자를 비웃으면서 떼어 놓을 수 없는 물건이라고 부르고 "시샘이 난다."고 말하기도 했다.

장 발장은 다시 자유의 공기를 마실 수 있었지만 역시 짙은 불안을 느꼈다. 그는 플뤼메 거리의 그 집을 발견하자 그곳에 몸을 숨기고 살았다.

그때부터 그는 월팀 포슐르방이라는 이름을 쓰기 시작했다.

그리고 그는 파리 시내 두 군데에다 방을 더 얻었다. 왜냐하면 한 군데에만 머물러 있으면 다른 사람의 눈에 띄기 쉬웠고, 만일의 경우 조금이라도 불안한 일이 생기면 집을 떠날 수 있게끔, 그리고 자베르에게서 도망쳐 나온 그날 저녁처럼 아무 때나 피해 숨을 수 있도록 하기 위해서였다. 그 파리 시내의 두 군데의 방은 매우 초라하고 검소하였으며 되도록 멀리 떨어져 있는 곳을 찾기 위해 하나는 웨스트 거리, 또 하나는 옴므 아르메 거리에 구했다.

그는 가끔씩 투생은 남겨 둔 채 코제트만 데리고 옴므 아르메나 웨스트에 가서 한 달이고 두 달이고 시간을 보냈다. 그곳에서는 문지기에게 잔심부름을 시키면서 자기는 교외에 사는 연금 소유자인데 시내에 임시로 지내는 것뿐이라고 말했다. 이 덕이 높은 인물도 경찰의 눈을 피하기 위해서라면 파리 시내에 세 군데나 머무를 곳을 마련해야 했던 것이다.

국민병 장 발장

장 발장은 플뤼메 거리에 있는 집에서 살기는 했지만 사실 다음과 같이 지내고 있었다.

본채는 코제트와 하녀가 썼다. 무늬 있는 종이로 창 사이를 바른 침실도, 쇠시리에 금박을 입힌 안방도, 무늬 있는 휘장과 안락의자가 있는 재판소장의 객실도, 정원도, 이 모든 것이 코제트의 것이었다. 장 발장은 코제트 방에 삼색 다마스크 능직으로 만든 휘장이 쳐져 있는 침대를 놓아 주었고 피기에 생 폴 거리의 고셰 아주머니가 팔고 있는 아름다운 옛 페르시아 융단을 사서 꾸며 주었다. 그 집에 있는 훌륭한 낡은 물건들이 만드는 딱딱한 분위기를 골동품에 어울리는 아가씨다운 밝고 귀여운 가구들로 꾸며서 부드러운 분위기로 바꿔 주었다. 2층 그녀의 방에 옷장, 책장, 금박 찍힌 책, 문구류, 압지, 자개 박은 재봉 상자, 도금한 상자며 다양한 화장 도구를 마련해 주었고, 침대와 같은 빨간 바탕에 삼색으로 무늬를 놓은 다마스크 능직 커튼을 걸어 주었다. 그 아래층도 수놓은 커튼으로 꾸몄다. 그래서 코제트가 머물고 있는 본채 집은 한겨울이 되어도 조금도 춥지 않았다. 하지만 장 발장은 정원에 있는 문지기 집에서 지냈는데 그곳에는 요 한 장을 깐 접이식 침대와 테이블 하나, 짚으로 만든 의자 두 개와 사기 주전자 하나, 찬장 위에 책이 네댓 권 그리고 그 소중한 상자가 한구석에 놓여 있을 뿐이었다. 그는 그곳에서 불을 한 번도 땐 적이 없었다. 코제트와 늘 식사는 함께했지만 그가 먹는 것은 오직 빵 한 개뿐이었다. 투생이 들어왔을 때 그는 이렇게 당부했다.

"이 집 주인은 저 아가씨라는 것을 명심하시오."

"그럼 저, 나리는 어떻게 되시나요?"

투생은 매우 놀라며 물었다.

"나요? 난 그 애의 아버지니 주인보다 더 높은 사람이라고 할 수 있지."

코제트는 수도원에서 지내는 동안 살림하는 법도 배웠기 때문에 이곳의 살림을 꼼꼼하고 알뜰하게 꾸려 갈 수 있었다. 장 발장은 코제트의 손을 잡고 매일 함께 산책을 했다. 부녀는 뤽상부르 공원의 가장 한적한 오솔길을 함께 걸었다. 또한 주일에는 미사에 참석했는데 집에서 조금 떨어져 있는 생 자크 뒤 오 파 성당이 좋아서 그곳으로 다녔다. 그곳은 매우 가난한 동네였다. 장 발장은 성당에 가면 많은 자선을 베풀었기 때문에 금방 가난한 사람들에게 둘러싸였다. 테나르디에가 '생 자크 뒤 오 파 성당의 자비하신 나리'라고 말한 이유는 바로 그 때문이었다. 그는 코제트와 함께 자주 가난한 집이나 병자를 찾아가서 도왔다. 하지만 플뤼메 거리의 집에는 절대 아무도 들이지 않았다. 음식의 재료들은 투생이 사왔고 먹을 물은 장 발장이 직접 큰길에 있는 우물에서 길어 왔다. 장작과 술은 바빌론 거리로 통하는 비밀 문 바로 옆, 앞이 바위로 가려져 있어 반지하실 같이 생긴, 재판소장이 동굴처럼 쓰던 굴속에 저장했다. 계집질과 첩살림이 공공연하게 행해졌던 그 시대에는 으레 동굴이 따라다니게 되어 있었다.

바빌론 거리로 닿아 있는 문에는 신문과 편지를 넣을 수 있는 우편함이 있었다. 하지만 현재 플뤼메 거리에 살고 있는 그들은 신문도 보지 않았고 편지가 올 만한 데도 없었다. 한때 정사의 중계 역할을 하며 충실한 심복 노릇을 하던 우편함도 이제는 세금 고지서나 국민병 소집 영장 등을 받고 있을 뿐이었다. 연금 소유자였던 포슐르방 씨는 국민군에 편입되어 있었다. 그는 1831년에 있었던 철저한 징병 검사에 걸려 국민군이되었다. 그때 시(市)에서 한 조사는 프티 픽퓌스 수도원에 지내는 사람들에게도 행해졌는데 속인의 출입이 금지된 신성한 곳에서 나온 장 발장은 시 직원의 눈에 매우 존경할 만한, 즉 경비병이 될 만한 충분한 인물로 비쳤다.

때문에 장 발장은 1년에 서너 번씩 군복을 입고 경비에 참가했다. 그는 그 의무를 매우 기쁜 마음으로 수행했는데 그것은 그에게 빈틈없이 위장할 기회를 주면서도 홀로 고립된 채 살아가는 그에게 세상 사람과 관계를 가질 수 있는 기회였기 때문이다. 사실 장 발장은 법적 병역 면제 나이인 예순 살이었다. 하지만 겉으로 보기엔 쉰 살 정도로밖에 보이지 않았고, 그는 의무를 피하려고 담당 하사관의 명을 어기고 로보 백작에게 이의를 제기할 생각도 전혀 없었다. 그는 이름을 숨기고 신분을 감추고 나이를 숨기고, 대부분의 모든 것을 숨긴 채 살아가고 있어서 시민으로 호적이 등록되어 있지 않았다. 그래서 앞서 말했듯이 기꺼이 국민병이 되었다. 세금을 내는 일반인이 되는 것이야말로 그의 소원이었기 때문이다. 그가 이상향으로 바랐던 삶은 내면으로는 천사, 외면으로는 한 시민이 되는 것이었다.

또한 사소한 일이지만 한 일화를 적어 두겠다. 앞에서 말한 것처럼 장 발장이 코제트와 함께 집 밖을 나갈 때는 퇴역 장교와 비슷한 복장을 했다. 하지만 혼자 나갈 때는 물론 대부분 해 질 녘이었지만 항상 노동복 윗도리에 바지를 입고 챙이 넓은 모자로 얼굴을 깊숙이 가리고 다녔다. 그 이유는 사람의 눈을 피해 다니기 위해서기도 했고 진정으로 자기를 부끄럽게 생각하기 때문이기도 했다. 코제트는 마치 수수께끼 같은 자기의 운명에 익숙해져 있었기 때문에 아버지의 이런 이상한 행동은 조금도 신경 쓰지 않았다. 그리고 투생은 장 발장을 존경했기 때문에 그가 하는 일은 무엇이든 옳은 것이라고 믿고 있었다. 어느 날 지나가던 푸줏간 주인이 장 발장을 쳐다보며 그녀에게 이렇게 말했다.

"정말 이상한 사람인 것 같군."

투생은 그에게 이렇게 말했다.

"저분은 이상한 사람이 아니라 성자세요."

장 발장도, 코제트도, 투생도 늘 바빌론 쪽문을 사용해서 출입했다. 때문에 철책 너머로 모습이 보이지 않았더라면 그들이 플뤼메 거리에 살고 있는 것은 아무도 알지 못했을 것이다. 그 철책은 항상 잠겨 있었는데 장 발장은 남의 이목을 끌지 않기 위해 정원은 일체 손질 없이 그대로 두었다. 하지만 그의 생각은 잘못된 것이었다.

잎과 가지

반세기 이상이나 사람의 손길이 닿지 않은 그 정원은 그대로 신비한 매력을 지녔다. 40년 전, 그 앞을 지나가는 사람들은 그 정원이 싱싱하게 우거진 덤불 안에 비밀을 간직하고 있다는 것은 꿈에도 생각하지 못한 채 발걸음을 멈추고 한참을 들여다보다 가곤 했다. 그 당시 많은 몽상가들은 그 정원 안의 녹과 이끼가 낀 두 기둥 사이에 아치를 이루고 있는 기묘한 덩굴과 자물쇠가 걸린 채 비틀어지고 흔들흔들 덜컹대는 철문이 달린 철책을 바라보며 거침없는 호기심으로 수없이 많은 상상을 펼쳤다.

정원 한쪽에는 돌로 만든 의자가 놓여 있고 이끼 낀 입상이 한두 개 서 있었으며, 벽 바깥쪽 격자 울타리는 오랜 세월 동안 못이 다 빠져 썩어 있었다. 이제 그 정원엔 오솔길도 잔디도 없어진 채 단지 갯보리만 가득했다. 잘 가꾼 정원은 어딘가로 사라졌고 그곳엔 이제 자연만이 남아 있을 뿐이었다. 잡초만이 제멋대로 무성하게 자라고 있는 빈약하기 짝이 없는 이 구석진 땅에 정원은 훌륭한 풍정을 던져 주는 듯했다. 정원에는 도꼬마리가 다채롭게 아름다움을 뽐내며 피어 있었다. 이 정원에는 생명을 향해 뻗어 가는 다양한 식물의 신성한 노력을 방해하는 그 어떤 것도 없었다. 때문에 모든 것이 그곳을 근거지로 태어나서 자라고 있었다. 나무들은 가시덤불을 향해 허리를 굽히고 가시덤불은 나무를 향해 뻗어 올라갔다. 덩굴은 이리저리 타오르고 여기저기 휘어진 가지로 가득했다. 땅 위에 뻗어 있는 것은 공중에 꽃피는 나무를 만나려는 듯 끝없이 자라고 바람에 나부끼는 것은 이끼 사이를 누비며 땅 위를 뻗어 가는 식물 쪽으로 잔뜩 굽히고 있었다. 나무줄기며 가지, 잎사귀, 빽빽이 난 덩굴, 둘둘 말린 줄기, 가시 같은 것들이 서로 얽히고 섞여 마치 한 덩이인 것처럼 뒤엉켜 자라나고 있었다. 300제곱미터를 둘러싸고 있는 울타리 안에는 창조주의 미소 아래 온갖 식물들이 서로 빈틈없이 얽혀 인간의 우애를 상징하듯 식물의 우애를 한껏 기리고 있었다. 정원은 이미 단순한 정원이 아니라 하나의 거대한 덤불이었다. 즉 숲처럼 신비롭고 도시처럼 온갖 것들이 살고 있었다. 새 둥우리처럼 잎들이 떨렸고 대성당같이 침침하기도 했으며 꽃다발 같은 향기가 나기도 했고 무덤 같은 쓸쓸함을 보이기도 했고 곤충같이 생기에 넘치는 그 무엇이 있기도 했다.

꽃피는 계절이 되면 철책 너머 온통 벽으로 둘러싸인 그곳에서는 거대한 덤불의 집단이 마치 야수가 우주에 가득 찬 사랑의 냄새를 맡고 그 혈관 속에서 4월의 생기가 끓어오르는 것을 느끼듯이 햇빛 속에 신비한 녹색 머리칼을 한껏 자유롭게 나부끼며 축축한 대지 위에, 낡은 입상 위에, 허물어져 버린 돌계단 위에, 그리고 한적한 길에까지 별과 같은 꽃을, 진주 같은 이슬을, 윤기를, 아름다움을, 생명을, 환희를, 향기를 내뿜었다. 한낮에는 흰 나비들이 정원 가득 날아다녔는데 그 모습은 마치 나무 아래에서 한여름에 살아 있는 눈이 솜털처럼 펄럭이듯이 성스러워 보였다. 그 화려한 녹색 그늘 안에서 맑은 소리로 뭔가를 끊임없이 영혼에게 속삭이는 듯한 소리가 들려 왔다. 그것은 새들이 다 하지 못한 이야기를 대신 해주고 있는 소리였다. 해가 질 때쯤이면 안개가 꿈처럼 피어올라 그 죽음의 옷자락으로 하늘의 은밀한 슬픔을 정원 가득 채웠다. 인동덩굴과 메꽃의 취할 듯이 그윽하고 미묘한 독 같은 향기가 사방에 가득 차올랐다. 나뭇가지 사이에 숨겨 둔 둥지로 찾아든 나무발바리며 할미새들이 하루를 마치는 울음소리도 들렸다. 그곳에서는 새와 나무의 티 없는 젊음이 가득했다. 낮에는 새가 날갯짓으로 나뭇잎을 즐겁게 해 주고 밤에는 나뭇잎이 새를 지켜 주었다.

겨울이 다가오면 덤불의 색은 검게 변하고 축축해지고 머리카락을 곤두세우며 추위에 몸을 떨었다. 그런 덤불 사이로 집이 조금 보이기도 했다. 가지엔 꽃과 그 꽃잎에 맺힌 이슬은 사라지고 누렇게 시들어 떨어진 낙엽 위에는 민달팽이가 기어간 긴 은색 자국만이 남아 있었다. 봄, 여름, 가을, 겨울 사계절이 지날 때마다 다양한 모습으로 이 작은 땅은 애수와 명상과 고독과 자유와 인간의 부재와 신의 현존을 보여 주는 듯했다. 그리고 이 모든 것을 둘러싸고 있는 녹색 철책은 이렇게 말하고 있는 것 같았다.

"이 정원은 내 것이다."

파리의 포장도로가 그 주위를 에워싸고 있었지만 장 발장의 집은 그와 상관없이 완전한 별천지였다. 부근에 바렌 거리의 고전적인 훌륭한 주택가가 있고, 앵발리드의 둥근 지붕이 바로 옆에 보이고, 부르고뉴 거리와 생 도미니크 거리의 포장마차들이 화려하게 근처를 굴러다니고, 노랗고 희고 빨갛고 갈색인 승합마차들이 바로 옆 네거리를 지나 다녔으나 그의 집과는 상관없어 보였다. 플뤼메 거리에는 늘 쓸쓸함이 가득했고 조용했다. 옛 주인은 죽고, 혁명이 스쳐 가고, 집의 부(富)는 무너져 버리고, 부재와 망각이 겹치면서 양치류, 현삼, 독당근, 서양가새풀, 디기탈리스, 키 큰 잡초, 연녹색 옷감 같은 넓은 잎을 가진 키 큰 식물과 도마뱀, 풍뎅이, 겁 많고 재빠른 곤충들이 있는 대로 다 모여들어 그 거리는 점점 더 기묘해졌다. 그렇기 때문에 벽으로 완전히 둘러싸인 이곳은 정체가 불투명한 야성적이고 거친 위대성이 땅 속 깊은 곳에서 천천히 올라오고 있는 것 같았다. 인간의 보잘것없는 손길을 대신해 개미에서 독수리에 이르기까지 일일이 신의 손길이 닿아서, 파리 한구석, 그 하잘것없는 정원에 '신세계'의 처녀림과 같은 거칠고 웅대한 자연이 한껏 꽃피고 있었다.

세상에 작은 것이라고는 아무것도 없다. 자연의 깊은 스며듦을 피할 수 없는 사람이라면 누구나 이 사실을 알 수 있다. 원인을 아무리 분명히 밝히고 또 결과를 아무리 연구한다고 하더라도 철학을 완전히 만족시킬 수는 없겠지만 모든 개체에 작용하는 분산된 힘이 결국은 하나의 통일에 다다르는 것을 보면 관찰자는 말로 표현할 수 없는 황홀감에 빠지게 된다. 이렇듯 모든 것은 서로에게 작용하고 있는 것이다.

대수학은 구름에 적용되기도 한다. 별빛은 장미가 꽃을 피우는 데 도움을 준다. 아가위의 향기가 하늘의 성좌에 영향을 미친다는 것을 부정할 이들은 없을 것이다. 하나의 분자가 어디를 향하는지 누가 예측할 수 있겠는가? 천지 만물이 작은 모래알의 낙하로 결정될 수도 있다는 것을 누가 알 수 있겠는가? 무한대와 무한소의 끊임없는 반복을, 존재의 심연 속에 빠진 갖가지 원인들의 관계를, 창조의 눈사태를, 대체 누가 안다고 자부할 것인가? 진딧물 한 마리의 생명도 지극히 소중한 것이다. 작은 것도 큰 것과 같고 큰 것도 작은 것과 같다. 이렇듯 모든 것은 필연 속에서 함께하는 것이다. 정신을 위협하는 환영, 생물과 무생물 사이에는 기적과 같은 관계가 존재한다. 태양에서 작은 벌레에 이르기까지 그 무수한 전체 속에는 어느 것도 소홀히 할 것이 없다. 한줄기 햇빛조차 아무 목적 없이 지상의 향기를 공중으로 퍼지게 하지 않는다. 밤은 별의 향기로운 냄새를 잠자는 꽃에 나누어 준다. 새들은 모두 발에 무한한 실을 묶고 하늘을 날아다닌다. 봄은 유성의 나타남과 알을 깨고 나오는 제비 무리의 울림과 때를 함께한다. 지렁이의 생성과 소크라테스의 탄생은 동시에 일어난다. 망원경의 도달점이 곧 현미경의 출발점과 같다. 어느 쪽 세계가 더 크다고 말할 수 있는가? 대답할 수 있다면 해 보라. 하나의 곰팡이는 많은 꽃들이 모인 별자리와 같고 하나의 성운은 수많은 별들의 집합체와 같다. 이렇듯 똑같이, 아니 어쩌면 우리가 상상조차 할 수 없을 정도로 정신계의 사물과 물질계의 사실 사이에는 간격이 존재하지 않는 것이다. 다양한 요소와 원칙이 서로 용해되고 맺어지고 짜이고 늘어나, 결국 물질계와 정신계를 하나의 빛에 이르게 한다. 현상은 무한히 반복된다. 이러한 광대한 우주적 교환 속에 보편적 생명은 서로 오고가는 것이다. 눈에 보이지 않는 방사체의 신비 속에 모든 것을 휘감고 모든 잠의 꿈을 하나도 잃지 않고 일체를 동원하여 여기서는 미생물을 태어나게 할 때, 저기서는 별을 부수고 흔들어 비트는 것이다. 빛을 힘으로, 사색을 원소로 바꾸어 여기저기 흩어 뿌리면서도 분할되지 않게 하고, 자아라는 기하학적 힘을 제외하고는 모든 것을 용해하고, 모든 것을 원자적 영혼으로 끌어올린다. 그렇게 모든 것을 꽃피게 하고, 가장 높은 곳에서 가장 낮은 데 이르기까지 모든 활동을 아찔한 어지러움이 있는 기계적 운동의 암흑 속에 헝클어지게 한다. 곤충의 비상을 지구의 운동에 연결하고, 법칙의 일치에 의한 것인지 정확히 말할 수 없어도 창공 속의 혜성의 운행을 물방울 속의 플랑크톤을 향해 종속시킨다. 모든 것이 정신을 재료로 만들어진 기계와 같다. 그 모든 것들은 날벌레를 최초의 기계로, 태양계를 최후의 바퀴로 하는 거대한 톱니장치와 같은 것이다.

철책의 변화

소장의 방탕한 생활의 비밀을 숨기기 위해 만들어진 그 정원은 지금은 순결한 비밀을 간직하기에 적당한 곳으로 변했다. 이제는 아치 모양의 덩굴도 어두운 동굴도 없었다. 아무렇게나 얽혀 있는 초목에 끝없는 어둠만이 깊은 장막처럼 쳐져 있을 뿐이다. 파포스 정원(비너스 신전의 뜰_옮긴이)이 에덴의 동산으로 변모한 것이다. 알 수 없는 신비한 변화가 그곳에서 그 은신처를 청결하게 해 놓았다. 그 꽃을 파는 처녀도 이제는 사람의 영혼에 꽃을 바치고 있었다. 과거에는 매우 음탕하고 한껏 요염했던 이 정원도 이제는 처녀성과 수줍음만 가득할 뿐이었다. 과거에 재판소장은 정원사의 손을 빌려 가꾸었는데, 라우아농(최초의 파리고등법원장_옮긴이)의 후계자인 소장의 우둔성과 르노트르(베르사유 공원을 설계한 유명한 정원사_옮긴이)의 뒤를 잇는 어느 설계사의 우둔성은 정원을 비틀어 놓고 깎아 놓고 구겨 놓고 마구잡이로 덧붙여 장식해서 정사에 어울리게끔 잔재주를 부렸지만 지금은 자연이 그것을 도로 찾아 고상한 사람에게 어울리는 장소로 바꾸어 놓았다.

이 조용한 정원 안에는 모든 준비가 끝난 하나의 마음이 숨어 있었다. 이제 사랑만 모습을 드러내면 되었다. 정원에는 사랑에 필요한 모든 것이 갖춰져 있었다. 푸른 나뭇잎, 풀과 이끼와 새의 한숨 소리와 부드러운 그림자와 흔들리는 나뭇가지로 만들어진 하나의 성당, 그리고 정숙함과 신앙과 순진성과 희망과 동경과 공상으로 가득한 하나의 영혼이 있었다.

코제트가 수도원에서 나온 것은 아직 어릴 때였다. 열세 살이 조금 지난, 어린애라고도 어른이라고도 말할 수 없는 나이여서 코제트의 얼굴은 앞서 말했듯 눈을 제외하고는 특별히 아름답지 못했다. 그렇다고 해서 얼굴의 어디가 못났다는 얘기는 아니다. 단지 좀 어색하고 비쩍 말랐으며 수줍음도 잘 타고 그러면서도 대담한 데가 있는, 말하자면 어른 같은 어린애 같았다.

수도원에서 그녀의 교육은 이미 끝나 있었다. 그녀는 종교를 배웠고 신앙을 몸에 익혔다. 그곳에서 '역사'라고 하는 지리며, 문법, 분사법, 프랑스 왕조사, 음악, 그리고 간단한 그림 그리기를 배웠다. 하지만 그 외에는 아무것도 몰랐다. 그것은 매력이 되기도 하지만 위험한 것이기도 했다. 소녀의 영혼을 모호한 어둠 속에 두는 것은 곤란한 일이다. 그렇게 되면 이따금 마치 암실 속에 지나치게 급격하고 지나치게 강렬한 신기루가 나타나는 듯한 일들이 생기게 된다. 때문에 소녀의 영혼은 늘 현실의 뜨거운 직사광선이 아닌 오히려 그 반영에 의해 적절히 조절해 주어야 한다. 유익하고 다정하고 그러면서도 엄격한 엷은 광선만이 소녀의 어린애 같은 공포심을 없애 주고 타락을 막아 준다. 그리고 처녀 시절 겪었던 기억과 아내로서의 경험이 혼합된 훌륭한 직관력이라 할 수 있는 모성 본능만이 그 엷은 광선을 조절할 수 있다. 사실 그런 본능 이상으로 귀한 것은 없다. 소녀의 영혼을 키우는 데는 세계의 모든 수녀를 다 모은다고 하더라도 한 어머니가 미치는 그것에는 견줄 수 없다.

하지만 코제트에게 어머니는 없었다. 수도원의 수녀는 얼마든지 있었지만 그것은 복수(複數)의 어머니에 불과할 뿐이었다.

물론 장 발장이 만사에 섬세한 신경과 애정을 쏟아 주기는 했지만 그는 역시 나이 든 노인이어서 소녀에 대한 이해가 전혀 없었다. 한 여성의 일생을 준비하는 중요한 작업에서 순진성이라는 크나큰 무지와 싸우기 위해서는 얼마나 많은 지식이 필요한가!

수도원만큼 젊은 여자를 정열의 세계로 밀어 넣는 곳도 없다. 수도원은 인간의 사고를 미지의 방향으로 향하게 한다. 내향적인 마음은 밖으로 흘러넘치는 것이 있음을 모른 채 자꾸 안으로만 깊숙이 파 들어간다. 그렇게 꽃이 핀다는 것도 알지 못하고 안으로 깊숙이 잠겨 버리고 만다. 따라서 환상, 가정, 억측, 공상의 로맨스, 소설의 초고, 모험에 대한 가공의 몽환 같은 상상의 누각이 정신 내부에 세워져 그 어두운 집의 울타리를 넘는 순간 정열은 금방 자리를 잡고 주저앉아 버리게 된다. 그러므로 수도원 생활로 자기 마음을 억누르고 있는 사람이라면 그 수도원 생활을 평생 계속해야 할 것이다.

수도원을 나온 코제트에게 플뤼메 거리의 집은 안락하기도 했지만 위험한 곳이기도 했다. 고독은 예전과 같았지만 이제 자유가 시작된 것이다. 세상과 닫힌 정원, 그러나 자극적이고 풍부하고 평안과 향기가 가득한 자연, 꿈은 수도원에 있을 때와 같았지만 울타리 틈으로 가끔 젊은 남자들의 모습이 보였다.

그러나 거듭 말하지만, 코제트가 이곳에 왔을 때는 아직 어린아이에 불과했다. 장 발장은 그 정원을 코제트 마음대로 하도록 내버려 두었다. 장 발장이 말했다.

"이 정원을 어떻게 꾸미든 너 하고 싶은 대로 하거라."

이 말은 코제트를 매우 기쁘게 했다. 코제트는 정원의 덤불이란 덤불을 모조리 헤치고, 돌이란 돌을 모조리 옮겨 놓으며 '동물'을 찾았다. 꿈에 취한 듯 뛰어다니고 돌아다니며 놀았다. 발아래 풀 속에서 벌레를 볼 수 있는, 또 머리 위 나뭇가지 사이로 별을 올려다볼 수 있는 이 정원을 그녀는 너무나 사랑했다.

코제트는 아버지인 장 발장을 어린애다운 순진한 애정으로 사랑했고 그를 가장 가깝고 다정한 친구로 생각하고 있었다. 독자도 기억하고 있겠지만 마들렌 씨는 대단한 독서가였고 장 발장으로 돌아온 지금도 여전히 독서를 계속하고 있었기 때문에 그는 말하는 것에 매우 능숙했다. 또 본인만의 겸손하고도 진실한 지성으로 내용이 풍부한 대화와 연설을 할 수 있었다. 거기에는 선량함을 조화시키는 준엄성도 곁들여 있었다. 그는 엄격한 정신을 지녔으면서도 마음만은 지극히 부드러웠다. 뤽상부르 공원을 산책하며 코제트와 이야기를 주고받을 때, 그는 책에서 읽은 것이며 자신이 경험했던 고통스러운 기억에서 이야기를 끌어내어 설명했다. 하지만 코제트의 눈은 그 얘기에 귀를 기울이면서도 다른 곳을 방황했다.

코제트가 혼자 뛰어놀기에 그 황량한 정원이 충분했듯이 코제트의 생각은 그 소박한 노인으로 충분했다. 때때로 코제트는 나비를 쫓아 뛰놀다 숨을 헐떡이며 그의 옆으로 다가와 말했다.

"실컷 나비를 따라다녔어요."

대답 대신 노인은 코제트의 이마에 키스를 해 주었다.

코제트는 아버지를 존경하고 사랑했다. 그리고 언제나 그를 따라다니며 함께했다. 장 발장 주위에는 늘 평안과 기쁨이 가득했다. 장 발장은 본채와 정원에는 절대 오지 않았기 때문에 코제트는 꽃이 만발한 정원보다는 그가 있는 집 뒤의 돌이 깔린 안뜰에 있기를 더 좋아했다. 가죽을 씌운 안락의자가 있고 수놓은 커튼이 쳐져 있는 넓은 객실보다는 짚 의자가 놓인 작은 외딴방에 가는 것을 더 좋아했던 것이다. 장 발장은 코제트가 자기를 따르는 것이 무척 기쁘고 행복했다. 그는 빙그레 웃으며 가끔 이렇게 말했다.

"자아, 이제 네 방으로 돌아가거라! 혼자 있고 싶구나!"

그것은 정다운 아버지와 딸 사이에 흔히 볼 수 있는 그런 불평이었다.

때로는 코제트가 오히려 그에게 이렇게 말했다.

"아버지, 여기는 무척 추워요. 왜 여기에는 양탄자를 깔고 난로를 들여 놓지 않으세요?"

"나보다 훨씬 훌륭한 사람도 지붕 없는 집에 사는 사람이 많단다."

"그럼 왜 제 방엔 따뜻하게 해 주시고 뭐든지 필요한 건 다 갖추어 주셨어요?"

"그야 너는 여자고 어린애니까 그렇단다."

"저는 왜 남자는 춥고 불행하게 살아야 하는지 이해할 수 없어요."

"때때로 사람에 따라선 그래야 할 사람이 있는 것이란다."

"그럼 좋아요. 제가 여기서 아버지랑 같이 있으면서 불을 피우시게 만들겠어요."

그녀는 이런 말도 했다.

"아버지, 아버진 왜 그렇게 맛없는 검은 빵만 드세요?"

"그냥 단지 그러고 싶어서야."

"아버지가 계속 그걸 잡수신다면 저도 그걸 먹겠어요."

장 발장은 코제트에게 검은 빵을 먹이지 않기 위해서 어쩔 수 없이 흰 빵을 먹었다.

코제트에게 어린 시절은 어렴풋한 기억으로만 남아 있었다. 하지만 코제트는 얼굴도 모르는 어머니를 위해 매일 아침저녁으로 기도했다. 그리고 꿈속에서 보았던 무서운 얼굴처럼 테나르디에 부부의 모습이 코제트의 마음속에 깊이 새겨져 있었다. '어느 캄캄한 날 밤에' 숲 속으로 물을 길러 갔었던 일이 기억났다. 코제트는 그곳이 파리에서 훨씬 떨어진 곳이라고 믿고 있었다. 그 지옥 같은 생활에서 장 발장이 자신을 구해 준 것도 어렴풋이 생각났다. 코제트는 어린 시절이 마치 지네와 거미와 뱀으로만 둘러싸인 때처럼 느껴졌다. 그녀는 잠이 들기 전 이런저런 공상에 빠질 때는 자기와 장 발장이 아버지와 딸 사이라는 개념이 확실하지 않게 되어, 어머니의 영혼이 노인한테로 옮겨 가 자기 옆에 머물러 있게 된 것이라고 상상하곤 했다.

장 발장이 앉아 있을 때 코제트는 그의 백발에 볼을 바싹 대고 눈물을 흘리며 이렇게 중얼거리기도 했다.

"이분은 내 어머니가 틀림없어!"

이런 말이 이상하게 들릴지 모르지만 코제트는 수도원에서 자란 철없는 소녀인 데다, 처녀는 모성을 도저히 이해할 수 없었기 때문에 그녀는 어머니가 없는 것과 같다고 생각하게 되었다. 코제트는 정말 어머니의 이름조차 알지 못했다. 가끔 장 발장에게 물어본 적도 있었지만 그때마다 장 발장은 입을 꽉 다물고 아무 말도 해주지 않았다. 되풀이해 물으면 그는 빙그레 웃었다. 한번은 꼭 말해 달라고 조른 적이 있었는데 그때 그는 미소 대신 눈물을 흘렸다.

장 발장은 침묵으로 팡틴을 완전히 어둠 속에 숨겨 놓았다.

조심성 때문일까, 그녀에 대한 경의 때문일까 아니면 그 이름을 자기가 아닌 다른 사람이 기억하는 게 걱정되기 때문일까?

코제트가 어렸을 때에는 오히려 그가 자주 그녀의 어머니에 대한 말을 꺼냈지만 코제트가 자라 제법 처녀가 되자 그는 더 이상 이야기를 할 수가 없었다. 아니 어쩌면 그럴 용기가 나지 않았는지도 모른다. 코제트를 위해서인지 팡틴을 위해서인지는 알 수 없지만 그는 코제트의 머리에 그 그림자를 또렷하게 새겨 넣는 것에, 또 자기들의 운명 속에 제삼자인 그 죽은 여인을 놓는 것에, 어쩐지 종교적인 감정조차 느꼈다. 그 그림자가 그에게 신성하게 여겨질수록 그런 감정은 더욱더 무거워졌다. 팡틴을 생각하면 그는 침묵을 강요당하는 느낌이었다. 늘 어둠 속에 입술을 대고 있는 손가락 같은 것이 흐릿하게 떠오르는 것 같았다. 팡틴의 가슴속에 가득 차 있던 수치심, 살면서 억지로 내던질 수밖에 없었던 그 수치심이 이제는 죽은 그녀에게 되돌아와서 분노로 떨리는 가슴을 달래며 무덤 속 평화를 지켜 주는 걸까? 그리고 어떤 정체를 알 수 없는 압박감이 장 발장을 누르고 있었던가? 죽음을 믿고 있는 우리들로서는 이러한 신비한 생각을 떨쳐 낼 수 없다. 이러한 이유로 장 발장은 코제트에게 팡틴이라는 이름조차 말할 수 없었다.

어느 날 코제트가 그에게 물었다.

"어젯밤 꿈속에서 어머니를 만났어요. 어머니는 커다란 날개 두 개를 갖고 계셨어요. 아마 어머닌 이 세상에 계실 때부터 거의 성자였을 거예요."

"순교를 했기 때문이지."

장 발장은 말했다.

그러나 장 발장은 행복했다.

코제트는 그와 함께 외출할 때 그의 팔에 매달려 걸으며 그를 자랑스럽게 생각했고 그와 함께 있는 것을 행복하고 즐거워했다. 자기만으로 만족하는 코제트를 바라보는 장 발장의 마음은 형언할 수 없는 기쁨으로 가득했다. 그는 천사 같은 순진한 환희에 젖어 몸을 떨었고 가엾게도 그러한 행복이 언제까지나 계속될 것이라고 굳게 믿었다. 그는 이렇듯 행복의 은총을 받는 한 자신의 삶은 결코 불행하지 않다고 생각했다. 그리고 불쌍한 자신이 순결한 한 인간에게서 이토록 사랑받게 해 주신 하느님께 진심으로 감사드렸다.

자신이 무기임을 깨닫게 되는 장미

어느 날 코제트는 거울에 비친 자기 얼굴을 보고 "정말이야!" 하고 혼잣말을 했다. 왠지 모르게 자기가 좀 예뻐진 것 같았다. 그렇게 생각하자 이상하게 가슴이 떨려 왔다. 그녀는 지금까지 자기 얼굴에 대해 한 번도 깊이 생각해 본 일이 없었다. 거울은 가끔 보았지만 자세히 이리저리 들여다본 적은 없었다. 또한 사람들에게서 자주 밉다는 소리를 들어 왔다. 다만 장 발장만이 다정하게 "천만에! 그렇지 않아!"라고 말해 주었다. 어쨌든 코제트는 어린애처럼 단순히 체념하여 자기가 밉다고 생각했고 또 그렇게 믿었다. 그런데 지금 갑자기 거울이 장 발장과 똑같이 "천만에! 그렇지 않아!"라고 자신에게 말했다. 그녀는 거울이 자신에게 말해 준 그날 밤 잠을 이룰 수 없었다.

'정말 내가 예쁘게 생긴 걸까?'

그녀는 생각했다.

'어머, 말도 안 돼. 내가 예쁘다니!'

그리고 수도원에서 유난히 예쁘게 생겼던 친구들의 얼굴을 하나하나 떠올려 보았다.

'그럼, 나도 그 친구들같이 예뻐진 걸까!'

이튿날, 잠에서 깬 그녀는 이번엔 일부러 거울을 유심히 들여다보았다. 그녀는 자기 눈을 의심했다.

'어젠 왜 예쁘게 보였던 걸까?'

그녀는 중얼거리듯 말했다.

'역시 나는 예쁘지 않구나!'

그러나 사실은 이런저런 생각으로 잠을 충분히 자지 못해 눈이 좀 들어가고 얼굴빛이 창백해졌을 뿐이었다. 어제 자신이 예쁘다고 생각했을 때는 마음이 그토록 기쁜 것도 아니었는데 지금 그렇지 않다고 생각하자 그녀는 몹시 슬퍼졌다. 그날 이후 그녀는 2주일 이상이나 거울을 보지 않았다. 일부러 머리를 빗을 때도 되도록 거울 쪽은 보지 않으려고 애썼다.

저녁 식사가 끝나면 코제트는 대부분의 시간을 객실에서 수를 놓거나 수도원에 보내는 수예품을 매만지면서 보냈고 그때마다 장 발장은 그 옆에서 독서를 했다. 어느 날 문득 수를 놓다 고개를 든 그녀는 근심 가득한 눈길로 자기를 바라보고 있는 아버지를 보고 깜짝 놀랐다.

또 어느 날은 길을 걷고 있을 때 낯모르는 사람이 등 뒤에서 이런 말을 하는 것이 들렸다.

"우와 상당히 예쁜 여자군. 한데 옷이 너무 초라해."

그녀는 생각했다.

'나를 보고 하는 소리는 아닐 거야. 난 옷은 괜찮지만 얼굴이 예쁘진 않으니까.'

그녀는 그때 벨벳 모자를 쓰고 메리노 모직의 긴 옷을 입고 있었다.

또 어느 날, 정원에서 코제트는 하녀 투생이 이렇게 말하는 것을 들었다.

"나리, 아가씨가 요즘 무척 예뻐진 것을 알고 계시나요?"

코제트는 아버지의 대답은 듣지 못했다. 투생의 말을 듣자 그녀의 마음은 무섭게 흔들리기 시작했다. 그녀는 곧장 방 안으로 뛰어 들어가 벌써 석 달 동안이나 보지 않았던 거울을 들여다보고 깜짝 놀랐다. 그녀는 거울 속에 비친 자신의 모습을 보고 황홀해져 버린 것이다.

거울 속 그녀는 정말 예쁘고 아름다웠다. 그녀는 투생의 말에, 그리고 손에 든 거울을 향해 고개를 끄덕일 수밖에 없었다. 머리칼은 윤이 흐르고 키는 늘씬하게 컸으며 피부는 하얗고 푸른 눈동자에는 지금까지 보지 못했던 빛이 반짝였다. 자신은 아름답다는 확신이 활짝 갠 하늘처럼 순식간에 마음 가득 퍼졌다. 다른 사람도 자신을 그렇게 생각하고 있다. 투생도 그렇게 말했고 전에 거리를 지나는 사람이 한 말도 자기를 보고 한 말인 것이다. 이제 의심의 여지가 없다. 그녀는 기쁜 마음으로 정원으로 내려갔다. 마치 여왕처럼, 그러자 겨울인데도 그녀의 귀에는 새들의 지저귀는 소리가 들리는 듯했다. 하늘은 황금색으로 빛났으며 나뭇가지 사이로 환한 태양이 비치고 풀밭에는 꽃이 만발한 것 같은 느낌이 들었다. 그렇게 그녀는 환희 속에, 말로 표현할 수 없는 도취감에 빠졌다.

하지만 장 발장은 그녀와 달리 깊은 시름에 빠져 있었다.

그는 이미 오래전부터 시간이 갈수록 더해 가는 코제트의 아름다움을 무슨 무서운 것이라도 보듯이 지켜보고 있었다. 모든 사람에게 넌지는 미소조차 그에게는 어둡고 침울한 것일 뿐이었다.

코제트 자신이 깨닫기 훨씬 이전부터 이미 아름다움이 시작되고 있었다. 그 예기치 못했던 빛이 그녀의 전신을 감싸고 더욱 빛나기 시작하면서 장 발장의 우울한 눈을 더욱 아프게 했다. 그동안의 행복한 생활, 너무 행복해서 혹시 그것이 흩어질까 두려워 몸 하나 까딱하지 않고 살아 온 생활에 커다란 변화가 일어날 것 같은 두려움이 느껴졌다. 수많은 고통을 겪고 지금도 여전히 상처가 아물지 않아 피를 흘리고 있는, 전에는 악인이었지만 이제는 성인이 된, 아직도 형무소의 사슬을 끊지 못해 법에서 완전히 벗어나지 못한 그였다. 언젠가는 다시 붙잡혀 덕행을 쌓을 수 있는 숨은 집에서부터 만인의 눈앞으로 끌려 나갈지도 모르는 그였다. 그러한 그가 모든 것을 감수하고 용서하며 허용하고 모든 것을 축복하고 모든 것을 위해 생각하며 하느님과 인간과 법률과 사회와 세상에 대해 바라는 것은 오직 한 가지였다. 그것은 바로 코제트가 그를 사랑해 주는 것이다.

제발 코제트가 변함없이 지금처럼 자기를 사랑해 주기를! 그 아이의 마음이 언제까지나 자기와 함께하고 자기와 같이 머무는 것을 하느님이 막지 말아 주시기를! 코제트만 자기를 사랑해 준다면 그는 위로를 받고 평안을 느끼고 부족함이 없고 모든 고통의 보상을 받고 천하를 다 얻은 마음으로 그렇게 행복하게 살아갈 수 있었다. 그는 오직 코제트의 사랑만 있으면 되었다. 다른 것에는 아무 욕심도 없었다. 만일 누가 그에게 "당신은 좀 더 큰 행복을 바라오?" 하고 묻는다면 그는 주저함 없이 "아니요."라고 대답했을 것이다. 하느님이 "천국에 가고 싶으냐?" 하고 묻는다 해도 그는 "여기를 떠난다면 그곳이 천국이라 해도 쓰라린 일입니다." 하고 대답했을 것이다.

그래서 그는 약간의 이상한 조짐만 보여도 무슨 별다른 일이 일어나는 것이 아닌지 몸을 떨며 불안해했다. 그는 지금껏 여자의 아름다움이 주는 것이 무엇인지를 잘 알지 못했으나 어쩐지 무서운 것이라는 것만은 본능적으로 알 수 있었다.

그 아름다움이 이제 바로 눈앞에서 어린애 같은 딸의 순진한 이마 위에서 차츰 넓게 꽃피어 가는 것을, 그는 자신의 늙음과 추함과 초라함과 형벌과 절망의 밑바닥 속에서 불안한 눈초리로 지켜보고 있었던 것이다.

그는 생각했다.

'코제트는 정말 아름답구나! 난 이제 어떻게 되는 것일까?'

바로 이것이 그의 사랑과 어머니의 사랑의 다른 점이었다. 그가 쓰라린 마음으로 바라보는 것을 어머니라면 매우 기쁜 마음으로 지켜보았을 것이다.

얼마 안 있어 그가 걱정했던 아름다움이 일으키는 첫 징조가 나타났다. 코제트가 몸차림에 신경을 쓰기 시작한 것이다. 그녀는 지나가던 사람의 말을 떠올렸다.

"예쁘지만 옷이 너무 초라해."

그녀의 귓가에 바람처럼 들려왔던 그 목소리는 스쳐 지나가지 않고 이제부터 그녀의 일생을 지배할 두 싹 중의 하나, 사치가 그녀의 마음속 깊이 뿌리내리게 했다. 다른 하나의 싹은 사랑이었다.

아름다움에 대한 자신감과 함께 여자의 마음이 그녀 안에 활짝 피어올랐다. 이제는 메리노 모직 옷이 입기 싫었고 벨벳 모자도 부끄럽게 생각됐다. 장 발장은 그녀의 말이라면 뭐든지 다 들어주었다. 그래서 그녀는 곧 모자며 드레스며 케이프며 구두며 소맷부리 장식이며 그 외에 어울리는 옷들을 가졌고 어떤 색이 가장 잘 어울리는가에 대한 지식을, 파리의 여성들을 매력 있고 세련되고 위험하게 만드는 지식을 배워 갔다.

'자극적인 여자'란 바로 파리 여자를 두고 하는 말이다.

그렇게 한 달도 채 되기 전에 코제트는 바빌론 거리에서 가장 아름다운 여자가 되었다. 뿐만 아니라 파리에서 '가장 옷을 잘 입는' 대단한 자격을 갖춘 여성이 되었다. 그래서 그녀는 틈만 나면 길에 나가 '지나가는 사람들'이 자신에 대해 하는 이야기를 듣고 싶어 했다.

그녀는 자기의 미모를 과시하고 싶었던 것이다. 사실 누가 봐도 그녀는 아름다웠고 제라르의 모자와 에르보의 모자를 훌륭하게 구분할 줄도 알았다.

장 발장은 코제트의 이런 변화를 불안에 가득 찬 눈으로 바라보았다. 땅을 기거나 겨우 발걸음이나 떼어 놓는다고 생각했던 아기 같던 코제트에게 갑자기 날개가 돋치는 것을 보는 듯한 마음이었다.

하지만 여자라면 코제트의 차림을 한 번만 보고도, 그녀에게 어머니가 없다는 것을 눈치챌 수 있었을 것이다. 이것저것 취미를 살린다든가, 특수한 차림을 하는 것에 코제트는 완전히 빠져 있었던 것이다. 만일 그녀에게 어머니가 있었다면 젊은 여자는 다마스크 능직 같은 것은 입지 않는 것이라고 말해 주었을 것이다.

새로 맞춘 새까만 다마스크 능직의 긴 옷에 케이프를 두르고 하얀 모자를 쓰고 외출하는 날, 코제트는 자랑스러운 듯 눈부시게 명랑한 표정을 지으며 장 발장의 팔에 살짝 손을 얹고 물었다.

"아버지, 저 어때요? 예쁜가요?"

장 발장은 질투하는 사람의 날카로운 목소리로 이렇게 말했다.

"참 멋져 보이는구나."

산책하는 동안 그는 평소와 같았다. 그는 집에 돌아와 코제트의 방에 걸린 옷과 모자를 보며 이렇게 말했다.

"이제 저 옷은 입지 않을 거니? 저 모자는 쓰지 않을 거야?"

코제트는 옷장으로 고개를 돌려 보았다. 그곳에는 수도원 시절에 입던 낡은 옷이 걸려 있었다.

"어머, 저런 걸 어떻게 입어요?"

그녀는 대답했다.

"아버지도 참, 저런 건 이제 못 입어요. 저런 모자를 쓰고 밖에 나가면 사람들이 미친 사람이라고 할 거예요."

장 발장은 깊은 한숨을 쉬었다.

이때부터 그는 "아버지, 전 아버지하고 같이 집에 있는 것이 가장 좋아요."라고 하던 코제트가 자주 밖에 나가고 싶어 한다는 것을 눈치챘다. 하긴 남에게 보이지 않는다면 아무리 얼굴이 아름다운들, 아무리 멋있는 차림을 한들 아무 소용이 없는 것이다.

그는 코제트가 전처럼 뒤뜰을 별로 좋아하지 않는다는 것도 알았다. 예전과 달리 요즘은 정원으로 나가는 것을 더 좋아해서 하루 종일 울타리 앞을 왔다 갔다 했다. 하지만 여전히 장 발장은 세상의 눈을 꺼려했기에 정원에는 절대로 발을 들여놓지 않았다. 그는 여전히 개처럼 안뜰에서만 지냈다.

코제트는 자기가 아름답다는 것을 알게 된 뒤, 그것을 몰랐던 때 갖고 있던 많은 사랑스러운 멋을 잃어버렸다. 그런 사랑스러움이야말로 진정 절묘한 아름다움이라 할 수 있다. 왜냐하면 천진난만한 마음으로 한결 북돋아진 아름다움은 어떤 말로도 표현할 수 없는 것이며, 자기도 모르게 천국의 열쇠를 손에 들고 걸어가는 눈부신 순진성만큼 놀랄 만한 것은 이 세상에 아무것도 없기 때문이다. 하지만 코제트는 잃어버린 소박한 아름다움의 빈자리를 우수에 찬 의젓한 매력으로 채웠다. 그녀의 온몸은 청춘과 순결과 아름다움과 환희에 가득 차 있었고 그 아래는 화려한 우수가 숨 쉬고 있었다.

반년이 지나 마리우스가 뤽상부르 공원에서 코제트를 만난 것은 바로 이때였다.

싸움의 시작

코제트는 그늘 안에 있었기 때문에 역시 그늘 속에 있는 마리우스와 함께 불타오를 준비가 되어 있었다. 정열의 격렬한 전류를 안은 채 서로를 그리워하는 두 남녀, 우레를 안고 있는 두 개의 구름처럼 사랑을 품고 구름과 구름이 부딪치면 일어나는 번개처럼 한 번 눈이 마주치기만 하면 곧 부딪혀 버릴 게 틀림없는 이 두 생명, 운명은 그 신비롭고 결정적인 인내력으로 천천히 이 둘을 가까이 끌어가고 있었다.

연애소설이 첫눈에 반해 사랑에 빠졌다는 표현을 흔하게 써 왔기 때문에 사람들은 마침내 그것을 진정으로 받아들이지 않았다. 이제는 더 이상 남녀가 서로 시선을 교환하자마자 곧 사랑에 빠졌다는 말을 하는 사람은 거의 없다. 그러나 사랑이란 그런 식으로 시작하는 것이고 대부분의 사랑의 동기가 그러하다. 뒷일은 역시 어디까지나 뒷일일 뿐이다. 두 영혼이 마주쳐 불꽃이 튈 때 느끼는 동요만큼 진실한 것은 아무것도 없다.

코제트의 무심한 눈길이 마리우스의 마음을 뒤흔드는 순간, 마리우스는 자기의 눈길 역시 코제트의 마음을 흔들어 놓았다는 것을 깨닫지 못했다.

그도 자신이 받은 것과 똑같은 마음의 혼란과 행복을 그녀에게 주었다.

아가씨들이 늘 그렇듯 코제트는 훨씬 전부터 다른 곳을 보는 척하며 그를 살피고 관찰하고 있었다. 마리우스가 코제트를 아름답다고 생각하기 전부터, 코제트는 마리우스를 잘생긴 남자라고 생각하고 있었다. 그러나 처음에 그가 그녀에게 별로 관심을 두지 않은 것처럼 그녀도 그러했다.

그러나 코제트는 그의 아름다운 머리카락과 눈, 친구들과 이야기를 주고받는 기분 좋은 목소리, 약간 이상했지만 그런대로 멋이 있는 걸음걸이, 어디를 봐도 바보스러운 데가 없이 몸 전체에서 풍기는 품위와 정다움과 소박함과 그리고 기품, 가난하지만 어딘지 모를 세련됨, 이 모든 것을 인정하지 않을 수 없었다.

두 사람의 눈이 서로 마주친 순간, 뭐라 표현할 수 없는 그 은밀한 약속을 시선으로 교환한 날, 코제트는 그것이 무엇을 뜻하는지 처음에는 잘 알지 못했다. 그녀는 웨스트 거리의 집으로 돌아와 깊은 생각에 잠겼다. 장 발장과 함께 예전처럼 6주 동안 묵기 위해 그곳에 갔다. 이튿날 아침 눈을 뜨자 코제트는 제일 먼저 그 청년의 얼굴이 떠올랐다. 그리고 그가 오랫동안 자기에게 관심도 없었으나 요즘 들어 자기를 향한 마음이 커져 가고 있다는 것을 느꼈다. 그러나 그의 마음이 자기를 향하고 있다고 해서 코제트는 기쁘지 않았다. 오히려 오랫동안 자기를 무시해 온 것에 분노했다. 그러면서 갑자기 그 청년과 싸우고 싶은 욕망이 끓어올랐다. 그리고 마침내 그에게 분풀이할 수 있는 기회가 온 것 같아 어린애같이 기뻤다.

자기가 아름답다는 것을 알게 된 코제트는 마음 한구석에서 자기에게 무기가 있음을 깨달았다. 여자란 어린애가 칼을 가지고 놀 듯 자기의 아름다움을 가지고 놀기도 한다. 그것은 상처의 원인이 되기도 한다.

마리우스가 두근거리는 가슴으로 주저하며 공포를 느낀 것을 독자도 기억할 것이다. 그는 벤치에 앉아 좀처럼 코제트에게 다가가지 않았다. 그것은 코제트를 화나게 만들었다. 어느 날 코제트는 장 발장에게 다가가 이렇게 말했다.

"아버지, 저쪽으로 가요."

좀처럼 마리우스가 다가오지 않자 코제트가 다가갔다. 이런 상황에서 여자는 마호메트를 닮게 마련이다. 참 묘한 일이지만 사랑의 첫 징조는 젊은 남자에게는 소심성으로, 여자에게는 대담성으로 나타난다. 이것은 얼핏 의외인 것처럼 느껴지지만 사실 이것만큼 당연한 것은 없다. 남녀가 서로 접근할 때는 그 성격이 서로 뒤바뀌어 버리기 때문이다.

이날 마리우스를 향한 코제트의 시선은 그를 황홀하게 하고 그녀를 바라보는 그의 시선은 코제트를 떨게 했다. 그날부터 두 사람은 매일 서로를 그리워하기 시작했다. 이날 이후 코제트가 처음 느낀 감정은 혼란에 빠진 깊은 슬픔이었다. 그녀는 마음이 갑자기 캄캄한 어둠 속에서 휩싸인 것 같은 느낌이 들었다. 그녀는 자기도 자기 마음을 알 수 없게 되었다. 젊은 처녀의 영혼은 새하얗고 차디찬 티 없는 눈과 같아서 사랑이라는 태양으로만 녹일 수 있다.

코제트는 아직 사랑이 무엇인지 전혀 몰랐다. 사랑이라는 말이 세속적인 의미로 발음되는 것을 한 번도 들은 적이 없었다. 세속의 음악책이 더러 수도원에 들어오는 일도 있었지만 그때는 '사랑(amour)'이라는 글자는 모두 '북(tambour)'이나 '약탈자(pandour)'라는 글자로 바뀐 뒤였다. 그 때문에 당시 수도원에서는 '상급생'의 상상력을 자극하는 여러 가지 수수께끼가 나왔다. 예를 들어, '아 북이란 얼마나 즐거운 것인가?'라든가, '연민은 헝가리 병사가 아니다!' 같은 말이 있다. 그러나 코제트는 북을 사랑이라고 깨닫기에는 너무 일찍 수도원에서 나왔다. 그러므로 지금 느끼고 있는 이 감정이 무엇인지 알 수 없었다. 하지만 자기가 걸린 병이 무엇인지 모른다고 해서 그만큼 병이 가볍다고 말할 수 있을까?

그녀는 사랑이 무엇인지 모른 채 사랑하고, 모르는 만큼 더욱 정열을 쏟아 사랑했다. 그것이 좋은 것인지 나쁜 것인지, 그것이 유익한 건지 위험한 건지, 필요한 건지 치명적인 건지, 영원한 건지 일시적인 건지, 허용된 건지 금지된 건지, 그 어떤 것도 확실히 알지 못한 채 그저 사랑만을 하고 있었다. 만일 누가 그녀에게 이런 말을 했다면 그녀는 매우 놀랐을 것이다.

"통 잠이 오지 않는다고요? 큰일 났군요! 음식을 먹을 수가 없다고요? 그거 매우 좋지 않은데! 가슴이 답답하고 두근두근 한다고요? 보통 일이 아니군요! 검은 옷을 입은 어떤 사람이 초록빛 오솔길에 나타나면 얼굴이 붉어졌다 파래졌다 한다고요? 거참, 야단났군요!"

그녀는 이런 말을 들어도 어찌된 영문인지 모르고 이렇게 대답했을 것이다.

"저도 도저히 어쩔 수 없는 일이에요. 저도 왜 그런지 알 수 없는 일인데, 왜 제 탓이라고 하시죠?"

코제트에게 싹튼 사랑은 그녀에게는 매우 적당한 것이었다. 그것은 일종의 강한 동경, 말없는 응시, 미지의 인간을 신격화하는 것과 같았다. 그것은 하나의 청춘이 다른 청춘 앞에 모습을 나타내는, 여전히 꿈으로 남아 있는 그런 밤마다의 꿈, 동경이 실현되어 마침내 이런 현실 속에서 살아난 환영, 그러나 아직 이름도 없고 죄도 없고 잘못도 없고 욕심도 없고 부족함도 없는 그런 환영과 같았다. 즉 아득한 이상 속에 살고 있는 연인이었고 하나의 형태를 갖춘 헛된 생각이었다. 그림자를 사실보다 크게 보는 수도원의 안개 속에 아직 반쯤 잠겨 있는 그녀에게, 만일 그들의 해후가 좀 더 직접적인 것이었다면 그녀는 처음부터 무서워 떨어 버리고 말았을 것이다. 그녀는 어린애가 품는 공포심과 수녀가 품는 공포심 모두를 지니고 있었다. 5년 동안 품었던 수도원의 정신은 아직도 그녀의 안에 남아 있었고 그녀 주위에 있는 모든 것을 떨게 했다. 그래서 그녀에게는 연인도, 애인도 하나의 환영과 같았다. 그녀는 마리우스를 매력적이면서도 밝게 빛나는 비현실적인 존재로 생각하며 강하게 동경하기 시작했다.

극단적인 순진은 극단적인 애교와 같다. 때문에 그녀는 망설이지 않고 그에게 미소를 보냈다. 천진난만함이란 바로 이런 것이다.

그녀는 매일 산책 시간이 기다렸고 거기서 마리우스를 발견하면 표현할 수 없는 행복감을 느꼈다. 그리고 장 발장에게 자기가 느끼는 것을 모두 털어놓고 싶은 마음에 이렇게 말했다.

"어쩜 여긴 이렇게도 좋을까요? 이 뤽상부르 공원은 정말 멋져요!"

두 남녀에게 있어, 상대는 어둠 속에 묻혀 있었다. 두 사람은 서로 말도 주고받지 않았고 인사도 없었고 가까워진 것도 아니었다. 단지 그냥 서로 만나서 바라보는 것뿐이었다. 그들은 몇백만 마일 떨어진 하늘의 별처럼 서로 멀찌감치 바라만 보았다.

이렇게 코제트는 점점 소녀에서 여자가 되어 갔고 아름다워지고 사랑을 배웠다. 자기의 아름다움은 의식했으나 자기가 사랑을 하고 있음을 깨닫지 못한 채 그렇게 성장해 갔다. 그리고 그녀는 순진한 만큼 애교가 있었다.

다시 그것을 넘어선 슬픔

사람은 어떤 경우에도 곧 거기에 순응하는 본능이 생기게 되어 있다. 자연의 늙은 어머니 같은 가르침으로 장 발장은 직감으로 벌써 마리우스의 존재를 느낄 수 있었다. 그는 어두운 마음 한구석에서 불안함에 부르르 떨었다. 장 발장은 아무것도 알지 못했고 아무것도 보지 못했지만 자기 주변의 어둠을 끈기 있는 강한 주의력으로 미리 짐작할 수 있었다. 그것은 마치 한편에 쌓여 올라가는 무엇을 느끼며 다른 한편으로는 허물어져 가는 어떤 것을 느끼는 것과 같았다. 마리우스 역시 같은 자연이라는 어머니의 가르침으로, 되도록 그녀의 '아버지'의 눈을 피하려고 애썼다. 그럼에도 불구하고 이따금 장 발장과 문득 눈이 마주치는 때가 있었다. 마리우스의 태도는 자연스럽지가 않아서 묘하게 조심스러운가 하면 또 어색할 정도로 대담했다. 그는 멀찌감치 떨어져 앉아 책을 손에 들고 읽는 척했다. 누구를 위해 그렇게 했던 걸까? 전에는 낡은 옷을 입고 있었지만 요즘은 매일 새 옷을 입고 왔다. 그는 머리도 손질한 것 같았고 눈치도 이상했으며 장갑까지 끼고 있었다. 장 발장은 그런 그 청년이 견딜 수 없이 미워졌다.

코제트는 되도록 마음을 숨기기 위해 애썼다. 자기 기분을 정확하게 알고 있지는 못했지만 그것이 숨겨야 하는 무엇이라는 것만은 충분히 깨닫고 있었다.

코제트가 맵시를 내기 시작한 것과 그 청년이 언제나 새 옷을 입게 된 것 사이에는 장 발장을 화나게 하는 어떤 일치점이 있었다. 아무리 우연이라고 생각해도 역시 마음에 걸리는 우연의 일치였다. 그는 코제트에게 청년에 대한 말을 한 번도 하지 않았다. 그러던 어느 날 장 발장은 문득 자기 불행에 납덩어리를 던지는 것 같은 걷잡을 수 없는 절망적인 심정으로 더 이상 참지 못한 채 코제트에게 말했다.

"정말 건방진 청년 같군!"

1년 전의 순진한 코제트였다면 아마 이렇게 말했을 것이다.

"그렇지 않아요. 그는 정말 멋진 분이에요."

10년 후의 그녀라면 마리우스에 대해 이렇게 대답했을 것이다.

"아버지 말씀이 옳아요. 정말 건방져서 보기 싫어요."

하지만 지금의 그녀는 그 나이와 감정에 맞게 침착한 목소리로 다만 이렇게 대답했다.

"저 젊은 분을 말씀하시는 건가요."

마치 처음 보는 사람을 대하는 말투였다.

장 발장은 쓸데없는 말을 했다고 생각했다.

'이 애는 아직 모르고 있는데, 내가 주의를 끌어 버렸군.'

안타까운 노인의 단순함이여! 어린 사람의 신중함이여!

첫사랑에 사로잡힌 젊은이들이 어떤 고통이나 고뇌에 부딪히게 되면, 즉 최초의 장애에 부딪히게 되면 여자는 어떤 함정에도 빠지지 않으나 남자는 어떤 함정에나 쉽게 걸려든다.

장 발장이 남몰래 어떤 일을 꾸미고 있다는 것을 마리우스는 꿈에도 몰랐다. 장 발장은 산책 시간을 바꾸기도 하고, 벤치를 바꾸기도 하고, 손수건을 떨어뜨려 보기도 하고, 혼자 뤽상부르 공원에 와 보기도 하며 그를 향해 갖가지 덫을 놓았다. 그런데 마리우스는 그런 하나하나에 모두 걸려들었고 장 발장이 길가에서 던지는 질문에 낱낱이 순진하게도 "네." 하고 대답했다. 하지만 코제트는 여전히 태연하고 아무렇지 않은 표정을 짓고 있어서 장 발장은 마침내 이렇게 결론지었다.

'저놈은 코제트에게 잔뜩 반해 있는 모양이지만, 코제트는 그에게 관심조차 없다.'

그렇게 생각했음에도 여전히 그의 마음은 쓰리고 아팠다. 코제트가 언제 사랑에 빠질지 모른다는 생각 때문이었다. 모든 것은 다 무관심에서 시작된다고 하지 않던가?

코제트는 딱 한 번 실수를 한 적이 있었는데 그것이 그를 긴장시켰다. 세 시간이나 앉아 있던 벤치에서 일어나 집으로 돌아가려고 하자 그녀가 자기도 모르게 이렇게 말했던 것이다.

"벌써 돌아가는 건가요?"

장 발장은 눈에 띄는 일은 하고 싶지 않아서, 또한 코제트에게 경계심을 주고 싶지 않아서 뤽상부르에 가는 것을 그만두지 않았다. 그런데 그것은 두 연인에게는 감미로운 시간이었다. 코제트는 마리우스에게 미소를 던졌고, 그 미소에 도취된 마리우스가 이제 세상에서 가장 사랑하는 사람인 그녀의 빛나는 얼굴을 바라볼 때 장 발장은 무서운 눈길로 마리우스를 보고 있었다. 앞으로 남에게 적의를 갖는 일은 절대로 없을 것이라고 확신하던 장 발장도 마리우스를 볼 때마다 자기가 다시 예전처럼 잔인하고 난폭해지는 것을 느꼈다. 전에 그토록 분노를 품었던 옛 영혼의 심연이 남김없이 그 청년을 향해 떠오르는 것이 느껴졌다. 그것은 마치 마음속에 지금까지 몰랐던 새로운 분화구가 열리는 것과 같았다.

'아, 역시 녀석이 또 와 있군. 대체 뭘 하러 와 있을까? 빙빙 돌고 냄새를 맡고 탐색을 하고 뭔가 찾기 위해 와 있는 거겠지! 아니 어쩌면 "왜 오면 안 된단 말이야?" 하는 말을 하려고 왔는지도 모르겠군. 저 녀석은 나의 주변을 맴돌기 위해 와 있는 것이다. 나의 행복 주위를 맴돌다 그것을 빼앗아 가지고 도망치려고 와 있는 것이다!'

장 발장은 덧붙여 생각했다.

'그래 맞아. 그럼 놈은 대체 뭘 찾으러 오는가? 사랑의 모험을 하려 하는가! 무엇을 탐내고 있는가? 사랑의 유희를 탐내는 것인가. 그럼 나는 어떻게 되는가? 나는 더없이 비참하고 불행한 인간이고, 인생 60년을 남에게 복종만 하며 보내 왔고 참을 수 있는 모든 것을 참아 왔고 젊은 시절도 가 버렸고 가족도 친구도 아내도 자식도 없이 살아왔으며, 온갖 돌 위에 들판 위에 벽 위에 피 흘리며 살아왔다. 갖은 수모를 받고도 참았고 어떤 심술궂은 일을 당해도 착하게 살아왔다. 모든 것을 극복하고 정직한 사람으로 살아왔는데, 저지른 죄를 참회하고 남이 나에게 한 나쁜 짓을 용서하고 이제야 겨우 그 보답을 받고 행복해하고 있는 이때에, 바라던 것을 손에 넣은 지금, 대가를 치르고 내 것으로 만든 지금, 그 모든 것이 사라지려 하는가? 나는 결국 코제트를 잃어버릴 수밖에 없는 건가? 생명을, 기쁨을, 영혼을 잃어버리는 건가? 그것도 저 바보 같은 녀석 하나가 뤽상부르 공원에 와서 얼쩡거리는 것 때문에!'

그런 생각이 들자 그의 눈동자는 슬픔과 심상찮은 빛으로 빛났다. 그가 마리우스를 보는 눈빛은 이미 인간을 보는 것도 아니었고 적을 보는 것도 아니었다. 한 마리의 개가 도둑놈을 노려보는 그런 눈빛이었다.

그리고 그 뒤의 일은 이미 우리가 다 알고 있는 대로다. 마리우스는 변함없이 생각이 짧았다. 어느 날 그는 코제트를 따라 웨스트 거리에까지 갔다. 그리고 또 어느 날 문지기에게 말을 걸었고 그와 얘기를 나눈 문지기는 곧 장 발장에게 그 사실을 전했다.

"이상한 젊은이가 나리에 대해서 꼬치꼬치 묻고 갔습니다."

이튿날 장 발장은 마리우스를 무섭게 쳐다보았고 마리우스도 결국 그 것을 알아차렸다. 일주일 뒤에 장 발장은 집을 옮겼고 다시는 뤽상부르 공원에도 웨스트 거리에도 발을 들여 놓지 않았다. 그는 플뤼메 거리로 돌아간 것이다.

코제트는 불평 한마디 하지 않았고 심지어 무슨 일이냐고 묻지도 않았다. 그녀는 이미 눈치를 채고 자신의 속마음을 들킬까 봐 두려워했다. 장 발장은 이런 불행에는 전혀 경험이 없었다. 그것은 매력 있는 유일한 불행이었으며 동시에 그가 지금껏 겪지 못했던 유일한 불행이기도 했다. 따라서 장 발장은 코제트가 침묵을 지키고 있는 이유를 조금도 이해하지 못했다. 다만 그녀가 다소 슬퍼하는 모습을 보고 우울해질 뿐이었다. 그 후, 그들은 둘 다 익숙하지 않은 암투를 시작했다.

장 발장은 그녀를 시험하듯 물었다.

"뤽상부르 공원에 다시 가 볼까?"

그러자 코제트의 창백한 얼굴에 한 줄기 빛이 스쳐 지나갔다.

"네. 좋아요."

그녀는 말했다.

그렇게 두 사람은 공원으로 향했다. 하지만 이미 그때는 그들이 그곳에 발길을 끊은 지 벌써 석 달이 지난 뒤였다. 마리우스는 없었다. 그 이튿날 장 발장은 다시 코제트에게 말했다.

"뤽상부르 공원에 함께 가겠니?"

그녀는 이번에는 힘없이 조용히 말했다.

"아뇨. 괜찮아요."

장 발장은 그녀의 슬픈 얼굴을 보자 마음이 무거웠고, 가슴이 찢어지는 듯 아팠다.

어린 나이에, 더 이상 투시할 수 없는 정신을 가지게 된 이 아이의 내면에서는 지금 무슨 일이 일어나고 있는 걸까? 코제트의 영혼엔 지금 무엇이 이루어지고 있는 걸까? 장 발장은 자리에 눕지도 않고 초라한 침대에 머리를 기대고 앉은 채 코제트가 어떤 생각을 하고 있는지 헤아려 보기도 하고 그녀가 생각할 만한 것을 이것저것 궁리하며 몇 날이고 밤을 꼬박 세우기도 했다.

그럴 때마다 그는 얼마나 괴로운 눈길을 가장 순결한 찬사의 집이며 가까이하기 어려운 수도원 쪽으로 보냈던가! 세상에서 숨은 꽃들이며 유폐된 동정녀들로 가득 차 있는 그곳. 온갖 영혼이 곧장 천국을 향해 올라가는 수도원 정원을 몇 번이나 절망적인 황홀감과 함께 회상했다. 영원히 닫힌 에덴동산, 그의 의지로 택한 것이긴 하나 아득히 사라져 버린 낙원을 얼마나 그리워했던가! 그녀에게 헌신을 한답시고 사로잡힌 가엾은 영웅적인 자기희생, 그는 자기를 버리면서까지 코제트를 세상으로 끌고 나온 것을 매우 후회했다. 그는 이런 생각을 되풀이했다.

'정말 대체 난 무슨 어이없는 짓을 한 건가?'

그는 그런 기분을 전혀 코제트에겐 나타내지 않았다. 불쾌한 빛이나 냉정한 빛을 조금도 그녀에게 띠지 않았다. 그는 전과 다름없이 여전히 밝고 정다운 얼굴로 그녀를 보았다. 장 발장의 태도는 전보다 훨씬 다정했고 아버지다웠다. 그의 마음이 침울해진 것을 나타내는 것이 있다면 그것은 단지 그가 한층 너그러워진 것뿐이었다.

코제트는 고뇌에 빠졌다. 예전 마리우스를 볼 수 있을 때 즐거웠던 것만큼 이제는 그가 없는 것이 너무나 슬펐다. 장 발장이 늘 가던 뤽상부르 공원에 가지 않기 시작했을 때, 뤽상부르 공원에 가고 싶은 표정을 띠어서는 안 된다는 생각에 태연한 얼굴로 있노라면, 아버지가 곧 다시 데리고 가 주시겠지 하고 생각했었다. 며칠이 지나고 몇 주일이 지나가고 몇 달이 지나갔다. 그런데 장 발장은 코제트의 침묵을 그에 대한 동의로 받아들이고 말았다. 그녀는 후회했지만 이미 때는 너무 늦었다. 그녀가 뒤늦게 뤽상부르 공원에 갔을 때 마리우스는 이미 없었다. 마리우스가 모습을 감추어 버리고 만 것이다. 모든 것이 끝났다. 어떻게 하면 좋을까? 그를 다시 만날 수 있을까? 그녀는 가슴이 저려 왔다. 그 생각은 시간이 흐를수록 하루하루 더해 가기만 했다. 지금이 겨울인가 여름인가, 맑은 날인가 비오는 날인가, 새가 지저귀는가, 달리아가 필 때인가 아니면 국화가 필 때인가, 뤽상부르 공원이 튈르리 공원보다 더 즐거운가, 세탁부가 가져온 옷에 풀이 적당한가, 투생이 장을 봐 오는가, 그녀는 이런 것을 하나도 분별할 수조차 없었다. 끝없는 생각에 잠겨 오직 한 가지에만 빠져 고민한 그녀의 눈은 마치 유령이 사라진 깊고 어두운 허공과 같았다.

그러나 그녀도 장 발장에게는 전혀 내색을 하지 않았다. 그에 대해서도 예전처럼 늘 다정했다. 하지만 장 발장은 코제트의 안색이 나빠진 것이 너무 걱정이 되어 견딜 수 없었다. 그가 그녀에게 말했다.

"무슨 일 있니?"

그녀가 말했다.

"아무 일도 없어요."

그렇게 말하고 나서, 아버지가 슬퍼하는 것을 눈치채고 이렇게 덧붙여 말했다.

"아버지, 아버지는 괜찮으세요?"

"나? 난 아무렇지도 않다."

그가 대답했다.

그토록 서로 감동적으로 사랑하고, 그토록 오랫동안 서로 의지하며 살아온 두 사람은 서로 상대방 때문에 괴로워하고 힘들어하면서도 그 괴로움을 표현하지도 않고 원망도 하지 않은 채 그저 서로를 위해 미소를 나눌 뿐이었다.

사슬에 묶인 죄수들의 행렬

두 사람 중 더 불행한 사람을 말하자면 그것은 장 발장이었다. 청춘은 슬픔에 잠겼다 하더라고 언제나 젊은 명랑성을 갖는다.

장 발장은 너무 괴로운 나머지 가끔 어린애처럼 되는 때가 있었다. 고통은 어른에게 어린애 같은 면을 나타나게 한다. 그는 코제트가 자기로부터 도망칠까 봐 늘 그게 걱정이었다. 그래서 그녀를 잡아 두기 위해 외부의 화려한 것으로 그녀의 마음을 뺏을 수는 없을까 고민했다. 그런 생각은 방금 말한 것처럼 어린애 같으면서도 노인다운 데가 있었다. 그는 어느 날 정장을 하고 말을 탄 장군, 파리 사령관인 쿠타르 백작이 시내를 지나는 것을 보게 되었다. 장군은 온통 금빛으로 꾸미고 있었는데 그는 그 모습을 부러워했다. 그래서 속으로 이렇게 말했다.

'저렇게 차려입고 다닐 수 있다면 얼마나 행복할까. 코제트가 보면 무척 좋아할 거야. 저렇게 꾸미고 코제트와 함께 튈르리 궁전 철책 앞을 지나면 군인들은 틀림없이 받들어총을 할 것이고, 그러면 코제트는 너무 좋아하면서 다시는 젊은 남자에게 마음을 뺏기지 않겠지.'

장 발장이 슬픔에 잠겨 있는 동안 그가 생각지 못했던 일이 일어나 그의 마음을 강하게 흔들었다.

장 발장과 코제트가 세상에서 고립된 플뤼메 거리에 살면서부터 두 사람에게는 하나의 습관이 생겼다. 가끔씩 들판으로 해돋이를 보러 가는 일은 인생을 맞는 사람이나 인생을 하직하는 사람 모두에게 어울리는 포근한 즐거움이었다.

이른 아침의 산책은 고독을 사랑하는 사람들에게는 밤 산책과 비슷할 뿐 아니라 밤에는 느낄 수 없는 자연의 기쁨까지 같이 맛볼 수 있다. 그 길에는 인기척도 없고 새만 지저귄다. 코제트는 작은 새처럼 아침 일찍 일어나는 걸 매우 좋아했다. 아침 산책의 준비는 대게 그 전날 미리 해

127

놓았다. 그가 먼저 제의를 했고 그녀가 찬성했다. 만반의 준비를 해 놓고 날이 새기 전에 출발하는 것이 코제트를 뭐라 말할 수 없이 기쁘게 해 주었다. 젊은 시절엔 그런 색다른 일들이 항상 즐거운 것이다.

장 발장은 인적이 드문 서라나 외진 한쪽 구석이나 잊혀진 곳에 가는 것을 좋아했다. 그 무렵 파리 성문 부근에는 빈약한 경작지가 시가지와 서로 엇갈려 있었다. 그곳은 여름에는 연약한 밀이 자라고 가을 추수 후에는 벗겨 놓은 것 같은 빈 밭만 남았다. 장 발장은 특히 그런 곳을 좋아했기 때문에 즐겨 찾아갔다. 장 발장에게 고독한 장소는 코제트에게 자유로운 장소였다. 그곳에서 코제트는 어린애로 돌아가 이리저리 뛰어다니며 놀았다. 또한 모자를 장 발장의 무릎 위에 벗어 놓고 꽃을 따러 돌아다니기도 했다. 그러나 꽃에 앉은 나비를 보고 잡으려 하지 않았다. 그녀는 사랑과 함께 생긴 따뜻한 마음속에 가냘픈 이상을 가슴에 품기 시작하면서 나비의 날개에도 연민을 느꼈다. 코제트는 개양귀비꽃을 엮어 화환을 만들어 머리에 썼다. 햇빛은 화환을 타는 듯 빨갛게 물들여 그녀의 싱싱한 장밋빛 얼굴에 불꽃의 관을 씌웠다.

생활이 슬픔으로 차올랐어도 두 사람은 여전히 아침 산책을 계속했다.

10월 어느 날 아침, 1831년 가을의 맑은 날씨에 이끌려 두 사람은 새벽 일찍 멘 성문 근처로 산책을 갔다. 아직 새벽빛이 남아 있고 하늘이 조금씩 밝아질 무렵의 시골 풍경이 마음을 빼앗을 시각이었다. 푸르스름한 하늘에 별이 빛나고 땅 위는 검고 하늘은 흰빛으로 가득 차서 주위 전체가 신비한 여명의 감동에 휩싸여 있었다. 종달새 한 마리가 하늘의 별처럼 높이 떠올라 지저귀고 있었다. 그 작은 새의 무한에 대한 찬가는 끝없는 하늘에 평안을 안겨 주는 것만 같았다. 동쪽에는 발 드 그라스의 건물이, 날카로운 칼날처럼 펼쳐진 지평선 위에 어둡고 커다란 그림자를 걸치고 있었다. 둥근 지붕 저쪽에서는 금성이 시커먼 건물 속에서 빠져나온 하나의 영혼같이 빛나고 있었다.

모든 것이 평화와 침묵에 싸여 있었다. 길에는 사람의 그림자도 없었고 가끔씩 저 아래 쪽으로 일하러 나가는 노동자의 모습만이 드문드문 보였다.

장 발장은 얼굴을 길 쪽으로 돌리고 새벽빛을 등진 채 건설 현장 입구 길가에 놓인 재목 위에 걸터앉아서 해가 떠오르려는 것도 잊어버리고 있었다. 정신을 집중하여 눈동자까지 내부로 가두는 벽으로 둘러싸인 듯 깊은 사색에 잠겨 있었다. 명상 중에는 수직적인 명상이라는 것이 있다. 일단 밑바닥으로 가라앉으면 위까지 떠오를 때까지는 상당한 시간이 걸린다. 장 발장은 그런 명상에 빠져 있었다. 코제트를 생각하고, 두 사람 사이를 방해하는 이가 없으면 계속 행복할 것이라는 생각, 그녀로 인해 채워지는 생활의 광명, 자기 영혼의 호흡과 같은 그 광명에 대해 생각했다. 그런 명상에 잠겨 있을 때면 그는 행복했다. 코제트는 그 옆에서 하늘의 구름이 장밋빛으로 물드는 것을 바라보고 있었다.

갑자기 코제트가 외쳤다.

"아버지, 저쪽에 누가 오고 있어요."

장 발장은 눈을 들어 그곳을 바라봤다.

코제트의 말은 옳았다.

멘의 낡은 성문을 통과하는 길은 세브르 거리에서 시작되어 성내의 큰 길과 직각으로 부딪치고 있다. 그 길과 큰길에 마주쳐 구부러지는 곳, 길이 갈라지는 부근에서 이른 아침에 어울리지 않는 소리와 함께 어수선해 보이는 한 무리가 나타났다. 그 무리는 큰길에서 나와 이쪽 길로 들어섰다.

그림자는 점점 커져 갔다. 그것은 아주 질서 정연하게 움직이는 것 같았지만 어쩐지 제각기 흩어지기도 하고 흔들리기도 했다. 마차 같기는 했으나 무엇이 실렸는지는 정확히 보이지 않았다. 말이 보였고 바퀴 소리와 사람들이 외치는 소리며 채찍 소리가 들렸다. 그것들은 모두 아직 어둠 속에 묻혀 있었지만 점점 또렷해지기 시작했다. 역시 그것은 마차였다. 한 대의 마차가 장 발장이 있는 바로 옆 성문을 향해 달려왔고 또한 대 똑같은 마차가 뒤이어 오고 다시 세 번째, 네 번째, 전부 일곱 대의 마차가 말머리를 앞 마차 뒤에 바싹 대고 달려왔다. 마차 위에는 몇 개의 그림자가 움직이는 듯했다. 새벽빛에 비쳐 보이는 그것은 칼집에서 뺀 군도들인 것 같았고 절거덕 소리가 나는 것은 사슬이 움직이는 소리 같았다. 그 모든 것들이 점점 가까워질수록 사람 소리가 들리고 마치 꿈의 동굴에서 볼 수 있을 것 같은 무서운 광경이 보이기 시작했다.

그러자 그것은 곧 분명한 윤곽을 드러냈다. 나무 뒤에 나타난 유령처럼 창백한 모습이 보였고 전체가 하얗게 보였다. 해가 떠오르자 무덤 속에서 나온 것 같은, 그러면서도 계속해서 움직이는 그 집단 위에 엷은 빛이 비쳤다. 그것을 보고 있는 동안 그 그림자들은 송장의 얼굴로 변했다. 그것이 무엇인지는 곧 알 수 있었다.

일곱 대의 마차가 일렬로 늘어서서 길 위로 오고 있었는데 여섯 대째까지는 구조가 아주 특이했다. 통장수의 짐마차처럼 긴 사다리 두 개가 차바퀴 위에 나란히 걸쳐져 있고 그 앞부분이 들것 모양을 하고 있었다. 그 두 개의 차바퀴는, 다시 말해 그 사다리는 나란히 늘어선 네 마리의 말이 끌고 있었다. 그리고 그 사다리 위에는 이상한 모습을 한 인간들이 한가득 있었다. 아침 햇빛이 흐려 아직 확실하게 보인 것은 아니었으나 어쩐지 그런 것 같았다. 마차 한 대에는 스물네 명의 사람이 열두 명씩 양쪽으로 갈라져 서로 등을 대고 통행인에게 보이도록 얼굴을 바깥쪽으로 향한 채 실려 가고 있었다. 그들의 등에 소리 나는 어떤 것이 달려 있었는데 그것은 사슬이었고, 목에 번쩍이는 어떤 것이 달려 있었는데 그것은 쇠목고리였다. 사람마다 제각기 목걸이를 차고 있었지만 전원이 하나의 사슬에 연결되어 있었다. 만일 그 스물네 사람이 마차에서 내려와 걷게 된다면 싫든 좋든 함께 행동을 취해야 하고, 사슬이라는 척

추를 가진 지네처럼 땅을 기어가지 않으면 안 되었을 것이다. 각 마차마다 앞뒤에는 두 남자가 총을 들고 서 있고 사슬 끝을 발로 밟고 있었다. 일곱 번째 마차는 옆에 난간이 붙어 있는 커다란 짐마차였는데 지붕은 없었고, 네 개의 차바퀴가 달리고, 여섯 마리의 말이 끌고 있었으며, 무쇠 가마며, 주철 냄비며, 풍로며, 사슬이며, 소리가 요란한 물건을 산더미처럼 싣고 있었다. 그 한가운데에 병자로 보이는 대여섯 명의 남자들이 묶인 채 축 늘어져 누워 있었다. 그 짐마차는 밖에서 안을 들여다볼 수 있도록 만들어졌는데, 예전에 형벌에 쓰던 것 같은 다 떨어진 굵은 대발이 쳐져 있었다.

마차들은 길 한복판을 지나고 있었고 그 양옆을 집정정부 시대의 병사 같은 삼각 모자에 험상궂은 얼굴을 한 호위병들이 두 겹으로 친 울타리마냥 걸어가고 있었다. 선명하게 회색과 파란색으로 나뉜, 상이군인 군복에 장례인부 바지를 입은 그들의 옷차림은 얼룩과 구멍투성이였다. 때가 꾀죄죄하고 낡아서 거의 누더기가 다 된 옷에 빨간 견장, 누런 멜빵, 칼과 총, 곤봉을 갖고 있어 군인 중에서도 가장 초라한 무리였다. 그 호위병들은 거지의 천덕스러움과 사형 집행인의 권력을 함께 가지고 있었다. 대장인 것 같은 남자는 마부용 채찍을 손에 들고 있었다. 그런 자세한 것들은 동틀 무렵의 희미한 빛으로는 잘 보이지 않았지만 해가 점점 밝게 빛남에 따라 선명히 드러났다. 그리고 그 긴 행렬 앞과 뒤에는 기마 헌병들이 군도를 쥐고 장엄하고 정숙하게 따라가고 있었다.

행렬은 꽤 길었다. 선두 마차가 성문에 다다랐을 때 그 뒤를 따르는 마지막 무리들은 겨우 큰길로 나오고 있었다.

길 양옆에는 사람들이 순식간에 모여들어 서로 밀고 당기며 구경하고 있었다. 가까운 골목에서는 사람을 부르는 소리와 그것을 구경하러 뛰어나오는 채소 장수들의 나막신 끄는 소리가 들렸다.

이륜마차에 실린 사람들은 흔들리는 마차 위에 묵묵히 있었다. 모두 거친 무명 바지를 입고 맨발에 나막신을 신고 있어서 으스스한 아침의 추위에 얼굴은 납빛이 되었다. 그들은 무엇 하나 걸쳤다고 생각할 수 없을 정도로 차림이 비참하고 지저분했다. 누더기를 걸친 광대만큼 비참하고 끔찍한 것은 없다. 구멍 뚫린 펠트 모자, 콜타르 칠한 챙 달린 모자, 더러운 털모자, 짤막한 작업복, 팔꿈치가 떨어진 검은 옷, 대부분이 부인 모를 쓰고 나머지는 바구니를 쓰고 있었다. 털이 부스스한 가슴이 드러나며 입고 있는 옷 사이로 보이는 문신에는 사랑의 전당이니 불타는 심장이니, 큐피트 같은 글이 새겨져 있었다. 또한 부스럼이며 병적인 붉은 반점도 보였다. 두세 명은 수레의 가름대에 묶은 노끈을 발걸이처럼 늘이고 그 속에 발을 걸치고 있었다. 그중 한 사람은 검은 돌덩이 같은 것을 들고 이따금 우물우물 씹고 있었다. 그것은 돌이 아닌 빵이었다. 거기엔 메마르고 퇴색한 눈과 불길하게 빛나는 눈만 있었다. 호송하는 사람들은 꽥꽥 소리를 쳤고 사슬에 묶인 사람들은 조용히 침묵했다. 이따금 그들의 어깨나 머리를 곤봉으로 후려치는 소리가 들렸다. 그중엔 하품을 하는 사람도 있었다. 무서운 누더기의 행렬, 다리는 축 늘어지고, 어깨는 마구 흔들리고, 머리와 머리가 부딪치고, 쇠사슬이 요란한 소리를 내고, 눈동자는 무섭게 타오르고, 팔은 바싹 당겨 묶여 있어 죽은 사람의 손처럼 뻣뻣했다. 그리고 그 뒤로 한 무리의 아이들이 킬킬대며 따라가고 있었다.

마차 행렬은 몹시 침울했다. 내일이라도, 아니 한 시간 후에라도 금방 비가 쏟아질 것 같았다. 비는 그 후에도 계속해서 내릴 게 분명했다. 찢어진 옷에 비가 스며들면 그 옷을 다시는 말릴 수도 없는 사람들, 한번 얼면 다시는 몸이 녹지 않는 사람들, 굵은 무명 바지는 비에 젖어 뼈에 철썩 달라붙고 나막신은 물에 잠기고 채찍에 맞은 턱이 계속 떨리는 사람들, 그래도 계속해서 사슬에 묶여 있고 발은 축 늘어뜨린 채 있어야 하는 사람들, 그렇게 묶인 채 가을의 차가운 구름 아래 운명을 참고, 나무처럼,

돌처럼, 비와 북풍에 또 갖은 거친 바람에 견뎌야 하는 사람들을 보면 누구나 몸이 부르르 떨릴 것이다.

일곱 번째 마차 위에 노끈이 묶인 채 꼼짝하지 않고 쓰러져 있는 병자들, 마치 비참함을 담은 자루처럼 아무렇게나 던져져 있는 것 같은 그들 위로 몽둥이는 사정없이 떨어졌다.

갑자기 태양이 모습을 드러냈고 동쪽 하늘에서 아득한 아침 햇살이 쏟아지면서 그들 죄수 위에 불을 지를 것 같았다. 입들이 열리자 킥킥 웃는 소리며 악담이며 콧노래 소리가 불을 지르는 것처럼 폭발했다. 수평으로 비치는 햇빛이 종대를 둘로 나누어 다리와 차바퀴는 어둠 속에 두고 그들의 머리와 몸을 환하게 비췄다. 그들의 생각이 얼굴에 나타나 보였다. 몹시 무시무시한 순간이었다. 가면을 벗고 정체를 드러낸 악마들, 알몸이 된 거칠고 사나운 영혼의 무리, 햇빛을 쐬면서도 그들 소란한 무리는 여전히 암흑 속에 묻혀 있는 것 같았다. 몇 명의 사람들이 새 깃털을 입에 물고 구경꾼들 특히 여자들을 향해 욕설을 퍼부었다. 연민을 갖게 하는 얼굴들이 아침 햇빛 속에 검은 그림자로 또렷하게 떠올라 보였다. 그들 중 누구 하나 계속된 비극에 삐딱해지지 않은 사람이 없었고, 햇빛도 번갯불로 바꿀 수 있을 것 같은 무서운 얼굴을 하고 있었다. 행렬 제일 앞 마차에 탄 사람들이 '웨스트의 무당'이라는 요즘 유행하는 데조지에의 노래를 거칠고 활발한 목소리로 소리 높여 부르고 있었다. 가로수의 몸은 떨렸고 길가의 구경하는 시민들은 만족한 것 같은 멍청한 얼굴로 그 귀신들이 부르는 야비한 노래를 들었다.

그 행렬에는 온갖 비참하고 끔찍한 것들이 마구 뒤섞여 있었다. 늙은이, 청년, 대머리, 희끗희끗하게 센 머리, 비뚤어진 추한 얼굴, 까다롭게 생긴 체념한 얼굴, 잔인하게 일그러진 입술, 미친 것 같은 행동, 챙 올린 모자를 쓴 돼지 코, 관자놀이에 고수머리를 늘인 여성스런 얼굴, 어린애 같은 이상한 얼굴, 죽을 날만 기다리는 해골 같은 얼굴 등 온갖 짐승들의 얼굴로 가득했다. 맨 앞 마차에는 아마도 노예 출신인 것 같은 흑인 하나가 있었는데 어쩌면 그는 지금의 사슬과 옛날 노예의 사슬을 비교하고 있는 것 같기도 했다. 무서운 밑바닥 생활이 가져다준 더러운 명예가 그들의 이마에 나타나 있었다. 여기까지 전락해 온 사람이라면 누구나가 최후의 밑바닥에서 최후의 변모를 하게 된다. 다시 말하면 무지는 몽매로 변하고 지성은 절망이 되어 모두 같은 곳에 도달하는 것이다. 모든 시궁창이 한데 모인 것 같은 이 인간들에게서는 이제 무엇 하나 가질 것이 없었다. 한껏 더러운 행렬을 지휘하는 그 누구도 그들을 구분하려고 하지 않았다. 그들은 아무렇게나 뒤섞여 서로 묶인 채 몇 줄로 나뉘어 순서 없이 마차에 실렸던 것이다. 하지만 이런 혐오스러운 인간들도 집단을 이루면 반드시 하나의 합성력을 발휘한다. 불행한 인간들도 함께 있으면 얼마 지나지 않아 곧 하나의 전체를 형성하게 된다. 때문에 여기서도 사슬마다 공통된 하나의 영혼이 나타나서 마차마다 서로 다른 특징이 있었다. 노래 소리가 흘러넘치는 마차 뒤에는 시끄러운 고함을 지르는 마차가 뒤따르고, 세 번째 마차는 울며 소리치고 있으며, 이를 가는 마차가 있는가 하면 길가에 서 있는 사람들을 협박하는 마차도 있고, 하느님을 향해 저주하는 마차도 있었다. 하지만 마지막 마차 하나만은 무덤처럼 고요했다. 아마 단테였다면 지옥의 칠계가 걸어가는 줄 알았을 것이다.

그것은 형장으로 끌려가는 죄수들의 행렬이었다. 묵시록에 나오는 것 같은 불꽃이 피어오르는 무시무시한 행렬이 아닌 비참하게 시체 공시장의 짐마차를 타고 가는 행렬인 것이다.

호위병 중 한 사람이 끝에 갈고리가 달려 있는 몽둥이를 들고 가끔 쓰레기처럼 쌓여 있는 인간들을 휘저으려 했다. 구경하고 있던 노파가 다섯 살쯤 난 어린 사내아이에게 그것을 가리키며 말했다.

"이 장난꾸러기 꼬마야, 저것을 잘 봐 둬라!"

노래 소리와 욕설 소리가 커지자 호송병 대장으로 보이는 남자가 채찍을 울렸다. 그러자 그것을 신호로 일곱 대의 마차에서 무서운 채찍이 우박 쏟아지는 소리를 내며 무자비하게 쏟아졌다. 대부분의 죄수들은 비명을 지르며 입에 거품을 물었다. 그런 광경은 마치 상처 난 자리에 몰려든 파리 같은 개구쟁이들을 몹시 재미있게 했다.

장 발장의 눈은 이미 무섭게 변해 있었다. 그것은 인간의 눈이 아니라 어떤 불행한 인간이 가지는, 현실을 의식하지 않은 공포와 파국의 반사광이 타고 있는 두꺼운 유리 같은 그런 눈이었다. 그는 눈에는 하나의 광경이 아니라 환영이 보였다. 그는 일어나서 도망치자, 멀리 멀리 도망치자고 생각했지만 그 자리에서 한 발짝도 움직일 수 없었다. 가끔씩 눈앞의 환영에 붙잡혀 꼼짝도 못하게 되는 때가 있다. 그 역시 그 자리에 못박힌 채, 돌처럼 모든 감각을 잃고 표현할 수 없는 고뇌에 모든 것이 뒤죽박죽이 되었다. 이 죽음 같은 고통이 의미하는 것과 자기 뒤를 쫓아온 이 악마의 무리가 어디에서 나타난 것인지 그것만을 반복해서 묻고 있었다. 갑자기 기억이 떠오른 사람이 흔히 하듯 그는 문득 이마에 손을 댔다. 그리고 그는 생각해 냈다. 여기는 바로 그곳으로 가는 길이었다. 퐁텐블로에서는 언제나 왕의 행렬과 마주칠지 모르기 때문에 그것을 피하기 위해서는 이 길로 돌아가게 되어 있었다. 45년 전 장 발장도 이 길을 지난 적이 있었다.

그러나 코제트는 장 발장과 달랐다. 그녀도 다른 사람들처럼 무서운 공포를 느꼈지만 그것이 무엇인지 잘 알지 못했다. 단지 그냥 숨이 막혀올 뿐이었다. 눈앞의 광경은 마치 이 세상의 일이 아닌 것 같았다. 코제트는 겨우 정신을 차리자 이렇게 물었다.

"아버지! 저게 뭐죠? 저 마차 속에 무엇이 있나요?"

장 발장이 말했다.

"저들은 죄수들이란다."

"어머, 그들은 어디로 가는 건가요?"

"항구에 있는 감옥으로 가고 있단다."

그때 채찍이 더욱 매섭게 쏟아지고 군도의 매질까지 합쳐져, 마치 그것은 채찍과 몽둥이의 미친바람과 같았다. 죄수들은 몸을 구부리고 고문 아래에서 복종을 강요당하여, 사슬에 묶인 늑대처럼 침묵했다. 코제트는 온몸을 부들부들 떨면서 말했다.

"아버지, 저들도 사람이라고 할 수 있을까요?"

"때로는."

장 발장은 비참해하며 대답했다.

장 발장의 생각대로 그들은 죄수들로 새벽에 비세트르 감옥을 출발하여 국왕이 묵고 있는 퐁텐블로를 피해 망의 도로를 취하고 있었다. 그렇게 돌아가야 했기에 그들은 대게 삼사 일은 늦게 도착했다. 왕에게 형벌을 주는 것을 보이지 않기 위해서는 그 형벌이 늦춰져도 상관없었다.

장 발장은 맥이 탁 풀리는 것만 같았다. 그런 광경은 그에게 큰 충격을 주었고 온몸이 떨릴 정도의 깊은 인상을 남겼다.

코제트와 함께 바빌론 거리로 돌아오는 길에 장 발장은 그녀가 방금 본 광경에 대하여 묻는 말을 전혀 알아듣지 못했다. 그는 몸과 마음이 지칠 대로 지쳐 그녀의 말이 전혀 귀에 들리지 않았고 대답할 힘조차 없었다. 그러나 그날 밤, 코제트가 침실로 향하면서 낮은 목소리로 이렇게 말하는 것만은 확실하게 들었다.

"만일 길을 가다가 그런 사람을 만난다면, 난 아마도 까무러칠 거예요. 옆에서 바라보기만 해도 죽었을지 몰라요."

이 비극적인 사건이 있었던 이튿날, 파리에 축제가 벌어져 연병장에서는 사열식, 센 강에서는 선상 창 경기, 샹젤리제에서는 연극, 에투왈 광장에서는 불꽃놀이가 벌어졌다. 장 발장은 전날 봤던 일들을 지우고 그녀의 기분을 바꿔 주기 위해 평소와 달리 구경을 나가로 했다. 파리 천지가 들떠 있는 그 소동을 통해 그녀의 눈앞을 스쳐 간 그 무서운 광경을 기억에서 지워 주고자 마음먹은 것이다. 축제 행사의 일부로 사열식이 열릴 예정이어서 군복을 입고 거리를 다녀도 이상하게 보이지 않았다. 그래서 장 발장은 도피하는 인간의 애매모호한 감정으로 국민군복을 차려입었다. 그가 그녀를 위해 생각한 것은 적중한 것 같았다. 코제트는 보고 듣는 모든 것이 신기해서 젊은 여자답게 한껏 들뜬 마음으로 그 분위기에 휩쓸려, 축제 속의 갖은 행사에 조금도 경멸의 빛을 갖지 않았다. 목적은 좋은 결과를 얻었다. 그는 이것으로 그 무서운 환영의 흔적은 사라졌다고 믿었다.

며칠이 지난 어느 날 아침, 그날은 아주 맑게 갠 날이어서 그는 늘 지키는 규칙을 깨고, 슬픔 때문에 방에 틀어 박혀 있는 코제트를 데리고 정원 돌계단으로 나왔다. 코제트는 실내복 차림으로 나왔는데 막 잠자리에서 일어난 그녀의 모습은 달을 스쳐 가는 밤하늘의 구름 같은 모습처럼 황홀했다. 그리고 푹 자고 난 뒤의 장밋빛 얼굴을 햇빛 속에 드러내고 장 발장의 다정한 시선을 느끼며 국화꽃 잎을 하나씩 뜯고 있었다. 코제트는 "당신이 좋아요, 싫어요, 아니 좋아요." 하며 꽃잎을 뜯는 그 귀여운 풍습을 하는 것은 아니었다. 그녀에게 그런 것을 가르쳐 줄 사람은 없었다. 그래서 그녀는 아무 생각 없이 순진하게 그 꽃을 뜯고 있었다. '미의 세 여신' 외에 네 번째로 '우수(憂愁)의 여신'이 있었다면 그리고 그 여신이 미소를 짓고 있었다면 아마 코제트 같았을 것이다. 장 발장은 꽃 위에서 움직이는 그녀의 손가락을 보며 황홀했고 이 아이의 눈부신 빛에 넋을 잃은 채 모든 것을 까맣게 잊었다. 돌계단 옆 덤불 속에 물새 한 마리가 지저귀는 소리가 들렸고 하늘에는 흰 구름덩이가 마치 지금 막 자유로운 천지로 해방되어 나왔다는 듯 빠르게 지나가고 있었다. 여전히 코제트는 순진한 모습으로 열심히 꽃잎을 뜯었다. 그녀가 무엇을 생각하는지는 알 수 없었지만 분명 즐거운 생각을 하고 있는 것 같았다. 그러다 코제트는 우아한 백조처럼 머리를 천천히 돌리고 장 발장을 쳐다보며 물었다.

"아버지, 징역이라는 건 어떤 거예요?"

4. 낮은 곳에서의 구원, 높은 곳에서의 구원이 되다

외면의 상처와 내면의 회복

두 사람의 생활은 점차 어두워져 갔다. 두 사람에게 큰 기쁨이었던 것이 이제는 하나의 심심풀이로 남았을 뿐이었다. 그 일은 배고픈 사람에게는 빵을 나눠 주고 추위에 떠는 사람에게는 옷을 가져다주는 일이었다. 가난한 사람들에게 그런 것을 베풀러 갈 때마다 코제트도 곧잘 장 발장을 따라갔다. 그때마다 두 사람은 예전처럼 둘 사이의 격의 없는 기분을 어느 정도 느낄 수 있었다. 가난한 사람을 돕고, 많은 아이의 기운을 북돋아 주고 돌아온 날 저녁에는 코제트도 기분이 좋아졌다. 바로 그러한 때 두 사람은 종드레트의 집을 찾아갔다.

그곳에 다녀온 이튿날, 장 발장은 아침 일찍 본채로 향했다. 그는 언제나 조용한 표정이었으나 왼쪽 팔에 몹시 짓무른 커다란 상처를 입고 있었다. 겉보기에는 화상 같았지만 장 발장은 다른 핑계를 대었다. 그 상처 때문에 열이 나서 그는 한 달이 넘도록 외출을 하지 못했다. 그래도 그는 상처를 의사에게는 절대로 보이려고 하지 않았다. 그는 코제트가 자꾸 조르자, 수의사나 데려오라고 말했다.

코제트는 그를 도울 수 있는 것이 무척 기뻐서 천사처럼 고결한 모습으로 하루 종일 그 상처를 살펴 주었다. 그래서 장 발장은 예전의 기쁨이 완전히 되살아나 걱정도 불안도 사라진 듯 코제트를 바라보며 말했다.

"아, 정말 고마운 상처야! 내겐 고맙기만 한 재난이구나."

코제트는 아픈 아버지가 걱정되어 본채보다는 뒤뜰이며 별채에 자주 나왔다. 매일 장 발장 옆을 지키며 그에게 책을 읽어 주었다. 대부분 여행기였다. 장 발장은 시간이 흐를수록 생기를 되찾아 갔다. 행복이 다시 말로 표현하기 힘든 빛을 띠고 다가온 것이다. 뤽상부르 공원이며 주위를 맴돌던 낯선 청년이며 코제트의 태도가 차가워진 일이며, 먹구름처럼 마음에 걸려 있던 모든 일들이 순식간에 사라져 버렸다. 마침내 그는 이렇게 생각했다.

'그래. 모두 쓸데없는 생각이었어. 나도 이제 늙는 모양이군.'

너무 행복해서 그토록 뜻밖의 일이었음에도 장 발장은 종드레트의 집에서 겪은 무서운 기억을 깨끗이 잊고 말았다. 그곳에서 그는 무사히 도망쳤고 흔적을 남기지 않고 자취를 감추었으니까 이제 마음에 걸릴 건 하나도 없었다. 다만 그는 가끔씩 그들을 동정하는 마음이 들었다.

'그들도 이제 붙잡혀 들어갔으니 다시는 남을 해치지 못할 거야. 그런데 그들은 어쩌면 그렇게 모두 불쌍하고 한심했을까!'

코제트는 멘 성문 근처에서 본 무서운 광경에 대해서 다시는 입에 올리지 않았다.

수도원에 있을 때 그녀는 생 메크틸드 수녀한테서 음악을 배웠다. 코제트는 영혼을 가진 멧새 같은 목소리로 저녁때면 가끔씩 상처 때문에 아파하는 아버지의 방에서 그를 위로하기 위한 슬픈 노래를 불렀다.

어느덧 봄이 다가왔다. 바깥 정원은 봄이 되면 정말 아름다웠기 때문에 장 발장은 코제트에게 물었다.

"왜 정원엔 나가질 않니? 가서 산책을 좀 하렴."

"네, 아버지가 원하시면 그럴게요."

코제트가 말했다.

아버지의 말을 따라 코제트는 다시 산책을 시작했고 대개는 혼자 거닐었다. 앞서 언급했듯이 장 발장은 철책 너머에서 남이 볼 것을 걱정하여 거의 정원에는 나가지 않았다.

장 발장의 상처는 그에게 하나의 전환이었다.

아버지의 상처가 회복되어 가는 것과, 그가 예전처럼 행복해하는 것을 본 코제트는 자연스럽게 느껴지는 어떤 만족감을 느꼈다. 계절은 3월이었다. 해는 길어졌고 겨울은 멀어져 갔다. 겨울은 항상 인간의 어떤 슬픔을 가지고 사라진다. 곧이어 4월이 왔다. 여름의 새벽처럼, 모든 여명처럼 소란스럽고 모든 유년기처럼 쾌활한 4월이 온 것이다. 4월이라는 어린애는 갓 태어났기 때문에 가끔 울보가 되는 때가 종종 있었다. 이 계절에 자연은 매혹적인 빛을 띠고 있어, 그 빛을 하늘이며, 구름이며, 나무들이며, 목장이며, 꽃들로부터 사람의 마음을 이끈다.

코제트의 마음에 그녀와 비슷한 이 4월의 기쁨은 금세 스며들었다. 그녀가 깨닫지 못하는 사이, 어둠은 그녀의 마음에서 사라져 갔다. 봄에는 슬픈 마음도 밝아지기 마련이다. 한낮에는 굴속도 밝아지는 것처럼, 코제트도 예전처럼 그렇게 슬퍼하지 않았다. 그녀는 그렇게 된 것을 스스로 전혀 깨닫지 못했다. 아침 10시쯤, 식사가 끝난 뒤 코제트는 애를 써서 간신히 아버지를 바깥 정원으로 이끌어 내, 아픈 팔을 부축하며 햇빛이 잘 드는 계단 앞을 15분 정도 산책했다. 그때 그녀는 끊임없이 미소를 짓고 몹시 행복해 보였지만 자신은 그것을 전혀 의식하지 못했다.

장 발장은 황홀하게 그녀가 전처럼 생기 넘치며 볼이 붉게 물든 것을 바라보았다.

"아아! 정말 고마운 상처로군!"

장 발장은 낮은 소리로 반복하여 말했다.

테나르디에 가족에게 오히려 고맙다는 생각이 들 정도였다. 상처가 다

아물자 그는 다시 해 질 녘 산책을 시작했다.

그처럼 혼자 인적이 드문 길을 산책하면 다시는 어떤 사건도 일어나지 않을 것이라고 믿었다. 그러나 그것은 옳은 생각이 아니었다.

이상한 사건을 망설임 없이 설명하는 플뤼타크 할멈

어느 날 저녁, 소년 가브로슈는 그 전날부터 오늘까지 하루 종일 아무 것도 먹지 못했다는 것을 생각하자 맥이 탁 풀렸다. 그는 오늘 저녁은 어떻게든 꼭 먹어야겠다고 마음먹었다. 그는 살페트리에르 저쪽, 사람이 별로 살지 않는 곳을 살펴보려고 나갔다. 그곳에서는 가끔 뜻밖의 횡재를 만날 수 있었다. 사람이 없는 곳은 무언가를 얻기가 더 수월했다. 그는 아우스터리츠라고 추측되는 마을까지 걸어갔다.

그는 전에도 그 근처를 몇 번 배회한 일이 있었는데 그때 노인과 한 노파가 살고 있는 오래된 정원에 잘 자란 사과나무 한 그루가 있는 것을 본 적이 있었다. 그 사과나무 옆에는 과일 창고 같은 것이 있었는데 거기 가면 사과 한 알쯤은 얻을 수 있을 것 같다고 생각했다. 그에게 사과 한 알은 한 끼의 저녁 식사로 충분했다. 사과 한 알이 그에게는 생명인 것이다. 아담을 타락시킨 그 사과 한 알이 가브로슈를 구해 줄지도 몰랐다. 그 정원은 앞으로 주택가가 되기를 기다리는 것처럼 돌도 깔려 있지 않는 오솔길 양 옆에 풀숲이 이어져 있고 산울타리 하나를 사이에 두고 있었다.

가브로슈는 그 정원으로 갔다. 그는 오솔길과 사과나무를 찾고 과일 창고를 확인한 다음 울타리를 살펴보았다. 말들도 단번에 건너뛸 수 있는 낮은 울타리였다. 이미 해는 졌고 오솔길에는 고양이 새끼 한 마리 없이 한적했다. 가브로슈는 울타리 가까이 다가갔다. 그때 정원 쪽에서 사람의 말소리가 들려왔다. 그래서 그는 걸음을 멈추고 산울타리 사이로 안을 유심히 들여다보았다.

그의 바로 앞 울타리 아래쪽에 출입구 같이 보이는 울타리와 울타리 사이의 약간 벌어진 부근에 의자 대신 놓인 돌이 있었고, 그 위에 그 정원 주인인 노인이 앉아 있었다. 그리고 그 맞은편에 노파가 서서 뭔가 불평을 늘어놓고 있었다. 가브로슈는 예의 없게도 그들의 말을 엿들었다.

"마뵈프 영감님!"

노파가 노인을 불렀다.

'마뵈프! 참 괴상한 이름이군.'

가브로슈는 혼자 생각했다.

노인이 꼼짝도 하지 않자 노파는 다시 노인을 불렀다.

"마뵈프 영감님!"

노인은 노파를 쳐다보지도 않으며 한참 후에 대답했다.

"왜 불러, 플뤼타크 할멈?"

'플뤼타크? 그것도 참 이상한 이름이네.'

가브로슈는 생각했다.

플뤼타크 할멈은 말을 계속했고 노인도 어쩔 수 없이 대답했다.

"집주인이 잔뜩 화가 났어요."

"무슨 일인데?"

"집세를 3기분이나 내지 않았대요."

"석 달만 더 있으면 곧 4기분이 밀리겠군."

"자꾸 밀리면 집주인이 쫓아내겠대요."

"그럼 나가야지, 뭐."

"채소 가게에서도 외상해 간 것을 빨리 갚으래요. 장작도 이제 없어요. 겨울이 되면 대체 어떻게 하려고 그러세요? 집에 장작도 하나 없다고요."

"해가 있잖아."

"고기 장수도 더 이상은 외상을 안 주겠대요. 이제 고기도 없어요."

"괜찮아. 난 고기가 자꾸 걸려서 잘 소화 못하거든."

"그럼 대체 뭘 잡수시겠단 말예요?"

"빵을 먹으면 돼."

"빵 장수도 마찬가지예요. 돈을 안 주면 빵도 안 주겠대요."

"그래도 괜찮아."

"아니, 도대체 뭐가 괜찮다는 거예요?"

"우리한텐 사과가 있잖아."

"하지만 영감님, 이렇게 돈 한 푼 없이는 도저히 살 수 없어요."

"하지만 정말로 한 푼도 없는 걸 어쩌나."

노파는 그렇게 가 버리고 노인 혼자 남아서 뭔가 궁리하기 시작했다. 가브로슈도 어떤 생각에 잠긴 것 같았다. 시간이 흘러 이미 깜깜한 밤이 되어 있었다.

가브로슈는 우선 울타리를 넘지 말자고 생각하고 그 아래 웅크리고 앉아 있기로 했다. 덤불 아래에는 나뭇가지가 엉성하게 놓여 있었다.

"쳇, 완전 잠자리를 만들어 놨네!"

가브로슈는 혼잣말을 하며 그 자리에 쪼그리고 앉았다. 마뵈프 노인과는 서로 등을 맞대고 있는 것과 같았다. 너무 가까워서 여든 살 노인의 숨소리도 들렸다. 그는 식사를 기다리며 그렇게 한숨 자기로 했다.

고양이가 자는 듯한, 한 눈만 감고 자는 선잠이었다. 꾸벅꾸벅 졸면서 가브로슈는 노인의 움직임을 살폈다.

희미한 저녁 빛이 땅 위를 뿌옇게 비춰 오솔길은 마치 어두운 숲 사이에 놓인 희고 푸른 띠처럼 보였다.

갑자기 그 오솔길 위로 두 명의 사람 그림자가 나타났다. 한 사람은 앞서 걷고 또 한 사람은 조금 뒤에서 따라 걷고 있었다.

"두 명이군."

가브로슈는 중얼거리듯 말했다.

앞에 가는 그림자는 늙은 사람인 듯 검소한 차림이었는데 허리를 약간 구부린 채 생각에 잠겨 별이 총총한 밤길을 산책하는 듯한 모습으로 걷고 있었다.

그 뒤에 가는 그림자는 몸이 호리호리하면서도 꿋꿋하고 힘이 세 보였다. 앞의 그림자와 보조를 맞추고 있었지만 일부러 천천히 걷는 듯한 걸음걸이에서는 유연함과 재빠름이 엿보였다. 그 그림자에는 왠지 잔인한, 사람을 불안하게 만드는 뭔가가 느껴졌는데 겉모습만은 그 당시 가장 멋쟁이라고 불리던 옷차림인 멋진 모자와 잘 지은 검은 프록코트를 입고 있었다. 그는 점잖은 남자처럼 머리를 들고 있었는데 모자 밑에 젊은 얼굴이 어둠 속에서도 화사해 보였다. 그는 한 송이 장미꽃을 입에 물고 있었는데 가브로슈가 잘 아는 얼굴이었다. 그는 바로 몽파르나스였다.

앞서 가는 한 사람은 나이가 많아 보인다는 것 외에는 누군지 전혀 알 수 없었다.

가브로슈는 그들을 지켜보았다.

길을 걷고 있는 두 사람 중 한 사람은 분명히 다른 한 사람에 대해 어떤 흉계를 품고 있는 것처럼 보였다. 가브로슈는 아주 적당한 위치에서 그들을 지켜보았다. 자려고 누운 자리가 의도하지 않게 누군가를 숨어 살피는 자리가 된 것이다.

몽파르나스가 이런 시간, 이런 곳에서 남의 뒤를 쫓아 걷고 있다는 것은 매우 걱정스런 일이었다. 가브로슈는 부랑아 처지지만 마음속 깊이 그 늙은 사람에 대한 동정심을 느꼈다.

그럼 어떻게 해야 할까? 그들 사이에 뛰어들어야 하나? 하지만 약한 자가 약한 자에게 도움을 주어 봤자 몽파르나스는 코웃음이나 칠 것이다. 열여덟 살의 이 무서운 악당에게는 노인을 해치고 난 다음에 어린애를 해치우는 것쯤은 식은 죽 먹기만큼 쉬운 일이라는 것을 가브로슈는 너무나 잘 알고 있었다.

가브로슈가 머뭇거리고 있는 순간 무시무시한 격투가 일어났다. 그것은 마치 당나귀를 노리는 호랑이의 습격 같았고 파리를 노리는 거미의 습격과도 같았다. 몽파르나스는 갑자기 장미꽃을 던지고는 노인에게 달려들어 그의 멱살을 움켜잡고 바싹 죄기 시작했다. 가브로슈는 자칫 잘못하면 소리를 지를 뻔했다. 눈 깜빡할 사이, 두 사람 중 한 사람은 상대방 밑에 깔려 무거운 대리석 같은 무릎에 가슴을 짓눌렸다. 그리고 숨을 헉헉대며 발버둥을 쳤다. 그런데 가브로슈의 걱정과는 정반대로 밑에 깔린 자가 몽파르나스였고 위에서 누르는 쪽이 노인이었다.

이것은 모두 가브로슈가 있는 곳 바로 대여섯 걸음 앞에서 일어났다.

노인은 공격을 받자마자 즉시 반격을 가했고 그것은 놀랄 만큼 맹렬했기 때문에 순식간에 상황은 역전이 된 것이다.

'저 노인, 기운이 대단히 세군!'

가브로슈는 이렇게 생각하며 자기도 모르게 손뼉을 쳤다. 그러나 그 박수는 무의미했다. 싸움이 너무 격렬해서 가쁜 숨을 토해 내며 마주 엉켜 붙은 두 사람에게는 아무 소리도 들리지 않았기 때문이다.

얼마 뒤 정적이 흘렀다. 몽파르나스도 버둥대는 것을 그쳤다. 가브로슈는 혼잣말을 했다.

"죽은 건가?"

노인은 그때까지 소리도 지르지 않았고 어떤 말도 하지 않았다. 그는 일어서며 몽파르나스에게 이렇게 말했다.

"어서 일어나."

몽파르나스는 일어났고 노인은 여전히 그에게서 손을 놓지 않았다. 몽파르나스는 양한테 붙잡힌 늑대마냥 창피하고 분해서 어쩔 줄 몰라 했다.

가브로슈는 눈과 귀에 온 신경을 기울여 그 늙은 남자의 말을 듣기 위해 애썼다. 그는 견딜 수 없이 통쾌했다. 그는 온 신경을 집중한 덕분에 왠지 예사롭지 않은 그들의 대화를 엿들을 수 있었다. 노인이 물었고 몽파르나스가 대답했다.

"넌 나이가 몇이냐?"

"열아홉 살이요."

"넌 몸도 튼튼하고 힘도 세 보이는 데 왜 일을 하지 않지?"

"일하기 싫으니까요."

"넌 직업이 뭐니?"

"놀고먹는 놈이죠."

"사실대로 얘기를 해 봐. 내가 뭘 도와주면 좋겠어? 넌 되고 싶은 게 없니?"

"도둑놈이 되고 싶어요."

잠시 이야기가 멈췄다. 노인은 뭔가 깊은 생각에 잠긴 듯했다. 그는 그대로 꼼짝도 하지 않고 선 채 몽파르나스를 계속 붙들고 있었다.

때때로 젊은 악당은 올가미에 걸린 짐승처럼 힘껏 몸부림을 치곤 했다. 몸을 흔들며 다리를 꼬기도 하고 팔다리를 마구 비틀어서 도망치기 위해 애썼다. 노인은 전혀 개의치 않는 듯 상대의 두 팔을 꽉 움켜잡은 채 침착하게 서 있을 뿐이었다.

노인은 그렇게 생각에 잠겨 있다가 곧 몽파르나스에게 눈길을 돌리며 부드러운 어조로 이야기했다. 그 목소리는 꽤 커서 어둠 속에 분명히 들려왔기 때문에 가브로슈는 그 엄숙한 훈계를 한마디도 놓치지 않고 다 들을 수 있었다.

"네가 이런 쓰라린 생활을 하면서 고생을 하는 것은 너의 게으름 때문이다. 알겠니? 넌 네 입으로 놀고먹는 놈이라고 말하고 있다. 하지만 넌 곧 일할 생각을 해야 한다. 이 세상엔 아주 무서운 기계가 있다는 것을 아느냐? 금속을 늘이는 압연기라는 기계지. 조심하지 않으면 안 된단다. 그것은 아주 심보가 더럽고 잔인하지. 만약 옷자락이라도 끼는 날이면 그대로 몸뚱이가 그 밑으로 들어가 버리게 된다. 그 기계가 바로 아무것도 하지 않는 '무위'라는 것이다. 그러니까 조금이라도 늦기 전에 걸음을 멈추어야 해. 그리고 도망쳐야 한다. 그렇지 않으면 그대로 톱니바퀴에 말려 들어가 끝장이 나지. 한번 말려 들어가면 다시는 살아나기 힘들게 되지. 끊임없이 빙빙 도는 무쇠 손이 너를 움켜잡고 나면 넌 다시는 쉴 수 없게 된다. 넌 네가 일을 하여 돈을 벌고 의무를 다하는 것을 바라지 않는다! 세상 사람처럼 사는 걸 싫다고 말하고 있다! 그럼 다른 생활을 해 보는 것도 좋겠지. 하지만 노동은 하느님의 명령인데 그것을 싫다고 하는 놈은 당연한 벌을 받게 되겠지. 노동자가 되고 싶지 않다면 노예가 되는 수밖에 없지. 노동은 사람을 내버려 두는 것처럼 보이지만 언젠가는 그 사람을 잡고야 만다. 넌 노동의 친구가 되고 싶지 않다고 했으니 당연히 노동의 노예가 되겠지. 아아, 넌 인간다운 정직한 땀을 피하기 위해 죄인의 이마에 흐르는 땀을 구하고 있구나. 결국 너는 다른 사람들이 노래를 부를 때 그 옆에서 고통에 몸부림치게 되겠지. 저 멀리 아래쪽에서 다른 사람들이 일하는 것을 올려다볼 거야. 그리고 그들이 일하는 모습은 네게는 마치 쉬고 있는 것처럼 보일 것이다. 땅을 일구는 사람, 추수하는 사람, 뱃사람, 대장장이조차도 네게는 마치 천국의 복을 타고 난 사람처럼 부러워질 것이다. 대장간의 쇳덩이가 얼마나 찬란하게 보일지 아느냐? 삽질을 하고 보릿단을 묶는 것, 그것이 바로 노동의 기쁨이란다. 돛 하나 가득 바람을 싣고 달리는 배, 그게 얼마나 즐거운 것인지도 넌 모르겠지. 너는, 게으른 너는 곡괭이를 휘두르고, 밧줄을 당기고, 수레를 끌며 목은 밧줄에 묶여 지옥에서 마차를 끄는 말이 될 것이다. 네 소원은 아무것도 하지 않는 것이라고 했는데 결국 소원대로 되지 않을 것이다. 일주일, 하루, 아니 한 시간도 허덕이지 않고는 살 수 없을 것이다. 그것은 죽기보다 괴로울 것이다. 흘러가는 순간순간마다 네 살을 조각내는 것 같을 것이다. 다른 사람에게는 깃털처럼 가벼운 것도 네게는 무거운 바위처럼 느껴질 것이다. 아무것도 아닌 일이 엄청난 대공사 같을 것이다. 산다는 것 자체가 괴롭기 짝이 없는 것이 될 것이다. 가고 오는 것이며 숨 쉬는 것조차 너에겐 대단한 일이 될 것이다. 네 심장이 마치 100파운드짜리 납덩이 같아지겠지. 이리 갈까 저리 갈까 정하는 아주 단순한 것도 네게는 어려운 문제가 될 것이다. 누구나 문만 열면 밖으로 나갈 수 있지. 하지만 너는 벽에 구멍을 뚫어야만 밖에 나갈 수 있을 것이다. 또 밖에 나왔을 때 사람들은 계단을 내려가기만 하면 돼. 하지만 너는 시트를 찢고 그것을 조금씩 이어 긴 밧줄을 만든 다음 그것을 창 너머 깊은 연못 위에 늘어뜨리고 그 밧줄 하나에만 매달려 내려가야 해. 그것도 폭풍이 몰아치거나 비가 내리고 태풍이 부는 밤에 말이다. 혹시라도 그 끈이 너무 짧아 내려가기 힘들어지면 방법은 오직 하나, 뛰어내리는 수밖에 없지. 하늘에 운을 맡긴 채, 아슬아슬하게 높은 데서 깊은 연못을 향해 뛰어내려야 해. 아래 뭐가 있는지도 모르고 말이야. 만약 그게 싫다면 타 죽을 각오로 난로 굴뚝으로 기어 내려가든지, 그것도 싫으면 빠져 죽을 각오로 변소의 배수관을 타고 기어 나와야겠지. 출입구를 막아 놓기 위해, 하루에 스무 번도 더 돌을 치웠다 놓았다 해야 할 것이며, 벽에서 뗀 돌을 짚방석 밑에 숨겨야 할 것이야. 만약 집에 자물쇠가 채워져 있다고 하자. 보통 사람들은 열쇠가 주머니에 들어 있게 마련이다. 하지만 너는 그 문을 열기 위해 아주 정교한 연장을 만들어야 할 거야. 먼저 동전을 하나 구하고 그것을 옆으로 잘라 두 쪽을 낸다. 어떻게 자르냐고? 그 도구도 네가 직접 만들어야 해. 두 쪽이 완성되면 밖에 흠이 나지 않도록 조심스럽게 안을 파내 가장자리를 따라 나사식으로 도려내지. 그리고 두 쪽을 합치면 한쪽이 밑바닥이 되고 한쪽이 뚜껑이 되는 거야. 그리고 그것을 위와 아래를 맞추게 되면 그게 뭔지 모르게 된다. 넌 감시를 당하고 있겠지만 감시인들이 볼 때 그것은 단순히 동전으로만 보이겠지. 하지만 너에겐 훌륭한 하나의 상자가 된다. 그 상자 속에 뭘 넣는 건지 알아? 그건 바로 작은 쇳조각이지. 시계태엽에 날을 세워서 톱으로 만든 거야. 동전 속에 숨겨진 바늘 길이만 한 톱으로 너는 자물쇠의 빗장을, 문빗장의 굴대를, 맹꽁이자물쇠의 손잡이를 그리고 창살이며 족쇄를 잘라야 해. 그런 기묘한 것을 만들고 놀라운 일을 하여, 기술과 솜씨로 연구와 인내를 반복해서 그런 기적을 실현했다고 하더라도 만일 네가 그것을 만들었다는 사실이 발각되면 넌 형벌을 받게 되지. 바로 그 자리에서 감방행이야. 이게 네 미래다. 나태니 쾌락이니 하는 것은 위험한 절벽이야. 아무것도 하지 않으면 결국 끔찍한 일을 겪게 되지. 이제 알겠느냐? 사회에 빌붙어 놀고먹는다는 것은, 무용한 인간, 즉 해로운 인간이 된다는 것은 곧 비참한 밑바닥으로 떨어지는 것과 같다. 노력 없이 얻는 것이 바로 불행의 원인이지. 그런 인간은 결국 기생충으로 전락하는 거야. 자네는 방금 일이 하기 싫다고 했는데, 그럼 자네는 그저 배불리 먹고 마시고 실컷 자는 것만 원하는 것인가? 물론 그때도 물을 마시고 빵을 먹고 잠은 잘 수 있겠지. 마루 위에 손발을 쇠고랑에 묶인 채 살을 파고드는 그 쇠고랑의 차디찬 기운을 밤새도록 느끼면서 말이야. 쇠고랑을 끊고 도망치는 것도 좋겠지. 하지만 넌 가시덤불 속을 기어 도망쳐야 하고 숲 속의 짐승처럼 풀을 씹어야겠지. 그리고 결국은 또 붙잡힐 것이야. 그렇게 되면 지하 감옥에 처박히게 되지. 벽에 바싹 묶여서 물을 마실 때도 주전자를 손으로 더듬어 찾아야 하고 개도 먹지 않는 더러운 빵을 먹어야 하고 벌레 먹은 콩을 먹어야 할 거야. 그것도 몇 년을 그렇게 보내야겠지. 말하자면 지하실의 쥐며느리처럼 사는 거야. 너는 너 자신을 불쌍히 여겨야 해. 참 불행한 놈이군. 그 어린 나이에, 어머니 젖을 뗀 지, 채 20년도 지나지 않았는데 말이야. 너희 어머닌 아직 살아 있겠지, 제발 부탁이니 내 말을 명심해라. 넌 고급 양복을 입고 에나멜 구두를 신고 파마를 한 머리에 향수를 뿌리고 창녀를 기쁘게 해 주는 멋쟁이라고 생각하겠지. 그런 네가 머리를 박박 깎고 붉은 옷을 입고 나막신을 신는 걸 한번 상상해 봐. 지금은 손에 반지를 끼고 싶겠지만 그때는 목에 쇠고리를 차게 되는 거야. 그리고 여자한테 한눈이라도 팔게 되면 곧장 몽둥이가 날아올 거야. 그곳에 스무 살에 들어가서 쉰 살이나 되어야 나올 수 있게 돼. 들어갈 때는 젊고 기운 넘치며 눈이 반짝빛쩍 빛나고 고르고 하얀 이에 젊은이답게 아름다운 머리를 갖고 있겠지만 나올 때는 늙어서 허리는 굽고 주름투성이에다 이는 하나도 없고 보기에도 징그러운 백발이 되어 있겠지. 아아, 정말 넌 불쌍하구나. 넌 잘못된 길을 걷고 있구나. 놀고먹는 생활이 너를 나쁘게 만든다는 것을 모르고 있어. 일 중에 가장 힘들고 괴로운 건 바로 도둑질하는 일이다. 내 말을 믿어야 한다. 놀고먹는 놈이 되겠다는 그런 선택을 해서는 안 된다. 놀고먹는 삶이 그렇게 쉬운 일이 아니다. 오히려 정직한 인간이 되는 편이 훨씬 쉬울 것이야. 자아, 이제 놓아 줄 테니 가거라. 그리고 내가 한 말을 다시 한 번 생각해 봐라. 그래 참, 넌 뭘 가지려고 했었지? 맞다. 내 지갑? 옛다, 이걸 가져가거라."

이렇게 말을 하고는 노인은 몽파르나스를 놓아 주며 그에게 지갑을 쥐어 주었다. 몽파르나스는 그 무게를 잠깐 손으로 가늠해 보더니 마치 훔친 물건인 것처럼 조심스럽게 프록코트 안주머니에 그것을 넣었다.

노인은 천천히 돌아서 하던 산책을 계속하려는 듯 걸어갔다.

"저 늙은이는 바보 같군."

몽파르나스가 중얼거리듯 말했다.

그 노인이 누구인지 독자는 아마 벌써 짐작했을 것이다. 몽파르나스는 얼이 나간 표정으로 노인이 어둠 속으로 사라지는 것을 계속 지켜보았다.

그렇게 노인을 멍하니 바라보며 생각에 잠긴 것이 그에게는 큰 실수였다. 그 사이에 가브로슈가 몽파르나스 가까이 다가오고 있었다. 가브로슈는 주위를 힐끗 둘러보고 마뵈프 노인이 잠이 든 채 돌 위에 앉아 있는 것을 확인했다. 그리고 그 덤불 속에서 나와 몽파르나스의 뒤로 어둠을 타고 조심스럽게 접근하기 시작했다. 그는 몽파르나스 옆으로 모습도 들키지 않고 소리도 내지 않은 채 다가가 그의 프록코트 안주머니에서 지갑을 빼냈다. 그리고 마치 뱀처럼 슬그머니 어둠 속으로 도망쳐 버렸다. 몽파르나스는 조심해야 할 이유도 없었고 게다가 태어나서 처음으로 깊은 생각에 잠겨 있었기 때문에 눈치채지 못했다. 가브로슈는 마뵈프 노인이 있는 곳으로 돌아와서 그 지갑을 울타리 너머로 던졌다. 그리고 그는 쏜살같이 도망쳤다.

던져진 지갑은 마뵈프 노인의 한쪽 발 위에 떨어졌다. 깜짝 놀란 노인은 눈을 번쩍 떴다. 그는 허리를 굽혀 지갑을 주웠다. 그리고 영문도 모른 채 지갑 안을 들여다보았다. 지갑은 양쪽으로 벌어져 있었고 한쪽에는 동전이, 한쪽에는 나폴레옹 금화가 여섯 닢이나 들어 있었다.

마뵈프 노인은 그것을 보고 깜짝 놀라 가정부에게 보여 주려고 가지고 갔다.

"하늘에서 떨어졌나 봐요."

플뤼타크 할멈은 그렇게 말했다.

5. 그 결과가 시작이라니
이치에 맞지 않다

고독과 병영의 상관관계

코제트의 고뇌는 불과 서너 달 전만 해도 가슴을 찌를 듯 아팠는데 지금은 자기도 모르게 서서히 회복하고 있었다. 자연이, 봄이, 청춘이, 아버지에 대한 사랑이, 새와 꽃이, 티 없이 순수한 이 영혼 안에 망각의 무언가를 조금씩, 하루하루 한 방울씩 떨어뜨리고 있는 것 같았다. 그렇다면 마음속의 불은 완전히 꺼진 걸까? 아니면 단지 살짝 재만 덮인 것일까? 어쨌든 그녀의 괴롭고 힘들던 아픈 상태는 이제 거의 사라지고 없었다.

어느 날 문득 그녀는 마리우스 생각이 났다.

"어쩐 일일까, 난 벌써 그이를 잊은 걸까?"

그녀는 그렇게 혼잣말을 했다.

바로 그 주에 코제트는 정원 철책 너머로 준수한 외모의 창기병 장교 한 사람이 지나가는 것을 보았다. 그는 늘씬한 몸매로 구김 없이 반듯한 군복을 입고 있었고 젊은 여자 같은 볼, 허리에 찬 군도, 기름 바른 콧수염, 에나멜 군모, 금발 머리, 커다랗고 푸른 눈, 교만해 보이지만 잘생긴 둥근 얼굴 등 모든 면에서 마리우스와 정반대의 인상을 가진 사람이었다. 그는 입에 여송연을 물고 있었는데 그녀는 그가 틀림없이 바빌론 거리 병영에 있는 장교라고 생각했다.

그다음 날도 그녀는 그 사람이 지나가는 것을 보았다. 그녀는 그 시간을 기억했다. 그날부터 우연인지 몰라도 거의 매일 그가 지나가는 것이 그녀의 눈에 띄었다.

그 장교의 동료들은 그가 지나갈 때쯤 되면 '사람의 손길이 닿지 않은' 한 정원, 보기에 별로 좋지 않은 로코코식 철책 뒤에 꽤 아름다운 처녀가 항상 나와 있다는 것을 알았다. 그 장교는 중위였는데 테오될 질노르망이라는 사람으로 독자들도 기억하고 있을 것이다.

"저길 봐. 널 사모하는 것 같은 예쁜 여자가 있는 것 같은데, 좀 쳐다봐 주지 그래."

동료들이 그에게 말했다.

"내가 여자가 쳐다본다고 일일이 돌아볼 틈이 어디 있어."

창기병은 이렇게 말했다.

그때 마리우스는 죽음과 같은 고통으로 무거운 발걸음을 옮기며 이렇게 말했다.

"죽기 전에 단 한 번만이라도 그녀를 꼭 다시 만나 봤으면."

만약 마리우스의 소원이 이루어져 만일 그때 창기병을 보고 있는 코제트를 보았더라면 그는 아마 너무 슬퍼져서 말 한마디도 하지 못한 채 그 자리에서 기절해 쓰러졌을 것이다.

그럼 누가 나쁜 사람인 건가? 아무도 아닐 것이다.

마리우스는 고뇌의 밑바닥에서 빠져 나오기 힘든 기질이 있었을 뿐이고 코제트는 고뇌에 잠겼다가도 얼마 안 있어 곧 빠져나올 수 있는 그런 기질이 있었을 뿐이다.

더군다나 코제트는 여자에게 가장 위험한 시기, 즉 여자가 생각나는 대로 몽상을 해 나갈 때 반드시 통과하는 한 단계를 지금 지나가고 있었던 것이다. 이 시기의 외로운 젊은 여성의 심리는 하나의 포도 덩굴처럼 되는 대로 대리석 기둥에 얽히기도 하고 술집 간판에 가 엉겨 붙기도 하게 된다. 자신도 모르게 갑자기 찾아와 운명을 정해 버리는 그러한 시기는 특히 부모가 없는 처녀에게는 더욱 위험한 것이다. 그것은 그녀가 가난하든 부자든 상관없는 것이다. 재산이 있다고 좋은 상대를 고를 수 있는 것은 아니기 때문에 마찬가지로 그 위기에서 벗어날 수 없는 것이다. 신분이 낮은 사람이 신분이 높은 사람과 결혼할 수도 있다. 하지만 숭고한 영혼과 저속한 영혼의 결합은 정말로 어울리지 않는 결혼이다. 별로 유명하지도 않고 가문도 시원치 않고 재산도 없는 청년이라도, 숭고한 감정과 위대한 이념으로 된, 신전을 받치고 있는 대리석 기둥 같은 인물이 있을 수 있다. 이와 반대로 생활은 매우 윤택하고 사치스러워서 번쩍이는 구두를 신고 말솜씨가 뛰어난 사교계의 인물이라도 살벌하고 더럽고 술 냄새가 물씬 나며 욕정으로 가득 차 있는, 술집 간판과 같은 사람일 수 있다.

그렇다면 코제트는 영혼 속에 무엇을 담고 있을까? 가라앉아 잠들어 버린 정열, 방황하며 떠다니는 애정, 표면은 투명하지만 어느 단계까지 들어가면 불투명한, 더 깊숙이 들어가면 흐리고 어두운 어떤 것이 있었다. 그 표면에 미남 장교의 그림자가 비쳤던 것이다. 그럼 밑바닥에는 어떤 추억도 잠겨 있지 않았던 것일까? 아주 깊숙한 밑바닥에 그것은 물론 잠겨 있었다. 그러나 코제트 자신은 그것을 깨닫지 못하고 있을 뿐이었다.

그런데 그때 갑자기 기이하고 이상한 사건이 발생했다.

코제트의 공포

4월의 첫 무렵 장 발장은 혼자 여행을 떠나게 되었다. 그는 상당한 기간을 두고 이따금 그런 여행을 한 적이 있었다. 그럴 때면 하루나 이틀, 아니면 기껏해야 사흘 정도 집을 비웠다. 그는 어디로 가는 것일까? 그건 아무도, 코제트도 알 수 없었다. 예전에 한 번, 코제트는 여행을 떠나는 장 발장을 배웅하며 길모퉁이에 '플랑셰트의 막바지'라는 푯말이 붙은 곳까지 간 적이 있다. 그는 거기서 내렸지만 역마차는 코제트를 태운 채 바빌론 거리로 돌아왔다. 그가 그런 짧은 여행을 할 때는 거의 집에 돈이 떨어졌을 때였다.

그런 이유로 장 발장은 집에 없었다. 그는 사흘 후에 돌아오겠다는 말을 하고 길을 떠났다.

그날 밤, 코제트는 방에 혼자 있었는데 재미 삼아 풍금 피아노의 뚜껑을 열고 많은 노래 중 가장 아름다운 '숲을 헤매는 사냥꾼'이라는 외리앙트의 합창곡을 직접 반주하며 노래했다. 노래를 한 뒤 그녀는 오랫동안 깊은 생각에 빠져 있었다.

이때 갑자기 정원에서 사람의 발소리가 들려왔다. 아버지는 집에 없기 때문에 아버지일 리는 없었다. 하지만 투생도 아닌 것 같았다. 잘못 들었다고 생각하고 그녀는 잠자리에 들었다. 밤 9시 쯤, 그녀가 자고 있을 때 문득 다시 발소리가 들려왔다. 코제트는 잠긴 덧문 옆으로 가서 귀를 기울였다. 분명히 사람의 발소리였다. 누군가 몰래 걷고 있는 것 같았다.

그러자 그녀는 급하게 2층에 있는 자기 방으로 뛰어 올라가 덧문에 난 작은 창문으로 정원을 내려다보았다. 마침 보름달이 빛나고 있어서 정원은 대낮같이 밝았다. 하지만 그곳엔 아무도 보이지 않았다.

코제트는 창문을 열고 다시 내려다보았지만 정원은 한적했고 한길을 보아도 언제나 그랬듯 사람의 그림자는 하나도 없었다.

코제트는 역시 자기가 잘못 들은 것이라고 생각했다. 분명히 소리는 난 것 같았지만 그것은 웨버의 우울한 합창곡이 만들어 낸 환청이었던 것이다. 그 노래를 부를 때면 마음속에 음침한 깊은 연못이 펼쳐져 곡조는 현혹의 숲처럼 떨렸다. 그리고 황혼에 싸인 숲 사이로 사냥꾼들의 모습이 희미하게 보이고 그들의 불안한 발밑에서 마른 나뭇가지가 꺾이는 소리가 들렸다.

그녀는 더 이상 그 발소리가 들린 것에 대해 생각하지 않았다. 코제트는 원래 쉽게 무슨 일에 겁을 내는 성격이 아니었다. 그녀의 혈관에는 보헤미안, 맨발로 여행을 다니는 모험가의 피가 흐르고 있었기 때문이다. 독자도 기억하겠지만, 그녀는 비둘기라기보다 종달새였고 종달새는 용감함과 야성적인 면을 지니고 있다.

다음 날, 해가 지고 얼마 안 되었을 때 그녀는 정원을 산책했다. 멍하니 생각에 잠긴 채 걷고 있는데 그다지 멀지 않은 어두운 숲 속을 누군가가 걷고 있는 것 같은 소리가 들려왔다. 그것은 어젯밤 들은 것과 같은 소리였다. 하지만 나뭇가지가 서로 부딪쳐 나는 소리가 사람의 발소리와 비슷하다고 생각하고 그다지 신경을 쓰지 않았다. 또한 아무것도 보이지 않았다.

코제트는 나무들 사이에서 나와 걸었다. 그녀는 집 돌계단까지 가기 위해 작은 푸른 잔디밭을 지나가야만 했다. 달은 떠오른 지 얼마 되지 않아 코제트 등 뒤에 있었고, 그녀가 나무 사이에서 나오자 잔디밭 위에 자신의 그림자가 비쳤다.

코제트는 깜짝 놀라 걸음을 멈추었다. 그녀의 그림자 바로 옆에 또 하나의 그림자가 나타난 것이다. 둥근 모자를 쓴 그림자는 등골이 오싹할 정도로 괴상했다. 그녀의 뒤에, 몇 발짝 떨어진 숲 가장자리에 한 남자가 서 있는 것 같은 그림자였다.

그녀는 너무 놀라 꼼짝할 수 없었다. 소리를 지를 수도, 사람을 부를 수도 없었고 움직이거나 뒤돌아볼 수조차 없었다. 그녀는 용기를 내어 마음먹고 휙 고개를 돌려 뒤를 돌아봤다. 그러나 아무도 없었다. 다시 앞의 땅을 내려다보아도 그림자는 이미 사라지고 없었다.

그녀는 대담하게 숲으로 돌아가 샅샅이 살펴보고 철책까지 가서 찾아보았지만 역시 아무것도 없었다.

그녀는 마치 심장이 얼어붙을 것만 같았다. 이번에도 잘못 본 것일까? 참 이상했다. 이틀이나 계속되다니. 한 번은 그랬다고 해도 두 번째도 환각이라고 할 수 있을까? 그 그림자가 아무리 생각해도 유령 같지 않은 점이 마음에 걸렸다. 만약 유령이라면 둥근 모자 같은 것을 쓰고 있을 리가 없기 때문이다.

이튿날 장 발장이 여행에서 돌아왔다. 코제트는 장 발장에게 그동안 자기가 들은 소리와 본 그림자 얘기를 했다. 그녀는 그가 자기를 안심시켜 주고 어깨를 으쓱하며 "참 바보 같구나." 하고 말해 주길 바랐다. 하지만 장 발장은 미간을 찌푸리며 "별일 아닐 거다."라고만 했다.

장 발장은 어떤 핑계를 대며 혼자 정원으로 나갔다. 그녀가 창밖으로 내려다보니 아버지가 철책을 아주 꼼꼼하게 조사하고 있었다.

그날 밤 코제트는 자다가 깜짝 놀라 눈을 떴다. 이번에야말로 분명했다. 창 아래 돌계단 바로 옆에서 사람이 걷는 발소리가 틀림없이 들려왔다. 그녀는 작은 창 곁으로 달려가 창문을 열고 밖을 내다보았다. 정원에는 건장한 남자 한 명이 커다란 몽둥이를 들고 서 있었고 그녀가 너무 놀라 '앗!' 하고 소리를 지르려는 순간, 달빛이 그 남자를 비추었다. 아버지였다. 코제트는 다시 잠자리에 들면서 말했다.

"아버지는 역시 아까 이야기가 마음에 걸리신 것 같아."

장 발장은 이틀 동안 정원에서 밤을 보냈다. 그녀는 덧문 구멍으로 그런 아버지의 모습을 지켜보았다.

사흘째 밤에도 달이 많이 기울어서 늦게 떴다. 새벽 1시쯤 되었을 때 코제트는 정원에서 웃음소리와 함께 자기를 찾는 아버지의 목소리를 들었다.

"코제트, 일어나 보렴!"

코제트는 아버지의 목소리에 침대에서 뛰어 일어나 실내복을 걸치고 창문을 열어 보았다. 장 발장는 잔디밭에 서서 그녀에게 이렇게 말했다.

"코제트, 널 안심시키려고 깨웠다. 봐라, 이것이 네가 본, 둥근 모자를 쓴 그 그림자란다."

그리고는 달빛을 받아 잔디 위에 뚜렷이 나타난 한 그림자를 가리켰다. 코제트가 바라보니 정말 둥근 모자를 쓴 남자의 그림자와 같았다. 그것은 옆집 지붕 위, 뚜껑을 씌운 양철 난로 굴뚝의 그림자였다.

코제트도 그와 함께 그것을 보고 깔깔대고 웃었다. 어제의 불길했던 상상은 사라지고 없었다. 다음 날 아버지와 같이 아침을 먹으면서 코제트는 그 굴뚝 그림자를 가지고 농담까지 했다.

장 발장도 완전히 평안을 되찾았다. 코제트는 그것이 정말 굴뚝의 그림자인지, 자기가 보았던 그림자와 같은 방향인지, 또 하늘의 달은 과연 그날과 같은 곳에 있었는지 하는 것을 별로 깊이 생각하지 않았다. 그 그림자는 코제트가 뒤를 돌아봤을 때는 이미 사라지고 없었다. 그것만은 확실하다고 코제트도 생각했지만 그렇다면, 그 난로 굴뚝은 범행 현장에서 잡히는 것을 두려워하여 그림자가 들키자 곧바로 사라졌다는 얘기가 되는데 그런 이상한 점에 대해서는 조금도 생각하지 못했다. 코제트는 아버지의 증명이 완전하다고 믿고 그날 밤 누군가가 정원을 걷고 있었다는 의심은 머리에서 깨끗이 지웠다. 그러자 완전히 기분이 명랑해졌다.

그런데 며칠 지나지 않아, 또 다른 새로운 사건이 발생했다.

투생의 설명

정원의 한구석, 한길 가까이 있는 철책 옆에는 돌 벤치 하나가 있었다.

자작나무로 가려져 있어 밖에서 보이지는 않았지만 길에 지나가는 사람
이 철책과 자작나무 사이로 억지로 손을 뻗으면 간신히 닿을 수 있는 거
리에 있었다.

4월의 어느 날 저녁, 장 발장이 외출을 해서 코제트는 혼자 어두운 그
벤치에 앉아 있었다. 나무는 바람에 살랑거렸고 코제트는 깊은 생각에
빠져 있었다. 순간 이유 없는 슬픔이 그녀의 마음을 감쌌다. 해 질 녘이
되면 참을 수 없이 다가오는 슬픔, 아마도 그것은 그 시각이면 살며시 열
리는 신비한 무덤에서 저절로 흘러나오는 슬픔 같았다.

그러한 어둠 속에 어쩌면 팡틴이 있었는지도 모른다.

코제트는 벤치에서 일어나 천천히 정원을 한 바퀴 걸었다. 이슬에 젖
은 풀숲을 걷고 있는 동안 어쩐지 자신이 슬픈 몽유병자 같다는 생각이
들어 혼자 이렇게 말했다.

"이런 시간에 정원을 걸을 땐 나막신을 신어야 할 것 같아. 왠지 감기
에 걸릴 것만 같아."

그녀는 벤치로 돌아와 다시 앉으려고 하다가, 그곳에 꽤 큰 돌 하나가
얹어져 있는 것을 보았다. 코제트는 그 돌을 보자 의아한 생각이 들었
다. 이 돌이 저절로 이 벤치 위에 올라왔을 리는 없고 누군가 일부러 올
려놓은 게 분명했다. 누군가의 손이 철책 사이로 들어왔다는 생각을 하
자 그녀는 너무 놀라고 두려웠다. 이번엔 정말 공포 그 자체였다. 이제
더는 의심할 필요도 없었다. 돌이 그녀의 눈앞에 있었기 때문이다. 그녀
는 돌을 만져 보지도 않고 뒤돌아보지도 않은 채 도망쳤다. 집 안으로 뛰
어 들어가 돌계단 위에 있는 덧문을 닫고 가로대를 걸쳐 빗장을 지른 뒤
투생에게 말했다.

"아버지는 돌아오신 거야?"

"아직 아니에요, 아가씨."

(부생이 말더듬이라는 것은 앞에서 말했지만 다시 강조하지 않기로 했으니 더

이상 그녀의 말투를 글로 표현하지 않겠다.)

장 발장은 밤새 생각에 잠겨 밖을 산책하는 버릇이 있어서 거의 밤이 새도록 돌아오지 않는 경우가 종종 있었다.

코제트가 말했다.

"투생, 정원 쪽 덧문에 가로대를 걸고 빗장을 잘 질렀겠지? 그리고 쇠고리도 잘 건 거지?"

"당연하죠. 아가씨. 걱정하지 마세요."

투생이 문단속을 게을리 한 적은 없었다. 코제트는 그것을 잘 알지만 그래도 다시 한 번 말하지 않을 수가 없었다.

"정말 여긴 너무 쓸쓸한 곳이라 그래."

"맞아요. 만약 누군가 해치려 한다면 찍소리도 내지 못하고 죽을 거예요. 그리고 나리도 이 집에서 주무시지 않으니까요. 아가씨. 제가 모든 창을 바스티유 감옥 문처럼 단단히 단속하고 있으니 걱정 마세요. 하긴 여자들만 있어서 그것만으로도 떨리긴 하지요. 한밤중에 남자들이 쳐 들어와 아가씨를 보고 '조용히 해.' 하며 아가씨 목을 조르려고 하는 상상을 해 보세요. 죽는 거야 사실 별거 아니지요. 사람은 누구나 죽고 또 언젠가는 죽어야 한다는 건 다 아는 사실이니까요. 하지만 아가씨 몸에 그 따위 사내들이 손을 댄다는 생각만 해도 몸서리가 쳐져요. 그리고 그 단도라는 것이 보나마나 잘 들지 않을 것이 뻔해요. 아아, 그러면 정말!"

"그만해. 투생, 문단속이나 잘해요."

코제트는 투생의 말에 그만 오싹해지고 지난주에 나타난 유령까지 생각나서 "투생, 누가 벤치 위에 돌을 올려놓은 것 같아. 한번 보고 와." 하고 말할 용기가 나지 않았다.

만약 정원으로 난 문을 열고 나가면 어떤 남자들이 들이닥치지 않을까 걱정이 되었기 때문이다. 그녀는 대문과 창문을 모두 잠그게 하고 투생에게 지하실에서 지붕 밑 방까지 모두 자세히 살피게 했다. 그런 다음 자기 방에 들어가 고리를 잠그고 침대 밑까지 들여다보고 나서 잠을 청했지만 좀처럼 잠이 오지 않았다. 그녀는 밤새 계속해서 산처럼 커다랗고 구멍이 잔뜩 뚫린 돌을 꿈속에서 보았다.

아침은 밤중에 무섭게 생각했던 것은 무엇이든 다 우습게 생각되게 하는 특성을 가진다. 그 우스운 것은 밤중의 공포에 정비례하기 때문에 아침에 잠에서 일어난 코제트는 어젯밤 공포가 단순히 악몽처럼 생각되어 이렇게 혼잣말을 했다.

"그냥 꿈일 뿐이야. 지난주에 정원에서 발소리가 났다고 착각한 것과 같아. 그리고 그 난로 굴뚝의 그림자와 같은 걸 거야! 난 요즘 왜 이렇게 마음이 약해진 거지?"

햇빛이 덧문 틈새로 환하게 비치고 다마스크 능직 커튼을 붉게 물들인 것을 보고 나서 그녀는 완전히 마음을 놓았다. 그리고 지금까지 두렵게 생각했던 모든 것, 돌에 대한 것까지 깨끗이 잊어버렸다.

"얼마 전 둥근 모자 쓴 남자가 없었던 것처럼 어제 벤치 위에 놓여 있던 돌멩이도 없을 거야. 다른 것들처럼 그 돌멩이도 그냥 꿈일 뿐이야."

그녀는 옷을 챙겨 입고 정원 벤치 쪽으로 달려갔다. 하지만 벤치를 보는 순간 등골에 식은땀이 흘렀다. 거기엔 어제 밤처럼 돌이 놓여 있었다. 그러나 놀란 것은 잠깐뿐이었고 밤에는 그토록 무서웠던 것이 밝은 곳에서 바라보니 왠지 모르게 궁금하게 생각되었다.

"괜찮아! 뭔지 대체 한번 보기나 하자."

코제트가 벤치 위에 놓인 돌을 들어 올려 아래를 보니 그 아래에 종이 같은 것이 보였다. 그것은 하얀 봉투였고 그녀는 그것을 집어 들었다. 거기엔 수신인의 이름도 없었고 뒤를 보니까 봉해져 있지도 않았다. 그리고 봉투 안에 몇 장의 종이가 보였다.

코제트는 그것을 꺼내 보았다. 무서워서도 호기심 때문도 아니었다. 단순히 그냥 마음에 걸렸기 때문이었다.

코제트가 꺼내 보니 그것은 작은 수첩이었다. 각 페이지마다 번호가 매겨 있고 대여섯 줄씩 글이 적혀 있었다. 코제트는 꽤 잘 쓴 필적이라고 생각했다.

거기에는 보낸 사람의 이름도 서명도 없었다. 대체 누구한테 보낸 것일까? 그녀가 앉았던 벤치 위에 놓고 갔으니 그녀에게 보낸 것이 분명했다. 그렇다면 대체 누가 보낸 것일까? 그녀는 참기 힘든 유혹으로 떨리고 있는 손 안에 든 그 수첩에서 눈을 떼려고 일부러 하늘을 올려다보았다. 그리고 길을 내려다보기도 하고 햇빛이 한가득 쏟아지는 아카시아 나무를 쳐다보았다. 또 옆집 지붕 위에 앉은 비둘기도 올려다보았다. 하지만 잠시 후 그 수첩을 다시 내려다보며 어쨌든 그것을 한번 읽어 봐야겠다고 생각했다.

그녀가 읽은 글들은 다음과 같았다.

돌 아래의 마음

우주를 단 한 사람에게로 향하게 하고 그 사람을 신으로까지 생각하게 하는 것, 그것이 사랑이다.

사랑, 그것은 별들에게 하는 천사들의 인사와 같다.

영혼이 사랑 때문에 슬픔에 잠길 때 그 영혼의 슬픔은 얼마나 큰 것인가!

이 세상의 전부인 그 유일한 사람이 가까이 없을 때 세상은 공허로 가득해진다! 오오, 사랑받는 사람은 신이 된다는 것의 진실함이여! 만물의 아버지가 천지 만물을 창조한 것은 영혼 때문이고, 그 영혼을 창조한 것은 사랑 때문이라는 것이 분명치 않다면 신은 사랑받는 사람을 질투하고 있다고 오해받을 것이다.

연보랏빛 리본 달린 흰 크레이프 모자 아래 살짝 보이는 미소만으로도 나의 영혼은 벌써 꿈의 궁전을 향하고 있다.

신은 만물 뒤에 숨어 있고 만물은 신을 숨기고 있다. 사물은 캄캄한 어둠이고 피조물은 불투명하다. 한 사람을 사랑한다는 것, 그것은 그 사람을 투명하게 한다.

어떤 종류의 사색은 기도가 된다. 육체의 자세와 상관없이 영혼이 무릎 꿇고 있는 순간이 있는 것이다.

사랑하는 두 사람이 떨어져 있을 때는, 그 두 사람에게 현실 그 자체인 수많은 몽상으로 서로의 부재를 잊을 수 있다. 만날 수 없고 서로 소식을 전할 수조차 없어도 두 사람은 서로에게 생각을 전하는 온갖 신비한 방법을 찾게 된다. 두 사람은 새의 노래를, 꽃의 향기로움을, 어린아이들의 천진한 웃음소리를, 태양빛을, 바람의 한숨 소리를, 별빛을, 천지 만물을 서로 주고받는다. 그것은 불가능한 것이 아니다. 신이 만든 모든 것은 모두 사랑에 쓰기 위해서다. 사랑의 힘은 온 자연에 소식을 전하게 한다.

오오, 봄이여! 그대에게 보내는 한 통의 편지 같은 봄날이여!

미래는 재기(才氣) 아닌 정(情)의 것이다. 사랑하는 것, 그것은 영원을 소유하고 영원을 채우는 유일한 것이다. 무한한 삶을 바란다면 그처럼 영원한 것을 소유하지 않으면 안 된다.

사랑은 영원의 한 부분이다. 사랑은 영혼과 같은 것이다. 사랑은 영혼처럼 신성한 불꽃이고 영혼처럼 불변이며 불가분하고 불멸한 것이다. 사랑은 우리 안에 타는 한 점의 불꽃과 같아서 죽지 않고 무한하며, 어떤 것도 막을 수 없고 무엇으로도 끌 수 없다. 사람들은 그 불꽃이 마음속 깊숙이 타오르는 것을 느끼고 그 불꽃이 하늘 끝까지 빛나는 것을 보게 된다.

오오, 사랑! 열애! 서로를 이해하는 두 정신. 서로 하나가 되는 두 마음. 서로를 지켜보는 두 눈동자의 기쁨이여! 언젠가 나에게도 찾아오겠지, 그 사랑의 행운이! 한적한 길을 걷는 단둘만의 산책과 축복받아 빛나는 나날들을 나는 항상 꿈꾼다. 가끔씩 천사들의 시간이 이 세상으로 내려와 인간들의 운명 사이를 지나는 것을 생각해 본다.

신이라 해도 서로 사랑하는 두 사람의 행복에 영원한 생명을 끊임없이 베푸는 것 이외에는 어떤 것도 해 줄 수 없다. 삶이 끝난 뒤에도 계속되는 사랑의 영원함, 그것은 과연 신이 되어야만 줄 수 있는 권세와 능력이다. 그러나 사랑이 이 세상에서 영혼에게 주는 행복, 말로 표현하기 힘든 그 행복을 튼튼하게 하고 증대시키는 것은 신이라도 할 수 없다. 신은 하늘에 충실할 뿐이고 인간은 사랑에 충실할 뿐이다.

그대가 별을 올려다보는 것은 두 가지 이유 때문이다. 하나는 그것이 빛나기 때문이고, 또 하나는 그것이 이해할 수 없는 것이기 때문이다. 그러나 그대 옆에는 그보다 훨씬 부드럽고 찬란한 빛과 같은, 훨씬 신비한 존재가 있다. 그것은 바로 그녀다.

우리는 누구나 호흡 기관의 도움으로 숨을 쉰다. 그것이 없어진다는 것은 곧 공기가 없어지는 것과 같다. 그렇게 되면 질식해 버린다. 그때 사람은 죽는다. 죽는 것보다 더 무서운 것은 사랑이 없어진 영혼의 질식이다.

사랑이 두 인간을 용해하고 서로 섞어 천사 같은 거룩한 한 몸이 되게 하였을 때, 그 두 사람은 인생의 비밀을 꿰뚫어 보게 된다. 그들은 이제 하나의 운명의 두 표현에 지나지 않을 것이다. 하나의 정신의 두 날개일 뿐이다. 서로 사랑하라! 그리고 저 높이 비상하라.

어느 날 한 여자가 그대 앞을 걸어가며 그대를 향해 빛을 내면 그대는 그만 사랑에 빠진다. 사랑에 빠진 그대가 할 수 있는 일은 오직 하나, 그녀를 생각하고 생각하다가, 끝내 그녀까지도 그대를 생각하지 않고는 견딜 수 없게 만드는 것뿐.

사랑으로 시작된 일은 신만이 완성시킬 수 있다.

진정한 사랑은 장갑 하나를 잃고 손수건 하나를 얻는 데도 슬픈 탄식과 기쁨이 교차된다. 또 그것을 위한 헌신과 희망을 위해서는 영원이 필요하다. 그러므로 진정한 사랑은 한없이 큰 무언가와 한없이 작은 무언가가 서로 어울려서 이루어진다.

만약 그대가 돌이라면 자석(프랑스어로 aimant이며 '애정이 깊은'이라는 뜻도 있음_옮긴이)이 되라. 만약 그대가 풀이라면 함수초(프랑스어로 sensitif이며 '감각의'라는 뜻도 있음_옮긴이)가 되라. 만약 그대가 인간이라면 애인이 되라.

그 어떤 것도 사랑과는 비교할 수 없다. 사랑의 행복은 낙원이 되고 그 낙원은 천국이 된다.

오오, 사랑하는 그대들이여! 이 모든 것은 사랑 안에 있다. 사랑 속에서 그것을 찾도록 해라. 사랑에는 천국과 같은 명상이 있고 천국과 같은 즐거움이 있다.

"그 아가씨는 요즘도 뤽상부르 공원을 찾고는 합니까?"

"아니요."

"그 아가씨는 이 교회에 더 이상 미사를 드리러 오지 않습니까?"

"이제는 오시지 않아요."

"그 아가씨는 지금도 여기에 살고 계십니까?"

"이사 갔어요."

"어디로 가셨는지 아십니까?"

"그건 알려 주지 않으셨어요."

자신의 영혼이 어디 있는지도 모르는 것은 정말 슬픈 일이로구나!

사랑은 어린애다운 점이 있지만 정열은 비열한 점이 있다. 인간을 비열하게 만드는 정열은 수치스럽다! 인간을 어린애로 만드는 정열이여,

찬양받으리라!

참 이상한 일이다. 그대는 이것을 알고 있는가? 나는 지금 한밤중에 서 있는 것과 같다. 어떤 사람이 사라져 버리자 하늘도 같이 사라져 버렸다.

우리 두 사람. 서로 손을 마주 잡고 같은 무덤 속에 누워 이따금 어둠 속에서 서로의 손가락을 다정하게 어루만지자. 그것만으로도 내 영원은 충분히 채워질 것이다.

사랑 때문에 고민하고 있는 이여, 더욱더 깊이 사랑하라. 사랑에 죽는 것은 곧 사랑에 사는 것이다.

그대여 사랑하라. 사랑의 고통과 함께 찬란한 별로 꾸며 보자. 은밀한 변신이 이루어질 것이니. 사랑이 주는 고통 속에 황홀이 있을 것이다.

아아, 새들의 노래하는 즐거움이여! 새들이 노래를 하는 이유는 보금 자리가 있기 때문이다.

사랑이란 낙원의 공기를 천상에서 들이마시고 내쉬는 것.

깊은 마음, 슬기로운 정신이여! 신이 만든 대로 인생을 살아라. 그것은 길게 사는 시작이며 아직 모르는 운명의 헤아릴 길 없는 준비. 진정한 운명은 인간이 무덤에 발을 한 발짝 들여놓는 순간부터 시작된다. 그때 그는 결정적인 것을 깨닫게 된다. 결정적인 것, 이 말을 깊이 새겨라. 살아 있는 인간은 무한을 본다. 그러나 결정적인 것은 죽은 자만이 볼 수 있다. 그때까지는 사랑을 하고, 고민하라. 희망을 품으라. 그리고 조용히 바라보라. 아아, 오직 육체와 겉모습만을 사랑하다 죽는 사람의 불행이여! 죽음은 그런 것들을 모두 사라지게 한다. 그러니 될 수 있는 한 영혼을 사랑하라. 그대들이 죽은 뒤에도 그 영혼은 발견할 수 있다.

사랑을 하고 있다는 지극히 가난한 청년을 길에서 만났다. 그의 모자는 낡았고 옷은 다 떨어져 있었다. 옷의 팔꿈치는 구멍이 뚫리고 신발은 물이 새어 들어갔다. 그러나 그의 영혼만은 별처럼 반짝였다.

아, 사랑을 받는다는 것은 얼마나 위대한 일인가! 더욱이 사랑한다는 것은! 마음은 정열에 의해 영웅이 된다. 사랑의 마음은 오직 순수한 것으로만 가득 찬다. 사랑은 고귀한 것, 위대한 것만을 의지한다. 빙하 위에 풀이 자라지 않는 것처럼 사랑에 어울리지 않는 생각은 그 마음에 싹트지 않는 것이다. 높이 승화된 영혼은 천한 정열이나 정서에 흔들리지 않는다. 사랑은 광기, 증오, 비참함 같은 이 세상의 온갖 구름과 그림자를 내려다보며 높고 푸른 하늘에서 이제는 다만 땅속 깊이 일어나는 운명의 변화만을 느낄 뿐이다. 높은 산봉우리가 깊숙한 지층의 지진을 느끼는 것처럼.

사랑하는 누군가가 없다면 태양도 빛을 잃을 것이다.

편지를 읽은 코제트

이 편지에 쓰인 글을 읽으면서 코제트는 점점 깊은 생각에 빠졌다. 수첩에 적힌 글의 마지막 줄을 읽고 났을 때는 미남 장교가 늘 다니는 시각이어서 그가 의기양양하게 철책 앞을 지나갔다. 코제트는 그를 보며 추하다고 생각했다.

그녀는 다시 수첩을 들여다보았다. 글씨체가 황홀한 정도로 아름답다는 생각이 들었다. 한 사람이 쓴 글씨임이 분명했지만 어떤 데는 까맣고 어떤 데는 잉크병에 물을 섞어 쓴 듯 희미하게 번진 것으로 봐서 며칠을 두고 쓴 것 같았다. 아마도 한숨을 쉬며 불규칙하게 뒤섞인 말을 선택도 하지 않고 생각나는 대로, 붓 가는 대로 쓴 것 같았다. 코제트는 지금까지 이런 것을 읽은 적이 한 번도 없었다. 그 수첩을 본 느낌은 어두운 것보다는 밝은 것이 더 많았고 마치 어느 신성한 성전 안을 살짝 들여다보는 듯 했다. 수수께끼 같은 글들은 모두 다 찬란하게 보였고 마음을 이상한 광채로 채웠다. 그녀가 지금까지 배웠던 것들은 마치 불씨에 대해서는 가르치면서 불길에 대해서는 알려 주지 않은 것처럼 영혼에 관해서는 가르쳐 줬지만 사랑에 대해서는 한 번도 말해 주지 않았던 것이다. 그런데 이제 이 15페이지의 글들이 갑자기 사랑과 고뇌와 운명과 인생 그리고 영원과 발단과 결말을 사랑이 넘치는 부드러운 말로 그녀에게 자세히 설명해 준 것이다. 마치 손바닥이 펼쳐지며 한 무리의 빛이 그녀에게 던져진 것 같았다. 그녀는 그 몇 줄의 글을 통해 정열이 넘치고 고상하고 성실한 성품과 거룩한 의지와 끝없는 고뇌와 끝없는 희망을, 그리고 슬픔이 가득한 마음과 황홀한 기쁨을 느꼈다. 이 수첩은 한 통의 편지같았다. 편지를 받는 사람의 이름도 보내는 사람의 이름도 없었고 날짜도, 서명도 없었다. 다만 그것은 절실하고 사심 없는 편지였고 진실이 모여 이루어진 수수께끼였다. 그녀에게 읽으라고 천사가 가져다준 사랑의 전갈이고, 천상에서 약속된 은밀한 만남이요, 어느 환영이 어떤 그림자에게 보낸 사랑의 편지였다. 사랑하는 누군가 때문에 말없이 시들어 가는 한 남자가, 금방 죽음 속으로 사라져 버릴 것 같은 한 남자가 한 여자에게 운명의 비밀을, 인생의 열쇠를, 사랑을 써서 보낸 것이다. 그것은 한 발을 무덤 속에 넣고 손가락을 하늘에 대고 쓴 것이다. 그 글은 종이 위에 한 방울 한 방울 떨어뜨린 영혼의 진액과 같았다.

그럼 대체 누구한테서 온 것일까? 이런 글을 쓴 사람, 그는 누구일까? 코제트는 조금의 망설임도 없이 단 한 사람밖에 생각할 수 없었다.

그래! 그분뿐이야!

코제트 마음의 밤은 갑자기 밝아졌다. 모든 것이 환하고 뚜렷하게 분명해졌다. 이상한 기쁨과 함께 깊은 고뇌가 다가왔다. 그분이다! 그분이 내게 써 보낸 것이다. 그분이 여기에 왔었다니! 그분은 철책 사이로 팔을 넣어 이것을 두고 갔다. 그녀가 그를 잊고 있는 사이에 그는 마침내 그녀를 찾아낸 것이다! 그러나 그녀가 정말 그를 잊었던 것일까? 절대로 그럴리가 없다! 잠시 그런 적이 있긴 있지만 그것은 진심이 아니었다. 그녀는 지금도 변함없이 그를 사랑하고 있었다. 불꽃은 오랫동안 가려져 있었지만 이제 그녀는 그 불꽃을 분명히 볼 수 있었다. 불은 전보다 훨씬 깊은 곳에서 타고 있었다. 그것이 이제 새로운 불길로 일어나 그녀의 온몸을 태우려 했다. 그 수첩은, 마리우스의 영혼이 코제트의 영혼에 뿌린 하나의 불씨 같은 것이었다. 순간 온몸에서 불길이 타오르는 것을 그녀는 느꼈다. 수첩에 쓰여 있는 글 한 마디 한 마디가 마음에 사무쳐서 다가왔다.

"아아, 이미 다 알고 있었던 거야! 이미 그분의 눈 속에서 다 느꼈던 거야."

코제트는 이렇게 중얼거리듯 말했다.

코제트가 그 수첩을 세 번이나 반복해서 읽었을 때, 테오딜 중위가 돌아오는 길에 그 문 앞을 지나며 포도 위에서 박차를 울렸다. 코제트는 그 소리에 눈을 들어 그를 바라보았다. 그리고 참 재미없고 바보같이 얼빠진 남자 같다고, 게다가 교만하고 뻔뻔하고 추한 남자라고 생각했다. 장교는 일종의 의무처럼 그녀에게 미소를 던졌다. 순간 그녀는 모욕을 당한 것처럼 화가 나서 얼굴을 홱 돌렸다. 너무 화가 나서 뭔가 그의 머리에 던져 주고 싶었다.

코제트는 참을 수 없어, 집으로 뛰어 들어가 자기 방으로 올라갔다. 그리고 수첩을 다시 읽고 외우고 상상하기 위해 충분히 읽었다. 그녀는 그위에 키스를 하고 품속에 간직했다.

코제트는 청순하고 깊은 사랑에 다시 빠지고 말았다. 에덴동산의 심연이 다시 시작된 것이다.

하루 종일 코제트는 어떤 어지러움 속에 있었다. 어떤 것도 생각할 수 없었고 여러 가지 생각이 머릿속에서 뒤섞여서 어떤 실마리도 잡을 수가 없었다. 그녀는 부들부들 떨리는 마음으로 막연한 기대감을 가졌다.

종잡을 수 없는 여러 가지를 생각하는 그녀의 얼굴엔 핏기가 없이 창백해졌고 몸은 계속 떨리고 있었다. 그리고 환상 속으로 들어간 기분이 들어 문득 스스로 "이게 정말일까?" 하고 몇 번이고 되물었다. 코제트는 품속에 간직한 그 수첩을 더듬으며 수첩 모서리가 피부에 닿는 것을 느꼈다. 만일 장 발장이 이런 코제트를 봤더라면 전과 달리 기쁨의 빛이 넘쳐흐르는 그녀의 눈동자를 보고 전율을 느꼈을 것이다.

"그래, 분명해."

코제트는 반복해서 말했다.

"맞아! 그분이 보낸 게 분명해. 이건 그분이 나에게 보낸 거야."

코제트는 천사들이 배려해 그를 자기에게 보내 줬다고 생각했다.

오, 사랑이여! 오, 꿈이여! 하늘의 도움과 천사들의 이 놀라운 배려는 포르스 감옥 지붕 너머로, 샤를마뉴의 마당에서 사자 굴로, 한 도적이 다른 한 도적에게로 던진 빵 한 덩어리, 바로 그것과 같았다.

노인은 적당한 때 외출한다

저녁때가 되자 장 발장은 언제나처럼 집을 나섰다. 그러자 코제트는 머리를 가장 잘 어울리는 모양으로 빗고 좋아하는 드레스를 꺼내 입었다. 그 드레스는 다른 옷보다 가슴이 1인치 정도 더 파여 있는데 목 아래까지 환히 들여다보여 젊은 여자들 사이에선 꽤 대담한 옷으로 통하는 것이었다. 하지만 그것은 결코 그렇게 대담한 것은 아니고 다른 옷보다 훨씬 그녀를 귀엽게 보이게 하는 드레스였다. 그녀는 아무 이유도 없이 그렇게 차려 입었다.

그녀는 외출하려는 걸까? 아니다.

누가 찾아오기를 기다리는 걸까? 아니다.

해가 지자 그녀는 정원으로 내려갔다. 그때 투생은 부엌에서 부지런히 일하고 있었다.

코제트는 낮게 드리운 나뭇가지를 가끔씩 손으로 젖히며 걸어갔다.

곧 벤치 앞까지 갔다.

돌은 여전히 그 위에 놓여 있었다.

그녀는 벤치에 걸터앉아 감사의 인사를 하려는 듯 돌 위에 자신의 손을 올려놓았다.

그러자 잠시 뒤, 문득 인기척이 느껴졌다. 모습은 보이지 않았지만 누군가 뒤에 섰을 때 느껴지는 말로 표현할 수 없는 느낌이 들었다.

그녀는 고개를 돌리며 일어섰다.

그곳에 그가 서 있었다.

그는 모자를 쓰지 않고 있었는데, 예전보다 얼굴이 창백해졌고 약간 여윈 것 같았다. 어둠 속에 까만 옷을 입고 있는 모습이 흐릿하게 보였다. 잘생긴 이마가 황혼 속에 창백하게 보이고 눈이 침울하고 어두워 보였다. 그 모습은 부드러운 어스름에 싸여 왠지 모르게 죽음과 밤을 짙게 암시하는 것처럼 보였다. 그의 얼굴은 사라져 가는 낮의 미명과 사라져 가는 영혼의 빛이 비추고 있었다.

유령도, 사람도 아닌 것 같은 모습이었다.

그의 모자는 가까운 덤불 속에 던져져 있었다.

코제트는 그를 보자마자 기절할 뻔했지만 그래도 소리는 지르지 않았다. 그리고 그가 자꾸 자신을 끌어당기는 것 같이 느껴져 주춤주춤 뒤로 물러섰다. 그는 미동도 없이 가만히 서 있었다. 그녀는 자세히 보이진 않았지만 뭐라 설명하기 힘든 슬픈 분위기 속에서 그의 눈동자가 자기를 지켜보고 있다는 것을 알 수 있었다.

그녀는 그렇게 뒷걸음질을 치다가 나무에 부딪혀서 거기 기댔다. 나무에 부딪히지 않았다면 그녀는 쓰러져 버렸을 것이다.

그때 코제트는 그의 목소리를 들었다. 한 번도 들어 본 적 없는 그의 목소리가 들려온 것이다. 나뭇잎이 흔들리는 소리에 섞여 나직이 울리는 그의 목소리는 그녀의 귀에 이렇게 속삭였다.

"이렇게 찾아온 것을 용서해 주십시오. 가슴이 터질 것 같아, 더 이상 그대로 살 수 없어 찾아온 것입니다. 제가 여기 이 벤치 위에 놓은 것을 읽으셨나요? 제 마음을 조금은 이해하셨습니까? 제발 두려워하지 마세요. 우리가 만난 지도 벌써 꽤 오래됐지요? 혹시 기억하고 계십니까? 당신이 저를 처음 만난 그날을 말입니다. 뤽상부르 공원에 칼을 든 투사의 동상 옆에서였죠. 당신이 제 앞을 스쳐 지나가신 그날도 기억하시나요? 6월 16일과 7월 2일이었죠. 그로부터 벌써 1년이 지났습니다. 정말 오래 만나지 못했습니다. 그곳의 의자를 빌려 주는 여자에게 물어보았지요. 그랬더니 당신은 이제 그곳에 나오지 않는다고 말하더군요. 당신은 웨스트 거리의 새집 4층에 사셨죠. 그래서 뒤를 쫓아간 일이 있습니다. 제게 그것 말고 무슨 방법이 있었겠습니까? 하지만 그 후 당신은 종적을 감추셨습니다. 한번은 오데옹의 아케이드에서 신문을 읽고 있을 때, 당신이 지나가시는 것 같아서 쫓아가 본 적이 있습니다. 하지만 당신이 아니었습니다. 단지 모자가 당신 것과 비슷할 뿐이었습니다. 밤이 되면 전 여기 옵니다. 하지만 아무한테도 들키지 않으니 걱정 마세요. 당신의 방 창문을 가까이에서 보고 싶어 오는 것입니다. 당신이 혹시나 놀라실까 봐 살짝 몰래 다가가곤 합니다. 어느 날 밤엔 당신 바로 뒤에 서 있던 적이 있는데 당신이 고개를 돌리는 바람에 도망치고 말았습니다. 또 어느 날은 당신이 노래 부르는 것을 들은 일도 있었습니다. 그날은 정말 기뻤습니다. 당신이 노래하시는 걸 듣고 제가 기뻐했다고 해서 당신에게 해로울 것이 뭐겠습니까? 별 상관없지 않습니까? 당신은 제 천사이십니다. 가끔씩 이렇게 찾아오는 것쯤은 용서해 주십시오. 저는 얼마 안 있어 죽을지

도 모릅니다. 이 심정을 당신이 제발 알아 주셨으면 해요. 전 당신을 사
모합니다. 저를 용서하십시오. 전 지금 제가 무슨 얘기를 하고 있는지 전
혀 모르겠습니다. 혹시 기분 상하셨습니까?"

"아아, 세상에!"

코제트는 소리치듯 말했다.

그리고 기절할 듯이 비틀거렸다.

그는 그녀가 그 자리에 쓰러질 것 같아서 그녀를 붙잡았다. 그는 그녀
를 잡고 자기가 무엇을 하고 있는지 생각도 하지 못한 채 그녀를 바싹 껴
안았다. 그 자신도 비틀거리면서 그녀를 받치고 있었다. 마치 머릿속이
연기로 가득 찬 느낌이었다. 번갯불 같이 빛나는 것이 몇 번이나 눈앞을
스쳐 갔다. 마음속에 가득 차 있던 생각들은 모두 사라졌다. 그것은 종
교적인 행위를 하고 있는 것 같기도 했고 신을 모독하는 행위를 하고 있
는 것 같기도 했다. 그는 지금 자기 가슴에 기대서 있는 탄력이 느껴지
는 아름다운 이 아가씨에게 털끝만큼도 욕망을 느끼지 않았다. 그는 사
랑에 취해 자기를 잊었다.

코제트는 그의 손을 잡아 자기 심장 위에 올려놓았다. 그는 감촉으로
그것이 코제트에게 보낸 사랑의 편지라는 것을 알았다. 그는 이렇게 중
얼거렸다.

"그럼 저를 사랑하시는군요?"

그녀는 마치 숨을 쉬듯, 거의 들릴 듯 말 듯 낮고 작은 소리로 대답했다.

"아무 말 마세요! 다 알고 계시잖아요."

그리고 그녀는 붉게 물든 얼굴을 사랑에 취한 청년의 가슴에 묻었다.

그녀의 대답에 그는 쓰러지듯 벤치에 앉았다. 그녀도 그 옆에 앉았다.
두 사람은 이제 어떤 말도 할 수 없었다. 별이 하늘에서 반짝였다. 두 사
람의 입술이 서로 닿은 것은 어떻게 된 일인가? 어떻게 해서 새가 지저귀
고 눈이 녹으며 장미는 활짝 피어나고 5월은 한껏 기쁨에 넘친 것인가?

어떻게 저 멀리 언덕 너머로 새벽이 밝게 빛나기 시작했던가?

단 한 번의 키스, 그것이 전부였다.

두 사람은 몸을 떨며 어둠 속에서 빛나는 눈으로 서로를 응시했다. 밤 공기의 쓸쓸함도, 돌의 차가움도, 땅의 축축함도, 풀잎이 젖은 것도 전혀 느끼지 못한 채 두 사람은 서로의 눈을 바라보며 감회에 젖었다. 그들은 서로 손을 잡고 있다는 것도 느낄 수 없었다.

코제트는 그에게 아무것도 묻지 않았다. 또 물으려고도 하지 않았다. 어디로 들어왔으며, 어떻게 정원으로 숨어 들어올 수 있었냐고도 묻지 않았다. 그만큼 그녀에게 그가 찾아온 것은 당연한 일 같았기 때문이다.

때때로 마리우스의 무릎이 코제트의 무릎에 부딪칠 때면 두 사람 다 몸을 떨었다.

한참 후에 코제트는 천천히 말하기 시작했다. 그녀의 영혼은 그녀의 입술 위에서 마치 꽃잎에 앉은 한 방울의 이슬처럼 떨리고 있었다.

그렇게 두 사람은 조금씩 대화를 나누게 되었다. 가슴 벅찬 침묵이 떠난 자리에 이야기가 넘쳐흘렀다. 밤은 그들의 머리 위에서 밝게 빛나고 있었다. 정령처럼 순결한 두 생명은 그들의 꿈을, 그들의 도취를, 황홀과 공상과 절망을, 그동안 멀리서 얼마나 사모했던가를, 얼마나 그리워했던가를, 그리고 또 서로 만날 수 없을 때 느꼈던 그 절망을, 더할 수 없는 가까움 속에서 가장 은밀하고 가장 비밀스러운 것까지 터놓고 얘기했다. 그리고 자기들의 몽상을 순진하게 믿으며 사랑, 청춘, 아직 그들 사이에 남아 있는 어린애 같은 마음이 말해 주는 모든 것을 얘기했다. 두 사람의 마음은 서로 상대의 마음을 향해 흘러 들어갔다. 마침내 한 시간 뒤에 젊은이는 아가씨의 영혼을, 아가씨는 젊은이의 영혼을 그렇게 서로 완전히 소유하게 되었다. 두 사람은 저마다 서로의 마음속 깊은 곳까지 파고들어 서로에게 매혹되고 현혹돼 있었다.

더 이상 할 얘기가 없어지자 코제트는 마리우스의 어깨에 머리를 기대며 말했다.

"당신의 이름은 뭐죠?"

"마리우스라고 합니다. 당신은요?"

그가 물었다.

"전 코제트예요."

6. 소년 가브로슈에 대하여

바람이 장난을 치다

1823년 이래, 몽페르메유의 싸구려 음식점은 경영난이 더욱 심각해져서 파산은 아니었지만 빚더미 위에 올라앉게 되었다. 그런 상황 속에 테나르디에 부부에게 어린아이 둘이 생겼다. 아이들은 둘 다 사내였다. 부부의 아이들은 전부 합해 다섯 명인데 계집아이가 둘, 사내아이가 셋으로 아무리 생각해도 너무 많았다.

테나르디에의 아내는 그때 아주 기묘한 행운을 맞아 사내아이 둘을 아직 어린 나이에 깨끗이 떼어 버릴 수가 있었다.

떼어 버렸다는 말은 아주 적당한 표현인 것 같다. 이 여자는 성격이 한쪽으로 치우친 여자였다. 이것은 흔히 있는 일인데, 라 모트 우당쿠르 원수의 부인처럼 테나르디에의 아내도 딸들에게만 어머니였다. 그녀의 모성은 딸들에게만 향해 있었다. 사내아이를 대했을 때는 인류에 대한 증오가 끓어오르는 듯한 느낌을 가졌다. 그녀가 갖는 아들에 대한 증오심은 대단해서 그녀 마음의 그런 부분은 하나의 무서운 절벽을 이루고 있었다. 그녀는 특히 큰아들을 대단히 싫어했는데 새로 태어난 아들도 그에 못지않게 미워했다. 대체 왜 그런 것일까? 이 어머니가 "그거야, 뭐."

하고 얼버무린 대답은 더없이 무서운 이유이며 또 아주 단호했다.

"그거야 뭐. 그냥 깩깩거리는 어린앤 나한테 필요치 않을 뿐이야."

테나르디에 부부가 어떤 방법으로 이 두 아이를 감쪽같이 버릴 수 있었고 또 그것으로 어떤 이득을 보았는지 이제부터 이야기해 보기로 한다.

앞에서 잠깐 얼굴을 내민 마뇽이라는 여자는 자기 아이 둘을 미끼로 질노르망 영감에게서 매달 생활비를 받아 내고 있던 바로 그 여자다. 그녀는 셀레스탱 강둑의 프티 뮈스크라는 오래된 거리에 살고 있었는데 이 장소 덕분에 자기에 대한 나쁜 평판을 오히려 인기로 뒤바꿀 수 있었다. 지금부터 35년 전, 파리 센 강변 일대에는 크루프성 후두염이 몹시 사나운 위세로 유행한 일이 있다. 의학이 이것을 기회 삼아서 백반 흡입법의 효과를 대규모로 실험한 일은 세상 모두가 다 아는 일이다. 오늘날에는 매우 효과적인 요오드팅크를 바르는 법을 쓰고 있지만 어쨌든 그때 마뇽은 아직 어린 두 아들을 하루 동안에, 하나는 아침에 하나는 저녁에 다 잃고 말았다. 이것은 커다란 타격이었다. 어머니로선 귀중한 아이들이었기 때문이다. 그녀는 이 아이들 앞으로 한 달에 80프랑씩을 받고 있었던 것이다. 그 80프랑이라는 돈은 질노르망 씨 명의로, 그의 집사이며 전에 집행관이었던 루와 드 시실 거리에 사는 바르즈 씨가 매달 거르지 않고 지불해 주고 있었다. 그런데 아이가 죽었다는 것을 알면 이 80프랑은 하루아침에 사라지게 될 게 뻔했다. 그래서 마뇽은 한 가지 계책을 생각해 냈다. 그녀가 몸을 담고 있는 암흑세계의 사람들은 서로 모르는 것이 없었고 또 비밀은 항상 지켜졌으며 동료끼리는 서로 도왔다. 마뇽이 어린 애를 구해야 할 그때, 테나르디에의 아내에게는 마침 두 아이가 있었던 것이다. 똑같이 남자애였고 나이도 같았다. 한편은 죽은 아이들을 대신할 방법을 찾은 것이고 한편은 좋은 흥정거리가 생긴 셈이었다. 그렇게 테나르디에의 어린애들은 마뇽의 어린애가 되었다. 마뇽은 셀레스탱 거리에서 클로슈패르스 거리로 집을 옮겼다. 파리에서는 이 거리에서 다른 거리로 옮기기만 하면 생판 모르는 사람이 되어 버린다.

　호적에도 올라 있지 않았기 때문에 그 부분에도 말썽이 없었고 교환은 아주 간단히 이루어졌다. 테나르디에가 어린애들을 주는 대신 한 달에 10프랑씩 내라고 했고 마뇽은 그것을 순순히 받아들여 매달 지불했다. 질노르망 씨가 계약을 계속 이행한 것은 더 말할 것 없이 당연한 일이다. 그는 여섯 달에 한 번씩 아이들을 보러 왔는데 아이들이 바뀐 것을 전혀 알지 못했다.

　"저애들은 정말 나리를 꼭 닮았어요."

　마뇽은 그에게 말했다.

　테나르디에가 변장을 하는 것은 식은 죽 먹기처럼 쉬웠기 때문에 그는 이 기회에 아주 종드레트로 이름을 바꿔 버렸다. 그의 두 딸과 가브로슈는 어린 두 동생이 있었다는 것을 거의 잊고 살았다. 생활이 너무 비참해지면 인간은 유령처럼 무신경해져서 다른 사람까지도 유령처럼 보기도 한다. 바로 옆에 사는 사람까지 그림자처럼 흐릿해져 인생의 어두운 한구석에 겨우 모습이 보였는가 하면 곧바로 사라져 버리는 상태가 종종 있다.

　테나르디에의 아내는 어린 자식들을 영원히 버릴 작정으로 마뇽의 손에 넘겨주긴 했지만 막상 그날 저녁이 되자 조금 속이 상했다. 아니 속이 상한 척을 했다. 그녀는 남편에게 말했다.

　"그 두 아이들은 이제 아주 버린 자식이나 같겠군요."

　그러나 테나르디에는 억센 악당답게 냉정한 한마디 말로 그녀의 기분을 눌러 버렸다.

　"장 자크 루소는 그보다 몇 배 더한 짓도 했는데, 뭘."

　그녀는 마음이 가라앉자 이번엔 불안해졌다.

　"하지만 우리가 한 일을 경찰이 알면 되면 어떻게 하죠? 네? 여보, 괜찮을까요?"

테나르디에가 말했다.

"무슨 상관이야. 아무도 이상하게 생각할 사람 없어. 게다가 동전 한 푼 없는 녀석들에게 누가 눈독을 들이겠어?"

마뇽은 악당들 중에서는 품위가 있는 편이었다. 게다가 옷차림도 늘 그럴싸했다. 그녀는 완전히 프랑스인이 다 된, 머리가 비상하고 손버릇이 나쁜 어떤 영국 여자와 한집에서 같이 살고 있었다. 그녀의 방은 일부러 고상한 척 애쓴 조잡한 장식들로 가득했다. 파리 여자처럼 차린 이 영국 여자는 부자들과 교제하였고 도서관 소장의 고대 화폐나 마르스 양의 다이아몬드와도 은밀한 관계를 가졌기 때문에 얼마 후 법정 재판 기록에서 유명해졌다. 사람들은 그녀를 '미스 양'이라고 불렀다.

마뇽의 자식이 된 두 아이는 80프랑이나 벌어들이는 대상이었으므로 귀한 대접을 받고 있었기 때문에 슬퍼할 필요가 없었다. 옷이며 먹는 것이며 결코 부족함이 없었고 마치 '도련님' 같은 대우를 받고 있었기 때문에 친어머니가 있는 곳보다 오히려 양어머니가 있는 곳이 훨씬 살기가 좋았다. 마뇽은 상당한 부인 행세를 했기 때문에 아이들 앞에서는 동료 간에 쓰는 은어 같은 건 절대로 입에 담지 않았다.

그렇게 몇 년이 흘렀다. 테나르디에는 앞으로도 다 잘되어 나갈 줄 알았다.

어느 날 매달마다 10프랑을 가지고 온 마뇽에게 그는 불쑥 말했다.

"이제 '아버지'한테 그 애들을 교육시키라고 해야 할 거야."

그런데 뜻밖에도 불쌍한 이 두 아이들은 그때까지 비록 불행한 처지였긴 했지만 충분한 보호를 받고 있다가 하루아침에 세상에 내던져져 자기들 스스로 인생을 살아가야 할 처지에 놓이게 되었다.

종드레트의 움막 사건같이 악당이 일제히 검거될 때는 수사와 투옥이 반드시 몇 번씩 번복되게 마련이다. 그런 때는 공공연한 사회 그늘에 서식하는 무서운 비밀 사회가 큰 재난을 입는다. 그런 종류의 뜻밖의 사건은 숨겨진 세계에 다양한 의미의 붕괴를 초래한다. 테나르디에의 끝장은 그대로 마뇽의 끝장이 되었다.

마뇽이 플뤼메 거리의 정보를 에포닌에게 전해 준 지 얼마 되지 않아, 어느 날 클로슈페르스 거리에 느닷없이 경찰이 급습했다. 그리고 마뇽이 며 미스 양이며 혐의를 받고 있던 그 집안사람 모두를 깡그리 체포했다. 그때 두 아이는 마침 뒤뜰에서 놀고 있었기 때문에 경찰이 온 걸 전혀 눈치채지 못했다. 얼마 후에 집에 들어가려니까 집이 텅 빈 채 잠겨 있었다. 맞은쪽에 사는 구둣방 남자가 두 아이를 불러 '어머니'가 두 아이에게 써놓고 간 쪽지 한 장을 건네주었다. 종이에는 '루와 드 시실 거리 8번지, 연금 수취인 바르즈 씨'라는 주소가 적혀 있었다.

구둣방 남자가 쪽지를 주며 두 아이에게 말했다.

"너희들은 이제 여긴 못 들어간다. 쪽지에 쓰여 있는 주소로 가거라. 여기서 멀지 않다. 저기 왼쪽으로 구부러져서 첫 골목이다. 이 쪽지를 갖고 사람들에게 길을 물어서 가거라."

형이 동생의 손을 끌고 한 손에 쪽지를 든 채 두 아이는 떠났다. 그날은 매우 추운 날이었기 때문에 아이는 종이를 꽉 쥘 수 없었다. 클로슈페르스 거리 모퉁이를 막 돌려고 할 때 갑자기 바람이 불어와 아이의 손에서 종이를 빼앗아 갔다. 주위는 벌써 캄캄하게 어두워졌기 때문에 아이는 끝내 그 종이를 찾을 수 없었다. 그렇게 두 아이는 이 거리에서 저 거리로 정처 없이 헤매기 시작했다.

어린 가브로슈가 대나폴레옹을 이용하다

파리의 봄은 때때로 살을 에는 듯한 북풍으로 변해 사람들을 떨게 했고 뿐만 아니라 거의 나아가던 동상도 덧나게 했다. 이 바람은 맑은 날도 침울하게 만들었고 따뜻한 방 창틈이나 문틈으로 불어 들어오는 차가운 외풍과도 같았다. 마치 겨울의 음침한 문이 다시 살짝 열리며 그 사이로 바람이 흘러 들어오는 것 같았다. 1832년 봄은 19세기에 들어와 유럽에서 최초로 유행병이 발생한 시기였다. 그때 불어온 북풍은 그전까지 불어왔던 그 어떤 바람보다도 강해서 심하게 살을 에었다. 겨울 문보다도 몇 배 차디찬 문이 그해 봄 살짝 열린 것이다. 그것은 무덤의 문이었다. 이 북풍에서는 마치 콜레라의 숨결이 느껴지는 것 같았다.

기상학적 입장에서는 그 매서운 바람은 고전압을 마다하지 않는 특수한 성질을 가지고 있었다. 그 무렵 소나기가 번개와 천둥과 함께 줄곧 내렸다.

그러한 북풍이 몹시 몰아쳐 마치 1월로 다시 돌아간 것 같은 어느 날 밤, 시민들은 추위에 다시 외투를 꺼내 입고 있었는데 소년 가브로슈는 여전히 누더기를 걸친 채 추위에 벌벌 떨면서도 어떤 기운에서인지 오름 생 제르베 근처에 있는 한 이발소 앞에 버티고 서서 그 안을 열심히 들여다보고 있었다. 가브로슈는 어디서 주운 건지 모를 털로 된 여자용 숄을 목도리 대신 두르고 있었다. 그는 유리창 안에서 빙빙 돌다 램프 앞에 오면 통행인에게 미소를 던지는, 가슴이 푹 파인 옷에 오렌지색 꽃을 꽂은 신부 모양의 밀랍 인형을 넋이 나간 듯 들여다보는 척하고 있었다. 그는 사실 진열장 안에 놓인 비누 하나를 '훔쳐 낼' 수 없을까 하고 상점 안을 살피는 중이었다. 만일 그것을 훔쳐 낼 수 있다면 시외에 있는 이발사에게 1수를 받고 팔 작정이었다. 그는 그렇게 손에 넣은 비누 한 개로 아침 한 끼 값을 버는 일이 종종 있었다. 그는 이런 일에 매우 재주가 있었다. 그리고 그것을 두고 "이발사의 수염을 깎아 준다."고 말했다.

신부 인형을 보는 척하며 곁눈질로 비누 쪽을 보았다. 그는 이렇게 중얼거렸다.

"화요일, 아니 화요일이 아니지. 화요일이었던가? 아마 화요일일 거야. 그래 화요일이야."

그는 도저히 알 수 없는 혼잣말을 중얼거렸다.

어쩌면 이 혼잣말은 사흘 전에 마지막으로 먹었던 저녁밥과 관계가 있는지도 몰랐다. 왜냐하면 그날이 바로 금요일이었기 때문이다.

난로를 피워 따뜻한 가게 안에서 이발사는 손님의 얼굴을 면도질하며 이따금 추위에 떨면서도 왠지 모르게 뻔뻔스러워 보이는 그 부랑아, 주머니에 두 손을 찌르고는 있으나 언제 칼을 빼 들고 달려들지 모를 그 부랑아를 힐끔힐끔 쳐다보았다.

가브로슈가 인형과 윈소르 비누를 바라보며 생각에 잠겨 있을 때 하나는 나이가 다섯 살쯤 돼 보이고 하나는 일곱 살쯤 돼 보이는, 키가 서로 다르고 옷차림이 깔끔한 사내아이 둘이 주저하다가 문을 열고 안으로 들어갔다. 그리고 곧 애원하는 듯, 구걸하는 것이 뻔하지만 간청하는 소리가 아닌 거의 비명을 지르는 것 같은 가련한 소리로 말했다. 둘이 함께 중얼대고 있었으나 작은애는 울면서 흐느끼느라 말이 토막토막 끊겼고 큰애는 추위에 이가 딱딱 마주쳐 그 두 아이가 무슨 소리를 하고 있는지 전혀 알아들을 수가 없었다. 이발사는 험악한 얼굴로 그들을 쳐다보더니 면도칼을 든 채 큰애는 왼손으로, 작은애는 무릎으로 밀어서 두 아이를 한꺼번에 쫓아낸 다음 문을 꽝 닫았다.

"별게 다 들어와서 손님을 춥게 만들고 난리야!"

두 아이는 걸으면서 눈물을 흘렸다. 아까부터 하늘에 구름이 가득 하더니 비가 내리기 시작했다. 가브로슈는 두 아이에게 다가가서 말을 걸었다.

"얘들아, 무슨 일이니?"

"잘 곳이 없어요."

큰애가 말했다.

"겨우 그것 때문에 그러니? 그따위 것 때문에 뭐하러 우니? 아직 어린애들이구나."

가브로슈가 대답했다.

그리고 아이들을 조금 놀려 주고 싶은 우월감과 함께 인정스러운 상냥한 어조로 자신이 든든한 보호자인 듯 말했다.

"꼬마야, 날 따라오겠니?"

"네."

큰애가 대답했다.

두 아이는 마치 대주교를 따르는 것과 같이 그 소년의 뒤를 따라 걸었다. 두 아이는 이제 울음을 멈췄다. 가브로슈는 생 앙투안 거리를 지나 바스티유 감옥 쪽을 향해 걸었다.

가브로슈는 걷다 문득 생각난 듯 이발소 쪽을 쏘아보았다.

"인정머리 없는 놈 같으니라구, 그 백정 놈."

그는 계속 말했다.

"영국 놈일 거야."

가브로슈가 맨 앞에 서고 차례로 아이들이 한 줄로 나란히 걸어가는 것을 보고 거리의 한 여자가 깔깔대며 웃었다. 그것은 그들에 대해 너무 실례되는 행동이었다.

"안녕하세요, '승합마차' 아가씨."

가브로슈가 대꾸했다.

그리고 곧 다시, 이발사가 생각나서 말을 이었다.

"쳇, 그 새낀 백정 놈이 아니야, 아마 뱀일 거야. 자물쇠 장수를 불러다가 네놈 꼬리에 방울을 달아 줄까 보다."

그 이발사는 가브로슈를 잔뜩 화나게 했다. 파우스트가 브로켄 산에서 만났을 것 같은 수염 난 문지기 여자가 빗자루를 들고 서 있는 것을 보자 가브로슈는 도랑을 건너뛰면서 그녀를 놀렸다.

"아주머님, 말은 타고 나왔나요?"

그는 말했다. 그리고 길을 걷던 가브로슈는 지나가던 남자의 에나멜 구두에 흙탕물을 튀겼다.

"네, 이놈!"

남자는 구두가 더러워지자 화가 나서 소리쳤다.

가브로슈는 숄 위로 얼굴을 가린 채 코끝만 내밀었다.

"나리, 뭐 하실 말씀이라도? 절 고소하실 일이라도?"

"너 말이야, 너."

"아, 이미 관공서는 문을 다 닫았습니다요. 전 이제 고소 같은 것을 접수하지 않겠어요."

그렇게 답하고는 올라가는 길에, 어느 집 문 아래, 열서넛쯤 되어 보이는 거지 소녀 하나가 무릎이 다 드러날 정도의 짧은 옷을 입고 벌벌 떨고 서 있는 것을 보았다. 그 소녀는 그렇게 서 있기에는 너무 컸다. 신체의 성장은 가끔 그런 장난을 하기도 한다. 함부로 몸을 굴리면 치마도 짧아지게 마련이다.

"불쌍하게도! 반바지도 없냐? 자아, 이걸 쓰도록 해."

가브로슈는 목에 감았던 털로 짠 고급 숄을 벗어서 그것을 거지 소녀의 보랏빛으로 물든 어깨에 던져 주며 말했다. 이렇게 목도리는 원래 쓰임대로 숄이 되었다. 소녀는 멍한 표정으로 그를 쳐다보고는 말없이 숄을 받았다. 생활이 지나치게 궁핍해지면 가난한 사람은 감각까지 잃게 되어 재난을 당해도 탄식할 줄 모르고 행운을 만나도 감사할 줄 모르게 된다.

숄을 소녀에게 벗어 주고 나자 "부르르르!" 하고 가브로슈는 소리를 내며 외투의 반을 벗고 있는 생 마르탱보다 더 심하게 몸을 떨었다.

'부르르르' 떠는 소리가 마음에 들지 않아서인지 소나기는 더욱 소리를 내며 하염없이 쏟아졌다. 심술궂은 날씨는 가끔 이렇게 착한 일을 해도 벌을 내린다.

"젠장, 이게 대체 어떻게 된 거야. 또 쏟아지잖아. 이대로 그치지 않는 다면 하느님이고 뭐고 다시는 믿지 않을 테다."

가브로슈는 말했다.

그러고는 다시 아이들과 걷기 시작했다.

"저기 나하고 똑같은 처지가 있군. 물론 근사한 걸 걸치긴 했지만."

그는 숄을 뒤집어쓰고 있는 거지 소녀를 뒤돌아 바라보며 말했다.

그러고는 하늘에 떠 있는 구름을 올려다보며 소리쳤다.

"이거 잘못 걸린 것 같은데!"

두 아이도 그의 뒤를 따라 걸었다.

그들은 마침내 쇠창살이 있는 창문 앞에 걸음을 멈췄다. 쇠창살은 빵 집이라는 표시이다. 빵도 금처럼 쇠창살 속에 넣어 두어야 한다. 빵집을 보고 가브로슈는 아이들을 돌아보았다.

"꼬마들, 저녁은 먹은 거야?"

"아니요. 아침부터 아무것도 먹질 못했어요."

큰애가 말했다.

"너흰 어머니도 아버지도 없냐?"

가브로슈는 목소리를 꾸며 점잖게 말했다.

"아빠도 엄마도 있기는 있지만 어디 있는지 몰라요."

"하긴 모르는 편이 나을 수도 있지."

자기 나름대로 생각을 가진 가브로슈가 말했다.

"아까부터 두 시간이 넘게 골목 모퉁이랑 구석구석을 먹을 게 없나 뒤 졌지만 아무것도 찾지 못했어요."

큰애가 말했다.

"그야, 당연하지. 개가 전부 뒤져 먹고 다니니까."

가브로슈가 대답했다. 그는 잠시 입을 다물었다. 그리고 계속해서 말했다.

"우린 우릴 낳은 사람을 잃어버린 거야. 어디에 처박혀 있는지 몰라. 이렇게 될 리가 없는데 말이야. 안 그래? 이렇게 어린 것들을 길바닥에서 헤매게 하다니. 이게 말이 되니? 쳇, 그건 그렇고 아무튼 배는 채워야 할 텐데."

가브로슈는 그 이상은 더 이상 묻지 않았다. 잘 곳이 없다는 말보다 간단명료한 설명이 어디 있겠는가?

두 아이 중 큰애는 금세 만사에 태평해지는 어린애답게 큰소리로 이렇게 말했다.

"하지만 이상하게도, 엄마가 성지 주일에 회양목 가지를 얻으러 데리고 가 주신다고 했는데."

"흥."

가브로슈는 답했다.

"울 엄마는 말예요, 아주 훌륭한 분이세요. 미스 양 아주머니와 같은 집에 사셨어요."

큰애가 말했다.

"흐음."

가브로슈가 대꾸했다.

그렇게 이야기하는 동안 그는 걸음을 멈추고 아까부터 누더기 옷을 샅샅이 뒤지며 뭔가를 찾고 있었다.

곧 그는 무척 기쁜 듯, 사실은 대단히 만족하면서 고개를 번쩍 쳐들고 말했다.

"야, 이제 걱정 없어. 꼬마들아, 셋이 다 저녁을 먹을 수 있게 됐어."

그는 주머니에서 1수짜리 동전 한 닢을 꺼내 보였다. 아이들이 놀랄 겨를도 없이 그는 아이들을 몰고 빵집으로 들어가서 그 1수를 카운터에 내려놓으며 큰 소리로 외쳤다.

"보이! 빵 5상팀어치만 내놓으슈."

빵집 주인이 나와 빵과 나이프를 꺼냈다.

"그거 셋으로 나눠 주쇼. 보이!"

가브로슈는 덧붙여 말하며 어깨를 으쓱거렸다.

"우린 셋이니까."

그런데 빵집 주인이 사람을 깔보고 흰 빵이 아닌 검은 빵을 집어든 것을 보자, 그는 손가락을 콧구멍에 푹 찌르고 마치 엄지손가락 끝에 프레데릭 대왕의 코담배라도 묻어 있는 것처럼 씩씩대며 몇 번 숨을 들이마시더니 빵집 주인을 향해 욕설을 던졌다.

"게머야?"

독자 중에는 가브로슈가 빵집 주인에게 한 말이 러시아어인가 폴란드어인가 아니면 인적 드문 넓은 광야에서 큰 강을 사이에 두고 아메리카 토인 같은 야만족이 서로 부르는 소리가 아닌가 하고 생각하는 사람도 있을지 모른다. 그러나 사실 이 말은 그들, 즉 우리 독자들인 그들이 자주 하는 소리로 '그게 뭐야?'라는 말이었다. 빵집 주인은 그것을 알아듣고 대답했다.

"뭐긴 뭐야. 당연히 빵이지. 2급품 중에서 제일 좋은 거야."

"흑면포를 먹으라고?"

가브로슈는 태연히, 그러면서도 사뭇 깔보는 말투로 불쑥 말했다.

"흰 빵을 가져와, 보이. 깨끗한 면포 말이야. 내가 한턱 쓰는 거니까."

빵집 주인은 우습다는 듯 얼굴을 찌푸리더니 빵을 자르며 동정하는 눈초리로 세 사람을 힐끔 쳐다보았다. 그의 행동은 가브로슈의 비위를 건드렸다.

"여보쇼, 빵집 주인! 왜 우릴 그렇게 힐끔거리는 거요?"

가브로슈가 소리쳤다.

하지만 세 사람의 키를 다 합해도 한 길도 채 되지 않을 것이다. 빵을 자르고 나서 빵집 주인은 1수짜리 동전을 금고에 넣었다.

가브로슈는 두 아이를 향해 말했다.

"자, 채워."

아이들은 어쩔 줄 몰라 하며 그를 올려다보았다. 가브로슈는 아이들을 향해 깔깔거리고 웃었다.

"아, 맞다. 이런 꼬마는 아직 모르겠지."

그리고 바꾸어 말했다.

"빵을 먹도록 해."

그러고 가브로슈는 두 아이에게 각각 빵을 나누어 주었다.

큰애는 왠지 얘기 상대가 될 듯했기 때문에 기운이 나게 해 줄 필요가 있었다. 그래서 어느 정도 배고픔을 없애 주기 위해 제일 큰 쪽을 주며 말했다.

"이걸 배 속에 채워."

가브로슈는 남은 빵 두 쪽 중에 작은 쪽을 자기가 먹었다.

불쌍한 세 아이들은 배를 주릴 대로 주려 있었다. 그래서 빵을 게걸스레 먹기 시작했다. 한편 상점을 아이들에게 점령당한 빵집 주인은 돈을 받고 나자 이번엔 화난 얼굴로 세 사람을 노려보고 서 있었다.

"나가자."

가브로슈가 아이들에게 말했다.

그들은 계속해서 바스티유 쪽을 향해 걸었다.

이따금 불이 환한 상가 진열장 앞을 지날 때마다 작은애는 갑자기 걸음을 멈추더니 목에 걸린 납 시계를 꺼내 시간을 확인했다.

"정말 철없군."

가브로슈가 말했다.

그리고 문득 생각에 잠긴 얼굴로 중얼거렸다.

"나에게 아이가 생긴다면 좀 더 잘 거둘 텐데."

세 사람이 빵을 다 먹고 막 포르스 감옥의 낮은 쪽문이 저만큼 보이는 음산한 발레 거리 모퉁이까지 갔을 때 누군가 말하는 소리가 들려왔다.

"야, 가브로슈 아냐?"

"야, 몽파르나스."

이 부랑아 옆으로 한 남자가 반가운 얼굴로 다가왔다. 그는 몽파르나스였는데 푸른 안경을 쓰고 변장하고 있었지만 가브로슈는 바로 알아보았다.

"오, 이야!"

가브로슈는 연신 소리쳤다.

"대체 뭐야, 그 옷은? 거무스름한 아마 옷에 퍼런 안경을 쓰고, 꼭 의사 같군. 오, 꽤 멋을 부렸는데."

"쉿. 조용히 해!"

몽파르나스가 말했다.

그리고 그는 상점에서 나오는 불빛을 피하려는 듯 급히 가브로슈를 한쪽으로 끌고 갔다.

두 아이도 손을 잡은 채 그의 뒤를 따라 걸었다.

그들은 어떤 집의 컴컴한 문간으로 들어갔다. 그곳은 사람 눈에 띄지도 않았고 비도 피할 수 있었다.

"내가 지금 어디 가는지 아니?"

몽파르나스가 말했다.

"몽 타 르그레 대수도원(교수대를 말함_옮긴이)에 가겠지 뭐."

가브로슈가 대답했다.

"농담 아니야!"

이렇게 말하고 몽파르나스는 다시 말을 이었다.

"바베를 만나러 가는 거야."

"호오! 바베는 어떤 여자야?"

가브로슈는 말했다.

몽파르나스는 낮은 목소리로 속삭였다.

"여자가 아니라 남자야."

"혹시! 그 바베!"

"응, 맞아. 그 사람."

"그 사람, 지금 감방에 들어가 있잖아."

"그는 도망쳤어."

몽파르나스가 대답했다.

그리고 그는 부랑아에게, 어제 재판소 부속 감옥으로 옮겨진 바베가 예심을 받으러 복도를 지나가던 중에 오른쪽으로 가지 않고 왼쪽으로 가서 대담하게 탈주했다는 것을 간단히 설명했다.

가브로슈는 그 솜씨에 감탄하며 말했다.

"역시 바베, 과연 재빠른 사람이야!"

몽파르나스는 바베의 탈옥에 대해 몇 가지 더 자세한 얘기를 덧붙인 다음, 마지막으로 이렇게 덧붙였다.

"얘기는 그게 다가 아니야."

가브로슈는 몽파르나스의 이야기에 귀를 기울이며 그의 지팡이를 만지고 있었는데 무심코 그 끝을 잡아당겨 보니 안에서 작은 단도가 나왔다.

"오, 이거 시민으로 둔갑한 헌병을 데리고 다닌 것 같은데."

재빠르게 뚜껑을 닫아 칼을 숨기고 가브로슈가 말했다.

몽파르나스는 눈을 껌뻑였다.

"아이쿠!"

가브로슈가 말을 이었다.

"넌 지금 개들을 상대로 한바탕해 볼 작정이야?"

"그야 알 수 없지. 어떻게 될지. 어쨌든 바늘을 하나 가지고 있으면 아무 때고 편리하지."

몽파르나스는 아무렇지 않은 듯 태연하게 말했다.

가브로슈가 다시 물었다.

"도대체, 오늘 밤 뭘 하려고 그래?"

몽파르나스는 다시 목소리를 가다듬더니 말꼬리를 흐리며 낮은 목소리로 대답했다.

"그냥, 이것저것."

그리고 갑자기 말을 바꾸었다.

"가브로슈, 그런데 말이야."

"무슨 일인데?"

"얼마 전의 일인데 말이야, 내가 어떤 시민을 하나 만났거든. 그런데 그 녀석이 한바탕 설교를 하고 나더니 그냥 자기 지갑을 주잖아. 난 그 지갑을 받아서 주머니에 넣었거든. 그런데 조금 있다 주머니를 다시 만져 보니까 글쎄 지갑이 사라지고 없었어."

"음, 남은 건 설교뿐이라, 이거지."

가브로슈가 말했다.

"그건 그렇고 넌 대체 어디 가니?"

몽파르나스가 물었다.

가브로슈는 두 아이를 쳐다보며 말했다.

"얘들을 내가 재워 주려고."

"어디서 재워 주려고?"

"우리 집."

"너희 집이 어딘데?"

"우리 집."

"네가 집이 있냐?"

"당연히 있고 말고."

"어디 있는데?"

"코끼리 안에."

가브로슈가 말했다.

몽파르나스는 평소 놀라는 성격은 아니었지만 그 말을 듣자 자기도 모르게 소리쳤다.

"코끼리 안?"

"응, 그래. 코끼리 안!"

가브로슈는 대답했다.

"게머쨌단 거야?"

이 말도 역시 문장 속에서는 잘 쓰지 않지만 말할 때 누구나 쓰는 말이다. '게머쨌단 거야'는 바로 '그게 어떻단 말이야?'라는 뜻이다.

이 부랑아의 의미심장한 말을 듣고 나서 몽파르나스는 곧 침착하게 판단력을 되찾았다. 그는 가브로슈의 집을 꽤 그럴듯하다고 생각하기 시작했다.

"그래? 코끼리 속이라, 과연……그래, 아무렴 어때. 살긴 좋으냐?"

"응, 최고야, 다리 밑처럼 바람도 안 불어."

가브로슈는 말했다.

"그런데 거기 어떻게 들어가는데?"

"다 들어가는 수가 있단다."

"음, 구멍이 있나 보군."

몽파르나스가 물었다.

"당연하지! 하지만 비밀이야. 앞다리 사이에 있어. 경찰은 아직 몰라."

"응, 기어오르는 거구나. 이제 알 것 같아."

"잠시 동안만 쿵쾅거리면 돼. 그 이상 아무것도 없어. 아무도 못 찾아."

잠시 말을 멈추더니 가브로슈는 다시 말했다.

"그런데 애들한텐 사다리가 필요할 거야."

몽파르나스는 그만 웃음을 터뜨렸다.

"대체 애들은 어디서 잡아 왔냐?"

가브로슈는 간단히 설명했다.

"꼬마들? 이발사가 준 선물이랄까?"

몽파르나스는 잠시 생각 생각하더니 말했다.

"너 방금 전에 날 금방 알아봤지?"

그가 중얼거리듯 말했다.

그러더니 그는 주머니를 뒤져 뭔가 조그만 것을 꺼냈다. 그건 그냥 깃대에 솜을 도르르 만 것인데 그것을 양쪽 콧구멍에 찔러 넣자 그의 코의 모양이 완전히 달라졌다.

"완전 다른 사람 같은데."

가브로슈가 말했다.

"훨씬 낫군. 늘 그러고 있는 편이 좋겠어."

몽파르나스는 꽤 미남이었는데 가브로슈가 그를 놀리려고 한 말이었다.

"놀리지 마. 사실대로 말해 봐. 이래도 날 알아볼까?"

몽파르나스는 물었다. 그는 목소리도 다른 사람 같았다. 순간 몽파르나스를 누군지 알아보지 못하게 되었다.

"야아! 꼭 어릿광대 같구나."

가브로슈가 말했다.

두 아이는 가브로슈와 몽파르나스가 말하고 있는 동안 아무 말도 듣지 않고 줄곧 손가락으로 콧구멍을 후비고 있었는데 어릿광대라는 말을 듣자 재미있는 듯 감탄한 얼굴로 몽파르나스를 쳐다보았다.

바로 그때 몽파르나스는 안절부절못하는 표정으로 가브로슈의 어깨에 손을 얹고 한 마디 한 마디에 힘을 주어 말했다.

"야, 내가 하는 말을 잘 들어 보아. 만일 내가 광장에 내 불독과 단도와 깔치와 함께 있으면 말이야. 그리고 또 내가 만일 2수짜리 동전 열 닢만

선심을 써 보아 준다면, 나도 출동해 보아 줄 수 있다 이거야. 하지만 오늘은 사육제의 마지막 날이 아닌가 보아."

이 이상한 말을 듣고 나자 가브로슈는 갑자기 알 수 없는 태도를 보였다. 그는 반짝반짝 빛나는 손으로 고개를 휙 돌려 주위를 둘러보더니 약 대여섯 걸음 떨어진 데 순경 하나가 이쪽을 등지고 서 있는 것을 발견했다. 가브로슈는 자기도 모르게 "아 그렇군." 하고 중얼거리다가 당황하여 말을 멈추고 몽파르나스의 손을 쥐고 흔들면서 말했다.

"자, 그럼 잘 가도록 해! 난 이제부터 이 꼬마들을 데리고 코끼리로 가야 하니까. 만일 한밤중에 혹시 무슨 일이 생기면 그리로 와. 난 언제든지 그곳에 있으니까. 2층에 살고 있어. 문지기는 당연히 없으니, 언제든지 오면 만날 수 있어."

"그래, 알았어."

몽파르나스는 대답했다.

그들은 거기서 각자의 길로 향했다. 몽파르나스는 그레브 쪽으로, 가브로슈는 바스티유 쪽으로 걸었다. 다섯 살 난 어린애는 가브로슈의 손을 잡은 형의 손에 끌려가며 '어릿광대'가 멀어져 가는 것을 보기 위해 몇 번이나 고개를 들었다.

경관이 있다는 것을 알려 주기 위해 몽파르나스가 쓴, 그 뜻이 애매한 말은 다양한 형태로 대여섯 번이나 되풀이되었다. '보아'라는 말의 연결은 바로 이런 내용이었다.

"조심해, 함부로 말해서는 안 돼."

그뿐 아니라 몽파르나스의 말에는 가브로슈가 알아차리진 못했지만 문학적인 아름다움이 있었다. 그것은 바로 '내 불독과 단도와 깔치'라는 말이다. 이것은 탕플 근방에서 흔히 쓰는 은어로 '내 개와 칼과 여자'라는 뜻인데 몰리에르가 희극을 쓰고 칼로가 그림을 그린 저 위대한 세기의 어릿광대나 요술쟁이 사이에선 흔하게 쓰이던 말이다.

200

지금부터 20년 전, 바스티유 감옥 동남쪽 한구석, 감옥의 옛 성채의 구덩이 속에 꿰뚫린 운하 선창가에 가까이 가면 하나의 이상한 기념관이 보였었다. 그것은 이미 파리 사람들의 기억에서 사라진 것이지만 조금은 기억 속에 남아 있어도 좋을 그런 것이었다. 왜냐하면 그것은 '학사원 회원, 이집트군 총사령관(나폴레옹을 뜻함_옮긴이)'이 생각해 낸 것이기 때문이다.

　그것은 사실 단순한 모형이었지만 감히 기념 건물이라고 해 두자. 하지만 모형이라고 해도 나폴레옹의 놀라운 창의성의 당당한 잔해로 연이어 발생한 시대의 풍운으로 우리들 곁에서 멀리 사라져 부서지고 말았지만, 이 모형물 자체는 역사적 가치를 가지고 있기 때문에 어떤 영구적인 성격을 띠고 있다. 그것은 높이 약 40피트의 코끼리 모형인데 나무와 벽돌로 만들어졌고 등에는 집 모양의 탑이 놓여 있었다. 그것은 처음엔 칠쟁이 손으로 파랗게 칠했으나 지금은 비와 시간의 흐름으로 그 색이 이미 시커멓게 변색돼 있었다. 그것은 인적이 없는 광장 한구석에 우뚝 서서 거대한 이마와 코와 이빨과 등의 탑과 궁둥이와 기둥 같은 네 다리를, 별이 빛나는 밤하늘에 깜짝 놀랄 만큼 무서운 그림자를 던지며 서 있었다.

　그것이 의미하는 바를 아는 사람은 없었다. 하지만 그것은 민중의 힘을 상징하였다. 코끼리는 음산하고 신비롭고 거대했다. 설명하기 힘든 강대한 환영이 바스티유 감옥의 그늘에 보이지 않는 망령 옆에 눈에 보이는 모습으로 우뚝 서 있었던 것이다.

　그것을 구경하는 외국인은 거의 없었고 지나가는 사람들도 누구 하나 쳐다보지 않았다. 그것은 시간이 흐를수록 황폐해지기만 했다. 옆구리에서 벽토가 떨어져 보기 흉한 상처도 커져만 갔다. 그것을 관리하는, 그럴듯한 말로 소위 '원님들'이라고 하는 사람들도 1814년 이래 그것을 완전히 잊었다. 그것은 외진 한구석에 음울하고 병든 모습으로 차차 허물어지며 취한 마부들의 손에 끊임없이 더러워지는 울타리에 둘러싸인 채 우뚝 서 있었다. 배 부분은 온통 갈라지고 꼬리 근처에는 판자가 들여다 보였으며 다리 사이엔 무성한 풀이 가득했다. 그리고 어느 도회지나 다 그렇듯, 사람들이 미처 깨닫지 못하는 사이에 차차 지반이 높아지는, 지극히 완만하나 끊임없는 지각 변동 때문에 그 광장의 지면도 30년 동안에 상당히 높아져서 코끼리는 마침내 움푹하게 내려앉아 마치 아래로 푹 꺼진 것처럼 보였다. 그 모습은 불결하고 불쾌하고 그러면서도 한껏 교만해 보였기 때문에 시민들에게는 추하게 보였고 사상가에게는 우울하게 보였다. 언제든 치워야 할 불결한 물건으로도 보이고 참수될 날을 기다리는 고귀한 것으로 보이기도 했다.

하지만 이것은 밤이 되면 완전히 다른 모습으로 나타났다. 밤은 그늘의 존재였던 모든 것이 활기를 치는 무대. 어둠이 내리기 시작하면 이 늙은 코끼리는 완전히 다른 모습이 되었다. 어둠의 무서운 정적 속에서 꿈쩍도 하지 않고 뭔가 무척 음산한 분위기를 풍겼다. 그것은 과거의 물건이자 밤의 것이기도 했다.

그 기념 건조물은 거칠고 뭉툭하고 육중하고 어마어마하고 흉하게 보였지만 한편 매우 당당하고 위엄 있고 야성적인 무게를 가진 것처럼 보였다. 그것이 사라지고 난 다음엔(1864년에 헐렸다_옮긴이) 굴뚝 달린 커다란 난로 같은 것이 매우 의젓한 모습으로 서 있었다. 이 커다란 난로는 부르주아 사회가 봉건 사회를 대신해서 아홉 개의 탑을 가진 음산한 요새 대신 생긴 것이다. 동력이 가마솥 속에 있는 시대에 난로가 그 시대의 상징이 되는 것은 지극히 당연한 일이다. 그러나 그 시대도 어느 순간 사라질 것이다. 아니 어쩌면 나날이 사라져가고 있다. 동력은 큰 가마솥 속에 있을지 몰라도 진짜 힘은 두뇌 속에 있다는 것을 사람들은 차차 깨닫기 시작했다. 요컨대, 세상을 이끌어 나가는 것은 기관차가 아니라 사상이라는 것을 깨달은 것이다. 기관차를 사상과 연결시키는 건 좋다. 그러나 말을 기수와 혼동해서는 곤란하다.

다시 바스티유 광장으로 얘기를 돌려 보면, 석고로 코끼리를 만든 건
축 기사는 위대한 것을 만드는 데 성공했으나, 난로 굴뚝을 만든 기사는
청동으로 매우 천한 것을 만드는 데 성공한 것과 같다.

그 난로 굴뚝은 '7월의 기둥'이라는 거창한 이름이 붙은 것으로 좌절
된 혁명(7월 혁명_옮긴이)의 만들다 만 기념비였는데, 1832년에는 애석
하게도 아주 커다란 판자 울타리에 둘러싸여 코끼리를 완전히 고립시
켜 놓게 되었다.

가브로슈가 두 '꼬마'를 데리고 간 곳은 가로등 불빛이 희미하게 비치
는 바로 이 광장의 한구석이었다.

여기서 잠깐 중단하고 회상하고 싶은 것이 있는데, 나는 지금 사실을
그대로 이야기하고 있는 것이다. 지금부터 약 20년 전 경범재판소가, 바
스티유 동상 안에서 자다가 현장에서 잡힌 한 소년을 부랑자 내지 공공
기념물 파손 혐의로 재판한 일이 있는데 독자는 그 기억을 떠올려 주길
바란다.

그다음 이야기를 계속하자.

코끼리 옆에 도착했을 때 상당히 커다란 것이 상당히 작은 것에게 어
떤 인상을 줄 것인가를 짐작한 가브로슈는 이렇게 말했다.

"얘들아! 무서워할 거 없어."

그리고 그는 판자 울타리 틈을 비집고 코끼리 안으로 들어가 아이들
이 판자의 벌어진 틈을 넘도록 도왔다. 두 아이는 약간 놀란 것 같았지
만 자기들에게 빵을 주고 게다가 잘 곳까지 마련해 주겠다고 약속한 그
누더기를 걸친 작은 보호자, 즉 가브로슈를 완전히 믿고 있었으므로 그
가 시키는 대로 했다.

그곳에는 낮에 건설 현장에서 인부들이 쓰던 사다리 하나가 판자 울
타리 옆에 놓여 있었다. 가브로슈는 온 힘을 다해 그 사다리를 들어 올

려서 코끼리 앞다리에 걸쳐 세웠다. 코끼리 배에 뚫린 시커먼 구멍에 사다리 끝이 닿았다. 가브로슈는 두 손님에게 그 구멍을 가리키며 말했다.

"사다리를 타고 올라가도록 해."

두 아이는 겁에 질려 말없이 서로 쳐다만 보았다.

"무섭냐? 꼬마들아!"

가브로슈는 소리쳤다. 그리고 곧이어 말했다.

"자, 나를 봐."

그는 코끼리의 거친 다리에 바짝 달라붙더니 사다리도 필요 없이 눈 깜짝할 사이에 구멍 속으로 기어 올라갔다. 그리고 뱀처럼 미끄러지듯 구멍 속으로 들어가 보이지 않게 되었다. 그러나 잠시 후 시커먼 구멍 속에서 불쑥 그의 하얀 얼굴이 유령처럼 나타났다. 두 아이는 멍한 표정으로 그런 가브로슈를 올려다보았다.

"자아!"

그는 소리쳤다.

"이리 올라와 봐, 꼬마들아! 여긴 굉장히 좋은 곳이야. 어서! 와 봐! 자, 너부터!"

그는 먼저 큰애를 향해 말했다.

"내가 손을 잡아 줄게."

아이들은 서로 어깨를 밀었다. 가브로슈가 무섭기는 했지만 믿을 만했고 게다가 비가 억수같이 퍼붓고 있었기 때문이다. 큰애가 결심한 듯 앞으로 나섰다. 동생은 형이 올라가는 것을 보면서 혼자 그 커다란 동물의 발아래 남겨진 것을 생각하고 울 것 같은 표정을 지었다.

큰애는 비틀거리면서도 차분하게 사다리를 밟고 올라갔다. 가브로슈는 큰애가 올라오는 동안 학생을 격려하는 검술 교사나 노새를 부리는 주인처럼 큰 목소리로 아이를 격려했다.

"두려워하지 마!"

"잘하고 있어!"

"응, 그렇지."

"거기 발을 디뎌 봐!"

"손은 이쪽으로 내밀어."

"내 손을 꽉 잡아!"

그리고 아이가 손이 닿는 곳까지 올라오자 그는 힘껏 아이의 팔을 잡아 올렸다.

"자, 이제 뛰어넘어!"

가브로슈가 말했다.

아이도 어느새 구멍 속으로 들어갔다.

"잠깐 기다려 봐. 우선 여기 걸터앉아 있어."

가브로슈는 말했다.

그리고 그는 아까와 똑같은 몸짓으로 구멍 밖으로 나가더니 코끼리 다리 옆으로 가볍게 뛰어내렸다. 가브로슈가 다섯 살 난 아이의 허리를 잡아 사다리의 중턱쯤에 세웠다. 그리고 큰애에게 소리치며 자기도 뒤따라 올랐다.

"내가 뒤에서 밀 테니까 넌 앞에서 잡아당겨."

순식간에 아이는 밀리고 당겨지고 끌려서 자기도 모르는 사이에 구멍 속까지 밀려 들어갔다. 가브로슈 역시 구멍 속에 들어간 뒤 발뒤꿈치로 사다리를 힘껏 차서 풀밭에 넘어뜨렸다. 그리고 그는 손뼉을 치며 말했다.

"잘됐군! 라파예트 장군 만세!"

어느 정도 흥분이 가라앉자 그는 덧붙여 말했다.

"자, 바로 여기가 우리 집이다."

가브로슈는 정말 그곳을 집으로 지내고 있었다.

아아, 엉뚱한 폐물을 이용하다니! 이것은 위대한 물건의 자비이며 거인의 호의가 아닌가! 지난날 나폴레옹의 뜻을 기리던, 이 엉뚱한 기념물은 이제 한 부랑아를 담고 있는 상자가 된 것이다. 이 소년은 다시 말해 거대한 코끼리의 보호를 받고 있는 것이다. 바스티유 동상 앞을 지나는 잘 차려 입은 부르주아들은 그 동상을 경멸의 시선으로 힐끔 쳐다보며 종종 이렇게 말하고는 했다.

"이런 건 대체 무엇에 쓰나?"

그런데 그것은, 부모도, 빵도, 옷도, 집도 없는 한 소년을 추위와 이슬과 우박과 비에서 구해 주고, 겨울의 찬바람에서 지켜 주며 열병을 초래하는 시궁창 속에서 청하는 잠을 면하게 해 주고 죽음을 부르는 눈속의 잠을 피하게 해 주는 데 쓰이고 있었다. 사회가 제쳐 놓은, 죄 없는 생명을 받아 주는 데 쓰이고 있었던 것이다. 그곳은 세상의 죄를 속죄하는 곳이었으며 일체의 문이 닫힌 사람 앞에 열린 오직 하나의 은신처와 같았다. 그 비참한 늙은 거상은 벌레에 먹히고, 망각되고, 무사마귀와 곰팡이와 부스럼에 뒤덮인 채 비틀거리고, 썩어 빠지고, 버림받고, 죽음의 선고를 받은, 마치 거대한 거지처럼 네거리 한복판에 서서 찌그러진 얼굴로 한 사람의 눈길을 기다리는 신세였다. 하지만 한편으로는 다른 하나의 거지, 신발도 없고, 들어갈 집도 없고, 언 손을 입김으로 녹이며 누더기를 걸치고 남이 버린 것을 집어 먹는 한 소년에게는 동정을 베풀고 있었던 것이다. 정말 바스티유 동상은 그렇게 사용되고 있었다. 인간들은 나폴레옹의 생각을 외면했으나 신은 다시 받아들인 것과 같다. 단지 유명한 것으로만 끝날 줄 알았던 그것이 이렇게 존귀한 것이 되어 버린 것이다. 황제는 그것을 세우기 위해 반암이며 청동이며 쇠며 금이며 대리석이 필요했겠지만 신은 판자와 들보와 석회를 이어 붙인 고물덩어리만으로도 충분했다. 황제는 천재적인 꿈을 지닌 채, 이 무장한 놀라운 거상의 코끼리 탑을 세우고 그것이 기쁨에 찬 생명수를 주위에 가득 내뿜는 모습을 통해 국민 그 자체를 구현하려고 했다. 그러나

신은 그것을 그보다 훨씬 위대한 것으로 변모시켰다. 즉, 신은 그 안에 소년을 살게 했던 것이다.

가브로슈가 기어 들어간 구멍은 앞서 이야기했듯이 코끼리의 배 부분이다. 고양이나 애들이 아니면 들어갈 수 없을 정도로 매우 좁은 틈이었기 때문에 그곳은 밖에서는 거의 보이지 않았다.

"우선 문지기에게 안엔 아무도 없다는 보고부터 해야겠지."

가브로슈가 말했다. 그리고 오래 살고 있던 자기 집처럼 침착하게 어두컴컴한 안으로 들어가 판자 하나를 내어 구멍의 입구를 막았다.

이윽고 가브로슈는 다시 한 번 어둠 속으로 사라졌다. 인(燐)을 담은 병 속에 집어넣은 성냥이 '쉬쉭' 하고 발화하는 소리가 아이들에게 들렸다. 그 무렵 화학을 응용한 성냥은 아직 나오지 않았기 때문에 퓨마드 점화기가 가장 발달한 형태였다.

주위가 갑자기 밝아졌다. 아이들은 눈을 가늘게 떴다. 가브로슈는 보통 '실촛불'이라고 불리는, 기름에 적신 짧은 삼실에 불을 붙였다. 그 실촛불은 빛보다는 연기가 더 많이 났지만 그래도 코끼리 내부를 흐릿하게나마 비춰 주었다.

가브로슈의 두 투숙객은 주위를 휘 둘러보고는 마치 하이델베르크 성의 큰 통 속에 들어가 있는 듯한 느낌, 아니 좀 더 자세히 얘기하면 성서에서 고래 배 속에 들어간 요나가 느꼈던 것 같은 비슷한 느낌이 들었다. 그것 안의 거대한 골격이 그들의 눈에 비치고 그것이 그들을 삥 둘러싸고 있었다. 머리 위에는 긴 갈색 가름대가 하나 걸려 있고 그 가름대 부분에서 활 모양의 단단한 골대가 나와 있어 마치 갈비뼈가 붙은 척추 같은 모양을 하고 있었다. 그리고 석회의 종유석이 그 사이에 굳어져 있었는데 마치 내장이 늘어진 모양 같았다. 그리고 그 위 전체를 거미줄이 뒤덮고 있었는데 그것은 마치 먼지투성이의 횡격막 같았다. 구석 여기저기에는 커다란 반점이 까맣게 보이고 그것들은 마치 살아 있는 것처럼 부산스럽게 허둥대며 재빨리 위치를 바꾸어 움직이고 있었다.

코끼리 등에서 배 위로 떨어진 파편이 움푹 팬 부분을 메워 놓아 완전히 평평하게 보이게 해서 바닥을 걷는 것이 마치 마루 위를 걷는 것과 같은 느낌이었다.

동생이 형 옆에 붙어서 말했다.

"아이, 깜깜해."

이 말을 듣고 가브로슈는 꽥 하고 소리쳤다. 두 꼬마가 익숙지 못한 분위기에 기가 죽은 것을 보고 호통을 쳐야겠다고 생각한 것이다.

"무슨 소릴 지껄이고 있는 거야?"

그는 소리쳤다.

"지금 날 놀리는 거야? 정말 이럴 거야. 응? 튈르리 궁전이 아니면 안 된다 이거야? 이런 맹추들 같으니, 원. 자아, 말해 봐. 미리 말하지만 난 바보 멍텅구리는 아니야. 그래, 너희들은 뭐 교황의 어린 시종들이라도 되냐?"

상대가 무서워할 때는 오히려 조금 거칠게 다루는 것이 매우 효과적이다. 그것은 마음을 침착하게 만들기 때문이다. 그러자 두 아이는 가브로슈 옆으로 다가왔다. 가브로슈는 아이들이 매달리는 모습에 아버지처럼 마음이 누그러져 금세 '강(剛)'에서 유(柔)'로 변했다. 그리고 작은애에게 말했다.

"참 바보 같군."

그는 정이 듬뿍 담긴 목소리로 말했다.

"지금 깜깜한 건 여기가 아니고 밖이야. 밖엔 지금 비가 내리고 있지만 여긴 안 와. 그리고 밖은 춥지만 여긴 바람이 없어. 밖엔 사람들이 우글거리지만 여긴 아무도 없잖아. 또 밖에 지금 달도 뜨지 않았지만 여긴 우리들의 촛불이 있잖아, 자! 얼마나 근사해!"

두 아이는 이제 더 이상 무섭지 않은 듯 주위를 둘러보았지만 불한당은 그런 두 아이에게 그렇게 오래 주위를 둘러보도록 허락하지 않았다.

"자아, 서둘러."

가브로슈는 말했다.

그리고 두 아이를 방 한구석으로 밀어 넣었다. 거기엔 그의 침대가 있었는데, 가브로슈의 침대는 제법 완전하게 갖춘 것이었다. 담요와 이불에다가 커튼을 드리운 알코브까지 있었다. 요는 짚으로 엮은 자리였지만 이불은 올이 굵은 회색 천으로 꽤 넓고 거의 새것이었다.

알코브란 꽤 긴 세 개 기둥의 석회가 떨어져 쌓인 바닥에, 즉 코끼리 배 앞쪽으로 두 개를 세우고 뒤에 하나를 고정시켜 그 기둥 끝을 한데 모아 노끈으로 묶어 마치 피라미드 모양으로 만들어 세운 것이었다. 그리고 그 기둥 위에 커다란 철망을 위에서 덮어씌우듯이 했는데, 군데군데 철사로 묶여 있어서 세 기둥은 나온 데 없이 완전히 덮여 있었다. 그리고 커다란 돌로 그 철사 아래쪽을 눌러 놓아서 아무것도 들어가지 못하게 했다. 그 철망은 사실은 동물원에서 새집을 씌워 놓았던 철망의 한 부분이었다. 가브로슈의 침대는 마치 새집처럼 완전히 그물에 둘러싸여 있었다. 전체의 모양은 그대로 에스키모의 텐트와 흡사했다. 커튼 대신 철망이 쳐져 있었던 것이다.

가브로슈가 철망 앞쪽을 누르고 있던 돌을 조금 비켜 놓자 두 겹으로 겹쳐져 있던 철망이 양쪽으로 벌어졌다.

"꼬마들, 이쪽으로 기어 들어가."

가브로슈가 말했다.

그는 아이들을 먼저 새장으로 밀어 넣고 자신도 뒤따라 들어갔다. 그리고 원래대로 돌을 나란히 놓아 입구를 완전히 막았다.

세 아이는 모두 짚자리 위에 누웠다. 세 아이 다 작은 어린애들이었지만 알코브 안에서는 편안하게 서 있을 수가 없었다. 가브로슈는 실촛불을 들고 서 있었다.

"자아, 이제 이불 속에 들어가. 불을 끌 거야."

그는 말했다.

"저어, 그런데 이게 뭐예요?"

큰애가 철망을 가리키며 가브로슈에게 물었다.

"이거, 말하는 거야?"

가브로슈가 대답했다.

"이건 쥐를 막아 주는 거야. 자아, 빨리 이불 속으로 들어가라니까!"

말은 이렇게 했지만 그는 어린애 교육을 위해 다시 한 번 얘기할 필요가 있다고 생각하고 이어 말했다.

"이 철망은 동물원에서 맹수용으로 쓰던 거야. 창고에 하나 가득 쌓여 있어. 벽을 타고 올라가 창으로 들어가서 꺼내 오기만 하면 돼. 거기에 얼마든지 있어."

그는 말하면서 이불 한 귀퉁이로 작은애의 몸을 푹 싸 주었다. 작은애가 중얼거리듯 말했다.

"아! 너무 좋다! 참 따뜻해."

가브로슈는 만족스런 눈빛으로 담요를 보았다.

"이것도 동물원에 있던 거야. 원숭이 것을 내가 뺏어 왔지."

그리고 요로 쓰는 짚자리를 가리키며—그건 무척 두툼하고 훌륭했다.—덧붙여 말했다.

"이건 기린에게서 가져왔지."

그는 잠시 말을 멈추었다가 다시 말을 이었다.

"동물에게는 없는 게 없다니까. 그래, 개들한테서 모두 빼앗았지. 짐승들은 화도 내지 않아. 난 그놈들한테 이거 모두 코끼리한테 갖다 줄 거라고 말해 주었지."

그는 또 한참 있다가 다시 말했다.

"벽만 타고 올라가면 할 수 있어. 정부나 나라 같은 건 상관없어. 그뿐이야."

두 아이는 겁에 질린 듯 존경하는 눈초리로 대담하고 창의력이 넘치는 가브로슈를 쳐다보았다. 그는 두 아이와 똑같이 집이 없고 외톨이며 똑같이 초라했지만 어쩐지 만능을 갖추고 있는 초인처럼 보였다. 더구나 그 얼굴은 늙은 풍각쟁이처럼 쪼글쪼글했지만 말로 표현할 수 없는 천진하고 매혹적인 웃음이 가득 넘치고 있었다.

큰애가 조금 머뭇거리며 말했다.

"그럼 순경도 무섭지 않아요?"

가브로슈가 대답했다.

"얘, 꼬마야, 순경이라니. 그들은 개라고 부르는 거야, 개."

작은애는 눈을 동그랗게 뜨고 놀란 것 같았지만 한마디도 하지 못했다. 큰애가 한가운데 눕고 작은애가 자리 끝에 누워 있어서 가브로슈는 마치 어머니처럼 작은애에게 이불을 덮어 주고 베개 대신 머리 밑에 넝마 조각을 포개어 높이 괴어 주었다. 그리고 큰애를 향해 고개를 돌리고 말했다.

"어때? 여기 근사하지 않니?"

"네, 맞아요!"

큰애는 구원받은 천사 같은 표정을 지으며 대답했다. 그리고 가브로슈를 올려다보았다.

비에 흠뻑 젖은 두 아이의 불쌍한 몸이 차츰 따뜻해지기 시작했다.

"얘들아."

가브로슈가 다시 말했다.

"너희들 아까 왜 그렇게 울었던 거야?"

그리고 큰애에게 작은애를 가리키며 덧붙여 말했다.

"이런 꼬마라면 몰라도 너같이 큰애가 그렇게 울면 어떡하니. 꼭 송아지처럼."

"하지만 돌아갈 집이 아무 데도 없는 걸요."

큰애는 대답했다.

"야, 꼬마야! 집이라고 말하는 게 아냐, 그럴 때는 하숙이라고 해."

가브로슈가 말했다.

"단지 그것만은 아니에요. 우리 둘만 있는 게 너무 무서웠어요. 밤은 자꾸 깊어 가고."

"에이, 밤이 또 뭐야. 깜깜이라고 해, 깜깜이."

"가르쳐 줘서 고맙습니다."

큰애는 대답했다.

"이제 알겠어?"

가브로슈는 말했다.

"이제부터는 아무 일에나 그렇게 울어선 안 돼. 내가 너희들을 돌봐 줄게. 그리고 여기선 굉장히 재미있는 일들이 많아. 여름이 되면 내 친구 나베와 같이 우리 글라시에르로 가서 선창에서 미역 감고 알몸으로 아우스터리츠 다리 앞에 있는 뗏목 위를 뛰어다니는 거야. 그러면 빨래하는 여자들이 막 화를 내지. 그 여자들, 빽빽 소리치고 발을 동동 구르는 게 얼마나 재미있는지 아니? 참, 해골 인간도 보러 가자. 아직 살아 있는 거야. 샹젤리제에 있지. 몸이 무서울 정도로 말랐어. 그리고 연극 구경도 가는 거야. 프레데릭 르메트르를 구경시켜 주지. 난 입장권도 있고 배우하고도 친해. 한 번 직접 연극에 나간 일도 있어. 우린 그때 아주 꼬마였는데 막 아래를 뛰어다니며 바다를 연출했어. 내가 나갔던 그 극장에 너희도 데려가 줄게. 그리고 야만인도 보러 가자. 야만인이라고 진짜 야만인을 말하는 게 아냐. 그는 주름이 있는 분홍빛 속옷을 입고 있어. 팔꿈치를 하얀 실로 누비고 말이야. 그다음엔 오페라 극장에 가는 거야. 돈 받고 박수치는 사람들하고 같이 가는 거지. 오페라 극장에서 박수치는 사람들은 꽤 똑똑한 사람들이거든. 물론 큰길로 나오면 난 그들과 한패가 아니야.

20수나 내고 구경을 가는 사람들은 참 바보 같아. 그런 녀석들은 멍텅구리라고 하는 거야. 그리고 또 형장에도 데려가 줄게. 망나니를 소개해 주지. 마레 거리에 살아. 상송이라는 사람이지. 문에 우편 상자가 달려 있는 집이야. 정말 얼마나 재미있는지 너희는 모를 거야."

이때 촛농 한 방울이 그의 손가락 위에 떨어지자 가브로슈는 깜짝 놀라, 그 순간 현실로 돌아왔다.

"젠장. 심지가 다 닳았어. 안 되겠군! 한 달에 실촛불 값으로 1수 이상은 쓸 수 없잖아. 누워서 자야겠다. 오늘은 폴 드 콕 선생의 소설을 읽을 수 없겠군. 그리고 또 만일 틈으로 불빛이라도 샌다면 그땐 개보고 여기 보라고 하는 거나 마찬가지니까."

"그리고" 하며 큰애가 주저하며 지적했는데, 가브로슈의 말 상대가 될 수 있는 건 큰애뿐이었다.

"불똥이 짚자리 위에 떨어질지도 몰라요. 집에 불이 나지 않도록 조심해야 하니까요."

"집에 불이 난다고 말하는 게 아니야. 그럴 땐 그을린다고 하는 거야."

가브로슈가 대답했다.

시간이 지날수록 비바람은 점점 더 심해졌다. 뇌성벽력이 치고, 세찬 빗방울이 코끼리 등을 무섭게 때리는 소리가 계속해서 들렸다.

"그래. 막 쏟아져라, 비야!"

가브로슈는 중얼거리듯 말했다.

"집의 다리에 물병의 물을 좍좍 퍼붓는 것 같은 소릴 들으니까 참 재미있는 것 같아. 겨울은 참 바보 같아. 뭐 때문에 비싼 물을 없애 가며 저렇게 애쓰는지 몰라. 우리 셋을 적시지 못해 불만인가 보지. 저렇게 투덜거리고 있어. 늙다리 물장수 놈 같으니라고!"

가브로슈가 그런 식으로 밖의 날씨를 야유하며 19세기 철학자처럼 공격해 올 놈이 있으면 얼마든지 공격해 오라는 투로 한바탕 떠들어 대자,

마치 거기에 대답하듯 굉장한 번개가 번쩍 비치며 코끼리 배의 갈라진 틈으로 새어 나와 세 아이의 눈을 아찔하게 만들었다. 그리고 거의 같은 시간에 천둥의 무서운 소리가 울려 퍼졌다. 두 아이는 악 소리를 지르며 철망이 처들릴 정도로 갑자기 벌떡 일어났다. 하지만 가브로슈는 태연하게 천둥소리에 맞춰 껄껄 웃었다.

"왜들 그래. 그러다 텐트가 쓰러지면 어떡해. 오, 멋진 천둥인데. 시시한 천둥하고는 아주 다르군. 정말 훌륭해. 좋아! 앙비귀 극장 못지않게 멋있군."

그렇게 말을 한 뒤 그는 철망을 다시 바로잡고 두 아이를 편안히 베개에 눕힌 다음, 무릎을 눌러 다리를 쭉 뻗게 했다. 그리고 다시 말을 이었다.

"하느님이 저렇게 촛불을 켜 주시니까 우리 것은 꺼도 괜찮겠지. 자, 이제 자야 해. 우리 꼬마들, 빨리 잠자리에 들도록 해. 잠들지 않으면 복도에서 구린내가 나니까. 아니 상류사회에서 쓰는 말대로 하면 입에서 구린내가 나. 껍데기를 잘 뒤집어써라! 그럼 이제 불을 끈다. 괜찮지?"

"네, 머리 아래에 깃털이 있는 것처럼 기분이 너무 좋아요."

큰애가 말했다.

"그럴 땐 머리라고 말하는 게 아니라 대가리라고 하는 거야."

가브로슈가 소리치듯 말했다.

두 아이는 서로 몸을 꼭 붙인 채 누웠다. 가브로슈는 아이들을 자리 위에 편안하게 눕게 하고 담요를 귀 아래까지 덮어 주었다. 그리고 명령하듯 말했다.

"이제 바로 곯아떨어지는 거야!"

그러고는 촛불을 입으로 불어 껐다.

불이 꺼지자마자 무섭게 알 수 없는 진동이 일어나며 세 아이가 누워 있는 위쪽의 철망이 마구 흔들리기 시작했다. 무엇인가 가늘게 스치는 것과 같은 금속성의 소리도 함께 들려왔다. 마치 동물이 발톱과 이빨로 철사를 갉아 대는 것과 같은 소리였다. 그와 함께 갖가지 날카로운 소리들이 작게 들려왔다.

다섯 살 된 꼬마는 그 소리가 들려오자 겁이 나서 몸을 움츠린 채 형을 팔꿈치로 쿡쿡 찔렀다. 하지만 형은 이미 가브로슈의 명령을 듣자마자 벌써 깊은 잠에 빠진 뒤였다. 꼬마는 견딜 수 없이 겁이 나서 숨을 죽여 작은 목소리로 용기를 내어 가브로슈를 불렀다.

"아저씨."

"왜?"

가브로슈는 감은 눈을 뜨지 않고 대답했다.

"지금 들리는 소리가 무슨 소리예요?"

"응, 쥐 소리야."

가브로슈는 아무렇지 않게 대답했다. 그리고 그는 다시 짚자리에 머리를 기대고 누웠다. 사실 그 코끼리 안에는 많은 수의 쥐가 살고 있었다. 앞에서 말했던 검은 반점들은 바로 이 쥐들을 말한 것이다. 촛불이 비치는 동안에 쥐들은 조심스럽게 숨어 있었지만 그들의 도시 같은 굴속이 다시 깜깜해지면 뛰어난 동화작가 페로가 '신선한 고기'라고 표현했던 사람의 냄새를 맡고 가브로슈의 천막에 떼 지어 달려들었다. 그리고 그 맨 윗부분에까지 기어 올라가서 그 커다란 새로운 새장에 구멍을 뚫기 위해 열심히 갉아 댔다.

꼬마는 계속해서 잠이 오지 않아서 다시 가브로슈를 불렀다.

"아저씨!"

꼬마의 부름에 가브로슈가 "응?" 하고 대답했다.

"쥐는 어떤 종류의 쥐예요?"

"아, 그냥 생쥐야."

이 말을 듣고 아이는 조금 안심할 수 있었다. 전에 생쥐를 본 적이 있었는데 전혀 무섭지 않았기 때문이었다. 그래도 아이는 다시 소리를 높여 물었다.

"아저씨!"

"응?"

가브로슈는 또 대답했다.

"고양이를 키우면 되지 않을까요?"

"한 마리 있었는데 그만 저놈들한테 먹혔어."

가브로슈의 이 두 번째 대답 첫 번째 대답을 완전히 소용없게 만들어 버려 아이는 다시 두려움에 떨었다. 아이와 가브로슈 사이에 다시 대화가 시작되었다.

"아저씨?"

"왜?"

"누가 누구를 잡아먹은 거예요?"

"고양이를 얘기하는 거니?"

"고양이를 누가, 누가 잡아먹은 거냐고요?"

"쥐가 먹었지."

"생쥐가 잡아먹었다고요?"

"응, 그래."

고양이를 잡아먹는 생쥐가 있다는 것에 깜짝 놀란 아이는 다시 물었다.

"그럼, 혹시 그 생쥐가 우리도 잡아먹을 수 있나요?"

"그야!"

아이의 두려움은 극에 달했다. 그러나 가브로슈는 이어 말했다.

"무서워할 것 없어! 안으로 들어오지 못해. 그리고 또 내가 있잖아. 자, 내 손을 꼭 잡아. 그리고 이제 아무 말 하지 말고 자!"

가브로슈는 이렇게 말하며 큰애 너머로 아이의 작은 손을 꼭 잡아 주었다.

아이는 가브로슈의 손을 가슴에 얹고 나서야 안심이 되었다. 용기와 힘은 이처럼 사람에게서 사람에게로 전달된다. 주위는 다시 고요해졌다. 사람의 목소리가 들리자 쥐들이 재빨리 도망갔기 때문이다.

잠시 후 쥐들이 다시 아까처럼 날뛰었지만 이미 세 아이 모두 깊이 잠든 후였기 때문에 아무 소리도 들을 수 없었다.

밤은 점점 깊어졌다. 어둠이 넓은 바스티유 광장을 둘러싸고 비 섞인 한겨울의 찬바람이 이따금씩 지나가곤 했다. 순찰 경관들이 집집마다 대문과 골목과 울타리 안, 그리고 으슥한 구석구석을 살피고 다녔지만 코끼리 앞에서만은 그냥 지나쳐 갔다. 어둠 속에 움직이지 않고 눈을 뜬 채 서 있는 그 괴물은 자기의 선행을 만족하는 듯 침입한 세 아이를 밤의 날씨와 외부의 인간으로부터 안전히 감싸 주었다.

그런데 지금부터 일어나는 사건을 이해하기 위해 한 가지 기억해야 할 사실이 있다. 당시 바스티유 파출소는 광장 한구석에 있어서 코끼리 근처에서 일어나는 일은 그쪽에서 전혀 보이지도 들리지도 않았다.

해가 떠오르기 직전에 한 사나이가 생 앙투안 거리에서 뛰어나와 광장을 가로질러 '7월의 기둥'을 에워싸고 있는 넓은 울타리를 돌아서 울타리 틈새로 코끼리 배 아래쪽으로 기어들어 갔다. 그 사나이를 빛으로 비춰 보았다면 흠씬 젖은 모습으로 봐서는 밤새 빗속에 서 있었다는 것을 알 수 있었을 것이다. 사나이는 코끼리 아래에 이르자 전혀 사람의 소리 같지 않은 앵무새만이 흉내 낼 수 있을 것 같은 그런 이상한 소리를 냈다.

그는 그런 소리를 두 번 질렀고 그걸 여기 문자로 나타낸다면 아마 이렇게 쓸 수 있을 것 같다.

"끼리끼리우!"

두 번째로 외치자 코끼리 배 안에서 젊고 명랑한 목소리의 대답이 들렸다.

"응, 그래."

그리고 곧 구멍에 덮여 있던 판자가 젖혀진 채 거기 한 소년이 나타나서 코끼리 다리를 타고 내려와 사나이 옆으로 뛰어내렸다.

소년은 가브로슈였고 사나이는 몽파르나스였다.

방금 전에 "끼리끼리우!"라고 외친 것은 바로 어제 저녁 소년이 "가브로슈 씨, 계신가요? 라고 하면 돼."라고 한 말의 신호였다.

그 신호를 듣자 그는 깜짝 놀라 잠에서 깨어 철망을 조금 쳐들어 알코브 밖으로 나와 다시 철망을 조심스럽게 닫은 다음 문을 열고 내려왔다.

사나이와 소년은 아무 말없이 어둠 속에서 서로의 얼굴을 확인했다. 몽파르나스는 다음과 같이 한마디 말을 했다.

"일이 생겼어. 우릴 도와줘."

부랑아는 더 이상을 설명을 요구하지 않은 채 대답했다.

"응, 당연한 거지."

그리고 두 사람은 방금 몽파르나스가 나온 생 앙투안 거리를 향해 마침 시장으로 향하는 채소 장수의 긴 마차 행렬을 거리낌 없이 마구 돌아다녔다. 채소 장수들은 마차에 가득 실은 샐러드용 채소며 야채류 사이에 웅크리고 앉아 억수같이 퍼붓는 비를 피하며 눈 위까지 작업복을 뒤집어쓴 채 졸고 있어서 이 수상한 두 행인을 신경 쓰지 못했다.

감옥에서의 탈출

그날 밤, 포르스 감옥에서는 어떤 사건이 일어났다. 그것은 다음과 같다.

바베와 브뤼종과 괼메르와 테나르디에, 이 네 사람 사이에—테나르디에는 면회가 허락되지 않았지만—감옥에서의 탈출이 계획되었다. 몽파르나스가 가브로슈에게 한 말로 이미 짐작했겠지만 이들 중 바베 혼자 그날 탈옥했다.

몽파르나스는 외부에서 그들을 도와주기로 했었다.

브뤼종은 징벌방에서 보내는 한 달 동안, 시간적 여유가 있어서 밧줄을 하나 꼬고 감옥을 탈출할 계획을 짰다. 감옥의 벌칙에 따라 기결수를 독방에 가두는 장소는 예전엔 돌벽과 돌천장과 돌바닥에 간이침대가 하나 놓이고 천장에 쇠창살이 쳐진 창과 이중의 쇠문이 달려 있었으며 보통 '땅굴'이라고 불렸다. 그러나 땅굴 감방은 너무 지독하다는 생각이 들게 한다. 현재 그것은 쇠문 하나와 천장에 붙은 창살문 하나, 한 대의 간이침대, 돌바닥, 돌천장, 사면이 돌벽으로 되어 있어 과거와 같았으나 이름만 바뀐 채 '징계실'이라고 불렸다. 그곳은 오전에만 조금 해가 들 뿐이었다. 이처럼 땅굴 감방을 면하게 된 그 감방의 불합리한 점은 노동을 해야 하는 사람에게 공상을 하도록 한 데 있다.

그리하여 브뤼종은 몽상 끝에 밧줄을 하나 들고 징벌방에서 나왔다. 그는 샤를마뉴 뜰이 몹시 위험하다 해서 신관으로 옮겨졌다. 브뤼종은 신관에서 필메르와 한 개의 못을 발견했다. 다시 말해 필메르는 죄악, 못은 자유를 상징한다.

지금이 브뤼종에 대해 정리해 둘 좋은 기회라는 생각이 든다. 그는 언뜻 보았을 때는 인상이 매우 유순해 보이지만 사악한 본심을 숨긴 채, 늘 허약한 척 가장하고 있을 뿐이다. 사실은 매우 세련된, 머리가 명석한 용기 있는 남자였으며 아첨하는 듯한 눈과 잔인한 미소를 갖고 있는 도둑일 뿐이었다. 그의 눈은 그 의지의 표현을 담고 있었고 그의 미소는 그 천성을 표현했다. 그가 제일 처음 기술을 발휘한 것은 지붕이었는데 우선 납을 벗기는 작업으로 즉 '양철판'으로 불리는 방법이다. 그는 지붕을 벗기고 홈통을 뜯어내는 일을 겉으로 드러내지 않은 채 조용히 진행시켰다.

탈옥의 좋은 기회는 마침 그때 지붕 고치는 사람들이 감옥의 슬레이트 지붕을 고치고 벌어진 틈에 회를 바르고 있었기에 가능했다. 생 베르나르 뜰은 샤를마뉴 뜰과 생 루이 뜰에서 완전히 고립되어 있지 않았다. 그리고 지붕 위에는 늘 발판과 사다리가 있었다. 다시 말하면 자유를 향해 가는 다리와 계단이 놓여 있었던 것이다.

신관의 가장 큰 약점은 매우 헐어 빠진 건물이라는 것이다. 사면 벽의 주춧돌이 하얀 반점으로 얼룩져 있고 벽면은 몹시 낡고 헐었으며 침대에서 자고 있는 죄수 위로 부서진 돌이 떨어져서 침실 천장을 온통 나무로 싸야 할 정도였다. 그렇게 낡은 건물에 소위 그 신관에 감시를 소홀히 할 수 없는 피고를 넣었다는 것은, 즉 중죄인을 넣었다는 것은 하나의 실수였던 것이다.

'신관'에는 4층까지 쭉 침실이 있었고 그 맨 위의 옥상에는 '발코니'라고 불리는 방이 하나 있었다. 그리고 굵은 연통 하나가―예전엔 틀림없는 라 포르스 공작 댁의 부엌 굴뚝이었겠지만―1층에서 4층까지 굵은 기둥 같은 모양으로 층마다 침실을 둘로 나누며 뻗어 있었는데, 침실에서 보면 남작한 기둥 모양이었으며 지붕을 뚫고 위로 나와 있었다.

필메르와 브뤼종은 한 방을 썼다. 두 사람은 엄중히 감시해야 했기 때문에 맨 아래층 침실에 가둔 것이다. 그런데 우연히도 그들이 쓰는 방 침대머리는 바로 난로 연통과 붙어 있었던 것이다.

테나르디에는 그들 바로 위, '발코니'라고 불리는 제일 윗방에 있었다.

퀼 튀르 생 카트린 거리의 '목욕탕' 바로 문 앞에서 소방서 쪽을 쳐다보면 화초며 상자에 심어 키우는 관목이 가득 들어차 있는 정원을 볼 수 있다. 그 정원 한구석에 둥근 지붕에 비바람을 막는 초록색 덧문이 보이고 밝고 하얗고 작은 집이 양쪽 날개를 펼친 채, 마치 장 자크 루소가 꿈꾼 전원처럼 평화롭고 고즈넉하게 우뚝 서 있었다. 그런데 지금부터 10년 전까지만 해도 둥근 그 지붕 위에는 시커멓고 커다란 무시무시한 벽이 높이 치솟아 있어 그 앞에 놓인 집은 마치 거기에 기대 있는 것처럼 보였다. 그것은 바로 라포스 감옥 순찰 도로의 벽이었다.

둥근 지붕 뒤에 우뚝 서 있는 그 벽은 그 자체로 베르캥 뒤에 보이는 밀톤 같아 보였다. 그것은 매우 높았는데 그 너머로 시커먼 지붕이 보였다. 바로 '신관' 지붕이었다. 그 지붕에는 창살을 댄 창문 네 개가 천장을 향해 뚫려 있었다. 각층 침실을 통해 올라온 연통이었던 것이다.

'발코니'라고 하는 '신관'의 옥상은 커다란 지붕 밑 방으로 세 겹의 쇠창살과 엄청나게 큰 못이 박힌 이중 쇠문으로 밀폐되었다. 북쪽 끝에서 들어가 보면 왼쪽에 네 개의 천장에 뚫린 창이 있었고 오른쪽에 그 창문과 마주보듯이 꽤 넓은 감방 네 개가 가운데 좁은 복도를 사이에 둔 채 늘어서 있다. 네 개의 방 모두 가슴 높이까지 돌로 되어 있고 그 위에는 지붕까지 쇠창살이 달려 있었다.

테나르디에는 2월 3일 저녁부터 쭉 그 방에 감금된 채, 면회가 허용되지 않았다. 어떤 수단인지, 누구와 공모한 것인지 끝내 밝혀지지 않았지만 그는 거기서 데뤼가 발명했다는 포도주 한 병을 숨겨 놓았다. 이 포도주에는 마취제가 섞여 있었는데 그것은 '앙도르뫼르' 일당이 사용해서 유명해진 것과 같은 것이었다.

대부분 감옥에는 당국을 배신하는 직원이 몇 명쯤 있다. 그들은 간수와 도둑의 양면을 가진 채 죄수가 도망치는 것을 도와주면서 경찰에게는 불충실한 직원을 고발하여 부당하게 돈을 벌고 있다.

소년 가브로슈가 두 아이를 길에서 만났던 그날 밤, 브뤼종과 괼메르는 그날 아침 감옥을 탈출한 바베가 몽파르나스와 함께 길에서 기다리고 있다는 것을 알고, 살짝 일어나서 브뤼종이 얻어 두었던 못으로 그들 침대와 붙어 있는 난로 연통에 구멍을 뚫기 시작했다. 그 파편은 브뤼종의 침대로 떨어졌기 때문에 아무에게도 들키지 않고 몰래 끝낼 수 있었다. 게다가 뇌성벽력과 함께 비가 문설주를 요란스럽게 흔들고 있었기 때문에 감옥 안이 매우 시끄러웠다. 죄수들은 모두 깨어 있었지만 자는 척하며 필메르와 브뤼종을 그대로 내버려 두었다. 브뤼종은 머리가 좋아 재치가 있었고 필메르는 힘이 세었다. 격자창으로 방 안이 들여다보이는 좁은 침실에는 감시인이 자고 있었지만 그 감시인이 눈치채지 못하는 사이에 그들은 벽에 구멍을 뚫은 채 굴뚝을 기어올라 그 굴뚝 구멍을 막고 있는 쇠창살을 부쉈다. 그리고 두 악당은 지붕 위로 올라섰다. 비와 바람은 점점 더 거세져 오히려 지붕은 내려가기 좋았다.

"도망치기 아주 좋은 밤이군!"

브뤼종이 입을 열었다.

폭 6피트, 깊이 대략 80피트의 심연이 그들과 벽 사이에 놓여 있었고 그곳에는 감시인이 어둠속에 총을 번쩍이며 지키고 서 있었다. 두 악당은 방금 비틀어 놓은 연통 쇠창살 한 끝에 브뤼종이 땅굴 감방에서 만들었던 밧줄을 묶고 다른 쪽을 벽 저쪽으로 던져 그곳을 훌쩍 건너뛰었다. 그들은 벽을 타고 한 명씩 '목욕탕'과 붙어 있는 작은 지붕 위로 미끄러져 내려와 목욕탕 마당으로 내려간 다음, 그 마당을 가로질러서 문지기 방의 창문을 밀어 열고는 그 안에 늘어진 끈을 잡아당겨서 정문을 열고 큰길로 나왔다.

이 모든 일은 그들이 머릿속에 계획을 세우고 못을 집어 들어 침대 위에 일어나 앉은 뒤, 45분도 채 되지 않아 일어났다.

한참 뒤 그들은 주변을 돌아다니는 바베와 몽파르나스를 만났다. 밧줄은 그들이 잡아당겼을 때 뚝 끊어져서 한쪽 끝은 지붕 위 굴뚝에 매인 채 그대로 남아 있었다. 두 사람 모두 손바닥 살갗이 훌렁 벗겨져 까진 것 외에 어떤 상처도 없었다.

그날 밤, 테나르디에는 미리 그들의 탈옥 소식을 듣고 잠을 자지 않고 있었다. 새벽 한 시쯤, 테나르디에는 그의 감방 맞은쪽 창문 앞에 비바람이 쏟아지는 어둠을 통해 두 그림자가 지나가는 것을 볼 수 있었다. 한 그림자는 그가 보고 있는 사이 창문 앞에 잠시 걸음을 멈추었는데 그 그림자는 브뤼종이었다. 테나르디에는 그를 보고 고개를 끄덕였고 그것만으로 그에게는 충분했다.

테나르디에는 강도범으로 알려져 있었고 야간 폭행을 하려고 잠복했다는 혐의로 구속되어 매우 삼엄한 감시를 받고 있었다. 두 시간마다 교대하는 간수가 장전된 총을 들고 그의 감방 앞을 왔다 갔다 하며 감시하고 있었다. '발코니'는 벽에 걸려 있는 촛불 때문에 환했다. 죄수의 양쪽 발에는 무게가 50파운드나 되는 무거운 족쇄가 채워져 있었다. 매일 오후 4시가 되면 개 두 마리를 데리고 간수가 —이 습관은 당시에도 여전히 존재했다.—그의 감방으로 와서 검은 빵 2파운드와 물주전자, 콩이 대여섯 알 든, 고기 없는 수프가 담긴 접시를 침대 옆에 놓고 갔다. 그리고 그에게 달려 있는 족쇄를 조사한 뒤 쇠창살을 두드려 보고 갔다. 개를 끌고 오는 이 간수는 한밤중에도 두 번이나 왔다.

테나르디에는 쇠로 된 쐐기를 소지품으로 가질 수 있게 허가를 받아 그것으로 벌어진 벽 틈에 빵을 밀어 넣곤 했다. 그의 말을 빌리자면 "빵을 쥐한테 뺏기지 않기 위해서."라고 했다.

테나르디에에게는 늘 감시가 삼엄했기 때문에 그런 것쯤 허가해도 상관없을 것이라고 생각했던 것이다. 그러나 당국은 한 간수가 다음과 같이 말한 것을 시간이 한참 지나고 나서야 납득했다.

"그놈에게 나무쐐기만을 허락했어야 하는데."

그런데 그날 새벽 2시에 간수가 바뀌어 그때까지 그곳을 지키던 늙은 간수 대신 신참 풋내기 간수가 왔다. 잠시 후, 개를 데리고 다니는 간수가 순찰을 왔지만 '간수'가 너무 어리고 '시골뜨기 냄새'가 난다는 것만 느낀 채, 별 다른 감지를 하지 못하고 가 버렸다.

그로부터 두 시간 후, 교대할 간수가 와서 보니 풋내기 신참 간수는 테나르디에 감방 앞에 웅크리고 누워 곯아떨어져 자고 있었다. 깜짝 놀라

테나르디에를 살폈지만 이미 그는 그곳에 없었다. 망가진 쇠고랑만이 돌바닥에 떨어져 있을 뿐이었다. 감방 천장에 구멍이 뚫려서 그 위를 쳐다보니 그것은 지붕에까지 뚫려 있었다. 침대 널빤지가 하나 떨어져 나가고 없었는데 그가 가지고 간 것인지 아무리 찾아도 없었다. 또 감방 안에서 병 하나가 발견되었는데 간수가 마시고 곯아떨어진 마취제 섞인 포도주가 반쯤 남아 있었다.

이 모든 것들이 발견되었을 때 이미 테나르디에는 먼 곳으로 도망쳤을 것이라 생각되었다. 그러나 그는 '신관'에는 없었지만 대단히 위험한 곳에 있어서 사실상 탈주가 다 이루어진 것은 아니었다.

테나르디에는 '신관' 지붕 위에 올라갔을 때 브뤼종이 남긴 밧줄이 연통 입구의 창살에 매달려 있는 것을 보았지만 너무 짧아 앞서 두 악당이 한 것처럼 순찰 도로를 건너뛰어 도망 칠 수 없었다.

오늘날 발레 거리에서 루와 드 시실 거리를 돌아가면 얼마 안 가 곧 한쪽 구석에 아주 지저분해 보이는 장소가 나온다. 18세기에 그곳엔 집이 한 채 있었지만 지금은 구석에 벽밖에 남아 있지 않았다. 형편없이 낡은 벽이 양쪽 건물 사이에 4층 높이 정도로 세워져 있었는데 집의 흔적이라고는 그 벽에 남아 있는 네모난 두 개의 창뿐이었다. 가운데, 즉 오른쪽 박공에 가까이 위치해 있는 창문은 벌레 먹은 굵은 나무로 막혀 있었다. 전에는 이 창문을 통해 포르스 감옥의 높고 음산한 순찰 도로의 바깥 일부가 보였었다.

집이 헐린 길 쪽 빈터에는 이제 다섯 개의 푯말에 기대서 썩은 판자 울타리가 반 이상 놓여 있을 뿐이었다. 그 울타리 안에는 허물어지다 남은 사람이 살지 않는 집을 등지고 작은 판잣집이 하나 숨어 있는 듯 서 있었다. 그 집은 몇 년 전까지만 해도 단지 빗장 하나만으로 잠겨 있었다.

테나르디에가 새벽 3시 조금 지나 도착한 곳은 바로 그 사람이 살지 않는 집 꼭대기였다.

그는 대체 어떻게 거기까지 올 수 있었을까? 그것에 대해서는 끝내 설명이 되지 않았고 납득할 수도 없었다. 단지 번개가 그를 방해하기도 하고 돕기도 했을 것이라는 사실은 확실했다. 그럼 그는 지붕에서 지붕으로, 울타리에서 울타리로, 이 구역에서 저 구역으로 샤를마뉴 뜰에 있는 건물에서 생 루이 뜰에 있는 건물로, 다시 외벽으로, 그 외벽에서 루와 드 시실 거리의 판잣집에 이를 때까지 지붕 고치는 사람의 사다리와 발판을 사용한 것일까? 그러나 그 과정에는 드문드문 지층이 어긋나 있어서 그것을 넘기는 사실상 불가능해 보였다. 그렇다면 '발코니' 지붕에서 순찰 도로 위로 침대 널빤지를 다리처럼 걸친 채 도로 지붕에 배를 깔고 기어 감옥을 한 바퀴 돌아 그 판잣집에 도착한 것일까? 그러나 포르스 감옥의 순찰 도로는 이빨 모양의 불규칙한 선을 그리고 있고 기복이 심해서 소방서 옆에서는 낮아지고 드문드문 건물에 가로막혔으며 라무아뇽 건물과 파베 쪽에서는 높이가 달랐고 가는 곳곳마다 경사와 수직이 있었다. 더군다나 보초가 몇 명이나 서 있어서 그들의 눈을 피하는 것조차 도저히 불가능했다. 때문에 이렇게 설명해도 테나르디에가 도망친 경로는 결코 납득이 되지 않는다. 이상의 두 가지 방법으로는 도저히 탈출이 불가능하다는 것이다. 그러나 자유를 향한 무섭고도 간절한 바람은 심연을 단순한 시궁창으로, 쇠창살을 버드나무 발로, 앉은뱅이를 운동가로, 절름발이를 새와 같이, 어리석음을 본능으로, 본능을 지력으로, 지력을 천재로 바꾸어 놓을 만큼 강렬한 것이다. 테나르디에도 그런 간절한 바람의 힘을 얻어 제3의 방법을 생각해 내어 곧바로 실행에 옮긴 것일까? 그러나 그것이 어떤 방법인지는 끝까지 알려지지 않았다.

탈옥의 놀라운 방법은 반드시 설명되어야만 하는 것은 아니다. 다시 한 번 말하자면 도망치는 사람은 일종의 영감을 받고, 도망이라는 그 신비한 계시에는 별이 있고 번개도 있다. 자유를 향한 노력은 숭고한 것을 지향하는 날갯짓 못지않게 놀랄 만큼 진기하다. 그렇기 때문에 사람들은 도망간 도둑에게 "대체 어떻게 저 지붕을 타고 넘었을까?" 하고 이야기하는 것이다. 마치 코르네유에 대해 "'그가 죽는 게 낫다'라고 말한 구절을 어디서 찾아냈을까?" 하는 것과 같다.

하여튼 땀범벅에 비에 흠뻑 젖어 옷은 다 찢어지고, 손바닥은 홀렁 벗겨진 채 팔꿈치는 피투성이가 되고 무릎을 다친 테나르디에는 판잣집 벽위, 아이들의 비유에 따르면, 소위 '칼날' 위에 기진맥진한 듯 기다랗게 누워 있었다. 4층 높이의 치솟은 벽이 그와 길 사이에 가로막혀 있었다.

테나르디에가 가지고 온 밧줄은 너무 짧아서 무용지물이었다.

그는 그 자리에서 움직이지 않고 기다렸다. 창백한 얼굴로 지쳐 지금까지 품었던 희망을 모두 잃어버린 채, 다만 '어둡지만 곧 날이 밝아 오겠지. 그리고 얼마 있으면 근처에 있는 생 폴 성당의 커다란 시계가 4시를 알려 주겠지.'라는 생각에 몸이 부르르 떨렸다. 4시가 되면 교대하는 간수가 와서, 먼저 간수가 구멍 뚫린 그의 감방 앞에 잠들어 있는 것을 발견할 것이다. 테나르디에는 등골이 오싹할 만큼 깊은 저 아래, 가로등에 희미하게 비치는 비에 젖어 있는 돌바닥을, 죽음이 될지, 자유가 될지 모르는, 뛰어내리고 싶기도 하고 무섭기도 한 그 돌바닥을 멍하니 내려다보았다.

세 공모자는 다행히 도망쳤을까, 자기를 기다려 줄까, 자기를 구하러 올까 하고 그는 자문했다. 그리고 귀를 기울여 보았다. 테나르디에가 거기 오고 나서 순찰 경관 한 사람이 지나갔을 뿐 그 길을 지나간 이는 아무도 없었다. 몽트뢰유, 샤론, 뱅센, 베르시 등지에서 시장으로 내려가는 채소 장수들은 모두 생 앙투안 거리로 지나갔다.

4시를 알리는 소리가 들렸다. 테나르디에는 몸이 부들부들 떨렸다. 얼마 있지 않아, 탈옥이 밝혀진 직후 일어나는 소동이 감옥 안에서 터졌다. 위아래 문이 열렸다 닫혔다 하는 소리, 쇠창살이 경첩 위에서 삐걱대는 소리, 경찰관 대기실에서 법석 떨며 떠드는 소리, 감시인들이 외치는 목

쉰 소리, 총대가 각 마당 돌바닥에 부딪치는 소리, 그런 모든 소리들이 그의 귓가에 들려왔다.

몇 개의 등불이 층마다 침실 창으로 올라갔다 내려왔다 하는 것이 보이고, 횃불 하나가 신관 옥상으로 뛰어 올라가고 근처 소방서의 소방수들이 전부 소집되었다. 그들이 쓴 소방 모자가 빗속에서 횃불 빛을 받으며 옥상에서 이리저리 움직이는 모습이 보였다. 동시에 테나르디에는 바스티유 저쪽 나지막한 하늘이 차츰 태양빛으로 허옇게 밝아 오는 것을 보았다.

테나르디에는 폭이 약 10cm 정도 되는 벽 위에서 세차게 내리는 빗방울을 맞으며 엎드려 있었다. 좌우에 두 개의 깊은 심연을 놓고 꼼짝도 하지 못한 채 그는 떨어질까 봐 눈앞이 캄캄했고, 잡힐까 봐 마음은 공포로 차올랐다. 마치 시계추처럼 두 생각 사이에서 왔다 갔다 흔들리고 있었다.

'떨어지면 죽을 것이고 이대로 여기 있으면 붙잡힐 것이다.'

이러한 불안 속에서 그는 문득 보았다. 아직 캄캄한 밤길에 한 남자가 서 있었고, 그는 벽에 몸을 바싹 붙인 채 파베 거리 쪽에서 걸어 나와 테나르디에가 엎드린 그 아래, 구석진 곳에서 걸음을 멈췄다. 그러자 두 번째 남자 역시 조심스럽게 걸어 나와 첫 번째 남자와 합류하고 뒤이어 세 번째, 네 번째 남자가 나타났다. 네 사람이 다 모이자 그중 한 명이 울타리의 빗장을 떼어 냈고 그 뒤로 넷이 나란히 판잣집이 있는 울타리 안으로 들어왔다. 네 명의 남자들은 테나르디에가 엎드려 잇는 바로 그 아래까지 왔다. 그들이 서 있는 곳은 지나가는 사람들에게도, 또 포르스 감옥 문을 지키는 초소에서도 보이지 않았다. 그들은 분명 무엇인가 의논하기 위해 그런 으슥한 곳을 고른 것이었다. 게다가 비가 보초를 초소에서 꼼짝하지 못하게 만들었다. 아래쪽에 서 있는 사람들의 얼굴이 보이지 않는 테나르디에는 이제 모든 것이 끝났다는 절망으로 열심히 그들의 말에 귀를 기울였다.

순간 테나르디에의 눈앞에 희망이 떠올랐다. 아래 서 있는 남자들은 은어를 쓰고 있었다.

첫 번째 남자가 낮고도 분명한 목소리로 말했다.

"꺼지자, 요게 뭘 하겠니?"

두 번째 남자가 대답했다.

"엄청 쏟아지는군. 게다가 개들도 금방 지나갈 거고. 바로 요게 보초가 서 있고 말이야. 요고데 서 있으면 채일걸."

이 '요게'와 '요고데'라는 말은 둘 다 '여기'라는 뜻이었는데, 앞의 말은 성문 근방의 은어였고 뒤의 말은 탕플 근방의 은어였다. 그 소리를 들은 테나르디에는 밝은 빛을 찾은 것 같은 느낌이었다. '요게'라는 말로 그가 성문 근방의 부랑자였던 브뤼종이라는 것을 알 수 있었고 '요고데'라는 말로 그가 여러 장사, 특히 탕플 근방에서 고물 장사를 했었던 바베라는 것을 알 수 있었다.

위대한 시대(루이 14세 시대_옮긴이)의 오랜 은어는 이미 탕플 지방 외에서는 사용되지 않고 있었지만 바베는 그것을 순수하게 사용하는 유일한 사람이었다. 바베가 만일 '요고데'라는 말을 하지 않았다면 테나르디에는 그가 바베라는 것을 알 수 없었을 것이다. 왜냐하면 바베는 목소리를 완전히 바꾸어 말했기 때문이었다.

그러는 동안 세 번째 남자가 말했다.

"서두르지 마, 좀 더 기다려 보자. 그 녀석에게 우리가 필요하게 될지도 모르잖아."

이 표준 프랑스어를 듣고 테나르디에는 곧 그가 몽파르나스라는 것을 눈치챘다. 몽파르나스는 쓰지 못하는 은어가 없었지만 점잖은 척하느라 은어를 전혀 쓰지 않았다.

네 번째 남자는 아무 말도 하지 않고 있었지만 테나르디에는 떡 벌어진 어깨를 보고 그가 누구인지 짐작할 수 있었다. 그는 필메르였다.

브뤼종은 여전히 낮지만 매우 격한 목소리로 말했다.

"지금 무슨 소리를 지껄이는 거야? 여관 주인은 아직 내빼지 못했어. 그 녀석은 어떤 수단도 없어. 셔츠랑 시트를 찢어 밧줄을 만들고, 문에 구멍을 뚫고, 가짜 증명서에 열쇠를 만들고, 쇠고랑을 끊은 채, 밧줄을 밖으로 늘이고, 숨고 변장할 줄 아는 빈틈없는 놈이 아니면 힘들어. 보나마나 그 늙은인 못 했을 거야. 아직 그런 걸 할 줄 모르니까."

그 말에 바베가 말을 이었다. 그는 옛날, 플라예에서나 카르투슈가 쓰던 정통 고전 은어를 쓰고 있었는데, 그 은어는 브뤼종이 쓰고 있는 대담하고 다채로운 은어에 비하면 앙드레 셰니에의 말에 대한 라신의 말과 같은 위치에 있었다.

"날다가 아마 중간에서 잡혔을지도 모르지. 빈틈없는 인간이 아니면 어려워! 녀석은 아직 숙맥이고. 한통속인 체하는 앞잡이한테 감쪽같이 넘어갔는지도 모르지. 저것 봐, 몽파르나스. 감옥 안이 발칵 뒤집혔잖아. 저 촛불을 봐. 그 녀석은 분명히 잡혔을 거야. 뭐, 한 20년 살다 나오면 되지. 난 무서워서 하는 말도, 고집이 없어서 하는 말도 아니야. 이제 어쩔 수 없어. 자칫 잘못하면 우리까지 되게 당하게 될 거야. 자, 화는 이제 그만 내고 우리하고 같이 가. 가서 고급 술이나 한잔하지."

"동료가 곤경에 빠졌는데 모르는 척하는 법이 어디 있단 말이야."

몽파르나스는 중얼거리듯 말했다. 그러나 곧 브뤼종이 말했다.

"녀석은 잡힌 게 분명해. 이렇게 되면 이제 그 녀석은 1리야드의 가치도 없는 거야. 그리고 우리도 이제 도저히 어떻게 할 방법이 없잖아. 자아, 이제 돌아가도록 하지. 금방이라도 개가 쫓아올 것만 같아서 견딜 수가 없어!"

몽파르나스도 이젠 그렇게 완강히 반대하지 않았다. 사실 그들 네 명의 남자는 무슨 일이 있어도 결코 서로를 버리지 않겠다는 도둑 간의 강한 의리로 테나르디에가 혹시나 어디 벽 위에라도 나왔을까 싶어서, 위험을 무릅쓰고 포르스 감옥 주위 어두운 거리를 배회하고 있었다. 그러나 날은 차차 밝아 오고, 비는 사람이 걸어 다니기 어려울 정도로 억수같이 퍼붓고 있었다. 추위는 점점 더 몸에 스며오고, 옷은 비에 흠뻑 젖었으며 구두 속까지 물이 괴었다. 감옥 안에서는 불안한 소동으로 가득하고, 시간은 점점 흘러가고 순찰 경관과 몇 번이나 부딪혔으며 희망은 점차 사라져 가고 공포는 그와 반대로 점점 쌓여 갔다. 테나르디에의 사위라고 할 수 있는 몽파르나스조차 마침내 돌아갈 결심을 할 수밖에 없었다. 그들은 곧 떠날 것 같았다. 테나르디에는 벽 위에서 숨을 헐떡거렸다. 저 멀리 나타났던 배가 다시 수평선 너머로 사라지는 것을 바라보는 조난자, 뗏목을 탄 메뒤즈호의 조난자인 것처럼 말이다.

그러나 테나르디에는 소리를 질러 그들을 부를 용기가 없었다. 괜히 소리를 냈다가 들키는 날엔 모든 것이 끝장이었기 때문이다. 순간 그의 마음속에 한 가지 생각이, 마지막 수단이 밝고 환한 빛처럼 번쩍 떠올랐다. 그는 주머니 속에 있던 '신관' 굴뚝에서 떼 온 브뤼종이 걸어 놓았던 밧줄을 그들이 서 있는 울타리를 향해 온 힘을 다해 던졌다. 밧줄은 그들 발아래로 떨어졌다.

"이건 내 밧줄이잖아."

브뤼종이 입을 열었다.

"밧줄이야."

바베가 말했다.

"여관 주인이 여기 어딘가에 있는 것 같아."

몽파르나스가 대답했다.

네 사람은 모두 고개를 들었다. 테나르디에는 살짝 머리를 들어 약간 내밀어 보였다.

"어서 서두르자!"

몽파르나스가 말을 했다.

"브뤼종, 자네 남은 밧줄을 갖고 있나?"

"응."

"둘을 이어서 녀석에게 던져 주도록 하자. 벽에 매면 충분히 내려올 수 있을 거야."

테나르디에는 용기를 내어 목소리를 냈다.

"난 꽁꽁 얼어서 꼼짝할 수 없어."

"금방 따뜻하게 해 줄게."

"그런 뜻이 아니야. 난 움직일 수가 없어."

"아래로 미끄러져 내려오기만 하면 돼. 밑에서 받아 줄게."

"손이 접혀서 그래."

"밧줄을 벽에 묶어. 그것만 하면 돼."

"그것도 할 수 없어."

"우리들 중 누군가 올라가야 할 것 같아."

몽파르나스가 말했다.

"4층 높이를?"

브뤼종이 대답했다. 전에 판잣집에서 쓰이던 난로용의 낡은 석고 관 하나가 벽을 따라 테나르디에의 모습이 보이는 가까이에 뻗어 있었다. 그 관은 그때쯤 이미 갈라지고 벌어져서 나중에는 완전히 허물어져 떨어져 버렸지만 오늘날에도 아직 흔적은 남아 있었다. 그것은 매우 좁은 관이었다.

"저걸 어떻게 타고 올라가지?"

몽파르나스가 물었다.

"저 관을 타고 간다고?"

바베가 외쳤다.

"안 돼, 불가능해. 애라면 모를까 어른은 안 돼."

그러자 브뤼종도 말했다.

"아주 어린 꼬마가 아니면 불가능할 거야."

"꼬마를 갑자기 어디서 구해?"

괼메르가 대답했다.

"기다려 봐. 내게 생각이 있어."

몽파르나스가 이렇게 말하고 울타리 문을 살짝 열고 밖에 아무도 없다는 것을 확인한 후 조심스럽게 밖으로 나가 뒤로 문을 닫고 바스티유 쪽을 향해 쏜살같이 달렸다.

약 칠팔 분 정도 흘렀을까? 그 시간은 테나르디에에게 마치 8천 세기처럼 느껴졌다. 바베와 브뤼종과 괼메르는 입을 다문 채 아무 말도 하지 않았다. 이윽고 문이 열리자, 몽파르나스가 가쁜 숨을 몰아쉬며 가브로슈를 데리고 나타났다. 비는 여전히 쏟아지고 있었고 길에는 사람의 그림자 하나 없었다.

소년 가브로슈는 울타리 안에 들어오자마자 그들의 얼굴을 침착하게 둘러보았다. 그의 머리에서 빗물이 뚝뚝 떨어졌다. 괼메르가 가브로슈에게 말을 걸었다.

"꼬마, 너도 어른 축에 끼니?"

가브로슈는 어깨를 으쓱하며 이렇게 대답했다.

"나 같은 꼬마가 어른이지. 당신 같은 어른이 꼬마고 말이야."

"야, 이 새끼, 쪼그만 주제에 제법 혀가 잘 돌아가네."

바베가 말했다. 그러자 브뤼종이 덧붙여 말했다.

"파리에 사는 꼬마라면 허수아비는 아닐 테지."

"할 일이 어떤 거야?"

가브로슈가 물었다. 이 말에 몽파르나스가 답했다.

"저 관을 타고 올라가면 되는 거야."

바베가 이어 말했다.

"이 밧줄을 가지고 올라가면 돼."

그러자 브뤼종이 덧붙였다.

"그리고 그 밧줄을 묶으면 돼."

"벽 꼭대기에 말이야."

바베가 다시 말했다.

"저 창문 가로대에 하면 돼."

브뤼종이 말했다.

"그다음엔 뭘 하면 되지?"

가브로슈가 물었다.

"단지 그것뿐이야."

괼메르가 대답했다.

부랑아는 밧줄과 관과 벽과 창을 바라보며 눈으로 가늠하고 입술로 사뭇 깔보는 듯한 이상한 소리를 냈다. 그건 이런 의미였다.

"겨우 이런 거라니!"

"위에 사람이 있어서 그래. 그를 구해 내야 해."

몽파르나스가 말했다.

"할 수 있겠어?"

브뤼종이 물었다.

"쳇!"

소년은 얼토당토 않는 질문이라는 듯 말했다. 그리고 곧 신발을 벗었다. 괼메르가 가브로슈의 팔을 붙잡고 판잣집 지붕 위에 올려 줬다. 다 썩은 지붕이어서 소년의 무게에도 삐걱거렸다.

괼메르는 몽파르나스가 없는 사이에 브뤼종이 이어 놓은 밧줄을 가브로슈에게 전해 주었다. 부랑아는 관 옆으로 가까이 갔다. 관에는 지붕에 붙어 있는 커다란 구멍이 있어서 기어오르기 수월했다. 그가 관을 오르기 시작하자 테나르디에는 구원과 생명이 가까이 다가오는 것을 보고 머리를 벽 밖으로 구부렸다. 엷은 새벽빛이 땀에 젖은 그의 이마와 창백한 광대뼈, 잔인하게 생긴 뾰족한 코와, 곤두서 있는 회색빛 수염을 어렴풋하게 비추었다. 가브로슈는 그가 누구인지 알 수 있었다.

"쳇! 우리 아버지잖아? 하긴 상관없지."

가브로슈는 중얼거리듯 말했다. 그리고 밧줄을 입에 문 채 기어올랐다. 그는 폐옥 맨 꼭대기에 올라가 말을 타듯 낡은 벽을 타고 앉아 밧줄을 창 맨 위 가로대에 단단하게 잡아매었다.

얼마 후 테나르디에는 길 위에 있었다.

돌바닥이 발에 닿는 순간, 위험에서 빠져나왔다고 생각한 순간, 이미 모든 피로와 추위와 공포가 사라졌다. 간신히 모면한 무서웠던 일들은 연기처럼 사라지고 뛰어나고 잔인한 통찰력만이 다시 움직이기 시작했다. 그는 자유로워진 몸을 벌떡 일으켜 세워 벌써 앞으로 나아갈 기세를 갖추었다. 이 남자가 땅에 내려온 순간 제일 먼저 한 소리는 이것이다.

"자아, 이제 어떤 놈을 해먹지?"

이 말은 매우 잔인한 뜻으로 죽인다, 살해한다. 뺏는다는 세 가지 말을 한꺼번에 나타내고 있다는 것은 두말할 필요도 없었다. '해 먹는다'의 원래의 뜻은 '막 먹어 치운다'라는 것이다.

"오늘은 일단 돌아가지."

브뤼종이 대답했다.

"이야기를 끝내고 헤어지는 것이 낫지 않나? 플뤼메 거리에 일이 하나 있긴 한데, 외진 거리에 달랑 한 채 있는 집이야. 정원엔 다 낡은 철책이 있고 집 안엔 여자들만 살고 있지."

"오호, 그런데 왜 안 된다는 거지?"

테나르디에가 물었다.

"자네 딸이 살피러 갔었지."

바베가 말했다.

"그런데 에포닌이 마뇽한테 비스킷 하나를 가지고 왔단 말이야."

필메르가 말했다.

"그 아이가 바보는 아니니까. 하지만 일단 다시 가 보지."

"그래, 좋아."

브뤼종이 말했다.

"일단 부딪쳐 보는 거야."

그러는 동안 아무도 가브로슈를 돌아보지 않았다. 가브로슈는 그들이 이야기하고 있는 동안 판자 옆다리를 받치고 있는 포석 하나에 걸터앉아 아버지가 자기를 돌아봐 줄 거라 생각하고 기다리고 있었다. 한참 후, 그는 신발을 신고 말했다.

"다 끝난 거요? 이제 내가 할 일은 없는 거죠? 이제 다들 곤경에서 벗어났으니까. 그럼 나는 이만 가겠어. 가서 우리 꼬마들을 깨워야 하니."

가브로슈는 이렇게 말하고 일어섰다. 다섯 남자는 한 명씩 판자 울타리에서 나왔다. 가브로슈가 발레 거리 모퉁이로 사라지자 바베는 테나르디에 옆으로 가서 말했다.

"자네, 저 꼬마 자세히 보았나?"

"꼬마라니, 누굴 말하는 거지?"

"벽을 타고 자네에게 밧줄을 가지고 올라간 녀석 말이야."

"자세히 못 봤는데."

"나도 확실하진 않지만 그 녀석 아무래도 자네 아들 녀석 같았네."

"흥, 그래?"

테나르디에가 말했다.

그리고 그들은 저쪽으로 점차 사라졌다.

7. 은어

근원

나태(Pigritia)는 무서운 뜻을 지닌 말이다.

이 말에서 'pègre', 즉 '도둑질'이라는 하나의 사회와 'pégrenne', 즉 '굶주림'이라는 하나의 지옥이 생겨난다.

이와 같이 나태는 어머니와 같다.

이 어머니는 도둑질이라는 아들과 굶주림이라는 딸을 두고 있다.

내가 하고자 하는 말은 무엇인가? 바로 이 은어에 대해 말하고자 한다.

그렇다면 은어란 무엇인가? 은어는 국민이기도 하고 관용어이기도 하다. 은어는 스스로 갖고 있는 두 개의 모습, 다시 말해 민중과 언어, 그 뒤에 퍼져 있는 심오하고 미묘한 힘을 갖는다.

지금부터 34년 전, 이 중대하고 검은 이야기의 작자(빅토르 위고 자신_옮긴이)가 이와 같은 목적으로 쓴 한 작품(《사형수 최후의 날》을 뜻함_옮긴이) 속에서 은어를 쓰는 한 도둑을 그린 적이 있다. 그 결과 독자들 사이에 꽤 큰 소동이 일어났었다.

"은어라고? 은어를 쓰다니 너무 심하군. 그건 항구의 감옥이나 유형장이나 형무소 등 사회의 가장 천하고 낮은 곳에서 쓰는 말이잖아?"

그러나 작자는 그런 비난을 절대로 받아들이지 않았다.

그 후로 힘 있는 두 소설가—이 중 한 사람은 인간 심리의 깊은 관찰자이고 또 한 사람은 민중의 배짱 넘치는 친구다.—즉 발자크와 외젠 슈가, 1828년 《사형수 최후의 날》의 작자가 한 것처럼 악한들에게 그들이 쓰는 그대로 말을 쓰게 했을 때도 똑같은 일들이 일어났다. 그것을 두고 사람들은 이렇게 말했다.

"이런 불쾌한 특수어를 쓰면서 작가들은 대체 뭘 하자는 건가? 은어는 이제 몸서리가 쳐질 정도로 싫어. 은어는 이제 지긋지긋해!"

누가 그것을 아니라고 하겠는가? 그들의 말은 어디까지나 적절하다.

그러나 하나의 상처를, 하나의 심연을, 하나의 사회를 탐구하려고 할 때, 그 깊은 곳까지 파고 들어가면 안 된다고, 그 밑바닥까지 들어가서는 안 된다고 정해져 있지는 않다. 작가인 나로서는 이것은 가장 용감한 행위며, 순진하고 유익한 행위로 동정적인 주의를 받을 만한 대단한 의무라고 여겼다. 무엇이든 철저하게 탐구와 연구를 해서는 안 되고 모든 것은 중도에서 끝나 버린다. 왜? 멈추는 것은 추의 소행이지 추를 던진 사람의 소행은 아니기 때문이다.

물론 사회조직의 가장 아래, 땅이 끝나고 진창이 시작되는 곳에 탐색의 걸음을 내딛고 그 깊은 늪 속에서 햇빛을 향해 바로 꺼내듯 진흙탕물이 뚝뚝 떨어지는 관용어를 쓰는 것은 어려운 일이다. 또한 한마디가 진흙과 어둠과 괴수가 웅크리고 있는 것 같은 그 썩은 물이 뚝뚝 흐르는 어휘를 쫓고 잡아, 꿈틀거리며 움직이고 있는 것을 꺼내 길에 내던지는 작업은 그리 마음이 내켜서 하는 일은 아니다. 은어의 그 굉장한 무리를 모두 꺼내 사상의 빛에 비추어 관찰하는 것은 매우 우울한 일이다. 사실 하수도에서 막 꺼내 놓은 그것들은 밤을 위해 태어난 무서운 동물과 같다. 날카로운 가시를 곤두세운 가시나무와 같은 생명체가 몸을 떨며 어둠을 찾아 몸부림치고, 위협하며 눈을 흘기고 있는 것을 바로 눈앞에 보는 것 같은 느낌이다. 어떤 말은 짐승의 발톱처럼 보이고, 어떤 말은 핏발이 선 흐리멍덩한 눈과 같다. 때로는 게의 집게발이 움직이는 것처럼 보인다. 그것은 모두 질서 없는 사회 속에서 만들어진 사물의 끔찍한 생활력에 의지해 살아가고 있다.

그렇다면 혐오할 대상에 대한 연구가 금지된 것은 언제부터인가? 의사가 병을 멀리 하게 된 것은 언제부터인가? 박물학자가 살무사며, 박쥐며, 전갈이며, 지네며, 독거미에 대한 연구를 거부한 채 "아, 이건 정말 하기 싫군!" 하고 그것들을 어둠 속에 던져 버리는 일은 상상하기 힘들다. 사상가가 은어를 피하는 것은 외과의사가 종기나 사마귀를 피하는 것과 같다고 할 수 있다. 그것은 언어의 어떤 사실을 조사하는 것을 망설이는 언어학자에게도, 인류의 어떤 사실을 탐색하기 망설이는 철학자에게도 마찬가지다. 왜냐하면 은어란 전체적으로 문학상의 한 현상이며 사회상의 한 결과이기 때문이다. 따라서 그것을 알지 못하는 사람들에게는 자세하게 설명해 줄 필요가 있다. 은어란 다시 말하자면 슬픔과 끔찍함을 나타내는 말이다.

이 말에 대해 어떤 사람들은 작자의 논리를 반대할 수도 있다. 그리고 문제를 일반화하려고 할 수도 있다. 그리고 그것은 때때로 문제를 완화시키는 방법이 되기도 한다. 그리고 사람들은 모두, 모든 직책과 직업과 사회 계급의 온갖 장면과 지식의 온갖 형태에까지 모두 저마다 자신만의 은어를 가지고 있다고 말할 수도 있다. 이를테면, 상인들은 자주 "몽펠리에 덕용품, 마르세유 고급품."이라고 말한다. 환전꾼은 "이익금, 프리미엄, 매달 지불."이라고 말한다. 도박꾼은 "3분의 1과 10, 스페이드의 다시 내놓기."라고 말한다. 집달관은 "토지 양수인은 그 토지에 관해, 포기자의 부동산 상속 압류 때는 그 지역의 수익금을 요구할 수 없음."이라고 말한다. 보드빌의 작자는 "작품은 실패했다."고 말한다. 배우는 "나는 실패했다."고 말한다. 철학자는 "현상의 삼중성."이라고 말한다. 사냥꾼은 "저기로 간다, 저기로 달아난다."라고 말한다. 골상학자는 "애정성, 투쟁성, 은폐성."이라고 말한다. 보병은 "나의 총."이라고 말한다. 기병은 "나의 말."이라고 말한다. 검술 선생은 "제3의 자세, 제4의 자세, 공격 중지."라고 말한다. 인쇄공은 "교정쇄 얘기를 하자."라고 말한다. 이처럼 인쇄공이든, 검술 선생이든, 기병이든, 보병이든, 골상학자든, 사냥꾼이든, 철학자든, 배우든, 보드빌의 저자든, 집달관이든, 도박꾼이든, 환전꾼이든, 상인이든 대부분의 사람들은 자기들만의 은어를 쓰고 있다. 화가는 "나의 제자."라고 말하고 공증인은 "나의 서생."이라고 말하고 이발사는 "나의 조수."라고 말하고 구두 수선공은 "나의 직공."이라고 말하는데 이들도 마찬가지로 은어를 쓰는 것이다. 엄밀히 말하자면, 단순히 좌우라는 말 하나도 다음과 같이 서로 다르다. 선원은 '좌현, 우현', 연극에서는 '우측, 좌측', 교회지기는 '오른편, 왼편'이라는 말을 사용한다. 짐짓 태를 부리는 여자들의 은어가 있는 것처럼 말재주를 부리기 위해 쓰는 은어도 있다. 이 점에서는 랑부예 저택이나 쿠르 데 미라클이나 다 같다. 왕정복고 시대에 상당히 신분이 높은 한 귀부인이 쓴 구절을 보면 공작부인 사이에도 은어가 있었다는 것을 알 수 있다.

'당신은 그런 숙덕공론을 통해 내가 헤어져야 할 많은 이유를 찾게 될 겁니다.'

또 외교상의 암호에도 은어는 쓰인다. 예를 들어, 교황의 비서관이 '로마'를 '26'이라 하고 '파견'을 'grkztntgzyal'이라고 하고, '모데나 공작'을 'abfxustgrnogrkzu tu XI'라 하는 것이 모두 그러하다. 중세의 의사들이 당근, 무, 순무 등을 'opoponach, perfroschinum, reptitalmus, dracatholicum angelourm, postmegorum'이라고 한 것도 마찬가지다. 설탕 제조업자가 사탕의 종류를 'vergeoise, tîte, claircé, tape, lumps, mélis, bâtarde, commun, brûlé, plaque'라고 하는 것도 성실한 공장주가 사용하는 은어다. 20년 전, 비평가의 일파는 "셰익스피어의 절반은 말장난과 재담이다."라고 말하곤 했는데 이것도 은어라 할 수 있다. 만일 몽모랑시 씨가 시와 조각에 능숙하지 않았더라면 시인이나 예술가는 그를 '부르주아'라고 불렀을 텐데 이것도 은어다. 고전파 아카데미 회원은 꽃을 '플로라'라고, 과일을 '포모나'라고, 바다를 '넵트누스'라고, 사랑을 '불'이라고, 아름다움을 '매력'이라고, 말(馬)을 '준마'라고, 백색 또는 삼색의 모표를 '벨로나의 장미'라고, 삼각모를 '마르스의 삼각'이라고 말한다. 이처럼 고전파 아카데미 회원들도 은어를 쓰고 있다. 대수학이나 의학, 식물학도 저마다 자기만의 은어를 가지고 있다. 또 배 위에서 쓰는 말, 장바르와 뒤켄, 쉬프랑, 뒤페레가 쓰던 그 완전하고 생기 넘치는 말, 배에서 쓰는 기구들이 서로 스칠 때 내는 소리, 통화관의 잡음, 계선구(繫船具)의 비걱대는 소리, 흔들리는 소리, 바람 소리, 돌풍 소리, 대포 소리 등 모든 것이 마구 뒤섞인 그 말, 그것들도 모두 은어다. 그것들은 도적패들의 야만적인 은어에 비해 마치 이리를 대하는 사자와 같이 모두 우렁차고 빛나는 은어들이다.

이러한 말들은 모두 적당하다. 그러나 은어라는 말은 이런 식으로 이해하면 너무 의미가 광범위해지므로 모든 사람의 인정을 받는 학설이라 할 수 없다. 작자는 이 말에 가장 정확하고 협소하고 한정된, 예전부터 내려오는 의미만을 부여하여 은어가 갖는 원래 의미를 밝히고자 한다. 참된 은어와 뛰어난 은어, 이 두 말이 하나가 될 수 있다면, 즉, 한 왕국을 이루고 있던 아득한 옛날의 은어는 다시 말하면 가장 추하고 불안하고 심술 사납고 엉큼하고 독살스럽고 잔인하고 수상하고 야비하고 속이 깊고 숙명적인 말, 슬프고 끔찍함을 나타내는 말일 뿐이다. 어느 한쪽으로 치우친 굴욕과 불행에는 반드시 행복한 진실과 지배적인 권리 전체에 대해 반항하고 투쟁하려는 최대한의 비참한 결의가 존재한다. 그 비참이 벌이는 무서운 투쟁은 어떤 때는 계획적이고 또 어떤 때는 폭력적으로 해롭고도 사납게 날뛰듯 악덕의 바늘이나 죄악의 몽둥이를 휘둘러 사회 질서를 공격할 때도 있다. 그런 투쟁의 요구에서 비참한 은어라는 하나의 전투 용어가 만들어졌다.

인간이 예전부터 써 왔던 말, 그리고 언젠가는 사용하지 않게 될지도 모를 말을, 즉 문명의 구성 요소인 선하고 악한 다양한 요소 중의 하나를 망각의 세계 위에, 심연 위에 떠오르게 하고 그것을 그대로 지속시키는 것은 일종의 사회 관찰의 조건을 확장하는 일이며 문명 그 자체에 봉사하는 일이다. 플로투스는 두 카르타고 병사에게 페니키아 말을 쓰게 하면서 자기가 원한 것이든 아니든 그러한 봉사를 했다. 몰리에르는 그의 많은 작품 속 인물을 통해 근동 여러 나라 국어며 온갖 종류의 방언을 사용하게 하면서 그러한 봉사를 했다. 이렇게 이야기하면 또 다른 이론이 제기될 수 있다.

"페니키아 말은 너무 근사하다! 근동 여러 국어도 매우 재미있다! 방언을 나쁘다고 단정 지을 수는 없다. 그것은 각 민족 각 지방 특성에 맞게 그 지방 그 민족에 속해 있는 말이다. 그러나 은어는 이와 다르다. 은어를 보전해서 어디에 쓴 단 말인가? 은어를 '표면화'시킨다고 어떤 이로운 일이 있는가?"

이러한 물음에 대해 작가는 한마디만 하겠다. 분명히 한 민족 한 지방에서 쓰는 말은 흥미의 대상이 될 만한 가치가 있는 것만은 확실하다. 그러나 어떤 '비참함'에 의해 사용된 말 역시 그 이상으로 주의와 연구의 대상이 될 가치가 있다고 생각한다.

한 예로 그것은 프랑스에서 4세기 이상이나 지속된 참담한 생활, 아니 인간이 상상할 수 있는 모든 '비참함'에 의해 쓰였던 말인 것이다.

다시 말해 사회적 기형과 질병을 연구하고 고치기 위해 그것들을 지적하는 것은 선택의 여지를 떠나 중요한 일이다. 풍속과 사상을 연구하는 역사가도 사건을 다루는 역사가에 결코 뒤떨어지지 않는 무거운 책임을 띠고 있다. 사건의 역사가는 문명의 겉으로 드러난 모습만을 대상으로 한다. 왕위의 쟁탈, 제왕과 제후의 출생, 국왕의 결혼, 전쟁, 의회, 그 시대의 위인, 만인이 목격하는 혁명 등 모두 외면적인 것을 그 대상으로 삼는다. 한편 풍속과 사상의 역사가는 문명의 내면을, 즉 문명의 가장 밑면을, 노동 속에 고통받으며 희망을 기다리는 민중을, 너무 많이 지쳐 버린 부인을, 다 죽을 것 같은 아이를, 사람들의 비밀스런 싸움을, 감추어진 잔인한 행위를, 편견을, 용인된 부정을, 법률을 향한 지하의 반동을, 겉으로 드러나지 않는 영혼의 진화를, 군중의 연약한 전율을, 굶어 죽음을, 거지를, 가난한 이를, 무산자를, 부모 없는 아이들을, 불행한 사람들을, 어둠 속을 헤매는 모든 한을 품은 귀신을 대상으로 한다. 그래서 형제와 재판관처럼, 자비와 동시에 엄격성을 갖추고 그 끝없는 깊은 굴속까지 피를 흘리는 자며, 때리는 자며, 울고 있는 자며, 저주하는 자며, 배고픔을 참는 자며, 배가 터지도록 먹는 자며, 악의 해를 입는 자며, 악을 행사하는 자가 서로 뒤엉켜 갈팡질팡하고 있는 굴속까지 내려가야 하는 것이다. 이렇듯 마음과 영혼의 역사가가 해야 할 사명이 외면적인 사실의 역사가가 해야 할 사명보다 가볍다고 말하기는 어렵다. 그것은 단테가 마키아벨리보다 할 말이 적다고 믿는 사람이 없는 것과 같다. 문명의 하부는 상부보다 깊고 어둡기 때문에 상부만큼 중요하지 않다고 단언할 수 있는가? 동굴 속도 모르는 인간이 진정으로 산을 잘 안다고 말할 수는 없는 것과 같은 것이다. 이와 같은 이야기를 통해 혹시 이 두 역사가 사이에는 아주 확실한 구별이 있다고 생각하는 사람이 있을 수도 있겠지만 작자는 그렇지 않다고 생각한다. 민중의 명확하게 드러난 공공연한 생활을 연구하는 역사가라도 어느 정도까지는 그 숨겨진 깊은 생활에 대한 통찰이 없다면 결코 뛰어난 역사가라고 할 수 없다. 또 내면을 연구하는 역사가라도 필요에 따라 외면의 역사가가 될 수 없다면, 역시 결코 뛰어난 역사가라고 말할 수 없는 것이다. 풍속과 사상, 또 사건의 역사 간에는 서로 뒤엉켜 있는 부분이 있다. 이것은 사실을 바라보는 정반대의 시각이기도 하고, 서로 의존하는 부분이기도 하며, 또 항상 연관성을 갖는 것이지만 아무튼 서로에게 영향을 주고 작용하게 되는 것과 같다. 하늘이 한 국민의 표면에 그려 내는 다양한 모습들은 그 국민들의 본성과 비밀스러우면서도 질서 있는 평형을 유지하면서 밑바닥에서 일어나는 모든 동요를 표면에 전이시킨다. 참된 역사는 모든 것과 관계를 가지며 참된 역사가는 모든 것과 협의한다.

인간은 하나의 중심을 가진 원이 아니라 두 개의 중심을 가진 타원과 같다. 그 두 개의 중심이란 사실과 사상이다.

은어는 언어가 어떤 좋지 못한 일을 하기 위해 위장하는 하나의 탈의실이다. 언어는 그 탈의실에서 언어라는 탈을 쓰고 비유라는 누더기를 입게 된다.

그렇게 되면 언어는 무섭게 변모한다.

변모한 언어는 과거의 모습은 전혀 찾아볼 수 없게 된다. 이것이 진정 프랑스어인가? 인류의 위대한 언어인가? 이 언어는 이미 모든 준비를 갖춘 채 무대 위 악역을 자처한다. 어떤 악역도 해낼 수 있을 만큼 만반의 준비가 다 되어 있는 것이다. 그것은 무대 위에서 똑바로 걷지 못하고 절뚝거리며 걷는다. 쿠르 데 미라클의 목발에 기대어, 언제든 몽둥이로 바뀔 수 있는 목발에 기대 절뚝거리며 걷는다. 또한 스스로 거지라고 말한다. 온갖 괴물이 그것의 의상을 담당하여 분장시킨 것이다. 그것은 기어가기도 하고 뻣뻣하게 서 있기도 한다. 다시 말하면 벌레의 걸음걸이처럼 두 가지 모습의 걸음걸이를 다 갖고 있는 것이다. 그래서 그것은 어떤 역할도 다 소화할 수 있게 만들어진다. 위조자의 손에서 불확실한 색을 보이기도 하고 독살자의 손에서 청록색으로 보이기도 하고, 방화범에 의해 그을음 같은 색으로 보이기도 한다. 그리고 살인범은 그것을 붉은색으로 보이게 한다.

진실하고 바른 사람들 입장에 서서 사회로 들어가는 어귀에 귀를 기울이면 밖에서 말하는 사람들의 이야기를 몰래 들을 수 있다. 그들이 서로를 향해 묻고 답하는 이야기를 들을 수 있다. 이야기의 의미는 다 알수 없어도 뭔가 소름이 끼칠 정도로 떠들썩한 소리를 들을 수 있게 된다. 그것은 얼핏 인간의 말소리처럼 들리지만 사실은 인간이 아닌 짐승들의 소리에 더 가깝다. 그것이 바로 은어다. 은어는 한 마디 한 마디가 더럽고 추한 뭔가 알 수 없는 미묘한 짐승의 성질을 갖는다.

그것은 어둠 속에 깃드는 이해할 수 없는 것이다. 그것은 신비한 수수께끼처럼 어둠을 더욱 짙게 하고 이를 갈기도 하고 소곤거리기도 한다. 불행은 어둡고 죄악은 암흑과 같다. 그 두 개의 어둠이 서로 하나로 섞여 은어가 되는 것이다. 공기도 어둠이고 행동도 어둠이고 목소리도 어둠이다. 그 말들은 무서운 두꺼비와 같다. 비와, 밤과, 굶주림과, 악덕과, 허위와, 부정과, 알몸과, 질식과, 겨울로 이루어진 그 광범위한 안개 속을 오가며 이쪽저쪽 뛰어다니고, 기어 다니며, 질질 침을 흘리고, 괴물처럼 들끓고 있다. 그러나 그것은 처참한 그들에게 햇볕이 몹시 내리쬐는 대낮과 같은 것이다.

처벌을 받은 자들을 불쌍히 여기자. 아! 우리는 도대체 무엇인가? 지금 독자에게 말하고 있는 나는 대체 무엇인가? 또 현재 내 이야기를 듣고 있는 독자들은 또 무엇인가? 우리는 어디에서 왔으며 우리가 이 세상에 태어나기 전에 어떤 일도 하지 않았었다고 누가 단언할 수 있는가? 지상과 감옥의 차이점은 무엇인가? 인간은 신의 심판을 받은 전과자가 아니라고 대체 누가 호언할 수 있겠는가?

인생을 가까이에서 들여다보자. 인생은 사람이 가는 곳마다 형벌을 느끼게끔 되어 있다.

독자는 자신이 행복하다고 생각하는가? 그래도 곧 슬픔을 느끼게 될 것이다. 하루에는 하루의 커다란 고초와 또 작은 고민거리들이 있다. 어제는 가까운 사람의 건강을 근심하였고 오늘은 또 자신의 건강을 근심한다. 내일은 금전상의 불안이 찾아올 것이고, 모레는 중상모략하는 자의 냉혹한 평가가, 또 그다음 날엔 친구의 불행이 다가올 것이다. 그리고 다음엔 날씨가, 어떤 부서진 것이며, 분실한 물건이, 그리고 양심과 등뼈의 가책을 느끼는 쾌락이, 또 세상 일이, 더군다나 마음의 고민까지 끝없이 밀려온다. 하나의 구름이 흘러가면 또 하나의 구름이 흘러오는 것과 같다. 100일 중 단 하루도 온전한 기쁨과 온전한 태양을 갖게 된 날은 없다. 그렇다하더라도 독자들은 지극히 혜택을 받은 적은 수의 인간 중의 한 사람이다. 그 외의 사람들 머리 위에는 칠흑 같은 어둠이 펼쳐져 있다.

생각이 깊은 사람들은, 행복한 사람이나 불행한 사람이라는 말을 잘 쓰지 않는다. 이 세상에는, 확실히 저승으로 들어가는 문인 이 세상에는, 행복한 사람은 한 사람도 없다.

사람의 참된 구분은 그런 것이 아니다. 빛을 지닌 사람과 어둠의 사람, 이 두 구분 밖에는 없다. 그러므로 어둠의 사람 수를 줄이고 빛을 지닌 사람의 수를 늘리는 것, 그것이 바로 목적인 것이다. 우리들이 교육과 학문에 관해 주장하는 것도 다 이런 이유에서다. 글을 배우는 것은 곧 불을 밝히는 것과 같다. 읽는 글자 하나하나가 빛을 토해 내는 것이다.

그러나 빛이라고 해서 꼭 기쁨을 뜻하는 것은 아니다. 빛 속에서도 인간은 곤란을 느낄 수 있다. 빛이 지나치면 불길을 토해 낸다. 불길은 날개의 적과 같다. 높이 날아오르는 것을 그치지 않고 타오르는 것, 그것이야말로 천재의 기적이다.

사람들은 깨달음을 얻어도, 또 누군가를 사랑해도 계속해서 괴로움을 느낀다. 밝은 빛은 눈물 속에서 생겨난다. 빛을 지닌 사람은 만약 상대가 어둠의 사람일지라도 그에 대해 눈물 흘리게 된다.

말의 근원

은어, 그것은 어둠 속에 사는 사람들의 말이다.

낙인이 찍히고 계속해서 배반하는 이 신비한 방언과 맞닥뜨리게 되면 인간의 사상은 가장 깊고 어두운 근간부터 흔들리고 사회철학은 가장 애통한 반성이 재촉된다. 이 언어 속에는 눈에 보이는 확실한 처벌이 드러나 있다. 모든 언어 하나하나에 다 낙인이 찍힌 것이다. 속어로 자주 쓰이는 말도 여기서는 모두 사형 집행인의 붉게 달은 무쇠 아래에서 굳어져 있는 것처럼 보인다. 어떤 언어는 아직도 연기가 나고 있는 것 같다. 또 어떤 글귀는 윗옷을 벗은 도둑의 어깨에 분명하게 드러난 백합꽃 모양의 낙인과도 같다. 전과자의 심판을 받은 그러한 이름에는 추상적인 표현이 거의 거절된다. 여기서 비유는 지극히 뻔뻔스러운 것이고 흡사 말뚝에 쇠고리로 목이 매여 있는 죄인과 같다.

물론 그렇기 때문에 이 이상한 특수 용어는, 녹이 슨 동전과 황금 메달이 대등한 위치를 차지하는 그 공정한 커다란 진열장에, 문학이라고 불리는 커다란 진열장 안에 마땅히 한 자리를 누리게 되는 것이다. 은어는 인간이 동의하든 말든 그것만의 어법과 시를 가진다. 그것은 하나의 언어와 같다. 설사 단어 몇 개의 추잡함에서 망다랭(유명한 도둑의 두목_옮긴이)이 지껄이던 언어라고 평가했다 하더라도 훌륭한 몇 개의 비유적인 말을 보면 분명히 비용이 쓰던 말이라는 것을 짐작할 수 있다.

Mais où sont les neiges d'antant?(그러나 지난해의 눈은 지금 어디에 있는가?)

이 유명하고 기묘한 시구는 고스란히 은어다. antan-ante annum(지난해)라는 말은 튄에서 쓰던 은어의 하나로 l'anpassé(지난해)라는 뜻이고, 이것이 변해서 autrefois(옛날)라는 의미가 된다. 지금으로부터 30년 전,

1827년 많은 노역수(勞役囚)의 무리들이 떠날 때는 아직 비세트르 감옥의 한 땅굴 감방 속에 징역형을 선고받은 튄 단의 한 왕이 벽에 못으로 파서 새겼던 다음과 같은 격언을 볼 수 있었다. Les dabs d'antan trimaient siempre pour la pierre du Coësre. 이 말의 의미는 다음과 같다. Les rois d'autrefois allaient toujours se faire sacrer(옛날의 왕들은 반드시 대관식에 갔었다.) 이 튄 단의 왕이 생각한 대관식이란 감옥을 말하는 것이다.

또 décarade라는 말은 무겁고 큰 마차가 달음박질로 출발함을 의미한다. 이 말을 비용이 만들었다는데 과연 그답다. 네 개 말굽에 불이 나게 하는 이 말은 라퐁텐의 다음과 같은 시구 전체를 하나의 대범한 의성어로 요약한다.

실팍진 육두마(六頭馬)가 한 대의 마차를 끈다.

순수한 문학의 관점에서 보면 은어의 연구는 매우 흥미 있고 또 결실이 많은 연구다. 은어는 언어 속의 한 언어이며 병적인 멍울이며 비대증을 일으킨 건전하지 못한 접목이며 오래된 골(옛날 프랑스_옮긴이) 지방의 줄기 속에서 뿌리를 내리고 언어를 향해 많은 가지를 뻗는 하나의 기생식물과 같다. 하지만 이것은 은어가 갖는 첫인상, 그 세속적인 겉모습일 뿐이다. 지질학자가 지질을 연구하는 것처럼 연구하는 사람의 눈에 은어는 틀림없이 하나의 충적층처럼 보인다. 그 충적층을 캐듯 은어를 연구해 보면 은어 속에는, 다시 말해 옛 프랑스 통속어의 가장 아래쪽에는 프로방스어, 스페인어, 이탈리아어, 지중해 연안 여러 항구의 말인 근동어, 영어, 독일어, 프랑스 로망과 이탈리아 로망 및 로마 로망의 세 종류의 로마어, 라틴어, 바스크어와 켈트어 등 다양한 언어들을 찾아낼 수 있다. 심원하고 몹시 기묘한 구성이다. 모든 비극들이 한데 모여 힘을 합해 땅 속에 지은 건물과 같다. 저주받은 종족이 자기만의 지층을 이루고 번뇌가 제각각의 돌을 떨어뜨리고 마음이 저마다 자갈을 깔아 생긴 지층인 것이다. 평생을 거쳐 영원으로 날아가 버린 악의 영혼이며, 노여운 악의 영혼의 무리가 미묘한 말의 형태로 변함없는 당초의 모습을 그래도 간직한채 지금도 또렷하게 볼 수 있도록 실존해 있는 것이다.

스페인어를 살펴보자. 오래된 고트족의 은어는 스페인에서 많이 유래했다. 그 예로 boffette(손바닥으로 치기)는 bofeton에서, vantane(창)은—후에는 vaterne가 됐지만—vantana에서, gat(고양이)는 gato에서, acite(기름)는 aceyte에서 비롯되었다. 그렇다면 이탈리아어를 살펴보자. 예를 들어 spade(검)는 spada에서, carvel(배)는 caravella에서 비롯되었다. 영어도 마찬가지이다. 한 예로 bichot(주교)는 bishop에서, raille(스파이)는 rascal, rascalion(부랑자)에서, pilche(지갑)는 pilcher(칼집)에서 시작됐다. 독일어도 그러하다. 예를 들어 caleur(소년)은 kellner에서, hers(우두머리)는 herzog(공작)에서 나왔다. 라틴어도 이와 같다. frangir(부순다)는 frangere에서, affurer(훔친다)는 fur에서, 또 cadène(사슬)은 catena에서 만들어졌다. 유럽 대륙의 모든 국어 중에서 신비로운 위신과 힘을 가진 말이 하나 있다. magnus라는 말인데 스코틀랜드 사람들은 mac라 하고, 씨족의 추장을 Mac-Farlane, Mac-Callummore, 즉 대(大)파레인, 대(大)칼모어라고 하는데(그렇지만 켈트어로 mac은 아들을 뜻한다_옮긴이) 은어는 그것을 meck, 후에는 meg, 즉 신이라는 의미로 쓰고 있다. 바스크어는 어떨까? 예를 들어 gahisto(악마)는 gaïztoa(사악한)에서, sorgabon(잘 자라)는 gabon(안녕)에서 만들어졌다. 켈트어도 마찬가지이다. 가령 blavin(손수건)은 blaver(뿜어 오르는 물)에서, ménesse(나쁜 의미의 여자)는 meinec(돌투성이의)에서, barant(시냇물)은 baranton(샘)에서, goffeur(자물쇠 장수)는 goff(대장장이)에서, guédouze(죽음)는 guenn-du(희고 검은 것)에서 만들어졌다. 마지막으로 역사 관계도 그러하다. 은어에서도 금전을 maltaises라고 하는데 이것은 Malte(말타) 항구에 있는 감옥에서 쓰이던 화폐에서 시작되었다.

위에서 언급한 언어학상의 근원 외에도 은어는 다시 자연스러운 다른 어근을, 말하자면 인간 생각 자체에서 나온 어근을 갖는다.

첫째로 언어의 직접적인 창조, 여기에 신비로움이 있다. 어떻게 그렇게 됐는지 왜 그런지, 명확한 이유는 알지 못하지만 여하튼 어떤 모습을 갖게 되는데 이런 말로 표현하는 것, 그것이야말로 인간의 모든 언어의 원시적 초석이라 할 수 있다. 즉 일종의 화강암층인 것이다. 은어는 그런 종류의 언어로 온통 채워져 있다. 그것은 가장 직접적인 언어라고 할 수 있는데 누군가의 힘에 의해 갑자기 창조된 것이기 때문에 어원도, 유추도, 파생도 없고 고립되며 야만적인, 때로는 추하게 틀어진 언어이지만 매우 강력한 표현력을 가지고 신선하게 살아 있다. 가령 사형 집행인은 taule, 숲은 sabri, 공포와 도주는 taf, 하인은 larbin, 장군, 지사, 대신들은 pharos, 악마는 rabouin이라고 말한다. 사물을 은닉하는 동시에 사물을 드러내는 이들 은어만큼 불가해한 것은 없다. 몇 가지 단어, 예를 들어 rabouin 같은 말은 괴이하면서도 무서워서 외눈박이 거인의 찌푸린 얼굴을 보는 것 같은 느낌이 든다.

두 번째는 비유적 표현이다. 모든 것을 묘사하는 동시에 모든 것을 은닉하려는 이 언어의 특징은 비유적 특징이 몹시 풍부하다. 비유는 하나의 일을 계획하는 도둑과 탈출를 꾸미는 죄인이 도망쳐 숨는 수수께끼이다. 은어만큼 비유가 많은 관용어는 없을 것이다. Dévisser le coco(야자나무 열매를 뽑다)는 '목을 비튼다', tortiller(비튼다)는 '먹다', être gerbé(다발로 묶는다)는 '재판을 받다', un rat(쥐)는 '빵도둑', il lansquine는 '비가 온다'라는 의미다. 그중 비가 온다는 뜻의 은어는 오래되고 기상천외한 비유적 표현으로 그것이 만들어진 연대도 나타내고 있다. 그것은 한쪽으로 기울어 쏟아지는 긴 빗발을 lansquenets(15세기 무렵 독일 병사)가 모아 서서 창을 기울인 채 들고 서 있는 모습을 비유한 말로 il pleut des hallebardes(비가 창처럼 쏟아진다)는 속어의 환유적 표현인 것이다. 때때로 은어가 제1기에서 제2기로 넘어감에 따라 그것은 미개한 원초적 상태에서 비유 상태로 변하기도 한다. 가령 악마는 더 이상 rabouin이 아니라 boulanger(빵 장수), 즉 아궁이에 넣는 사람으로 비유되는 것이다. 새로운 말은 낡은 것에 비해 매우 위트가 넘치긴 하지만 웅장한 맛은 없다. 그것은 코르네유 뒤에 나타난 라신처럼 보이기도 하고, 아이스킬로스 다음에 나타난 유리피데스처럼 보이기도 한다. 또 몇몇 은어는 그 두 시기를 지나면서 미개한 성격과 비유의 성격을 함께 갖고 있어 마치 망상을 보는 것처럼 느껴질 때도 있다. 가령, Les sorgueurs vont sollicer des gails à la lune(매우 늦은 밤 부랑자들이 말을 훔치러 간다). 라는 말은 꼭 유령처럼 사람의 마음 앞을 지나가서 무엇이 지나갔는지 눈에는 보이지만 정체는 알 수 없다.

셋째로 임시방편이다. 은어는 언어 위에서 살아간다. 은어는 언어를 마음대로 적용하고 재료를 마구잡이로 끌어와 필요에 따라서 그 의미를 조작하고 간단하게 바꾼다. 그리고 때로는 그처럼 모습을 바꾼 일상어와 은어를 서로 섞어서 앞서 말한 직접적인 창조와 비유의 두 특징을 동시에 느낄 수 있는 생생한 글귀가 되기도 한다. 가령, Le cab jaspine, je marronne que la roulotte de Pantin trime dans le sabri(개가 짖는다. 파리의 역마차가 숲 속을 지나고 있나 보다)는 Le dab est sinve, la dabuge est merloussière, la fée est bative는 le bourgeois est bête, la bourgeoise est rusée, la fille est jolie(주인은 멍청이다, 마누라는 교활하다. 딸은 예쁘다)라는 의미다. 대부분 듣는 사람을 속이기 위해 은어는 보통 쓰는 말에 일종의 천한 꼬리, aille, orgue, iergue, uche 같은 애매한 어미를 붙인다. 가령 Vousiergue trouvaille bonorgue ce gigotmuche(이 넓적다리 고기가 마음에 드는가)는 도둑 카르투슈가 교도관에게, 감옥에서 탈출하기 위해 그에게 준 금액이 마음에 들었는지를 묻는 말이다.

또 최근에는 mar라는 어미가 쓰이기도 한다.

은어는 부패의 관용어기 때문에 급속히 부패해 간다. 더구나 은어는 항상 몸을 감추려 하고 있으므로 세상이 다 알았다고 생각되면 그 즉시 변형한다. 다른 모든 식물과 반대로 이 식물은 아주 적은 햇빛에 의해서 말라 죽고 만다. 은어가 계속해서 해체되고 다시 조직되는 것은 그 때문이다. 그렇게 조금도 쉬지 않고 작업을 계속한다. 일반적인 말이 10세기가 지나야 도달할 수 있는 수많은 길을 은어는 겨우 10년이면 다 걷는 것이다. 이렇듯, 가령 larton(빵)은 lartif가 되고 gail[말(馬)]은 gaye가 되고, fertanche(짚)은 fertille, momignard(꼬마)는 momacque, siques(헌 옷)은 frusques, chique(교회)는 égrugeoir, colabre(목)은 colas로 변했다. 또 악마는 최초에 gahisto였던 것이 rabouin이 되고, 다시 boulanger가 되었다. 사제는 ratichon에서 sanglier가 되었다. 단검은 vingt-deux에서 surin으로, 다시 lingre가 되었다. 경관은 railles에서 roussins로, 다시 rousses로, 다시 marchands de lacets로, 다시 coqueurs로, 다시 cognes가 되었다. 사형 집행인은 taule에서 Charlot로, 다시 atigeur로, 다시 becquillard가 된 것이다. 17세기에 se battre(서로 치고받는다)는 se donner du tabac(담배를 주고받는다)였는데, 19세기가 되자 se chiquer la gueule(입을 서로 물어뜯는다)로 변했다. 이들 새것과 낡은 것은 몇 번의 변화를 겪었다. 카르투슈의 말을 라스네르는 이해할 수 없을 것이다. 이 은어에 포함된 말은 그것을 쓰는 사람들처럼 어디론가 도망쳐 돌아다닌다.

그러나 때때로 이 변화에 의해 오히려 낡은 은어가 다시 나타나 새로운 것이 될 수도 있다. 몇몇 중심지에서는 은어가 유지되기도 한다. 탕플 지방에는 17세기의 은어가 그대로 쓰이고 있다. 비세트르 지방은 감옥이 있는 동안은 튄 단의 은어가 그대로 쓰였다. 그곳에서는 옛날 튄 단이 사용하던 anche라는 어미가 남아 있었다. 이를테면 Boyanches-tu? (bois-tu? 마실래?), Il croyanche(il croit. 그는 믿는다)와 같은 것이다. 그러나 역시 끊임없는 변화는 은어가 갖는 특징이다.

만약 철학자가 계속해서 사라져 가는 이 말들을 잠시 멈추게 하여 들여다보면 그는 매우 가슴 아픈, 그러나 훨씬 이로운 명상에 잠길 수 있게 된다. 이처럼 큰 효과를 갖고 암시하는 바가 많은 연구는 없을 것이다. 은어의 비유나 어원은 모두 하나의 교훈을 품고 있다. 은어를 말하는 사람들 사이에서 battre(친다)는 feindre(~체하다)는 의미다. 그래서 on bat une maladie(병든 체한다)고 말한다. 모략이 그들의 힘이 된다.

그들에게 인간에 대한 견해는 어둠에 대한 견해와 나누어 생각할 수 없다. 그들은 밤을 sorgue라고 말한다. 그리고 인간은 orgue라고 말한다. 인간이란 말은 밤이란 말에서 생겨나게 된 것이다.

그들은 사회를 자기들을 죽이는 공기처럼 생각한다. 따라서 사회를 공기처럼 거역할 수 없는 힘으로 보는 습관이 있기 때문에 일반적인 사람들이 자기 몸의 건강을 말하듯 자기들의 자유에 대해 이야기한다. 체포된 자는 하나의 malade(병자)이며 선고를 받은 사람은 일종의 mort(죽은 사람)인 것이다.

사방이 돌로 된 벽 속에 갇힌 죄인에게 가장 무서운 일은 금욕이 강요된 찬 얼음처럼 순결한 생활일 것이다. 그래서 죄인들은 땅굴 감방을 가리켜 castus(순결)라고 말한다. 그 암울한 장소에 바깥 생활의 환상이 나타날 때, 그 환상은 언제나 말로 표현하기 힘든 즐거운 모습처럼 보이게 된다. 죄인은 발에 쇠고랑을 찬다. 그런 죄인들은 인간의 발은 걷는 것이 아니라 춤을 춘다고 생각한다. 그래서 그들은 족쇄가 다행히 끊어졌을 때 가장 먼저 춤을 출 수 있을 것이라는 생각을 한다. 때문에 죄인들을 줄칼을 bastringue(춤출 수 있는 싸구려 선술집)라고 말한다. 또 nom(이름)은 centre(중심)라고 부르는데 이것은 뜻 깊은 비유다. 악인은 두 개의 머리를 갖고 있는데 하나는 자신의 행동을 생각하는 머리, 즉 평생 동안 그를 이끌어 주는 머리이고, 또 하나는 죽는 날 어깨 위에 놓인 머리를 말한다.

악인은 죄악을 발생하게 하는 머리를 sorbonne(소르본)이라고 하고, 죄악을 갚는 머리를 tronche(크리스마스 전날 밤에 때는 장작)라고 부른다. 사람이 몸에는 누더기만을 걸치고 마음에는 악덕만을 품었을 때, 물질적인 타락과 정신적인 타락 즉 gueux(무뢰한)라는 말이 뜻하는 두 가지 의미, 즉 거지와 건달로 전락하게 됐을 때, 그 사람은 죄가 되는 행동의 바로 앞까지 가 있게 된다. 그는 곧 날이 잘 선 칼과 같게 된다. 그는 빈곤과 악의라는 두 칼을 가지고 있는데 이런 이유로 은어는 그러한 사람을 gueux라 하지 않고 réguisé(잔뜩 날이 선 것)라고 말한다. 감옥이란 무엇인가? 영원한 세월을 두고 벌의 불길이 계속해서 타는 장소, 바로 지옥인 것이다. 그래서 죄수들은 스스로 자신을 fagot(장작 다발)라고 말한다. 끝으로 악당들은 감옥을 어떻게 칭하는지 알아보자. 그들은 감옥을 collège(학원)라고 말한다. 모든 감옥 조직은 이 말에서 나왔다고 해도 좋을 것이다.

도둑도 자신의 총알받이, 다시 말하면 먹이가 되는 것이 있다. 도둑질을 할 수 있는 재료가 되는, 독자들, 나, 그 외의 누구든 그곳을 지나가는 사람을 가리키는 것이다. 그것을 그들은 pantre라고 부른다('pan'이란 모든 사람이라는 의미다._옮긴이).

독자들은 몹시 힘든 노동을 하는 곳에서 부르는 노래의 대부분이, 다시 말해 특유의 용어로 lirlonfa라고 하는 후렴이 어디에서부터 나왔는지 궁금하지 않은가? 그것에 대한 이야기는 바로 이것이다.

파리 샤틀레 감옥에는 길고 큰 굴 하나가 있는데 그곳은 센 강의 수면보다도 8피트 정도 낮았다. 거기에는 창문도 환기구도 없고 출입구만이 하나 달랑 열려 있다. 사람은 안에 들어갈 수 있지만 외부의 공기는 전혀 통과하지 않았다. 그 굴의 천장은 돌로 둥글게 되어 있고 바닥은 10인치 정도의 두께의 진흙탕이다. 예전엔 돌이 깔려 있었는데 물이 스며 나와 바람에 그 바닥 돌은 썩어서 산산이 갈라져 있었다. 바닥에서 3피트쯤 올라간 곳에 길고 둥근 대들보가 있었는데 그것은 지하도 한쪽 끝에서 저쪽 끝까지 가로걸려 있었다. 그 대들보에 일정한 거리를 두고, 길이가 약 3피트 정도 되는 사슬이 늘어져 있었고 그 사슬 끝에는 쇠고리가 달려 있었다. 징역을 선고 받은 죄인들은 툴롱 항으로 출발할 때까지 그 굴속에 갇혀 지냈다. 그들은 그 대들보 아래로 내몰려 한 사람씩 어둠 속에서 흔들리고 있는 사슬에 묶였다. 사슬은 꼭 늘어진 팔처럼 걸려 있었고 쇠고리는 손처럼 벌려 처참한 그들의 목을 꽉 잡아매고 있었다. 자물쇠가 채워진 채 그들은 그곳에 갇히게 되었다. 사슬이 짧아서 그들은 누울 수도 없었기 때문에 그 어두운 굴속 대들보 아래에 전혀 움직이지도 못하고 선 채로, 마치 매달린 것 같은 모습이어서 빵이며 물병을 잡는 데도 무척 애를 써야만 했다. 머리 위는 둥근 천장으로 덮여 있고 바닥은 진흙탕에 무릎까지 빠지고, 배설물은 발 위로 그대로 흘러내렸다. 그들은 허리와 무릎도 겨우 굽힐 정도였고 지극히 피로에 지쳐 조금이라도 쉬기 위해서는 두 손으로 사슬을 움켜쥐고 있어야 했다. 잠도 일어서서 자야 했는데 쇠고리가 목을 조르는 고통을 주어 그나마 잠도 잘 수 없었다. 몇몇 사람들은 기어이 눈을 뜨지 못했다. 무엇을 먹기 위해서는 진흙탕에 던져진 빵을 발뒤꿈치를 사용해 정강이로 손이 닿을 수 있는 곳까지 끌어올려야 했다. 그들은 그곳에서 한 달, 두 달, 아니, 어떤 때는 반년이나 있어야 했다. 1년이나 남아 있던 사람도 있었다. 그곳은 다시 말해 항구 감옥의 대기실과 같았다. 국왕의 토끼를 훔쳤다는 죄목으로 그곳에 갇혔던 사람도 있었다. 그 지옥의 무덤구렁 속에서 그들은 무덤 속에서 할 수 있는 일을 하고 있었다. 즉 모두 점차 죽어 가고 있었다. 그리고 지옥 속에서 할 수 있는 일, 즉 노래를 부르고 있었다. 이미 희망이 없어진 곳에도 노래는 남아 있기 마련이다. 말타 섬의 바다에서는 징역선이 다가오면 노를 젓는 소리보다 노랫소리가 먼저 들려왔다. 샤틀레 지하 감옥을 지나온 불쌍한 밀렵꾼 쉬르뱅상은 이렇게 말했다.

"나를 버티게 해 준 것은 운율이다."

시는 아무 필요가 없다. 운율이 무슨 필요가 있겠는가? 하고 말하는 사람이 있을지도 모른다. 하지만 거의 모든 은어의 노래는 바로 이 지하실에서 만들어졌다. Timaloumisaine, timoulamison이라는 몽고메리 항구의 저 애통한 후렴도 바로 이 파리의 대 샤틀레 감옥 지하 감방에서 생긴 것이다. 이런 샹송은 거의 다 침울하지만 그중에는 밝은 것도 있고 때로는 다음과 같이 순한 사랑의 노래도 있다.

이곳은 귀여운
궁수(큐피드를 의미함_옮긴이)의 무대다.

아무도 인간의 마음에 영원히 남는 것, 사랑을 없앨 수는 없다. 어두운 소행이 가득 찬 사회에서는 누구나 자기의 비밀을 지키려고 한다. 비밀은 모든 사람의 공유물처럼 그런 비참한 사람들에게는 결속을 이루는 하나의 밑바탕이 된다. 비밀을 발설하는 것은 그런 거친 공동체의 정원에서 뭔가를 뺏는 것과 같은 것이다. 그래서 밀고한다는 강한 은어로 manger le morceau(한 조각을 먹는다)고 말한다. 밀고는 사람들의 몸에서 살점을 뜯어 내 제 몸을 살찌우는 것과 같다는 의미를 갖는다.

따귀를 맞는다는 것은 어떤 의미를 갖는가? 평범한 비유는 이렇다. C'est voir trente-six chandelles(그것은 서른여섯 자루의 촛불을 보는 것과 같다). 이때 은어는 옆에서 말한다. Chandelle(촛불)는 camoufle라고 한다. 그 말을 들으면 일상어도 곧 souffle(따귀)의 유의어로서 camouflet라는 말을 쓰기 시작한다. 이처럼 아래에서 위로 스며들어, 또 비유라는 예측 불가능한 과정의 도움을 받아 은어는 동굴에서 아카데미까지 올라간다. 그래서 폴라예가 J'allume ma camoufle(나는 촛불을 켠다)라고 말하자 그 영향을 받은 볼테르는 곧 Langleviel La Beaumette mérite cent camouflets(랑글비엘 라 보멜은 100번 따귀를 맞아 당연하다)고 말했다.

은어를 살펴보다 보면 도처에서 뭔가가 발견되기도 한다. 이 불가해한 관용어를 연구하며 차츰 깊이 다가가면 끝내 평범한 사회와 저주받은 사회의 신비로운 교차점에 도달하게 된다.

은어, 그것은 그대로 혹사당한 말이다.

인간의 생각하는 힘이 이토록 깊은 나락에 빠져 그 깊은 곳에서 참담한 운명의 학대에 이리저리 끌려 다니고 움직이지 못하게 정체를 알 수 없는 사슬에 묶인다는 것은 매우 놀랄 만한 일이다.

아아, 처참한 인간들의 불쌍한 세상이여!

이 검은 음지 속에 빠진 영혼을 구해 줄 이는 아무도 없는 것인가? 정신의 지도자, 해방자, 페가수스와 히포크리프를 탄 우람한 기수, 날개를 벌리고 창공에서 날아 내려오는 빛나는 전사, 눈부신 미래의 기사를 마냥 기다려야 하는 것이 그들 영혼의 숙명인가? 이상이라는 반짝이는 창을 향해 늘 부질없는 구원만을 빌어야 하는 것인가? '악'이 깊은 구렁 속으로 무서운 발소리를 내며 바싹 다가오는 소리를 듣고, 그 냉담한 머리와 거품을 물고 있는 무서운 입이, 발톱과 뚱뚱한 몸통과 둘둘 감긴 꼬리를 가진 괴물이 더러운 물속으로 조금씩 다가오는 것을 보는 것이 그러한 영혼의 숙명인가? 그 영혼은 빛도 희망도 없이 무서운 괴수에게 쫓기며 공포에 떨고 산발한 머리에 팔을 비틀며 밤의 바위에 끝내 묶여 있어야 하는가? 아아, 어둠 속에 하얀 알몸을 떠운 처참한 안드로메다여!

우는 은어와 웃는 은어

앞에서 말한 바와 같이 400년 전의 것이든 오늘날의 것이든 모든 은어는, 애처로운 면과 위협적인 면을 지니고 있다. 그래서 그것은 상징의 어두운 정신으로 한결같은 모습을 갖는다. 그것은 쿠르 데 미라클의 무뢰한들이 줄곧 차지해 온 낡고 거친 슬픔이 느껴진다. 그들은 그들만의 트럼프로 노름을 하곤 했는데 그중 몇 장은 오늘날까지 유지되고 있다. 가령 클로버의 8은 클로버의 큰 잎사귀 여덟 장을 이어 붙인 커다란 나무를 그린 것인데 그 자체로 숲 속의 낭만적인 의인화처럼 보였다. 이 나무의 뿌리 근처에는 불이 나 있었고 토끼 세 마리가 사냥꾼 하나를 꼬치에 꿰어 굽고 있었다. 그 뒤에는 또 한 더미의 불이 타오르고 있었는데 그 위에 걸려 있는 냄비에는 개 대가리가 나와 있었다. 밀수입자를 불살라 죽이고 위조지폐를 만들어 쓴 사람을 가마솥에 삶는 형벌을 비유한 트럼프의 복수화(復讐畵)보다 더 참혹한 것은 없을 것이다. 은어의 나라에서 사상이 갖는 온갖 모습은 그것이 노래이든 야유든 위협이든 모두 억눌려 미약한 성질을 띤다. 그런 노래의 멜로디 몇 개는 아직도 남아 있는데 그것들은 모두 그윽하고 눈물겹도록 쓸쓸한 것들뿐이다. 도둑들은 스스로 '가련한 놈들'이라고 말한다. 그들은 항상 숨어야 하는 토끼와 같고, 도망 다니는 생쥐이며, 달아나는 작은 새와 같다. 그들은 반항하는 소리조차 낼 수 없다. 다만 탄식만을 내쉴 뿐이다. 한숨짓는 소리 하나가 지금까지 전해지고 있다.

'어떻게 인간의 아버지이신 신이, 자기 아들이며 손자가 괴로움에 슬프게 울고 있는 소리를 들으면서도 조금도 괴로워하지 않는지 이해할 수 없다.'

처참한 자는 생각에 잠길 말미가 있을 때마나 법률 앞에서는 몸이 수축하고 사회 앞에선 졸렬해진다. 그는 엎드려 사정하며 자비의 얼굴을 우러러본다. 그가 자신의 죄를 깨닫고 있다는 것을 십분 느낄 수 있다.

18세기 중엽쯤 어떤 변화가 시작되었다. 감옥의 노래, 즉 도둑들의 노래가 느닷없이 밝고 뻔뻔스런 모습을 띠게 된 것이다. 후렴도 통탄의 슬픈 maluré에서 갑자기 larifla로 변했다. 18세기에는 항구의 감옥이거나 노역장이거나 징역선에서 들려오는 노래가 거의 대부분 악마의 신비로운 유쾌함을 가졌다. 이런 노래 중에는 마치 인광(燐光)처럼 희미하게 빛나고 또 피리를 부는 도깨비에 홀려 숲 속에 던져진 것처럼 팔딱거리며 신랄한, 아래와 같은 후렴도 있다.

Mirlababi, surlabado,

Mirliton ribon ribette,

Surlababi, mirlababo,

Mirliton ribon ribo.

이것은 감옥과 숲 구석에서 죄인들이 목청껏 부르던 노래다.

중요한 조짐이 나타났다. 18세기 무렵 이 우울한 계급의 옛 걱정은 깨끗이 사라져 버렸다. 그리고 그들은 웃었다. 뛰어난 meg(신)과 뛰어난 dab(왕)을 비웃었다. 루이 15세 시대에 그들은 프랑스 국왕을 le marquis de Pantin(파리 후작)이라고 칭했다. 그들은 유쾌함을 거의 회복한 것이다. 이미 양심의 가책 같은 건 없는 듯, 명랑한 빛이 그들의 마음에서 퍼져 나갔다. 이런 검은 그림자 종족들은 이제는 단지 행위적 측면에서만 비관적인 대담성을 갖게 된 것이 아니라 정신적 측면에서도 무감각한 대담성을 갖게 되었다. 그것은 그들이 죄의식을 잃어버렸다는 증명이고 철학가들이나 몽상가들 사이에서조차 그들에 대한 어떤 잠재의식적인 지지가 나타난 것을 그들 자신도 느끼고 있다는 근거이다. 도둑질이나 약탈이 주의(主義)나 궤설 속에까지 침략하기 시작해서 끝내는 그 자체의 더럽고 흉악함을 얼마간 상실하고 그 대부분을 주의나 궤설로 옮기게 된 근거다. 그리고 끝으로 만약 어떤 전환도 일어나지 않는다면 그 어떤 놀라운 시대가 조금씩 가까이 오고 있다는 증명이기도 하다.

상관없는 이야기지만 작가는 지금 누구를 비난하고 있는가? 18세기인가? 그 시대의 철학인가? 당연히 둘 다 아니다. 18세기의 사업은 더할 나위 없이 건강하고 훌륭하다. 디드로를 비롯한 백과전서파, 튀르고를 비롯한 중농주의자들, 볼테르를 비롯한 철학자들, 루소를 비롯하여 유토피아를 꿈꾸는 사람들, 이들은 네 개의 성스러운 군단이다. 희망을 향한 인류의 뛰어난 전진은 바로 그들의 권리다. 그들은 발전의 네 가지 기본 방향으로 나아가는 인류의 네 개 전위다. 디드로는 고매한 것을, 튀르고는 하나밖에 없는 것을, 볼테르는 참된 것을, 루소는 곧은 것을 지향하고 있다. 그런데 철학자 옆과 아래에는 궤변학자라고 하는 건강한 생육 과정에 섞인 유독 식물이, 즉 원시림 속의 독당근이 있다. 사형 집행인이 재판소의 계단 위에서 세기를 해방하는 수많은 대저서를 태우고, 다른 한편으로는 오늘날 이미 기억에서 사라진 저술가들이 국왕의 특허를 받고 괴상하게 규율을 산만하게 하는 정체를 모르는 책을 출판하고, 또 처참한 자들은 그것을 몹시 바쁘게 읽고 있는 것이다. 이상하게도 군주의 보호를 받고 출판된 그런 책 몇 권은 지금도《비밀 총서》에 남아 있는데 이러한 의미 깊은 사실들은 세상에 알려지지 않았다. 또 겉으로도 전혀 나타나지 않았다. 때때로 사실이 세상에 알려지지 않아서 오히려 더욱 위험한 것도 있다. 그것은 땅속 깊이 숨겨져 있기 때문에 세상에 알려지지 않았다. 그런 저술가 중 당시 민중 속에 가장 유해한 굴을 파고 들어간 자는 아마 레스티프 드 라 브르톤이었을 것이다.

이런 작업은 전 유럽에 걸쳐 일어났지만 남달리 독일에 피해를 더 많이 입혔다. 독일에서는 실러가 유명한 희곡 〈군도〉에서 솜씨 있게 표현하고 있는 동안, 도둑질과 약탈이 곧 사유권과 노동에 대한 항의인 것처럼 활보하고, 그럴 듯하지만 옳지 않고, 겉으로는 공정한 것 같지만 실제로는 부정한 몇 개의 기초적 견해를 흡수하여 그 사상들에 둘러싸이고 그 속에서 정체를 숨기는 추상 명사의 특징을 지니고 학설의 위치에 올라, 끝내 그 혼합물을 모은 화학자들도 모르게, 또 그것을 먹는 민중들도 모르게, 부지런하고 고민하는 건실하고 곧은 민중 속으로 널리 퍼져 갔던 것이다. 이러한 사실이 야기될 때 그 결과는 항상 중대하다. 걱정은 노여움을 낳고, 부유한 계급이 무심해서인지 아니면 잠이 들어서인지 눈을 감고 있는 동안, 불우한 계급의 혐오는 한쪽에서 몽상하는 애통한 정신, 악인의 정신에 불을 붙여 냉철하게 사회를 관찰하기 시작한다. 혐오로 실행하는 관찰, 참으로 무서운 일이 아닐 수 없다.

이때 만약 시대가 불행을 기대한다면 전에 자크리라는 명칭이 붙은 저 무서운 분란이 일어날 것이다. 그러한 분란과 비교하면 단순한 정치적 혼란은 아무것도 아니다. 그러한 분란은 이미 압제자에 대한 피압제자의 싸움이 아닌 안락에 대한 빈곤의 반역인 것이다. 그때 모든 것은 무너진다.

자크리는 대중의 전율이다.

18세기 말, 거의 전 유럽에 급박했던 그 위험을 프랑스대혁명이, 커다랗고 정성스럽고 참된 실천이 한꺼번에 단절한 것이다.

무력을 이용한 이상이라고 할 수 있는 프랑스대혁명은 갑자기 일어나 빠른 동작으로 단번에 악의 문을 닫고 선의 문을 한껏 열어 놓았다.

대혁명은 곧바로 문제를 해결하고 진실을 선언하고 독을 치우고 시대를 밝혀 민중에게 왕관을 씌웠다.

대혁명은 인간에게 제2의 영혼인 권리를 찾아 인간을 재창조했다.

19세기는 그 위대한 업적을 계승하고 그 덕망을 입었다. 때문에 오늘날에는 방금 지목한 것과 같은 사회의 종국은 결코 일어나지 않게 되었다. 오늘날 그런 종국이 발발할 것이라고 예언하는 자는 장님이다. 그러한 종국을 염려하는 자는 아둔한 자이다. 혁명은 자크리의 예방주사인 것이다.

대혁명으로 사회는 달라졌다. 봉건제도와 군주정치의 온갖 병은 이미 우리들 피 속에는 스며들어 있지 않다. 우리의 국가 조직에는 이미 중세적인 것은 포함되어 있지 않다. 어떤 무서운 것이 덩어리져 내면에 확산되고, 발아래에 어떤 괴이한 것이 여기저기 뛰어다니는 소리가 들리고, 두더지가 땅을 판 듯 문명의 표면이 꿈틀거리며 솟아오르고, 땅이 갈라지고, 동물의 입이 떡하니 벌어지고, 괴수들의 머리가 땅속에서 불쑥 나타나곤 하던 시대, 우리는 이미 그런 시대에 있지 않았다.

혁명의 의지는 곧 도덕적 의지다. 권리에 대한 의식이 발전할 때 그것은 의무에 대한 의식도 발전시킨다. 로베스피에르의 놀랄 만한 정의에 따르면 만인의 법칙은 자유라고 말했는데 자유는 다른 사람의 자유가 시작되는 곳에서 끝난다. 1789년 이후 민중 전체는 존엄한 개인이라는 정형 속에 확장되어 왔다. 권리를 갖고 있지만 빛을 가지고 있지 않은 가난한 사람은 이미 없는 것이다. 맨몸의 가난뱅이조차 프랑스인의 도의를 갖는다. 시민의 기품은 곧 정신의 갑옷이다. 자유로운 자는 양심을 따르게 되어 있다. 그리고 투표하는 자가 다스리는 것이다. 이것으로부터 결백성이 생기고 건전하지 못한 열망이 유산되며 마침내 사람들은 유혹을 영웅의 용기로 이겨 낼 수 있게 된다. 혁명이 사람의 마음을 순화시키는 힘은 상당한 것으로 7월 14일과 8월 10일 같은 해방의 날에는 더 이상 천민은 없었다. 개화되고 발전하는 민중이 가장 먼저 외친 것은 "도적놈들에게 죽음을 주어라!"인 것이다. 진보란 진실한 인간이다. 이상과 절대라는 것이 사람의 주머니를 겨냥하지는 않는다. 1848년 튈르리 궁의 보물을 실은 마차를 호송한 자는 누구인가? 생 앙투안 성 밖의 넝마주이들다. 넝마가 보물의 경계를 섰던 것이다. 덕(德)이 그 누더기를 걸친 자들을 눈부시게 비추었던 것이다. 마차들 속에는 뚜껑이 거의 닫히지 않은 궤짝, 그중에는 뚜껑이 반쯤 열린 궤짝도 있었는데 그 안에는 빛나는 수없이 많은 보석과, 왕위를 나타내는 석류석과 3천 프랑 가치의 수정다이아몬드와 그 밖의 온통 다이아몬드가 박힌 프랑스의 옛 왕관도 있었다. 그들은 맨발로 이 왕관을 지켰다.

때문에 자크리는 앞으로 절대 일어나지 않는다. 책략가들에겐 좋지 않은 이야기지만, 이렇듯 진부한 공포는 마지막 할 일을 다 끝내고 다시는 정치에 활용되지 않을 것이다. 붉은 유령을 다루고 있던 그 큰 용수철은 이미 결딴나고 없다. 이제는 만인이 모두 그것을 안다. 허수아비는 더 이상 누구도 협박할 수 없게 되었다. 새들은 그것에 익숙해졌고 풍뎅이는 그 위에 올라앉으며 시민들은 그것을 비웃는다.

감시와 희망의 두 가지 의무

사회적 위험은 일체 사라져 버린 것일까? 물론 아니다. 자크리가 더 이상 일어나지 않는 것에 대해 사회는 안심할 수 있다. 아마도 피가 거꾸로 머리 위로 솟아 올라가는 일은 없을 것이다. 하지만 사회는 이제 어떻게 숨을 쉬어야 하는가? 라는 문제로 고뇌하고 있다. 이제 더 이상 기절할 걱정은 없어졌지만 폐병은 아직 남아 있는 것이다. 사회의 폐병을 가난이라고 말한다.

사람은 순간적인 충격으로 죽을 수도 있지만 점차적으로 병약해져 죽기도 한다.

작자는 거듭 반복해서 말하려 한다. 가장 최우선으로 생각해야 하는 일은 가진 것 없이 고생하는 사람들의 처지를 생각해야 한다는 것이다. 그래서 그들을 위로하고 그들에게 공기와 빛을 주며 그들을 사랑해야 할 것이다. 그리고 그들을 위해 광대한 지평선을 펼쳐 주고 다양한 형식으로 아낌없이 교육을 베풀어 주어야 할 것이다. 그들에게 부지런함을 보여, 결코 게으름을 보여 주지 않고 보편된 목적의 관념을 늘이면서도 개인의 짐을 덜어 주어야 한다. 또한 부를 제한하지 말고 가난을 제한하며,

공중을 위한, 민중을 위한 넓은 활동 분야를 만들어야 할 것이다. 브리아레오스의 100개의 팔처럼 피곤하고 깡마른 자들을 사방에서 보살펴 주며, 공장을 모든 기술자에게 허가하고 학교를 모든 재능에 허락하고 실험실을 모든 지식의 힘에 풀어 놓는 뛰어난 의무를 실행하기 위해 집단의 힘을 써야 할 것이다. 임금을 높이고, 노고를 덜어 주며 채무와 채권을 평균화시켜야 한다. 즉, 쾌락을 노력과 평형을 이루게 하여 만족을 요구와 맞게 해야 할 것이다. 한마디로 고통받는 사람과 무지한 사람들을 위해 큰 희망과 복리를 사회 조직에서 끌어내야만 한다. 이것은 연민이 넘치는 사람들이 기억해야 하는 국민의 첫 번째 의무이며 이기적인 사람들이 깨달아야 하는 정치의 급선무다.

다시 말하자면 이상과 같은 모든 일은 이제 시작인 것이다. 참된 문제는 노동이 하나의 권리가 되지 않는 한 결코 하나의 법칙이 될 수 없다는 것에 있다.

하지만 이곳은 그런 장소가 아니므로 지금은 그것을 힘주어 말하지 않겠다.

자연을 법칙이라고 부른다면 사회는 선견(先見)이라고 불러야 마땅하다.

지성과 도덕의 발달은 물질적 개량처럼 꼭 필요한 것이다. 지식은 하나의 양식이고 철학은 하나의 필요물이며 진실은 곡식과 같은 영양분이다. 학문과 지혜를 받아들이지 않는다면 이성은 말라 버린다. 굶주린 위처럼 굶주린 정신도 가련히 여겨야 한다. 빵을 먹지 못해서 죽어 가는 육체보다 더 가여운 것이 있다면 그것은 희망에 굶주려 죽어 가는 영혼이다.

모든 진보는 그 해결을 목표로 하고 있다. 언젠가 사람들은 깜짝 놀라게 될지도 모른다. 인류가 진보해 가는 한, 깊은 지층도 반드시 가난의 지대를 탈출할 것이다. 가난과 고통을 없애려면 오직 민중의 수준을 높여야만 가능하다.

이 축복받은 문제 해결을 의심하는 것은 과오다.

과거는 실제로 현재에도 계속 강한 힘을 미친다. 과거는 여전히 살아 숨 쉬고 있다. 죽은 시체의 이러한 회생은 정말 놀라운 것이다. 그것은 이제 막 걸음을 시작하여 이리로 다가오고 있다. 그는 얼핏 승리자인 것 같다. 그 시체는 정복자다. 그는 그의 군사, 미신을 이끌고 그의 칼, 전제주의를 휘두르며 그의 깃발, 무지를 내걸고 쳐들어오고 있는 것이다. 그는 이미 열 번이나 전쟁에서 승리했다. 그는 전진하고 협박하고 업신여기며 우리들 문 앞으로 바싹 가까이 다가온다. 그렇다고 해서 우리가 절망하는 것은 아니다. 한니발이 야영하는 들판도 팔아 버리면 끝이다.

신념을 가진 우리가 두려워해야 하는 것은 무엇인가?

강물은 거슬러 흐르지 않듯이 사상 역시 역행하지 않는다.

하지만 미래를 원하지 않는 사람들은 이곳에서 반성해야 한다. 발전을 향해 "아니요."라는 대답을 할 때 그들이 받는 벌은 미래가 아닌 그들 자신이 된다. 그들은 자신에게 검은 병을 주는 것이다. 즉 과거에 전염되는 것과 같다. '내일'을 거절하는 길은 오직 한 가지, 죽는 길밖에 없다.

그러나 작자는 어떤 죽음도 오지 않을 것을, 육체의 죽음은 가능한 늦어지고 영혼의 죽음은 영원히 오지 않기만을 바라고 있다.

곧 그 수수께끼는 해결될 것이고 스핑크스는 입을 열고 문제는 풀릴 것이다. 그러나 18세기에 스케치된 '민중'은 결국 19세기가 되어야 완성될 것이다. 그것을 의심하는 자는 바보다! 미래의 계몽, 차츰 다가오는 만인행복의 계몽, 그것은 신이 정한 매우 당연한 상태다.

전체의 헤아릴 길 없는 추진력은 인류의 모든 실천을 지배하고 정해진 시간에 그것들을 논리적인 상태로, 평온하고 정당한 상태로 이끌 것이다. 땅과 하늘이 만들어 낸 하나의 힘이 인류에게 생겨 결국 인류를 지휘할 것이다. 그 힘은 기적을 낳는 힘과 같다. 그 힘이라면 이상한 급변과 함께 힘들이지 않고 놀랍게 해결할 수 있을 것이다. 인간의 학문과 신의 도움으로 만들어지는 그 힘은 평범한 사람이 해결할 수 없는 문제 설정의 모순에도 놀라지 않는다. 그 힘은 몇 개의 상념을 연결해 어떤 문제를 해결하는 데 능란하고 또 몇 개의 사실을 연결해 교훈을 이끌어 내는 것에도 능란하다. 따라서 사람은 그 신비로운 진보의 힘을 통해 모든 것을 기대할 수 있게 된다. 그 힘은 무덤 밑바닥에서 동양과 서양을 마주하게 하고 대피라미드 속에서 이맘(회교국의 군주_옮긴이)과 보나파르트를 대화하게 할 것이다.

그때까지 정신의 성대한 발전에는 잠깐의 정지나 주저도 없고 멈추어 설 틈도 없었다. 사회철학은 본디 평화의 학문이다. 그것은 적대 행위를 연구하고 노여움을 해소하는 것을 목적으로 하며 그 결과를 실현하고자 한다. 그것은 조사하고 연구하며 분석하고 재조직한다. 그것은 본디 상태로 되돌아가는 방법을 실천하면서 모든 것에서 증오를 없앤다.

하나의 사회가 인간을 강타하는 광풍 때문에 가라앉아 가는 것은 이미 여러 번 보았다. 역사는 민족이며 제국이 난파된 기록으로 가득 채워져 있다. 풍속이며 법률, 종교 같은 모든 것이 하루아침에 커다란 회오리 같은 미지의 것이 다가와 흔적도 없이 쓸어 가 버린 것이다. 인도, 갈리아, 페르시아, 아시리아, 이집트 문명은 차례로 사라져 갔다. 그 이유는 무엇인가? 우리는 그것을 알 수 없다. 그렇다면 그 재난들의 원인이 무엇인가? 그 역시 우리는 알지 못한다. 그 사회들은 결국 구조될 수 없었는가? 그들 자신에게 잘못이 있었는가? 뭔가 결정적인 영향을 주는 악에 집착해서 그것 때문에 멸망한 것인가? 한 국가나 종족의 그러한 멸망 속에는 얼마나 많은 자살이 포함되어 있는가? 이러한 모든 질문에 대한 답은 없다. 그림자가 사형에 처한 문명들을 덮고 있고 그것들은 그렇게 물속으로 가라앉아 버렸다. 그래서 지금은 바다 깊이 잠겨 있기 때문에 그 이상 우리가 할 수 있는 대답은 아무것도 없는 것이다. 바빌론, 나니

비, 타르스, 테베, 로마 같은 큰 배들이 과거라는 깊은 바다 속으로, 세기라는 커다란 물결 속으로 사라져 가는 것을 생각할 때 우리는 전율을 느끼게 된다. 그곳엔 어둠이 있지만 이곳엔 빛이 있는 것이다. 우리는 고대여러 문명의 온갖 병적 증세를 알지 못하지만 현대 문명의 약점은 알 수있다. 우리는 그 문명 위에 똑같이 빛을 비추어 볼 권리를 갖는다. 그것에서 아름다운 점을 찾아내고 추하고 악한 점을 드러낸다. 그리고 고통이있는 곳에는 존데를 넣어 증상을 살핀다. 그래서 일단 병이 확인되면 그원인을 밝혀 약을 개발한다. 우리의 문명은 과거 20여 세기에 의해 만들진 것이고 그것이 낳은 괴물인 동시에 기적이다. 따라서 우리의 문명은구조를 받을 만한 분명한 가치가 있다. 결국 그것은 언젠가 구조될 것이다. 그것을 구조하는 일은 매우 힘들다. 또한 그것에 빛을 더해 주는 것은 더욱 힘든 일이다. 현대사회철학의 모든 노력은 이 하나의 목적에 집중되어야만 한다. 철학가는 오늘날 하나의 큰 의무를 갖는다. 그것은 문명을 충분히 진단하는 일이다.

반복해서 말하자면 이 진단이야말로 사람을 독려한다. 그리고 우리는애통한 드라마 사이에 긴 엄격한 간주곡인 이 몇 페이지를 격려의 강조로 마칠까 한다. 언젠가 죽게 될 운명에 처한 사회에서도 인류의 불멸은느낄 수 있는 것이다. 이곳저곳 상처 자국 같은 분화구며 습진 같은 유기공(硫氣孔)이 있어도, 또 썩은 고름이 흐르는 화산이 있더라도 그 때문에 지구가 죽는 일은 없을 것이다. 민중의 병이 인간을 죽일 수 없는 이유가 바로 이것이다.

하지만 사회의 임상 강의에 귀 기울이는 사람은 누구나 한 번쯤 머리를 흔들지 않고는 견딜 수 없게 된다. 매우 강하고 마음이 착하며 논리적인 사람이라도 가끔씩 기력을 잃을 때가 있기 때문이다.

과연 미래는 찾아올 것인가? 이렇듯 무섭고 흔한 그림자를 보면서 우리는 실로 스스로에게 묻지 않을 수 없다. 이기주의자들과 처참한 자들의 어두운 대면이다. 이기주의자들의 속마음에는 편견, 돈들인 교육이 가져오는 어둠, 심취로 인해 쌓여 가는 욕망, 번성에 빼앗긴 눈과 귀, 때때로 괴로워하는 사람들이 미워질 정도의 고통에 대한 공포, 만족되지 않는 욕망, 영혼을 막아 버릴 정도로 부푼 자아 같은 것이 있다. 또 처참한 자들의 속마음에는 열망, 질투, 남의 기쁨에 대한 증오, 인간의 동물적 본능에 뿌리박힌 포만(飽滿)에 대한 욕구, 안개에 휩싸인 마음, 설움, 결핍, 불운, 무례하고 단순한 무지와 같은 것들이 있다.

그렇더라도 전처럼 눈을 들어 하늘을 바라봐야 하는가? 하늘에는 빛이 빛나고 있지만 그것도 결국은 사라져 갈 것인가? 이상이 그처럼 넓고 깊은 곳에서, 홀로 눈에 보이지 않을 정도로 작게 고립되어 빛나고 있지만, 무섭게 주위를 휘감고 있는 거대한 먹구름의 협박을 받으며 떠 있는 것은 바라보는 것만으로도 무섭다. 하지만 그것은 구름의 입에 삼켜질 듯 삼켜지지 않는 별과 같다. 다시 말해 사실은 전혀 위험하지 않은 것이다.

8. 기쁨과 슬픔

범람하는 빛

에포닌은 마뇽의 청으로 플뤼메 거리에 가서 그곳에 살고 있는 처녀가 누구인지 철책 너머로 확인했다. 그리고 우선 악인들을 그 거리에 접근하지 못하게 해 놓고 그 뒤에 마리우스를 그곳으로 데리고 갔다. 마리우스는 그 철책 앞을 서성이며 며칠을 황홀한 듯 서 있었다. 그러다 마치 자석에 끌리는 쇠붙이처럼, 사랑하는 사람을 애인 집의 돌벽으로 이끄는 힘에 의해 줄리엣의 집에 들어간 로미오처럼 결국 코제트의 정원 안으로 들어가게 되었다. 마리우스는 로미오의 경우보다 훨씬 쉽게 그녀의 집으로 들어갔다. 로미오는 벽을 넘어야 했지만 마리우스는 녹슨 구멍으로 노인의 이빨처럼 삭은 철책 하나만 약간 밀어젖히면 되었기 때문이다. 마리우스는 몸이 늘씬했기 때문에 더욱 쉽게 들어갈 수 있었다.

그 거리는 인적이 드물었고 더구나 마리우스는 밤에만 들어갔기 때문에 사람 눈에 띌 걱정은 하지 않아도 되었다.

한 번의 키스를 통해 두 영혼이 굳게 맺어진 그 순간부터 마리우스는 매일 밤 그곳을 찾았다. 이 시기에 코제트가 분별없는 문란한 남자와 사랑에 빠졌더라면 분명히 파멸해 버렸을 것이다. 왜냐하면 여자 중엔 제법 쉽게 몸을 내맡기는 마음이 넓은 성격의 소유자가 있는데 코제트도 그러한 여자 중의 하나였기 때문이다. 여성의 관후함 중 하나는 상대에게 몸을 내맡기는 것이다. 사랑은 뛰어난 높이에 이를 때 정절에 대해 이 세상 것이 아닌 무비판적 특성을 품게 된다. 아아, 귀중한 영혼을 가진 여자들이여! 그대들은 얼마나 많은 위험을 겪게 되는가? 그대들은 마음을 다해 사랑했는데 남자들은 빈번히 육체만을 빼앗는 일이 있다. 그렇게 되면 마음은 전처럼 그대들 안에 머무르고 있고 그대들은 몸을 떨며 어둠 속에서 그것을 지켜보게 된다. 사랑에 중용은 없는 것이다. 사랑은 사람을 파멸시키든가 아니면 구원하든가 둘 중 하나다. 인간의 운명은 모두 이 진퇴양난에 빠져 있다. 그러나 파멸이냐, 구원이냐 하는 이 딜레마를 사랑처럼 여지없이 인간에게 내리는 숙명은 없을 것이다. 사랑은 죽음과 삶의 양면성을 지닌다. 요람이 되기도 하고 무덤도 된다. 똑같은 감정이 마음속에서 예라고도 하고 아니라고도 대답한다. 신이 만든 모든 것 중에서 인간의 마음은 가장 넉넉한 빛을 퍼뜨리기도 하고 가장 깊은 어둠을 향하기도 한다.

신의 뜻에 의해 코제트의 사랑은 인간을 구원하는 사랑이었다.

1932년 그해, 5월 내내 매일 밤마다 황폐하고 쓸쓸한 이 정원에는 날이 갈수록 짙어지는 향기와 무성해지는 그 관목 덤불 아래서 모든 순결과 순수로 이루어진 두 사람이 하늘의 축복을 받으며, 천사 같은 모습으로 깨끗하고 참되게 심취되어 눈부시게 빛나면서 어둠 속에서 서로를 비췄다. 코제트는 마리우스가 왕관을 쓴 것처럼 보이고, 마리우스는 코제트 뒤에 후광이 비치고 있는 것처럼 보였다. 두 사람은 서로를 쓰다듬고 바라보며 몸을 가까이했다. 그러나 두 사람 사이에는 늘 그 이상 넘을 수 없는 어떤 거리가 존재했다. 그렇다고 서로를 피하는 것은 아니다. 두 사람은 단지 그 이상은 알지 못했기 때문이다. 마리우스는 순결이라는 거리낌을 코제트에게서 느끼고 있었고, 코제트는 성실이라는 버팀목을 마리우스에게서 느끼고 있었다. 첫 키스는 그대로 마지막 키스가 되었다. 마리우스는 그 후, 코제트의 손이나 목덜미, 머리카락에 가볍게 입술을 대는 것 이상의 표현은 절대 하지 않았다. 그에게 코제트는 한 사람의 여성이 아닌 하나의 향기였다. 다시 말해 그는 그녀로 인해 숨 쉴 수 있었다. 코제트는 어떤 거부도 하지 않았지만 마리우스는 어떤 것도 원하지 않았다. 코제트는 행복하기만 했고 마리우스는 충족감에 휩싸여 있었다. 두 사람은 영혼과 영혼의 심취라고 할 수 있는 황홀함에 빠져 살아가고 있었다. 그것은 두 동정(童貞)이 이상 속에서 서로를 껴안는 말로 표현하기 힘든 최초의 포옹과 같은 것이었다. 그것은 두 마리의 백조가 융프라우 산정에서 만난 것과 같다.

사랑의 그러한 시기에, 다시 말해 욕정이 황홀함 속에서 질식한 듯 천사처럼 순결해진 마리우스가 만일 코제트의 드레스를 복사뼈까지 들어올릴 마음을 먹었다면, 그는 차라리 창녀의 집을 찾아갔을 것이다. 어느 날, 달빛이 환하게 비추는 정원에서 코제트가 땅에 떨어진 무엇을 집어올리기 위해 몸을 굽혔을 때 벌어진 앞가슴이 살짝 보이자 마리우스는 놀라서 눈길을 돌렸다.

그렇다면 이 두 사람 사이에 어떤 일이 일어났는가? 그들 사이에는 아무 일도 없었다. 단지 서로 깊이 사랑하는 것이 전부였다.

밤에 그들이 함께 있을 때, 그 정원은 마치 살아 있는 성스러운 장소와 같았다. 수없이 많은 꽃들이 그들 주위에 피어나 향기를 내뿜었고 그들은 서로의 영혼을 활짝 피워 꽃들 위에 펼쳤다. 제멋대로 피어난 정열적인 식물들은 순결한 그 두 사람을 둘러싸며 바르르 떨었고, 두 사람은 서로에게 사랑의 말을 주고받으며 나무늘을 떨게 했다.

그들의 이야기란 어떤 것이었을까? 그것은 하나의 숨결과 같았다. 단지 그것뿐이었다. 그 숨결만으로도 모든 자연을 어지럽히고 흔들어 놓는 데 충분하였다. 나뭇잎을 흔들리게 하고 지나가는 바람에 연기처럼 사라져 가는 그러한 덧없는 속삭임에는 단순히 책을 통해 배울 수 없는 하나의 마법과 같은 힘이 존재했다. 두 연인의 속삭임에서 영혼이 연주하는 멜로디를, 하프처럼 그 속삭임에 반주를 하는 그 영혼의 멜로디를 빼앗아 버린다면 그림자만 남을 뿐이다. 그렇게 되면 사람들은 이렇게 말할 것이다.

"겨우 그게 다인 거야?"

하지만 그렇다. 그 속삭임은 매우 유치하고 쓸데없는 반복이며, 보잘 것없는 웃음이고, 바보 같은 농담이었지만 더없이 존엄하고 더없이 의미 깊은 말이었다. 두 사람에게는 말하고 들을 가치가 있는 유일한 것이었다.

그런 보잘것없는 농담, 그런 쓸데없는 말을 한 번도 들은 적이 없는 사람, 한 번도 얘기해 본 일이 없는 사람이 있다면 그 사람이야말로 가장 멍청하고 재미없는 사람일 것이다. 코제트는 마리우스에게 이렇게 속삭였다.

"당신 알고 있어요?"

그 순결한 처녀성을 간직한 채 두 사람은 서로 어떻게 얘기할지 몰라 고민하다가 이제는 완전히 서로 스스럼없는 말투를 쓰게 되었다.

"제 진짜 이름은 외프라지라고 해요."

"외프라지? 그렇지 않아. 당신 이름은 코제트잖아."

"아니에요! 코제트는 제가 어렸을 때 부르던 이름이고 제 진짜 이름은 외프라지예요. 외프라지란 이름, 당신 마음에 들지 않나요?"

"아니. 좋아……. 하지만 코제트란 이름도 맘에 들어."

"외프라지보다 그게 더 맘에 들어요?"

"아마도 그런 것 같아."

"그렇다면 저도 그게 더 좋아요. 코제트란 참 귀여운 이름 같아요. 저를 코제트라 불러 주세요."

그렇게 말하고 코제트는 방긋 웃었기 때문에 이 이야기는 천국의 숲 속에 어울리는 전원시가 되었다.

어떤 날은 코제트가 마리우스를 그윽하게 바라보다 이렇게 말했다.

"당신은 정말 미남이세요. 재치도 있고 빈틈이 조금도 없어요. 저보다 학식도 많고요. 하지만 이 한마디 말에 있어서는 저도 당신한테 뒤지지 않아요. 당신이 정말 좋아요!"

마리우스는 그 순간 창공의 한가운데로 올라가 하나의 별이 노래하는 소리가 들리는 것 같았다.

어느 날은 코제트가 마리우스를 살짝 때리는 시늉을 하기도 했다.

"기침을 하면 안 돼요. 저희 집에서 제 허락도 없이 기침을 하시면 어떻게 해요. 이렇게 저를 걱정하게 하다니 너무하세요. 난 당신이 항상 건강하시길 바라거든요. 당신이 건강하시지 않으면 전 무척 불행해질 거예요. 그렇게 되면 전 어떻게 해야 하죠?"

마리우스에게는 그녀의 그러한 말도 전혀 꾸밈이 없는 순진한 말로 들렸다.

또 어느 날, 마리우스는 코제트에게 이렇게 말했다.

"난 아주 한참 동안이나 당신 이름이 위르쉴인 줄 알았다오."

두 사람은 이 말을 하고 밤새도록 웃었다.

또 다른 말을 하던 도중 마리우스는 갑자기 외쳤다.

"아! 예전에 뤽상부르 공원에서 말이오, 한 상이군인을 때려죽이고 싶은 적이 있었소!"

그리고 깜짝 놀라 입을 다문 채 그 이상 말하지 않았다. 이 이야기를 하려면 코제트에게 양말대님 얘기를 하지 않을 수 없었기 때문이다. 그로서는 할 수 없는 이야기였다. 그 이야기에는 아직 할 수 없는 어떤 미지의 면, 다시 말해 육체적인 면이 있었기 때문에 그의 순결한 사랑이 그것을 받아들일 수 없어서였다.

마리우스는 코제트와 함께 보내는 시간에 그 이상의 생각을 섞지 않았다. 매일 밤 플뤼메 거리로 와서 그 옛날 재판소장 댁의 철책을 비틀고 들어가 벤치에 그녀와 함께 나란히 걸터앉았다. 나무 사이로 보이는 밤하늘의 반짝이는 별빛을 올려다보며 자기의 바지 주름과 코제트의 드레스 주름이 겹치게 하고 앉아 그녀의 엄지손톱을 쓰다듬으며 그녀를 당신이라고 불렀다. 그리고 둘이서 같은 꽃향기를 끝도 없이 들이마셨다. 그러는 동안 구름은 두 사람의 머리 위를 흘러갔고 바람은 하늘의 구름보다도 더 많은 인간의 꿈을 싣고 불어 왔다.

이 수줍고 정숙한 사랑에 육체의 욕망이 전혀 섞여 있지 않았던 것은 아니었다. 사랑하는 여자의 기분을 맞추는 것은 애무로 향하는 첫걸음이고, 대범한 행동에 가까이 다가가는 연습과 같다. 기분을 맞추는 것은 말하자면 장막을 넘어 키스하는 것과 같다. 그것은 욕정을 마음 깊이 감추면서 그 날카로운 칼끝을 살짝 내미는 것이다. 욕정 앞에서 마음은 약간 주춤하는 것 같지만 사실 그것은 한층 더 사랑하기 위해서일 뿐이다. 마리우스의 다정한 말은 온통 꿈에 잠겨 있었는데, 즉 푸른 하늘에 잠겨 있는 것과 같았다. 천사 가까이 창공을 날아오르는 새는 반드시 그런 소리를 들을 수 있게 된다. 그러나 그 말에는 생명이, 인간성이, 마리우스가 마음껏 품을 수 있는 적극성이 뒤섞여 있었다. 그것은 동굴 안에서 주고받는 말이며, 언젠가 알코브 속에서 주고받을 다정한 말의 시작이며, 시적인 진심의 토로이며, 하나로 합쳐진 스트로프와 소네트이며, 비둘기의 귀여운 외침이며, 꽃다발로 묶어서 천국의 향기를 내뿜는 고상한 사랑의 이야기며, 마음에서 마음으로 전달되는 말로 표현할 수 없는 새들의 지저귐이었다.

마리우스는 낮은 목소리로 속삭이듯 말했다.

"오! 당신은 너무 아름답소! 눈이 부셔서 감히 쳐다보기도 힘들 정도요. 그래서 난 마음으로 당신을 보오. 당신이 바로 미의 여신인 것 같소.

난 지금 내가 무슨 생각을 하고 있는지도 모르겠소. 당신의 드레스 밑으로 구두 끝이 살짝 보이기만 해도 내 마음은 견딜 수 없이 어지럽소. 그리고 또 당신의 마음이 살짝 보이기만 해도 나는 말할 수 없이 기쁨을 느끼오. 당신은 어쩌면 그렇게 맞는 말만 하오. 나는 가끔 당신이 꿈이 아닌가 생각할 때가 있소. 내게 당신의 말을 들려주오. 당신의 목소리를 듣고 있을 테니까. 그리고 당신을 예찬할 테니까. 아, 코제트. 어쩌면 이렇게 황홀하고 매력적일 수 있는지! 나는 정말 미칠 것 같소. 당신은 세상에서 가장 멋진 아가씨요. 나는 당신의 발을 현미경으로 연구하고 당신의 영혼을 망원경으로 연구한다오."

그럼 코제트는 마리우스에게 이렇게 대답하는 것이었다.

"마리우스, 난 당신을 사랑해요. 아침부터 쭉 당신만을 생각했어요."

물음과 대답은 이러한 대화 속에서 자유로이 오고갔지만 끝은 언제나 같은 생각으로 사랑에 귀결되었다.

코제트의 마음씨는 순진하고, 솔직하며, 투명하고, 깨끗하고, 천진하고, 광채에 둘러싸여 있었다. 코제트는 힘껏 맑은 빛과 같았다. 그녀를 바라보는 사람들은 그녀에게서 4월과 새벽을 느꼈다. 그녀의 눈동자에는 이슬의 영혼이 맺혀 있었다. 코제트는 마치 서광이 모여 여성의 모습으로 나타난 것 같았다.

마리우스가 그녀를 간절히 사랑하고 감탄한 것도 어쩌면 당연한 것이었다. 사실 수도원의 기숙사를 나온 지 얼마 되지 않은 이 소녀는 뛰어난 통찰력을 갖고 있었고, 모든 일에 대해 진실하고 고상한 말을 썼다. 그래서 아무것도 아닌 말도 매우 훌륭한 말이 되었다. 착각 없이 사물을 진실하게 관찰했다. 여성이란 바로 이런 과실 없는 부드러운 심정의 본능을 가지고 느끼거나 이야기한다. 여성만큼 다정하고 깊이 있는 이야기를 할 수 있는 존재는 없을 것이다. 다정함과 깊이, 이것은 여성의 모든 것이라고도 할 수 있다. 또 그것은 하늘의 모든 것이기도 하다.

그런 무결하고 더할 나위 없는 행복 속에서 두 사람의 눈에는 끊임없이 눈물이 고였다. 무당벌레 한 마리가 짓밟힌 것을 보아도, 보금자리에서 떨어진 새털 한 개, 꺾어진 아가위나무 가지, 그 모든 것에 두 사람은 동정심과 슬픔을 느끼고 눈물 흘렸다. 더할 나위 없는 사랑의 표시는 이처럼 때때로 통제 불가능하게 솟아오르는 다정한 감상에 있다.

다른 한편으로는, 이러한 모순은 모든 사람의 유희에 다 있는 것이지만, 두 사람은 아무것도 아닌 일에도 망설임 없이 마음껏 웃었기 때문에, 어떤 때는 꼭 두 소년처럼 보일 때도 있었다. 하지만 순결에 빠진 마음이 스스로 깨닫지 못하는 사이에도 인간의 본성은 잊지 않고 그 아래 숨어 있게 된다. 이러한 본성은 동물적이면서도 존엄한 목적을 지니고 그 아래에 숨어 있기 때문에, 영혼의 티가 아무리 없을지라도 또 단순한 우정이 아닌 남녀의 사랑이 그 이상 깨끗할 수 없을 정도로 느껴지는 것이다.

그들은 영혼 깊숙한 곳에서부터 서로를 사랑하고 있었다.

영원히 변하지 않는 것은 틀림없이 존재한다. 서로를 사랑하고, 미소를 나누고, 웃고, 삐죽 입술을 내밀며 토라지고, 깍지 낀 손을 잡으며 이야기를 나누어도 역시 영원은 존재하는 것이다. 두 연인은 황혼 속에, 저녁 어스름 속에, 보이지 않는 것 속에, 새와 더불어, 장미꽃과 더불어 몸을 숨기고, 눈동자 속에 서로의 마음을 담아 그늘 아래에서 서로 현혹하고 속삭이고 소곤거렸다. 그러는 동안 하늘의 수많은 별들은 흔들리며 끝없이 무한한 공간을 가득 메우고 있었다.

완전한 행복에 심취하다

두 사람은 완전한 행복에 심취해 멍한 나날을 보내고 있었다. 바로 그

달 파리에서는 많은 사람들이 콜레라로 죽어 갔다. 하지만 두 사람은 그 것도 전혀 알지 못했다. 두 사람은 서로에게 말할 수 있는 모든 것을 이 야기했지만 서로의 이름을 안 것 외에는 어떤 것도 알지 못했다. 마리우 스는 코제트에게 자기는 고아이며, 이름은 마리우스 퐁메르시라는 것, 직업은 변호사고 출판사의 부탁으로 글을 써서 먹고 살고 있다는 것, 아 버지는 대령이었고 용사였다는 것, 그 자신은 부자인 할아버지와 사이가 좋지 않다는 것을 밝혔다. 그는 또 자기가 남작이라는 사실도 약간 암시 했으나 코제트에겐 아무런 영향도 주지 않았다. 그녀는 남작이라는 말이 무엇을 뜻하는지 잘 알지 못했기 때문에 마리우스가 남작이라는 사실을 잘 이해할 수 없었다. 그녀에게 마리우스는 어디까지나 그냥 마리우스였 다. 코제트는, 자기는 픽퓌스 수도원에서 자랐고, 마리우스와 마찬가지로 어머니가 돌아가셨으며 아버지 이름은 포슐르방이라고 말했다. 그는 무 척 친절한 사람으로 가난한 사람을 많이 돕고 있지만 아버지 자신은 매 우 가난한 사람으로 자기에게는 무엇 하나 부족함이 없이 해 주지만 그 자신은 몹시 검소한 생활을 한다고 그에게 이야기해 주었다.

기이하게도 마리우스는 코제트를 만난 뒤, 교향악에 둘러싸인 것 같은 생활을 하고 있어 과거의 일, 바로 엊그제 일어난 일까지도 기억하지 못 했다. 그래서 코제트가 하는 말은 어떤 것이나 그대로 만족했다. 그는 예 전에 그 움집에서 밤에 일어난 일이며, 테나르디에 식구들에 관한 일이 며, 그녀의 아버지가 화상을 입은 일이며, 그의 이해할 수 없는 태도며, 그가 도망간 일에 대해 코제트에게 전혀 말하지 않았다. 그렇게 마리우 스는 그 모든 일들을 완전히 잊고 있었다. 또한 그는 저녁때가 되면 그날 아침에 자기가 무엇을 했고 어디서 아침을 먹었고 누구와 말을 했는지 조차 깨끗이 잊어버렸다. 귀에는 항상 노랫소리가 울리고 있어 그 밖의 것은 전혀 머리에 남아 있지 않았다. 그는 오직 코제트와 함께 있을 때만 살아 있는 것 같았다. 코제트와 함께 있을 때 마리우스는 천국에 있는 것 같았다. 그렇기 때문에 지상의 모든 일을 잊는 것도 결코 이해할 수 없는 것도 아니었다. 두 사람 다 욕정의 표현하기 힘든 무게를 사랑의 고민 속에 질질 끌고 가고 있었다. 사람들이 보통 연인들이라고 부르는 그들은 몽유병 환자처럼 그렇게 살고 있었다.

아, 이런 경험을 무수히 하지 않은 사람이 있을까? 왜 사람은 이런 높고 푸른 하늘에서 내려와야 할 순간이 있는 것일까? 왜 인생은 그 뒤에도 끊임없이 이어지는 것일까?

사랑하는 것은 생각하는 것과 같다. 사랑은 사랑 이외의 것을 잊게 만드는 뜨거운 불길이다. 열정에서 논리를 찾는 것은 힘든 일이다. 천체역학에 온전한 기하학적 도형이 없는 것처럼 사람의 마음속에도 어떤 절대적인 논리의 요지는 찾아보기 힘들다. 코제트와 마리우스는 이미 마리우스와 코제트 이상의 것은 어떤 것도 존재하지 않았다. 그들 주위에 펼쳐진 우주와 같은 것들은 모두 어떤 구멍 속으로 빠져나가 버리고 만 것이다. 두 사람은 황금 같은 순간 속에서 살고 있었기 때문에 앞에 아무것도 없고 뒤에도 아무것도 없었다. 코제트에게 아버지가 계시다는 것조차 마리우스는 잊고 있었다. 그의 머릿속에 있는 것은 심취로 인해 모두 흔적도 없이 사라지게 된 것이다. 그럼 이 연인들은 어떤 이야기를 하고 있었는가? 앞서 언급했듯이 꽃이며, 제비며, 석양이며, 달이며, 갖가지 소중한 이야기를 주고받았다. 그들은 온갖 이야기를 주고받았지만 사실은 어떤 것도 말하지 않았다. 사랑하는 사람들에게 사랑 이외의 것은 모두 없는 것과 마찬가지기 때문이다. 아버지, 현실, 움집, 악당들, 그날 일어난 일, 이런 것들이 무슨 의미가 있단 말인가? 그것보다 그 무서운 꿈같은 일은 정말일까? 지금은 두 사람만이 존재한다. 그리고 서로 간절히 사랑하고 있다. 그것밖에는 아무것도 없었다. 그와 동시에 등 뒤에 있는 지옥이 점차 멀어져 가는 것은 천국이 가까워지는 징후다. 그때 정말 악마를 보았는가? 악마란 정말 존재하는 걸까? 그때 무서워 두려움에 떨었던가? 무엇 때문에 괴로워했던가? 지금은 어떤 기억도 없었다. 단지 장밋빛 구름만이 머리 위에 흘러갈 뿐이었다.

두 사람은 이렇듯 하늘 높이, 진실이라고 생각되지 않는 것에 휩싸여 살아가고 있었다. 그들이 있는 곳은 땅 밑도 아니고, 하늘 꼭대기도 아닌, 사람과 천사의 중간이며, 진흙탕 위 하늘 아래이며, 구름 속이지만 뼈와 살을 갖고 있는 인간은 아니었고, 머리에서부터 발끝까지 영혼과 황홀로만 휩싸여 있어, 이미 땅 위를 걷기에는 너무 드높았고 하늘 속으로 사라지기엔 너무 인간적이었다. 그들은 마치 침전물을 기다리는 원자(原子)처럼 중간쯤 떠 있었다. 그래서 다른 사람의 눈에는 운명에서 완전히 떨어져 나온 것으로 보였고, 어제와 오늘과 내일의 경로를 모르는 채 다만 놀라고 황홀해져서 이따금 무한 속으로 날아가듯 가벼워지기도 하고, 영원 속으로 뛰어 들어갈 것 같기도 했다.

이렇게 두 사람은 요람 속에서 눈을 뜬 채 잠을 자고 있었다. 아, 이상의 무게에 압도된 현실의 빛나는 혼수상태여! 때때로 마리우스는 코제트가 더할 나위 없이 아름다운데도 그 앞에서 눈을 감을 때가 있었다. 그것은 상대의 영혼을 바라보는 최선의 방법이었기 때문이다.

마리우스와 코제트는 지금의 생활이 앞으로 자기들을 어디로 끌고 갈 것인지를 전혀 걱정하지 않았다. 두 사람은 이미 목적지에 도착한 것 같은 마음이었다. 사랑의 방향을 정하는 것은 어이없는 요구와 같다.

그림자의 징후

그때까지 장 발장은 아무것도 눈치채지 못했다. 코제트는 마리우스만큼 그렇게 심취되지 않았고 또 명랑했기 때문에 장 발장은 그것만으로 매우 만족했다. 코제트가 품은 생각이며, 사랑이며, 마음속이 마리우스의 모습으로 가득 차 있었지만 그녀의 순결한 미소가 띠우는 청순함을 조금도 덜하게 하지는 못했다. 그녀의 나이는 천사가 백합을 바치는 것처럼 처녀가 사랑을 바칠 나이였다. 그래서 장 발장은 그녀에 대해 불안하게 생각하지 않았다. 더구나 사랑하는 두 연인이 서로 조심하는 동안에는 모든 일이 잘되기 마련이고, 또 만약 사랑을 방해하는 제삼자가 있더라도 연인이면 누구나 아는 작은 주의로 그의 눈을 완전히 가릴 수가 있는 것이다. 때문에 코제트는 결코 장 발장의 의지를 거스르지 않았다.

장 발장이 코제트에게 함께 산책을 하자고 했다.

그러면 코제트는 "네 아버지, 좋아요."라고 대답했다. 그리고 장 발장이 집에 머물고 싶다고 하면 코제트는 "그렇게 해요." 하고 말했다. 또 장 발장이 저녁 시간을 그녀 옆에서 지내고 싶다고 하면 코제트는 흔쾌히 그것에 응했다. 장 발장은 항상 밤 10시가 되면 자기 방으로 돌아갔기 때문에 마리우스는 10시가 지날 때까지는, 다시 말해 한길에 서서 코제트가 돌계단으로 문을 열고 나오는 소리가 들리기 전에는 절대 정원으로 들어가지 않았다.

온종일 마리우스를 본 사람은 한 명도 없었다. 장 발장은 마리우스라는 사람이 있다는 것조차 생각할 수 없었다. 그는 어느 날 아침 갑자기 코제트에게 "네 등에 웬 하얀 것이 묻어 있냐!"고 말한 적이 있었다. 그것은 전날 밤, 마리우스가 자신도 모르게 코제트를 벽으로 밀었을 때 묻은 것이었다.

하녀 투생 역시 초저녁잠이 많아서 일만 끝나면 잠잘 생각만 하기 때문에 장 발장처럼 아무것도 눈치채지 못했다.

마리우스는 절대 집 안에 발을 들이지는 않았다. 코제트와 함께 있을 때는 지나가는 사람 눈에 띄지 않도록, 또 말소리가 들리지 않도록 호젓한 돌계단 옆에 숨어 앉아서, 이야기 대신 1분 동안 스무 번이나 서로 손을 마주 잡는 것으로 만족하는 일도 있었다. 두 사람은 아마 서너 걸음 앞에 벼락이 떨어졌다고 해도 모를 정도로 그만큼 한편의 몽상이 다른 편의 몽상에 흡수되어 깊이 빠져 있었다.

순수함. 티 없이 맑고 깨끗한 시간. 거의 변함없는 시간. 이런 사랑은 백합 꽃잎과 비둘기 깃털을 모은 것과 같았다. 정원 전체가 그들 두 사람과 넓은 길 사이에 놓여 있었다. 마리우스는 정원을 드나들 때마다 철책을 바로잡아 남의 눈에 띄지 않도록 조심했다.

그는 꽤 밤이 깊은 뒤에야 일어나서 쿠르페락의 집으로 돌아갔다. 쿠르페락은 바오렐에게 다음과 같이 말했다.

"마리우스가 요새 매일 밤 새벽 1시가 되어서야 돌아오는데. 자네 생각엔 어떤가?"

바오렐은 말했다.

"그게 뭐 어떻단 말이야? 신학 선생이라도 연애에 관한 소문은 있는 거야."

때때로 쿠르페락은 팔짱을 끼고 마리우스를 정중하게 꾸짖었다.

"자네 요즘 너무 거친 생활을 하는 것 같군."

쿠르페락은 현실주의자여서 마리우스에게 서려 있는, 눈에 보이지 않는 낙원을 긍정적으로 해석하려 하지 않았다. 그는 숨겨진 열정을 잘 이해할 수 없었다. 그는 불안해하며 때때로 마리우스에게 현실로 돌아오라고 잔소리를 했다.

어느 날 아침, 그는 마리우스에게 이런 충고의 말을 했다.

"자네는 요새 마치 달나라나, 꿈의 왕국이나, 공상의 나라나, 비누 거품 같은 세계에라도 빠져 있는 것 같군그래. 도대체 그 여자가 누군가?"

하지만 결국 마리우스의 대답을 듣지는 못했다. 그가 만약 어쩔 수 없이 신성한 3음절로 된 코제트라는 이름을 입에 올려야 했다면 그는 차라리 손가락에서 손톱을 뺐을 것이다. 참된 사랑이란 이토록 희망의 빛으로 가득 차 있으면서도 무덤처럼 꿋꿋이 침묵을 지켜야 하는 것이다. 쿠르페락이 보기에도 마리우스에게는 어쩐지 예전과 다르게 보이는 점이 있었다. 그는 말은 없었지만 매우 쾌활해 보였다.

그 달콤했던 5월 한 달 동안 마리우스와 코제트는 다음과 같은 끝없는 행복을 느꼈다.

말다툼을 해서 서로를 겸연쩍게 부르는 일이 있었는데 결국 그것도 서로를 좀 더 친밀하게 부르는 과정이 되었다.

두 사람과 전혀 상관없는 사람의 이야기를 화제에 올리는 것, 그것은 사랑이라고 부르는 그 황홀한 오페라에서 대사는 아무것이나 상관없다는 증명이었다.

마리우스가 그녀의 옷에 대한 이야기를 듣는 것.

무릎을 맞대고 앉아 어떤 말도 하지 않고 플뤼메 거리를 지나가는 마차 소리를 듣는 것.

하늘에 떠 있는 별과 풀숲의 개똥벌레를 지켜보는 것.

그렇게 함께 말없이 잠잠하게 있는 것. 그것 역시 말을 하는 것보다 무척 큰 즐거움이었다.

그러는 동안에 그 외에 이것저것 여러 가지 복잡한 일들이 일어났다.

어느 날 마리우스는 남몰래 만나는 장소로 가기 위해 앵발리드 큰길을 지나가고 있었다. 마리우스는 언제나 그렇듯 고개를 푹 숙이고 걸어갔다. 플뤼메 거리 모퉁이를 막 돌아섰을 때 쯤 바로 옆에서 누군가 말을 걸어 왔다.

"잘 지내고 계신가요. 마리우스 씨?"

고개를 들어 쳐다보니 에포닌이 서 있었다.

마리우스는 이상한 기분이 되었다. 에포닌이 플뤼메 거리로 그를 데려다 준 날부터 마리우스는 그녀 생각을 한 번도 한 적이 없었고 또 모습도 본 일이 없었기 때문에 완전히 그녀를 잊고 있었던 것이다. 마리우스는 오늘의 행복이 모두 에포닌 덕분인 것 같아서 그녀에게 오직 고마운 마음뿐이었지만 그녀를 만나는 것은 역시 불편한 일이었다.

열정은 행복하고 순수한 때 흔히 인간을 무척 둥글게 만든다고 생각하지만 그것은 틀린 생각이다. 앞서 언급한 대로 열정은 다만 인간을 어떤 사실을 잊어버린 상태로 이끌 뿐이다. 그러한 처지에서 인간은 분명하게 악의를 잊어버리지만 동시에 선의도 잊게 된다. 감사와 의무 같은 소중하지만 조금은 귀찮은 생각 같은 것은 모두 사라져 버리게 되는 것이다.

지금과 같은 상황이 아니었다면 마리우스도 에포닌에 대해 전혀 다른 행동을 했을지도 모른다. 하지만 지금은 코제트에게 온 정신을 빼앗기고 있었기 때문에 에포닌의 이름이 에포닌 테나르디에이며, 테나르디에라는 이름이 아버지의 유언에 쓰여 있던 이름이라는 것도, 불과 몇 달 전만 해도 그 이름을 위해서 목숨을 바칠 각오까지 돼 있었다는 것조차 마리우스는 까맣게 잊어버리고 말았다. 작가는 지금 마리우스를 사실 그대로 말하고 있는 것뿐이다. 이제 마리우스는 아버지에 관한 일조차 사랑의 빛 아래 사라져 잊게 된 것이다.

마리우스는 약간 당혹스러워하며 입을 열었다.

"아! 난 또 누구라고, 에포닌 씨가 아니오?"

"왜 또 갑자기 경어를 쓰세요? 제가 뭐 마음에 거슬리는 일이라도 한 건가요?"

"아니, 그렇지 않지만."

마리우스는 말했다.

그는 에포닌에게 나쁜 감정을 가지고 있지는 않았다. 결단코 그렇지 않았다. 단지 코제트와 가까워진 지금 에포닌과는 왠지 그래야만 될 것 같다는 생각이 들었을 뿐이었다.

마리우스가 더 이상 어떤 말도 하지 않았기 때문에 에포닌은 목소리를 높여 말했다.

"혹시……."

그리고 갑자기 에포닌도 입을 다물었다. 전에는 그토록 방정맞고 뻔뻔스럽던 에포닌도 지금은 적당한 말이 떠오르지 않은 것 같았다. 그녀는 마리우스를 향해 방긋 미소 짓고 싶어 했으나 그것도 잘되지 않았다. 그녀는 다시 말했다.

"혹시……."

그리고 다시 멈칫거리다 그대로 눈을 내리깔고 말했다.

"다음에 또 봬요, 마리우스 씨."

에포닌은 갑자기 이렇게 말하고는 재빨리 가 버렸다.

은어로 짖는 개

다음 날은 6월 3일이었다. 이 1832년 6월 3일은 마침 그 무렵 파리 지평선 위에 먹구름처럼 피어올랐던 중요한 사건으로 기억해 둘 만한 날이다. 마리우스는 해 질 무렵 계속해서 황홀한 생각에 빠져 어제 지나간 길과 같은 길을 지나가고 있었는데 큰길 가로수 사이로 에포닌이 자신을 향해 다가오는 것이 보였다. 이틀이나 연속해서 만나는 것은 이상한 일이었다. 마리우스는 재빨리 몸을 돌려 큰길을 벗어나 무슈 거리로 해서 플뤼메 거리 쪽으로 향했다.

그래서 오히려 에포닌은 처음으로 마리우스의 뒤를 쫓아 플뤼메 거리까지 갔다. 그녀는 지금껏 그냥 큰길에서 마리우스가 지나가는 것을 보는 것만으로 흡족해하며 절대로 그 앞에 나서려고 하지는 않았다. 그녀는 어제 처음으로 마리우스에게 말을 걸어 보고 싶은 욕구를 느꼈던 것이다. 에포닌은 마리우스를 몰래 뒤따라갔다. 마리우스는 에포닌이 보고 있는 앞에서 철책을 빼고 살짝 정원 안으로 들어갔다.

"어머나! 집 안으로 들어가잖아!"

그녀는 혼잣말을 했다.

에포닌은 철책으로 다가가 그것들을 만져 본 다음 마리우스가 빼냈던 쇠막대기를 곧 찾았다. 에포닌은 우울한 목소리로 조용히 말했다.

"오! 리제트, 이러면 안 돼!"

에포닌은 철책 주춧돌 위의 그 쇠막대기 바로 옆에 서서 그 쇠막대기를 지키기라도 하는 것처럼 쭈그리고 앉았다. 그곳은 철책이 바로 이웃 집 담과 연결되는 곳이었다. 때마침 그곳에는 에포닌이 몸을 감추기에 적당한 어두운 장소가 있었다.

에포닌은 그렇게 한 시간 동안이나 미동도 없이 숨을 죽인 채 깊은 생각에 빠져 있었다. 밤 10시쯤 플뤼메 거리를 때때로 지나가는 행인들 중 밤늦게 이 쓸쓸한 거리를 부지런히 지나가던 한 노인이 이 철책, 벽과 철책이 맞닿은 곳까지 왔을 때, 기분 나쁜 어떤 낮은 목소리가 이렇게 말했다.

"그이가 밤마다 찾아온다고 해도 놀랄 것 없어!"

노인은 주위를 둘러보았지만 사람이라곤 그림자도 없어서 두려움에 그만 간이 콩알만 해지고 말았다. 그는 재빨리 걸음을 걸으며 그 자리를 떠났다.

그 노인이 재빨리 떠난 것은 운이 좋았다. 왜냐하면 여섯 명의 남자가 한 명씩 차례로 벽 옆으로 다가왔기 때문이다. 그들은 비밀 정찰대처럼 플뤼메 거리로 몰래 숨어 들어왔다.

가장 먼저 철책 옆으로 다가온 남자는 걸음을 멈추고 뒤에 오는 누군가를 기다렸다. 얼마 지나지 않아 여섯 사람은 한곳에 다 모이게 되었다. 그들은 뭔가 수군거리며 은어로 말하기 시작했다.

"요고데다."

한 사람이 말했다.

"마당에 개 있나?"

다른 남자가 말했다.

"모르겠어. 아무튼 개에게 먹일 비상 떡은 챙겨 왔으니까."

"유리창 깨는 데 쓸 퍼티도 챙겨 왔나?"

"응, 챙겼어."

"철책이 꽤 낡은 것 같은데."

다섯 번째 남자가 굵은 목소리로 이야기했다.

"그거 잘됐군. 톱질을 해도 소리가 나지 않고 잘 잘라질 테니까."

두 번째로 말한 남자가 말했다.

여섯 번째 남자는 아직 말을 하지 않았지만 한 시간 전에 에포닌이 한 것처럼 쇠막대기 하나를 쥐고 조심스럽게 흔들어 보았다. 곧 마리우스가 뺐던 쇠막대기를 가까이 찾았다. 그가 그 쇠막대기를 쥐려고 하는 순간 어둠 속에서 불쑥 손 하나가 튀어 나와 그 손을 툭 쳤다. 그러자 남자는 가슴 가운데를 세게 얻어맞은 것처럼 말했다.

"개가 있잖아!"

동시에 그 남자는 안색이 좋지 않은 한 처녀가 눈앞에 서 있는 것을 보았다.

남자는 뜻밖의 일을 당한 것처럼 화들짝 놀라 몸을 떨었다. 그는 공포에 질려 두려워하는 얼굴이 되었다. 불안해진 맹수만큼 무서운 것은 없다. 겁에 질린 맹수의 모습은 오히려 사람을 두렵게 만든다. 남자는 한 발짝 물러서며 중얼거렸다.

"뭐야, 이 왈패 같은 계집애는?"

"당신 딸이잖아요."

에포닌이 테나르디에에게 말했다.

에포닌이 나타난 것을 알자 다른 다섯 남자, 클라크수, 괼메르, 바베, 몽파르나스, 브뤼종은 아무 말도 없이 덤벙거리지 않고 천천히, 그런 밤의 인간 고유의 여유가 있는 살벌한 동작으로 가까이 다가왔다.

그들은 손에는 뭔가 예사롭지 않은 도구를 쥐고 있었다. 필메르는 부랑자들이 머리 수건이라고 부르는 구부러진 집게 하나를 들고 서 있었다.

"야, 너 대체 거기서 뭘 하고 있었던 거냐? 뭘 어쩌자는 거지? 얘 혹시 미친 거 아닐까? 우리 일을 방해할 작정이야?"

테나르디에는 소리를 죽인 채 외쳤다.

에포닌은 깔깔 웃으며 그의 목에 매달려서 말했다.

"제가 여기 있었던 건 별다른 이유가 없어요, 아버지. 요샌 돌 위에도 마음대로 앉지 못하나요? 여긴 뭘 하러 오신 거예요? 비스킷이라고 하는데. 마뇽한테 잘 일러 보냈잖아요. 여기서 할 일은 전혀 없어요. 그건 그렇고 저에게 키스해 주세요, 네? 아버지, 꽤 오래간만이네요. 거기선 나오신 건가요?"

테나르디에는 에포닌의 팔을 뿌리치며 투덜거렸다.

"그래, 네가 나한테 키스하지 않았었니? 거기서 나왔지. 거기 그렇게 내가 처박혀 있을 것 같으냐? 자아, 이제 비켜라."

하지만 에포닌은 손을 놓지 않고 점점 더 바싹 달려들며 말했다.

"아버지, 대체 어떻게 나오셨어요? 거기서 도망쳐 나오시다니 대단하세요. 제게 말해 주세요. 참 어머닌 어떻게 되셨어요? 어머닌 지금 어디 계신 거예요? 그것도 알려 주세요."

테나르디에는 이렇게 말했다.

"응, 잘 지내고 있어. 너도 잘 알고 있잖아. 자, 이거 그만 놔라. 저리 비켜."

"그렇게 쉽겐 물러나지 않아요."

에포닌은 어리광 부리는 애처럼 떼를 쓰며 말했다.

"네 달 동안이나 만나지 못했었는데 겨우 키스를 하고 나니까 제게 비키라고 하시네요."

그렇게 말하며 에포닌은 또 아버지의 목에 더욱 바싹 매달렸다.

"아니 이게 무슨 멍청한 짓이야."

바베가 말했다.

"서둘러. 개가 지나가면 어쩌려고 그래."

괼메르가 말했다.

굵은 목소리의 한 남자가 이런 노래도 불렀다.

오늘이 설날도 아닌 것 같은데

엄마, 아빠보고 떼를 쓰며 보채네.

에포닌은 다섯 악인을 향해 돌아서며 인사했다.

"브뤼종 씨. 안녕하셨어요? 바베 씨도, 안녕하세요? 클라크수 씨, 안녕하세요? 괼메르 씨 날 잊지는 않았나요? 어머, 몽파르나스 씨는 또 어떻게 된 일이에요?"

"아니, 아무도 널 잊은 사람은 없으니까 인사는 그만하고 이제 길을 비켜라. 우리 일을 방해하려고 하진 마."

테나르디에가 말했다.

"여우님들 행차에 암탉은 비켜서라."

몽파르나스가 말했다.

"우린 여기서 지금 한몫 챙기려는 거야."

바베가 덧붙여 입을 열었다.

에포닌이 몽파르나스의 손을 잡자 그는 말했다.

"조심해! 손을 다칠지도 몰라. 단도를 가지고 있으니까."

"여기 봐요, 몽파르나스 씨."

에포닌은 여전이 조용한 말투로 말했다.

"한패를 믿지 않으면 어떻게 해요. 난 이분의 딸이에요. 게다가 바베 씨, 그리고 괼메르 씨, 이 일의 조사를 맡은 건 처음부터 나였잖아요?"

조심해야 할 말인데도 에포닌은 은어를 쓰지 않았다. 마리우스를 알게 된 뒤, 그녀는 그런 무서운 말은 쓸 수 없게 된 것이다. 에포닌은 해골처럼 마른 가냘프고 작은 손으로 괼메르의 거칠고 굵은 손을 잡으며 말을 덧붙였다.

"제가 멍청하지 않다는 건 잘 알고 계시잖아요? 평소엔 절 믿어 주시더니. 당신도 제가 예전에 여러 번 도와주었잖아요. 아주 자세히 조사했어요. 그리고 위험한 짓을 한들 아무 소용이 없다는 걸 알아냈어요. 분명히 이 집엔 일거리가 될 만한 게 하나도 없다고요."

"그렇지만 여자들만 살고 있는 집 아냐."

괼메르가 입을 열었다.

"아니요. 전부 이사를 갔어요."

"그렇다면 촛불만 이사를 가지 않았단 말인가?"

바베가 물었다. 그리고 바베는 나뭇가지 너머로 본채 지붕 아래 방에서 움직이는 불빛을 에포닌에게 가리켰다. 그것은 투생이 밤에 빨래를 해서 널기 위해 켜 놓은 불이었다.

에포닌은 마지막으로 다시 한 번 우겼다.

"그렇지만 매우 가난한 집이라고요. 이집은 1수도 없는 판잣집이에요."

"어서 저리 비켜! 우리가 들어가서 집 안을 뒤집어 본 다음 안에 뭐가 있는지 네게 말해 주마."

테나르디에가 외쳤다.

그는 안으로 들어가기 위해 에포닌을 옆으로 밀었다.

"제발 몽파르나스 씨. 제 말을 들어요."

에포닌은 애원하며 말했다.

"당신은 좋은 사람이잖아요. 그러니 제발 안에 들어가지 마요."

"조심해. 손 벤다고 했잖아!"

몽파르나스가 화를 내며 말했다. 테나르디에가 그 고유의 단호한 말투로 말했다.

"시끄러워, 그만하고 저리 가 있어! 더 이상 남자 일에 간섭하지 마!"

에포닌은 잡고 있던 몽파르나스의 손을 놓으며 말했다.

"그럼 무슨 일이 일어난다고 해도 이 집 안에 꼭 들어가겠단 말이죠?"

"당연하지!"

굵은 목소리의 남자가 비웃으며 말했다.

그러자 에포닌은 재빨리 문을 가로막고 서서 어둠 속에서 더욱 악마처럼 보이는 여섯 명의 악인들을 향해 날카로운 소리로 말했다.

"흥, 하지만 내가 그렇게는 두지 않을 거야."

그들은 영문을 몰라 얼떨떨하여 멈추어 섰다. 단지 굵은 목소리의 남자만 계속 웃고 있었다. 에포닌은 계속해서 말을 덧붙였다.

"자, 잘들 들어요. 그렇게 마음대로 되지는 않을 거예요. 미리 말하지만 만일 이 마당 안으로 들어가게 되는 날이면, 아니 이 담에 손가락 하나만 닿더라도 난 소리를 지르고 이 근처 문이란 문은 모조리 두드려 사람들을 깨워 놓겠어요. 여섯 사람 모두 잡히게 경찰을 부르겠어요."

"정말 그렇게 할 것 같군."

테나르디에가 브뤼종과 굵은 목소리의 남자에게 말했다.

에포닌은 머리를 흔들며 계속해서 말했다.

"아버지를 제일 먼저 잡을 거예요."

테나르디에가 그녀에게 한 걸음 다가갔다.

"다가오지 마세요, 아버지!"

에포닌이 외쳤다.

테나르디에는 속으로 투덜거리며 물러났다.

"그래, 도대체 어쩌겠단 거야!"

그리고 덧붙여 말했다.

"개 같은 년 같으니라고!"

에포닌은 큰 소리로 깔깔 웃으며 말했다.

"그야 당신들 마음대로 하세요. 하지만 절대 안에는 못 들어가요. 그리고 난 개의 딸년이 아니라 늑대의 딸년이에요. 당신들은 모두 여섯 명이지만 그게 어떻단 얘기죠? 당신들은 남자죠? 하지만, 난 여자예요. 그래도 난 조금도 무섭지 않아요. 알겠어요? 당신들을 절대로 이 안에 들여보내지 않을 테니까. 옆에 가기만 해도 당장 짖어 대겠어요. 아까 말했죠? 개가 있다고. 그게 바로 나예요. 당신들 같은 건 문제도 안 돼요. 곧장 이대로 돌아가세요. 이렇게 귀찮게 굴지 말고, 어디든 좋은 데로 가시라고요. 하지만 여기만은 절대로 오면 안 돼요. 내가 용서하지 않을 거니까. 당신들이 단도를 가지고 있다고 해도 난 발로 차는 수가 있어. 그런 건 아무래도 상관없어. 자아, 해볼 테면 해보라고!"

에포닌은 악인들 쪽으로 한 걸음 다가가서 섬뜩한 모습으로 웃기 시작했다.

"쳇! 무섭긴 뭐가 무서워. 어차피 올여름에도 또 배를 곯을 테고 겨울이 되면 추위에 벌벌 떨 텐데. 정말 웃기고들 있군. 이 사내들의 멍청한 꼴이라니 참. 계집애니까 무서워할 거라 이거지. 흥, 천만에. 소리 지르면 쩔쩔매는 계집들하고만 살아 봐서 그런 줄 알지만 어림도 없다고. 난 아무것도 무서운 게 없으니까!"

에포닌은 테나르디에를 날카롭게 노려보며 말했다.

"아버지도 이제 더 이상 무섭지 않아요!"

그리고 에포닌은 유령같이 핏발 선 눈으로 악인들을 쭉 둘러보며 계속 말했다.

"플뤼메 거리 돌바닥에서 아버지의 단도에 맞아 죽는다고 하더라도, 내일 실려 나가는 한이 있더라도 말예요. 또 1년 후, 생 클루 다리 아래 쓰레기를 건지는 그물 속이나, 시뉴 섬에서 썩은 병마개랑 물에 빠져 죽은 개에 섞여 발견된다고 하더라도 그게 나랑 무슨 상관이 있어요?"

에포닌은 잠시 말을 끊었다. 마른기침이 나오면서 좁고 허약한 가슴에서 숨넘어갈 때 나는 소리가 나왔기 때문이다. 에포닌은 다시 말을 이었다.

"내가 소리를 지르기 시작하면 사람들이 우르르 달려올 거야. 당신들은 여섯 명이지만 여긴 세상 사람 모두 다야."

테나르디에는 그녀 옆으로 한 걸음 다가갔다.

"가까이 오지 말라고요!"

에포닌은 외쳤다. 테나르디에는 멈춰 서서 부드러운 음성으로 말했다.

"알겠어. 그래, 안 갈게. 안 갈 테니까 그렇게 소리치지 마. 그런데 너 왜 우리 일을 못하게 하지? 우리도 벌어야 할 게 아니냐? 어쩌면 이렇게도 아비한테 야속하게 굴 수 있니?"

"그런 소린 질리도록 들었어요."

에포닌이 외쳤다.

"우리도 살아야 하잖아. 먹고 살아야 하지 않겠니."

"차라리 죽어 버리는 게 나아요."

이렇게 대답하고 에포닌은 철책 아래 주춧돌에 쭈그리고 앉더니 노래를 흥얼거렸다.

통통하던 팔,
날씬하던 다리,
옛날은 헛되이 지나가 버렸네.

에포닌은 무릎 위에 두 손으로 턱을 괸 채 될 대로 되라는 듯, 다리를 흔들며 앉아 있었다. 다 떨어진 옷 사이로 바짝 마른 쇄골이 들여다보였다. 가로등 불빛이 그러한 에포닌의 옆얼굴과 앉아 있는 모습을 비췄다. 매우 배짱 두둑한 대담한 태도였다.

여섯 명의 강도는 자그마한 처녀에게 일을 방해받고 몹시 기분이 나빠 불쾌한 얼굴로 가로등 그늘 아래에 모여 의논했다.

에포닌은 그동안 태평하면서도 몹시 거친 태도로 그들을 바라보았다.

"저 계집애에게 무슨 일이 있긴 있는 것 같은데."

바베가 말했다.

"어떤 개자식한테 빠진 건가? 하지만 이렇게 얌전히 물러나긴 참 억울한데. 여자 둘만 살고 뒤뜰에 늙은 노인 하나가 사는 것 같아. 창에 친 커튼도 싸구려는 아닌 것 같군. 그 늙은이 분명히 유대인일 거야. 그렇다면 참 좋은 일거리인데……."

"좋아, 그럼 들어가고 싶은 사람은 들어가."

몽파르나스가 외쳤다.

"그리고 일을 마무리해. 난 저 계집애하고 여기 남아 있도록 하지. 만일 저년이 소리를 지르거나 하면 그냥……."

몽파르나스는 옷소매 속에 숨겼던 칼을 가로등 불빛에 번쩍하고 비춰 보였다. 테나르디에는 그대로 동료들의 의견을 따를 모양이었다.

브뤼종은 늘 결정을 잘 내리는 사람이고 이 일을 '제의한 사람'이기도 했지만 아직까지 한 번도 어떤 말도 하지 않았다. 그는 곰곰이 생각하고 있는 것처럼 보였다. 브뤼종은 어떤 일에도 후퇴하는 일이 없는 남자였고, 게다가 단지 허세를 부리기 위해 경찰서에서 소란을 피운 적도 있었다. 그리고 시구며 샹송의 구절을 묘하게 비꼬기를 잘해 그것으로 또 크게 인정을 받기도 했다.

바베가 브뤼종에게 말했다.

"자넨 왜 아무 말도 하지 않나, 브뤼종?"

브뤼종은 여전히 대답 없이 있더니, 한참 후에 고개를 좌우로 이상하게 갸웃거리고 나서 무엇인가 결심한 듯 소리를 높여 말했다.

"이렇게 하는 게 좋겠네. 오늘 아침엔 참새 두 마리가 서로 싸우는 것이 보였어. 그러더니 이젠 또 계집년이 싸우자고 덤벼드네. 아무래도 재수가 없는 모양이야. 그냥 돌아가세."

그래서 그들은 그렇게 돌아갔다.

돌아가며 몽파르나스가 입을 열었다.

"모두가 동의했다면 난 그년을 그냥 목을 졸라 죽여 버렸을 거야."

바베가 그 말에 대꾸했다.

"난 여자한테 손 안 대."

길모퉁이에서 그들은 발걸음을 멈추고 이상한 말을 수군거리며 나누었다.

"오늘 밤은 어디서 자야 하지?"

"파리 아래."

"살문 열쇠는 챙겨 왔나, 테나르디에?"

"당연하지."

에포닌이 계속해서 지켜보고 있으려니까 그들은 방금 온 길을 다시 돌아갔다. 에포닌도 일어나서 살짝 벽을 따라 그들의 뒤를 따라 걸었다. 큰길까지 쫓아 걸었다. 거기서 그들은 뿔뿔이 헤어졌다. 그리고 여섯 명의 악당이 어둠 속으로 빨려 들어가듯 사라져 버렸다.

현실의 밤

악당들이 사라지고 난 뒤의 플뤼메 거리는 다시 밤의 고요한 상태로 되돌아갔다.

방금 전 이 거리에서 일어났던 일도 나무들을 놀라게 하지는 않았다. 큰 나무, 잡목, 히드, 제멋대로 엉킨 나뭇가지, 키가 큰 식물이 모두 깊은 고요함에 잠겨 있었다. 제멋대로 나온 야생식물들은 눈에 보이지 않는 가운데 나타난 것을 분명하게 본다. 인간 아래에 존재하는 것이 안개를 통해 인간 저쪽에 있는 것을 판별한다. 또 그곳에는 살아 있는 사람들이 모르는 다양한 것들이 어둠 속에 서로 마주보고 있다. 털을 곤두세운 짐승 같은 자연은, 초자연으로 느껴지는 그 어떤 것이 다가 오는 것을 느끼고 겁을 먹는다. 온갖 그림자는 서로의 힘을 알고 서로 신비로운 평형을 이루고 있다. 야수의 이빨과 발톱도 그 잡을 수 없는 것을 두려워한다. 피를 빠는 더할 수 없는 잔인한 기질, 먹이를 찾아 헤매는 지나친 욕심, 발톱과 턱을 무기 삼아 배를 불리는 것만이 시작이며 목적인 본능은 수의를 걸친 채 어슬렁거리며, 폭이 넓은 그 옷의 소리를 내며 서서 냉정하고 엄격한 유령 같은 윤곽을 떨리는 눈초리로 바라보며 냄새를 맡고 있다. 이것들이 보기에 이 유령 같은 모습은 죽어 있는 비참한 삶을 살고 있는 것 같다. 단순한 물질에 지나지 않는 이 잔악무도한 기질은 응집된, 어떤 정체를 알 수 없는 어둠과 상대하는 것을 왠지 무서워하는 것 같다. 길을 막고 선 어두운 그림자는 맹수의 걸음을 단번에 멈추게 한다. 무덤에서, 굴에서 나오는 것을 억압하고 당혹스럽게 한다. 흉악하고 포악한 것이 불길한 것을 무서워한다. 늑대가 시체를 뜯어 먹는 마녀를 만나 어쩔 줄 몰라 쩔쩔 매는 것과 같은 것이다.

현실로 돌아온 마리우스는 코제트에게 주소를 가르쳐 주다

인간의 탈을 쓴 암캐가 철책을 지켜서 여섯 명의 악인이 한 여자 앞을 물러나는 동안에도 마리우스는 코제트와 함께 있었다.

마리우스에게는 그 순간만큼 별이 가득 찬 하늘이 아름답게 보이고, 나무의 흔들림이며 풀의 향기가 마음 깊숙이 파고드는 것을 느껴 본 적이 없었다. 그리고 그 순간만큼 새가 나뭇잎 사이에서 조용히 잠들었던 적도 없었다. 그 순간만큼 우주의 맑고 깨끗한 화음이 사랑의 내적 음악과 조화를 이룬 적도 없었다. 이때만큼 심취되고 행복에 빠져 황홀감에 잠겼던 적도 없었다. 하지만 마리우스는 곧 코제트가 슬픔에 잠긴 것을 알았다. 코제트는 울고 있었다. 그래서 그녀의 눈은 빨갛게 충혈되어 있었다.

그것은 이 우아한 꿈속에 처음으로 낀 먹구름이었다. 마리우스가 물었다.

"무슨 일이오?"

그러자 그녀가 말했다.

"이제 말할게요."

그리고 그녀는 돌계단 바로 옆 벤치에 걸터앉아 마리우스가 떨리는 마음으로 옆에 앉는 동안 말을 계속했다.

"아버지가 오늘 아침에 말씀하셨어요. 미리 준비를 해 두라고요. 어쩌면 일이 생겨서 곧 어디론가 떠나게 될지도 모른다고요."

마리우스는 머리끝부터 발끝까지 부르르 떨었다.

인생을 다 산 사람에게 죽는다는 것은 떠남을 뜻한다. 그러나 인생의 시작에 있는 사람에게 떠난다는 것은 곧 죽음을 의미하는 것이다.

6주 전부터 마리우스는 매일을 조금씩 코제트를 자신의 것으로 만들어 가고 있었다. 물론 상념뿐이었지만 내면 깊숙이 자신의 것으로 만들어 가고 있었다. 앞서 말했듯 첫사랑은 육체보다 영혼을 먼저 소유하게 된다. 그리고 나중에는 영혼보다 육체를 더 소유하게 되고 또 때로는 영혼을 전혀 소유하지 않게 되는 경우도 있다. 포블라와 프뤼돔 같은 사람은 이렇게 말할지도 모른다.

"뭐, 영혼이란 처음부터 없는 거니까."

하지만 그런 빈정거림은 다행히도 단순한 난폭한 말에 지나지 않는다. 마리우스는 순수하게 정신적인 의미에서 코제트를 자신의 것으로 만들어 가고 있었다. 그는 영혼 전체로 코제트를 감쌌고 믿기 힘들 정도의 확신으로 온갖 마음을 쓰며 그녀를 사로잡고 있었다. 코제트의 미소와 숨결과 체취, 그녀의 깊고 푸른 눈에 감도는 깊은 빛, 코제트의 손이 닿을 때마다 느껴지는 부드러운 감촉, 목덜미에 있는 귀여운 점, 코제트가 생각하는 모든 것을 마리우스는 자기 것으로 만들어 가고 있었던 것이다. 두 사람은 잠자리에 들 때는 꼭 서로의 꿈을 꾸자고 약속했고 늘 실행에 옮겼다. 그래서 마리우스는 코제트가 꾸는 꿈까지도 전부 갖고 있었다. 쉼 없이 코제트의 목덜미에 난 솜털을 바라보고 입김으로 불며 그중 어느 하나도 자기 것이 아닌 것이 없다고 확신했다. 코제트가 몸에 지니고 있는 모든 것, 리본이며 장갑이며 커프스며 구두까지도 자기가 가지고 있는 신성한 것처럼 끊임없이 바라보며 뜨겁게 사랑했다. 그녀가 머리에 꽂고 있는 자라 껍질로 만든 아름다운 빗도 자기 것이라고 생각했고, 또 점차 고개를 들기 시작하는 욕정의 둔하고 막연한 속삭임 속에서는 그녀의 드레스 끈 하나도, 그녀의 양말 코 하나도, 그녀의 코르셋 주름 하나도 모두 자기의 것이 아닌 게 없다고 생각할 정도였다. 마리우스는 코제트와 함께 있으면 마치 자기의 부(富) 옆에, 소유물 옆에, 폭군 옆에, 노예 옆에 있는 것처럼 생각이 들었다. 두 사람의 영혼은 너무도 뒤엉켜 있었기 때문에 이제 그것을 도로 둘로 나누려 해도 거의 의식하기 어려울 정도였다.

"이건 내 영혼이야."

"아니요, 그건 제 영혼이에요."

"아니야, 당신이 착각을 한 거야. 이건 확실히 내 영혼이야."

"당신이 자신이라고 생각하는 모든 것 그게 사실은 모두 저예요."

마리우스는 코제트의 일부가 된 그 무엇이었고, 코제트는 마리우스의 일부가 된 그 무엇이었다. 마리우스는 코제트가 자기 내면에 살아 숨 쉬고 있음을 느끼고 있었다. 코제트를 소유하고 코제트를 자신의 것으로 하는 것은 바로 그가 살아 숨 쉬는 것과 같았다.

그런데 그러한 무한한 신뢰, 그러한 심취, 비교할 데 없는 그 순결한 소유, 그러한 권리를 갖고 있는 이때 갑자기 "떠나게 될 것이다."라는 말이, 그러한 현실의 당찬 목소리가 "코제트는 네 것이 아니다." 하고 그에게 말하고 있는 것이다.

마리우스는 꿈에서 깼다. 사실 6주 전부터 이미 마리우스는 현실 밖에서 살고 있었다. 그런데 이제 이 "떠난다."는 한마디가 그를 차가운 현실로 돌아오게 한 것이다.

그는 어떤 말도 할 수 없었다. 코제트는 마리우스의 손이 무척 차가운 것을 느끼고 먼저 말했다.

"마리우스, 왜 그러시죠?"

마리우스는 그녀의 말에 대답했지만 그 목소리가 너무 낮아서 거의 알아들을 수 없을 정도였다.

"무슨 말인지 잘 모르겠소."

코제트는 다시 한 번 말했다.

"오늘 아침 아버지가 소소한 것을 모두 챙겨서 떠날 준비를 해 놓으라고 말씀하셨어요. 그리고 나중에 아버지의 내의를 줄 테니까 트렁크에 넣으라고, 곧 떠나게 된다고 말씀하셨어요. 제 것은 큰 트렁크를 마련하고 아버지는 작은 트렁크를 마련해서 이제부터 일주일 동안 준비를 마친 뒤, 영국으로 떠난다나 봐요."

"그건 너무하잖아!"

마리우스가 외쳤다.

이때 마리우스의 마음은, 잔인하다는 면에서 어떤 권력의 남용도, 어떤 폭력도, 또 어떤 무서운 전제군주의 만행도, 부시리스나 티베리우스나 헨리 8세의 어떤 행위도, 코제트가 영국으로 가려는 것에 견줄 만한 일이 못되었다.

마리우스는 기운 없는 목소리로 말했다.

"그럼 언제 떠난대요?"

"그건 아직 말씀하시지 않았어요."

"그럼 언제 돌아와요?"

"그것도 아직 모르겠어요."

마리우스는 자리에서 일어나며 차가운 목소리로 말했다.

"코제트, 당신도 떠날 테요?"

코제트는 슬픔 가득한 눈으로 마리우스 쪽을 향하며 당혹스러운 듯 말했다.

"어디를 말씀하시는 거예요?"

"영국에 당신도 가느냐 말이오?"

"왜 저에게 갑자기 그렇게 어색하게 말씀하세요?"

"당신도 가느냐고 물었소."

"그럼 저보고 어쩌란 말씀이세요?"

코제트는 깍지를 끼며 말했다.

"그럼 그대로 당신은 떠나겠다는 말이오?"

"그야. 아버지가 가신다면 어쩔 수 없잖아요."

"그냥 그렇게 떠나겠단 말이오?"

코제트는 대답 대신 마리우스의 손을 꼭 잡았다.

"좋아. 그럼 나도 다른 데로 떠나겠소."

마리우스가 말했다.

코제트는 이 말을 느낌으로 알아들을 수 있었다. 그녀의 얼굴은 갑자기 창백해졌기 때문에 어둠 속에 하얗게 보였다. 코제트는 떨리는 목소리로 더듬거리며 말했다.

"그게 무슨 말이에요?"

마리우스는 코제트를 바라보다 천천히 눈을 들어 올려 하늘을 쳐다보며 말했다.

"아무것도 아니오."

그리고 그는 눈을 내리깔다 그녀의 미소를 보았다. 사랑하는 여자의 미소는 밤에 보는 빛과 같다.

"우리는 참 바보 같아요, 마리우스 씨. 제게 한 가지 좋은 생각이 떠올랐어요."

"무슨 생각?"

"당신도 같이 가면 되는 거예요. 우리가 떠나면 곧! 제가 가는 데를 알려 드릴게요. 그럼 우리가 가는 곳으로 저를 만나러 오시면 될 거 아니에요?"

마리우스는 이제야 완전히 꿈에서 깨어났다. 그는 다시 차가운 현실을 통감했다. 그는 코제트에게 외쳤다.

"함께 떠나자고? 당신 제정신으로 하는 말이오? 그럼 돈이 있어야 하는데 난 지금 무일푼이오. 영국에 간다고? 난 지금 10루이도 더 되는 돈을 쿠르페락이라는, 당신은 잘 모르는 친구한테 빌려 쓰는 형편이오. 더구나 내 낡은 모자는 3프랑도 채 안 나가는 것이고, 윗도리는 단추가 다 떨어졌고, 와이셔츠는 너덜너덜 팔꿈치가 다 헤졌고, 구두는 물이 들어오는 형편이오. 그래도 난 이런 걸 6주 전부터 전혀 신경 쓰지 않고 있소. 그리고 코제트, 당신한테 아직 이야기하지 않았지만 난 참 초라하고 하찮은 인간이오. 당신은 밤에만 나를 보고 나를 사랑하고 있소. 하지만 만일 낮에 날 보게 되면 거지 같다고 1수짜리 동전을 던져 줄 거요. 영국에 간다고? 그건 도저히 있을 수 없는 일이오. 난 지금 여권을 살 돈도

가지고 있지 않소."

마리우스는 나무 옆으로 다가가 두 손을 머리 위로 올리고 이마를 나무에 댄 채 움직이지 않고 서 있었다. 그리고 나무가 살갗을 찌르는 것도, 뜨거운 열이 관자놀이에서 요동치는 것도 느끼지 못하고 당장이라도 쓰러질 듯 마치 좌절의 조상(彫像)처럼 서 있었다.

마리우스는 한참을 그렇게 서 있었다. 누구나 그러한 좌절의 깊은 늪에 빠지면 금방 빠져나오기는 힘들다. 하지만 마침내 그는 돌아섰다. 등 뒤에서 숨이 막힐 듯 부드럽고 작은 목소리가 들려왔기 때문이다.

코제트는 훌쩍이며 눈물 흘리고 있었다.

그녀는 벌써 두 시간 이상이나 좌절의 늪에 빠진 마리우스 옆에서 울고 있었다.

마리우스는 코제트 옆으로 다가가 무릎을 꿇고 앉아 천천히 엎드리며 드레스 밑으로 나온 그녀의 발끝을 잡고 입술을 댔다. 그녀는 말없이 그가 하는 대로 내버려 두었다. 여성은 때때로 이처럼 걱정에 잠긴 절망의 여신같이 사랑의 예배를 말없이 받아들일 때가 있다.

"코제트, 울지 마시오."

마리우스가 입을 열었다.

코제트는 중얼거리듯 말했다.

"전 분명히 가게 될 텐데 당신은 못 오신다니!"

마리우스는 계속해 말을 이었다.

"날 사랑하오?"

그녀는 흐느껴 울며, 그 어느 순간보다 눈물을 흘리며 말할 때 가장 매력적인 천국의 말로 대답했다.

"당신을 진실로 사랑해요!"

그는 말할 수 없이 애처로운 애정이 담긴 목소리로 말했다.

"제발 울지 말아요, 응? 나를 위해서 울음을 멈춰 주시오."

"당신도 저를 사랑하시나요?"

코제트가 물었다.

마리우스는 코제트의 손을 꼭 잡으며 말했다.

"난 지금까지 누구에게도 명예를 걸고 맹세해 본 일이 없소. 왜냐하면 그런 맹세가 두렵기 때문이오. 난 언제나 내 바로 옆에 아버지를 느끼며 살고 있소. 그러나 나는 지금 당신에게 가장 거룩한 맹세를 하겠소. 당신이 가면 나는 죽어 버리겠다고."

이 말을 하는 마리우스의 목소리에는 무척 숙연하고 조용한 근심이 서려 있었기 때문에 코제트는 자기도 모르게 몸을 떨었다. 어두운 진실에 가득 찬 그 무엇이 스치고 지나갈 때 주는 그 무시무시한 느낌을 받은 것이다. 코제트는 그만 등골이 오싹해져 울음을 그쳤다.

"자, 내 말을 잘 들어 보시오."

마리우스가 덧붙여 말했다.

"내일은 나를 기다릴 필요가 없소."

"왜 그래야 하죠?"

"모레 기다려 주시오."

"무슨 이유 때문이죠?"

"곧 알 수 있게 돼."

"하루를 만날 수 없다니 그럴 순 없어요."

"평생을 위한 일이 될지도 모르니 하루만 참아요."

그리고 마리우스는 목소리를 낮춰서 혼잣말처럼 말을 이었다.

"습관은 절대로 바꾸지 않는 사람이고, 게다가 밤이 아니면 아무도 만나지 않는 사람이니."

"지금 누구에 대해 얘기하고 계시는 거예요?"

코제트가 말했다.

"아니, 아무것도 아니야."

"무슨 희망이라도 있는 거예요?"

"모레까지 기다려 보면 알 수 있을 거요."

"꼭 그렇게 기다리라는 말씀이군요."

"그래요."

그녀는 두 손으로 마리우스의 머리를 싸안고 그의 키에 닿도록 발꿈치를 든 다음 그의 눈을 들여다보며 그 눈 속에서 희망이란 게 무엇인가 읽으려 하였다.

마리우스는 다시 말을 이었다.

"참. 당신에게 우리 집 주소를 가르쳐 줘야겠군. 혹시 무슨 일이 일어날지도 모르니까 말이야. 난 방금 전에 말한 그 쿠르페락네 집에 있소. 베르리 거리 16번지요."

마리우스는 주머니를 뒤져 칼을 꺼내 들더니 칼끝으로 회벽에 '베르리 거리 16번지'라고 새겼다. 코제트는 계속해서 여전히 그의 눈 속을 살피며 바라보았다.

"마리우스 씨. 말씀해 주세요, 어떤 생각을 하고 계신지. 제게 말씀해 주세요, 네? 제가 오늘 밤 잠을 잘 수 있게 이야기해 주세요."

"내가 생각하고 있는 건 바로 이것이오. 하느님은 절대로 우릴 떼어 놓지 않으실 거요. 모레 날 기다려요."

"그때까지 전 무엇을 하고 있으면 좋아요? 당신은 밖에 나가 여기저기 돌아다닐 수가 있지만! 남자란 참 행복한 존재예요. 전 온종일 혼자 여기 있어야 해요. 아, 얼마나 쓸쓸할까! 그래, 내일 저녁엔 뭘 하실 거예요?"

"응, 뭘 좀 할 일이 있어요."

"그럼 전 그 일이 잘될 수 있도록 하느님께 빌며 기다리는 동안 계속 당신만을 생각할게요. 이제 더 이상 묻지 않겠어요. 당신이 대답해 주시지 않으니까. 당신은 제 주인이에요. 전 내일 밤, 당신이 좋아하는 외리앙트의 노래를, 언젠가 당신이 제 창밖에서 들으셨다는 그 노래를 부르며 기다리겠어요. 하지만 모레는 꼭 일찍 오셔야 해요. 밤이 되면 기다리고 있을 테니까요. 정각 9시에 와야 해요. 아, 해는 왜 그렇게 긴지! 9시를 치면 마당에 나와 있겠어요. 아시겠죠?"

"꼭 올게요."

그리고 서로 말은 하지 않았지만 같은 생각으로 두 연인 사이를 끊임없이 오가는 전류의 충동으로 고민 속에서도 역시 쾌감을 느끼면서 두 사람은 서로의 팔에 몸을 던졌다. 언제 입술이 마주 닿았는지도 깨닫지 못한 채 황홀감으로 눈물이 가득한 눈을 들어 하늘의 별을 쳐다보았다.

마리우스가 정원을 나갔을 때 길에는 사람이 하나도 없었다. 마침 에포닌이 악인들의 뒤를 따라 큰길까지 나간 바로 뒤였다.

방금 전에 마리우스가 나무에 기대어 생각에 잠겨 있을 때 그의 마음에는 갑자기 한 생각이 떠올랐다. 그 자신이 생각해도 그것은 도저히 불가능하고 말이 되지 않는 것이었다. 그러나 마리우스는 굳게 결심했다.

마주 앉은 늙은 마음과 젊은 마음

질노르망 노인을 마리우스가 찾아갔을 때 이미 아흔한 살이었다. 그는 아직도 딸과 함께 피유 뒤 칼베르 거리 6번지의 그 오래된 집에서 지내고 있었다. 그는 굳센 자세로 죽음을 기다리는, 나이를 먹어도 여전히 약해질 줄 모르는, 슬픔에도 쉽게 굴복하지 않는 그런 구식 노인이었다.

그러나 요즘에 와서는 그의 딸이 "아버지도 이제 꽤 많이 약해지셨네요."라고 할 만큼 변했다. 질노르망 노인은 이제 더 이상 하녀의 뺨을 때리는 일도 없었고 어쩌다 바스크가 문을 늦게 연다고 무서운 얼굴로 층계를 지팡이로 두드리는 일도 없었다. 7월 혁명에 대한 분노도 겨우 6개월 만에 사라지고 없었다. 〈모니퇴르〉 신문에 '프랑스 귀족원 의원 옹블로 콩테 씨'라고 기재된 것을 보아도 예전처럼 그렇게 불같이 화를 내지 않았다. 사실 노인은 무척 약해진 것이다. 쉽게 기가 죽는 일이 없었고 약한 소리를 하지 않는 것은 육체적으로나 정신적으로나 그의 고유한 특징이었지만, 마음속으로는 확실히 약해져 가는 자신을 스스로 느끼고 있었다. 4년 전부터 그는 온 힘을 다해 마리우스를 기다려 왔다. 그 만만하지 않은 놈이 언젠가는 대문의 벨을 누르며 찾아올 것이라고 굳게 믿으며 그렇게 기다려 온 것이다. 그러나 요즘엔 우울한 기분 속에서 문득 '마리우스가 이대로 나를 계속해서 기다리게 한다면…….' 하고 생각하게 되었다. 가장 참기 힘든 것은 자기가 얼마 안 있어 죽을 것이라는 사실보다 어쩌면 마리우스와 두 번 다시 만날 수 없을지도 모른다는 생각이었다. 그는 최근까지도 그런 생각을 하지 않았다. 하지만 요즘은 그 생각이 자주 떠오르기 시작했고 그 생각만으로 그는 소름이 돋았다. 자연스럽고 진실한 감정이 항상 그렇듯, 그런 식으로 집을 뛰쳐나간 은혜를 모르는 손자에 대한 할아버지의 애정은 그가 없는 날수만큼 날이 갈수록 더 깊어져 갔다. 사람이 가장 태양을 그리워하는 시기는 어느 때보다도 섣달 영하 10도의 밤인 것과 같은 이치다. 질노르망 씨는 할아버지인 자기가 손자를 직접 찾아간다는 것이 도저히 받아들일 수 없는 일이었고, 또 그렇게 굳게 믿고 있었다.

"그러느니 차라리 죽는 게 나을지도 모르지."

질노르망 씨는 자기가 잘못한 것이라고는 결코 생각하지 않았지만 마리우스를 떠올릴 때마다 그 어둠 속으로 사라지려는 노인 특유의 깊은 감상과 절망을 느꼈다.

질노르망 씨는 나이가 들어감에 따라 이도 빠지기 시작했고 그것이 그를 한층 더 서글프게 만들었다.

어쨌든 화가 나고 부끄럽기도 하여 스스로 절대 인정하진 않았지만,

질노르망 씨는 지금껏 마리우스를 사랑하는 것만큼 정부를 사랑한 적은 단 한순간도 없었다.

질노르망 씨는 눈을 뜨면 바로 볼 수 있도록 자기 방 침대 머리맡에 죽은 딸인 퐁메르시 부인의 초상화를 세워 놓았다. 그것은 이 딸이 열여덟 살이었을 때 그린 것으로 질노르망 씨는 그것을 밤낮으로 들여다보고는 했다. 어느 날 그는 그 초상화를 들여다보다가 이렇게 말했다.

"정말 너무 닮았어."

"동생하고 말씀이죠?"

질노르망 양이 말했다.

"그래, 꼭 닮았어."

노인은 덧붙여 말했다.

"그리고 그 녀석하고도 꼭 닮았다니까."

어느 날, 질노르망 노인이 무릎을 꼭 맞대고 거의 눈을 감은 듯 우울한 모습으로 앉아 있는 것을 보고 딸이 물었다.

"아버지, 아직도 그 애를 미워하시는 건가요?"

질노르망 양은 더 이상 말할 용기가 나지 않아서 그만 입을 다물고 말았다.

"누구를 말하는 거냐?"

질노르망 씨가 되물었다.

"그 불쌍한 마리우스 말예요."

그는 늙은 얼굴을 쳐들고 주름이 가득한 손을 테이블 위에 올려놓으며 몹시 화가 난 듯 떨리는 목소리로 외쳤다.

"마리우스가 불쌍하다고! 그놈은 못된 놈이야. 악당이라고. 뻔뻔하고, 인정머리 없고, 피도 눈물도 없는 건방진 놈. 저밖에 모르는 고약한 놈 같으니라고."

그리고 그는 눈물이 고인 눈을 딸에게 보이지 않으려고 고개를 돌렸다. 사흘 뒤, 네 시간이나 말이 없던 질노르망 씨는 갑자기 딸에게 이렇게 말했다.

"그놈 얘기는 하지 말아 달라고 너한테 예전부터 부탁해 두었을 텐데."

질노르망 양은 완전히 단념하고 다음과 같이 생각했다.

'아버지께서는, 동생이 그런 어리석은 일을 저지르고 나서부터는 더 이상 사랑하지 않게 되셨나 보다. 또 마리우스도 미워하고 계시는 게 분명하구나.'

'그런 어리석은 일'이라는 말은 딸이 대령과 결혼한 것을 의미한다.

질노르망 양은 자기 마음에 드는 창기병 장교 테오뒬을 마리우스 대신 잡아 두려고 계속 노력했지만 실패하고 말았다. 이 대역(代役) 계획은 결국 실패했다. 질노르망 씨는 대역을 받아들이지 않았다. 마음의 허전함은 대용품으로 메워지지 않는 것이기 때문이다. 테오뒬은 유산에는 눈독을 들였지만 노인의 비위를 맞추는 것은 질색이었다. 노인은 창기병을 질리게 만들었고 그 창기병도 노인의 기분을 나쁘게 만들었다. 테오뒬 중위는 꽤 명랑한 남자였지만 말이 너무 많았다. 싹싹하긴 했지만 너무 평범했다. 유쾌하긴 했지만 예의가 없었다. 마치 당연한 일인 것처럼 정부를 몇 명씩이나 두었고, 또 당연한 것처럼 그 이야기를 사람들에게 떠벌리고 다녔다. 게다가 그 말투가 몹시 천하고 졸렬했다. 그의 장점에는 다 하나씩 단점이 뒤섞여 있었다. 바빌론 거리 병영 근처에는 여자들이 줄줄 따른다는 얘기는 질노르망 노인을 아주 질려 버리게 만들었다. 더구나 테오뒬 중위는 이따금 삼색 모표에 군복을 입고 나타났는데 그것으로도 그는 완전히 불합격이었다.

질노르망 노인은 결국 딸에게 이렇게 말했다.

"테오뒬, 그 녀석은 이제 아주 진저리가 난다. 네 마음에 든다면 너나 상대해라. 난 평화로울 때 군인을 보는 취미는 없다. 단순히 군도를 늘이고 다니는 놈보다는 차라리 군도를 휘두르는 놈이 훨씬 낫다고 생각한다. 전쟁에서 칼싸움을 하는 편이 길에서 칼집을 덜거덕거리는 것보다는 보기에 훨씬 덜 흉하다. 더구나 영웅이기나 한 듯 으스대며 여자처럼 가죽 벨트로 허리를 죄고 가슴에 코르셋을 하고 다니니 정말 우스운 사람이지. 진짜 사내라면 허세 부리는 것도, 사랑하는 것도 떠벌리지 않는 법이다. 너 역시 잘난 체해서도 안 되고, 너무 온화한 체해도 안 되는 거야. 좋거들랑 테오뒬은 이제 너나 상대해라."

"하지만 아버지의 종손이잖아요?"

딸은 이렇게 말했지만 아무 소용이 없었다. 결국 질노르망 씨는 발끝에서 머리끝까지 틀림없는 할아버지였으나 눈곱만큼도 종조부가 될 수 없는 사람이었던 것이다.

사실, 질노르망 노인은 재주도 있고 사람을 알아보는 눈도 있어 테오뒬을 보면 마리우스 생각이 더욱 간절했다.

어느 날 밤, 이미 6월 4일인데도 질노르망 노인은 아직도 난로에 불을 빨갛게 피워 놓고 있었다. 딸은 옆방에서 바느질을 하고 있었다. 노인은 전원식으로 꾸민 방에 코로망델 나무로 만든 커다란 9폭짜리 칸막이에 반쯤 숨어 난로 장작 받침대에 발을 올려놓고 앉아 있었다. 그는 녹색 갓 아래 두 개의 촛불이 켜진 테이블에 팔꿈치를 괸 채 안락의자에 몸을 파묻고 책을 들고 있었지만 읽고 있지는 않았다. 늘 그렇듯 옷은 집정관 정부 시절의 멋쟁이 차림을 하고 있어 언뜻 보면 가라(제정시대의 정치가)의 오래 된 초상과 닮아 있었다. 만일 그런 차림으로 거리를 걸어갔다면 분명히 많은 사람들이 줄줄 따라다녔겠지만 다행히도 그가 외출할 때마다 언제나 딸이 주교가 입는 것 같은 커다랗고 긴 망토를 입혀 주었기 때문에 그 옷은 사람들 눈에 띄지 않았다. 집에서는 일어날 때와 잘 때 이외에는 절대로 실내복을 입지 않았다.

"실내복을 입으면 너무 늙어 보여."

노인은 이렇게 말하곤 했다.

질노르망 노인은 사랑하면서도 괴로운 마음으로 마리우스를 그리워했다. 그날 밤도 언제나처럼 쓰라린 심정이 더 앞섰다. 그의 조마조마한 애정은 언제나 마지막엔 부글부글 끓다가 분노로 변해 버렸다. 요즘은 아예 마음을 단단히 먹고 가슴 아픈 일도 받아들일 준비도 했다.

이제 마리우스가 돌아올 이유는 하나도 없었다. 돌아오려면 이미 옛날에 돌아왔을 것이다. 그러니 그를 단념하는 수밖에 없었다. 노인은 지금도 스스로에게 이렇게 말하고 있었다. 이제 모든 것은 끝난 것이다, 두 번 다시 마리우스를 만나보지 못하고 죽을 것이라는 생각에 익숙해지려고 노력했다. 그러나 진심은 언제나 그런 생각에 반대했다. 늙은 할아버지의 애정은 도무지 늘 종잡을 수가 없는 것이다. 그런 때면 언제나 그렇듯 슬픈 말투로 이렇게 중얼거렸다.

"그 녀석은 아마 영원히 돌아오지 않을지도 몰라."

그러면 머리카락이 다 빠진 질노르망 씨의 얼굴에 앞으로 푹 꺼진, 불쌍하고 초조한 눈은 멍하게 난로의 재를 바라보고는 했다.

질노르망 씨가 그런 깊은 생각에 잠겨 있을 때 늙은 하인 바스크가 들어와 그에게 물었다.

"나리, 마리우스 씨가 와서 뵙기를 청하는데요."

노인은 얼굴이 창백하게 질려 마치 시체가 전기 충격에 벌떡 일어나는 것처럼 의자에서 일어나 섰다. 온몸의 피가 한꺼번에 심장으로 역류하는 것 같았다. 그는 더듬거리며 대답했다.

"마리우스, 누구라고?"

"그건 저도 잘 모릅니다."

바스크는 주인이 깜짝 놀라는 모습에 오히려 당혹스러워하며 말했다.

"제가 만난 것이 아니라 니콜레트가 저한테 와서 마리우스라는 젊은 분이 나리를 만나 뵙고 싶어 한다고 전했습니다."

질노르망 노인은 작은 소리로 대답했다.

"안으로 들여보내."

그리고 그는 아까와 같은 모습으로 머리를 좌우로 흔들며 눈도 깜빡하지 않고 문 쪽을 바라보았다. 이윽고 문이 열렸다. 그리고 한 청년이 들어왔다. 그는 마리우스였다.

마리우스는 들어오라는 말을 기다리는 듯 입구에서 발을 멈추고 서 있었다. 그의 옷차림은 매우 초라했지만 램프의 갓 그늘에 가려 노인의 눈에는 그의 옷차림이 자세히 보이지 않았다. 단지 침착하고 진지한, 그러면서도 왠지 모르게 슬퍼 보이는 그의 얼굴만이 흐릿하게 보일 뿐이었다.

질노르망 노인은 몹시 놀라면서도 기쁜 마음으로 멍해져 마치 귀신에 홀린 사람처럼 한참 동안 환하게 밝은 빛만 바라보았다. 노인은 거의 정신을 잃을 지경이었다. 그는 그 환한 빛 속에서 마리우스의 모습을 한눈에 알아보았다. 확실히 그가 분명했다. 틀림없는 마리우스였다! 드디어! 4년 만에! 노인은 마리우스를 만나게 된 것이다. 그리고 마리우스가 무척 의젓하고, 기품 있고, 고상하고, 늘씬하게 자라서, 예의 바르고 호감이 가는 어른이 되어 있다는 것을 알아보았다. 노인은 두 팔을 활짝 벌린 채 마리우스의 이름을 부르며 그에게 뛰어가고 싶었다. 노인의 마음은 한없는 기쁨에 떨렸고 그동안 하고 싶었던 말들이 한꺼번에 쏟아져 나와 가슴에서 그대로 흘러넘칠 것 같았다. 그 애정은 마침내 표면으로 나타나 입술까지 솟아올랐다. 그러나 항상 본래의 마음과 전혀 다른 동떨어진 말을 하는 것이 그의 뿌리 깊은 습관이었기 때문에 그의 입 밖으로 튀어나온 말은 냉담하기 짝이 없는 말이었다. 그는 거친 목소리로 불쑥 내뱉었다.

"여긴 뭐하려고 왔느냐?"

마리우스는 당혹감을 감추지 못한 채 대답했다.

"저는……."

질노르망 씨는 마리우스가 먼저 자기 품에 뛰어들어 안기기를 바랐다. 그는 마리우스에게도, 자기 자신에게도 불만족을 느꼈다. 자기를 매정하다고 생각하고 마리우스를 냉혹하다고 생각했다. 마음속에선 그토록 그를 사랑하고 기쁨의 눈물을 흘리고 있으면서 겉으로는 무뚝뚝하고 매정한 태도밖에 취할 수 없는 것이 노인에게는 견디기 힘든 고통이었다. 불만 가득한 감정이 다시 그의 마음을 차지했다. 그는 못마땅한 어조로 마리우스의 말을 가로막았다.

"그래, 대체 왜 왔냐 말이다."

이 '그래'는 '나를 포옹하러 온 것이 아니라면' 하는 의미였다. 마리우스는 기가 눌려 마치 대리석 같은 얼굴로 할아버지를 바라보았다.

"저는……."

노인은 더욱 험악한 목소리로 물었다.

"나한테 빌러 온 것이냐? 잘못했다는 걸 인정하러 온 것이냐?"

그는 마리우스에게 기회를 주기 위해 이렇게 말하고, 이 말을 들으면 마리우스는 꺾이리라 생각했다. 하지만 마리우스는 몸을 부르르 떨었다. 마리우스가 듣기로는 아버지를 부인하라는 얘기로 들렸다. 마리우스는 눈을 내리깔고 이렇게 대답했다.

"용서를 구하러 온 것이 아닙니다."

"그럼?"

할아버지는 노여움에 찬 슬픈 목소리로 소리쳤다.

"그럼 대체 내게 무슨 볼일이 있어 왔느냐 말이다."

마리우스는 두 손을 마주 잡고 그에게 한 걸음 다가가 떨리는 목소리로 말했다.

"저, 저를 가련하다 생각해 주세요."

이 말은 질노르망 씨를 몹시 흥분시켰다. 조금만 이 말을 일찍 했어도 질노르망 씨는 곧 마음이 풀어졌겠지만 때는 이미 늦었다. 노인은 입술이 파랗게 질리고 이마를 부들부들 떨면서 자리에서 일어났다. 두 손으로 지팡이를 짚고 선 그의 큰 키가 머리를 숙이고 서 있는 마리우스를 억누르는 것 같았다.

"너를 가련히 여기라고! 새파랗게 젊은 놈이 아흔한 살 늙은이한테 연민을 구하고자 하는 거냐! 넌 지금 한참 인생을 시작하는 길이고 나는 인생에서 나오는 길이다. 너는 연극 구경이고 무도회고 당구장이고 마음대로 즐길 수 있고, 재주도 있고, 여자한테도 인기가 있는 훌륭한 놈이야. 그런데 나는 이렇게 한여름에도 불을 쬐고 있어야만 해. 너는 이 세상 모든 것을 가지고 있지만 나는 늙은이의 온갖 초라함과 마른 몸뚱이와 고독밖에는 가진 게 없어. 너는 서른두 개의 이와, 튼튼한 위와, 잘 보이는 눈과, 힘과, 식욕과, 건강과, 쾌활함과, 숱 많은 검은 머리를 가지고 있다. 하지만 나는 이제 백발마저 다 빠지고, 이도 빠지고, 다리는 약하고, 기억력도 흐려져 샤를 거리와 숌 거리와 생 클로드, 이 세 거리는 늘 혼동하는 지경이다. 너는 눈부시게 찬란한 미래를 앞에 놓고 있지만 나는 이제 아무것도 보이지 않는 암흑 같은 나이야. 그만큼 나는 어둠에 깊이 빠져 있는 거야. 넌 여자한테 빠져 있어. 그건 보나마나 뻔한 노릇이지. 그런데 나는 지금 이 세상 누구에게도 사랑을 받지 못하고 있다. 그런데 네가 나한테 연민을 구한다는 거냐? 흥, 이건 참 몰리에르도 못다 쓴 희극 같구나. 만일 이런 우스운 소리를 법정에서 한다면, 변호사 여러분. 난 참 진심으로 경의를 표하겠어. 정말 우스꽝스럽군."

이미 오래전에 여든의 고개를 넘어선 이 노인은 성나고 엄숙한 목소리로 계속 덧붙여 말했다.

"흥, 그래서 나한테 부탁하겠다는 게 대체 뭐야?"

"저어."

마리우스는 주저하듯 말했다.

"제가 찾아오면 화를 내시리라는 건 알고 있었습니다만 한 가지 부탁이 있어 왔습니다. 끝나면 곧 돌아가겠습니다."

"넌 참 멍청하구나. 누가 돌아가라고 했느냐?"

노인이 말했다.

이 말은 그의 마음 깊이 숨어 있는 '용서해 달라고 한마디만 다정하게 말하렴. 그리고 내 목에 매달려, 내게 안겨 보렴!' 하는 말을 달리 말한 것이었다. 질노르망 씨는 마리우스가 곧 여기에서 나갈 것 같다는 것을, 자기가 거칠게 맞이해 그를 실망시킨 것을, 자기의 냉대가 끝내 그를 내쫓게 되리라는 것을 이미 느끼고 있었다. 그는 그것을 마음속으로 생각했다. 그러자 그의 마음은 갑자기 슬픔에 휩싸였다. 또 분노로 변하기 쉬운 그 슬픔은 그를 더욱 냉담하게 만들었다. 그는 마리우스가 자기 마음속을 헤아려 주길 바랐으나 마리우스는 그렇게 하지 않았다. 이것이 또 이 노인을 화나게 만들었다. 노인은 계속 말했다.

"넌 나를, 이 할아비를 내팽개치고 집을 뛰쳐나가 그동안 소식도 없이 있었지? 너 하나 편하자고 혼자 살면서 마음대로 사치를 부리고 아무 때고 상관없이 돌아다니며 놀아 댔지. 난 네가 말하지 않아도 다 알아. 그리고 내겐 상의 한마디도 없이 빚을 지고 망나니 노릇을 하며 다녔다. 그리고 4년이 지나서야 내 앞에 나타나서 한다는 소리가 기껏 이거란 말이냐!"

억지로 마리우스의 사랑을 요구하는 이 과격한 말투는 반대로 마리우스의 입을 다물게 만들었을 뿐이었다. 질노르망 씨가 팔짱을 끼자 더욱 거만해 보였다. 노인은 씹어 뱉듯 마리우스에게 말했다.

"자, 그 말은 이제 그만해 두고, 나한테 부탁이 있다고 했지? 그 부탁이란 뭐냐?"

"저어."

마리우스는 심연에 빠지기 직전의 사람 같은 눈으로 입을 열었다.

"결혼을 승낙해 달라는 부탁을 드리러 왔습니다."

질노르망 씨는 벨을 눌렀다. 바스크가 문을 열었다.

"마님을 불러와."

문이 다시 열리고 질노르망 양이 모습을 드러냈다. 마리우스는 죄지은 사람처럼 입을 다물고 팔을 축 늘어뜨린 채 서 있었다. 질노르망 씨는 방 안을 서성이다 딸 쪽을 돌아보며 말했다.

"별일 아니다. 마리우스가 왔다. 결혼을 한다는구나. 그것뿐이야 물러가거라."

노인의 무뚝뚝하고 쉰 목소리는 그가 몹시 화가 나 있다는 것을 드러내고 있었다. 질노르망 양은 깜짝 놀라 마리우스를 쳐다보고 겨우 그라는 것을 알아보았으나 어떤 행동도, 어떤 말도 못한 채 마치 노인의 콧김에 날려 가는 지푸라기처럼 얼른 사라져 버렸다.

그동안 질노르망 노인은 난로 곁으로 가서 거기에 등을 돌리고 서 있었다.

"결혼? 스물한 살에! 너 혼자 정한 거냐? 그리고 이제 승낙만 받으면 된다 이거지! 형식적인 절차로 말이야. 자, 그건 그렇고 거기 앉거라. 너를 못 보는 동안 혁명이 일어났다. 그래 자코뱅당이 이겼지. 넌 아마 꽤 만족했을 게다. 넌 남작이 된 후로 줄곧 공화주의자가 아니었냐? 공화제가 되면 남작이라는 자리도 훨씬 유리해지는 건가. 7월 혁명에선 뭐 훈장이라도 탔냐? 루브르 궁전에 들어가서 소란도 피우고? 바로 요 옆 노냉 디에르 맞은쪽 생 앙투안 거리에 있는 어느 4층집 벽에는 총알 하나가 박혔는데 1830년 7월 28일이라고 씌어 있더라. 한번 가 보아라, 이로울 테니. 야, 너희 친구들은 참 훌륭한 일을 하더구나. 베리 공 기념비 광장에다 분수도 만든다면서? 그래서 너도 결혼하고 싶어진 거냐? 그게 누구냐? 이름을 묻는다고 실례될 건 없겠지?"

그는 잠깐 말을 멈추었다가 마리우스가 대답할 틈도 없이 목소리를 높여 계속했다.

"어떻게 지위는 좀 높아진 것이냐? 돈은 좀 모았고? 변호사해서 얼마나 번 게냐?"

"수입은 전혀 없습니다."

마리우스는 엄격하고 거친 목소리로 말했다.

"전혀? 그럼 내가 주는 1,200프랑에만 매달려 사는 것이냐?"

마리우스는 아무 대답도 하지 않았다. 질노르망 씨는 계속 말했다.

"응, 그 처녀가 부자로구나."

"아닙니다. 저와 같은 처지입니다."

"뭐라고? 지참금도 없단 말이냐?"

"네."

"유산을 받을 희망은 있느냐?"

"아마도 없을 것입니다."

"몸뚱이뿐이라! 그래 아버지는 무슨 일을 하는 사람이냐?"

"모릅니다."

"처녀 이름은 뭐냐?"

"포슐르방이라고 합니다."

"포슈, 뭐라고?"

"포슐르방."

"쯧쯧!"

노인은 혀를 찼다.

"할아버지!"

마리우스는 외치듯 말했다.

질노르망 씨는 독백하듯이 마리우스의 말을 가로막았다.

"그래, 스물한 살이 작위도 없고, 수입이라곤 1년에 1,200프랑, 그래 가지고는 퐁메르시 남작 부인이 채소 가게로 2수어치 파슬리를 사러 갈 참이겠구나."

"저, 할아버지."

마리우스는 마지막 희망마저 사라져 가는 것을 느끼며 안절부절못하며 말했다.

"제발 부탁입니다. 하늘에 맹세코 두 손 모아 할아버지 발밑에 엎드려 부탁드립니다. 이 결혼을 제발 허락해 주세요!"

노인은 불쾌한 듯 껄껄 웃으며, 이따금 기침을 했다.

"핫! 네놈은 이렇게 생각했지. 한 번쯤 그 구식 멍청한 늙은이를 찾아가 주자! 스물다섯 살이 못 돼 참 유감이다! 스물다섯 살만 됐으면 결혼 승낙 요구서만 던져 주면 되는 건데! 늙은이 신세를 지지 않아도 되는 건데. 이렇게 말해 주지 뭐. 바보 늙은이! 나를 보면 틀림없이 기뻐할 거야. 난 결혼하고 싶소. 어느 집 처녀를, 뭐라는 사람의 딸을 맞아들이고 싶소. 난 구두도 없고 그 여자는 슈미즈도 없소. 하지만 상관없소. 나는 직업이고, 장래고, 청춘이고, 생활이고, 모두 강물에 던져 버릴 참이오. 여자 목을 끌어안고 가난 속에 뛰어들 참이오. 그러니 당신도 승낙해야 하오. 그러면 그 화석 같은 늙은이도 승낙하겠지. 오냐, 오냐. 네 좋을 대로 해라, 그 푸슬르방인지 쿠플르방인지 하고 맘대로 살아라 할 줄 알았지? 하지만 어림도 없어! 절대로 안 돼!"

"아버지!"

"절대로 결혼은 안 돼!"

이 "안 돼!"라는 말을 듣자마자 마리우스는 모든 빛을 잃은 것 같았다. 그는 고개를 푹 숙인 채 천천히 비틀거리며 물러가는 사람이라기보다는 마치 죽어 나가는 사람 같은 모습으로 방을 나갔다.

질노르망 씨는 마리우스를 눈으로만 좇다 그가 문을 열고 나가려 하자 도도하고 고집 센 노인 특유의 재빠른 솜씨로 네댓 걸음 다가가 마리우스의 뒷덜미를 덥석 움켜잡았다. 그러고는 있는 힘껏 방으로 끌고 들어와 안락의자에 앉히며 이렇게 덧붙여 말했다.

"어디 한번 얘기해 봐라!"

이 변화를 일으킨 것은 마리우스의 입에서 뜻밖에 나온 '아버지'라는 한마디였다. 마리우스는 멍하니 그를 쳐다보았다. 질노르망 씨의 변하기 잘하는 얼굴엔 이제 표현할 수 없는 호인의 표정 외엔 어떤 감정도 나타나 있지 않았다. 그는 엄한 할아버지에서 단번에 다정한 할아버지로 변한 것이다.

"자, 말해 보거라. 네 그 연애에 대해 얘기를 해 봐. 무슨 말이든 다 털어놓아 봐라! 참! 젊은 놈이란 어쩔 수 없군!"

"아버지!"

마리우스는 또 말했다.

노인의 얼굴엔 무어라 형언할 수 없는 빛이 확 스치고 지나갔다.

"그래, 그래. 나를 아버지라고 불러라! 네 얘기를 들어 주마!"

그 무뚝뚝한 언동 속에도 선량하고 다정하고 허물없는 아버지다운 그 무엇이 나타나 있었다. 마리우스는 절망에서 갑자기 희망을 품게 되었으나 너무나 놀라 얼떨떨해 멍해진 것 같았다. 마리우스가 테이블 옆에 앉자 불빛에 다 떨어진 그의 옷이 드러났다.

질노르망 노인은 그것을 보고 깜짝 놀랐다.

"그럼, 아버지."

마리우스는 말했다.

"얘야."

질노르망 씨는 중간에서 그의 말을 끊으면서 이야기했다.

"거지 같은 꼴을 보니 넌 정말 한 푼도 없는 모양이로구나."

그는 서랍 속을 뒤져 그곳에서 지갑을 꺼내 테이블 위에 올려놓았다.

"자, 100루이다. 나가서 모자라도 사서 쓰거라."

"아버지."

마리우스는 하던 말을 계속 덧붙여 이어 나갔다.

"아버지, 제발 저를 이해해 주십시오. 전 정말 그녀를 사랑하고 있습니다. 도저히 상상하실 수 없겠지만 그 여자와 처음 만난 건 뤽상부르 공원이에요. 그 여자도 거기 나왔던 거죠. 처음엔 별로 관심을 두고 보지 않았는데, 어떻게 해서 그렇게 됐는지 점점 좋아하게 됐습니다. 아아, 그것이 얼마나 저를 불행하게 했는지 몰라요. 하지만 이젠 저는 그 여자 집에 그녀를 만나러 갈 수 있게 됐습니다. 그 여자 아버지는 아직 모르지만 말이에요. 그런데 어제 갑자기 그 부녀는 여행을 떠난다고 말했어요. 저희가 만나는 곳은 그 집 정원인데 밤이 돼야만 만날 수 있습니다. 그녀의 아버지는 그녀를 영국으로 데리고 간다고 하더군요. 그래서 전 아버지를 만나 모든 걸 얘기하기로 마음먹었습니다. 만약 그 여자가 가 버리면 전 죽을지도 모릅니다. 병이 나거나 물에 빠져 죽겠죠. 무슨 일이 있어도 그 여자하고 결혼하고 싶습니다. 만약 그렇게 되지 않는다면 미쳐 버리고 말 거예요. 제가 말하려고 했던 것은 이겁니다. 하나도 거짓 없이 다 말씀드렸습니다. 그 여자는 플뤼메 거리의 철책으로 둘러싸인 정원 안에 살고 있어요. 앵발리드 쪽이죠."

질노르망 노인은 환하고 밝은 얼굴로 마리우스 옆에 다가가 앉아 있었다. 그리고 그의 이야기에 귀를 기울이며, 그의 목소리의 울림을 즐겁게 들었다. 또 코담배를 한 줌 집어 냄새를 맡고 있었다. 하지만 곧 플뤼메 거리라는 말을 듣자 그는 담배를 쥔 손을 갑자기 멈추었다. 그 기세에 손에 쥐었던 담배 가루가 조금 무릎 위에 떨어졌다.

"플뤼메 거리라! 플뤼메 거리라고 했니? 혹시 그 근방에 병영이 있지 않더냐? 응, 바로 네 육촌 테오뒬이 말한 그 여자로구나. 그 창기병 장교로 있는 애 말이다. 어린 소녀지? 그래 맞았어. 플뤼메 거리라고 했어. 옛날에 블로메 거리라고 하던 데지. 네 말을 들으니까 생각나는군. 플뤼메 거리에 철책으로 둘러싸인 정원 안에 사는 소녀 얘기라면 나도 들은 바가 있다. 파멜라하고 닮은 여자라며? 너도 보통이 아니구나. 예쁜 처녀라고 하더군. 이건 비밀인데 그 창기병인 바보 같은 녀석도 잔뜩 눈독을 들이고 있는 모양이야. 뭐 둘이 어느 정도의 관계인지는 모르겠지만 뭐 그런 거 마음에 담아 둘 거 없다. 첫째 그놈의 말은 통 신뢰할 수 없으니까. 그 녀석은 허풍쟁이니까. 마리우스! 너 같은 젊은 남자가 연애를 한다는 건 몹시 좋은 일이다. 이제 그럴 만한 나이니까 말이야. 난 자코뱅 당원인 너보다 연애에 빠져 있는 네가 더 좋구나. 로베스피에르한테 반한 것보다는 여자한테 반한 네가 더 좋아. 여자야 가능한 많이 사귈수록 좋지. 나는 과격 공화파들에 관해서도, 여자들 외에는 그 어떤 것도 좋아하지 않았지. 예쁜 처녀는 역시 예쁜 거니까. 거기에 무슨 다른 생각이 있을 수 있겠니. 그런데 그 처녀 얘기다만, 자기 아버지 몰래 너를 끌어들이고 있구나. 흔한 얘기지. 나도 그런 일을 겪은 적이 있었다. 한두 번이 아니지. 그럴 땐 어떻게 해야 하는지 아니? 너무 빠지지 않게 해야 하는 거야. 꼼짝 못하게 되지 않도록 조심해야 해. 무엇보다 결혼을 약속하거나 혼인신고 같은 것을 해서는 절대 안 된다. 분별을 잃지 않고 살짝 빠져나올 수 있도록 기술적으로 해야 해. 알겠니? 절대로 결혼은 안 돼. 그리고 언제든 나를 만나러 오너라. 이 할아비한테. 마음 좋고 언제든지 서랍에 푼돈을 모아 놓고 있는 이 할아비한테 말이야. 그리고 다 말하는 거야, 이렇게 말이지. '할아버지, 사실은 이렇습니다.' 그러면 나는 이렇게 말하지. '그건 아주 간단한 얘기지.' 하고 말이야. 청춘이란 언젠가 흘러가는 것이고 노인은 점차 시들어 가게 마련이다. 내가 옛날엔 너와 같이 젊었고 너도 이제 얼마 안 있어 나처럼 늙을 거야. 그리고 늙으면 너도 나처럼 손자한테 이런 소리를 하게 되겠지. '옛다, 200피스톨. 이것을 가지고 가서 마음껏 즐기고 오너라.' 그러면 다 끝나게 되지. 모든 일은 원래 이렇게 돼 가게 마련이야. 결혼 같은 건 하지 않아도 상관없는 것이란다. 알겠니?"

　마리우스는 멍하게 서서 한마디도 하지 못하고 무슨 말인지 이해할 수 없다는 듯 머리를 흔들었다. 노인은 껄껄 웃으며 늙은 눈을 반짝였다. 그리고 마리우스의 무릎을 한 대 탁 치더니 은근하고 유쾌한 모습으로 그의 얼굴을 바라보며 어깨를 으쓱하고 말했다.

"이 어리석은 놈! 정부로 삼으라고!"

마리우스는 얼굴이 하얗게 질렸다. 지금 할아버지가 한 말은 도통 이해할 수 없었다. 플뤼메 거리니, 파멜라니, 병영이니, 창기병이니 하는 그 쓸데없이 늘어놓는 말은 마치 그림자처럼 그의 앞을 스치고 지나갔을 뿐이었다. 그런 것은 백합꽃 같은 코제트와 전혀 관계가 없는 것들로 느껴졌다. 노인은 그저 우스갯소리를 한 것이다. 그러나 그 우스갯소리는 마리우스가 분명히 이해하려고 노력했으나 코제트에게는 최대한의 모욕이 되는 한마디였다. "정부로 삼으라고!" 하는 이 한마디 말은 엄숙한 청년의 마음을 칼로 푹 찔러 놓았다.

마리우스는 자리에서 벌떡 일어나 마루에 떨어진 모자를 집어 들고 확고한 걸음으로 문 쪽을 향해 걸었다. 그 자리에서 그는 돌아서며 할아버지를 향해 정중하게 예의를 갖추어 인사를 한 다음 고개를 똑바로 들고 말했다.

"5년 전, 할아버지는 아버지를 욕되게 하셨습니다. 그런데 오늘은 또 제가 사랑하는 사람을 욕되게 하셨습니다. 이제 다시는 어떤 부탁도 하지 않겠습니다. 안녕히 계십시오."

질노르망 노인은 너무도 놀라 입을 멍하니 벌리고 팔을 벌리며 벌떡 일어서려고 했다. 그러나 그가 입을 떼기도 전에 이미 문이 닫혔고 마리우스는 금세 사라져 버렸다.

노인은 한동안 움직이지 못하고 벼락이라도 맞은 것 같은 멍한 모습으로 말없이 숨도 쉬지 못하고 마치 힘찬 팔목으로 목이라도 졸린 것처럼 앉아 있었다.

얼마 뒤 그는 의자에서 벌떡 일어나 아흔한 살 노인이 할 수 있는 최대한의 빠른 몸짓으로 문을 향해 뛰어가서 문을 확 열고 소리 높여 외쳤다.

"거기 아무도 없어? 아무도 없는 거야?"

딸이 나왔다. 그리고 곧이어 하인이 뒤따라 뛰어나왔다.

노인은 숨을 거칠게 쉬며 말했다.

"저놈을 잡아라! 내가 저한테 대체 무엇을 잘못했다는 거야? 저놈은 미쳤어. 아아, 이제 아주 간 거야. 이번에 가면 다시 안 올지도 몰라."

노인은 길 쪽으로 난 창문을 향해 달려가 늙은 손으로 창문을 힘껏 열어 바스크와 니콜레트가 뒤에서 붙잡는데도 불구하고 몸을 창밖으로 반쯤 내민 채 큰 소리로 외쳤다.

"마리우스! 거기 서! 마리우스! 거기 서라고!"

그러나 마리우스의 귀엔 이 소리가 들리지 않았고 그는 이미 생 루이 거리 모퉁이를 돌아 걸어가고 있었다.

여든을 오래전에 넘긴 노인은 고민이 가득한 표정으로 두 손을 관자놀이에 대고 비틀거리며 뒷걸음질을 쳤다. 곧 노인은 의자에 푹 주저앉아 의식을 잃고 소리도 눈물도 나오지 않는 듯 머리만 좌우로 흔들고 입술을 부들부들 떨며, 멍하니 의자에 앉아 있었다. 그런 그의 눈과 마음에는 밤같이 침울하고 깊은 어둠 외에는 어떤 것도 없었다.

9. 그들이 가는 곳은 어디인가

장 발장

    같은 날 오후 4시 무렵, 장 발장은 혼자 연병장에서 제일 한적한 둑 뒤에 앉아 있었다. 주의하려는 것인지, 차분히 생각에 빠지고 싶어서인지, 아니라면 누구의 삶에서나 약간씩 발생하는 것처럼 단순히 습관이 바뀐 것인지. 어쨌든 그는 요사이 코제트를 데리고 외출하는 일이 거의 없었다. 그는 노동복 외투와 짙은 회색빛 무명 바지를 입고 챙 넓은 모자를 푹 눌러써서 얼굴을 감추고 있었다. 그는 근래에 코제트 곁에서 평온하고 행복한 일상을 보내고 있었기 때문에, 긴 시간 동안 그를 불안하게 만들던 근심도 모두 없어져 버렸다. 그런데 약 보름 전부터 그것과는 종류가 다른 불안이 다시 일어났다. 언젠가 큰길을 걸어가다 뜻하지 않게 테나르디에를 보게 된 것이다. 모습을 바꾸고 있었기 때문에 테나르디에는 그를 알아채지 못했다. 하지만 그 뒤로 그는 테나르디에를 자주 발견했기 때문에 지금은 테나르디에가 그 부근을 떠돌아다니고 있다고 확신하게 되었다. 이것이 장 발장에게 중대한 결심을 하도록 만들었다. 테나르디에가 근처에 있다는 것은 갖가지의 위험이 한꺼번에 몰려와 있다는 것을 뜻했다.

게다가 파리의 공기도 예사롭지 않았다. 정치적 불안 때문에 무언가 찜찜한 구석을 갖고 사람에게는 굉장히 좋지 않은 상황이었다. 폐팽이며 모레 같은 자를 노리고 탐문하다가 장 발장 같은 사람을 들추어 낼 수도 있었기 때문이다.

이러한 일들을 모두 고려해서 그는 만약을 대비하고 주의를 기울여야 했다.

방금 전만 해도 어떤 미스터리한 일 때문에 장 발장은 굉장히 흥분하고 그리고 그것으로 인해 경계심은 훨씬 커졌다. 그날 아침 그는 가장 먼저 일어나 코제트 방의 덧문이 열리기 전에 정원을 거닐었다. 그때 그는 순간 벽에 못으로 새겨 놓은 아래와 같은 글씨를 찾아냈다.

'베르리 거리 16번지.'

이 글씨는 얼마 전에 새긴 듯 오래되고 새까만 몰타르 위에 하얗게 쓰여 있고 그 벽 아래에 핀 한 무더기 쐐기풀 위에는 하얀 횟가루가 뿌려져 있었다. 분명히 전날 밤에 새긴 것처럼 보였다. 이 글이 뜻하는 것은 무엇인가? 어떤 사람의 주소일까? 아니면 누군가를 향한 사인일까? 그것도 아니면 자기에게 하는 경고일까? 아무튼 어떤 자가 정원에 침범한 것은 분명했고 모르는 사이에 이런 일이 발생한 것이 틀림없었다. 그는 예전에도 괴이한 사건이 발생해 집안사람 모두가 불안에 떨었던 것을 생각했다. 장 발장의 두뇌는 이 문제에 대해 여러 가지로 추측을 했다. 그는 놀랄 코제트를 우려해 벽에 못으로 새겨 놓은 이 글에 관해 그녀에게는 함구했다.

그런 모든 것에 대해 심사숙고한 결과 장 발장은 우선 프랑스를 벗어나 영국으로 가자고 단단히 마음먹었던 것이다. 코제트에게도 이미 얘기해 두었다. 일주일 뒤에 출발하리라 결심했다. 아직도 장 발장은 연병장 둑에 앉아 테나르디에며, 경찰이며, 벽에 새겨진 그 의미를 알 수 없는 글이며, 지금부터 해야 할 여행, 여권을 무슨 수로 손에 넣을까 하는, 여러 가지 생각에 빠져 있었다.

갖가지의 걱정에 정신을 팔고 있던 그는 갑자기 한 줄기의 그림자를 발견하고 그의 뒤편 둑 위에 어떤 사람이 서 있는 것을 깨달았다. 그가 머리를 돌리려 할 때 두 번 접힌 종이 한 장이 그의 무릎 위로 떨어졌다. 어떤 사람이 그의 머리 위로 던진 듯했다. 장 발장은 그 종이를 펼쳐 보았다. 그 안에는 연필로 크게 쓴 이런 간단한 글이 있었다.

'집을 옮기시오.'

그는 벌떡 일어났으나 이미 둑 위엔 사람의 흔적도 없었다. 주변을 살펴보니 아이라고 치기엔 약간 크고 어른이라고 치기엔 약간 작은 회색빛 작업복 상의에 검은 벨벳 바지를 입은 사람이 담벼락을 넘어 저쪽 연병장 참호 안으로 미끄러져 들어가는 것이 보였다.

상념에 빠진 장 발장은 곧장 집으로 돌아왔다.

마리우스

마리우스는 희망을 전부 잃어버리고 질노르망 씨 집을 떠났다. 그는 실낱같은 희망을 품고 할아버지의 집을 찾아갔지만 지금은 끝없는 절망에 빠져 그곳을 떠났다.

하지만 삶의 처음 시기를 자세히 본 자라면 모두 이해하겠지만, 창기병 장교인 멍청한 육촌 테오뒬은 마리우스의 생각에 어떤 그림자도 드리워 주지 못했다. 매우 사그마한 그늘 하나도 만들어 주지 못했던 것이다. 희곡작가라면 할아버지가 손자에게 불쑥 털어놓은 그 비밀에서 무언가 실타래처럼 엉킨 이야기의 전개를 바랐을지도 모른다. 하지만 그렇게 되면 연극은 흥미진진할 수 있어도 진실은 없어진다. 마리우스는 아직 악에 관해선 어떤 것도 믿지 않는 나이였다. 조금만 더 지나면 그도 모든 것을 믿는 나이가 될 것이다. 그러니까 의문은 이를테면 얼굴에 나타나는 주름과 같은 것이다. 젊은 나이에 주름이 있을 리 만무하다. 오셀로의 마음을 고뇌에 잠기게 한 것도, 캉디드(볼테르의 소설 《캉디드》의 주인공_옮긴이)의 마음 위로는 그저 흘러가 버릴 따름이었다. 코제트를 믿지 못하다니! 그러느니 차라리 숱한 범죄를 저지르는 것이 마리우스의 마음에는 더욱 좋았을 것이다.

고뇌에 잠긴 자가 흔히 그렇듯 마리우스는 거리 이곳저곳을 정처 없이 돌아다녔다. 훗날 다시 그때를 떠올려 보아도 무엇을 했는지 도저히 알 수 없었다. 새벽 2시에 마리우스는 쿠르페락에게 돌아와 옷도 벗지 않고 그대로 이불 위로 쓰러졌다. 그리고 머릿속에 제멋대로 떠오르는 온갖 생각을 좇다가 깊이 잠들었을 때는 어느덧 해가 중천에 떠 있었다. 잠이 깼을 때 그는 쿠르페락과 앙졸라와 푀이와 콩브페르가 모자를 쓰고 방안을 바쁘게 돌아다니며 나갈 준비를 하는 모습을 보았다.

쿠르페락이 마리우스에게 물었다.

"넌 라마르크 장군의 장례식에 가지 않을 거야?"

그는 쿠르페락이 이해할 수 없는 중국어로 말하는 것처럼 느껴졌다.

마리우스는 친구들보다 조금 늦게 집을 나섰다. 호주머니 속에는 2월 3일에 일어난 소란 당시에 자베르가 주었던 권총 두 자루가 있었다. 두 자루 모두 총알이 들어 있었다. 그가 무슨 생각으로 그것을 가지고 나왔는지는 설명하기 힘들다.

하루 종일 마리우스는 목적지 없이 돌아다녔다. 간혹 비가 내리곤 했지만 그는 그것도 깨닫지 못했다. 저녁을 위해 1수짜리 가느다란 빵을 한 개 샀지만 그것도 주머니에 넣어 둔 채 잊어버렸다. 정확하게 생각나진 않지만 센 강에 가서 몸을 씻은 것 같기도 했다. 누구든 머릿속이 타오르는 것처럼 느껴질 때가 있다. 지금의 마리우스가 그런 상태였다. 이제 그는 어떤 것도 원하지 않고 또한 어떤 것도 무서워하지 않았다. 전날 밤부터 계속 그런 상태가 이어졌다. 그는 열에 들뜬 듯 가만히 있지 못하고 저녁이 오기를 기다렸다. 분명한 것은 단 하나, 밤 9시에 코제트와 만난다는 사실밖에 없었다. 이제 그 마지막 희망만이 그의 장래의 모든 것이었다. 그는 가끔 사람이 없는 길을 걸어갈 때도 파리 전체가 이상하게 시끄럽고 어수선하다고 생각되었다.

마리우스는 마치 꿈에서 깬 듯이 고개를 쳐들고 말했다.

"전쟁이라도 난 것일까?"

해가 떨어지고 9시 정각이 되자 그는 코제트와의 약속 장소인 플뤼메 거리로 걸어갔다. 철책 근처에 이르자 그는 전부 다 잊어버렸다. 꼬박 이틀이나 못 만난 코제트와 이제 다시 만나게 된다. 다른 생각들은 전부 사라지고 여태까지 느껴 보지 못한 크나큰 기쁨만이 넘쳐흘렀다. 마치 몇 세기를 지나 온 것 같은 그런 몇 분은 엄숙하고 황홀해서, 그 시간이 지나는 바로 그때 사람의 마음은 완전히 채워진다.

마리우스는 쇠창살을 뜯고 마당 안으로 들어갔다. 그러나 코제트는 항상 그를 기다리던 그곳에 없었다. 그는 수풀을 헤치고 돌계단 옆, 후미진 곳으로 들어갔다. '그곳에서 기다리나 보다.' 하고 생각했다. 하지만 그곳에서도 그녀를 찾을 수 없었다. 위를 보니 집엔 덧문이 전부 닫혀 있었다. 정원을 빙 둘러보았으나 사람의 기척은 찾을 수 없었다. 그는 집 앞으로 가서 거의 정신을 놓은 사람처럼 슬픔과 불안을 느끼며 마치 늦은 밤에 귀가한 주인처럼 덧문을 마구 두드렸다. 쉬지 않고 두드렸다. 그녀의 아버지가 창문을 열고 무서운 얼굴로 "왜 그러시오?" 하고 물을 수도 있다는 생각도 않고, 그런 것 따위는 지금 그가 예감하고 있는 것에 비하면 아무것도 아니었다.

그는 한참 동안 두드리다가 이번엔 코제트의 이름을 소리 내어 말했다.

"코제트!"

마리우스는 외쳤다.

"코제트!"

그는 명령하는 듯한 어투로 계속 외쳤다.

대답은 들리지 않았다. 이제 모두 끝났다. 정원에도, 집 안에도 사람은 한 명도 없었다.

마리우스는 무덤같이 고요하고 무덤보다 훨씬 공허한 그 집을 절망의 눈빛으로 올려다보았다. 코제트와 같이 행복한 시간을 보내던 돌로 만든 긴 의자를 바라보았다. 그리고 돌계단 위에 앉아 진심으로 사랑하는 사람의 축복을 빌고, 코제트가 떠나 버린 이상 이제 자신은 죽을 수밖에 없다고 굳게 마음먹었다.

그때 갑자기 길 쪽에서 누군가가 자신을 부르는 소리를 나무들 틈으로 들었다.

"마리우스 씨!"

마리우스는 벌떡 일어섰다.

"네?"

그는 소리쳤다.

"마리우스 씨, 거기에 있어요?"

"네, 여기에 있습니다."

"마리우스 씨."

그 목소리는 또 말했다.

"친구들이 전부 샹브르리 거리 바리케이드에서 당신을 기다리고 있어요."

매우 낯선 목소리는 아니었다. 조금 쉰 듯하고 귀에 거슬리는 에포닌의 목소리와 매우 흡사했다. 마리우스는 울타리가 있는 쪽으로 뛰어가 흔들리는 쇠막대기를 뽑고 목을 빼어 목소리의 주인을 찾았다. 젊은 남자처럼 보이는 사람이 저편 어둠 속으로 급하게 모습을 감추는 것이 보였다.

마뵈프 씨

장 발장의 지갑은 마뵈프 씨에게는 전혀 쓸모가 없었다. 마뵈프 씨는 어린아이처럼 우러러 받들 만한 엄격함으로 하늘이 내려 준 선물을 절대 받아들이지 않았다. 별이 돈으로 바뀐다는 것은 마뵈프로서는 생각조차 하기 힘든 일이었다. 더욱이 하늘이 내려 준 지갑이 사실은 가브로슈가 던져 준 것이라고는 상상도 하지 못했다. 그는 그 지갑의 주인이 찾아갈 수 있도록 지방 경찰서로 가져갔다. 그 지갑은 유실물이었다. 하지만 주인은 나타나지 않았고 그렇다고 해서 마뵈프 씨에게 도움이 되는 것도 아니었다.

그는 여전히 곤란한 상황에 빠져 있었다.

시험적으로 지배한 쪽은 아우스터리츠의 정원에서와 마찬가지로 식물원에서도 성공하지 못했다. 작년 가정부의 월급도 다 주지 못했고, 이미 여러분도 알고 있듯이 집세도 몇 기분(1기분이 보통 3개월_옮긴이)이나 주지 못했다. 공설 전당포는 그의 《식물지》의 동판을 열세 달이나 보관하고 있었지만 결국 팔아 버리고 말았다. 그것을 산 어느 철물상이 냄비로 만들어 버렸다. 동판이 팔려 버렸기 때문에 아직 갖고 있는 《식물지》의 부족분도 채워 넣을 수 없고, 그래서 그는 목판과 본문을 책방에 싼값에 팔아 버렸다. 이렇게 해서 그가 일생을 바쳐 만든 책은 모두 흔적도 남기지 않고 없어지고 말았다.

마뵈프는 그렇게 장만한 돈을 야금야금 써 버렸다. 그리고 돈을 모두 써 버리자 정원도 가꾸지 않고 그냥 내버려 두었다. 가끔씩 습관처럼 먹던 달걀 두 개와 고기 한 조각도 이미 오래전부터 끊었다. 요즘은 저녁 식사도 빵과 감자로만 했다. 가구도 모조리 팔고, 침구며 옷이며 담요도 한 벌씩만 남기고 전부 팔고, 급기야 식물 표본이며 판화까지 팔았다. 그래도 매우 희귀한 책은 몇 권 남겨 두었다. 그중에는 1560년에 출판된 《성서 역사 연표》, 피에르 드 베스의 저서 《성서 용어 색인》, 나바르

여왕에게 올리는 헌사가 함께 있는 장 드 라에의 저서《마르그리트의 시집》, 빌리에 오트망의 저서《대사의 직책과 위엄에 대하여》, 1644년에 출판된《유대 사화집》한 권,《베네치아 마누차누스가(家)에서》라는 화려한 제목이 붙은 1657년판 티불루스의 시집 한 권, 끝으로 1644년 리용에서 출판된 디오게네스 라에르투스의 책 한 권도 있었다. 그 안에는 바티칸에 있는 13세기의 사본 제411번의 유명한 진본이 몇 종류나 있고, 앙리 에스티엔이 참고해 매우 많은 것을 얻은 베네치아 사본 제393번과 제394번의 두 진본도 들어 있으며, 게다가 나폴리 도서관에 있는, 12세기의 유명한 사본에서만 볼 수 있는 도리스 방언의 문장이 거의 다 들어 있었다. 마뵈프 씨는 결단코 방에 불을 피우는 일이 없었고, 촛불도 붙이지 않았고, 해가 떨어지면 이내 잠자리에 들었다. 이웃들과 왕래를 전혀 하지 않아서 사람들은 그를 봐도 모른 척 피했으며, 그 사실을 스스로도 잘 알고 있었다. 아이의 초라함은 어머니의 관심을 끌고, 젊은 남자의 초라함은 젊은 처녀의 관심을 끌지만, 노인의 초라함은 어떤 사람의 관심도 끌지 못했다. 그것은 모든 고뇌 가운데에서도 제일 무정한 것이었다. 그래도 마뵈프 씨의 태생적인 순진함이 모조리 사라져 버린 것은 아니었다. 그는 남아 있는 몇 권의 장서를 볼 적마다 눈을 반짝반짝 빛냈으며, 이 세상에 유일하게 있는 디오게네스 라에르투스를 볼 적에는 미소까지 지었다. 유리창에 달린 책장은, 필수품을 빼고는 그가 소지하고 있는 하나뿐인 가구였다.

어느 날 플뤼타크 할멈이 마뵈프 영감을 향해 입을 열었다.

"저녁을 마련할 돈이 없어요."

할멈이 저녁이라고 말하는 것은 빵 한 조각과 네댓 개의 감자를 뜻한다.

"외상으로 달라고 하지?"

"외상으로 줄 리 없잖아요?"

마뵈프 씨는 책장 문을 열고 마치 자식을 한 명 죽여야 하는 아비가 누구를 죽여야 하나하고 고심하듯 오래도록 장서를 한 권씩 들여다보다가 한 권을 쑥 뽑아 겨드랑이에 끼고 나갔다. 두 시간쯤 후에 그는 겨드랑이를 비우고 돌아왔는데 대신 책상 위에 30수를 올려놓으며 입을 열었다.

"이것으로 저녁을 차리게."

그때부터 플뤼타크 할멈은 영감의 순진한 얼굴에 섬은 베일이 드리우는 것을 보았는데, 그 후 그 베일은 다시는 걷히지 않았다.

다음 날도, 그다음 날도 매일 똑같은 일을 되풀이해야만 했다. 매일 마뵈프 씨는 책 한 권을 들고 나가서 적은 돈을 들고 돌아왔다. 헌책방 주인은 그가 어떻게든 팔아야 한다는 사실을 알고 20프랑이나 주고 산 책을 단돈 20수라는 헐값에 사들였다. 어느 날은 마뵈프 씨에게 그 책을 팔았던 집에서조차 그랬다. 장서는 한 권씩 차례로 다른 사람 손으로 들어갔다. 마뵈프 씨는 때때로 장서가 더 사라지기 전에 자기 목숨이 끊어지길 원하는 듯 "나도 이제 여든 살이니까." 하고 혼잣말을 했다.

그의 슬픔은 시간이 지날수록 쌓여 가기만 할 따름이었다. 하지만 딱한 번 기쁨을 느낀 적이 있었다. 그것은 말라케 강둑에서 로베르 에티엔 한 권을 35수에 팔아서 돌아오는 와중에 그레 거리에서 40수에 알드 판의 책 한 권을 사 들고 돌아왔을 때였다.

"5수는 곧 갚아야 해."

그는 매우 밝은 얼굴로 플뤼타크 할멈에게 말했다.

그날 저녁, 마뵈프 씨는 아무것도 먹지 않았다.

마뵈프 씨는 원예협회의 회원이었다. 거기서도 마뵈프 씨가 생활이 어렵다는 것을 모두 알고 있었다. 그곳 협회장이 마뵈프 씨 집을 방문해 그의 이야기를 농상무 장관에게 말씀드리겠다고 약속하고 이내 그 약속을 지켰다.

"아이고, 그래요?"

장관은 말했다.

"네. 그 연로한 학자, 식물학자이며 소심한 그 노인이 말씀이죠. 어떤 방법으로든 도와드려야죠."

다음 날, 마뵈프 씨는 장관의 집에 초대를 받았다. 마뵈프 씨는 굉장히 기쁜 마음에 몸을 떨며 초대장을 플뤼타크 할멈에게 보여 줬다.

"우린 이제 살 수 있어!"

그는 흥분해서 말했다.

그날 마뵈프 씨는 장관의 집으로 갔다. 그가 집 안으로 들어서자 그곳 사람들은 전부 그의 구겨진 넥타이와 헐렁하고 헤진 상의와 달걀을 짓이겨 닦은 구두를 보고 입을 딱 벌렸다. 그리고 어느 누구도, 장관 자신까지도 그에게 말을 붙이려 하지 않았다. 밤 10시 무렵, 혹시나 무슨 말이 있을까 하고 기대하던 마뵈프 씨는 감히 자기가 먼저 다가갈 용기조차 낼 수 없었던, 목이 넓게 파인 드레스를 입은 아름다운 장관 부인이 "저 노인분은 누구시지요?" 하고 말하는 소리를 들었다. 마뵈프 씨는 밤 12시, 마구 쏟아지는 비를 맞으며 집으로 돌아왔다. 그는 갈 때 마차 삯을 치르기 위해 엘제비르 판 책 한 권을 팔았다.

마뵈프 씨는 매일 밤 자기 전에 디오게네스 라에르투스의 책을 몇 장씩 읽는 것이 버릇이 되었다. 그는 원문의 특수성을 맛보기에 충분할 만큼 그리스어를 알고 있었다. 이제는 다른 즐거움은 전혀 없었다. 이렇게 몇 주일이 지나갔다.

플뤼타크 할멈이 갑자기 병이 들었다. 빵집에서 빵을 못 사게 되었다는 것보다 더 힘든 일이 하나 더 생겨났다. 그것은 약방에 가서 약을 못 지어 오는 일이었다. 어느 날 밤, 의사는 매우 비싼 물약을 처방했다. 그리고 병세가 매우 심해졌기 때문에 간호사를 한 명 불러야만 했다. 마뵈프 씨는 책장을 열어 보았지만 텅 비어 있었다. 모두 팔아 버린 것이다. 남아 있는 것은 오로지 디오게네스 라에르투스 한 권밖에 없었다.

마뵈프 씨는 너무나도 소중한 그 책을 겨드랑이에 끼고 바깥으로 나갔다. 1832년 6월 4일에 있었던 일이다. 그는 생 자크 성문 인근에 있는 루아얄 책방 후계자에게 가서 100프랑을 받아서 집으로 돌아왔다. 그는 5프랑을 나이 많은 하녀의 머리맡에 올려 두고 조용히 자기 방으로 갔다.

다음 날, 날이 밝자마자 마뵈프 씨는 정원 경계석 위로 나왔다. 그리고 오전 동안 계속 미동도 않고 고개를 떨어뜨린 채 바싹 말라 버린 화단을 멍하니 바라보는 모습이 울타리 너머로 보였다. 가끔씩 비가 후드득 내리곤 했으나 그는 그것도 깨닫지 못하는 것처럼 보였다. 오후가 되자 예사롭지 않은 소리가 파리 쪽에서 들렸다. 얼핏 듣기로는 총성과 많은 사람들의 고함소리 같았다.

마뵈프 씨는 머리를 들었다. 한 정원사가 지나가는 것을 발견하고 그는 말을 붙였다.

"저 소리는 뭐요?"

정원사는 삽을 어깨에 맨 채 태연하게 말했다.

"폭동이 일어난 소리에요."

"뭐! 폭동이 일어나?"

"네, 지금 한창 싸우는 중이에요."

"싸우는 이유가 뭐라던가요?"

"글쎄요, 저도 잘 몰라요."

정원사는 말했다.

"어디요?"

마뵈프 씨는 다시 물었다.

"병기창이 있는 쪽이에요."

마뵈프 씨는 집으로 들어가 모자를 집어 들고, 아무 생각 없이 겨드랑이에 끼울 책을 찾다가 한 권도 없는 것을 깨닫고 "아, 참 없지." 하고 서둘러 나갔다.

10. 1832년 6월 5일

문제의 겉면

무엇으로부터 폭동이 이루어지는가? 무(無)에서, 또한 모든 것에서 이루어진다. 서서히 소모되는 어떤 전기에서, 느닷없이 타오르는 어떤 불꽃에서, 유랑하는 어떤 힘에서, 지나가는 어떤 바람에서 이루어진다. 이 바람은 생각하는 머리나, 꿈꾸는 두뇌나, 고통스러워하는 영혼이나, 솟아오르는 열정이나, 노한 가난 등에 부딪쳐 그것을 전부 휩쓸어 간다.

어느 곳으로?

아무 곳으로나. 국가를 넘어, 법률을 넘어, 다른 이의 번영과 교만을 넘어.

조급한 신념, 급진적인 열광, 들끓는 분노, 억압된 투쟁 본능, 흥분된 젊음의 객기, 용감한 맹목적 행동, 궁금증, 변화를 추구하는 마음, 낯선 것에 대한 욕구, 새로운 연극 광고나 극장에서 연극을 알리는 호각 소리를 듣고 좋아하는 감정, 알 수 없는 증오, 원망, 실의, 운명이 자신을 망쳤다고 여기는 허영심, 불쾌, 허황한 꿈, 벽에 부딪친 야심, 붕괴가 출구를 만들어 줄 것을 바라는 마음, 그리고 끝으로 가장 밑바닥에 있는 하층민, 즉 성냥을 긋자마자 불이 붙는 시궁창, 이런 것들 전부가 폭동의 요소다.

가장 위대한 것과 가장 천한 것, 모든 것에서 외면받고 기회를 노리며 배회하는 사람들, 방랑자, 부랑자, 거리 이곳저곳으로 떠돌아다니는 노숙자, 하늘의 싸늘한 구름을 지붕으로 삼고 사막에서 자는 사람들, 가난과 허무에 빠진 무명의 사람들, 팔과 발을 모두 드러낸 사람들, 이러한 사람들이 폭동에 참여하는 것이다.

국가나 삶이나 숙명에 대해 몰래 반항심을 가진 사람은 전부 폭동 바로 앞에 있다고 할 수 있어, 폭동이 일어나기가 무섭게 전신을 떨며 자신이 그 회오리바람 속으로 휩쓸려 들어가는 것을 깨닫기 시작한다.

폭동은 사회의 공기가 어떤 기압 상태에 이르면 순식간에 발생하는 회오리바람 같은 것으로, 그것은 소용돌이치며 위로 올라가고, 빨리 달리고, 번개가 치고, 모든 것을 쥐어뜯고, 부수고, 짓이기고, 뒤집어엎고, 송두리째 뽑아 놓고, 위대한 근성을 가진 사람이나 비천한 사람이나, 강한 자나 약한 자나, 큰 나무나 지푸라기나 가리지 않고 다 휩쓸어 가 버린다.

폭동에 휩쓸린 사람이나 폭동에 맞서는 사람이나 모두 똑같이 불행하도다! 폭동은 그 둘을 부딪치게 해서 산산조각을 낸다.

이 폭동은 그곳에 휩쓸린 사람에게 어떤 불가사의한 힘을 준다. 어떤 사람도 사건이 갖는 힘으로 채워 주고 무엇이든 전부 다 총알로 바꾸어 버린다. 평범한 돌도 대포알로 바꾸고 짐꾼을 장군으로 바꾼다.

음흉한 정치가의 어떤 판단을 받아들인다면 권력에는 어느 정도의 폭동은 바람직한 일이라고 한다. 다시 말해, 정부를 뒤집지 않는 한 폭동은 정부를 더 강하게 만든다. 폭동은 군대를 시련케 하고, 부르주아를 뭉치게 하고, 경찰의 근육을 풀어 주고, 사회의 뼈대가 어느 정도 강한지 시험한다. 그것은 일종의 체조다. 아니 건강법과 매우 흡사하다. 권력은 폭동을 겪고 나면 마치 피부 마사지를 한 사람처럼 기운이 뻗는 것이다.

지금으로부터 약 30년 전에는 폭동을 완전히 다르게 생각했다.

어떤 일에든 스스로 '양식'이라 내세우는 하나의 이론이 있다. 그것은 알세스트(몰리에르의 희곡 《인간 혐오자》의 주인공. 성미가 까다롭고 염세적임_옮긴이)에 대한 필랭트(사교적이고 타협적인 인물_옮긴이)이다. 진실과 거짓 중간에 끼어드는 조정이며 해석이자 조언이다. 그것은 비난과 변명을 같이 갖고 있기 때문에 스스로 지혜롭다고 믿지만 대부분은 무식한 유식일 따름이다. 중용주의자라고 일컫는 정치상의 일파는 전부 여기에서 만들어진 것이다. 차가운 물과 뜨거운 물 사이에 있는 미지근한 물 같은 당파다. 이 일파는 굉장히 조심스러운 척하지만 진실은 겉으로 보기만 그럴 뿐 원인을 파악하지 않고 결과만을 분석하여 교만한 태도로 광장의 소동을 꾸짖는다.

이 일파의 이야기를 들어 보자.

"1830년의 사건을 어렵게 만든 몇몇의 폭동은 저 위대한 사건에서 순수성의 한 부분을 잃어버리게 했다. 7월 혁명은 신선하게 불어온 민중의 바람이었고, 그 후엔 순간 푸른 하늘로 바뀌었다. 그런데 폭동 몇 개가 다시금 하늘을 흐리게 만들었다. 폭동은 처음에 그리도 멋지게 국민을 하나로 뭉치게 했던 저 혁명을 거대한 전쟁터로 만들어 버렸다. 급진적 진보가 늘 그렇듯 7월 혁명에서도 겉으로 나타나지 않는 파괴가 발생했다. 그리고 폭동은 그것을 사람들의 눈에 잘 보이게 했다. '아아, 이곳이 파괴되었구나.' 하고 사람들이 깨닫게 되었다. 7월 혁명 이후에 사람들은 해방감만을 느꼈지만, 폭동 후에는 파국을 깨닫게 되었다.

폭동이라는 것은 가게 문을 닫게 하고, 돈의 흐름을 막고, 주식시장의 혼란을 빚고, 상업을 중단시키고, 사업을 방해하고, 파산을 조장한다. 그로 인해 금융은 중단되고, 개인의 재산은 위험해지고, 신용은 떨어지고, 공업은 어수선해지고, 임금은 깎이고, 자본은 퇴보하고, 가는 곳마다 공황이 일어나 도시 모두에 그 반작용이 나타난다. 거기에서 거대한 손실이 발생한다.

폭동이 일어난 첫날은 프랑스에 2천만 프랑의 손실을 끼치고 둘째 날은 4천만 프랑, 셋째 날은 6천만 프랑의 손실을 끼치는 것으로 추산되고 있다. 폭동이 사흘간 이어지게 되면 1억 2천만 프랑의 손실이 생기므로 재정상의 영향만 본다 해도 60척의 함대가 모두 파괴되는 패전과 거의 똑같은 재난을 당하는 꼴이 된다.

물론 역사상에는 폭동에도 어떤 아름다움이 존재한다. 시가전은 산이나 들판의 게릴라전과 비슷한 웅장하고 비장한 느낌이 있어, 한쪽에 숲의 정신이 스며들어 있다면 다른 한쪽에는 도시의 마음이 갖추어져 있다. 한쪽에는 장 슈앙이 존재한다면 다른 한쪽에는 잔 다르크가 존재한다. 폭동은 또 가끔씩 파리의 가장 근원적인 다양한 성격들, 즉 대범함, 열성, 태풍 같은 쾌활함, 용기가 지성의 한 부분이라는 것을 착실하게 보여 주는 학생들, 물러서지 않는 국민군, 상인들의 노점상, 부랑아들의 요충지, 죽음을 겁내지 않고 지나가는 사람들의 모습을 밝으면서도 굉장히 훌륭하게 보여 주고 있었다. 폭동에서는 학생과 군대가 부딪쳤다. 요컨대 싸우는 사람들에게는 나이가 다르다는 것밖에 존재하지 않았다. 아군도 적군도 모두 한 민족이었다. 스무 살에 사상을 위해 목숨을 잃는 사람이나, 마흔 살에 가족을 위해 목숨을 잃는 사람이나 모두 자신을 버렸다는 면에서는 똑같았다. 군대는 내란이 발생할 때마다 항상 고통스러운 처지가 되지만 적의 대담함에는 늘 신중한 자세로 대응했다. 폭동은 민중의 대담함을 보여 줌과 동시에 부르주아들에게는 용기를 알려 주었다.

그것은 대단히 좋은 일이다. 그러나 그런 것들이 피를 흘릴 정도의 가치가 있는 것일까? 게다가 그것만이 아니라 미래는 어둡고, 진보는 위험에 빠지고, 제일 착한 사람들 간에 불안이 일어나고, 착실한 자유주의자는 희망을 잃고, 다른 나라의 전제주의는 혁명이 스스로에게 상처를 내는 것을 보고 좋아하고, 1830년의 패자는 당연하다는 듯 '그러니까 우리가 한 말을 유념했어야 한다.'고 이야기한다. 그리고 파리는 전보다 커졌을 수도 있지만 프랑스 전체는 분명히 작아졌다. 그리고 모두 다 밝혀야 하니까 하는 말이지만, 광기로 변모한 자유에 대한 강렬한 질서의 승리가 학살에 의해 지나치게 자주 더럽혀진 것을 유념할 필요가 있다. 요컨대 폭동은 해로운 것이다."

진짜 국민이 아닌 부르주아는 이러한 거짓된 지혜를 자주 말한다.

우리는 이 '폭동'이라는, 의미가 너무 광범위하고 쉬운 말은 쓰지 않기로 하자. 민중 운동들 사이의 차이를 구분하기만 할 것이다. 폭동이 전쟁과 같은 정도의 손실을 불러오는지에 관해서는 밝히지 않기로 한다. 첫째, 왜 전투를 연관시키는가? 여기에서 전쟁의 문제가 발생한다. 전쟁의 재해는 폭동의 재앙보다 덜한가? 둘째, 폭동은 전부 재앙이라고 말할 수 있는가? 가령 7월 14일에 1억 2천만 프랑의 손실을 입었다고 해도 그게 무슨 상관인가? 필리프 5세를 스페인 왕으로 만들기 위해 프랑스는 20억 프랑을 사용했다. 설령 이것과 같은 지출이 발생했다고 하더라도 7월 14일 쪽이 훨씬 좋을 것이다. 그리고 왠지 그럴듯하지만 결국 말뿐인 이러한 숫자를 우리는 받아들이지 않는다. 어떤 폭동을 이야기할 때 우리는 그것을 폭동 자체로서 살펴보기로 하자. 앞에서 나열한 공리공론의 반대 입장에서는 결과만을 따져 보았는데 원인을 밝히기로 하자.

지금부터 그것을 살펴보기로 한다.

문제의 근본

반란 그리고 폭동이라는 것이 있다. 모두 분노의 폭발이지만 하나는 옳은 것이고 다른 하나는 그른 것이다. 정의를 근본으로 하는 단 하나뿐인 국가인 민주국가도 간혹 한 당파가 권력을 그르게 잡는 때가 있는데, 이런 때는 국민 전체가 들끓고, 모두의 권리를 꼭 되찾아야 할 때에는 무력 투쟁도 때로는 마다하지 않는다. 국민의 권리와 관련한 모든 문제에서 전체에게 가해진 한 당파의 공격은 폭동이고, 한 당파에게 가해진 전체의 투쟁은 반란이다. 튈르리 궁전에 대한 공격은 궁전의 주인이 왕인지 국민의회인지에 따라 옳은 것이 되기도, 그른 것이 되기도 한다. 군중을 향한 대포도 8월 10일에는 잘못이었고, 포도월 14일에는 옳았다. 겉으로 보기에는 비슷하지만 그 본질은 다르다. 루이 16세의 호위병은 거짓을 지켰고 보나파르트는 진실을 지켰다. 그 자유와 주권으로 보통선거가 만들어 낸 것을 도시의 군중이 없애서야 되겠는가? 순수한 문명의 문제도 마찬가지다. 어제는 깊은 통찰력으로 문제를 꿰뚫어 보던 대중의 본능도 내일은 어떻게 달라질지 모른다. 테레에 대해서는 옳았던 분노의 폭발도 튀르고에 대해서는 옳지 않았다. 기계가 부서지고, 창고가 폭파되고, 철도가 끊기고, 뱃도랑이 파괴되고, 군중이 잘못된 길을 걷고, 국민은 진보의 이름으로 심판받기를 거부하고, 라무스가 학생에게 살해되고, 루소가 돌을 맞고 스위스에서 추방되는 이런 것들이 폭동의 실상이다. 이스라엘이 모세에게 대들고, 로마가 스키피오를 배신하고, 아테네가 포키온의 뜻을 거스르는 것, 이것을 폭동이라 한다. 파리가 바스티유 감옥을 치는 것, 그것은 반란이다. 알렉산더를 거역한 병사, 크리스토퍼 콜럼버스를 거역한 선원, 이자들은 전부 반역자들이다. 매우 부도덕한 반역이다. 이유가 뭔가? 크리스토퍼 콜럼버스가 나침반으로 아메리카를 상대한 것과 마찬가지로 알렉산더는 칼로 아시아를 상대했기 때문이다. 콜럼버스처럼 알렉산더도 신세계를 찾아냈기 때문이다. 이와 같이 신세계에 문명을 전파한 것은 바로 문명을 확장하는 일이며 그러므로 이를 거역하는 것은 전부 죄가 된다. 국민은 종종 스스로에게 불성실한 경우가 있다. 군중이 국민의 뜻을 배신하는 것이다. 이를테면 긴 시간 동안 피를 흘리며 저항해 온 소금 밀매업자들의 투쟁이 가져온 이상한 결과처럼 말이다. 그것은 오래 지속된 합법적인 저항이었지만 중요한 그때,

구제의 그때, 군중이 이긴 바로 그때에 느닷없이 왕과 손을 잡고 슈안리 (왕당파 농민의 폭동_옮긴이)로 전향하고, 적이었던 반란에서 같은 편에 선 폭동이 되었다. 민중의 무지몽매함이 만든 슬픈 결작이다! 그들은 왕으로부터 교수형을 모면하자 목에서 밧줄을 빼지도 않은 채 왕당을 표시하는 흰 모표를 달았다. '염세(鹽稅)를 없애라.'는 구호가 '국왕 만세.'라는 구호로 바뀌었던 것이다. 성 바르텔미의 학살, 9월의 참살, 아비뇽의 살육, 콜리니의 살해, 랑벨 부인의 살해, 브륀의 암살, 미클레 산적의 난, 녹색 리본당의 난, 변발당의 난, 제위당의 난, 완장 기사의 난, 이런 모든 것들이 폭동이다. 가장 큰 폭동은 가톨릭교도가 일으킨 방데의 난이다.

올바른 권리가 내는 소리는 곧 구별되지만 혼란에 빠진 군중의 모든 몸부림에서 언제나 그 소리가 나는 것은 아니다. 발광한 분노라는 것이 있다. 금이 간 좋은 청동의 청명한 소리를 내지 않는다. 감동과 무지몽매의 떨림은 진보의 충동과 다른 부류이다. "사람들이여, 일어나라!" 하고 외칠 때에는 항상 진보를 목적으로 해야 한다. 방향을 바로 잡고 진로를 결정해야 한다. 반란에는 오로지 앞으로 나아감이 있을 뿐이다. 그밖의 역행하는 모든 것은 잘못이다. 폭력으로 역행하는 것은 전부 폭동이다. 물러서는 것은 인류에 대한 폭력이다. 반란은 격분한 진리가 일으키는 발작이다. 반란이 파헤치는 포석은 권리의 불꽃을 일으킨다. 하지만 같은 포석이라고 할지라도 폭동은 진흙탕을 튀길 뿐이다. 루이 16세에 저항한 당통의 행위는 반란이고, 당통에게 저항한 에베르의 행위는 폭동이다.

그러므로 라파예트가 이야기한 바와 같이 반란은 어떤 경우에는 매우 신성한 의무가 될 수도 있지만 폭동은 매우 잔혹하고 폭력적인 행동이 될 수 있다.

그 열기의 정도도 달라서 반란은 간혹 큰 화산이 되기도 하지만 폭동은 기껏해야 짚불이 되고 마는 경우가 흔하다.

앞서 이야기했듯이 모반은 간혹 권력의 품에 모습을 감추고 있을 때가 있다. 폴리냐크는 폭동의 주모자며, 카미유 데물랭은 통치자다.

때로 반란은 다시 태어난다.

오늘날엔 모든 것을 보통선거로 해결하게 되었지만, 4천 년 동안 권리를 유린당하고 민중은 고통에 빠져 있었기 때문에 역사의 각 시대는 당시로서 할 수 있는 한에서 항의의 목소리를 내고 있었다. 로마의 여러 황제 중에는 반란은 일어나지 않았으나 유베날리스라는 자가 있었다.

유베날리스가 한 말인 "분노는 시를 만든다."에서 나온 "분노는 만든다."라는 말이 그라쿠스 형제 대신 사용되었다.

로마의 황제 중에는 시엔으로 망명한 유베날리스가 있고 연대기의 작가인 타키투스가 존재했다.

파트모스 섬의 위대한 망명자 성 요한은 두말할 필요가 없다. 그도 마찬가지로 이상 세계의 이름을 내걸고 현실 세계에 저항하고, 상상력을 동원해 위대한 풍자시를 썼으며, 로마와 대등한 니니베, 바빌론 그리고 소돔 위에 불같은 《묵시록》의 빛을 비췄던 것이다.

바위 위의 요한은 받침돌 위에 앉아 있는 스핑크스처럼 알 수 없다. 그의 의도를 알아내기는 대단히 어렵다. 유대인은 그는 희랍어로 이야기한다. 하지만 연대기를 지은 자는 라틴 인, 정확하게 말하자면 로마 사람이다.

네로로 대표되는 폭군들이 암흑 통치를 할 당시에는 역시나 그들을 어둡게 표현할 수밖에 없다. 단지 끌로 모양만 새겨서는 안 될 것이다. 효과를 내기 위해서는 모양 하나하나마다 인간의 마음을 적실 진한 산문을 새겨 넣어야 한다.

사상가에게는 전제군주도 어느 정도 의미 있는 존재다. 사슬에 묶여 버린 입, 이것은 무시무시한 말이다. 통치자가 국민에게 침묵을 강압적으로 요구할 때 저술가는 그 문체에 이중 삼중의 의미를 섞는다. 그 침묵에서 어떤 알 수 없는 충실감이 생겨서 그것이 사상 속에 파고들고 하나로 모아져 청명한 소리를 내는 청동이 된다. 역사상의 강압은 역사가의 문장을 대단히 명료하고 간단한 것으로 만들어 놓았다. 이러한 종류의 유명한 산문은 화강암 같은 단단함을 지니게 되었다. 이러한 결과는 다름이 아니라 모두 폭군에 의해 압축되어 일어난 것이다.

어쩔 수 없이 전제군주 정치는 저술가에게 대상의 범위를 좁히도록 강요한다. 그러나 이런 이유로 오히려 그들의 글을 쓰는 능력은 한껏 발전한다. 키케로의 문장은 베레스에게는 대체로 어울리지만, 칼리굴라에게는 부족하다. 짧은 문장일수록 독자에게 큰 충격을 안겨 주기 마련이다. 타키투스는 젖 먹던 힘까지 더해 생각을 짜낸다.

위대한 마음의 성실함은 진리와 정의로 뭉칠 때 상대를 여지없이 쳐부수는 힘이 된다.

어차피 나왔으니 이야기하지만, 역사상 타키투스가 카이사르와 같지 않은 것은 매우 시선을 끌 만한 일이다. 타키투스는 티베리우스 같은 폭군에 배정되었다. 타키투스와 카이사르의 경우는 잇달아 나타난 두 현상이다. 하지만 신은 긴 시간을 연출함에 있어 등장인물의 입장과 퇴장을 결정하면서 이 두 사람의 만남을 일부러 피하게 한 것 같다. 카이사르와 타키투스 모두는 위대하다. 이 두 인물의 위대함을 아낀 신은 만남을 피하게 하여 서로 충돌하지 않게 했다. 심판자인 타키투스가 카이사르를 공격하면 힘의 균형이 맞지 않을지도 모른다. 신은 불공평함을 바라지 않는다. 스페인이나 아프리카에서 발발한 대전쟁, 실리시아의 해적 정벌, 골 지방과 브르타뉴와 게르마니아로의 문명의 유입, 이와 같은 수많은 영광이 루비콘 강을 건넌 카이사르의 죄악을 갚아 주고 있다. 여기에 심판하는 신의 세심한 배려가 깃들어 있다. 신은 권력을 착복하는 데 실력이 뛰어난 자를 냉혹한 역사가와 대결시킬 것을 머뭇거리고, 카이사르에게 타키투스의 비판을 피할 수 있게 함으로써 천재에게 정상을 참작할 여지를 남겨 두었다.

당연히 전제정치는 전제정치일 뿐이고, 천재가 전제군주가 된다 해도 아무것도 변하지 않는다. 뛰어난 폭군이 통치한다고 해도 타락은 존재한다. 하지만 정신의 흑사병은 비열한 폭군 치하에서는 더욱 어마어마한 것이다. 그러한 통치에서는 누구도 부끄러움을 감추지 않는다. 그렇기 때문에 세상을 응징하려는 타키투스나 유베날리스 같은 자는 인류의 눈앞에서 그 치욕을 변명할 수 없을 만큼 공격하는 것이 더 유익하다.

로마는 실라 시대보다 비텔리우스 시대에 훨씬 더 고약한 냄새를 풍겼다. 클로디우스나 도미티아누스 시대에는 추악한 폭군과 한 쌍을 이루는 하층민의 추악함이 있었다. 노예의 비천 행동은 전제군주 자신이 만들어 낸 것이다. 지배자의 성격이 고스란히 담겨 있는 시궁창 같은 의식에서 독의 기운이 피어나고 있다. 공권은 훼손되고, 사람의 마음은 하찮아지고, 의식은 무뎌지고, 영혼은 고약한 냄새가 난다. 카라칼라 시대가, 코모디우스 시대가, 헬리오가발루스 시대가 그와 같았다. 그러나 카이사르 시대에는 로마 원로원에서 독수리 집의 똥오줌 냄새 같은 것이 났을 뿐이다.

그렇기 때문에 유베날리스나 타키투스와 같은 인물이 조금 뒤늦게 등장하지 않았나 하고 판단되지만, 사실을 증명하는 자가 등장한 것은 사실이 명백해진 시대 이후부터다.

하지만 중세의 단테와 같이, 유베날리스도 타키투스도, 구약시대의 이자야도 개인이다. 하지만 반란 혹은 폭동은 집단이다. 그른 길을 갈 수도, 옳은 길을 갈 수도 있는 집단이다.

보통 폭동은 물질적인 문제 때문에 발발하지만, 반란은 늘 정신적인 문제 때문에 발발한다. 이를테면 폭동은 마사니엘로와 유사하고, 반란은 스파르타쿠스와 유사하다. 폭동은 먹는 것과 연관되어 위장과 함께하고, 반란은 정신과 함께한다. 가스테르는 가끔 화를 낸다. 물론 그가 다 잘못한 것은 아니다. 배고픔을 견딜 수 없을 때, 이를테면 뷔장세의 경우가 그렇다. 폭동은 하나의 진실한 비극이면서도 대단히 정당한 시작점을 지니고 있다. 그렇지만 역시 폭동임엔 분명하다. 이유가 뭔가? 목적은 옳았으나 방법이 옳지 못했기 때문이다. 권리는 야만적이었고, 힘은 과격했으며, 공격은 무작정 퍼부었기 때문이다. 그것은 마치 닥치는 대로 깔아뭉개며 앞으로 나가는 눈먼 코끼리 같았다. 노인과 아이와 여자들의 시체를 아무렇게나 내팽개쳤다. 선량한 사람들을 마구잡이로 죽였다. 민중에게 굶주림으로부터 해방시켜 준다는 목적은 옳았으나, 그 때문에 그들을 무참히 죽인 방법은 옳지 못했다.

　무력 항의가 가장 좋은 것이라 할지라도, 이를테면 8월 10일(1792년)이나 7월 14일(1789년)처럼 옳은 것이라도 모두 똑같은 혼란에서 시작된다. 쇠사슬이 권리를 놓아줄 때까지는 술렁거림이 일고 곧이어 시끄러운 소란이 일어난다. 처음에는 큰 강도 계곡의 급류에서 시작되듯이 반란도 폭동과 비슷하다. 그리고 대체로 그것은 혁명이라는 대양을 이루게 된다. 하지만 가끔은 정신이라는 지평선 위에 우뚝 솟은 정의, 지혜, 이성, 권리 같은 봉우리에 근원을 두고, 이상이라는 순백의 눈을 녹이며 오랜 시간 동안 바위 사이를 떨어져 내린 뒤, 수많은 물길이 모여서 큰 강을 만들고 그 맑고 투명한 수면 위에 파란 하늘이 떠오르게 되자, 꼭 라인 강이 늪지대로 스며드는 것처럼 반란은 순식간에 부르주아의 늪으로 스며드는 경우도 있다.

　하지만 이것은 모두 지나간 옛일일 뿐이며, 미래는 이와 같지 않다. 보통선거는 폭동을 스스로의 규칙 속에 녹여 버리고, 무기를 모두 빼앗는 대신 반란에 투표권을 주는 놀라운 장점을 지니고 있다. 전쟁이라는 것이 시가전부터 국경 분쟁까지 모두 완전히 사라진다는 것은 피할 수 없는 진보다. 오늘날과는 상관없이 미래에는 평화만이 존재한다는 사실은 명명백백하다.

더군다나 부르주아는 반란과 폭동의 차이를 전혀 모른다. 그들의 눈엔 모두 다 같은 폭동이며, 단순한 쿠데타이며, 주인을 물려고 하는 개이며, 주인을 위협하므로 사슬로 꽁꽁 묶어 개집에 처넣어야 할 광폭이며, 시끄럽게 짖어 대는 소리이자 성가신 울음이다. 하지만 부르주아가 천연스레 이렇게 있을 수 있는 날도, 순간 대가리가 커진 개가 사자의 갈기를 하고 어둠 사이로 어렴풋이 나타나게 되는 날까지다.

그제야 부르주아는 외친다.

"민중 만세!"

여기서 잠깐 한 가지 짚고 넘어가자. 역사적으로 볼 때 1832년 6월 동란은 무엇이었는가? 폭동인가? 반란인가?

그것은 반란이었다.

나는 앞으로 이 사건을 언급할 때 더러 폭동이란 단어를 사용할지도 모른다. 하지만 그것은 단지 표면적인 사실을 언급할 때에 국한되고, 폭동과 반란의 실질적 차이는 늘 구별할 작정이다.

1832년의 동란은 그 급속히 퍼진 반발과 비극적인 최후에도 불구하고 대단히 위대한 성분들을 갖고 있다. 때문에 단순한 폭동이라 생각하는 사람들마저도 이것에 관해 이야기할 때는 꼭 경의를 표한다. 그들에게 이 동란은 1830년의 잔물결과 같았다. 그들의 말을 빌리자면 한 번 떠오른 상상력은 쉽게 없어지지는 않는다는 것이다. 혁명은 한순간에 멈추지는 않는다. 산에서 평야로 이어지는 길처럼 평화를 되찾기까지는 꼭 몇 개의 굴곡이 있다. 모든 알프스 산맥은 쥐라 산맥에 이어지고, 아스튀리 산맥과 모든 피레네 산맥은 아스튀리 산맥과 이어진다.

파리 시민들이 '폭동의 시기'라고 기억하는 저 비장했던 현대사의 위기는 금세기의 태풍과도 같았던 여러 시기 중에서도 확연히 달랐다.

이야기를 시작하기 전에 끝으로 한마디만 더해 두겠다.

지금부터 전하려는 이야기는 다분히 생동감 넘치고 극적이나 역사가는 시간과 지면이 부족하다는 핑계로 대부분 쓰기를 소홀히 한다. 하지만 실은 여기에, 여기야말로 인간의 생명이, 고동이, 전율이 흐른다고 힘주어 말하고 싶다. 예전에 언젠가도 말했지만 사소한 부분이란 큰 나무의 곁가지와 같으므로 역사의 근원 속으로 빨려 들어가 버린다. 이를 테면 폭동의 시기에는 그런 사소한 일들이 많이 일어난다. 역사와는 무관한 이유로 재판소의 심리도 어떤 사실들은 묻어 두었고, 또 자세히 밝혀내지도 않았을 것이다. 그러므로 우리는 세상에 알려진 사실들 중에서 누구에게도 알려지지 않은 사실, 혹은 알고 있던 사람도 잊었거나 죽었기 때문에 사라지고 만 사실들을 덧붙여 세상에 다시 드러낼 작정이다. 이 웅대한 일을 진행하던 사람들은 이미 거의 죽어 버렸다. 그리고 살아 있는 자들은 그다음 날부터 침묵해 버렸다. 하지만 앞으로 내가 하는 모든 말은 직접 보고 들은 것을 바탕으로 한다고 해도 거짓이 아니다. 역사는 고발하는 것이 아니라 단지 이야기하는 것이니까. 몇몇은 가명을 쓸 작정이지만 사건 그 자체는 사실 그대로 그려 낼 것이다. 다만이 책을 작성함에 있어 1832년 6월 5일과 6일 사이에 일어난 한 부분만을, 한 가지 일화만을, 그것도 사람들이 가장 모르는 사건만을 보여 줄 것이다. 하지만 지금부터 나는 그 어두운 장막을 걷어 올리고 독자가 무시무시한 사건의 참된 모습을, 그 생생한 현장감을 느낄 수 있도록 최선을 다할 것이다.

장례식, 다시 태어날 기회

1832년 봄, 3개월 전부터 콜레라가 사람들의 마음을 꽁꽁 얼려 버리고 불안한 형세를 을씨년스럽게 가라앉히고 있었지만 파리는 꽤 오래전부터 곧 터져 버릴 폭탄을 안고 있는 듯했다. 앞서 말한 것과 같이 대도시는 일종의 대포와 같아서 포탄이 재어져 있을 때는 작은 불티에도 곧 터져 버린다. 1832년 6월, 라마르크 장군의 죽음이 그 작은 불씨가 되었다.

라마르크는 행동형 인물로 잘 알려져 있었다. 그는 제정기와 왕정복고기를 겪으며 그 시대가 요구하는 두 가지의 용기를 끊임없이 보여 주었다. 이를테면 전쟁터가 요구하는 용기와 강단이 요구하는 용기다. 처음부터 용감했던 그는 용감한 웅변가가 되었다. 그의 말은 날카로운 칼날 같았다. 선배인 푸아를 닮은 그는 높이 쳐든 지휘봉을 내려놓은 다음엔 자유의 깃발을 쳐들었다. 그는 좌파와 극좌파의 중간 자리를 차지했으며 미래를 두려워하지 않았기에 국민의 사랑을 받았다. 또한 그의 황제에 대한 깊은 충성심을 대중은 사랑했다. 그는 드루에 백작과 제라르 백작과 함께 나폴레옹의 가슴속에 있는 사령관의 한 사람이었다. 1815년에 조약을 맺자 그는 마치 자신이 모욕을 당한 듯 격분했다. 그와 대중은 웰링턴을 미워했다. 그리고 별의별 사건에도 겪으면서도 17년 동안 변함없이 워털루의 슬픔만을 기억했다. 죽음의 순간에도 그는 '백일천하'의 장군들이 보내 준 칼을 가슴에 꼭 품고 있었다. 나폴레옹은 '군대'라고 말한 뒤 죽었으나 라마르크는 '조국'이라고 말한 뒤 눈을 감았다.

이미 예견된 라마르크의 죽음이었다. 그러나 그의 죽음을 국민은 큰 손실이라 여겼고, 정부는 이것이 어떤 사건에 불을 붙일까 봐 불안해했다. 그의 죽음을 슬퍼하지 않는 사람이 없었다. 하지만 슬픈 일이 다 그렇듯 죽음도 쿠데타로 바뀔 때가 있다. 역시나 그렇게 되었다.

라마르크 장군의 장례 행렬이 통과하기로 되어 있는 생 앙투안 성 밖에는 장례일인 6월 5일의 전날 밤과 그날 아침, 무서운 분위기를 풍겼다. 그물코처럼 뒤죽박죽 어지러운 이 거리는 예사롭지 않은 기색이 일자 동요했다. 사람들은 무기를 가능한 많이 들고 있었다. 목공들은 '성문을 뚫기 위해' 작업대의 걱쇠를 손에 쥐었다. 그들 중 누군가는 구두장이의 코

바늘 끝을 날카롭게 갈아 단도를 만들었다. '싸우고 싶다'는 생각에 사로잡혀 사흘 동안 옷을 입은 채 잔 사람도 있었다.

목공인 롱비에라는 자는 길에서 마주친 친구들과 이런 대화를 나누었다.

"어디 가?"

"글쎄, 무기로 들 만한 것이 없어서 말이야."

"그래서 어쩌려고?"

"컴퍼스를 가지러 작업장에 갈까 해."

"컴퍼스는 왜?"

"글쎄, 모르겠어."

롱비에는 말했다.

자클린이라는 날렵한 남자는 지나가는 노동자들에게 접근했다.

"여보게, 잠깐 나와 얘기하지!"

그리고 10수어치의 포도주를 사 주며 물었다.

"일자리는 있어?"

"아니요."

"몽트뢰유 성문과 샤론 성문 중간에 있는 피스피에르네 집을 찾아가 보게. 가 보면 일자리를 구할 수 있네."

피스피에르네 집에는 무기와 탄약이 쌓여 있었다. 꽤 알려진 우두머리 몇은 '우편을 나르고 있었다.' 다시 말해 행동을 함께 할 동료들을 찾아 가가호호 뛰어다녔다.

트롱 성문 옆 바르텔레미 집과 프티 샤포의 카펠 집에서도 무서운 행색의 술주정뱅이들이 서로 이마를 맞대고 있었다. 그들의 대화에는 이런 말이 섞여 있었다.

"이보게, 총은 어디에 숨겼나?"

"작업복 아래에 있네."

"자네는?"

"셔츠 안에 있어."

사람들이 롤랑 공장 앞 트라베르시에르 거리와 공구상 베르니에의 공장 앞 메종 브릴레 정원 곳곳에 삼삼오오 모여 수군거리고 있었다. 그 중 가장 사람들의 주의를 끈 자는 가장 열정적인 마보라고 불리는 남자였다. 그 남자는 한 공장에서 일주일 이상 일한 적이 없었다. 그것은 매일 그와 벌이는 논쟁을 참을 수 없었던 사장이 그를 해고했기 때문이었다. 그다음 날 마보라는 남자는 메닐몽탕 거리 바리케이드에서 숨을 거뒀다. 역시 그 전쟁에서 그를 도와주다 전사한 프로토라는 남자가 "자네 뭘 원하나?" 하고 그에게 질문하자 그는 "반란을 일으키는 거야."라고 대답했다. 노동자들은 베르시 거리 한구석에 모여 생 마르소 성 밖 담당 혁명 지휘자인 르마랭이라는 사내를 기다리고 있었다. 그들은 자주 암호를 주고받았다.

6월 5일은 비가 오락가락하는 변덕스런 날씨였다. 경계를 위해 수를 많이 늘린 군대에 에워싸여 라마르크 장군의 장례 행렬은 파리 시내를 지나갔다. 검은 천을 북에 씌우고 총을 거꾸로 멘 2개 대대, 옆구리에 군도를 찬 1만 명의 국민군과 포병대 등이 관을 지키고 있었다. 젊은이들의 손이 영구차를 끌었다. 곧이어 월계수 가지를 받쳐 든 상이군인 장교들이 뒤따랐다. 그리고 묘하게 흥분한 수많은 사람들이 그 뒤를 쫓아갔다. '민중의 벗들'의 대원들, 법학도들, 의학도들, 망명객들, 스페인, 이탈리아, 독일, 폴란드 등의 국기, 수평으로 든 삼색기와 온갖 종류의 깃발, 푸른 나뭇가지를 휘두르며 총총 뛰어가는 아이들, 때마침 파업 중이던 목공들이며 석공들, 종이 모자를 쓴 인쇄공들, 이들은 전부 몇 명씩 무리를 지어 걸었다. 그들은 소리를 지르거나, 방망이를 휘두르기도 하고, 누군가는 군도를 휘두르기도 했다. 무질서했으나 뜻을 하나로 모아 무리 지어 가기도 하고, 줄을 서서 앞으로 나가기도 했다. 그리고 모든 집단은 지도자를 두고 있었다. 권총 두 자루를 겉으로 보이게 찬 어느 사내가 다른 무리들을 검열하고 있었는데, 대열은 그가 앞에 오자 길을 내주었다. 큰 길가며, 가로수 나뭇가지 사이며, 집집마다의 발코니, 창, 지붕에도 남녀노소가 모여 있었다. 그들 모두는 불안에 떨고 있었다. 겁에 질린 그들의 눈이 무기를 든 군중이 지나가는 것을 바라보고 있었다.

정부 측에서도 칼자루에 손을 댄 채 감시의 눈을 밝히고 있었다. 루이 15세 광장에는 말을 탄 중기병 4개 중대가 나팔소리를 앞세우고 탄약을 통에 채운 다음, 장전된 소총과 단총을 들고 완전무장 태세로 전진하라는 명령만을 기다리고 있었다. 라틴 구역과 식물원 거리에는 시의 위병들이 거리 곳곳에 주둔하고 있었다. 알로뱅에는 용기병 1개 중대가 주둔해 있었고, 경기병 제12대대는 그레브와 바스티유에 각각 절반씩 나뉘어 있었고, 또 셀레스탱에는 용기병 제6대대가, 루브르 궁전 안뜰에는 포병이 꽉 차 있었다. 그 밖의 부대는 모두 병영에 남아 있었고, 파리의 교외에도 몇몇의 연대가 주둔해 있었다. 기세등등한 군중에 불안해진 정부는 시내에 2만 4천의 병사를, 교외에 3만의 병사를 배치해 두었다.

행렬 속에는 별의별 소문이 무성했다. 정통 왕조파가 부추기고 있다는 소문도 있고, 제국의 왕으로 군중이 옹립하려던 순간 신에 의해 죽게 된 라이히스타트 공작에 대한 소문도 있었다. 지금까지 익명으로 남은 한 남자는 같은 편이 된 감독 두 사람이 정해진 시간에 병기 공장의 문을 군중에게 열어 주기로 했다는 말을 전하며 돌아다녔다. 참가자들 가운데 모자를 쓰지 않은 대부분의 사람들은 고민과 흥분이 뒤범벅된 얼굴을 하고 있었다. 과격하지만 거룩한 감동에 젖은 군중 속에는 분명히 악한 같은 얼굴도, "빼앗자!"라고 외치는 듯한 야비한 자들의 입도 곳곳에 보였다. 이런 상황에는 수령 밑을 흔들어서 흙탕물을 일으키는 것과 비슷한 선동을 쉽게 발견할 수 있다. 이런 현상은 '잘 훈련된' 경찰에게는 전혀 이상한 일이 아니었다.

일사병에 걸린 듯 느려진 행렬은 고인의 자택을 떠나, 몇몇 큰길을 지나 바스티유에 도착했다. 가끔 떨어지는 빗방울도 그들을 막을 순 없었다. 그동안 몇몇의 사건들이 이 장례 행렬과 함께했다. 방돔 광장에 이르렀을 때는 기념탑 주변을 몇 번이나 돌며 관을 끌고 다녔다. 피츠 제임스 공작이 모자를 쓰고 발코니에 나타나자 그에게 돌이 날아갔고 어느 민중의 깃발에서 뽑힌 골의 닭(프랑스의 상징_옮긴이)이 시궁창에 던져졌다. 경찰 한 사람이 생 마르탱 성문에서 칼에 찔렸으며, 경기병 제12대대의 어느 장교는 "나는 공화주의에 찬성한다."라고 크게 소리를 질렀다. 저지를 뚫고 나온 이공과 학생들이 "이공계 학교 만세! 공화주의 만세!"라고 소리 지르는 등의 각종 사건들이 발생했다. 행렬이 바스티유에 도착하자 생 앙투안 성문 근방에서 몰려나온 구경꾼들이 합세하여 군중 사이엔 어마어마한 흥분이 일었다.

한 사내가 다른 사내에게 이야기하는 소리가 들렸다.

"저기 빨간 수염을 가진 사내가 있지. 그 사내가 신호를 주면 쏘게."

그 빨간 수염을 가진 사내는 그 후에 또 다른 사건, 즉 케니세 사건 때도 똑같은 임무를 맡고 현장에 출동했다.

바스티유를 지나간 영구차는 운하를 따라가서 작은 다리를 건너 아우스터리츠 다리 앞 광장에 도착했다. 영구차는 광장에서 멈추었다. 당시 만약 하늘에서 군중을 내려다보았다면 마치 혜성처럼 보였을 것이다. 그 머리는 광장에 있고, 꼬리는 부르동 강둑에서부터 바스티유를 메우고 생 마르탱 문까지 길게 뻗어 있었다. 사람들이 영구차 주변을 둥글게 에워쌌다. 군중은 순간 일제히 입을 다물었다. 라파예트가 라마르크에게 작별 인사를 하기 시작했다. 애통해 마지않는 엄숙한 순간이었다. 모자를 벗은 사람들의 가슴에 일제히 감동의 물결이 넘실거렸다. 그 순간 느닷없이 검은 옷을 입고 말을 탄 한 사내가 붉은 깃발을 들고, 또 누군가의 말로는 창끝에 붉은 모자를 매달고, 그들 가운데로 달려 나왔다. 깜짝 놀란 라파예트가 머리를 들었다. 에그젤망(제국 시대의 원수_옮긴이)은 서둘러 행렬을 벗어났다.

그 붉은 깃발은 군중 속에 순식간에 거센 파도를 일으키고 감쪽같이 사라졌다. 소란의 파도가 부르동 거리에서 아우스터리츠 다리까지 군중들을 덮쳤다. 갑자기 두 개의 이상한 외침 소리가 들렸다.

"라마르크를 팡테옹으로!"

"라파예트를 시청으로!"

군중의 환호성 속에서 젊은이들은 라마르크의 영구차를 아우스터리츠 다리로 끌어가기 시작했고, 또한 그들은 짐마차에 라파예트를 태우고 모를랑 강 쪽으로 향했다.

라파예트를 에워싸고 환호하는 군중 속에서 사람들은 루드비히 슈니데르라는 독일인을 찾아내고 그를 향해 손가락질했다. 그는 나중에 백 살까지 산 사람으로 1776년 미국 독립 전쟁에도 참전했었다. 그는 트렌턴 전에 참전했을 때는 워싱턴의 부하였고, 브랜디와인 전에서는 라파예트의 부하였다.

그동안 시의 기병대가 센 강 왼쪽 강변에 나타나 다리를 차단하기 시작했다. 오른쪽 강변에서는 셀레스탱에서 나온 용기병이 모를랑 강둑을 따라 넓게 자리 잡고 있었다. 라파예트의 마차를 끌던 군중은 느닷없이 병사들이 강변 모퉁이에서 튀어나오는 것을 보고 외쳤다.

"용기병이 나타났다! 용기병이다!"

가죽 주머니에는 권총을 넣고, 칼집엔 군도를 꽂고, 안장 주머니에는 단총을 찌른 용기병들은 어두운 얼굴로 말없이 줄을 지어 앞으로 나오고 있었다.

전진하던 용기병들은 작은 다리에서 200걸음 정도 떨어진 곳에서 멈춰 섰다. 라파예트를 태운 마차가 가까이오자 그들은 마차를 지나가게 한 다음, 이내 다시 차단했다. 군중과 용기병은 그대로 직면했다. 겁을 먹은 여자들은 달아났다.

이 숙명적인 대결은 어찌 되었을까? 정확한 상황을 아는 사람은 아무도 없을 것이다. 그것은 먹구름 두 개가 부딪친 암흑의 순간이다. 병기창 쪽에서 공격의 나팔 소리가 들렸다는 자도 있고, 용기병이 한 아이의 단도에 찔렸다는 소리를 하는 자도 있다. 진실은 갑자기 세 발의 총성이 울리면서 한 발은 숄레 중령의 숨을 끊고, 또 다른 한 발은 콩트르카르프 거리로 날아가 창문을 닫던 벙어리 노파를 관통하고, 남은 한 발은 장교의 견장을 태웠다.

어떤 여자가 소리를 질렀다.

"아이쿠, 벌써 시작됐잖아!"

그러자 순간, 모를랑 강변 반대편 진영에 남아 있던 1개 중대의 용기병이 칼을 빼든 채 바송피에르 거리와 부르동 큰길 쪽에서 재빨리 달려와 군중을 흩어지게 하려고 했다.

하지만 사태는 이미 수습하기 어려운 지경에 이르렀다. 광적으로 폭동이 일어나기 시작했고, 비처럼 돌팔매가 쏟아지고, 사방에서 총성이 터졌다. 군중 대부분은 둑 아래로 내려가고, 지금은 메워진 센 강의 좁은 수로를 넘어갔다. 한순간에 대요충지로 변모한 루비에 섬의 작업장들은 병사들로 발 디딜 틈이 없었다. 말뚝을 뽑고, 권총을 마구잡이로 쏘고, 순식간에 바리케이드를 세웠다. 밀려난 젊은이들은 영구차를 끌고 아우스터리츠 다리를 건너가 시위병을 공격했다. 중기병이 돌진해 오고 용기병은 위협적으로 군도를 휘둘렀다. 군중들이 뿔뿔이 흩어졌다. 싸움이 일어났다는 소식이 순식간에 파리 전체에 전해졌다. 사방에서 "무기를 들어라!"라는 외침이 들렸다. 사람들은 넘어지고, 뛰어가고, 달아나고, 반항했다. 마치 바람이 불씨를 부채질하듯 분노가 폭동을 부추겼다.

과거의 흥분

폭동이 시작될 때의 혼란만큼 이상한 것은 없다. 곳곳에서 한꺼번에 모든 것이 터진다. 그것은 이미 잘 알고 있던 것인가? 맞다. 그럼 준비된 것인가? 아니다. 어디에서 나오는 것인가? 길바닥에서. 어디에서 쏟아지는 것인가? 구름에서. 반란은 장소에 따라 음모의 성격을 띠기도 급습의 성격을 띠기도 한다. 군중을 지휘하는 누군가의 마음대로 끌려가 버린다. 두려움이 가득한 첫걸음이지만 그곳엔 꽤 놀라운 즐거움도 혼재해 있다. 가장 먼저 소란이 발생하고, 모든 가게는 문을 닫고, 진열장의 물건들이 없어진다. 그 후 곳곳에서 총성이 울린다. 이리저리 사람들이 달아난다. 총의 개머리판이 문을 치면 안뜰에서 하녀들이 "한번 크게 벌일 모양이야!" 하고 떠들어 댄다.

파리의 전 지역에서는 15분이 지나기도 전에 일제히 아래와 같은 사건들이 발생했다.

생 크우와 드 라 브로토느리 거리에서는 덥수룩한 머리와 수염을 한 20명가량의 젊은이들이 한 선술집으로 들어갔다. 그리곤 이내 제각각 군도와 소총, 창을 든 세 남자를 앞세우고 상장을 단 삼색 깃발을 들고 나왔다.

노냉 디에르 거리에서는 배불뚝이에 목소리가 크고, 머리가 벗겨져 넓은 이마를 드러낸, 시커먼 구레나룻과 뻣뻣한 수염을 한 꽤 잘 차려입은 부르주아 한 사람이 행인들에게 탄약을 나누어 주고 있었다.

생 피에르 몽마르트르 거리에서는 소매를 걷은 사내들이 하얀 글씨로 '공화제가 아니면 죽음을!'이라고 쓴 검은 깃발을 들고 지나가고 있었다. 죄뇌르 거리, 카들랑 거리, 몽토르괴유 거리에서는 부대와 부대의 번호를 금빛으로 새긴 깃발을 휘두르는 몇몇의 무리들이 나타났다. 그 깃발들 중 하나는 대부분이 붉은색과 푸른색으로 칠해져 있고 그 중앙에 흰

색이 눈에 잘 보이지도 않을 만큼 작게 칠해져 있었다(삼색기 중 부르봉 왕가를 뜻하는 흰색을 일부러 작게 함_옮긴이).

생 마르탱 한길에 위치한 병기 공장 한 곳을 비롯해, 보부르 거리, 미셸르 콩트 거리, 탕플 거리에 들어선 무기 가게 세 곳이 폭격을 맞은 듯 엉망이 되었다. 군중은 단 몇 분 만에 230정의 2연발 소총과 64자루의 군도와 83정의 권총을 빼앗았다. 가능한 많은 사람이 무기를 들 수 있도록 사람들은 소총에 붙어 있던 총칼까지 나누어 들었다.

그레브 강둑 맞은편에서는 화승총을 든 청년들이 여자들 집에 자리를 잡았다. 그들 중 한 명이 바퀴식 방아쇠가 달린 화승총을 들고 있었다. 그들은 안으로 들어가자마자 탄약을 제조하기 시작했다. 거기에 있던 한 여자가 훗날 이렇게 말했다.

"저는 탄약이라는 것이 뭔지 몰랐는데 남편이 알려 주었지요."

어떤 군중 무리는 비에유 오드리에트 거리에 위치한 한 골동품 가게로 들어가 긴 칼이며 그 외의 여러 터키산(産) 무기를 약탈했다.

라 페를 거리에는 총에 맞아 죽은 한 석공의 시체가 버려져 있었다.

또 양쪽 강변, 한길, 라틴 구역, 시장 주변 등지에는 노동자와 학생들과 각 지구의 대원들이 크게 성명서를 낭독한 뒤, "무기를 들어라!" 하고 모두 한목소리로 외쳤다. 그들은 가로등을 깨뜨리고, 마차에 매인 말을 풀어 주고, 포석을 빼내고, 집집의 대문을 떼어 오고, 가로수를 뽑고, 지하실을 뒤져 물건을 집어 오고, 술통을 굴려 오고, 돌이며 가구며 판자 따위를 쌓아올려 바리케이드를 구축하고 있었다.

부르주아들도 강제 징용되었다. 여자들만 있는 집으로 몰려간 사람들은 외출한 남편의 소총이며 군도를 빼앗고, 그 집 문에 분필로 '무기 징수 완료함'이라고 썼다. 그중에는 가져간 무기의 목록을 적은 영수증에 서명하고 "내일 구청에서 찾아가요."라고 말하는 자도 있었다. 길에 남은 군중들은 시청으로 가는 국민병과 이곳저곳으로 흩어진 보초병들을 붙잡아 그들의 무기를 마구 빼앗았다. 그들은 장교들의 견장마저 뜯어 갔다. 한 국민군 장교는 심티에르 생 니콜라 거리에서 곤봉이나 칼을 든 한 무리의 군중에 쫓겨 어느 집으로 겨우 달아났다가 깊은 밤이 되어서야 모습을 바꾸고 간신히 그곳을 빠져 나올 수 있었다.

생 자크 구역에서는 학생들이 하숙집을 박차고 나와 생 티야생트 거리의 카페 프로그레, 또는 마튀랭 거리에 자리 잡은 카페 세비야르로 패를 나누어 내려갔다. 카페 앞에는 젊은이들이 자리를 차지하고 서서 무기를 배포하고 있었다. 트랑스노냉 거리에 있는 원목장은 바리케이드를 세우려는 자들에게 재목을 모두 강탈당했다. 오로지 생타부와 거리와 시몽 르 프랑 거리의 교차점에서만 주민 스스로 바리케이드를 무너뜨리고 있었다. 또 항복의 깃발이 꽂힌 바리케이드가 딱 하나 있었다. 탕플 거리 바리케이드에 주둔하고 있던 군중이 국민군 한 개 부대에 포탄을 쏜 뒤 코르드르 거리로 달아난 것이다. 바리케이드를 차지한 국민군 부대는 안으로 들어가 붉은 깃발 하나와 한 무더기의 탄약과 300발의 권총 탄약을 회수했다. 붉은 깃발을 갈기갈기 찢은 국민군은 총칼 끝에 그 조각을 매달고 그곳을 떠났다.

지금 내가 차근차근 얘기하고 있는 모든 일은 한 번의 천둥소리와 함께 사방으로 흩어지는 수많은 번개처럼 큰 혼란을 야기하며 시내 전체에서 일제히 발생하고 있었다.

한 시간도 지나기 전에 중앙 시장 인근에만 27개의 바리케이드가 마치 땅에서 불쑥 솟아 오른 양 세워졌다. 그 중앙에 잔와 106명의 동료가 요충지로 사용하던 50번지 집이 있었다. 그 집은 생 메리 바리케이드와 모베 거리의 바리케이드를 양옆에 두고 아르시스 거리와 생 마르탱 거리, 그리고 정면의 오브리 르 부셰 거리 등 세 개 거리를 동시에 통솔하고 있었다. 두 개의 바리케이드가 하나는 몽토르괴유 거리에서 그랑드 트뤼앙드리 쪽으로, 다른 하나는 조프루와 랑즈뱅 거리에서 생트아부와 거리 쪽으로 이어져 서로 직각을 만들고 있었다. 그 외에도 파리의 20개 지역과 마레 교외며, 생 주느비에브 언덕에 셀 수 없이 많은 바리케이드가 세워졌다. 그중에도 메닐몽탕 거리의 바리케이드는 방금 떼어 온 문짝으로 만들어진 것이었다. 또 시립 병원 앞의 프티 퐁 다리 인근의 바리케이드는 큰 마차를 옆으로 쓰러뜨려서 만들었는데 그곳에서 겨우 300보만 걸어가면 경찰서가 나왔다.

메네트리예 거리의 바리케이드에서는 잘 차려입은 한 사내가 일꾼들에게 돈을 나눠 주고 있었다. 그르네타 거리의 바리케이드에서는 말을 타고 나타난 한 사내가 그곳 지휘자인 듯한 자에게 돈뭉치같이 보이는 무언가를 건넸다. 말을 탄 사내가 입을 열었다.

"이 돈으로 비용과 술값, 그 외의 잡비를 계산하시오."

넥타이도 안 맨 금발 머리의 한 젊은이가 바리케이드를 돌며 암호를 알려 주고 있었다. 푸른 경찰모를 쓰고 칼을 빼 든 한 사내는 감시가 필요한 곳에 보초병을 배치했다. 바리케이드 안쪽에는 선술집과 문지기 집이 위병실로 바뀌어 있었다. 그리고 폭동은 대단히 교묘한 전술을 펼치고 있었다. 그들은 간격이 매우 좁고, 바닥이 울퉁불퉁하고, 구석과 골목이 많은 거리를 이용하기로 전략을 짰다. 그런 조건을 갖춘 거리들 중에서도 특히 도로망이 복잡한 중앙 시장과 인접한 곳을 선택했다. 떠도는 소문에 의하면 생타부아 지역에서 '민중의 벗' 협회가 반란을 지휘하고 있는 듯했다. 퐁소 거리에서 죽임을 당한 자의 주머니에서 파리 시가의 도면이 발견되었다.

하지만 사실 폭동의 지휘자는 안개처럼 주변을 가득 메우고 있는, 형용하기 어려운 어떤 강렬한 감정이었다. 반란은 오른손으로 순식간에 바리케이드를 만듦과 동시에 왼손으로는 수비군 대부분을 차단해 버렸다. 세 시간도 채 되지 않아 폭도들은 심지에 불이 붙듯 도처를 기습하여 차지했다. 오른편 강변에는 병기창, 루아얄 광장에 위치한 구청, 마레 전역,

푸팽쿠르 병기 공장, 갈리오트, 샤토 도 그리고 중앙 시장 부근의 도로 전부를 차지했고, 왼편 강변에서는 베텔랑의 병영, 생 펠라지 감옥, 모베르 광장, 데물랭의 화약고와 성문 전체를 차지했다. 오후 5시가 되자 바스티유 광장과 랭즈리 거리 그리고 블랑 망토 거리도 그들의 차지가 되었다. 그들의 정찰병들은 빅투아르 광장까지 진격하여 프랑스 은행과 프티 페르 병영, 그리고 중앙 우체국에 그들의 무서움을 보여 주었다. 파리의 3분의 1이 폭도들의 차지가 되었다.

파리의 전 지역에서 매우 큰 싸움이 일어나고 있었다. 강제로 무기를 빼앗고, 집을 뒤지기도 하고, 패를 만들어 무기 가게를 약탈하기도 한 결과 돌팔매로 시작된 싸움이 총격전으로 커지게 되었다.

소몽 골목은 오후 6시쯤 되자 전쟁터로 바뀌었다. 폭도와 군대가 마주 섰다. 서로의 철책을 향해 총을 쏘아 댔다. 그 현장을 목격했던 관찰자이자 몽상가인 나는 뜻하지 않게 양쪽 군의 총알이 빗발치는 그 골목 안에 있었다. 총알로부터 몸을 지킬 수 있는 곳은 상점들 사이를 잇는 반원형으로 튀어나온 기둥밖에 없어서 나는 거의 30분 동안 그 위험천만한 곳에 있었다.

그러던 중 북이 소리를 내며 집합을 알리자 국민병들은 재빨리 무기를 들었고, 각 구청에서 헌병대가, 각 병영에서 연대가 출동했다. 앙크르 골목 맞은편에서 북을 치던 자는 단도에 찔려 죽었다. 그리고 시뉴 거리에서는 약 30명의 젊은이들에게 기습을 당한 북잡이가 군도를 빼앗기고 북이 찢어지는 일이 발생했다. 또 다른 사람은 그르니에 생 라자르 거리에서 죽임을 당했다. 그리고 세 명의 장교가 미셸 르 콩트 거리에서 차례대로 피살되었다. 시내에 남아 있던 대부분의 경비병들이 롱바르 거리에서 부상을 당하고 물러났다.

국민군의 한 부대는 바타브 마당 앞에서 '공화 혁명 제127호'라고 쓴 붉은 깃발 하나를 발견했다. 과연 이것은 혁명이었을까?

반란은 파리의 시내를 매우 복잡하고도 웅대한 성채로 바꾸고 있었다.

단연코 그곳이야말로 사건의 중심지이며 문제의 핵심이었다. 그 밖의 모든 것은 어린아이의 불장난에 지나지 않았다. 아직 거기서 전투가 벌어지지 않은 것은 거기야말로 모든 일이 귀결되는 곳이라는 증거였다.

몇몇 연대에서는 병사들의 예사롭지 않은 태도가 나타났다. 그로 인해 위기의 어두움이 더욱 짙게 드리워졌다. 병사들은 보병 제53연대가 1830년 7월에 보여 준 중립적 태도가 얼마나 민중의 환영을 받았는가를 어제 일처럼 똑똑히 기억하고 있었던 것이다. 대범하게도 큰 전쟁을 몇 번이나 치른 두 인물, 로보 원수와 뷔조 장군이 공동으로 지휘하고 있었다. 국민병의 각 부대는 전열대로 재편성되고, 꽤 많은 수의 경찰대가 견장을 단 경찰서장을 앞세워 폭도의 거리를 살피러 나가 있었다. 폭도 측도 원형 교차로에 보초병을 두고 감시하게 한 뒤 대범하게도 정찰대를 꾸려 바리케이드 밖으로 내보냈다. 서로의 동정을 주시하고 있었던 것이다. 정부는 군대를 갖고 있었지만 망설이고 있었다. 밤이 깊어지자 생 메리 성당에서 경종 소리가 울려 퍼졌다. 당시 육군 장관이며 아우스터리츠 전투의 참가자이기도 했던 술트 원수는 어두운 얼굴로 사태를 살피고 있었다.

정확한 조준에 능숙하고, 전투의 나침반인 전술을 하나밖에 없는 수단과 안내자로 여기는 이런 늙은 선원들도, 민중의 분노라는 큰 파도 앞에서는 깜짝 놀랄 뿐이었다. 그들도 혁명이라는 바람만은 멈출 수 없었던 것이다.

외곽에 뿔뿔이 흩어져 있던 국민병들이 숨이 턱에 차도록 달려왔다. 생 드니에서 경기병 제12대대가 말을 타고 달려왔다. 그리고 쿠르브부아에서 온 보병 제14연대가 도착했다.

어느덧 사관학교의 포병대는 카루젤 광장에 자리를 차지했다. 뱅센에서도 잇따라 대포가 설치되었다.

튈르리 궁전만이 고요하고 쓸쓸했다. 루이 필리프는 짐짓 아무렇지도 않은 듯이 침착하게 행동하고 있었다.

파리의 독특한 점

벌써 이야기했듯이 파리는 근 2년간 여러 번 반란을 겪었다. 폭동이 일어나고 있는 동안에 그 지역을 제외한 파리의 각 지역은 자연히 묘한 정막에 싸이곤 했다. 파리는 어떤 일이 닥쳐도 제법 잘 받아들이는 것이다.

"기껏해야 폭동일 뿐이니까."

게다가 파리는 고작 그 정도 일에 얽매이기엔 너무나 많은 문제를 담고 있었다. 그건 또 파리가 대도시인 만큼 그런 상태를 지속하는 것이라고 볼 수도 있다. 이렇게 크고 넓은 지역만이 내란과 어떤 기묘한 정막을 동시에 가질 수 있는 것이다. 집합을 알리는 북소리와 나팔소리 또는 비상을 알리는 신호가 울려 내란의 시작을 알려 주어도 가게 주인들은 보통 이렇게 말할 뿐이었다.

"생 마르탱 거리에서 한번 크게 일어날 모양이군."

"생 앙투안 성 밖인 것 같은데……."

또 어떤 날은 태연히 이렇게 말한다.

"글쎄, 그쪽 어디인가 봐."

한참 후 고막을 찢을 듯한 화승총 사격과 일제사격의 맹렬한 총소리가 들려오면 가게 주인들은 이야기한다.

"격렬해지는 건가? 어, 진짜 격렬해지잖아!"

이어서 더욱더 폭동이 맹렬한 기세로 가까이 오면 주인들은 서둘러 가게 문을 닫고 군복으로 갈아입는다. 즉 상품은 안전한 장소로 옮기고 몸은 위험한 장소에 두려는 것이다.

싸움이 일어난 원형 교차로와 골목에는 피가 흐르고, 막다른 골목에서는 바리케이드를 차지했다가, 빼앗겼다가 다시 찾기도 하며 그 와중에 사람들은 죽어 나갔다. 그리고 산탄이 집을 곰보처럼 만들고, 유탄이 단잠에 빠져 있던 사람들을 죽이고, 길 위에는 시체들이 발 디딜 틈 없이 깔려 있었다. 하지만 그 길 바로 건너 당구장에서는 당구공 부딪치는 소리가 들려왔다.

구경꾼들은 싸움이 한창인 거리의 가까운 곳에 모여 서로 농지거리를 주고받았다. 극장은 평소처럼 통속적인 연극을 공연했고, 역마차가 오고 가고, 사람들은 외식을 했다. 때로는 싸움이 일어난 바로 그곳에서도 같은 상황이 연출되었다. 1831년에는 결혼식 행렬을 지나가게 하기 위해 잠시 싸움을 멈춘 적도 있었다.

1839년 5월 12일의 반란 때는 생 마르탱 거리에서 병약한 작은 한 노인이, 음료수 병과 삼색기를 손수레에 가득 싣고 바리케이드와 군대 사이를 오가며 음료수를 정부 측과 무정부주의자 측에 골고루 따라 주었다.

이보다 더 신기한 모습은 어디에도 없을 것이다. 이것이야말로 세계 어디에도 찾을 수 없는 파리 폭동의 독특한 성격이다. 그리고 거기에는 파리의 위대함과 유쾌함이 한꺼번에 있어야만 한다. 그것은 나폴레옹의 도시이기도 하고 볼테르의 도시이기도 할 필요가 있었던 것이다.

하지만 이번 1832년 6월 5일의 소동에서는 파리도 힘에 부치는 막강한 어떤 것을 느끼고 있었다. 파리는 순식간에 두려움을 드러냈다 제일 먼 곳, 가장 무관한 지역까지도 대낮부터 집 안의 모든 문이 단단히 닫혔다. 용기 있는 사람은 손에 무기를 들고, 겁이 많은 사람은 살금살금 몸을 감추었다. 거리의 행인들도 곧장 사라졌다. 대부분의 거리는 지금 시간이 마치 새벽 4시인 듯 텅 비었다. 도처에서 듣기 흉한 뉴스와 불안한 정보들이 새어 나왔다.

"폭도들이 프랑스 은행을 차지했다."

"생 메리 성당 안에만 해도 600명이 진을 치고 전투태세를 갖추고 있다."

"일선부대는 못 믿는다."

"아르망 카렐이 클로젤 원수를 만났는데 원수는 '일단 먼저 1개 연대를 구성하라'고 말했다."

"병중에 있는 라파예트는 그들에게 '나는 여러분의 편이다. 의자 하나만 놓을 수 있다면 나는 그곳이 어디든 여러분을 따라 가겠다.'고 말했다."

"모두들 주의를 기울여라. 밤이 되면 파리 외곽, 조용한 외딴 집의 물건을 훔치는 자가 나올 수 있다.—이것은 경찰의 과한 상상인 것 같다. 여하튼 경찰은 앤 래드클리프(영국의 여류 괴기 소설가_옮긴이)와 정부가 더해진 것 같았기 때문에."

"대포가 오브리 르 부셰 거리에 나타났다."

"뷔조와 로보가 협상 테이블에 앉았다. 밤 12시에, 늦어져도 새벽에는 4개 종대가 일시에 폭동의 심장을 습격할 것이다. 제1종대는 바스티유에서, 제2종대는 생 마르탱 성문에서, 제3종대는 그레브에서, 제4종대는 중앙 시장에서 돌진할 것이다."

"어쩌면 군대는 파리에서 후퇴하여 샹 드 마르스로 물러날지도 모른다."

"결과는 전혀 예상할 수 없지만 여하튼 이번엔 굉장하다."

"사람들은 술트 원수가 망설이는 것을 특히 우려하고 있다."

"그가 빨리 공격하지 않는 이유가 뭘까?"

"원수는 틀림없이 고심하는 것 같다. 늙은 사자는 암흑 속에 숨어 있는 미지의 괴물 냄새를 찾아낸 것 같다."

저녁이 왔지만 극장 문은 닫혀 있었다. 정찰대가 초조한 눈으로 주변을 살피며 다녔다. 거리를 오가는 사람들은 검문을 당하고 수상한 자는 전부 잡혀 갔다. 잡혀 간 사람이 9시엔 800명도 넘었다. 체포된 사람들로 인해 경찰서는 인산인해를 이루었고, 콩시에르주리 감옥과 포르스 감옥도 죄수들로 넘쳐 났다. 특히 콩시에르주리 감옥에는 파리 거리라고 명명된 긴 지하실이 있는데 죄수들이 그곳에 짚단을 깔고 나란히 누워 있었다. 그런데 리옹의 라그랑즈라는 한 사내가 대범하게도 그곳에서 연설을 하고 있었다. 죄수들이 몸을 움직일 때마다 짚단에서 마치 소나기 소리 같은 것이 났다. 또 다른 감옥에 갇힌 죄수들은 지붕도 없는 비좁은 마당에 서로의 몸을 포개어 누워 있었다. 파리는 구석구석까지 불안이 스며들고 평소와 다르게 어떤 전율이 흐르고 있었다.

문을 단단히 걸어 닫은 사람들은 밖에 나가지 않았다. 여자들은 걱정하고 있었다. 그들의 입에서는 이런 소리만 나왔다.

"아아, 그이가 여태 안 돌아왔어. 어쩌지?"

문득문득 그녀들은 마차가 지나가는 소리를 들을 수 있었다. 문밖 계단 위로 나온 자들은 시끄럽고 어수선한 소리, 환호성, 느리고 불분명한 소리에 귀를 기울였다. 그때마다 그들은 "이건 기병대 소리다." "저건 달리는 탄약 운반차 소리다." 하고 소리의 정체를 찾아냈다. 나팔소리와 북소리가 들리고, 총성의 메아리가 들리고, 생 메리의 경종 소리가 슬프게 들렸다. 그들은 모두 대포 소리를 몹시 기다리고 있었다. 길모퉁이에서 불쑥 나타난 무기를 든 자들이 "집으로 들어가요!" 하고 외치고 달려갔다. 그 말을 들은 사람들은 황급히 집으로 들어가 문을 잠갔다. 그러고는 "어떻게 끝이 날까?" 하고 작게 말했다. 밤이 깊어질수록 파리는 점점 더 음산한 폭풍의 살벌한 불길에 휩싸이는 것 같았다.

11. 작은 알갱이와 폭풍

가브로슈의 시의 기원. 어떤 학술 위원이 이 시에 끼친 영향력

민중과 군대가 병기창 앞에서 부딪침으로 인해 표면에 드러난 반란의 물결은, 영구차 뒤를 쫓아 몇 개의 큰길을 가득 채우고 장례 행렬에 강한 압력을 가하며 움직이던 군중의 방향을 앞에서 뒤로 뒤바꾼 순간 사나운 역류로 바뀌었다. 군중은 순간 술렁거리며, 모두들 황급히 행렬을 빠져나와 힘껏 달리며, 누군가는 고함을 치고, 다른 누군가는 새하얗게 질린 얼굴로 달아났다. 큰길을 가득 채우고 있던 큰 물줄기는 순식간에 양옆으로 나뉘어, 마치 둑이 무너져 소용돌이치는 탁류처럼 일제히 200개의 길을 덮쳤다. 그때 누더기 차림의 한 소년이 벨르 빌 언덕에서 만개한 금작화 한 가지를 손에 들고 메닐몽탕 거리 쪽에서 내려오다가 한 여자가 앉아 있는 골동품 가게 앞에서 한 자루의 헌 승마용 권총을 발견했다. 소년은 들고 있던 꽃가지를 포장도로 위로 던져 버리고 크게 소리쳤다.

"아줌마, 이것 좀 빌려 갈게요."

그리고 그 소년은 권총을 들고 줄행랑을 쳤다.

잠시 후, 겁을 먹고 달아나던 부르주아들은 아믈로 거리와 바스 거리에서 권총을 만지작거리며 흥겹게 노래를 부르는 한 소년을 만났다.

밤에는 안 보이지만,

낮에는 분명히 보인다.

아이쿠, 가짜 문서.

깜짝 놀라는 부르주아.

쌓아요, 쌓아요, 미덕.

뾰족 뾰족 고깔모자!

그 소년은 막 싸움터로 가는 중인 가브로슈였다.

큰길 입구에 들어섰을 때 그 소년은 노리쇠가 없는 권총이란 것을 알아챘다.

지금 그가 발장단을 치며 부르고 있는 이 노래와 때때로 즐겨 부르는 노래의 지은이는 누구일까? 그건 모를 수밖에. 과연 어느 누구가 알겠는가? 아마도 지은이는 바로 그 소년일 것이다. 민중이 즐겨 부르는 콧노래를 거의 다 알고 있던 가브로슈는 거기에 자기 나름대로 가사를 붙여 불렀다. 요정이자 장난꾸러기인 그는 자연의 소리에 파리의 소리를 혼합해서 혼성곡을 만들었다. 이를테면 새들의 지저귐에 공장의 소리를 맞추는 것이다. 가브로슈는 자기 무리들과 사촌 격인 미술과 학생들과 친했다. 약 3개월 전에는 인쇄소의 수습사원이기도 했었다. 또 어느 때에는 사라지지 않는 40인 중 한 명인 바우르 로르미앙 씨에게 심부름을 간 적도 있었다. 그는 말 그대로 부랑아였다.

가브로슈는 비가 내리던 어느 밤, 자신이 구원의 손길을 내밀어 코끼리 속에 재워 준 두 아이가 사실은 친동생들이었다는 것은 꿈에도 몰랐다. 가브로슈는 하루 동안 아침에는 아버지를 구하고 밤에는 동생들을 구한 것이다. 동쪽 하늘이 환하게 밝아올 무렵 발레 거리를 떠난 그는 곧장 코끼리가 있는 곳으로 돌아와 능숙한 솜씨로 두 아이를 꺼내 주고, 어렵게 마련해 온 아침을 나누어 먹은 다음, 자신을 키워 준 다정한 어머니와도 같은 거리에 아이들을 맡기고 어디론가 사라져 버렸다. 떠나기 전에 그는 이 자리에서 기다리겠다는 약속과 함께 한마디를 남겼다.

"난 지팡이를 부러뜨리겠다. 다시 말해 내빼겠단 말이야, 고상하게 말하자면 이만 실례하겠다는 것이고. 꼬마야, 만약에 부모님을 만나지 못하거든 오늘 밤 다시 이리로 오렴. 먹을 것을 주고 재워 줄 테니까."

그러나 끝내 돌아오지 않은 두 아이는 경찰에게 잡혀 수용되었는지, 곡예사한테 붙잡힌 것인지, 아니면 커다란 수수께끼 같은 파리의 민중 속으로 빨려 들어간 것인지 알 수 없었다. 현대사회의 밑바닥은 이런 아리송한 발자국으로 가득 차 있다. 가브로슈는 두 아이와 다시는 만나지 못했다. 벌써 그날 밤부터 10주, 아니 12주가 지났다. 그는 여러 번 "그 아이들은 어디 있을까?" 하고 머리를 긁적이며 중얼거렸다.

권총을 움켜쥔 가브로슈는 퐁토 슈 거리로 갔다. 그 거리에는 딱 한 상점만이 문을 열었는데 공교롭게도 그건 과자 가게였다. 이것은 미지의 세계로 뛰어들기 전에 그가 애플파이를 먹을 수 있도록 하느님이 주신 좋은 기회였다. 하지만 걸음을 멈춘 가브로슈는 옆구리와 바지 주머니를 아무리 뒤져도 1수도 나오지 않자 비명을 질렀다.

"아아, 살려 주세요!"

애플파이를 먹을 수 있는 마지막 기회를 놓친 것은 참으로 섭섭한 일이었다.

곧 가브로슈는 두 다리를 재촉해 바삐 걸었다.

얼마 가지 않아 생 루이 거리에 도착했다. 파르크 루아얄 거리를 가로지를 때 그는 한낮에 공공연하게 연극 포스터를 찢으며 애플파이를 먹지 못한 분풀이를 했다.

가브로슈는 부자같이 보이는 한 무리가 그의 앞으로 기운차게 지나가는 것을 보았다. 그는 어깨를 올리며 다음과 같은 철학적인 분노를 터뜨렸다.

"저 부자 놈들, 이놈이나 저놈이나 전부 돼지처럼 살쪘군. 온갖 음식에 파묻혀 배가 터지도록 먹으니까 그렇지. 그 많은 돈을 다 무엇에다 쓸 거냐고 묻고 싶군. 아마 자기들도 잘 모를 거야. 어쩌면 돈을 씹어 먹는지도 모를 일이지! 먹는 게 분명해. 배가 터지도록."

행진하는 가브로슈

오늘만은 노리쇠가 없는 권총을 길 한복판에서 마음껏 휘두를 수 있는 가브로슈는 한 걸음 한 걸음 내딛을 때마다 정열이 솟구치는 것을 느꼈다. 그는 '마르세예즈'를 흥얼거리며 이렇게 소리쳤다.

"아아, 기분 좋은걸. 전에 앓은 류머티즘 때문에 왼쪽 다리가 좀 아프긴 하지만. 그래도 나는 만족해. 시민 여러분, 부르주아는 조금만 더 버티는 게 좋을 거야. 내가 머지않아 홀러덩 뒤집어 놓을 노래를 불러 줄 테니까. 스파이가 뭐야? 개 아니야, 개. 젠장! 개한테 결례를 저지르면 안 되지. 하긴 이 권총엔 개가 한 마리 꼭 필요하지만(개와 권총의 노리쇠는 모두 프랑스어로 chien이라고 함_옮긴이). 여러분, 저는 방금 큰길에서 오는 길이에요. 거기는 지금 한창 열이 올라 거품이 일어나고 부글부글 끓고 있는 중이에요. 이제 슬슬 냄비의 거품을 걷어 내도 될 때지. 사람들이여, 앞으로 나가라! 밭고랑에 불순한 피가 넘쳐흐르게 하라! 이제부터 나는 조국에 목숨을 바치겠다. 내 첩도 다시는 만나지 않겠다. 이것이 마지막이다, 끝장이다. 다 끝났다. 정말 신나는구나! 자, 싸우자! 이제 전제정치는 지긋지긋해."

이때 국민군 창기병을 태운 말이 옆을 지나가다 넘어지자 이를 본 가브로슈는 권총을 길바닥에 놓고 쓰러진 남자를 일으켜 주고 말도 일으켜 주었다. 그러고는 놓아 둔 권총을 집어 들고 다시 걸어가기 시작했다.

토리니 거리에 이르자 주위는 갑자기 평온하고 조용해졌다. 마레 지구 특유의 그 정적은 부근 일대의 소동과는 큰 대조를 이루었다. 아낙네 네 명이 문 앞 돌계단 위에 서서 이야기를 나누고 있었다. 스코틀랜드에는 세 명의 마녀가 있었지만(셰익스피어의《맥베스》에 나오는 마녀. 맥베스가 임금이 된다고 예언함_옮긴이) 파리에는 네 명의 아낙네가 있다. "당신은 장차 왕이 될 것이오." 하는 말은 아르무이르의 황야에서 맥베스에게 던져질 때와 똑같이 보두와예에 원형 교차로에서 나폴레옹에게 불길한 어조로 던져질지도 모른다. 그것은 거의 뜻이 유사한 악담이 될 것이다.

그러나 토리니 거리의 아낙네들은 사실 자기 일 외에는 관심이 없었다. 그들은 문지기 셋과 바구니와 갈고리를 든 넝마주이 여인 한 명이었다.

네 여인은 모두 노쇠와 쇠약과 영락과 비애라는 늙은이의 문턱에 들어서 있는 것 같았다.

넝마주이 여인은 저자세를 취하고 있었다. 똑같이 거친 사회를 살고 있으면서도 넝마주이 여인은 저자세를 보이고 문지기들은 고자세를 취했다. 그것은 쓰레기와 관계있는데, 즉 쓰레기 상태의 좋고 나쁨은 문지기의 마음에 달렸으며, 또한 쓰레기를 받아 모으는 사람의 기분에 따라 달라지기 때문이었다. 호의를 베푸는 것은 비질을 하는 것에도 있을 수 있다.

온몸이 감사의 바구니가 된 넝마주이 여인은 세 문지기에게 애교 띤 얼굴로 웃음을 흘리고 있었다. 그들은 이런 말을 주고받았다.

"그럼 댁의 고양이는 몹시 고약한 버릇을 갖고 있나 보군요?"

"글쎄, 그래요. 고양이는 본래 개와는 원수지간 아닌가요? 으르렁대는 건 언제나 개죠."

"사람도 마찬가지예요."

"하지만 고양이 벼룩은 사람에게는 옮지 않아요."

"개는 정말 위험해요. 어느 해인가는 개가 너무 많아져서 신문에까지 난 일이 있었지요. 로마 왕의 작은 마차를 튈르리 궁전에서 키운 큰 양이 끌던 때죠. 로마 왕 생각나요?"

"나는 보르도 공작에게 호감이 있어서."

"나는 루이 17세를 본 적이 있어서 그런지 루이 17세가 좋더라."

"파타공 아주머니, 고기 가격이 많이 올랐죠?"

"아아! 말도 하지 말아요. 푸줏간 얘기만 들으면 진저리가 쳐져요. 진저리가 쳐질 정도가 아니라 사실 아주 치가 떨릴 정도예요. 요즘은 아주 뼈밖에 살 게 없다니까요."

그러자 넝마주이 여인이 끼어들며 말했다.

"요즘은 장사도 신통치 않아요. 쓰레기통 속도 아주 형편없이 비었어요. 무엇 하나 버리려고 하질 않아요. 전부 먹어 치워 버리니까."

"당신보다 더 가진 것이 없는 사람도 있답니다."

"하긴 그건 그렇지요."

넝마주이 여인은 겸손하게 대답했다.

"전 어엿한 직업도 있으니까요."

여기서 잠시 말을 멈췄으나 넝마주이 여인은 자랑하고 싶어 하는 인간의 본능을 억제할 수 없어 덧붙였다.

"아침에 집으로 돌아가면 바구니를 일일이 조사하고 골라내지요. 그럴 때면 물건들이 방 안에 산더미같이 쌓인답니다. 바구니엔 넝마를 넣고 양동이엔 야채 부스러기를 담고, 속옷 같은 건 선반에, 모직물은 옷장에, 휴지는 창문 틈에, 먹을 만한 것은 그릇에, 유리 조각은 난로에, 헌 구두는 문 옆에, 뼈는 침대 밑에 각각 챙겨 넣어요."

가던 길을 멈추고 엿듣고 있던 가르보슈가 입을 열었다.

"할머니, 할머니들은 뭐하려고 정치 얘기 같은 걸 하세요?"

그러자 아낙네들은 한꺼번에 그에게 욕지거리를 마구 해 댔다.

"이 망할 녀석, 또 왔구나!"

"들고 있는 건 뭐야? 아니 권총이잖아!"

"이 거지새끼, 네까짓 게 뭔데 참견이야!"

"저런 것 따위가 정부를 다 뒤엎으려고 하니, 참."

가브로슈는 아낙네들을 경멸하듯 엄지손가락으로 코끝을 번쩍 밀어 올렸다.

넝마주이 여자가 '꽥!' 하고 소리를 질렀다.

"이 못된 거지 녀석 같으니라고!"

조금 전에 파타공 아주머니라고 부르자 대답하던 여인이 사뭇 굉장한 얘기라는 듯 손바닥을 탁 치며 말했다.

"아무래도 뭔가 심상치 않은 일이 일어날 모양이에요. 저기 왜, 여기 옆집에 염소수염을 기른 남자 알지요? 그 남자 아침마다 분홍 모자를 쓴 젊은 여자를 데리고 이 앞을 지나다니더니 오늘 아침에는 글쎄, 총을 메고 지나가더라니까요. 지난 주일에는 혁명이 일어났다고 바슈 아주머니가 그러더라고요. 뭐라더라? 아아, 어디였더라. 아, 그렇지. 퐁트아즈라던가. 그런데 세상이 어떻게 되려고 이런 녀석까지 권총을 들고 다니는지! 셀레스탱은 발 들여놓을 틈도 없이 대포가 꽉 들어차 있대요. 아마 정부도 이젠 두 손 두 발 다 들었나 봐요. 하긴 워낙 상대방도 세상을 떠들썩하게 할 줄 밖에 모르는 놈들이니까. 저번 난리가 조용히 좀 가라앉았나 했더니 또 이런 소동을 피우니, 참 난 짐마차를 타고 지나가는 그 가엾은 왕비를 봤다네. 그건 그렇고, 이러다가 또 담뱃값이 천정부지로 뛰어오를 텐데. 에끼, 이 녀석. 이제 너도 그렇게 목이 뎅강 떨어질 게야. 네 목이 떨어지는 날엔 내가 구경을 가 주마, 이 몹쓸 녀석!"

"아이고, 할멈 코에서 물이 나오네."

가브로슈가 말했다.

"코나 좀 닦으시지."

그는 이런 말을 남기고 아낙네들을 떠났다.

파베 거리에 이르자 조금 전 넝마주이 여인이 한 말이 떠오른 그는 혼자 이렇게 중얼거렸다.

"혁명가를 욕하지 마, 넝마주이 할멈. 이 권총은 알고 보면 할멈을 위한 것이야. 이것 덕분에 할머니 바구니에 담을 음식이 훨씬 많아질 테니까."

그때 문득 그는 등 뒤로 사람의 기척을 느꼈다. 뒤를 돌아보니까 문지기 파타공이 멀리서 주먹을 휘두르며 쫓아오고 있었다.

"이 버르장머리 없는 놈 같으니라고!"

"난 또 뭐라고."

그는 말했다.

"쫓아온다고 내가 눈이나 깜짝할 줄 알고!"

얼마 지나지 않아 그는 라무아뇽 저택 앞을 지나가게 되었다. 그곳에서 그는 크게 외쳤다.

"자, 투쟁하자!"

고함을 치던 그는 문득 우울한 생각이 들었다. 매정한 권총을 혼내는 듯한 얼굴로 쏘아 보았다.

"나는 시작해 나가려는데."

권총에 대고 그가 말했다.

"너는 그러지 않는구나."

한 마리 개(권총의 노리쇠_옮긴이)에게 있던 마음이 다른 한 마리의 개의 등장으로 움직일 수도 있는 법이다. 뼈가 앙상한 개 한 마리가 지나가자 문득 그의 마음에 동정의 물결이 일었다.

"불쌍한 멍멍이."

그는 개에게 작은 소리로 말했다.

"물통이라도 삼켰니? 물통 테 같은 갈비뼈가 훤히 들여다보이게."

그러고 나서 가브로슈는 오름 생 제르베를 향해 걸음을 옮겼다.

이발사의 당연한 분개

가브로슈가 코끼리의 따뜻한 배속으로 데려간 두 아이를 쫓아낸 적이 있는 그 교만한 이발사는, 이때 마침 이발소에서 제정 시대에 복무하며 레지옹 도뇌르 훈장까지 받은 한 늙은 병사의 면도를 하고 있었다. 두 사람은 한창 이야기꽃을 피웠다. 이발사는 마땅히 늙은 병사에게 먼저 폭동에 대해 들은 소문을 늘어놓았다. 이어서 라마르크 장군 이야기를 늘어놓던 그는 마침내 나폴레옹 얘기로까지 옮아갔다. 이 대화는 어디까지나 이발사와 병사에게나 어울릴 만했다. 만약 그 자리에 프뤼돔이 있었다면 분명히 그는 이야기 속에 아라비아풍의 색깔을 넣어 '면도칼과 군도의 대화'라는 제목을 달았을 것이다.

"나리!"

이발사가 불렀다.

"황제께선 말을 잘 타십니까?"

"능숙하진 않으셨어. 낙마를 할 줄 모르시지. 하기는 그렇지. 한 번도 낙마를 하신 적이 없었지만."

"훌륭한 말이었지요? 틀림없이 좋은 말이었을 거예요."

"황제께서 십자훈장을 내리시던 날 그 말을 자세히 볼 수 있었어. 아주 날쌘 흰 암말이더군. 귀 사이가 넓고, 안장 자리가 깊고, 길쭉한 목 위의 까만 점 하나가 있고 얼굴은 영리해 보이며, 튼튼한 무릎 뼈와 툭 불거진 옆구리, 늘씬한 어깨와 탄탄한 엉덩이를 가졌더군. 키는 열댓 뼘도 더 되어 보였어."

"굉장히 훌륭한 말이군요."

이발사가 감탄했다.

"당연한 것 아니겠나. 폐하의 애마인데."

이발사는 폐하라는 말에는 침묵하는 것이 예의라고 생각한 듯 잠시 입을 다물었다가 다시 물었다.

"황제께선 부상당하신 적이 딱 한 번밖에 없으시다죠, 아마?"

늙은 병사는 당시 그곳에 있었던 사람답게 조용하고 숙연하게 대답했다.

"발꿈치를 다치셨지. 라티스본에서였어. 난 여태까지 그날만큼 잘 차려입으신 황제를 다시 본 적이 없네. 마치 갓 나온 1수짜리 동전같이 반짝이셨지."

"하지만 나리같이 오랫동안 전쟁터에서 사셨던 분은 아마 부상도 많이 당하셨을 테지요."

"나를 말하는 건가?"

병사가 말했다.

"아니야, 그렇게 대단하진 않았어. 마렝고에서는 칼에 목덜미가 좀 찔리고, 아우스터리츠에서는 오른팔에 총알이 하나 박히고, 이에나에서는 왼팔에 한방 맞고, 총칼로 찔린 건 프리틀란트에서였지. 그리고 또 뭐가 있었지? 맞아, 그렇지. 모스크바 강에선 적의 창이 내 온몸을 일고여덟 군데나 찔렀지. 루첸에서는 포탄의 파편에 맞은 손가락이 뎅강 떨어졌지…… 아, 그리고 참 워털루에서는 산탄이 허벅지에 박힌 일도 있어."

"얼마나 멋질까요?"

이발사는 감격한 듯 목소리를 부풀렸다.

"전쟁터에서 죽는다면! 정말이지, 저도 약이다, 찜질이다, 주사다, 의사다 하고, 야단법석을 떨다가 많은 날을 침대에 누워 시들시들 앓다 죽는 것보다는 배에 폭탄 한 방 맞고 죽는 것이 소원이랍니다."

"자넨 참 재미있는 사람이로군."

늙은 병사가 말했다.

그의 말이 채 끝나기도 전에 요란한 소리가 가게를 뒤엎었다. 진열장 유리가 크게 금이 가며 깨진 것이다. 이발사의 얼굴이 새파랗게 질렸다.

"어머나! 또 한 방 터졌는데!"

이발사가 소리쳤다.

"뭐가 말인가?"

"대포가 터졌다고요."

"이걸 말하는 건가?"

노인이 말했다.

그리고 바닥에 떨어진 무언가를 주워들었다. 그것은 작은 돌멩이였다.

깨진 창으로 뛰어간 이발사는 가브로슈가 생 장 시장 쪽으로 헐레벌떡 뛰어가는 것을 보았다. 두 아이의 일이 마음에 걸렸던 가브로슈는 마침 이발소 앞을 지나게 되자 인사라도 한마디 해야 직성이 풀릴 것 같아 유리창에 돌을 던진 것이다.

"저놈이. 나쁜 짓에도 정도가 있지. 원, 난 제깟 놈에게 아무 짓도 안 했는데 왜 이러는 거야?"

약간 얼굴빛이 돌아온 이발사가 소리를 질렀다.

소년이 노인을 보고 놀라다

그렇게 저렇게 하는 사이에 어느덧 가브로슈는 이미 초소의 무기를 모두 빼앗긴 생 장 시장까지 와서 거기서 앙졸라, 쿠르페락, 콩브페르, 푀이

등이 이끄는 일대에 동참했다. 그들 대부분은 무기를 가지고 있었다. 장 플루베르와 바오렐도 그들과 함께했다. 앙졸라는 2연발 사냥총을 소지했고, 콩브페르는 부대 번호가 붙어 있는 국민군의 소총과 단추를 잠그지 않은 프록코트 안으로 가죽 띠에 찬 권총 두 자루를 갖고 있었다. 장 플루베르는 낡은 기병 단총을 갖고, 바오렐은 기총을 들었으며, 쿠르페락은 칼을 꽂은 지팡이를 내젓고 있었다. 군도를 빼든 푀이는 "폴란드 만세!"를 부르짖으며 이리로 걸어오고 있었다.

넥타이도 매지 않고, 모자도 쓰지 않은 그들은 가쁜 숨을 몰아쉬며, 비에 함빡 젖은 눈을 반짝반짝 빛내며, 모를랑 강변 쪽에서 왔다. 가브로슈는 그들에게 침착히 다가갔다.

"다들 어디로 가십니까?"

"당신도 따라오시오."

쿠르페락이 대답했다.

푀이의 뒤로 바오렐이 따라오고 있었다. 바오렐은 걸어온다기보다 폭동이라는 물을 만난 물고기처럼 펄쩍펄쩍 뛰어오고 있었다. 빨간 조끼를 입은 그는 매우 거센 말을 내지르며 왔다. 그 빨간 조끼를 보고 깜짝 놀란 지나가던 한 사람은 자기도 모르게 이렇게 말했다.

"빨갱이들이 온다!"

"빨갱이지, 빨갱이들이지!"

바오렐이 맞받아쳤다.

"거, 유난히 겁을 먹는군, 부르주아 양반. 난 빨간 양귀비를 봐도 대수롭지 않고, 더구나 자그마한 빨간 모자 따위는 전혀 겁나지 않던데. 부르주아 양반, 알아듣겠소? 빨간색을 겁내는 건 뿔난 금수뿐이란 말이오."

바오렐은 어느 벽 한쪽 구석에 벽보가 한 장 붙어 있는 것을 발견했다. 그것은 파리의 대주교가 사순절을 맞아 '어린 양들(교구 사람들_옮긴이)'

이 계란을 먹어도 좋다는 교서였다.

그것을 본 바오렐이 외쳤다.

"양? 거위를 돌려서 말한 것이겠지(거위oies에는 바보라는 뜻이 있는데 양 ouailles과 음이 비슷해서 한 말_옮긴이)."

그리고 그것을 떼어 찢어 버렸다. 가브로슈는 그의 행동이 존경스러웠다. 그때부터 가브로슈는 바오렐을 주의 깊게 살펴보았다.

"바오렐."

앙졸라가 주의를 주었다.

"거참, 왜 그런 행동을 하나. 그 벽보는 내버려 두는 게 더 나았어. 우리가 맞서야 할 적은 그런 것이 아니야. 자네는 팬스레 쓸모없는 것에 곧잘 성을 낸단 말이야. 힘을 아껴 둬. 싸움터 이외엔 함부로 총알을 낭비해선 안 돼. 소총의 총알만이 아니라 정신의 총알도 똑같아."

"모든 사람이 똑같이 생각하는 건 아니지, 뭐."

바오렐이 말했다.

"그 대주교의 어투가 영 신경에 거슬린단 말이야. 계란을 먹는 데도 일일이 누구의 허락을 받아야 하나. 자네는 가슴에 불이 나더라도 냉철할 수 있는 성격이지만 난 그걸 즐기는 편이야. 그리고 난 지금 힘을 허비하고 있는 게 아니라 기운을 돋우고 있는 중이야. 내가 그 벽보를 뜯어 찢은 것은 헤르클, 즉 일종의 소화 운동이지."

이 '헤르클'이라는 말이 가브로슈의 관심을 샀다. 그는 무엇이든지 기회만 닿는다면 배우려고 매진했고 이런 벽보를 찢은 사람을 숭상했다. 그는 바오렐에게 질문했다.

"'헤르클'이란 뭘 뜻하는 것이에요?"

바오렐이 응답했다.

"라틴어로 '제기랄'이라고 하는 거야."

그때 바오렐은 시커먼 구레나룻을 한 얼굴빛이 창백한 한 젊은이가 어느 집 창가에 서서 지나가는 그들을 쳐다보고 있는 것을 발견했다. 분명히 'ABC의 친구' 회원인 것 같았다. 바오렐은 그 젊은이를 향해 외쳤다.

"어서, 탄약통을! '파라 벨룸(라틴어로 '전쟁 준비를 하라'는 뜻_옮긴이).'"

"미남(프랑스어로 미남, 즉 bel homme의 발음이 비슷함_옮긴이)이라고, 과연 그렇군."

가브로슈는 중얼댔다. 그도 이제 라틴어를 얼마만큼은 이해할 수 있게 된 것이다.

시끄럽고 어수선한 행렬이 그들 뒤를 따라오고 있었다. 학생 예술가, 엑스의 호리병 당에 속한 젊은이들, 노동자, 뱃사람 등으로 각자 곤봉이며 총칼을 들고, 콩브페르처럼 바지 속에 권총을 찬 사람도 있었다. 나이가 많은 노인 한 사람이 그들 틈에 섞여 걸어오고 있었다. 아무런 무기도 들지 않고 걱정스런 얼굴로, 그러면서도 뒤처지지 않으려고 서둘러 걸음을 옮겨 놓았다. 가브로슈는 노인을 쳐다보았다.

"저 사람은 누구야?"

그는 쿠르페락에게 물었다.

"노인이야."

그 노인은 마뵈프 씨였다.

노인

여기서 잠깐 그때까지 발생했던 사건들을 기록해 두기로 하자.

용기병이 쳐들어왔을 때 앙졸라와 그의 동료들은 부르동 거리 공설 양곡 창고 근처에 있었다. 앙졸라와 쿠르페락과 콩브페르는 "바리케이드로 가자!"라고 소리치며 바송피에르 거리 쪽에서 오고 있는 한 무리의 사람들과 함께했다. 그리고 그들은 레디기에르 거리에서 느릿느릿 힘없이 걸어오는 한 노인과 마주쳤다.

그들의 관심을 끈 것은 술에 취하지도 않은 노인이 비틀거리며 걸어오는 것이었다. 게다가 오전 내내 내린 비가 지금도 몹시 쏟아지고 있는데도 노인은 모자를 쓰지 않고 손에 들고 있었다. 쿠르페락은 곧 그가 마뵈프 노인이라는 것을 알아챘다. 마리우스를 보내느라 몇 번 그의 집 앞에까지 간 적이 있는 쿠르페락은 노인을 알고 있었던 것이다. 그리고 책에 푹 빠진 늙은 교구위원이 지극히 평안하고 고요한 생활을 하고 있다는 것을 알기 때문에 지금 이 난리 중에, 그것도 기병의 습격으로 바로 눈앞에 총알이 날아가는 가운데 모자도 쓰지 않은 채 떠돌고 있는 것을 보고 깜짝 놀라 노인 곁으로 가까이 갔다. 그리하여 스물다섯 살 난 청년과 여든을 넘은 노인은 아래와 같은 대화를 주고받았다.

"마뵈프 씨, 댁으로 돌아가세요."

"왜 그러시오?"

"한 차례 난리가 날 겁니다."

"그것 좋군요."

"마구잡이로 치고 쏘고 할 겁니다, 마뵈프 씨."

"그 역시 좋고."

"대포도 터질 겁니다."

"그건 훨씬 좋군요. 그런데 당신들은 어디로 갑니까?"

"정부를 때려 부수러 갑니다."

"그거 굉장히 좋군."

그리고 노인은 그들을 따라오기 시작했다. 그때부터 그는 아무 말도 하지 않았다. 마뵈프 노인의 발걸음은 갑자기 분명해졌고 노동자들이 팔을 붙잡아 도와주려 해도 고개를 저으며 거절했다. 그는 행렬의 선두에 섰는데 그 동작은 행진하는 사람 같으면서도 마치 자는 사람 같았다.

"저 노인 무척 살기등등하군!"

학생들은 수군거렸다. 예전에 국민의회 의원이었다느니, 예전에 루이 16세의 처형을 찬성했던 사람이었다느니 하는 소문이 순식간에 군중 사이에 돌았다.

군중은 베르리 거리 쪽으로 걸어갔다. 가브로슈는 힘껏 소리를 지르고 노래를 부르며 행진했기 때문에 마치 나팔수 같았다. 그의 노래는 이랬다.

아이쿠, 달이 떴네.
숲 속으로 둘이서 언제 갈까?
샤를로트에게 샤를로가 물어 보았네.

투 투 투
샤투로 가자.
하느님 하나, 왕 하나, 동전 한 닢, 장화 한 짝, 가진 건 그것뿐.

아침부터 감로주,
사향 나무에서 받아 마시고
두 마리 참새 곤드레가 되었네.

지 지 지
파시로 가자.
하느님 하나, 왕 하나, 동전 한 닢, 장화 한 짝, 가진 건 그것뿐.

불쌍한 두 마리 이리 새끼
곤드레만드레 취해 버렸네.

호랑이가 동굴 속에서 웃고 있었네.

동 동 동
뫼동으로 가자. 하느님 하나, 왕 하나, 동전 한 닢, 장화 한 짝, 가진 건
그것뿐.

한 사람은 욕을 하고 한 사람은 저주를 퍼부었네.
숲 속으로 둘이서 언제 갈까?
샤를로트에게 샤를로가 물어 보았네.

탱 탱 탱
팡탱으로 가자.
하느님 하나, 왕 하나, 동전 한 닢, 장화 한 짝, 가진 건 그것뿐.

그들은 생 메리를 향해 행진했다.

새 가입자

군중은 끊임없이 늘어났다. 비에트 거리 가까이에서 군데군데 머리가
흰, 장신의 한 사람이 끼어들었다. 너무도 대범한 얼굴에 쿠르페락도, 앙
졸라도, 콩브페르도, 그 사람을 자세히 살펴보았으나 모르는 사람이었다.
가브로슈는 노래를 부르고 휘파람을 불면서 시끄럽게 떠들며 전진했다.
가게 덧문을 노리쇠 없는 권총머리로 두드리는 데 열중한 그는 그 사람
에게 관심을 두지 않았다.

베르리 거리에 이르자 마침 쿠르페락의 집 앞을 지나가게 되었다.

"때마침 잘됐군."

쿠르페락이 말했다.

"지갑과 모자를 두고 나왔는데……."

그러고는 바로 무리를 나와 계단을 네 개씩 뛰어 올라 자기 방으로 들어갔다. 낡은 모자와 지갑을 들고 빨랫감 사이에 숨겨 둔 대형 슈트케이스 크기의 큰 상자 하나를 꺼내 들었다. 쿠르페락이 밑으로 뛰어 내려가자 문지기 여자가 그의 이름을 불렀다.

"드 쿠르페락 씨!"

"가만있자, 문지기 아주머니의 이름이 뭐였죠?"

쿠르페락이 말했다.

문지기 여자는 기가 막혀 입이 턱 벌어졌다.

"잘 아시면서, 저 문지기잖아요. 이름은 보뱅이고요."

"아하. 그런데 아주머니가 저를 드 쿠르페락 씨라고 부르면 저도 앞으로 드 보뱅 씨라고 하겠어요. 아무튼, 왜 그러시지요? 무슨 일인가요?"

"쿠르페락 씨를 보고 싶어 하는 분이 있어요."

"누구요?"

"잘 몰라요."

"어디 계신지요?"

"저희 방에 계세요."

"쳇!"

쿠르페락은 혀를 찼다.

"그렇지만 벌써 한 시간이나 지났어요, 기다린 지가!"

문지기 여자가 대답했다.

때마침, 노동자 차림의 젊은이 한 명이 문지기 방에서 나왔다. 여위고, 주근깨가 있는 얼굴은 빛이 좋지 않고, 단신에, 작업복 허리 부분을 군데군데 기운, 해진 기병 벨벳 바지를 입고 있었는데, 남자라기보다 남자 옷을 입은 젊은 여자 같이 보였다. 그러나 그의 목소리는 전혀 여자 같지 않았다.

"실례하지만, 마리우스 씨가 계신 곳을 아십니까?"

"지금 집에 없어요."

"오늘 밤 돌아오시나요?"

"글쎄요, 알 수 없는데요."

그리고 쿠르페락은 이어서 말했다.

"전 돌아오지 않을 겁니다."

청년은 쿠르페락을 똑바로 응시했다.

"왜지요?"

"그저 그럴 일이 좀 있습니다."

"그렇다면 어디로 갈 겁니까?"

"그건 왜 물어보는 거요?"

"그 상자를 들어 줄까요?"

"난 지금 바리케이드로 가고 있소."

"함께 가도 될까요?"

"당신 마음대로!"

쿠르페락이 응답했다.

"길은 어떤 사람에게나 자유고, 포장한 도로는 모든 사람의 것이니까요."

쿠르페락은 친구들을 쫓아가려고 서둘러 그 자리를 떠났다. 무리 속으로 들어가자 그는 그들 중 한 명에게 그 상자를 맡겼다. 그리고 그로부터 불과 15분 후에, 그는 조금 전의 그 청년이 정말로 쫓아 온 것을 알아챘다.

군중이란 꼭 처음 정했던 길로 틀림이 없이 가는 것은 아니다. 바람이 부는 대로 아무 곳이나 간다는 것은 이미 말한 바 있다. 그들은 생 메리를 지나자 어찌 된 일인지 미처 깨닫기도 전에 생 드니 거리로 나 와 있었다.

12. 코랭트

코랭트 술집의 역사

오늘날 중앙 시장 쪽에 있는 랑뷔토 거리를 지나다니는 파리 시민은 몽데투르 거리 맞은편 오른쪽에 광주리 상점 한 곳을 발견할 것이다. 그리고 나폴레옹 황제의 모습을 본뜬 광주리에 아래와 같은 글이 새겨진 간판을 볼 수 있다.

나폴레옹의 전신은 버들나무의 가지로 되어 있다.

그러나 현재 파리 시민들은 30년도 되기 전에 바로 그 자리에서 어마어마하게 무서운 장면이 일어나리라고는 절대 생각하지 않았을 것이다. 그곳은 옛날의 샹브르리 거리였는데 옛 이름으로는 샹베르리라고 적혀 있었으며 코랭트라는 널리 알려진 술집이 있던 곳이다. 생 메리의 바리케이드 그림자에 가려 보이진 않지만, 이곳에 세웠던 바리케이드에 대해 이미 말한 적이 있다는 것을 독자들은 알고 있을 것이다. 지금은 깊은 어둠에 묻혀 버린 이 유명한 샹브르리 거리의 바리케이드에 이제 빛을 비추려고 한다.

이야기의 줄거리를 확실하게 하기 위해 이미 워털루 때 사용했던 간단한 방법을 또다시 이용하는 것을 이해해 주길 바란다. 당시 생 퇴스타 성당 근처에 있던, 현재 랑뷔토 거리의 입구가 있는 파리 시장 북동쪽 모퉁이에 있던 몇몇의 집들을 꽤 명확히 떠올려 보려면, 가장 위쪽은 생 드니 거리에 닿고 아래는 시장에 닿아 있는 N 자를 생각하면 되는데, 그 두 줄의 세로를 이은 획은 그랑드 트뤼앙드리 거리와 샹브르리 거리가 되고, 비스듬히 그은 획은 프티트 트뤼앙드리 거리가 될 것이다. 오래된 몽데투르 거리는 꼬불꼬불한 거리 모퉁이를 만들고, 이들 세 획을 가로지르고 있다. 그 결과 서로 미로처럼 얽혀 있는 이 네 개의 거리에는 한쪽으로는 시장과 생 드니 거리 사이에 끼어 있고 다른 쪽은 시뉴 거리와 프레쇼르 거리 사이에 낀, 어림잡아 200정보 되는 땅 위에 작은 섬 같은 집이 일곱 채나 있었다. 일곱 채가 전부 이상하고 묘한 형태로 나뉘어져 규모는 달랐으나, 되는 대로 늘어서 있어 흡사 돌산의 돌덩어리같이 좁은 틈바구니로 겨우 구분되었다.

지금 좁은 틈바구니라고 했지만, 깜깜하고 좁아서 갑갑하고 모퉁이가 많은 9층 건물의 낡은 집 사이를 통하는 뒷길을, 이보다 더 정확하게 나타낼 수는 없다. 이런 낡은 집들을 이미 완전히 부수어서 샹브르리 거리나 프티트 트뤼앙드리 거리에서는 집 앞을 보면, 이 집에서 저 집으로 대들보를 질러서 받쳐 놓고 있었다. 좁은 길과 넓은 도랑 때문에 행인들은 지하실 같은 가게, 쇠고리를 끼운 큰 차를 막는 돌, 막대한 쓰레기더미, 굉장히 낡고 큰 쇠창살이 달린 문 등을 따라서 1년 내내 젖어 있는 작은 돌을 깐 길을 걸었다. 그러나 랑뷔토 거리가 생기자 이것들은 전부 무너져 버렸다.

이 몽데투르라는 명칭은 꾸불꾸불한 그 길을 표현하는 데 제격이다. 조금 더 나아가면, 몽데투르 거리로 가는 '피루에트 거리'라는 명칭이 그것을 훨씬 잘 표현하고 있다.

생 드니 거리에서 샹브르리 거리로 들어선 사람들은 그 길이 갈수록 좁아지기 때문에 마치 긴 깔때기 속에라도 들어가는 것처럼 느꼈다. 굉장히 좁은 맨 끝부분은 시장 쪽으로, 일렬로 늘어선 높은 집이 길을 막았는데, 양쪽에 두 줄기의 어두운 문이 있어서 이 문으로 나갈 수가 있다는 것을 깨닫지 못하면 골목의 막다른 곳으로 들어온 느낌을 주었다. 그것이 바로 몽데투르 거리로, 한쪽은 프레쇼르 거리로 연결되고, 다른 쪽은 시뉴 거리와 프티트 트뤼앙드리로 연결되고 있었다. 이 막다른 골목처럼 보이는 거리의 막다른 곳, 오른쪽 골목 모퉁이에 다른 집들보다 낮고, 곳처럼 한길로 돌출한 가옥 한 채가 있었다.

고작 3층밖에 되지 않는 그 집에는 300년간 번성한 잘 알려진 선술집이 있었다. 그 술집은 늙은 테오필이 아래의 두 줄의 시구로 말한 바로 그곳에 세워져 경쾌한 소리를 내고 있었다.

목매어 죽은 가엾은 애인의
섬뜩한 해골이 여기서 흔들거린다.

위치가 좋았기 때문에 이 술집은 아버지에서 아들로 몇 대를 이어 오고 있었다.

마튀랭 레니에 때, '포 토 로즈(장미꽃 화분)'라고 불린 이 집은 수수께끼가 널리 퍼졌으므로 말뚝(포토)을 장밋빛으로 칠한 간판을 달고 있었다. 18세기에는 현재 완고파로부터 업신여겨지고 있는 별난 사람인 대가 나투아르는 여러 번 이곳에 왔다. 레니에가 취하도록 마신 바로 그 탁자에 앉아 기분이 좋아진 그는 답례로 장밋빛 말뚝 위에 코랭트의 포도 한 송이를 그렸다. 주인은 좋아하며 간판을 바꾸고 포도송이 밑에 금색으로 '코랭트의 포도집'이라는 글씨를 쓰게 하여 그것을 기념했다. 그리하여 코랭트라는 이름이 생기게 되었다. 말을 줄이는 것은 주정뱅이들에게 자주 있는 일이다. 문구를 줄이거나 빼는 것은 문장이 비틀대는 것과 같다. 코랭트라는 이름은 점차 포 토 로즈라는 이름을 내쫓아 버렸다. 이 유례가 깊은 가게의 마지막 주인인 위슐루 노인은 이런 전통도 모르고 말뚝을 파랗게 칠해 버렸다.

카운터가 있는 1층 홀, 당구대가 있는 2층 홀, 천장을 꿰뚫는 나선형 목조 계단, 탁자 위의 포도주, 그을음이 낀 벽, 항시 켜져 있는 촛불, 이런 것들이 이 술집의 모습이었다. 1층 홀 바닥에 들어 올리는 뚜껑이 달린 계단은 지하실로 이어져 있었다. 위슐루네 식구들이 거주하는 방은 3층에 있었다. 2층 홀에 있는 비밀 문이 유일한 출입구이고, 거리에서 계단을, 아니 계단이라기보다는 사다리를 타는 것이었다. 지붕 아래에는 고미다락방이 두 개 있고, 하녀들이 살고 있었다. 그리고 부엌은 아래층에 카운터가 있는 큰 방과 같이 있었다.

위슐루 노인은 아마 화학자의 재능을 타고난 듯 보였으나 지금은 요리사였다. 그의 술집에서는 술뿐만 아니라 밥도 먹을 수 있었다. 그는 오직 이곳에서만 먹을 수 있는 그럴듯한 음식을 하나 개발하고 있었다. 그것은 배 속에 고기를 다져 넣은 잉어로, 위슐루는 '고기가 든 잉어 요리'라고 이름 붙였다. 손님들은 그것을 동물 기름 초 혹은 루이 16세 때의 남폿불을 켜 놓고, 식탁보 대신 기름 먹인 상보를 못으로 박아 놓은 식탁에서 먹었다. 먼 곳에서도 손님이 찾아왔다. 위슐루는 어느 날 아침, 그의 '이름난 요리'를 지나가는 사람들에게도 알리는 게 좋겠다고 생각했다. 그래서 곧장 붓을 들고 그의 특유한 음식과 마찬가지로 본인만의 철자법으로 시선을 사로잡을 글을 벽에 썼다.

CARPES HO GRAS(잉어 요리)

어느 겨울, 소나기와 우박 섞인 비바람이 변덕맞게도 첫 단어의 끝 글자 S와 셋째 단어의 첫 글자 G를 없애 버려서 아래와 같은 글자만이 남았다.

CARPE HO RAS(모든 시간을 즐겨라)

긴 시간과 폭풍우 덕분으로 평범한 음식 광고는 심오한 충언이 되었다. 이리하여 위슐루 노인은 프랑스어는 잘 몰랐지만 라틴어는 아는 셈이 되었고, 부엌에서 주관을 만들어 내고 단지 육식을 먹지 못하는 사순절의 관습을 없애려고 했을 뿐인데, 결국 대시인 호라티우스와 맞먹게 된 셈이었다. 더 놀라운 것은 이 한 문구는 '우리 술집에 들어오시오.'라는 의미가 되기도 했다.

그러나 이러한 것은 현재 남아 있는 것이 전혀 없다. 몽데투르의 미로가 1847년에는 이미 크게 갈라져 속을 끄집어냈으므로 지금은 아마도 사라졌을 것이다. 샹브르리 거리도, 코랭트도 랑뷔토 길 위에 까는 돌 아래로 숨어 버렸다.

이미 얘기한 것처럼 코랭트는 쿠르페락과 그 동료들의 모임 장소까지는 아니지만 서로 약속하고 만나는 곳 중의 하나였다 코랭트를 찾아낸 것은 그랑테르였다. 처음에는 '시간을 즐겨라'가 마음에 들어서 갔으나 두 번째부터는 '고기가 든 잉어 요리'가 마음에 들어서 갔다. 거기서는 술을 마시기도, 음식을 먹기도, 맘껏 떠들 수도 있었다. 돈을 조금밖에 내지 못하거나 외상을 하거나 아예 돈을 내지 않아도 항상 변함없는 환영을 받았다. 위슐루 노인은 좋은 사람이었다.

위슐루의 성품이 좋다는 것은 지금 말한 대로인데, 그는 싸구려 음식집 주인인 주제에 코에 수염까지 기른 재미있고 별난 사람이었다. 1년 내내 못마땅하다는 듯한 낯으로 손님을 놀라게 하고, 가게에 오는 사람들에게 구시렁거리고, 음식을 주기보다 시비를 걸려는 듯했다. 하지만 그것과는 상관없이 재차 말하지만 손님들은 항상 환대를 받았다. 이러한 이상한 점이 되려 그의 가게를 번성하게 하고, 특히 젊은이를 끌어들여 그들은 "위슐루 노인이 구시렁거리는 것을 보러 가자."고 얘기하곤 했다. 그는 예전에 검술 교사였으며 갑자기 너털웃음을 터뜨리는 일이 자주 있었다. 그는 굵은 목소리를 가진 호걸이었다. 겉으로는 비극 배우 같았지만 원래는 희극 배우처럼 재미있는 사람이었다. 잠시 손님에게 겁을 줄 뿐, 마치 권총 모양의 담뱃갑 같은 남자였다. 소리를 질렀다고 생각한 것이 재채기로 끝나는 것이다.

그의 부인 위슐루 할멈은 사내처럼 수염이 난 못생기고 나이가 많은 여자였다.

1830년경에 위슐루 노인이 세상을 떠났다. 잉어 고기 요리의 비법도 그와 함께 없어져 버렸다. 혼자 남은 위슐루 부인은 크게 상심했지만 그래도 선술집은 계속 운영했다. 그러나 음식 맛은 형편없이 떨어졌고, 본래부터 나빴던 술은 마실 수가 없어졌다. 쿠르페락과 그 동료들은 그래도 그 가게에 계속해서 갔다. "가엾으니까." 하고 보쉬에는 말했다.

위슐루 부인은 자주 숨을 씨근대는 못생긴 여자로 툭하면 시골의 추억을 떠들어 대곤 했다. 그녀는 보잘것없는 이야기를 특이한 발음으로 보충하곤 했다. 시골 봄날을 추억하는 이야기를 재미있게 하는 그녀 특유의 어투가 있었다. 예전에는 '아가위나무 아래에서 여새가 노래하는' 소리를 듣는 것이 좋았다고 그녀는 늘 말했다. '식당'으로 되어 있는 2층 홀은 길고 큰 방인데, 등받이며 가로대가 없고 둥글거나 네모난 걸상, 벤치, 의자, 식탁 따위를 잔뜩 늘어놓았고 오래된 절름발이 당구대가 하나 있었다. 아래층에서 나선형 계단을 올라가면 갑판의 구멍문 같은 네모난 구멍을 지나 넓은 방의 한 귀퉁이로 나오는 것이었다.

이 넓은 방의 불빛은 단 하나의 작은 창문과 항상 켜 놓은 남폿불 한 개뿐이어서 고미다락방 같았다. 네 발 달린 모든 가구들이 마치 세 발이 달린 것 같았다. 백토를 바른 벽의 장식으로는 위슐루 부인에게 바쳐진 아래와 같은 사행시뿐이었다.

열 걸음 밖에서는 놀라고 두 걸음 밖에서는 기겁을 하네.
사마귀 하나 박힌 험상궂은 콧대,
콧물이 흐를세라, 또 언젠가는 그 콧물이 입 안으로 떨어질세라,
날마다 걱정한다네.

이것은 벽에 숯으로 쓰어 있었다.

이 시구 그대로인 위슐루 부인은 이 사행시 앞을 태연하게 하루 종일 지나 다녔다. 마틀로트(생선으로 만든 스튜 요리)와 지블로트(토끼 고기를 백포도주와 섞어 만든 요리)란 이름으로 알려진 두 하녀가 위슐루 부인을 도와서 적포도주 병이며, 배고픈 손님들이 원하는 각종의 수프를 사기그릇에 담아서 식탁에 내놓는 것이었다. 통통한 마틀로트는 붉은 머리카락에 쉿소리를 내는 여자로 죽은 위슐루가 좋아했지만, 그 못생긴 얼굴은 이야기 속에 나오는 어떤 괴물보다 더 흉측할 정도였다. 하지만 하녀란 늘 여주인보다 밉상이듯, 그녀는 위슐루 부인보다 더 못생겼다. 키가 큰 지블로트는 가냘프고 해맑은 여자인데 눈가가 푹 꺼지고 눈꺼풀은 축 늘어져 있어 만성 피로증이라는 병에 걸린 것처럼 보였다. 그래도 가장 일찍 일어나고 제일 늦게 잠자리에 들며 심지어 다른 하녀의 일까지 도와주는 조용하고 다정다감한 여자였다. 그녀는 늘 피로한 얼굴에 졸고 있는 듯 활기 없는 웃음을 띠고 있었다. 카운터 위에는 거울이 하나 있었다. 식당으로 된 홀에 들어가는 모든 사람은 입구에 쿠르페락이 분필로 써놓은 아래의 시구를 보았다.

한껏 즐기고 마음껏 먹어라.

전야제

이미 알고 있듯이 레글 드 모는 다른 곳보다도 졸리네 집에 있는 때가 많았다. 새에게 나뭇가지가 있는 것처럼 그에게도 안식처가 있었다. 이 두 사람은 같이 살고, 같이 먹고, 같이 잤다. 그들은 뭐든 공유하여 뮈지세(졸리의 애인)까지도 누구의 연인인지 구별하기 힘들 정도였다. 두 사람은 견습 수도사들 사이에서 '단짝'이라고 불리는 그런 관계였다. 6월 5일 아침, 두 사람은 코랭트에 아침 식사를 하러 갔다. 독한 코감기에 걸린 졸리는 코가 막혔는데 그것도 함께하려는지 레글에게도 감기 기운이 있었다. 다만 레글의 상의는 다 헤졌지만 졸리의 복장은 단정했다.

그들은 아침 9시 무렵 코랭트에 들어갔다.

두 사람은 2층으로 갔다.

마틀로트와 지블로트가 두 사람을 반겼다.

"치즈와 굴, 그리고 햄."

레글이 주문했다.

두 사람은 식탁에 앉았다.

술집 안은 텅 비어 있었다. 손님이라곤 그들 두 사람밖에 없었다.

그들은 자주 오는 손님이어서 지블로트는 포도주 한 병을 식탁에 올려놓았다.

그들이 막 굴을 입으로 가져갔을 때 누군가가 계단 입구 문에 머리를 내밀며 말했다.

"우연히 여기를 지나가던 참에 문 밖으로 맛있는 브리 치즈 냄새가 나지 않겠어? 들어가도 되겠나?"

그는 그랑테르였다. 그는 둥근 의자를 끌어당겨 식탁에 앉았다. 그랑테르를 본 지블로트는 포도주 두 병을 식탁 위에 올려놓았다. 전부 세 병이 되었다.

"자네 두 병이나 마실 생각인가?"

레글이 그랑테르에게 말했다.

그랑테르가 대꾸했다.

"다른 사람들은 똑똑한데 자네만 아둔하군. 겨우 두 병쯤으로 놀란다면 사내가 아니지."

모두가 밥부터 먹었지만 그랑테르는 술부터 마셨다. 단번에 반병 정도를 마셨다.

"자네 밥통은 밑이 뚫렸나 보군."

레글이 다시 말했다.

"구멍 난 건 자네 팔꿈치일세."

그랑테르가 대꾸했다.

그리고 그는 술잔을 한 번에 비우고는 또 말했다.

"여보게, 조사(弔辭)의 레글(17세기 《조사》의 작자. 보쉬에는 그의 별명이다_옮긴이), 자네 옷은 어지간히 헤졌군그래."

"이런 편이 좋다네."

레글이 대답했다.

"낡아야 어울린단 말이야. 옷하고 나하고 말일세. 내 습관을 알고 있어서 거북하지 않고 몸에 딱 맞아서 편하게 움직일 수 있거든. 그리고 따뜻해서 이제야 내가 겨울옷을 입고 있다고 느낄 정도야. 헌 옷이란 오래 사귄 벗과 마찬가지거든."

"그것도 그래."

졸리가 이야기에 끼어들며 말했다.

"오래된 아비(옷)는 오래된 아미(친구)지."

"코감기를 앓는 사람이 말하면 더욱 그렇지."

그랑테르가 말했다.

"그랑테르, 자넨 큰길에서 왔나?"

레글이 물었다.

"아니야."

"졸리와 나는 장례 행렬의 첫머리가 지나가는 걸 보았네."

"정말로 장관이더군."

졸리가 덧붙였다.

"이곳은 꽤나 조용하군!"

레글이 말했다.

"지금 파리가 발칵 뒤집어졌다고 말할 수 있겠나? 과거에 이 부근에는 수도원이 있었다더니 정말 그렇군그래! 뒤 브뢸과 소발이 그런 수도원 이름을 하나씩 나열했고, 뿐만 아니라 르뵈프 대수도원장도 그렇게 말했어. 이 부근 일대는 수도사들로 바글바글했다더군. 신발을 신은 사람, 신발을 신지 않은 사람, 머리칼을 자른 사람, 수염 난 사람, 회색 옷 입은 사람, 검은 옷 입은 사람, 흰 옷 입은 사람, 프란체스코회 수도사, 성 프랑스와 드 폴회의 수도사, 카프친회 수도사, 카르멜회의 수도사, 소 아우구스티누스회 수도사, 대 아우구스티누스회 수도사, 구 아우구스티누스회 수도사······. 매우 많았다는군."

"수도사들 이야기는 그만두게."

그랑테르가 제지했다.

"몸이 갑갑해진단 말일세."

그리고 큰 소리로 외쳤다.

"우웩! 상한 굴을 먹었군. 에잇, 또 기분이 나빠졌어. 굴은 상했고 하녀는 못생겼으니, 원. 사람이 싫어졌단 말이야. 방금 전에 슐리외 거리의 그 넓은 공공 도서관 앞을 걸어왔네. 사람들이 도서관이라고 하는 그 굴 껍데기 무덤을 보자 아무런 생각도 하기 싫더군. 그 산같이 쌓인 종이! 그 많은 잉크! 그 하잘것없는 책! 그 모든 것을 사람이 썼다는 거야! 사람은 플륌(깃털과 펜이란 의미_옮긴이) 없는 두 발 달린 동물이라고 한 바보는 대체 어떤 자식이야? 도서관을 지난 뒤, 난 전에 알던 어여쁜 처녀를 만났어. 봄처럼 예쁘고, 꽃의 요정처럼 반짝이고, 날아갈 듯 행복한 여자아이인데 알고 보면 서러운 인생이야. 그 처녀는 어제 얼금뱅이 은행가에게 넘어갔거든. 하기는 여자란 언제나 도둑놈이나 바람둥이에게만 관심을 주니까. 암컷 고양이가 쥐나 작은 새만 따라 쫓는 거와 같지. 불과 두 달 전엔 그 계집애도 고미다락방에서 코르셋 단춧구멍에 작은 구리쇠 구리를 달며 얌전히 살았단 말일세. 알겠어? 삯바느질을 하고 접이식 침대에서 자고 화분의 꽃을 감상하는 것으로 충분했었단 말이야. 그랬던 그녀가 은행가의 부인이 되었단 소리야. 어젯밤에 그렇게 됐단 말이야. 오늘 아침에 나는 그 희생자를 보았는데 굉장히 만족하더란 말이야. 참을 수 없는 건 그녀의 모든 것이 오늘도 어제같이 아름답다는 거야. 얼굴에는 흉악한 그 은행가의 흔적이 전혀 없더란 말이야. 장미꽃이 여자와 다르게 좋기도 나쁘기도 한 점은 벌레가 먹으면 아주 분명한 흔적이 남는다는 거야. 아! 이 세상에 도덕 따위란 없네. 사랑의 상징 도금양, 전쟁의 상징 월계수, 평화의 상징인 그 아둔한 감람나무, 자칫 아담의 목에 씨가 걸릴 뻔한 사과나무, 페티코트의 조상인 무화과나무, 이런 것들이 훌륭한 증거가 될 걸세. 권리만 봐도 그렇지. 권리가 뭔지 알려 줄까? 즉 사람들은 클루지옴(에트루리아의 옛 도시_옮긴이)을 욕심내고, 로마는 클루지옴을 지키며 클루지옴이 당신들에게 어떤 피해를 줬느냐고 골 사람에게 물어보지. 그러면 브레누스(로마를 약탈한 골 사람들의 수령_옮긴이)가 응답하네.

'그러면 알바는 당신들을 피해줬는가, 피덴은 피해를 입혔는가, 그것과 같다. 그들은 당신들의 이웃이었다. 클루지옴 사람들은 우리의 이웃 사촌이다. 우리들은 여러분과 같이 이웃이라고 생각하고 있다. 당신들은 알바를 수탈했다. 우리들은 클루지옴을 가지게 된 것이다.'

또 로마는 말한다.

'그대들이 클루지옴을 가질 수 있을 것 같은가!'

그러나 브레누스는 로마를 가졌다. 그리고 소리쳤다.

"싸움에서 진 자에게 재앙이 있으라! 이것이 권리일세. 아! 지상에는 너무나 많은 육식동물이 있어. 독수리가 너무 많아! 독수리가 너무 많단 말일세. 그걸 떠올리면 소름이 돋네."

술잔을 졸리에게 내민 그랑테르는 잔이 넘치도록 술을 따르게 하여 한 번에 쭉 들이키더니 계속 이어서 말했다. 방금 따른 포도주 한 잔을 그랑테르가 마셨다는 걸 그 누구도 알아채지 못했고, 본인도 깨닫지 못했을 정도였다.

"로마를 가진 브레누스는 독수리야. 마음이 들뜬 여자애를 차지한 은행가는 독수리지. 전부 뻔뻔한 놈이지. 그래서 무엇도 믿지 않겠네. 현실은 단 하나, 오직 술이 있을 뿐이야. 자네들의 생각이 어떻든 유리 주(州)처럼 연약한 닭의 쪽에 서건, 글라리스 주처럼 살찐 닭의 쪽에 서건 그런 것은 아무 상관없어, 일단 마시게. 자네들은 큰길에서의 일, 장례 행렬을 보았다는 것, '그런' 것들을 말했겠다. 그래, 혁명이라도 다시 일어난단 건가? 놀랐는걸, 그 미숙한 방법을 신께서 하신 거라곤 생각조차 할 수 없지 않나. 신께서는 계속 사건의 아주 가는 틈에 기름칠을 다시 해야만 하는 게 아니겠는가. 걸려서 잘 돌아가지 않기 때문이야. 어서 혁명을 일으키란 말이지. 이런 고약한 기름 때문에 신의 손은 늘 새까맣게 더럽혀져 있기 마련이야. 내가 만약 신이라면 더욱 간단히 해결하겠어. 나라면 계속 기계의 나사를 조이는 일은 안 하고, 사람들을 단숨에 목적지로 데려갈 거야. 실을 자르지 않고 사실의 그물눈을 만들어 가겠어. 절대 미리 준비하지 않아. 맹세코 불필요한 것을 쌓아 두지 않을 거야. 자네들이 진보라고 하는 것은 사람과 사건이라는 두 가지 엔진으로 움직이는 것일세. 그렇지만 안타깝게도 가끔 예외가 필요해. 사람도, 사건도 상비군만으로는 충분하지가 않네. 사람들 속에는 천재가 있어야 하고, 사건

속에는 혁명이 뒤섞여야만 해. 끔직한 일은 마땅히 일어나는 법이야. 참사 없이는 사물의 질서가 만들어지지 않아. 꼬리별을 보면, 하늘에도 연기자 배역이 있어야 하는구나 하고 생각하게 돼. 사람이 전혀 예상하지 못할 때 신은 하늘이라는 벽 위에 별똥별을 내어 걸지. 어떤 묘한 별이, 순간 크고 긴 꼬리를 끌며 니티니. 그리고 그로 인해 카이사르가 세상을 떠나. 브루투스는 카이사르에게 짧은 검을 들이대고, 신은 혜성에 일격을 가한다. 콰르릉 하는 소리와 동시에 북극광이 나오고 혁명이 일어나고 훌륭한 사람이 탄생하네. 대자특서 93(1793), 재목이 되는 나폴레옹, 게시의 머리말에 쓰이는 1811년의 혜성. 아아! 아름다운 푸른 광고지, 예상치 못한 광염으로 반짝이는 광고지! 우르르 쾅! 쾅! 정말로 장대한 광경이 아닌가. 눈을 뜨고 보시게, 놈팡이 여러분. 모두 다 뒤엉켜 엉망이야. 별도 연극도. 아니, 그건 좀 과했다, 또한 충분하지 않아. 그러한 방법들은 제외되는 것이고 겉으로 보기에는 휘황찬란하지만 속은 참으로 하찮은 것이네. 제군들, 신은 궁여지책을 쓰고 있는 거야. 혁명, 그것은 어떤 것을 나타내고 있는가? 신의 앞길이 가로막혔다는 것을 뜻하네. 반란이 일어나는 것은 오늘날과 미래 사이가 끊어졌기 때문이며, 그 양쪽 끝을 신이 잇지 못했기 때문일세. 여러 말 할 것 없이 그것은 여호와의 재산 상태에 대해서 내가 추측한 결론을 증명해 주네. 하늘에도 땅 위에도 이 많은 빈곤을 보고, 한 톨의 좁쌀도 없는 새부터 10만 프랑의 연금조차 없는 나까지 하늘과 땅에 이처럼 많은 궁상스러움과 인색한 욕심과 가난을 보고, 심하게 닳아 버린 인류의 운명을 보고, 더더욱 목매어 죽은 콩데 대공이 그 표상이지만, 목을 매다는 자식을 보는 왕실의 운명을 보고, 차가운 바람이 불어오는 꼭대기의 깨진 구멍에 불과한 겨울을 보고, 언덕 위를 수놓는 상쾌한 아침의 다홍빛 옷자락 속에 이렇게 많은 남루를 보고, 이슬방울이라는 저 인조 진주를 보고, 얼음꽃이라는 저 가짜 다이아몬드를 보고, 뿔뿔이 흩어진 인류와 너절한 사건을 보고, 얼룩

덜룩한 태양과 마구 구멍이 뚫린 달을 보고, 그리고 도처에 이토록 많은 참담함을 보면 신도 과히 부유하지 않다고 나는 생각해. 분명히 겉은 그럴듯하지만 속은 가난하다는 것을 알 수 있어. 신이 인간에게 혁명을 주는 것은 마치 빈털터리 부자가 연회를 여는 것 같은 거란 말이야. 신들은 겉만 보고 평가해서는 안 되네. 금빛으로 반짝이는 하늘 아래에 궁핍한 우주가 들여다보이네. 우주의 모든 것에는 파산이 있네. 그래서 나는 못마땅한 걸세. 알겠나? 6월 5일인 오늘은 아직도 밤이야. 나는 아침부터 태양이 뜨기를 기다리고 있네. 그러나 태양은 아직 떠오르지 않았네. 나는 자신 있게 말할 수 있네. 온종일 태양은 솟아오르지 않을 거야. 임금이 적은 고용자는 성실한 일꾼이 되지 못한다는 걸세. 암, 그렇고말고, 제대로 정리되어 있는 게 하나도 없고 어떤 것도 어우러진 게 없어. 이 노쇠한 세계는 전부 엉망진창이야. 그러므로 나는 반대한다. 모두가 비스듬히 걷고 있네. 우주는 비뚤어져 있어. 흡사 아이들의 세계와 비슷해. 갖기를 원하는 아이는 갖지 못하고 오히려 원치 않는 아이는 갖는다. 요점을 말하자면 나는 화가 나서 미칠 지경이란 말이야. 거기에다 레글 드모, 자네의 벗겨진 머리를 보면 나는 서러워지네. 기분이 비참해진단 말이야. 이런 대머리랑 동년배인가 하고 생각하면 말이야. 그렇지만 나는 비평을 하는 것이지 결코 깔보는 게 아닐세. 우주는 애당초부터 우주일세. 내가 하는 말에는 나쁜 의도가 전혀 없다네. 이건 그저 편하게 마음먹자는 것뿐이야. 오! 신이시여, 저의 깊은 숭배를 받으소서. 오! 맹세코 올림포스의 모든 성현, 천국에 계시는 모든 신께 이야기해도 좋다. 나는 본디 파리의 시민으로 태어나지는 않았어. 다시 말해 두 라켓 사이를 왔다 갔다 하는 셔틀콕같이, 게으른 자와 소란스러운 자들 사이를 영원히 뛰어다니도록 태어난 건 아니란 말일세! 나는 터키 사람으로 태어났단 말이야. 순수한 자들이 꾸는 꿈처럼, 동양의 말괄량이 아가씨들이 춤추는, 이집트의 저 말할 수 없이 음란한 춤을 온종일 보며 사는 터키 사람으로 말이야. 아니면 포스 평야의 농부이거나 귀족 아가씨들에게 둘러싸인 베니스의 왕이거나 독일 연방에 보병의 반을 보내 놓고 자신의 울타리 안에서, 즉 국경선 위에서 축축한 양말을 말리는 것으로 남은 시간을 보내고 있는 독일의 작은 군주로 태어났단 말일세! 내 운명은 그러하단 말이야! 그렇지, 나는 지금 터키 사람이라고 했는데 내 말을 취소하진 않네. 왜 사람들이 터키 사람을 나쁘게 말하는지 나는 알 수가 없네. 마호메트에게는 훌륭한 것이 있네. 예쁜 후궁들이며 오달리스크의 파라다이스를 생각해 낸 사람에게 머리를 숙일지어다! 이슬람교를 욕하는 것은 멈추게. 암탉들로 장식된 단 하나의 종교다! 이런 이유로 나는 술 마실 것을 주장하네. 이 세상은 아둔하기 짝이 없네. 그들 우매한 놈들은 이 맑고 푸르른 여름에 예쁜 여자와 손을 잡고 시골로 가면 향기로운 풀 냄새를 맘껏 누릴 수 있을 텐데도 아웅다웅 서로 죽이려고만 하네! 참으로 바보 같은 짓만 하고 있단 말일세. 방금 전에도 고물상 앞에서 낡고 찢어진 남포등이 굴러다니는 걸 보고 나는 문득 생각했네. 이제 사람들에게 빛을 줘야 할 때가 왔다고. 맞아. 나는 또 서러워졌네! 굴과 비꼬인 혁명을 삼켰기 때문이야! 나는 다시 침울해지네. 아아! 늙고 추잡한 세계여! 인간은 힘과 원기를 전부 써 버리고 삶의 터전을 잃고 지조를 팔고 스스로 목숨을 끊고 또한 타성에 젖고 있네!"

그랑테르는 격한 웅변이 끝나자 그것에 썩 어울리는 격한 기침에 사로잡혔다.

"혁명이라고 한다면 마리우스는 무척이나 사랑에 빠졌나 보지."

졸리가 입을 열었다.

"누가 그 상대인지 아는가?"

레글이 말했다.

"몰라."

"몰라?"

"모른다고 하지 않았나!"

"마리우스의 사랑 말이야?"

그랑테르가 소리쳤다.

"나는 여기 앉아서도 훤히 알지. 마치 안개 같은 마리우스는 아지랑이 같은 여자를 만났을 테지. 마리우스는 시인 타입이야. 시인이란 자들은 미치광이란 말이야. '아폴로는 광인이다.' 마리우스와 마리인지 마리아인지 마리에트인지 모를 그의 애인은 묘한 연인일게 뻔해. 나는 어떤 로맨스를 하는지 안 봐도 알지. 입 맞추는 것조차도 망각한 황홀한 것일 거야. 땅 위에서는 순수하고 무한경 속에서 껴안는 그런 관계. 아무도 모르게 관능을 감추고 있는 영혼이지. 그들은 별이 총총한 하늘 아래에서 같이 자고 있는 거야."

그랑테르가 두 번째 술병의 뚜껑을 열고 또다시 두 번째 긴 사설을 풀어놓으려 했을 때 새로운 얼굴이 계단의 네모진 구멍에 나타났다. 그는 아직 열 살도 안 된 누더기를 걸친 소년이었는데, 매우 작고 개처럼 생긴 누런 얼굴에 눈은 매섭고 머리는 덥수룩하고 몸은 비에 젖었으나 밝은 표정을 하고 있었다.

소년은 분명 세 사람 전부 다 몰랐지만, 선뜻 레글 드 모에게 말을 걸었다.

"아저씨가 보쉬에 씨인가요?"

소년이 물었다.

"그건 내 별명이야. 그런데 왜 그러지?"

레글르가 답했다.

"그게 말이에요, 저쪽 큰길에서 키 큰 금발 머리 남자가 '너 위슐루 부인을 알아?' 하고 물어보더군요. 저는 '네, 그럼요. 샹브르리 거리의 이름난 할어버지네 미망인이죠.'라고 답했더니, 그 사람은 '그럼 그곳에 좀 다녀오너라. 그곳에 보쉬에란 사람이 있을 테니 그에게 A-B-C라고 전해

다오.' 하더군요. 혹여 아저씨에게 장난치는 게 아닐까요? 전 10수를 받았지만요."

"졸리, 10수 좀 빌려 줘."

레글이 말했다.

그리고 또 그랑테르를 보았다.

"그랑테르, 자네도 10수 빌려 줘."

레글은 전부 더해 20수를 소년에게 건넸다.

"감사합니다."

소년이 말했다.

"네 이름이 뭐니?"

레글이 물었다.

"나베예요. 가브로슈와 동무예요."

"이리 가까이 오렴."

레글이 말했다.

"이것 좀 먹고 가렴."

그랑테르가 권했다.

소년은 사양했다.

"안 돼요. 전 장례 행렬을 따라가고 있어요. 폴리냐크를 쳐부수라는 구호를 외쳐야 하거든요."

그러고는 한 발을 뒤로 빼 크게 절을 하고 뛰어가 버렸다.

소년이 떠나자 그랑테르가 말했다.

"저 아이는 순결한 파리의 어린애다. 세상에는 여러 종류의 어린애가 있지. 공증인의 어린애를 서기라 하고, 조리사의 어린애는 접시닦이라 하고, 빵집의 어린애는 종업원이라 하고, 하인의 어린애는 머슴아이라 하고, 선원의 어린애는 수습 선원이라 하고, 병사의 어린애는 북재비라 하고, 화가의 어린애는 제자라 하고, 장사꾼의 어린애는 사동이라 하고,

궁궐 관료의 어린애는 시수라 하고, 국왕의 어린애는 황태자라 하고 신의 어린애는 아기 예수라고 하지."

그동안 레글은 골똘히 생각에 잠겨 있었다. 그는 작은 소리로 말했다.

"A-B-C, 라마르크의 장례식이란 얘기로군."

"금발의 키 큰 남자란."

그랑테르가 입을 열었다.

"앙졸라의 전언이로군."

"우리도 가 볼까?"

보쉬에가 물었다.

"비가 내리는걸. 나는 불속에는 뛰어들겠지만, 물속은 싫어. 감기 걸리면 싫어."

졸리가 대꾸했다.

"나는 이곳에 있겠네. 먹는 쪽이 장의차보다는 월등히 좋으니까."

그랑테르가 대답했다.

"그렇다면 결론은 전부 여기 있는 거다. 좋아, 이렇게 된 바엔 마시자고. 장례식엔 안 가더라도 폭동에는 참여할 수 있으니까."

레글이 외쳤다.

"아아! 폭동이란 말이지? 그것 대단히 좋은데."

졸리가 소리쳤다.

손을 비비며 레글이 말했다.

"자아, 이제야 1830년의 혁명을 다듬을 때가 왔군. 말하자면, 그 혁명은 대중을 구속하고 있으므로."

"난 자네들이 얘기하는 혁명 같은 건 어떻든지 상관없어."

그랑테르가 말했다.

"나는 지금의 정부가 싫진 않아. 그것은 무명 모자로 교묘히 꾸며 낸 왕관이야. 끝에 우산을 매단 왕의 홀이라고나 할까. 말하자면 지금 같은 정세를 생각하면 루이 필리프는 그 왕위를 두 개의 목적으로 이용할 수 있을 거야. 왕홀의 끝은 대중에게 뻗치고, 우산으로 된 끝은 하늘로 뻗칠 수가 있는 셈이지.”

방 안은 어두웠다. 큰 구름이 해를 가리고 있었다. 술집에도 길에도 사람의 흔적이 없었다. 전부 ‘사건을 보러’ 간 것이다.

“지금 도대체 낮이야, 밤이야? 아무것도 보이지 않아. 지블로트, 불 좀 밝히라고!”

보쉬에가 말했다.

우울한 얼굴의 그랑테르가 술잔을 비우고 있었다. 그는 중얼댔다.

“앙졸라는 나를 멸시하고 있어. 앙졸라가 말했어. 졸리는 아프고 그랑테르는 취해 있을 거라고. 그래서 보쉬에한테 나베를 보낸 거야. 내게 보냈다면 함께 가 주었을걸. 앙졸라에겐 매우 안 된 일인걸! 난 그런 장례식엔 가지 않네.”

그렇게 마음을 먹자 그들은 이제 술집을 나가려 하지 않았다. 오후 2시 무렵 그들이 팔꿈치를 괴고 있는 탁자 위는 빈 병으로 가득했다. 두 개의 촛불이 하나는 시퍼렇게 녹슨 구리 촛대에, 다른 하나는 깨져서 금 간 물병 끝에 꽂혀서 방을 밝히고 있었다. 그랑테르는 졸리와 보쉬에에게 술을 권하고 보쉬에와 졸리는 그랑테르에게 즐거운 마음을 갖게 했다.

그랑테르는 정오 무렵이 되자 점차 포도주라는 몽상의 인색한 샘물로는 흡족하지 않았다. 포도주란 진정한 술고래에게는 별로 환대를 받지 못한다. 술에 취하면 희고 검은 망상들이 나타난다. 포도주에 취하면 나타나는 것은 흰 망상이다. 그랑테르는 그런 망상들을 마구 탐닉했다. 망상의 마지막에 무시무시한 어둠이 살짝 모습을 드러냈지만 그만두기는커녕 오히려 빨려 들어갔다. 결국 그는 포도주병을 집어 던지고 커다란 맥주 조끼를 들었다. 큰 맥주 조끼, 그것은 곧 깊은 웅덩이였다. 아편도, 마약도 하지 않았으므로 머릿속을 황혼의 어스름으로 채우기 위해, 그는 무시무시한 혼수상태에 빠져들게 하는 브랜디와 스타우트와 압생트를 섞어 만든 독한 술의 힘을 빌렸다. 정신을 쇠붙이처럼 무겁게 하는 것은 맥주와 브랜디, 압생트, 이 세 개가 내뿜는 증기다. 그것은 세 가지 어둠이어서 하늘을 나는 나비도 그곳에선 빠져 죽는다. 그리고 희미하게 박쥐의 날개로 응고된 얇은 막의 연기 속에 '악몽'과 '밤'과 '죽음'의 말 없는 세 여신이 잠든 사이키(영혼과 운명의 상징_옮긴이) 위를 날며 말없이 모습을 드러낸다.

그랑테르는 아직까진 그리 심한 상태는 아니었다. 그 상태가 되기엔 아직도 멀었다. 그는 도리어 유쾌했고, 보쉬에와 졸리가 그를 상대해 주고 있었다. 그들은 계속 술을 마셨다. 그랑테르는 말과 사상을 지나치게 부풀린 데다, 열에 들뜬 듯이 몸을 움직였다. 그는 위풍당당하게 무릎 위에 왼손 주먹을 놓고, 그 팔을 90도로 구부리고, 넥타이를 풀고, 말을 타듯 의자에 걸터앉아 가득 채운 술잔을 오른손에 들고서 살찐 하녀 마틀로트에게 말했다.

"궁궐의 문을 젖혀라! 모든 이가 아카데미 프랑세즈의 일원이 되게 하고 위슐루 부인에게 입 맞출 권리를 갖게 하라! 자아, 마음껏 마시자."

그리고 위슐루 부인을 향해 돌아보며 말했다.

"오랜 관습으로 축복받은 구세대의 여성이여, 자아, 나에게 가까이 와서 그대의 얼굴을 볼 수 있게 하라!"

그리고 졸리가 소리쳤다.

"바틀로트, 지블로트, 더는 그랑테르가 바시지 않도록 해. 마치 비친 놈처럼 돈을 쓰고 있어. 괜히 아침부터 벌써 2프랑 95상팀어치나 마셔 버렸어."

그랑테르도 말을 멈추지 않았다.

"내 허락도 없이 하늘에서 별을 따다 촛불 대신 탁자에 놓은 게 대체 어떤 놈이야?"

보쉬에는 만취했으나 평소의 차분함은 유지했다.

그는 열어 놓은 창문 난간에 기대어 내리는 비에 등을 적시며 두 사람을 지켜보고 있었다.

순간 그는 등 뒤로 시끌벅적한 소리, 다급한 발소리, "무기를 들라!"는 외침을 들었다. 뒤를 보니 총을 든 앙졸라가 샹브르리 거리를 벗어나 생 드니 거리를 지나가고 있었다. 그리고 권총을 가진 가브로슈, 군도를 든 푀이, 장칼을 든 쿠르페락, 단총을 든 장 플루베르, 소총을 가진 콩브페르, 기병총을 맨 바오렐, 이어서 그들을 따르는 무장한 군중들의 모습이 보였다. 샹브르리 거리의 길이는 기껏해야 기병총의 사정거리 정도밖에 되지 않았다. 보쉬에는 순간 두 손을 입에 대고 손나팔을 만들어서 크게 소리쳤다.

"쿠르페락! 쿠르페락! 이보게!"

쿠르페락은 자기를 부르는 보쉬에를 찾아냈다. 그는 샹브르리 거리로 몇 걸음 걸어와서 "왜 그러나?" 하고 응답했다. 그 말은 보쉬에의 "어디로 가는가?" 하는 소리와 맞물렸다.

"바리케이드를 만들러 가네."

쿠르페락이 말했다.

"그렇다면 여기서 만들게! 위치가 좋아! 여기에 세워!"

"과연 그렇구먼, 레글."

쿠르페락이 대답했다.

쿠르페락이 신호를 보내자 군중들이 샹브르리 거리로 모여들었다.

그랑테르에게 밤이 엄습하기 시작하다

거기는 분명히 둘도 없는 좋은 곳이었다. 거리는 입구는 넓은 반면 안으로 들어갈수록 좁은 막다른 골목인 데다, 코랭트 가게가 그 길목에 위치하여, 몽데투르 거리 양쪽을 전부 간단히 막을 수 있었다. 공격은 뻥 뚫린 정면의 생 드니 거리 쪽에서 할 수밖에 없었다. 만취한 보쉬에는 식음을 전폐하고 전념한 한니발과 같은 엄청난 안목을 갖고 있었던 것이다.

군중이 모여 들자 이 거리 일대는 공포에 휩싸였다. 행인은 죄다 자취를 숨겼다. 한순간에 거리 이곳저곳, 가게, 일터, 현관문, 창문, 덧문, 고미다락방에 크기가 제각각인 겉창, 전부가 아래층부터 맨 위층까지 단단히 잠겼다. 겁에 질린 한 늙은 여자는, 총알이 날아올세라 창문 앞 빨래 너는 장대 두 개에 이불을 넣어놓았다. 오직 술집만이 문을 닫지 않았다. 그것도 군중들이 모여들었기 때문에 어쩔 도리가 없었다.

"아이쿠, 이를 어쩌지! 어쩌면 좋아!"

위슐루 부인은 거듭 탄식했다.

보쉬에는 쿠르페락을 만나러 벌써 아래층에 있었다.

창가에 있던 졸리가 소리쳤다.

"쿠르페락, 우산이 있었다면 좋았을걸. 감기 걸리겠어."

잠시 코랭트에는 창살 달린 진열대가 뽑히고 거리에 깔려 있던 포석이 열 칸 정도 벗겨졌다. 가브로슈와 바오렐은 앙소라는 석회 장수의 마차가 지나가던 것을 붙잡아 뺏어 뒤집어엎고, 마차에 실려 있던 석회가 가득 찬 큰 통 세 개를 나란히 놓고, 그 위로 길에서 뺀 포석을 쌓아올렸다. 앙졸라는 지하실의 문을 열고, 위슐루 부인의 빈 술통을 전부 모아 석회 통 옆에 가지런히 놓았다. 푀이는 부드러운 부챗살을 색칠하는 데 능숙한 손으로, 돌을 두 곳에 쌓아올려 큰 통과 마차를 괴었다. 필요한 것들은 그 자리에서 바로 해결하고 안 되면 어디선가 가져왔다. 통 위에 이웃집 앞을 받쳐 놓은 대들보를 몇 개씩이나 뽑아 와 가로놓았다. 보쉬에와 쿠르페락이 돌아보았을 때는 거리의 반이 벌써 사람의 키보다 높이 막혀 있었다. 부수면서도 만드는 것에서는 민중의 솜씨보다 뛰어난 건 아무것도 없다.

마틀로트와 지블로트도 일손을 보태고 있었다. 지블로트는 헐린 건물에서 나온 덩이를 이리저리 옮기고 있었다. 기운 없어 보이는 지블로트는 바리케이드 쌓는 일을 도와주고 있었다. 졸려 보이는 얼굴로 손님께 포도주를 가져다줄 때처럼 길에서 뜯어 낸 돌을 날랐다.

거리 끝 한쪽에서 백마 세 마리가 끄는 승합마차가 지나갔다.

길에서 뜯어 낸 돌을 뛰어넘어 쫓아간 보쉬에는 마차를 세워 손님을 내리게 하고, 귀부인이 내리는 걸 돕고, 마부를 보내고 마차를 끌고 왔다.

"승합마차는 코랭트 앞을 지나갈 수 없다."

그는 말했다.

"코랭트에 가까이 오는 것은 누구에게도 허락되어 있지 않다('코린트'에 '코랭트'를 빗대고 있음_옮긴이)."

마차에서 풀려난 말은 곧 제멋대로 몽데투르 거리로 달아나 버리고, 수레는 옆으로 넘어뜨려 거리의 바리케이드를 보충했다.

위슐루 부인은 울먹이며 2층으로 피해 올라갔다. 그녀는 초점을 잃은 눈으로 주위를 불안하게 휘둘러보며 울부짖었다. 그녀는 너무 놀라서 입밖으로 감히 외치지도 못했다.

"이 세상이 끝나려고 해."

위슐루 부인은 중얼댔다.

졸리는 위슐루 부인의 주름 잡힌 굵고 붉은 목에 입 맞추고 나서 그랑테르에게 말했다.

"이보게, 자네, 나는 여자의 목이란 한없이 섬세한 것이라고 여겼는데 말이야."

하지만 그랑테르는 취기가 끝까지 올라 있었다. 2층으로 마틀로트가 올라오자, 그는 그녀의 허리를 감싸 안고 창문이 흔들릴 만큼 한참을 웃었다.

"마틀로트는 못났어!"

그는 시끄럽게 떠들었다.

"마틀로트는 흉한 꿈이다! 마틀로트는 괴물이다. 이 여자의 출생의 비밀을 밝혀야지. 대성당의 홈통 주둥이를 만들던 어느 고딕의 피그말리온(그리스 신화 속의 조각가. 자신이 만든 갈라테의 조각상에 반해 비너스에게 사정해서 조각상에 생명을 불어넣어 아내로 삼음_옮긴이)이 어느 날 아침 그 홈통 중에서 가장 추악한 것에 홀려 버렸다. 그는 그것에 숨을 불어넣어 달라고 비너스에게 사정해서 마틀로트가 탄생했단 말일세. 동지들, 이 여자를 좀 보세요! 티치아노가 그린 연인처럼 머리카락이 크롬산납의 빛깔일세. 그리고 매우 정다운 아가씨야. 이 여자가 싸움을 잘하리라는 것은 내가 장담하지. 다정한 아가씨는 틀림없이 마음속에 영웅을 감추고 있네. 위슐루 부인은 누군가 하면, 진정 용기 있는 노인일세! 그분의 수염을 보라고. 그것은 남편으로부터 물려받은 거라네. 여자 경기병, 바로 그것이야. 그분도 싸움을 잘할 걸세. 그 두 사람만 있어도 변두리에 두려움을 일으키기엔 모자람이 없을 걸세. 동지 여러분, 우리는 정부를 정벌할 것이오. 마가린산과 포름산 간에 열다섯 종류의 산이 있다는 게 사실이듯 그것은 분명한 사실이다. 아니, 이런 건 아무래도 좋아. 여러분, 아버지는 내가 수학을 모른다고 항상 나를 나무랐다네. 나는 사랑과 자유만을 알고 있네. 나는 고상하고 믿음이 깊은 그랑테르라네! 일절 돈하고는 연줄이 닿지 않아서 돈을 가진 적이 없으니 돈의 부족을 느낀 적도 없네. 그러나 만일 내가 부유했다면 가난뱅이는 모조리 사라졌을 걸세! 세상을 깜짝 놀라게 했을 테지! 아아! 만일 착한 마음을 가진 자가 묵직한 돈지갑을 갖고 있다면, 모든 일은 잘되었을 거야! 나는 로스차일드의 재산을 가진 예수 그리스도를 생각한다! 그 그리스도는 얼마나 많은 선행을 할 것인가! 마틀로트, 나에게 입 맞춰 주게나. 너는 관능적이면서도 부끄럽구나. 그대는 여동생의 입맞춤을 부를 뺨과 연인의 키스를 요구

415

할 입술을 가졌구나!"

"닥쳐, 이 술꾼아!"

쿠르페락이 외쳤다.

"나는 카피툴(툴루즈 시 관리의 옛 호칭_옮긴이)이고 플로르(툴루즈에서 매년 한 차례씩 열리던 시화회_옮긴이)의 위원이란 말이야!"

그랑테르가 대꾸했다.

소총을 들고 바리케이드 꼭대기에 서 있던 엄격한 앙졸라는 긴장한 얼굴을 번쩍 쳐들었다. 독자들도 알다시피 앙졸라는 스파르타 사람이나 청교도와 비슷한 면이 있었다. 그는 테르모 필에서 레오니다스와 같이 죽기도 하고 크롬웰과 함께 드로게다(크롬웰에게 정복된 아일랜드의 도시_옮긴이)를 불태워 버릴 만한 그런 남자였다. 그는 소리쳤다.

"그랑테르! 술이 깰 때까지 다른 곳에 가서 자고 오게. 이곳은 감동하는 곳이지 술주정을 부리는 곳이 아니네. 바리케이드의 명예를 더럽히지 말게!"

이 분노는 그랑테르에게 묘한 영향을 끼쳤다. 마치 그랑테르의 얼굴에 찬물을 뿌린 것 같았다. 술이 단숨에 깬 것 같았다. 그는 의자에 앉아서 창가의 탁자에 팔을 올리고, 더할 수 없이 친근한 눈빛으로 앙졸라를 보며 말했다.

"나는 너를 믿고 있어."

"어서 가게."

"이곳에서 잘 수 있게 해 줘."

"다른 데 가서 자."

앙졸라는 소리쳤다.

그래도 그랑테르는 여전히 사랑이 담긴 다정한 눈빛으로 그를 보며 말했다.

"이곳에서 잠자게 해 줘. 세상을 떠날 때까지."

앙졸라는 경멸하듯 그를 쳐다보았다.

"그랑테르, 넌 믿을 수도 없고, 생각할 수도 없고, 바랄 수도 없고, 살아갈 수도 없고, 죽을 수도 없단 말이야."

그랑테르는 무거운 목소리로 대답했다.

"이제부터 두고 보면 알게 되네."

그는 여전히 이해할 수 없는 말을 지껄였으나, 마침내 머리가 탁자 위에 떨어졌다. 갑자기 앙졸라가 그를 거칠게 내몰아서 더욱 취기가 오르게 만들었다. 그럴 때면 결과는 언제나 이렇게 나오게 마련이지만, 그는 어느새 잠에 빠져 버렸다.

위슐루 부인을 위로하다

바리케이드를 세우는 것에 몰두했던 바오렐이 소리쳤다.

"이젠 거리를 훤히 볼 수 있게 됐구나! 참 잘됐다."

쿠르페락은 상점의 일부를 부수면서도 안주인인 미망인을 달래려고 노력했다.

"위슐루 부인, 언젠가 지블로트가 창문에서 이불을 털었다고 부인께서 경찰의 조사를 받고 경범죄로 처벌됐다고 불평하신 적이 있었죠?"

"그래요, 쿠르페락. 아니! 당신은 그 탁자도 그 끔직한 곳으로 가져가려는 건가요? 그리고요. 침대보도 그랬지만, 꽃 화분 하나가 고미다락방에서 큰길로 떨어졌을 때도 말이에요. 그걸 트집 잡아 벌금을 100프랑이나 부과했답니다. 정말로 지독했어요!"

"그러니까 위슐루 부인. 우리들이 그 복수를 해 드리는 거예요."

그러나 위슐루 부인은 이런 식으로 복수를 해 주는 것이 왜 자기에게 좋은 일이 되는지 도무지 알 수 없었다. 그녀가 분풀이할 수 있는 것은 어느 아라비아 여자처럼 하는 것뿐이었다. 그 아라비아 여자는 남편에게 뺨을 맞고 곧장 아버지에게 가서 복수해 달라고 울며 말했다.

"아버지, 남편에게 받은 치욕을 복수해 주세요."

아버지는 말했다.

"대체 어느 쪽 뺨을 맞았니?"

"왼쪽이에요."

아버지는 딸의 오른쪽 뺨을 때리며 말했다.

"자, 이제 남편에게 가서 말해라, 넌 내 딸을 때렸지만 난 네 아내를 때렸다고 말이다."

어느새 빗소리가 멈췄다. 새롭게 참여한 자들도 있었다. 노동자들은 작업복 안에 화약통이며 황산 병을 담은 바구니며, 두서너 자루의 횃불, '국왕 탄신 축일'에 쓰고 남은 등을 넣은 소쿠리 따위를 숨겨 가지고 왔다. 탄신 축일은 바로 얼마 전 5월 1일이었던 것이다. 이것들은 포부르 생 앙투안의 뻬빵이라는 식료품 가게 주인이 보낸 것이라고 했다. 샹브르리 거리의 유일한 가로등이며, 그와 마주하고 있는 생 드니 거리의 가로등, 몽데투르 거리, 씨뉴, 프레쉐르, 그랑드 트뤼앙드리, 쁘띠뜨 트뤼앙드리 등 가까운 곳의 가로등도 전부 부수어 버렸다.

앙졸라와 콩브페르와 쿠르페락이 모두를 진두지휘했다. 두 곳의 바리케이드가 한꺼번에 세워졌다. 두 곳은 코랭트를 시작점으로 하여 직각을 만들었다. 큰 쪽은 샹브르리 거리를 봉쇄하고, 다른 하나는 시뉴 거리를 향해 몽데투르 거리를 봉쇄하고 있었다. 이 제2의 바리케이드는 굉장히 좁고, 통과 포석만으로 세웠다. 그곳에는 50명가량의 일꾼이 있었고 30명 정도는 소총을 들고 있었다. 그들은 여기로 오는 중에 어떤 무기 가게의 물건을 그대로 전부 강제로 거둬 왔던 것이다.

이 민중들만큼 이상하고 복잡한 것이 또 없었다. 누구는 짧은 윗도리

차림으로 기병의 군도와 두 자루의 승마용 권총을 들고 있는가 하면 누구는 셔츠만 입은 채 모자를 쓰고 화약통을 옆구리에 달고 있었다. 다른 누구는 아홉 장의 회색빛 종이로 가슴을 방어하고 마구를 만드는 직공용 가죽 뚫는 송곳을 들고 있었다. "마지막 한 사람까지 없애고, 우리의 총칼로 죽자!" 하고 소리치는 남자가 있었다. 그는 손에 총칼을 들고 있진 않았다. 또 다른 남자는 자랑하듯 프록코트 위에 국민군의 허리띠와 탄약통을 보이고 있었는데, 그 탄창 뚜껑에는 붉은 털실로 '공공질서'라고 새겨 놓았다. 소총의 대부분은 국민군의 부대 번호가 붙어 있었다. 모자도 쓰지 않고 넥타이도 매지 않은 자들은 팔을 내놓고 있었는데 그들은 창을 갖고 있었다. 그리고 그들은 나이와 생긴 모양도 다 달랐다. 얼굴빛이 나쁜 작은 청년, 햇볕에 그을린 부두 일꾼. 그들 전부는 손을 부지런히 놀리며, 협동하면서 성공의 가능성을 말하고 있었다.

"구원대는 새벽 3시쯤에나 오겠지. 연대 하나쯤이야 걱정 없을 거야. 파리 전역에서 모두 봉기할 테니까."

두려운 이야깃거리인데도 그들의 이야기에는 친숙한 유쾌함이 섞여 있었다. 꼭 형제간 같았다. 그러나 그들은 서로의 이름도 알지 못했다. 크나큰 위험은 낯선 사람들이 서로 우정을 나누게 하는 이점을 갖고 있다.

술집의 부엌에서는 불을 지펴, 국자와 수저와 포크와 그 외에 모든 양은그릇을 탄알 주형에 넣어서 녹이고 있었다. 그리고 작업을 하면서 술을 마셨다. 식탁 위엔 뇌관이며 산탄이 포도주 잔과 섞여서 나뒹굴었다. 당구대가 있는 넓은 방에서는 위슐루 부인과 마틀로트와 지블로트가 각자 두려움 때문에 흐트러진 모습으로 한 사람은 어리벙벙하고, 한 사람은 가쁜 숨을 내뱉고, 한 사람은 여느 때와 달리 생기 있는 눈을 한 채 헌행주를 찢어 붕대를 만들고 있었다. 세 명의 폭도가 이들을 도와주고 있었다. 긴 머리를 하고 콧수염과 구레나룻을 기른 세 명의 건장한 남자가 여자 같은 솜씨로 폭탄을 가리고 있었는데 그게 한층 더 여자들을 두려움에 떨게 했다.

쿠르페락과 콩브페르와 앙졸라가 조금 전에 비예트 거리 모퉁이에서
군중 쪽으로 가까이 오는 것을 본 키 큰 남자는 작은 바리케이드에서 일
하고 있었고, 가브로슈는 큰 바리케이드에서 작업하고 있었다. 쿠르페락
이 돌아오기를 기다렸다가 마리우스 씨가 있느냐고 묻던 남자는 모두가
승합마차를 뒤엎던 그쯤에 사라졌다.

일에 집중한 가브로슈는 경쾌한 얼굴로 추진기 역할을 하고 있었다.
이리 갔다, 저리 갔다, 올라갔다, 내려갔다, 다시 올라갔다, 시끄러운 소
리를 냈다 하면서 불꽃이 튀듯 뛰어다녔다. 마치 모두를 북돋아 주려고
와 있는 것 같았다. 박차를 지니고 있는 걸까? 맞다. 확실히 그는 비참이
라는 박차를 갖고 있었다. 날개가 있을까? 맞다. 그는 단연코 명랑이라는
날개가 있었다. 그는 회오리바람 같았다. 언제나 거기에 있었고 항상 그
의 목소리가 들렸다. 또한 어디든지 그가 있었고 심지어 공중으로도 넘
쳐흘렀다. 가히 놀랍도록 보편적인 존재로, 잠시도 가만히 한곳에 머물
지 않았다. 커다란 바리케이드는 자기 등에 가브로슈가 올라타 있는 것
을 깨닫고 있었다. 가브로슈는 게으른 사람을 자극하고, 소홀한 사람을
부추기고, 피곤한 사람에게 힘을 불어넣고, 생각에 빠진 사람을 북돋아
주고, 어떤 사람은 쾌활하게 만들고, 어떤 사람에겐 의욕을 심어 주고, 어
떤 사람은 울분을 돋우어 주고, 모두를 움직이게 하고, 어느 학생을 화나
게 하고, 어느 노동자에게는 달려들고, 우뚝 서고, 걸음을 멈추고, 또 달
리기 시작하고, 시끄럽게 떠들고, 힘껏 일하고, 뛰면서 사람들 사이를 오
가고, 중얼대고, 잔소리를 하고, 전원에게 채찍질을 했다. 그는 거대한 혁
명의 승합마차에 앉은 한 마리 파리였다. 그의 가는 양팔은 쉼 없이 움직
이고, 그의 작은 폐는 계속 고함을 치고 있었다.

"힘을 내요! 길바닥 돌을 더욱더! 통을 조금 더! 저것을! 그건 어디에
있나요? 제가 이 구멍을 막을 테니 석회 반죽을 잔뜩 부어요. 아주 작구

420

나, 저편 바리케이드는. 좀 더 쌓아야겠는걸. 뭐든 상관없으니 모조리 쌓아요. 옆을 더 단단히 다지라고, 콱 막아. 집을 부숴. 바리케이드를 하나 더 쌓아야겠어요. 지부 부인의 집 응접실이다. 자, 유리창이 왔구나.”

그의 말을 들은 일꾼들이 말했다.

“유리문이라고? 유리문으로 뭘 하려는 거야? 튀베르퀼(이 새끼야)!”

“뭐라고요? 헤르퀼(제기랄)!”

가브로슈는 곧장 반격에 나섰다.

“유리문은 바리케이드에 딱 맞아요. 공격을 막진 못하지만 함락을 막을 수는 있거든. 저기, 니들은 병 조각을 꽂아 놓은 담장을 넘어 사과를 훔쳐 본 적이 없나? 유리문은 바리케이드를 넘어오려는 국민군의 발바닥을 찔러 버린단 말이야. 유리는 불안한 물건이거든요. 이봐! 이봐! 기발한 생각은 엄두를 내지 못하는군!”

말은 그렇게 했지만 사실 그는 노리쇠가 없는 권총 때문에 화난 상태였다. 그는 여러 사람에게 사정했다.

“소총 없어? 소총이 필요해요! 왜 다들 나한테 소총을 주지 않는 거야.”

“너한테 말이야?”

콩브페르가 물었다.

“그래요!”

가브로슈가 대답했다.

“왜 안 돼요? 나도 1830년에 샤를 10세와의 싸움에서는 한 자루 있었어요.”

앙졸라는 어깨를 들먹거렸다.

“어른들에게 전부 나눠 주고 남으면 아이들에게도 주지.”

화가 난 가브로슈는 뒤돌아보며 그에게 말했다.

“나보다 당신이 먼저 죽으면 당신 총을 가질 테야.”

“이놈 좀 봐!”

앙졸라가 말했다.

"이런 풋내기!"

가브로슈가 외쳤다.

이때 거리 저편에서 길을 잘못 들어선 듯한 멋쟁이가 주뼛주뼛하는 걸 보자 그들의 눈은 곧 그에게 향했다.

가브로슈는 그 멋쟁이에게 소리쳤다.

"우리 무리에 들어오게, 젊은 친구! 어때, 이 낡아 빠진 나라를 위해 뭔가 하지 않겠어?"

멋쟁이는 도망쳐 버렸다.

준비

당시의 신문은 샹브르리 거리의 바리케이드가 거의 '난공불락의 보루'라고 말하며 2층 높이에 달했다고 보도했지만 실상은 그렇지 않았다. 육칠 피트 높이밖에 되지 않았다. 그 뒤로 전투원이 숨을 수도, 벽 전체를 내려다볼 수도 있었으며, 안쪽에 계단 모양으로 쌓아 놓은 네 줄의 돌을 밟고 맨 위로 맘껏 올라갈 수 있도록 만들어져 있었다. 바리케이드 바깥쪽은 앙소의 짐마차와 뒤집어 놓은 승합마차의 바퀴에 대들보와 판자를 찔러 놓은 데다 돌과 통을 쌓아올려 얼핏 고슴도치처럼 보였다. 어른 하나가 충분히 나갈 수 있을 만큼의 틈새가 집들의 벽과 코랭트에서 가장 먼 바리케이드의 끝 사이에 있어서 밖으로 나갈 수 있었다. 승합마차의 끌채는 똑바로 세워 고삐로 단단히 묶었고, 그 앞채에 동여맨 붉은 깃발이 바리케이드 위에서 나부꼈다,

몽데투르 쪽의 작은 바리케이드는 코랭트 건물에 가려 보이지 않았

다. 한곳에 연결된 두 개의 바리케이드는 진짜 보루와 매우 흡사했다. 앙졸라와 쿠르페락은 프레쉐르 거리와 중앙 시장을 잇는 또 다른 몽데투르 거리의 옆 골목에는 바리케이드를 세우지 않기로 결정했다. 아마도 될 수 있는 한 외부와 연락을 해야겠다는 생각이 있었고, 위험하고 지나다니기 불편한 프레쉐르 뒷길에서 공격당할 걱정은 그다지 없다는 이유였다.

폴라드(18세기의 군인, 전술가_옮긴이)라면 그의 전술 용어로 연락호라고 불렀음 직한, 자유롭게 내버려 둔 출구를 제외하면, 또 샹브르리 거리에 만든 매우 좁은 틈을 방치한다면, 바리케이드 안에는 술집이 툭 튀어나와 있으므로 사방이 꽉 막힌 불규칙한 네모꼴의 요충지였다. 큰 바리케이드 쪽 장벽과 막다른 길목의 높은 집들 간의 거리는 약 20보밖에 되지 않았기 때문에 바리케이드는 사람이 살지만 문을 모두 굳게 잠근 그 집들을 방패막이로 삼고 있다고 봐도 좋을 법했다.

일은 한 시간도 채 되지 않아 별다른 문제없이 진행되었고, 몇 안 되는 극소수의 대범한 자들은 그사이에 국민군의 군모나 총칼 하나도 보지 않고 작업을 마칠 수 있었다. 폭동이 일어날 이때 겁도 없이 생 드니 거리를 오가는 행인도 때로 있었으나 모두 샹브르리 거리를 슬쩍 보고 바리케이드가 보이자 재빨리 도망쳐 버렸다.

완공된 두 개의 바리케이드에 깃발이 꽂히자, 모두들 술집 밖으로 식탁 하나를 끌어냈다. 그리고 탁자 위로 쿠르페락이 올라갔다. 앙졸라가 네모난 박스를 가져오자 쿠르페락은 그것을 열었다. 그 속에는 탄알이 잔뜩 있었다. 탄알을 보자, 가장 용맹한 자들 사이에선 전율이 일고 일순간 조용해졌다.

쿠르페락은 미소를 지으며 탄알을 분배했다.

각자 서른 발씩 탄알을 받았다. 화약을 갖고 있는 자도 많았기에 그들은 그것과 주조한 탄알을 이용해서 또 탄알을 만들었다. 화약통은 문 옆

탁자 위에 넣어 두었다.

파리 전역을 뛰어다니며 국민군의 집합을 알리는 소리는 끊이지 않았지만, 어느 샌가 단순한 소리로밖엔 들리지 않게 되어 아무도 관심을 주지 않게 되었다. 그 소리는 때때로 멀리서 혹은 가까이서 기분 나쁜 파동을 일으키고 있었다.

사람들은 일제히 침착하고 엄숙한 자세로 소총이나 기총에 탄알을 장전했다. 앙졸라는 바리케이드 밖에 보초를 세 명 세웠다. 한 명은 샹브르리 거리에, 또 한 명은 프레쇠르 거리에, 다른 한 명은 프티트 트뤼앙드리 거리 모퉁이에.

바리케이드가 서자 부서를 배정하고 소총을 장전하고 보초를 세웠다. 이제는 행인을 찾아볼 수 없는 이 무서운 거리에서 인기척도 없이 고요한 집들에 둘러싸여 있는 것이다. 서서히 다가오는 황혼의 그림자에 뒤덮여서 왠지 모르게 비극적인 공포를 풍기는 분위기에 고립되었다. 무장한 그들은 더욱 각오를 다지며 다가오는 무언가를 느끼며 어둠과 침묵 속에서 조용히 기다렸다.

기다리면서

그렇게 기다리는 동안, 그들은 무엇을 했겠는가?

이것은 역사의 한 부분이므로 이야기해 둘 필요가 있다.

남자들이 탄알을 만들고 여자들이 붕대를 만드는 동안, 녹인 주석을 탄알 거푸집에 붓는 동안, 납으로 가득 찬 큰 냄비가 활활 타오르는 화톳불 위에서 끓고 있는 동안, 보초가 무장을 하고 바리케이드 위에서 감시하고 있는 동안, 그리고 안심할 수 없는 앙졸라가 보초들을 둘러보는 동안, 콩브페르와 쿠르페락, 장 프루베르, 푀이, 보쉬에, 졸리, 바오렐, 그 밖의 몇 명 학생들은 지들끼리 평소처럼 서로 담소를 즐기며 한데 모여 있었다. 그리고 성새가 된 술집 한구석, 자기들이 만든 보루와 매우 가까운 곳에서 장전하고 뇌관을 단 기병총을 의자 등받이에 세워 놓고, 이 쾌활한 젊은이들은 마지막 순간이 닥쳐와 있는데도 사랑의 시를 낭송하기 시작했다.

어떤 시일까? 그 시는 아래와 같다.

그대 생각나는가, 행복했던 우리 생이.
우리가 같이 한 풋풋한 시절을,
오로지 아름다운 옷과 사랑만을,
꿈꾸었던 그때를!

너와 나의 나이를 더해도
미처 마흔이 되지 않던 젊은 날에
아담하고 포근한 안식처에는
겨울에도 항상 봄만 있었지.

아름다운 시절이여! 마뉘엘(왕정복고 시대의 대의원_옮긴이)은 건방지고
파리는 거룩한 연회의 지속이며
푸아(자유당의 웅변가_옮긴이)는 열변을 토하고 그대 가슴에
꽂힌 핀은 언제나 내 가슴을 찔렀다네.

다들 그대에게 정신을 빼앗기고 있었지.
아무도 찾지 않는 변호사인 내가
프라도의 만찬에 같이 갔을 때

그대의 아름다운 모습,
장미꽃도 뒤돌아보았다네.

그 장미가 말하길 "오, 곱디고운 소녀여!
향긋한 그대! 고운 머리카락은 넘실거리고!
케이프 아래에 날개를 감췄으리,
깜찍한 모자는 막 피기 시작한 꽃망울 같구나!"

보드라운 그대와 팔짱 끼고 함께 걸으면
그 무엇도 부럽지 않았네.
상냥한 4월과 화려한 5월 같은 관계라고
길 가던 사람들도 부러워했다네.

감미로운 금기의 과일을, 사랑을 먹으며
세상 밖에서 너와 나는 행복했다네.
내 입술에 맴도는 많은 이야기들은
벌써 그대 마음이 대답해 준 것들뿐.

소르본은 목가의 언덕
나는 언제나 그댈 사랑해.
하염없이 불타오르는 이내 사랑은
라틴 거리를 연인의 고장이라 하네.

아아, 모베르 광장! 아아, 도핀 광장!
푸릇푸릇한 봄 향기 그득한 오두막에서
가냘픈 무릎으로 양말을 잡아당길 때,

나는 다락방 창문으로 별을 본다오.
내 가슴엔 탐독한 플라톤도 남지 않았네.
말브랑슈(17세기 말의 유신론자_옮긴이)나
라므네(19세기 초의 신학자_옮긴이)보다 더욱 잘
너는 가르쳐 주었네, 하느님의 은총을
네가 내게 준 꽃 한 송이로.

나는 그댈 따르고 그댄 나를 믿었네.
아아, 너의 옷끈 매는 금빛 다락방!
이른 아침 속옷 바람으로 이리저리 다니면서
낡은 거울에 젊은 이마를 비춰 보는 그대 모습!

오, 어떻게 잊을까, 그 추억을.
어둑한 새벽과 파란 하늘,
리본과 꽃과, 얇은 비단의 그때를.
사랑이, 행복한 밀어를 소곤대던 그날을!

너와 나의 마당은 튤립 화분.
너는 속옷으로 창문을 가렸네.
질그릇은 내가 쓰고
너에겐 사기그릇을 주었지.

그리고 또 우리 둘이 웃어 버린 커다란 불행!
네 토시가 불에 타고 네 털목도리 사라졌네!
또 언제던가 저녁거리를 위해 팔아 버린
귀중한 셰익스피어의 초상화!

나는 구걸하고 너는 베풀었네.

나는 키스하였네. 너의 싱그럽고 포동포동한 팔에,

2절판의 단테 책을 탁자 삼아

우리는 즐겁게 먹었네, 듬뿍 쌓인 밤을.

행복했던 나의 오두막에서 처음으로

너의 뜨거운 입술을 훔쳤을 때

너는 머리를 흩뜨린 채 새빨개져 뛰쳐나가고

하얗게 질린 나는 하느님만 외쳤지.

그대 생각나는가, 수많은 우리의 행복을

누덕누덕해져 버린 저 목도리를!

아아, 얼마나 많은 탄식들이 우리들의 캄캄한 마음에서 튀어나와

하늘 저 멀리 날아올랐던가!

때, 장소, 떠오르는 청춘의 추억, 하나둘 반짝이는 별들, 적막한 거리의 불안한 고요, 그리고 이제 곧 일어나려는 냉혹한 사건의 긴장감은 이미 언급한 것처럼 서정시인 장 프루베르가 어둠 속에서 나지막이 읊조리는 이 시에 어떤 감동적인 매력을 주고 있었다.

어느새 작은 바리케이드에는 칸델라 불이 켜지고 큰 바리케이드에는 카니발 마지막 날, 가면을 쓰고 쿠르티유로 가는 마차에 붙어 있는 것 같은 밀초를 칠한 횃불이 하나 켜졌다. 그 횃불은 이미 말했듯이 생 앙투안에서 온 것이었다.

길에 까는 돌로 삼면을 막은 횃불은 바람을 막기 위해 우리 속에 두었으므로 빛이 그대로 깃발을 비추게 되어 있었다. 거리도, 바리케이드도 어둠 속에 싸여 있어서 마치 어두침침한 거대한 등불의 강렬한 빛을 받

고 있는 것 같은 붉은 깃발 외에는 보이는 게 없었다.

그 빛은 진한 붉은색 깃발에 공포심을 더하는 듯한 주홍색을 띠고 있었다.

비에트 거리에서 참여한 사나이

해는 이미 완전히 졌지만 어떤 사건도 일어나지 않았다. 단지 확실치 않은 소란이 들리고 가끔 총소리가 났지만 그것도 띄엄띄엄 이따금, 흐릿하게 들렸다. 이토록 시간이 길어지는 것은 정부가 그사이에 병력을 모으는 증거였다. 이곳에 모인 50명은 6만의 적군을 기다리고 있었다.

앙졸라는 무시무시한 일이 발생하기 직전에 굳센 정신을 가진 사람을 괴롭히는 초조감에 사로잡힌 자신을 깨달았다. 그는 가브로슈를 보러 갔다. 가브로슈는 아래층 홀에서, 화약이 널려 있는 탁자를 대신해 카운터 위에 놓인 두 개의 희미한 촛불 아래서 신중히 탄알을 만들고 있었다. 그 불빛은 밖으로 전혀 새어 나가지 않았다. 폭도들은 위층에서는 절대 불을 밝히지 않도록 조심하고 있었다.

이때 가브로슈는 굉장히 집중하고 있었다. 그러나 확실히 탄알에 집중한 것은 아니었다. 비에트 거리에서 행렬에 끼어든 남자가 아래층 홀로 들어와서 불빛이 가장 흐릿한 탁자에 자리 잡았던 것이다. 그는 어느새 큰 보병총을 구해서 그것을 가랑이 사이에 끼고 있었다. 가브로슈는 그때까지 여러 가지 '재미있는' 일에 빠져 있어서 그 남자에게 관심을 두지 않았다.

남자가 들어왔을 때, 가브로슈는 그 총에 놀라 무의식적으로 쳐다보다가 그가 앉자 순간 일어섰다. 만약 그때까지 그 남자를 주의 깊게 본 사람들이 있었다면, 그가 바리케이드며 폭도들의 여러 일들을 이상하리만큼 자세히 관찰하고 있다는 것을 알아챘을 것이다. 그러나 홀에 들어와서부터 그 남자는 무언가를 골똘히 생각하며 주변에서 일어나고 있는 일들에 전혀 신경 쓰지 않는 것 같았다.

가브로슈는 생각에 빠진 남자에게 다가가서 곁에서 잠든 사람을 깨울까 봐 조심하며 걸을 때처럼, 발뒤꿈치를 들고 그 주변을 돌았다. 그와 함께 뻔뻔하고도 진중한, 경솔하면서도 생각이 깊은, 쾌활하면서도 우울한, 어린애 같은 그의 얼굴은 다양한 의미로 찡그러졌다. '설마! 그럴 리가! 잘못 본 거야! 꿈이야! 어쩌면? 아니, 그렇지 않아! 역시 그렇다! 아니, 그렇지 않아!' 등등의 의미였다. 그는 발뒤꿈치로 균형을 잡고 두 손을 주머니에 넣어 주먹을 쥐고 작은 새처럼 고갯짓을 하며 아랫입술을 쑥 내밀고 제법 영리한 표정을 지었다. 그는 얼떨떨하며 머뭇거렸고 반신반의했다. 그 표정은 노예시장에서 뚱뚱한 여자들 속에서 한 명의 비너스를 찾은 내시의 대장 같았고, 서툴기 이를 데 없는 그림 중에서 라파엘의 그림 한 점을 찾아낸 미술 애호가 같았다. 그에게서 냄새를 맡는 본능과 계략을 꾸미는 지능이 함께 발동하고 있었다. 확실히 그에게 어떤 사건이 시작된 것이다.

앙졸라가 그에게 간 것은 그가 한창 골몰해 있을 때였다.

"너는 작으니까 눈에 잘 띄지 않을 거야. 바리케이드에서 나가서 집 그늘에 숨어 살그머니 한 바퀴 돌고 잠깐 저쪽 거리의 동정을 살펴서 내게 알려 주게."

앙졸라가 말했다.

가브로슈는 일어섰다.

"꼬마도 어딘가 쓸데가 있군그래! 좋아! 다녀오지. 여하튼 꼬마는 믿어도 되지만 어른은 조심하는 게 좋아."

그리고 그는 고개를 들고 작은 목소리로 비에트 거리에서 참여한 남자를 가리키면서 말했다.

"저기에 있는 어른 말이야."

"왜?"

"저자는 *끄나풀*이야."

"진짠가?"

"2주 전쯤 내가 기분 전환 삼아 루아얄 다리에 갔을 때 저 사람이 난간에서 나를 끌어내리잖아, 귀를 당기고 말이야."

앙졸라는 바로 소년의 곁을 벗어나 근처에 있던 술통을 옮기던 일꾼에게 뭐라고 소곤댔다.

그 일꾼은 홀을 나가 동료 세 명을 데리고 왔다. 건장한 네 명의 일꾼들은 비에트 거리의 남자가 팔을 괴고 있는 탁자 뒤로 가서 남자가 눈치채지 못하게 슬쩍 늘어섰다. 그들은 당장에라도 남자에게 달려들 태세를 취했다.

그때 앙졸라가 남자에게 다가가 입을 열었다.

"누구요, 당신은?"

갑작스런 앙졸라의 질문에 남자는 움찔했다. 남자는 앙졸라의 순진무구한 눈동자를 깊숙이 바라보고, 그의 의도를 알아챈 듯했다. 그는 더할 수 없이 거만하고 세고 야무진 웃음을 지었다. 그리고 위압적인 목소리로 말했다.

"자네의 의도를 알겠네. 자네가 알고 있는 그대로야."

"당신, 염탐꾼이지?"

"그 분야의 사람이지."

"이름은 뭐지?"

"자베르네."

앙졸라는 남자를 둘러싼 네 명에게 신호를 주었다. 그들은 순식간에 자베르의 목덜미를 잡아 넘어뜨리고 포박했으며 그의 몸을 샅샅이 뒤졌다.

431

그의 품속에서 두 장의 유리 사이에 낀 한 장의 작고 동그란 카드가 나왔다. 한쪽에는 프랑스 문장(紋章)과 '감시와 경계'란 글씨가 새겨 있었고, 다른 한쪽은 '자베르 경위 52세'라고 적혀 있었으며, 당시의 시 경찰청 국장 지스케 씨의 사인이 있었다.

그 외에 남자에게서 시계와 금화 대여섯 닢이 들어 있는 지갑이 나왔다. 지갑과 시계는 다시 돌려주었다. 시계가 나온 안주머니를 더 뒤지자 봉투에 담긴 한 장의 종이가 나왔다. 그 종이를 펼친 앙졸라는 국장이 직접 쓴 아래와 같은 몇 줄의 글을 읽었다.

자베르 경위는 정치상의 임무를 수행한 다음에는 곧 특별감시에 임하여 센 강 오른쪽 제방 위, 예나 다리 부근에서 폭도들이 불온한 움직임을 보이고 있다는 정보가 사실인지 여부를 확인하라.

몸수색이 끝나자 사람들은 자베르를 일으켜 세우고 양팔을 등 위로 돌려, 맨 아래층 홀 중앙, 일찍이 이 술집 이름의 기원이 된 그 유명한 기둥에 붙들어 맸다.

가브로슈는 줄곧 그 자리에 있으면서 말없이 모든 일에 고개를 끄덕이고 있다가 자베르에게 다가서서 말했다.

"쥐가 고양이를 잡은 셈이야."

이 모든 일은 매우 신속하게 진행되었기 때문에 술집 주위에 있는 사람들이 알게 되었을 때는 이미 사건은 끝나 있었다. 자베르는 한 번도 고함을 치거나 하지 않았다.

자베르가 기둥에 매여 있는 것을 본 쿠르페락, 보쉬에, 졸리, 콩브페르, 그 외에 두 바리케이드에 뿔뿔이 흩어져 있던 자들이 그곳에 달려왔다.

자베르는 기둥에 등을 옴짝달싹할 수 없을 정도로 매여 있으면서도 한 번도 거짓말을 한 적이 없는 사람답게 용감하고 태연하게 머리를 젖히고 있었다.

"이 자는 염탐꾼이야."

앙졸라가 외쳤다. 그리고 자베르를 향해 말했다.

"널 바리케이드가 함락되기 2분 전에 쏴 죽일 거다."

자베르는 타고난 다분히 거만한 말투로 물었다.

"왜 지금 당장 죽이지 않는 거냐?"

"화약을 아끼기 위해서야."

"그럼 칼로 베어 버리지."

"이봐, 염탐꾼. 우린 심판자지, 도살자가 아니야."

앙졸라가 대답했다.

그런 뒤 앙졸라는 가브로슈에게 소리쳤다.

"야! 넌 가서 일해! 내가 시키는 대로 해."

"그래, 알았어."

가브로슈는 대답했다. 그는 달려가려다 갑자기 멈춰 서며 말했다.

"그런데 저자의 총을 내게 줘!"

그리고 이어서 말했다.

"악사는 당신께 일임하겠지만 클라리넷은 내가 가지고 싶어."

부랑아는 손을 머리에 대어 경례를 하고 의기양양하게 큰 바리케이드 틈새로 빠져 나갔다.

카뷕이라는 남자에 관한 여러 궁금증

가브로슈가 가고 얼마 되지 않아 발생한 그 놀랍고도 장렬한 사건을 말하지 않는다면 우리들이 지금 하고자 하는 비장한 계획은 완전한 것이 아니리라. 또 떨림과 노력으로, 사회가 깔아 준 이불 위에서 해산하려는 혁명과의 위대한 시간을 사실대로 독자에게 전해 주지 못할 것이다. 그래서 우리들은 그 사건을 여기에서 말하려 한다.

익히 알다시피, 군중들은 눈사람과 같아서 구르는 데에 따라 몰려든다. 그들은 서로 어디서 왔는지 알려고 들지 않는다. 앙졸라와 콩브페르와 쿠르페락이 이끄는 무리에도 지나가던 사람들이 동참했는데 그중 한 사람, 어깨가 헤진 짐꾼의 윗도리를 입고 무작정 몸을 흔들며 소리를 지르고 있는, 얼핏 술주정뱅이처럼 보이는 거친 남자가 섞여 있었다. 그 남자는 진짜 이름인지 별명인지 모르게 르 카뷕이라고 불렸는데, 그를 안다는 자들도 실상은 전혀 그를 몰랐고, 곤드레만드레 취해서 혹은 취한 척하며, 여러 사람들과 함께 술집 밖의 식탁에 둘러앉았다. 르 카뷕은 사람들에게 술을 따르면서 생각에 골몰했다. 그는 바리케이드 안쪽에 있는 큰 집을 주의 깊게 보는 듯했다. 6층으로 지어진 그 집은 생 드니 거리 전체를 내려다보고 있었다. 그가 갑자기 소리 질렀다.

"여러분! 총은 저 집에서 쏘면 어떻소? 저 집 창문 안에 진을 치면 감히 누구라도 쳐들어오지 못하겠는데!"

"과연 그렇군, 하지만 집이 잠겨 있잖아."

술잔을 비우던 누군가가 대답했다.

"문을 쾅쾅 두드리세!"

"열어 주지 않을 걸세."

"그럼 때려 부숴 버리지."

르 카뷕은 굉장히 큰 문고리가 달려 있는 문 앞으로 달려가서 쾅쾅 두드렸다. 아무도 문을 열어 주지 않았다. 그는 또 두드렸다. 어떠한 기척조차 없었다. 한 번 더 두드렸다. 역시 조용했다.

"아무도 없소?"

르 카뷕이 소리를 질렀다.

어떤 낌새도 없었다.

그러자 그는 총의 아랫부분으로 문을 쾅쾅대기 시작했다. 그 문은 단단한 떡갈나무로 된 둥근 아치형의 좁고 낮은 낡은 통용문인데, 안쪽에는 철판과 철끈으로 야무지게 묶여 있어서 감옥 문과 유사했다. 개머리판으로 쳐 대는 바람에 집이 울렸으나 문은 꿈쩍도 하지 않았다.

하지만 집 안 사람들은 굉장히 동요했던 모양이었다. 마침내 4층의 작고 네모진 채광창에 불이 켜지더니 창문이 열리고 촛불 하나와 머리가 하얀 노인의 겁먹은 얼굴이 드러났다. 노인은 문지기였다.

문을 두드리던 남자의 동작이 멈췄다.

"당신들, 대체 무슨 일이요?"

문지기가 말했다.

"문을 열어!"

르 카뷕이 외쳤다.

"안 돼요."

"여하튼 열어!"

"열 수 없어요."

르 카뷕은 총을 문지기를 향해 겨누었으나, 르 카뷕은 밑에 있었고 게다가 매우 어두워서 그의 눈엔 문지기가 보이지 않았다.

"문을 열겠어, 안 열겠어?"

"못 엽니다."

"열지 못한다고?"

"열지 못합니다. 당신……."

문지기의 말이 미처 끝나기도 전에 총소리가 울려 퍼졌다. 총알은 문지기의 턱 밑에서부터 정맥을 뚫은 뒤 목덜미로 관통했다. 문지기는 비명을 지르지 못한 채 꼬꾸라졌다. 촛불은 떨어져 꺼져 버리고 채광 창틀에 걸린 채 미동도 않는 머리와 지붕을 향해 올라가는 희뿌연 연기만 보였다.

"그것 보라고!"

르 카뷔은 바닥에 총을 내려놓으며 중얼거렸다.

그러나 그는 이 한마디를 채 내뱉기도 전에 독수리 발톱 같은 누군가의 손이 자신의 어깨를 움켜쥐는 것을 느끼며, 등 뒤에 있는 누군가의 목소리를 들었다.

"무릎 꿇어."

돌아선 살인자의 눈에 앙졸라의 차갑고 흰 얼굴이 보였다. 앙졸라는 권총을 갖고 있었다.

총소리가 울리자 앙졸라가 뛰어온 것이다. 그는 왼손 하나로 르 카뷔의 멱살과 작업복과 셔츠와 바지 멜빵을 움켜쥐었다.

"무릎 꿇어."

앙졸라가 또다시 소리쳤다.

그리고 스무 살의 이 연약한 청년은 위엄 있는 움직임으로 몸집이 큰 부둣가 노동자를 한 줄기 갈대처럼 잡아 꺾어 진흙탕 속에 꿇어 앉혔다. 대항하려던 르 카뷔은 어떤 초인적인 힘에 눌리는 듯했다.

목을 드러내고 머리카락이 흩어져 있는 앙졸라의 창백한 고운 얼굴에는 어딘지 고대의 테미스(정의의 여신_옮긴이)를 떠올리게 하는 위엄이 있었다. 커진 콧구멍과 내리깐 눈은 엄격한 그리스 사람의 옆얼굴 같았고, 옛사람들의 견지에서 보면, 정의에 적당한 분노의 표정과 순수의 표정을 짓고 있었다.

바리케이드 안의 사람들이 전부 달려왔으나, 앞으로 일어날 일에 한마디도 참견할 수 없음을 깨닫고 모두 약간 떨어져서 삥 둘러섰다.

짓눌린 르 카뷔은 꼼짝하지 않고 사지를 벌벌 떨었다. 앙졸라는 그를 풀어 주고 시계를 꺼냈다.

"조용히 참회해라. 기도를 해라. 아니면 생각을 해라. 지금부터 1분

동안."

앙졸라가 말했다.

"용서해 주세요!"

살인자가 말했다. 그러고는 고개를 숙이고 뭔가 불분명한 주문을 중얼중얼 외웠다.

앙졸라의 눈은 시계에 고정되어 있었다. 1분이 지나자 다시 안주머니에 시계를 넣었다. 그런 뒤, 그는 울며 몸을 양 무릎 사이에 웅크리고 있는 르 카뷕의 머리칼을 쥐고 귀에 권총을 갖다 댔다. 말할 수 없이 무시무시한 모험에 용감하게 뛰어든 많은 사람들도 놀라서 숨을 죽이고, 눈을 돌렸다.

총소리가 울리고 르 카뷕은 돌바닥 위로 꼬꾸라졌다. 몸을 일으킨 앙졸라는 엄하고 확신에 찬 눈으로 주변을 둘러보았다.

그리고 그는 발로 시체를 밀어내며 외쳤다.

"이것을 밖으로 던져 버려라."

숨이 끊어지는 순간, 무의식적인 마지막 떨림으로 꿈틀거리는 처참한 한 남자의 몸뚱이를 세 남자가 들어올려, 작은 바리케이드 너머 몽데투르의 뒷골목에 던져 버렸다.

앙졸라는 깊은 생각에 빠졌다. 어떤 숭고한 어둠이 그의 매섭고 해맑은 얼굴 위로 서서히 퍼져 나갔다. 갑자기 그가 외쳤다. 모두가 숨을 죽였다.

"여러분. 그자는 무서운 짓을 했고 나는 끔찍한 짓을 했소. 그자는 살인을 했소. 그래서 나는 그를 사살했소. 나는 그렇게 할 수밖에 없었소. 반란에는 규율이 절실히 필요하기 때문이오. 반란에서 살인이란, 무엇보다도 가장 큰 죄악이오. 혁명이 우릴 감시하고 있소. 우리는 공화제도의 사제이오. 우린 혁명을 위해 바쳐진 성스런 제물이오. 우리의 투쟁에 한 치의 오점을 남겨서도 아니 되오. 그래서 나는 그자를 심판하고 처형했소.

내키지 않았지만 어쩔 수 없었소. 그러나 나 역시 동시에 심판했소. 내가 나에게 어떤 벌을 줄 것인지는 곧 알게 될 것이오.”

그의 말을 경청하던 사람들은 가슴이 찔린 듯 아팠다.

“우리도 자네와 함께하겠네.”

공브페르가 말했다.

“좋아.”

앙졸라가 대답했다.

“한마디 더 하겠소. 그자를 죽였을 때, 나는 필연에 굴복한 것이오. 하지만 필연이란 구세대의 괴물이오. 필연은 ‘숙명’이라 하오. 그런데 진보의 법칙은 천사 앞에서 괴물이 사라지는 일이며, ‘숙명’이 우리 앞에 모습을 감추는 것이오. 지금은 사랑이란 말을 꺼내기엔 적절치 못하지만 관계없소. 난 사랑을 예찬하고 소리 높여 노래하오. 사랑이여, 네가 미래를 이끌고 있는 것이다. 죽음이여, 난 너를 이용하지만 너를 미워한다. 여러분, 미래에는 어둠도, 불의 기습도, 난폭한 무지도, 피비린내 나는 복수도 없을 것이오. 사탄이 사라짐과 동시에 미카엘(신의 전사_옮긴이)도 사라질 것이오. 미래에는 사람이 살인하는 일이 사라지고, 땅 위는 반짝이고 인류는 사랑을 느끼게 될 것이오. 여러분, 모두가 화합이요, 조화요, 빛이고 기쁨이며 생명인, 그런 때가 올 것이오. 그때는 반드시 옵니다. 그리고 지금 우리의 죽음은 그때를 오게 하기 위함이오.”

앙졸라는 말을 멈췄다. 그는 소녀의 입술을 닮은 자신의 입술을 앙다물었다. 그리고 자신의 손으로 피 흘리게 한 그곳에 대리석처럼 굳어져 한참을 서 있었다. 그의 눈빛에 압도된 주변 사람들은 숨죽였다.

장 프루베르와 콩브페르는 서로 말없이 손을 맞잡고 바리케이드 구석에서 서로 몸의 몸을 기대어 사형 집행인이자 사제이며, 수정 같은 빛이자 바위이기도 한 엄숙한 그 청년을 탄복하며 동정 어린 눈으로 지켜보고 있었다.

잊어버리기 전에 이야기하는데, 싸움이 끝나고 몇몇 시체가 검시장에 옮겨져 소지품 검사를 받았을 때, 르 카뷕의 몸에서 경찰관 신분증이 발견되었다. 나는 이에 관해 1832년 당시 시 경찰서 국장에게 제출한 특별 보고문을 1848년에 손에 넣었다.

하나를 더하자면 이상하지만 근거 있는 경찰의 말을 믿는다면, 르 카 뷕은 클라크수였다. 사실 르 카뷕이 죽은 뒤로 클라크수는 한 번도 사람들의 입방아에 오르지 않았다. 클라크수의 실종은 어떤 단서도 남기지 않았다. 마치 미지의 세계에 휩싸여 버린 것 같았다. 그의 일생은 어둠이었고, 그의 마지막도 어두컴컴한 밤이었다.

앙졸라가 그처럼 재빨리 심판하고 끝낸 비극적인 재판에 모든 사람이 여전히 감동에 빠져 있을 때, 쿠르페락은 아침에 마리우스를 찾아 그의 집에 왔던 작은 청년을 바리케이드 안에서 다시 보았다.

13. 어둠 속으로 들어가는 마리우스

플뤼메 거리에서 생 드니 구역으로

어두컴컴한 저녁에 샹브르리 거리의 바리케이드로 자신을 이끈 그 소리를 마리우스는 운명의 소리라고 생각했다. 죽고 싶던 차에 기회가 찾아온 것이다. 무덤의 문을 두드리던 그에게 어둠의 손이 그 열쇠를 쥐어준 것이다. 컴컴한 절망에서 열리는 처절한 문은 언제나 사람들의 마음을 홀린다. 마리우스는 몇 번씩이나 자신을 지나가게 한 철책 문을 열고 정원을 나왔다. 그리고 외쳤다.

"가자!"

마음이 고통스러워 미칠 듯하고, 머릿속에 어떤 확실한 것도 없고 청춘과 사랑의 도취에 빠져 두 달을 보내 버린 뒤, 이제는 운명이 유혹하는 어떤 것도 받아들일 힘이 없었고 절망이 만들어 내는 온갖 몽상에 짓눌려 "서둘러 끝을 향해 가자."는 단 하나의 소원밖에 없었다.

그는 걸음을 재촉했다. 때마침 자베르에게서 받은 권총도 있어, 무기도 있는 셈이었다.

어렴풋이 보였던 그 청년의 모습은 어느덧 거리 속으로 사라지고 없었다.

큰 거리에서 플뤼메 거리로 나온 마리우스는 에스플라나드를 가로질러 앵발리드 다리를 건너, 다시 샹젤리제와 루이 14세 광장을 지나서 리볼리 거리로 들어섰다. 그곳 가게들은 아직 문을 열어서 아케이드 아래에는 가스등이 켜져 있었고, 가게에서 장을 보는 여자들과 카페 레테르에서 시원한 차를 마시는 사람들, 영국 빵집에서 작은 케이크를 먹는 사람들의 모습도 볼 수 있었다. 단지 눈에 띄게 역마차 여러 대가 호텔 프랑스와 호텔 뫼리스에서 출발하고 있었다.

그는 들로름 골목에서 생 토노레 거리로 접어들었다. 그 인근 가게는 벌써 문을 닫았지만 상인들은 미처 다 닫지 않은 문 앞에서 담소를 나누고 있고, 거리엔 사람들이 지나다니며 가로등이 켜져 있고 2층 이상의 어느 창문에도 평소와 같이 불빛이 비쳤다. 기병이 팔레 루아얄 광장에 모여 있었다.

마리우스는 생 토노레 거리를 걸었다. 빨레 루아얄에서 멀어지자 창문의 불빛도 희미해졌다. 가게들은 문을 단단히 걸고 문 앞에 나와 잡담하는 사람도 없었다. 거리가 어두워지자 군중이 점점 늘어났다. 이제 통행인들은 하나의 무리를 이루었다. 군중 속 어느 누구도 말하지 않았으나 느리고 깊게 술렁거리고 있었다.

아르브르 세크의 분수 가까이에는 곳곳에 '집단'이 만들어져 있었다. 그것은 움직이지 않는 음침한 무리와 같아서 마치 행인들 사이로 흘러가는 물속의 돌무지처럼 보였다.

플루베르 거리 입구에 다다르자 군중은 더 이상 진군하지 않았다. 끈질기고 묵직하고 단단하게 거의 꿰뚫고 들어갈 수 없게 무리 지은 사람들이 혼잡하고 낮은 목소리로 이야기하고 있었다. 그곳에서는 더 이상 검은 옷이나 둥근 모자를 발견할 수 없었다. 윗도리, 작업복, 챙 달린 모자, 덥수룩한 머리에 꼬질꼬질한 얼굴. 그런 군중이 희뿌연 밤안개 속에서 어렴풋이 술렁이고 있었다. 그들의 수군거림에는 진저리를 치는 듯한 황폐함이 묻어 있었다. 아무도 걷지 않는데 진흙탕을 밟는 소리가 들려왔다. 이 촘촘한 군중의 저쪽, 룰 거리와 플루베르 거리 그리고 생 토노레 거리 끝에도 불빛이 비치는 창문은 단 하나도 없었다. 그 거리에는 가로등의 쓸쓸한 빛이 저편 깊숙이까지 듬성듬성 이어져 있었다. 그때의 가로등은 줄에 크고 붉은 별을 매단 것 같았으며 커다란 거미 모양의 그림자를 돌바닥 위에 늘어놓고 있었다. 사람들이 그곳에 아예 없는 것은 아니었다. 서로 기대 세운 총과 휘둘러 대는 총칼이 보이고 야영하는 군대도 눈에 띄었다, 그러나 궁금증을 이기지 못해 그 한계선을 넘어가는 자는 없었다. 그곳에는 교통이 끊겨 있었다. 군중은 사라지고 군대가 생겨나고 있었다.

마리우스는 이미 어떤 목적도 없는 인간의 의지로 걷고 있었다. 누군가의 부름을 받았으니 가야만 했다. 애써 군중을 헤치고 나간 그는 군대의 야영지를 지나 순찰대와 보초의 눈을 피했다. 길을 돌아 베티지 거리에 다다르자 다시 시장으로 발을 옮겼다. 부르도네 거리 모퉁이로 나오자 가로등은 이미 꺼져 있었다.

군중의 집합소를 통과한 그는 군대가 주둔한 곳도 지날 수 있었다. 그리고 지금은 무서운 곳에 있었다. 지나가는 사람도, 병사도 없다. 불빛도 없다. 고독, 침묵, 어둠 그리고 으스스한 한기. 거리에 하나씩 들어설 때마다 지하실로 들어가는 기분이 들었다.

그는 계속 앞으로 나아갔다.

몇 걸음 내딛었다. 누군가 그의 옆을 지나쳐 갔다. 남자인지 여자인지 사람들이 많았는지 그는 몰랐다. 그것은 순식간에 뛰어갔고, 곧 자취를 감추고 말았던 것이다.

몇 번씩이나 길을 돌아간 끝에 그는 어떤 뒷골목에 도착했다. 포트리 거리라고 짐작했다. 그 뒷골목 중간쯤에 이르자 무언가에 부딪혔다. 그는 팔을 뻗어 살폈다. 짐마차가 하나 뒤집혀 있었다. 발밑 웅덩이와 진흙

444

구덩이에는 돌이 흩어져 있기도 하고 쌓여 있기도 했다. 그것은 세우다 만 채로 버려 둔 바리케이드였다. 그는 돌을 잔뜩 쌓아 놓은 곳을 뛰어넘어 막혀 있는 길 저편으로 갔다. 그리고는 풋돌에 가능한 바짝 붙어 집 집의 벽을 따라갔다. 바리케이드 가까이에 이르자 앞에 뭔가 허연 것이 언뜻 보이는 듯했다. 가까이 갈수록 그것은 명확해졌다. 백마 두 마리였다. 낮에 보쉬에가 승합마차에서 풀어 준 말인데, 온종일 이곳저곳을 마구 돌아다닌 끝에 마침내 이곳에서 멈추었고, 사람이 자연의 이치를 알 수 없듯 사람의 행동을 알 수 없는 이 동물은, 지칠 대로 지쳤지만 참고 기다리고 있었던 것이다.

마리우스는 두 마리 말을 버려 두고 걸어갔다. 콩트라 소시알 거리라고 짐작되는 거리에 이르렀을 때 어디선가 발사된 한 발의 총알이 별안간 어둠을 뚫고 그의 귀밑을 '생' 하며 스쳐가 바로 머리 위 이발소 앞에 달려 있는 구리쇠로 만든 면도 접시를 뚫고 지나갔다. 1846년까지는 콩트라 소시알 거리 시장에 늘어선 기둥 한편 구석에서 구멍 난 그 면도 접시를 구경할 수 있었다.

아직 근처에 사람이 있다는 것을 발사된 총알이 증명해 주었다. 하지만 그는 그 후, 단 한 사람도 만나지 못했다.

그는 꼭 어두운 계단을 내려가는 것처럼 길을 지나갔다.

마리우스는 여전히 전진했다.

올빼미가 내려다본 파리

당시에 파리의 하늘을 박쥐나 올빼미의 날개를 타고 날아 본 자가 있었다면, 땅 위의 비참한 광경을 내려다볼 수 있었을 것이다.

시내에서 또 하나의 도시를 이룬 낡은 시장 거리 일대는 생 드니 거리와 생 마르탱 거리가 지나가고 있고, 주된 저잣거리가 이리저리 뒤섞여 있어서, 폭도들이 그곳을 보루와 요충지로 쓰고 있었다. 상공에서 그 일대를 내려다보면 꼭 심연 속을 보는 것 같았다. 가로등은 부서졌고, 창문은 죄다 잠겨 있었기 때문에 빛도, 생명력도, 소음도, 움직임도 전혀 없었다. 은밀히 결성된 폭도들의 감시가 곳곳을 향해 있고 규율, 즉 밤의 어둠을 지키고 있었다. 적은 수의 동지를 너른 어둠 속에 섞어 넣는 것, 그 어둠이 남몰래 갖고 있는 가능성에 의지해 전투원 한 명을 여러 명처럼 보이게 하는 것, 그것은 반란에서 빼놓을 수 없는 용병술이다. 해가 떨어지자 촛불을 밝힌 창문엔 탄환이 날아들었다. 불은 꺼지고 간혹 주민들이 죽었다. 이리하여 모든 움직임이 사라지게 되었다. 집집마다 오로지 두려움과 걱정과 망연자실한 놀라움이 존재할 뿐이고, 거리에는 일종의 신성한 떨림이 있을 뿐이었다. 창문과 늘어선 집들도, 하늘에 그리는 굴뚝과 지붕의 들쑥날쑥한 기복도, 포석이 진흙탕과 비에 젖어 흐릿한 빛을 반사하는 것도 전혀 알아볼 수 없었다. 높은 곳에서 그 깊은 어두움을 내려다본다면, 아마도 여기저기 곳곳에 거리를 두고 토막토막 끊긴 이상한 선이나 묘한 건물의 윤곽을 생각나게 하는 뭔가 흐릿한 빛이, 폐허 속에 흔들리는 희미한 불빛과도 닮은 무언가가 보였을 것이다. 바로 거기에 바리케이드가 있었던 것이다. 그 밖에는 안개가 자욱한 갑갑하고 음산한 어둠의 호수였고, 그 위에는 생 자크의 탑이나 생 메리 성당이 있으며, 인간이 만든 거대한 구조물들, 밤이 되면 괴물로 보이는 두어 개의 건물이 미동도 없이 불길한 그림자처럼 세워져 있었다.

음산하고 불안한 미로를 둘러싼 주변 일대의 파리 교통은 아직 평소와 같이 막히지 않고 가로등도 간간이 켜져 있었지만 그곳을 위에서 보면 군도와 총칼의 금속에서 빛나는 번쩍임, 구르는 포자의 둔중한 소리, 때때로 불어나는 말없는 군대의 집결 따위가 똑똑히 보였을 것이다. 그것은 폭동의 주변을 서서히 조여 가면서 거리를 좁혀 가는 무시무시한 띠였다.

에워싸인 지구는 이제 처참한 동굴에 불과했다. 그곳은 모두가 잠들어 있든지, 꼼짝하지 않는 듯이 보였다. 그리고 방금 본 것처럼 어느 거리나 전부 어둠 속에 싸여 있었다.

그것은 함정으로 가득한 악독한 어둠이고, 섬뜩한 기습으로 가득 찬 감춰진 암흑이며, 들어가기가 무섭고 머물러 있기도 소름 돋는 그런 곳 이며, 거기에 들어가는 자들은 기다리는 자들 앞에서 후들거리고, 기다리는 자들은 들어오는 자들 앞에 전율했다. 보이지 않는 전투원이 거리 구석 곳곳에 진을 치고 죽음의 함정이 밤의 짙은 어둠 속에 감춰져 있었다. 모든 게 끝나 있었다. 앞으로는 총구에서 튀는 불이 아니면 빛을 찾을 수 없고 순식간에 갑작스레 나타날 죽음밖에는 아무것도 만날 것이 없었다. 어느 곳에서 죽음을 맞을 것인가? 어떻게? 언제? 누구도 모르는 일이다. 하지만 그것은 분명하고도 불가피한 일이었다. 싸움을 하게끔 정해진 그곳에, 정부와 반란군이, 국민군과 민중 결사가, 부르주아와 폭도가 서로 손으로 더듬으며 다가가고 있는 것이었다. 어느 편이든 이것이 숙명이라는 점에서는 닮아 있었다. 그곳을 죽어서 나갈지, 이겨서 나갈지, 그것만이 지금 남겨진 단 하나의 출로였다. 너무도 정세가 험악하고, 너무도 심하고 강력한 어둠 속이라 연약한 자일지라도 굳은 다짐을 하게 되고, 또 아무리 용감한 자일지라도 두려움을 느낄 정도였다.

그리고 양쪽 모두 똑같이 분노와 집념과 결의가 있었다. 한쪽에게는 앞으로 나감은 곧 죽으러 가는 것이었으나 누구도 물러나려 하지 않았다. 다른 쪽에게는 머물러 있음이 곧 죽는 것이었으나 누구도 도망치려고 하지 않았다.

내일은 자연히 끝이 나고, 둘 중 어느 쪽이든 이기게 되고, 반란이 혁명으로 남느냐 폭동으로 남느냐가 결정될 것이다. 정부도 폭도도 그것을 똑같이 느끼고 있었고, 한낱 미약한 시민까지도 그것을 알고 있었다. 그래서 이제 한창 모든 것이 결판나려는 그 구역의 깊이를 알 수 없는 어둠에는 고뇌와 같은 분위기가 감돌았다. 그렇기 때문에 큰 재난을 목전에 둔 침묵의 주변에는 불안감이 커지고 있었다. 거기에는 오직 한 가지 소리만이 들렸다. 그것은 헐떡이는 죽음처럼 애통하고 저주처럼 위협적인 소리, 생 메리 성당의 경종(警鐘)이었다. 미치고 좌절하면서 어둠 속에서 한탄하고 있는 그 종소리의 외침보다 듣는 이를 오싹하게 하는 것은 없었다.

자주 있는 일이지만, 지금 인간의 행동에는 자연도 협력하는 듯했다. 그 무엇도 양자의 불길한 조화를 망가뜨리지 않았다. 별들은 모습을 숨기고 묵직하고 음침한 구름은 켜켜이 쌓여 땅 위를 뒤덮고 있었다. 그 죽음의 거리 위에 어둠의 하늘이 있고, 그 막대한 무덤 위에는 마치 가없는 수의 자락을 펼친 듯했다.

아직 충분히 정치적인 부분을 벗어나지 못한 싸움이 이미 수두룩한 혁명 사건을 봐 온 이 지역에서 준비되어 갈 때, 청년층과 비밀 조직과 학교가 방침의 이름하에, 중류층은 이해라는 이름하에 서로 부딪치고 달려들어 싸우고, 싸우기 위해 양쪽에서 가까이 가고 있을 때, 그리고 각자 위기의 마지막 순간을 조르고 그것을 맞으려고 할 때, 이 숙명적인 구역 밖 저 멀리는, 화려하고 행복한 파리의 눈부심 아래 숨어 있는 참담하고 낡은 파리의 깊이를 알 수 없는 텅 빈 밑바닥에서는 민중의 음침한 목소리가 은연히 신음하고 있는 것이 들렸다.

그것은 짐승들의 울부짖음과 신의 말로 된 두렵고도 신성한 목소리, 약자를 전율하게 하고 현명한 자를 멀리하는 소리, 사자의 울음소리처럼 땅 위에서 오는 것과 아울러 천둥소리처럼 하늘에서 오는 소리였다.

막다른 곳

마리우스는 시장에 도착해 있었다.

그곳은 인근 거리에 비해서 한결 고요하고 어두컴컴하고 또 쓸쓸했다. 흡사 땅 위로 썰렁한 무덤의 고요가 솟아올라 하늘 아래에 퍼져 있는 것 같았다.

그러나 단 한 곳, 붉은 불빛이 샹브르리 거리의 생 외스타슈로 가는 길을 가로막은 집들의 높은 지붕을 검은 배경 위에 명확하게 비추고 있었다. 코랭트 술집의 바리케이드 안에서 타오르는 횃불의 빛이 반사된 것이었다. 마리우스는 그 붉은 빛을 향해 갔다. 마르셰 오 푸아레에 이르자 프레쇠르 거리의 어두운 입구가 희미하게 보였다. 그는 그 거리로 걸어 갔다. 저쪽 끝에는 폭도 편의 경계병이 서 있었으나 그를 발견하지 못했다. 그는 자신의 목적지가 바로 근처에 있음을 깨닫고 뒤꿈치를 들고 살금살금 걸었다. 그는 이렇게 해서 여러분도 알다시피 앙졸라가 하나뿐인 바깥과의 연락 통로로 남겨 놓은 몽데투르 골목의 그 좁고 짧은 길모퉁이에 도착한 것이었다. 그는 맨 끝에 있는 집의 모퉁이에서 왼쪽으로 머리를 내밀고 몽데투르 거리 속을 살펴보았다.

그 옆 골목과 샹브르리 거리 뒤로는 넓은 그림자가 뒤덮었는데 그 자신도 이 그림자에 휩싸여 있었다. 조금 앞에는 어렴풋이 포석 위에 불빛이 비치고 있고, 술집의 일부와 그 뒤쪽으로 무너진 성벽 속에는 흔들리는 등불과 무릎 위에 총을 놓은 채 몸을 구부리고 있는 사람의 그림자가 보였다. 그것들은 그에게서 불과 약 20미터 멀리 있었다. 그것은 바리케이드 안이었다.

옆 골목 오른쪽에는 집이 줄지어 있어, 술집의 다른 곳과 큰 바리케이드와 붉은 깃발은 보이지 않았다.

이제 마리우스는 한 걸음만 나가면 되었다. 불행한 젊은이는 그때 경곗돌 위에 앉아 팔짱을 낀 채 아버지를 떠올렸다.

그는 저 영웅처럼 진실로 자랑스러운 군사였던 퐁메르시 대령을 떠올렸다. 그 대령은 공화 정부 아래에서는 프랑스 국경을 지키고, 황제 밑에서는 아시아의 경계선까지 공격하고, 제노아, 알렉산드리아, 밀라노, 튜린, 마드리드, 윈, 드레스덴, 베를린, 모스크바 같은 도시들을 보고, 유럽의 모든 전승지에 마리우스 자신의 혈관에 흐르고 있는 것과 같은 피를 몇 방울 흘리고, 군의 지휘와 규율 탓에 나이보다도 빨리 머리가 세었고, 늘 가죽벨트를 매고, 가슴 위에 견장을 달고, 화약에 그을려 묘표를 검게 하고, 군모 자국을 이마에 새기고, 임시 막사, 야영지, 야전 병원에서 일생을 보내고, 20년 후에는 뺨에 상처 자국을 남긴 채 싱긋 미소 지으며 단순하고 평안하고 탄복할 만큼 어린애 같은 순수한 사람이 되어서, 오로지 프랑스를 위해 움직였으며, 프랑스에 반하는 것은 어떤 일도 하지 않고, 수많은 전쟁을 하고 돌아왔던 것이다.

마리우스는 생각했다. 이제 그의 날이 시작되었다고. 이제 드디어 그의 때와 맞닥뜨린 것이다. 아버지를 이어 그 역시 대범하고 용기 있게 총알 앞을 뛰어다니고, 총칼 앞에 가슴을 내밀고, 기꺼이 피를 흘리고 적을 찾고 죽음을 만나려고 하는 것이다. 이번에는 그가 맞설 때다, 전쟁터로 나갈 때다. 그리고 그의 전쟁터는 거리이며 그가 하는 싸움, 그것은 내란인 것이다!

마리우스는 내란이 눈앞에 깊은 연못처럼 펼쳐지는 것을 보고 그것에 자신이 빠지려는 것을 느꼈다.

그러자 마리우스는 몸을 부르르 떨었다.

할아버지에 의해 고물상에 팔려 버린 아버지의 장검, 굉장히 아까웠던 아버지의 긴 칼을 그는 떠올렸다. 그 순수하고 용감한 장검이 그의 손을 떠나 홀연히 어둠 속으로 없어져 버린 것은 도리어 잘된 일이었다. 그 장검이 그렇게 사라져 버린 것은 앞날을 내다보았기 때문이다. 폭동을, 시궁창 속의 싸움을, 돌바닥 위의 전투를, 지하실 환풍구에서의 총격을, 서로 뒤에서 난데없이 기습하는 것을 예견했기 때문이다. 마렝고나 프리들란트의 여러 전쟁을 치른 장검을 들고 샹브르리 거리 같은 곳에 가기를 바라지 않았기 때문이다. 아버지와 함께 치른 분전역투 뒤에 똑같은 일을 아들과 함께하고 싶지 않았기 때문이다!

만약에 그 장검이 이곳에 있었다면, 그리고 자신이 죽은 아버지의 머리맡에서 그 장검을 갖고 와서 지금 그것을 프랑스인끼리 네거리에서 벌이는 이 밤의 싸움을 위해서 들고 나왔다면, 아마도 그 장검은 자기의 손을 불태우고 또 천사의 장검과 같이 눈앞에서 불길에 휩싸일 것이다! 참으로 그 장검이 사라져 지금 이곳에 형체를 나타내지 않는 것은 정말 다행스러운 일이다. 그것으로 충분한 것이다. 그것이 맞는 것이다. 아버지의 명예를 지킨 참다운 수호자는 할아버지였다. 대령의 장검은 고물상에 팔려서 고철 더미 속에 던져지는 것이 오늘날 조국의 옆구리를 피로 적시는 것보다 월등히 나을 것이다.

그렇게 생각하고 그는 쓰디쓴 눈물을 떨어뜨렸다.

그것은 슬픈 일이었다. 그러나 어찌해야 한단 말인가? 코제트 없는 삶은 아무래도 불가능했다. 그녀가 가 버린 이상 그는 죽음을 맞아야 하는 것이다. 그녀에게 자신은 꼭 죽을 것이라고 다짐하지 않았던가? 그걸 알면서도 그녀는 가 버린 것이다. 결국 코제트는 그가 죽어도 상관없다고 생각한 것이다. 그녀는 오래전부터 그를 사랑하지 않았던 것이 확실하다. 왜냐하면 그녀는 이렇게 어떤 예고도 없이, 아무 말도 없이, 편지도 한 통 보내지 않고 떠나 버리지 않았는가? 더욱이 그의 주소를 알면서도 말이다! 이런 때 더 산들 뭣하겠는가? 무엇을 위해 더 살아야 한단 말인가? 그리고 또 이건 뭔가! 이곳까지 와서 물러서다니! 위험에 다가와서 도망친단 말인가! 바리케이드 내부를 훔쳐보고 돌아가 버린단 말인가?
"그런데 이제 이런 건 지겹다. 나는 목격했다. 그것으로 족하다. 이것이

내란이란 거다. 나는 돌아가야겠다." 하고 떨면서 도망친단 말인가! 나를 기다리고 있는 동료들을 외면한단 말인가! 분명히 내가 필요할 동료들을 말이다! 많은 군대 수에 비해 매우 적은 수에 불과한 동료들을! 한꺼번에 전부 배신하잔 말인가. 사랑도 우정도 맹세까지도! 애국심을 핑계로 비겁해질 것인가! 아니 안 된다. 아버지의 혼이 아들인 그가 내빼는 것을 본다면 그의 어깨를 장검의 등으로 내리치면서 말할 것이다.

"자아, 나가라, 비겁한 녀석!"

그는 어느 쪽으로도 결정하지 못하고 점점 고개를 숙였다. 그러다 그는 순간 고개를 번쩍 치켜세웠다. 마음속에서 빛나는 신념이 다시 깨어난 것이다. 머릿속은 죽음이 가까이 온 순간 특히 맑아지는 법이다. 죽음이 다가왔을 때 사람은 진실을 깨닫는다. 거기에 끼어들려는 자신을 느낀다. 그런 행위의 환영은 이미 한심한 것이 아니라 웅대한 형체로 그에게 나타났다. 시가전에 대한 생각은 영혼의 어떤 힘에 의하여 그의 이념의 눈앞에서 순간 달라졌다. 몽상에서 오는 갖가지 혼란스러운 궁금증이 한꺼번에 다시 일어났으나, 그는 이미 머뭇거리지 않았다. 그는 이런 궁금증에 정확히 답했다.

우선 아버지가 분노하는 까닭은 무엇이란 말인가? 반란이 의무의 존엄성에 이를 가능성이 전혀 없단 말인가? 마침내 시작되려고 하는 싸움에 퐁메르시 대령의 자식으로서 품위를 떨어지게 할 것이 뭐란 말인가? 몽미라유나 샹포베르(1814년에 나폴레옹이 러시아와 프로이센의 군대를 무찌른 전승지_옮긴이)의 시절은 이미 아니다. 시대는 많이 변했다. 성스러운 국토를 되찾는 것이 문제가 아니라 신성한 이념의 운명이 문제인 것이다. 조국은 탄식하겠지. 그러나 인류는 예찬할 것이다. 하지만 조국이 정말 탄식할 것인가? 비록 프랑스는 피를 흘리지만 자유는 방긋 미소 지을 것이다. 그리고 프랑스는 자유의 미소 앞에서 자신의 아픔을 잊을 것이다. 또한 사물을 더 높은 곳에서 바라볼 때, 내란에 관해 어떻게 이야기해야 할 것인가?

　내란? 그것은 무슨 의미인가? 외란이란 것이 존재할까? 인류 간의 싸움은 전부 형제끼리의 싸움이 아닌가? 싸움의 성질은 오직 그 목적에 의해 정해진다. 외란도 내란도 존재하지 않는다. 오로지 의롭지 않은 전쟁과 의로운 전쟁이 존재할 뿐이다. 전 인류의 대협정이 맺어지는 때까지는—퇴화하는 지난날에 관해 발전적인 내일의 노력인—아마도 싸움은 불가결할 것이다. 그러한 싸움의 어떤 것을 책망할 것인가? 싸움이 모욕이 되고 칼이 비수가 되는 것은 권리와 진보와 이성과 문명과 진리를 모두 죽이는 경우밖에 없다. 그런 경우, 내란이든 외란이든 싸움은 나쁜 것이라고 한다. 그러나 성스러운 정의라는 한마디를 버려 두고 어떤 권리로 전쟁의 한 형식이 또 다른 형식을 비난할 수 있겠는가? 무슨 권리로 워싱턴의 칼이 카미유 데물랭의 창을 외면한단 말인가? 외적에 대항한 레오니다스와 폭군에 대항한 티몰레온(친형인 폭군 티모파네스를 살해한 코린토스의 장군_옮긴이) 중 위대한 이는 어느 쪽이란 말인가? 전자는 수호자이고 후자는 해방자이다. 도시 안에서 발생하는 무장봉기의 목적조차 모른 채 누구나 욕할 것인가? 그렇다면 브루투스, 마르셀, 블란켄하임의 아르놀, 콜리니를 모두 욕하고 낙인을 찍어라. 게릴라전은 나쁜 건가? 시가전은 나쁘냐 말이다. 그것은 암비오릭스, 아르트벨드, 마르닉스, 펠라즈가 했던 싸움과 같다. 그러나 암비오릭스는 로마에 맞섰고, 아르트벨드는 프랑스에 맞섰으며, 마르닉스는 스페인과 싸웠고, 펠라즈는 이슬람교도와 싸워 전부 외적을 상대했던 것이다. 그러나 전제정치도 외적이다. 신수권도 외적이다. 외적이 침략하여 지리상의 국경을 넘어왔듯이 전제정치는 정신의 국경을 침입한다. 전제군주를 쫓아내는 것도, 영국 사람을 몰아내는 것도 다 국토를 회복하는 일이다. 항의하는 것만으로는 충족되지 못할 때도 오는 것이다. 사상 뒤에는 행동이 따라야 한다. 명랑한 힘은 관념을 빗댄 작품을 만든다. 쇠사슬에 매인 프로메테우스(하늘의 불을 훔친 죄로 바위에 묶여서 독수리에게 간을 파먹힌 신_옮긴이)가 시작한 것을 아리스지톤(하루 모디우스와 함께 아테네의 참주 히파르코스를 쓰러뜨림_옮긴이)이 끝냈다. 백과사전은 사람의 영혼을 밝게 하고 1792년 8월 10일은 사람들에게 전기를 준다. 에스퀼로스의 뒤에는 트리지불로스(5세기말에 아테네의 민주정치를 재현함_옮긴이)가 등장하고 디드로 뒤에는 당통이 등장한다. 대중이란 지배자를 쉽게 받아들인다. 그 무리는 감각이 없어진다. 군중들은 쉽게 단합하여 순종한다. 그러므로 그들에게 충동을 부추기고 뒤를 밀어 주고 해방의 이익을 줌으로써 그들을 꾸짖고 진실을 밝혀 그들의 눈을 아리게 해 주고 무서운 힘으로 빛을 밝혀 줘야 하는 것이다. 자신의 구원에 관해 그들도 작게나마 충격받을 필요가 있다. 그러한 광명으로 눈을 뜨게 되는 것이다. 거기에서 경종이나 싸움의 필요성이 생긴다. 위대한 투사들이 일어나서 용감한 행위로 국민을 깨우치고 신권과 카이사르의 영예와 세력과 광신과 무책임한 권력이나 절대적인 존엄 등이 어둠속에 빠져 있는 이 슬픈 인류를 깨워야 한다. 황혼 빛에 싸인 어두운 밤의 승리에 바보같이 정신을 잃고 있는 민중들을 흔들어 깨워야 한다. 전제군주를 쓰러뜨려라! 그러면 사람들은 이야기할 것이다. 누구에게 하는 소리인가? 루이 필리프를 전제군주라 하는가? 그렇지 않다. 그는 루이 16세와 마찬가지로 그를 전제군주라고 하지 않는다. 그 둘은 역사가 보통 착한 왕이라고 여기는 사람이다. 하지만 주의는 나눌 수 없는 것이고, 진실의 논리는 직선적이고, 진리의 특성은 아부하는 말을 하지 않는 점에 있다. 따라서 양보란 존재할 수 없다. 인간에 대한 갖가지 침해를 막아야 한다. 루이 16세도 신권을 갖고 있고, 루이 필리프도 부르봉 왕가 태생으로서 특권을 갖고 있다. 그 둘 모두 어느 정도는 권리를 억지로 빼앗은 것이다. 늘 새로운 시대를 시작하는 나라인 프랑스는 그래야 한다. 프랑스에서 지배자가 쓰러지면 다른 모든 나라에서도 지배자가 쓰러진다. 요컨대 사회적 진리를 다시 세우고, 자유에게 왕위를 돌려주고, 민중을 원래의 민중에게 돌려주고, 주권을 사람에게 돌려주고, 프랑스의 머리 위로 붉은 옷을 돌려주고, 이성과 공정을 온전한 형태로 되찾고 각자를 그 본래의 자리로 되돌림으로써, 모든 적의 싹을 끊고 왕권이 막대한 세계적 화합을 훼방 놓고 있는 장애를 없애고, 정당한 권리의 높이로 인류를 되돌리는 것, 그 이상 참된 대의는 없다. 그 이상의 위대한 싸움도 없다. 그와 같은 싸움이 평화를 이루는 것이다. 편견, 특권, 미신, 허위, 착취, 권리의 남용, 폭력, 부정, 어둠 따위로 만들어지는 큰 요충지는 여전히 미움의 탑을 세우고 세계 위에 솟아 있다. 그것을 없애지 않으면 안 된다. 거대한 괴물을 무너뜨려야 한다. 아우스터리츠에서 이긴 것은 훌륭했고 바스티유 감옥을 차지한 것은 의미 있는 일이었다.

누구라도 본인에게 비추어 보면 명확한 것처럼 영혼은 ─이것이야말로 보편성과 통일성을 함께 갖고 있는 신기한 것이지만─ 아무리 심한 어려움이 닥쳐도 대체로 냉정하게 판단하는 신기한 힘을 갖추고 있다. 그리고 때때로 참담한 기분과 심하고 깊은 절망이 말할 수 없이 울적한 독백의 번뇌 속에서조차 주제를 찾아내어 문제를 논의할 여유가 있을 때가 있다. 논리는 떨림과 섞이고, 논법의 끈은 애통한 생각의 폭풍 속에 끊어지지 않고 떠돈다. 바로 마리우스의 정신 상태가 그랬다.

그는 이러한 생각에 빠져 기운을 잃어 가면서도 다짐을 하고, 게다가 주저하면서 자기가 하려는 일 앞에 두려워하면서도 그의 눈은 바리케이드 안을 떠돌고 있었다. 그곳에서는 폭도들이 움직이지 않고 나지막이 말을 주고받고 있고, 기다리던 마지막 단계에 이른 것을 일러 주는 묘한 정막에 빠져 있었다. 그들의 머리 위 4층의 한 채광창을 올려다본 그의 눈에 방관자인지 증인인지 이상하게 관심을 기울이고 있는 듯한 사람의 그림자가 비쳤다. 르 카뷕의 총에 맞은 문지기였다. 횃불이 비친 포석 위로 그 머리가 흐릿하게 보였다. 흐릿하고 어두운 불빛에 비친 놀란 듯 곤두선 머리카락, 응시하듯 부릅뜬 눈과 벌어진 입, 호기심에 끌린 듯 그 모두가 거리 위로 몸을 기울이고 있었다. 이 얼굴보다 더 괴상한 것은 없었다. 이미 죽은 사람이 앞으로 죽으려고 하는 자들을 지켜보고 있는 듯했다. 기다란 핏줄기가 그의 머리에서 흘러 붉은 실처럼 채광창에서 2층까지 이어져 있었다.

14. 고상한 절망

깃발 : 제1막

아무 일도 아직 발생하지 않았다. 이미 생 메리 성당의 종은 시각를 알린 후였다. 앙졸라와 콩브페르는 총을 갖고 큰 바리케이드의 틈새로 가서 앉아 있었다. 그들 중 아무도 입을 열지 않았다. 단지 멀리서 어렴풋이 들리는 행진 소리를 놓치지 않으려는 듯 집중하고 있었다.

그러자 순간, 그 음산한 고요 속에서 밝고 젊고 쾌활한 노랫소리가 들렸다. 그것은 생 드니 거리에서 시작된 듯한 '달 밝은 밤에'라는 오래된 민요의 가락을 빌려 수탉 울음소리와 유사한 부르짖음으로 마치는 노래였다.

우리는 울고 싶다.

이봐, 뷔조(당시 프랑스 원수_옮긴이)

군사를 보내 주오.

한마디 하고 싶어.

푸른색 겉옷에,

군모 쓴 그 암탉.

여기는 외곽이로세!

꼬끼오 꼬꼬!

그 둘은 손을 맞잡았다.

"가브로슈야."

앙졸라가 소근거렸다.

"우리에게 사인을 주고 있는 거야."

콩브페르가 대답했다.

급히 달려오는 발소리가 음침한 거리의 고요를 깨뜨리면서 누군가 곡예사보다도 가볍게 몸을 날려 승합마차 위로 뛰어오르더니, 가브로슈가 가쁘게 숨을 몰아쉬며 바리케이드 안으로 달려왔다.

"내 총을 줘! 적들이 쳐들어오고 있어."

전기가 통하듯 동시에 전율이 온 바리케이드 안을 에워싸고 총을 찾는 사람들의 소리가 들렸다.

"내 기총을 가질래?"

앙졸라가 가브로슈에게 말했다.

"큰 총이 있어야 해."

가브로슈가 말했다.

그런 뒤 그는 자베르의 총을 집어 들었다.

후퇴한 두 명의 경계병도 가브로슈와 거의 동시에 돌아왔다. 거리 맨 끝에 있던 경계병과 프티트 트뤼앙드리에 있던 경계병이었다. 프레쇠르 옆 골목의 경계병은 제자리에 남아 있었다. 근처의 다리와 시장 쪽은 움직임이 전혀 없다는 의미였다. 샹브르리 거리 쪽은 깃발을 밝히고 있는 불빛으로 인해 포석 몇 개가 어렴풋이 보일 뿐이었으나, 그들의 눈에는 안개 속에 희미하게 열려 있는 큰 문처럼 보였다.

모두 각자의 위치에서 전투태세를 취했다.

앙졸라, 콩브페르, 쿠르페락, 보쉬에, 졸리, 바오렐 그리고 가브로슈를 포함한 43명의 폭도들은, 큰 바리케이드 안에서 다리를 굽히고 장벽 맨 위와 나란히 머리를 내밀고, 포석 사이를 구멍으로 하여 총부리를 갖다 대고 긴장하여 입을 앙다물고 언제라도 발사할 태세를 취하고 있었다. 6명은 푀이의 지휘를 받아 코랭트의 2층 창문에 자리를 잡고 총부리를 겨누고 있었다.

또 몇 분인가 흘렀다. 이윽고 질서 있고 무거운 여러 명의 발소리가 생 뢰 교회 쪽에서 선명하게 들렸다. 그 발소리는 처음에는 어렴풋이, 다음에는 분명하게, 다음에는 무겁고 우렁차게 울리면서 고요하고 무시무시하게 천천히 계속 가까이 왔다. 그 밖에는 어떤 소리도 들을 수 없었다. 흡사 기사 돌상의 발소리 같은 정적과 울림이었으나, 그 돌상의 발소리에는 하나의 유령과 동시에 많은 군중을 떠올리게 하는 어떤 알 수 없는 무수히 큰 울림이 있었다. 마치 거대한 1개 연대의 돌상이 움직이는 소리를 듣는 것 같았다.

그 발소리는 가까웠다. 더욱더 근접해 왔다. 그리고 동작을 멈췄다. 매우 많은 사람의 숨소리가 거리의 가장 끝에서 들리는 것 같았다. 하지만 아무것도 보이지 않았다. 이 짙은 어둠 건너편에서 잘 보이지도 않는, 바늘처럼 가는 금속 빛만이 수많이 희끗거리고 있었다. 마치 사람들이 자려고 바로 눈을 감았을 때 비치는 인광(燐鑛)과도 같은 희끄무레한 빛 조각처럼, 금속 빛들이 여기저기 흩어졌다. 그것은 횃불의 먼 반사광에 비친 총칼과 총열이었다.

또다시 한참을 멈추었다. 양쪽 모두 상대가 먼저 나오기를 기다리는 듯, 느닷없이 그 어둠 저 밑바닥에서 하나의 목소리가, 보이지 않는 만큼 더욱 기분 나쁜, 마치 어둠 그 자체가 말을 했는가 싶을 정도의 목소리가 소리쳤다.

"누구냐?"

동시에 총을 겨누는 소리가 났다.

앙졸라는 힘차게 외쳤다.

"프랑스대혁명이다!"

"쏴라!"

그 목소리가 소리쳤다.

한순간에 불빛이 일고 거리의 집들 앞을 붉게 물들였다. 마치 용광로의 문을 여닫은 것처럼.

바리케이드 위에서 매우 큰 폭발음이 울렸다. 붉은 깃발은 쓰러졌다. 그 일제사격은 실로 격렬하고 정밀해서 붉은 기발의 깃대를, 다시 말해 승합마차의 앞부분 끝을 꺾어 버린 것이다. 건물 박공에 맞았다가 튄 탄환이 바리케이드 안으로 날아와 여러 명에게 상처를 입혔다.

일제사격이 처음 시작되자 사람들은 간담이 서늘해졌다. 아무리 용감한 자일지라도 상대의 맹렬한 공격에 겁먹을 정도였다. 적은 적어도 1개 연대 정도 되는 것이 분명했다.

"여러분, 화약을 낭비하지 마시오. 거리에 적들이 들어오길 기다렸다가 공격해야 합니다."

쿠르페락이 외쳤다.

"일단 깃발을 다시 꽂자."

앙졸라가 입을 열었다. 그는 마침 발아래에 떨어져 있던 깃발을 주워 들었다.

밖에서는 총안에 꽂을대를 넣는 소리가 들렸다. 적군이 다시 탄환을 넣고 있는 것이다. 앙졸라는 이어서 말했다.

"누구 용감한 자 없는가? 바리케이드 위에 깃발을 다시 꽂을 사람 없는가?"

대답하는 사람이 아무도 없었다. 분명히 다시 바리케이드를 겨냥하고 있을 것이 뻔한 지금 위로 올라가는 것은 죽는 것과 같았다. 아무리 용기 있는 자라도 스스로 죽음을 선택하기는 주저하는 법이다. 앙졸라 본인도 두려웠다. 그는 재차 외쳤다.

"아무도 없는가?"

깃발 : 제2막

그들이 코랭트 술집에 와서 바리케이드를 세우기 시작했을 때 마뵈프 노인에게 관심을 갖는 사람은 아무도 없었다. 그러나 마뵈프 노인은 그들 곁에 있었다. 그는 술집 1층의 카운터 뒤에 앉아 있었다. 거기에서, 이를테면 그는 자신 안에 털썩 주저앉아 있었던 것이다. 그는 이미 무엇도 안 보고, 무엇도 생각하지 않는 듯했다. 두어 번 쿠르페락이나 그 외의 사람들이 다가와서 위험을 알리고 돌아가라고 말했으나 그 말도 안 들리는 것 같았다. 다른 사람이 말을 붙이지 않으면 그의 입은 누군가에게 마치 대답이라도 하는 것처럼 우물거렸으나, 남이 말을 붙이려 하면 그 입술은 굳어 버리고 눈은 빛을 잃어버리는 것이었다. 바리케이드가 공격당하기 몇 시간 전부터 그는 계속 같은 자세를 유지하고, 무릎 위에 양 주먹을 얹고, 심연 속을 들여다보는 듯 머리를 앞으로 기울이고 있었다. 무엇도 그 자세를 흐뜨릴 수는 없었다. 그의 마음이 바리케이드 속에 있다고만 할 수 없었다. 모두가 각자 전투 위치로 가자 이미 아래층 홀에는, 기둥에 묶여 있는 자베르와 칼을 들고 자베르를 감시하는 한 폭도와 마뵈프 노인만 있었다. 공격받은 순간 폭발 소리에 흠칫 놀란 마뵈프 노인은 몸을 부르르 떨고 나서 겨우 정신을 차린 듯 불쑥 일어나서 홀을 나갔다. 그리고 앙졸라가 "아무도 없나?" 하고 재차 물었던 바로 그때, 이 노인이 술집 입구에 나타났다.

마뵈프 노인의 등장은 그들을 동요시켰다. 어떤 이가 소리쳤다.

"저분은 투표자(루이 16세의 처형에 찬성표를 던진 사람_옮긴이)다! 국민 의회 의원이다! 민중의 대표자다!"

아마도 마뵈프 노인은 이 소리도 듣지 않았을 것이다.

마뵈프 노인은 바로 앙졸라에게로 걸어갔다. 사람들은 어떤 종교적인 공경심을 느끼고 그에게 길을 비켜 주었다. 어리둥절하여 뒷걸음치는 앙졸라의 손에서 마뵈프 노인은 깃발을 뺏어 들었다. 그리고 누가 손을 쓸 틈도 없이 여든 살을 넘긴 이 노인은 머리를 흔들면서도 확고한 걸음새로 바리케이드 안에다 포석으로 만든 계단을 천천히 오르기 시작했다. 너무나도 애통하고 위대한 모습이어서 사람들은 모두 소리쳤다.

"모자를 벗어라!"

그가 오르는 한 계단 한 계단은 참으로 무시무시하게 느껴졌다. 흰머리의 쇠약한 얼굴, 벗겨지고 깊게 주름이 팬 넓은 이마, 쑥 들어간 눈, 놀란 듯 벌어진 입, 붉은 깃발을 들고 있는 늙은 팔, 그것들이 검은 그림자 속에 나타나서 피처럼 붉은 횃불의 불빛 속에 커다랗게 떠올랐다. 마치 공포시대의 깃발을 들고 지하에서 나온 1793년의 망령을 보는 것 같았다.

마뵈프 노인이 마지막 계단을 올랐을 때, 비틀거리는 무서운 이 유령이 보이지 않는 1200개의 탄환을 앞에 두고 각종 잡동사니의 더미 위로 올라가서 죽음보다 더 굳센 듯이 죽음 앞에 늠름히 섰을 때, 어둠 속에서 바리케이드 전체는 어마어마한 초자연적인 모습을 나타냈다.

기적의 주변에서만 일어나는 그러한 침묵이 흘렀다.

그 침묵의 한가운데에서 마뵈프는 붉은 깃발을 흔들며 소리쳤다.

"프랑스대혁명 만세! 공화국 만세! 사랑! 평등! 그리고 죽음!"

바리케이드 안의 폭도들은 급히 기도를 올리는 사제의 중얼거림처럼 낮고 빠른 속삭임을 들었다. 아마도 거리 저쪽 끝에서 흩어지라고 말하는 경찰서장의 목소리일 것이다. 이어서 "누구냐?"라고 외치던 저 깨진 종소리와 닮은 목소리가 다시 말했다.

"해산하라!"

마뵈프 노인이 창백하고 격분한, 혼란스럽고 비통한 결의로 눈을 반짝이며 머리 위로 깃발을 쳐들고 재차 소리쳤다.

"공화국 만세!"

"쏴라!" 하는 소리가 울려 퍼졌다.

또다시 일제사격이 바리케이드 위로 산탄같이 쏟아졌다.

노인은 무릎을 꿇고 털썩 주저앉더니 이내 몸을 일으켰으나 뒤로 나자빠지면서 깃발을 떨어뜨리고 한 장의 널조각처럼 포석 위에 팔짱을 낀 채 몸을 길게 뻗었다.

몸 아래에서 얕은 냇물 같은 피가 흘러나왔다. 주름진 창백한 얼굴은 슬픈 듯 하늘을 보고 있었다.

사람들에게 자기 몸의 방어조차 잊게 하는, 저 본능을 넘어선 감동이 그들 사이에 퍼졌다. 경외지심에 찬 사람들은 시체 곁으로 갔다.

"시역자(루이 16세를 사형시킨 국민의회 의원들_옮긴이)들은 정말 대단하군!"

앙졸라가 입을 열었다.

쿠르페락은 앙졸라에게 귓속말을 했다.

"이건 자네에게만 알려 주겠네. 감동을 빼앗긴 싫으니까 말일세. 이 영감은 왕의 시역자도 뭣도 아니야. 난 이 영감을 알아. 마뵈프 영감이라고 하지. 오늘은 왜 이런 일을 했는지 나는 알 수 없어. 착한 영감이야. 머리를 봐."

"머리는 백발이지만 마음은 브루투스야."

앙졸라가 대답했다.

그런 뒤 앙졸라는 큰 소리로 말했다.

"동지들! 이것은 노인이 청년에게 본을 보인 거요. 우리들이 주저하고 있을 때 그가 나타났소! 우리들이 물러설 때 그는 전진했소! 이것이야말로 늙음을 두려워하는 자들이 공포 앞에 떠는 자들에게 주는 교훈이오! 지금 이 노인은 조국 앞에 귀한 분이 되었소. 그는 장엄하게 죽는 것으로 영원한 삶을 얻은 것이오! 자, 이 시신을 모십시다. 우리는 각자 살아 계신 자신의 아버지를 모시듯 죽은 이 노인을 모십시다. 이분이 우리들 속에 남아 있음으로 해서 부디 적으로부터 바리케이드를 지켜 냅시다!"

말이 끝나자 애통하고 굳은 동의의 속삭임이 들렸다.

몸을 굽힌 앙졸라는 노인을 감싸 안고 이마에 입을 맞추었다. 그런 뒤 두 팔을 벌리고 마치 아프지 않게 마음을 쓰는 양 조심스럽게 시체를 다루면서, 상의를 벗기고 여러 군데에 난 피투성이의 구멍을 모두에게 가리키며 소리쳤다,

"자, 지금부터 이것이 우리의 깃발이다."

가브로슈에겐 앙졸라의 기총이 더 나았을 것을

사람들은 위슐루 부인의 검고 긴 숄을 마뵈프 노인의 시신 위에 덮었다. 청년 여섯이 총을 묶어 들것을 만든 뒤 그 위에 시신을 놓고, 모두 모자를 벗고 장엄하고 느리게 술집 아래층 홀의 큰 식탁 위로 옮겼다.

그들은 자기들이 지금 행하고 있는 신성하고 엄숙한 일에 완전히 빠져서 그들이 처한 위험천만한 상황을 잊고 있었다.

시체가 여전히 태연한 자베르의 옆을 지날 때 앙졸라가 말했다.

"너도 머지않아 이렇게 될 거다!"

그동안 소년 가브로슈는 맡은 자리에 남아 쭉 망을 보고 있었는데, 순

간 그림자 몇이 살금살금 바리케이드로 오는 것을 본 것 같았다. 느닷없이 그가 소리쳤다.

"조심해요!"

쿠르페락, 앙졸라, 장 플루베르, 콩브페르, 졸리, 바오렐, 보쉬에가 일제히 술집을 뛰쳐나갔다. 정말 위기의 순간이었다. 촘촘히 들이댄 총칼이 바리케이드 위에서 번쩍번쩍 빛나고 있었다. 키가 큰 시의 경비병들이 일부는 승합마차를 타고 넘고, 일부는 바리케이드의 틈새로 돌입해서, 물러섰지만 도망치려고 하지 않는 가브로슈에게 가까이 오고 있었다.

실로 위태로운 순간이었다. 홍수의 초반, 제방 높이까지 강물이 불어 막 제방의 틈새로 새기 시작하는 섬뜩한 한순간이었다. 1초만 늦었어도 바리케이드는 함락되었을 것이다.

바오렐은 가장 처음으로 침입한 경찰 대원에게 달려들어 기총으로 단 한 발에 사살했다. 그러나 뒤따른 경찰 대원의 총칼에 의해 바오렐이 죽었다. 다른 병사에게 걸려 넘어진 쿠르페락은 "여기로 와 줘!" 하고 소리치고 있었다. 마치 거인 같이 큰 병사가 총칼을 들이밀고 가브로슈를 향해 가고 있었다.

가브로슈는 작은 양팔로 자베르의 큰 총을 안고 거인을 향해 용감하게 방아쇠를 당겼다. 그러나 탄알이 발사되지 않았다. 자베르는 탄알을 장전하지 않았던 것이다. 웃음을 터뜨린 경찰 대원이 가브로슈 위로 총칼을 번쩍 들었다.

그러나 그 총칼이 가브로슈를 베기 전에 병사의 손에서 총이 툭 떨어졌다. 탄환 하나가 경찰 대원의 이마 정중앙을 관통했던 것이다. 경찰 대원은 벌러덩 나자빠졌다. 다시 두 번째 탄환이 쿠르페락에게 달려들었던 병사의 가슴 가운데를 뚫고 그를 포석 위에 고꾸라뜨렸다. 그것은 마침 바리케이드로 들어온 마리우스가 쏜 것이었다.

화약통

마리우스는 계속 몽데투르 거리 구석에 숨어서 결정을 하지 못한 채 떨면서 싸움이 벌어지는 형세를 살피고 있었다. 그러나 심연의 부름이라 하는 저 신기하고 숭고한 유혹을 끝내 뿌리칠 수가 없었다. 위기일발의 순간, 마뵈프 노인의 죽음이라는 저 참혹한 수수께끼를 보고 바오렐의 죽음과 "여기로 와 줘!" 하고 소리치는 쿠르페락과 목숨이 위태로운 저 소년과, 구해야 할, 또는 복수해 줘야 할 동료들을 보자 주저함은 전부 없어졌고 마리우스는 권총 두 자루를 손에 들고 전투 속으로 뛰어들었다. 한 발로 가브로슈를 살리고, 두 번째 총알로 쿠르페락을 살렸다.

총소리와 부상병들의 비명소리를 듣고 공격군은 수비진으로 올라왔다. 이제 그 맨 위에는 경찰 대원과 제1선의 현역병과 외곽의 국민병들이 총을 들고 가슴을 내밀고 무리를 지어 있는 것이 보였다. 그들은 이미 보루의 3분의 2 이상을 차지했지만 어떤 함정이 있을지 두려운 듯 주저하며 보루 안으로 들어오지는 않았다. 마치 호랑이굴 속을 보는 듯 어두컴컴한 바리케이드 안을 볼 뿐이었다. 횃불의 불빛은 총칼과 털모자와 초조해하는 불안한 얼굴 윗부분만을 비추고 있었다.

이제 마리우스는 무기가 없었다. 총알을 다 쓴 권총을 버렸다. 그러나 그의 눈에 아래층 홀 문 옆에 있는 화약통이 보였다.

마리우스가 그곳을 곁눈질하며 돌아섰을 때 한 군인이 그를 겨냥했다. 그 겨냥이 마리우스를 향한 순간, 어떤 손이 총을 누르고 구멍을 막았다. 옆에 있던 벨벳 바지 차림의 한 젊은 노동자가 막았던 것이다. 쏘아진 탄알은 막고 있는 손을 관통하고, 또 노동자의 몸도 관통한 모양이었다. 노동자는 힘없이 쓰러졌으나 마리우스는 괜찮았다. 이런 것은 포연 속에서 일어난 일이어서 언뜻언뜻 보였을 뿐 명확히 보이지는 않았다. 아래층 홀로 가려던 마리우스도 그것을 거의 알아채지 못했다. 다만 자기를 겨냥한 총부리와 그것을 막은 손이 희미하게 보였고, 또 총소리만 들렸다. 하지만 이런 경우 눈에 보이는 것은 어뜩어뜩하다가 순식간에 없어지고 말아, 어떤 것도 자세히 볼 수 없는 것이다. 다만 자신은 더욱 깊은 어둠으로 빠져드는 걸 막연히 느낄 뿐, 모든 것이 구름처럼 옅게 보이는 것이다.

폭도들은 습격을 당하면서도 무서워하지 않고 진용을 정비했다. 앙졸라는 "기다려! 마구 쏘지 마!" 하고 소리쳤다. 실제로 혼란이 일어난 처음에는 아군끼리 상처를 입힐 우려가 있었다. 폭도의 대부분은 2층이나 다락방의 창문에 올라가서 공격군을 내려다보고 있었다. 그중에서도 특히 용기 있는 자들은 앙졸라, 쿠르페락, 장 플루베르, 콩브페르와 함께 용감하게 안쪽 집들을 방패로 삼아 몸을 내놓고 바리케이드 위에 몰려 있는 병사들과 경찰 대원들을 마주보고 있었다.

이러한 일은 허둥대지 않고, 전투에 앞서 기묘한 엄숙 속에서 일어났다. 양쪽 모두는 총부리를 겨누고 맞선 채 서로 목소리가 들릴 만큼 가까이에 있었다. 그리하여 이제 곧 불꽃이 일려는 순간, 보병 근무장과 큰 견장을 단 한 장교가 칼을 내빼며 외쳤다.

"항복해라!"

"쏴라!"

앙졸라가 외쳤다.

일시에 양쪽에서 총소리가 나고 모든 것은 연기 속에 사라졌다. 매캐하고 숨 막히는 포연 속에서 죽어 가는 자들과 부상당한 자들이 연약한 신음을 내고 있었다.

연기가 없어지고 보니 양쪽의 전투원 수는 줄었으나 여전히 자리를 지키며 묵묵히 다시 탄환을 장전하고 있었다. 순간 천둥이 치듯이 목소리가 울려 퍼졌다.

"꺼져라, 바리케이드를 터뜨릴 테다!"

소리 나는 쪽을 향해 모두가 돌아보았다.

아래층 홀로 들어간 마리우스는 화약통을 들고는 보루에 가득 찬 연기와 어두운 안개를 이용하여, 횃불을 켜 놓고 포석을 둘러친 곳까지 바리케이드를 따라서 아무도 몰래 다가왔다. 그리고 횃불을 들고 그곳에 화약통을 놓고 몇 개의 포석으로 밑동을 치자 화약통은 단번에 밑바닥이 뽑혀 나갔다. 이 모든 것을 그는 약간 몸을 굽혔다 세우는 사이에 해치웠다.

그리고 지금 모든 사람, 국민병도, 경찰 대원도, 장교도, 병사도, 바리케이드 저쪽 끝에 둥글게 모여서, 포석 더미에 한 발을 올린 마리우스가 횃불을 치켜든 모습을, 마지막 결의에 찬 그 얼굴을 지켜보고 있었다. 마리우스는 부서진 화약통이 있는 그 무시무시한 포석 더미를 향해 횃불을 들이대고 무섭게 소리쳤다.

"물러나지 않으면 바리케이드를 터뜨릴 테다!"

여든이 넘은 노인에 이어서 바리케이드 위에 등장한 마리우스, 그는 늙은 혁명의 망령 뒤에 등장한 젊은 혁명의 환상이었다.

"폭파하다가는 너도 죽을걸!"

한 상사가 외쳤다.

마리우스가 답했다.

"당연히 나 역시."

그는 횃불을 화약통으로 가져갔다.

그러나 그때 이미 바리케이드 위에는 개미 한 마리도 없었다. 적군은 사상자와 부상자를 버려 두고 동시에 개미 흩어지듯 거리 저쪽 끝으로 도망가서 다시 어둠 속으로 없어져 버렸다. 그야말로 앞다퉈 도망쳤다.

바리케이드는 자유를 되찾았다.

장 플루베르의 마지막 시구

사람들이 마리우스 주변을 둘러쌌다. 쿠르페락은 그의 목을 끌어안았다.

"바로 자네였군!"

"천만다행이었네!"

콩브페르가 외쳤다.

"정말로 잘 왔어!"

보쉬에가 덧붙였다.

"자네가 아니었다면 난 살아 있지 못했을 거야!"

쿠르페락이 이어서 말했다.

"아저씨가 오지 않았다면 전 뻗었을 거예요."

가브로슈도 말을 보탰다.

마리우스가 입을 열었다.

"지도자는 어디 있는가?"

"지도자는 자네일세."

앙졸라가 대답했다.

마리우스는 종일토록 화로 속처럼 머릿속이 뜨거웠으나 지금은 회오리바람인 양 혼란스러웠다. 더욱이 자신 안에 있다고만 여겼던 회오리바람이 이젠 밖에서 자신을 휩쓸어 가는 듯이 생각되었다. 이미 삶에서 아주 멀어진 것처럼 느껴졌다. 기쁨과 사랑으로 반짝이던 두 달이 갑자기 이 무시무시한 벼랑에 이르렀다는 것, 코제트가 사라져 버린 것. 이 바리케이드 공화국을 위해 목숨을 바친 마뵈프 노인, 더욱이 본인이 폭도의 우두머리가 된 것, 그 모든 것이 마치 기괴한 나쁜 꿈처럼 느껴졌다. 지금 자기를 둘러싸고 있는 모든 것이 현실이라고 느끼기에는 정신적 노력이 절실했다. 가장 간절한 일은 불가능하고, 또 예상할 수 없는 일이야말로 늘 예상하지 않으면 안 된다는 것을 알 정도로 그가 삶을 잘 아는 것은 아니었다.

그는 마치 이해되지 않는 연극을 보듯 자기 자신의 연극을 보고 있었다.

그와 같은 흐리멍덩한 안개에 싸여 있었으므로 그는 자베르를 알아채지 못했다. 자베르는 기둥에 묶인 채 바리케이드가 습격당하는 동안 고개 한 번 흔들지 않고, 소용돌이치는 주변의 반란을 순교자처럼 인내하며, 심판자처럼 위엄 있게 지켜보고 있었다. 마리우스는 그를 쳐다보지도 않았다.

그동안 적군은 어떤 행동도 취하지 않았다. 간혹 거리 끝에서 행진하기도 하고 다시 결집하기도 하는 소리가 들렸지만 명령이 떨어지길 기다리는지, 아니면 다시 그 점령하기 힘든 보루에 돌진하기 전에 지원군을 기다리는지 쳐들어오지 않고 있었다. 폭도들은 경계병을 세우고 몇 명의 의학생들은 부상자들을 보살피고 있었다.

붕대와 탄약통이 놓인 두 개의 탁자와 마뵈프 영감의 시체를 모신 탁자를 빼고는 모든 탁자를 술집 밖으로 내왔다. 그것으로 바리케이드를 보완하고, 텅 빈 아래층 홀에는 위슐루 부인과 하녀들의 침대보를 깔아놓았다. 부상자들을 그 이불 위에 눕혔다. 술집에서 사는 불쌍한 세 여자는 도대체 어떻게 됐는지 아무도 몰랐다. 나중에야 지하 창고로 숨어 든 그녀들을 찾아냈다.

이윽고 어떤 애통함이 해방의 기쁨을 사라지게 했다.

점호를 하자 한 명이 없었다. 누가? 가장 소중한 사람, 가장 용기 있는 사람 장 플루베르가 빠진 것이다. 부상자 속을 뒤져 보았으나 찾지 못했다. 죽은 자들 속을 찾아보았으나 역시나 못 찾았다. 분명 포로로 잡혔을 것이다.

콩브페르가 앙졸라에게 말했다.

"놈들이 우리 동료를 잡아간 걸세. 하지만 우리도 놈들의 앞잡이를 잡아 뒀지. 넌 어떤 일이 일어나도 반드시 이 끄나풀을 없앨 생각인가?"

"물론."

앙졸라가 말했다.

"하지만 장 플루베르의 목숨이 더 중요해."

이 논의를 아래층 홀, 자베르가 매어 있는 기둥 곁에서 하고 있었다.

"좋아."

콩브페르가 이야기했다.

"내가 사자가 되어 지팡이 끝에 손수건을 매달고 포로 교환을 담판 지으러 적진으로 가지."

"저 소리 좀 들어 보게."

앙졸라가 콩브페르의 팔을 잡으며 말했다.

거리 끝에서 딸깍하는 총의 소리가 예사롭지 않게 들렸다.

그러자 힘찬 외침이 들렸다.

"프랑스 만세! 미래 만세!"

분명히 플루베르의 외침이었다.

순간 불빛이 튀고 총소리가 났다.

주위는 다시 조용해졌다.

"플루베르를 총살했구나."

"놈들이 그를 죽였다."

콩브페르가 외쳤다.

앙졸라는 자베르를 바라보고 말했다.

"네 친구들이 지금 너를 죽인 거야."

삶의 괴로움에 이은 죽음의 괴로움

이러한 전쟁의 한 가지 특성은 바리케이드는 항상 거의 앞으로 습격을 당한다는 것이며, 보통 공격군은 함정을 경계해서인지 아니면 미로 같은 길로 빠질 것을 걱정해서인지 적진의 등 뒤를 공격하기를 꺼린다. 그러므로 폭도 측의 주의력은 모두 큰 바리케이드를 향해 있었다. 그곳이 늘 위협당할 것이 분명한 곳이고 그곳에서 싸움이 일어날 것이 확실했다. 그러나 마리우스는 갑자기 작은 바리케이드 편이 걱정되어 거기로 갔다. 그곳엔 사람이 전혀 없었고, 다만 포석 사이에서 등불만이 흔들리고 있을 뿐이었다. 게다가 몽데투르 옆 골목도, 프티트 트뤼앙드리 거리와 시뉴 거리와의 갈림길도 깊은 정적에 잠겨 있었다.

마리우스가 한 바퀴 훑어보고 돌아가려던 순간, 어둠 속에서 그를 부르는 가녀린 목소리가 들렸다.

"마리우스!"

그는 소름이 돋았다. 분명히 그 목소리는 두 시간 전에 플뤼메 거리의 철책 건너에서 들렸던 것이다. 그러나 지금 들리는 그 소리는 다 죽어 가는 숨소리 같이 느껴졌다.

그는 주변을 살펴보았으나 사람의 모습은 눈에 띠지 않았다. 그는 잘못 들은 거라고 여기고 자기 정신이 둘레의 이상한 현실에 덧붙인 환청이려니 생각했다. 그는 바리케이드의 움푹한 곳에서 나가기 위해 한 걸음 내딛었다.

"마리우스!"

그 목소리는 반복해서 들렸다.

지금은 의심의 여지가 없이 분명히 들렸다. 그는 자세히 둘러보았으나 역시 어떤 것도 눈에 띠지 않았다.

"당신 발밑에 있어요."

목소리가 말했다.

그가 몸을 숙이고 찾아보니, 자기를 향해 어떤 그림자가 기어오고 있었다. 그 그림자는 돌 위를 기고 있었다. 그에게 말을 붙인 것은 그 그림자였다.

등불 빛으로 작업복과, 찢어져 헤진 벨벳 바지와 맨발과 피의 웅덩이 같은 것을 비추었다. 그는 희미하게 창백한 얼굴이 자기를 향해 일어서며 말하는 것을 보았다.

"제가 누구인지 알아보겠어요?"

"모르겠군."

"에포닌이에요."

그는 재빨리 몸을 숙였다. 과연 그 가여운 소녀였다. 그녀는 남자처럼 차려입고 있었다.

"어떻게 여기에? 여기서 무얼 하고 있소?"

"전 곧 죽어요."

세상에는 고뇌에 찬 자들까지도 번쩍 정신이 들게 하는 말과 사건이 있는 법이다. 깜짝 놀란 그가 외쳤다.

"부상을 당했군그래! 잠시만 기다려요, 내가 홀로 데려가 줄 테니. 치료를 받아야지. 상처는 어떻소? 안 아프게 하려면 어떻게 해야 하오? 아픈 데가 어디요? 아, 대체 여기엔 무엇 하러 왔소?"

그렇게 말한 마리우스는 팔을 그녀의 몸 밑으로 밀어 넣어 안아 들려고 했다.

안아서 들 때 그녀의 손을 살짝 건드렸다.

그녀는 연약하게 신음했다.

"아프오?"

마리우스가 물어보았다.

"약간."

"손을 살짝 건드렸을 뿐인데."

에포닌은 자기 손을 마리우스의 눈앞으로 들어올렸다. 손바닥 한복판에 검은 구멍이 난 것을 마리우스는 보았다.

"왜 이렇게 된 거요?"

마리우스가 물었다.

"뚫어졌어요."

"뚫어지다니!"

"그래요."

"뭐에?"

"탄알에."

"어떻게 하다가?"

"당신, 봤어요? 당신을 겨누던 총 말이에요."

"아, 봤소! 그리고 총부리를 막던 손도."

"그게 제 손이었어요."

마리우스는 소름이 끼쳤다.

"대체 왜 그런 바보 같은 짓을 한 거야, 불쌍하게도! 그러나 정말 다행이야, 그것뿐이라면 별거 아니오. 자, 침대에 눕혀 주리다. 치료를 해 줄 테니까. 손이 뚫린 것으론 죽지 않아."

그러자 그녀가 작게 말했다.

"손을 뚫은 탄알은 제 등을 관통했어요. 소용없어요, 저를 침대로 옮기는 건. 전 오히려 당신의 보살핌을 받는 쪽이 의사에게 치료받는 것보다 훨씬 좋아요. 이 돌 위에 앉아 제 곁에 있어 주세요."

그는 그녀의 부탁을 모두 들어주었다. 그녀는 그의 무릎을 베고 누워 그를 보지 않고 이야기했다.

"아, 어쩌면 이렇게 기분이 좋을까! 아주 편해요! 보세요, 이젠 아프지 않아요."

그녀는 꽤 오랫동안 조용히 있다가 힘껏 고개를 돌려 그를 바라보았다.

"마리우스 씨, 저는 당신이 그 정원에 가시는 걸 좋아하지 않았어요. 하지만 어리석었어요. 그 집을 당신께 알려 준 건 저였으니 말이에요. 그리고 사실 저는 조금 더 잘 생각했어야 했어요. 당신처럼 젊은 사내는……."

그녀는 말을 멈췄다. 그리고 울적한 생각이 든 듯했으나 그것을 참고 슬픈 미소를 지으며 말했다.

"당신은 제가 예쁘지 않다고 생각했지요, 네?"

그녀는 말을 이었다.

"당신은 이제 곧 죽을 거예요! 이제는 그 누구도 바리케이드 밖으로 나가지 못해요. 당신을 여기로 끌어들인 건 저예요! 당신은 곧 죽어요. 저는 그걸 원하고 있어요. 그런데도 누군가가 당신을 쏘려는 걸 보았을 때 전 손으로 그 총부리를 막았어요. 우습지요? 하지만 전 당신보다 먼저 세상을 떠나고 싶었던 거예요. 그 탄알을 맞고 여기까지 기어 왔어요. 누구도 저를 보지 않았고 누구도 도와주지 않았어요. 전 당신을 기다렸죠. 그리고 생각했어요. 그분은 오시지 않을지도 모른다고. 아, 알아주세요. 아까부터 전 이 작업복을 물어뜯으며 너무 아파했어요! 하지만 이젠 괜찮아요. 기억나세요? 제가 당신의 방에서 당신의 거울을 보았던 그날 일을? 그리고 큰 거리에서 날품을 파는 여자들 앞에서 우리가 만났던 때를 말이에요. 새가 노래하고 있었어요! 그리 오래전 일도 아니에요. 당신은 제게 5프랑을 주셨지만 전 '당신 돈은 원치 않아요.'라며 거절했죠. 당신, 그 돈을 주웠나요? 당신도 부유하지 않은걸요. 나중에야 그 돈 주우란 말을 하지 않은 걸 알았어요. 하늘이 맑아서 춥지 않았지요. 기억하세요? 마리우스 씨? 아아, 전 행복하답니다! 모두들 죽어 가는 거지요."

그녀는 정신을 놓은 듯하면서도 진지하고 참담했다. 찢긴 작업복 틈으로 봉긋한 젖무덤이 살짝 비쳤다. 말을 하면서 가슴에 뚫린 손을 얹어 놓고 있었는데, 가슴에도 구멍이 하나 있어서 가끔씩 포도주가 쏟아져 나오듯 피가 나왔다.

마리우스는 그 가엾은 소녀를 진심으로 불쌍히 여기며 바라보고 있었다. 느닷없이 소녀가 소리쳤다.

"아아! 다시 시작했어요. 아, 숨이 막혀!"

그녀는 작업복을 잡아 쥐고 물어뜯었다. 그녀의 다리가 돌 위에서 싸늘히 굳어지고 있었다.

그때 젊은 수탉과도 같은 소년 가브로슈의 소리가 바리케이드 안에 울려 퍼졌다. 그는 탄알을 장전하기 위해 식탁 위에 걸터앉아 당시의 유행가를 명랑하게 부르고 있었다.

라파예트를 본 순간,
경찰은 되풀이하여 말하네,
도망쳐! 도망쳐라! 도망치라고!

에포닌은 몸을 세워 귀를 기울이더니 작게 말했다.

"그 아이에요."

그리고 마리우스를 돌아보며 덧붙였다.

"동생이에요. 동생이 알면 안 돼요. 꾸짖을 테니까요."

"동생이라고?"

마리우스가 말했다. 그는 지금 더할 수 없이 안타깝고 괴로운 심정으로 아버지가 죽기 전에 말한 테나르디에 집안에 관한 의무를 떠올리고 있었다.

"동생이라니, 누구를 말하는 거야?"

"작은 아이가 있었지요?"

"지금 노래 부르고 있는 아이?"

"맞아요."

마리우스는 몸을 일으켰다.

"아아, 떠나지 마세요!"

그녀는 말했다.

"이제 별로 남지 않았어요!"

그녀는 상체를 거의 일으켰다. 목소리는 매우 낮았고, 게다가 딸꾹질 때문에 자주 끊기곤 했다. 가끔씩 죽음에 이른 듯 숨을 헐떡여서 말이 막혔다. 그녀는 얼굴을 그의 얼굴에 될 수 있는 한 가까이 대었다. 그리고 이상한 표정을 지으며 말을 이었다.

"제 얘길 들어 줘요, 당신을 속이기 싫어요. 어제부터 내 주머니엔 당신께 드리는 편지가 있어요. 어떤 사람이 우체통에 넣어 달라고 부탁했지요. 하지만 전 안 넣었어요. 보내기 싫었는걸요, 당신께. 하지만 당신은 분명히 이것 때문에 절 원망하실 테죠. 맞죠? 자, 편지를 꺼내세요."

그녀는 구멍 난 손을 떨며 그의 손을 잡았다. 그러나 이미 아프진 않는 것 같았다. 그녀는 작업복 주머니에 그의 손을 집어넣었다. 그는 과연 거기에 편지가 있음을 느꼈다.

"빼내세요."

그녀는 말했다.

그는 편지를 빼냈다. 그녀는 만족과 동의를 보냈다.

"자, 그 대신 약속해 줘요⋯⋯."

그녀가 갑자기 말을 멈췄다.

"무슨 약속?"

그가 물었다.

"약속해 줘요!"

"약속할게."

"약속해 줘요. 제가 눈을 감으면 제 이마에 입 맞춰 주시겠다고. 죽더라도 그건 느낄 테니까요."

그녀는 다시 그의 무릎에 머리를 베고 눈을 감았다. 그리고 그는 이 가엾은 영혼이 죽었다고 생각했다. 그녀는 꼼짝하지 않았다. 죽었다고 그가 생각한 순간, 갑자기 그녀는 죽음의 그림자가 깊이 드리운 눈을 서서히 뜨고 이미 저승에서 울려오는 듯한 부드러운 목소리로 말했다.

"그리고 저, 마리우스 씨, 전 당신을 조금 사랑했나 봐요."

그녀는 다시 한 번 미소를 띠려고 하다가 그대로 세상을 떠났다.

거리 측정에 뛰어난 가브로슈

그는 약속을 지켰다. 그는 차가운 땀방울이 맺혀 반짝이는 창백한 이마에 입을 맞추었다. 그것이 코제트를 배신한 것은 아니었다. 그것은 가여운 영혼에게 선물한 다정한 작별이었다.

에포닌이 주고 간 편지를 손에 든 그는 몸을 바르르 떨었다. 그는 곧 중요한 뜻이 그 속에 담겨 있음을 깨달았다. 가여운 소녀가 세상을 뜨자마자 그 편지를 읽으려고 했다. 그는 에포닌의 시신을 살며시 내려놓고 자리를 떴다. 그 편지를 시신 앞에서 읽으면 안 될 것 같았다. 아래층 홀로 들어간 그는 촛불 앞으로 갔다. 편지는 작게 접혀 여자다운 예쁜 솜씨로 봉해져 있었다. 겉에는 여자의 글씨체로 아래와 같이 쓰여 있었다.

베르르 거리 16번지, 쿠르페락 씨 댁, 마리우스 퐁메르시 님.

그는 봉투를 열었다.

사랑하는 당신! 아버지께선 곧 떠나신다 합니다. 우리는 오늘 밤 옴므 아르메 거리 7번지로 떠납니다. 일주일 후엔 런던으로 가게 돼요.
코제트 6월 4일.

그가 아직 코제트의 글씨체를 잘 모를 정도로 그들의 사랑은 순수했다.

479

이제까지의 과정을 간단히 정리할 수 있다. 에포닌이 모든 것을 계획한 것이다. 6월 3일 저녁부터 그녀는 두 가지 계책을 세웠다. 그것은 플뤼메 거리의 집에 관한 아버지와 그 외의 불한당들의 계획을 방해하고, 마리우스를 코제트에게서 떼어 놓는 일이었다. 그녀는 지나가던 한 떠돌이의 누더기 옷과 바꿔 입었다. 떠돌이가 재미있다는 듯 여자 옷을 입는 사이 그녀는 남자처럼 꾸몄다. 연병장에서 장 발장에게 '거처를 옮기시오.'라고 의미심장한 주의를 준 건 그녀였다.

과연 장 발장은 집에 도착하자마자 코제트에게 말했다.

"오늘 밤 떠나서 우선 투생과 같이 옴므 아르메 거리로 가자. 일주일 뒤에는 런던으로 떠나야겠다."

코제트는 갑자기 닥친 일에 놀라 재빨리 마리우스에게 짧은 편지를 썼다. 그러나 편지를 우체통에 넣을 방법이 없었다. 코제트는 홀로 바깥으로 나가지 않았고, 또 그렇다고 해서 투생에게 부탁하면 놀라서 편지를 포슐르방 씨에게 가져다줄지도 모른다. 이렇게 불안해하던 코제트는 철책 건너에 있는, 남장을 한 에포닌을 보았다. 에포닌은 이 무렵 자주 정원 주변을 서성댔다. 코제트는 결국 '그 젊은 노동자'에게 5프랑의 수고비와 편지를 건네며 "이 편지를 곧바로 봉투에 써진 곳으로 보내 주세요." 하고 부탁했다. 에포닌은 편지를 주머니에 넣었다. 이튿날 6월 5일 에포닌은 마리우스를 만나기 위해 쿠르페락의 집에 갔다. 편지를 주기 위해서가 아니라, 질투를 품은 사랑을 하는 자라면 누구든지 알 수 있듯이 '상황을 살펴보기 위해서'였다. 거기에서 그녀는 역시 '상황을 살펴보기 위해' 마리우스를, 안 된다면 쿠르페락이라도 기다렸다. "우리는 바리케이드로 향한다." 하고 쿠르페락이 외쳤을 때 한 가지 생각이 그녀의 머릿속에 떠올랐다 어차피 죽는다면 그 죽음에 스스로 몸을 던지고 마리우스도 함께하도록 하리라. 쿠르페락을 따라간 그녀는 바리케이드가 세워진 곳을 확인했다. 그러고는 편지는 본인이 갖고 있으니 마리우스는 아무것도 모르고 저녁이 되면 반드시 저녁마다 만나는 밀회의 장소로 가리라 믿고, 플뤼메 거리로 가서 마리우스를 기다렸다가 그의 친구들의 이름으로 그를 바리케이드로 불러냈다. 그녀는 그가 코제트를 만나지 못했을 때의 좌절을 바랐던 것이다. 그 예상은 딱 들어맞았다. 그녀는 곧 샹브르리 거리로 돌아왔다. 그곳에서 그녀가 한 행동은 방금 전에 본 그대로였다. 그녀는 사모하는 사람을 함께 죽음에 이르게 해 놓고 "이젠 그 누구도 이 사람을 뺏어 갈 수 없겠지!" 하며 질투심에 휩싸인 비극적인 행복을 가슴에 품고 죽어 간 것이다.

마리우스는 몇 번이나 코제트의 편지에 키스했다. 코제트는 분명 자기를 사랑하는 것이다! 그는 문득 이젠 죽을 이유가 없다고 느꼈다. 하지만 곧이어 생각했다.

'아니야, 코제트는 가 버린 것이다. 그녀의 아버지는 그녀를 영국으로 데려가고, 나의 할아버지는 결혼을 허락하지 않는다. 안타까운 운명에는 어떤 변화도 없다.'

마리우스와 같은 몽상가는 가끔 이런 극도의 번뇌 속에서 단념하게 된다. 삶의 고통은 견디기 힘들고 죽음이 오히려 간단한 것이다.

그때, 그는 마쳐야 할 임무가 아직 두 개 남아 있음을 깨달았다. 바로 코제트에게 자신의 죽음을 알리고 마지막 작별을 할 것과 저 가여운 소년, 에포닌의 동생이며 테나르디에의 자식인 저 소년을 다가오는 파멸에서 구해 내는 것이다.

그는 작은 수첩을 갖고 다녔다. 코제트에 관한 사랑을 기록해 놓은 수첩이다. 그는 수첩에서 종이 한 장을 떼어 내 아래와 같이 몇 줄 썼다.

우리들은 결혼할 수 없게 되었습니다. 나는 할아버지께 간곡히 허락을 구했으나, 할아버지는 거절하셨습니다. 나는 가진 게 아무것도 없고 당신 역시 똑같습니다. 나는 당신 집으로 뛰어갔습니다만 당신을 만나지 못했습니다. 내가 당신께 약속했던 것을 기억하시겠지요. 나는 그것을 꼭 지키겠습니다. 나는 죽겠습니다. 당신을 사모합니다. 당신이 이 편지를 보실 때 나의 영혼은 당신 옆에 다가가 당신께 웃어 보일 겁니다.

그 편지를 봉할 수가 없었기에 그는 다만 종이를 넷으로 접어 그 위에 아래의 주소를 썼다.

옴므 아르메 거리 7번지 포슐르방 씨 댁, 코제트 포슐르방.

편지를 접은 그는 잠시 생각하다가 다시 수첩을 꺼내 첫 장에 아래와 같이 적었다.

내 이름은 마리우스 퐁메르시. 내 시신을 마레 지구 피유 뒤 칼베르 거리 6번지 나의 할아버지 질노르망 씨에게 보내 주시오.

그는 수첩을 상의 주머니에 넣은 뒤 가브로슈를 불렀다. 가브로슈는 그의 목소리를 듣자 제법 기쁜 얼굴로 뛰어왔다.

"심부름 하나만 해 줄 수 있겠니?"

"그럼, 뭐든지! 진짜야! 아저씨 덕분에 난 목숨을 살았는걸."

"이 편지를 말이야."

"응."

"이 편지를 줄 테니 지금 당장 바리케이드를 나가거라.―가브로슈는 불안한 얼굴로 귀를 긁어 댔다.―그리고 내일 아침 여기 적힌 옴므 아르메 거리 7번지의 포슐르방 씨 댁, 코제트 양에게 전해다오."

대범한 소년이 말했다.

"그렇지만 말이에요! 그동안에 바리케이드가 함락되면 나는 이곳에 없던 게 되잖아요?"

"아무리 생각해도 이런 상태라면 바리케이드는 내일 아침까지는 괜찮을 거다. 내일 정오까지는 절대 함락되지 않아."

공격군이 바리케이드에 새롭게 준 유예 시간은 분명히 길었다. 이러한 망설임은 밤에 일어나는 싸움에는 흔한 일이고, 그런 것이 있은 뒤에는 꼭 더욱더 치열한 싸움이 일어나는 법이다.

"그러면 내일 아침에 가면 안 돼요?"

가브로슈가 물었다.

"내일 아침엔 너무 늦어. 아마도 바리케이드는 포위되고 어디든 막혀 버려서 나갈 수 없을 거야. 지금 당장 가거라."

가브로슈는 할 말이 없어서 결정을 하지 못하고 울적한 듯 귀를 긁고 있었다. 그러더니 그는 순간 민첩한 작은 새처럼 편지를 받아 들었다.

"좋아요."

가브로슈가 소리쳤다.

소년은 한 가지 생각이 떠올라 그렇게 결정했으나 입 밖으로 꺼내진 않았다. 마리우스가 또 반대할까 봐 걱정했던 것이다.

그 생각이란 이런 것이다.

'아직 한밤중이 되려면 멀었다. 옴프 아르메 거리는 먼 곳이 아니니 지금 당장 편지를 전해 주자. 알맞은 시간에 금방 돌아올 수 있을 거야.'

15. 옴프 아르메 거리

말 많은 압지

　도시의 반란도 영혼의 격동에 비한다면 아무것도 아니다. 한 사람은 한 도시의 민중보다 더 깊은 깊이를 갖고 있다. 장 발장은 때마침 무서운 고뇌에 빠져 있었다. 갖은 심연이 그의 안에서 다시 솟아오르고 있었다. 파리와 마찬가지로 장 발장도 무시무시한 어둠의 혁명 첫머리에서 떨고 있었다. 겨우 몇 시간 만에 그렇게 된 것이었다. 느닷없이 그의 양심과 운명은 어둠에 휩싸여 버렸다. 그도 파리와 매한가지로 두 개의 원칙이 맞서고 있다고 볼 수 있다. 이를테면 흰 천사와 검은 천사가 심연에 걸린 다리 위에서 서로 맞서 싸우려는 것이다. 누가 상대방을 무너뜨릴 것인가? 어느 편이 승리할 것인가?

　바로 이 6월 5일의 전날, 장 발장은 코제트와 투생을 데리고 옴므 아르메 거리로 거처를 옮겼다. 거기에는 뜻밖의 일이 그를 맞이하고 있었다.

　코제트는 플뤼메 거리를 떠날 때, 약간 반항해 봤다. 두 사람이 같이 산 후 처음으로 코제트와 장 발장의 의지는 명확히 갈려서 충돌까지는 아니라도 대립했다. 한쪽은 반대했고 다른 한쪽은 고집을 부렸다. 모르는 사내가 장 발장에게 건넨 "옮기시오."라는 갑작스런 충고는 그를 매우 불안하고 완고하게 만들었다. 그는 경찰에 꼬리를 잡혀 추적당하고 있는 것이라 여겼다. 코제트는 물러설 수밖에 없었다.

두 사람은 입을 앙다물고 서로 단 한 번도 입을 떼지 않은 채 각자의 걱정에 빠져 옴므 아르메 거리에 이르렀다. 장 발장은 너무 걱정이 깊어서 코제트의 슬픔이 안중에 없었고, 코제트 역시 너무 슬퍼서 장 발장의 근심이 안중에 없었다.

그는 투생까지 데려갔다. 지금까지 밖에 나가는 경우 이런 일은 결코 없었다. 그는 아마도 플뤼메 거리에는 되돌아오지 못할 거라고 여겼고, 투생을 남겨 둘 수도, 그녀에게 비밀을 밝힐 수도 없었다. 더욱이 투생은 믿음직하고 성실했다. 주인을 배신하는 하인들은 호기심에서 시작되는 것이다. 그러나 투생은 마치 장 발장의 하녀로 태어날 운명이었던 것처럼 전혀 궁금해하지 않았다. 그녀는 더듬더듬하며 바른빌의 사투리로 말했다.

"나야, 이런 사람이여. 그저 내 헐 일밖에 모르더라고. 딴 걸랑 알 필요 있는감?"

거의 야반도주하다시피 플뤼메 거리를 떠난 장 발장은 코제트가 '떼어 놓을 수 없는 물건'이라고 부르는 향기로운 작은 가방만 들고 나왔다. 물건이 가득 든 짐 가방을 몇 개씩 가져가려면 짐꾼이 있어야 할 것이다. 짐꾼이란 나중에 목격자가 된다. 때문에 바빌론 거리의 문 앞에 역마차를 한 대 불러서 그것을 타고 갔다.

투생은 몇 안 되는 속옷이며 옷이며 약간의 화장품을 싼 보따리를 가져갈 수 있게 겨우 허락받았다. 코제트는 편지지와 압지만을 가져 나왔다.

장 발장은 가능한 아무도 모르게 행방을 감추기 위해 어두워진 뒤에 플뤼메 거리의 집을 나가기로 했다. 그래서 코제트는 마리우스에게 짧은 편지를 쓸 짬이 있었다. 그들은 캄캄한 밤이 되어서야 옴므 아르메 거리에 다다랐다. 그리고 아무 말없이 자러 갔다.

옴므 아르메 거리의 집은 모퉁이를 돌아서 있는 3층 건물로 침실 둘과 식당, 식당과 붙은 부엌, 그리고 투생이 기거할 접이식 침대가 있는 다락으로 되어 있었다. 응접실로도 사용하는 식당은 두 개의 침실 중간에 있었다. 안에는 필요한 도구가 다 있었다.

사람은 괜히 근심하는가 하면, 바보처럼 안심을 한다. 그것이 인간의 본성이다. 장 발장의 불안함도 옴므 아르메 거리로 오고 나니 금방 열어져서 점차 기분이 나아졌다. 사람의 마음에 기계적으로 영향을 줘서 불안을 떨치게 하는 그런 곳이 있다. 어두운 거리, 차분한 주민, 장 발장은 그러한 낡은 파리의 뒤편에서 표현할 수 없는 평화로움이 배어드는 걸 느꼈다. 그 뒤안길은 매우 좁아서 양쪽에 박은 말뚝에 두꺼운 널빤지를 가로질러 마차를 막고, 시끄러운 도시 중앙에 있으면서도 안 들리고, 말 못하는 자처럼, 한낮에도 어두침침하고, 노인네처럼 가만히 있는, 양쪽의 100년이 넘은 높은 집들 사이에서 희로애락의 감정을 느끼지 못하게 돼 있는 듯했다. 그 거리는 망각의 기운으로 휩싸여 있었다. 장 발장은 안심한 듯 숨을 크게 내뱉었다. 이런 곳에 그가 있는 줄 어떻게 알 수 있겠는가?

장 발장이 먼저 염두에 둔 일은 '떼어 놓을 수 없는 물건'을 옆에 두는 것이었다.

장 발장은 푹 잤다. 밤은 지혜를 준다고 하지만 또한 마음을 편하게 한다고도 할 수 있다. 다음 날 아침 그는 상쾌한 기분으로 일어났다. 식당은 사실 보기 흉한 방으로 가구라곤 낡고 둥근 탁자 하나, 거울이 기울어져 달린 낮은 찬장, 낡아 빠진 팔걸이의자 하나, 투생의 짐이 놓여 있는 의자가 몇 개 있을 뿐이었다. 그렇지만 그는 기분 좋은 방이라고 생각했다. 투생의 보따리 사이로 장 발장의 국민군 군복이 보였다.

코제트는 투생에게 방으로 수프 한 접시를 가져와 달라고 했을 뿐 저녁때까지 나타나지 않았다.

5시 무렵에 짐 정리를 하느라 분주하게 오가던 투생이 식당 식탁 위에 찬 닭고기를 내놓았으나, 코제트는 아버지에 대한 예의로 자리에 나와 앉았지만 먹지는 않고 보기만 했다. 그런 뒤, 그녀는 여전히 머리가 아프다는 핑계로 아버지께 저녁 인사를 하고 자기 방으로 들어가 버렸다. 장발장은 닭의 날개 하나를 맛있게 먹은 뒤 식탁에 팔을 괴자, 점차 차분한 기분이 되어 다시 안도감을 회복해 갔다.

간단하게 저녁 식사를 하는 중, 그는 투생이 더듬는 말을 희미하게 서너 번 들었다.

"나으리, 난리가 났대유. 파리 한가운데에서 전쟁을 한대유."

그러나 장 발장은 마음속으로 여러 생각에 빠져 있었기 때문에 그 말을 전혀 주의 깊게 듣지 않았다. 그는 사실 듣고 있지도 않았다.

장 발장은 일어나서 더 가라앉은 마음으로 창문과 문 사이를 오가기 시작했다.

안도함과 동시에 유일한 걱정거리인 코제트의 생각이 다시금 떠올랐다. 방금 전에 얘기하던 두통이 걱정돼서가 아니다. 그것은 대수롭지 않은 신경 발작으로 젊은 아가씨들에게 자주 있는 불쾌감이고 잠깐의 우울증이어서 며칠만 지나면 괜찮아질 것이다. 그는 되레 먼 미래를 고심하고 있었다. 평소처럼 차분한 마음으로 깊이 생각하고 있었다. 요컨대 다시금 행복한 생활을 시작하는 것에 어떤 장애물도 없는 것처럼 느껴졌다. 어떤 때에는 모든 것이 가능하지 않을 것 같으나 또 어떤 때에는 모든 것이 아주 쉽게 보이는 것이다. 지금 그는 그런 행복한 한때였다. 그런 때는 항상 불행 뒤에 따라온다. 마치 밤이 지난 뒤에 낮이 오는 것처럼 경박한 학자들이 반정립(反定立)이라 말하는 것, 즉 자연의 기본이 되는 계승과 대비의 법칙에 따르는 것이다. 이 조용한 거리로 피신함으로써 그는 오래전부터 그를 불안하게 했던 모든 걱정거리에서 벗어날 수 있었다. 여태까지 많은 어둠을 봐 온 그는 이제 작게나마 파란 하늘을 볼 수 있게 되었다. 아무런 장애 없이 무사히 플뤼메 거리를 벗어난 것만으로도 이미 좋은 징조였다. 몇 달만이라도 파리를 벗어나 런던에 있는 것도 아마 좋은 방법일 것이다. 그래, 반드시 가자. 코제트만 곁에 있어 준다면 프랑스든 영국이든 상관있겠는가? 그녀야말로 그의 조국이었다. 그는 그녀만으로 충분히 행복했다. 그 자신은 아마도 그녀의 행복에 별로 충분하지 않을 것이라는, 예전에 그의 불안함과 불면증의 이유였던 그 생각이 이제는 나지 않았다. 그는 예전의 모든 고민에서 벗어나 완전한 낙관 속에 빠져 있었다. 그녀가 옆에 있는 이상, 자신의 것이라고 여겨졌다. 이것은 모두가 겪는 착각이다. 그는 속으로 갖가지 안이한 상상을 하며 그녀와 영국으로 갈 계획을 세웠다. 그리고 상상이 그려 낸 장래를 전망하면서 어디서든 자신의 행복이 이루어지는 것을 마음속에 떠올리고 있었다.

이런 생각을 하며 방 안을 천천히 거닐던 그의 눈에 이상한 것이 보였다. 그가 마침 찬장 위에 기울어져 있는 거울 앞에 이르렀을 때 그 속에서 아래와 같은 몇 줄의 글이 눈에 들어왔고 정확히 읽을 수 있었다.

사랑하는 당신! 아버지께선 곧 떠나신다 합니다. 우리는 오늘 밤 옴므 아르메 거리 7번지로 떠납니다. 일주일 후엔 런던으로 가게 돼요.

코제트 6월 4일.

그는 깜짝 놀라 멈춰 섰다.

코제트는 이곳에 왔을 때 압지를 끼운 공책을 찬장 위 거울 앞에 둔 채, 몹시 상심한 나머지 까맣게 잊어버리고 공책이 활짝 펴져 있는 것을 알아채지 못했다. 펼쳐진 곳은 어제 코제트가 편지를 쓴 뒤 잉크를 말리기 위해 눌렀던 곳이었다. 그 편지의 내용은 어제 플뤼메 거리를 지나던 젊은 남자에게 급히 부탁했던 것이다. 글씨는 압지 위에 그대로 찍혀 있었다.

거울은 그것을 보여 주었던 것이다.

그 결과는 기하학에서 일컫는 소위 대칭형이 되어 압지에 뒤집혀 찍힌 글씨가 거울 안에서 다시 제자리로 돌아가서 본래대로 보여 주고 있었다. 그래서 장 발장은 전날 코제트가 마리우스에게 쓴 편지의 사연을 그대로 본 것이다.

그다지 이상할 것도 없었지만 그는 벼락을 맞은 듯했다.

그는 거울 앞으로 갔다. 몇 줄의 글을 재차 읽었으나 믿기지 않았다. 그것들은 번갯불 빛 속에 나타난 것처럼 느껴졌다. 이것은 착각이다. 생길 수 없는 일이다. 비현실이다.

하지만 서서히 그의 정신이 깨어났다. 가만히 코제트의 압지를 보자 점차 현실감각이 돌아왔다. 압지를 든 그는 "이거로군." 하고 말했다. 그리고 압지에 박힌 몇 줄의 글씨를 유심히 살펴보았다. 글씨는 뒤집혀 있어 이상한 낙서와 같이 아무 뜻도 읽을 수 없었다. 그래서 그는 "이런 건 아무것도 아니다. 여기에는 무엇도 쓰여 있지 않다." 하고 자기 자신에게 이야기했다. 그리고 표현할 수 없는 안도감으로 가슴 깊이 숨을 들이마셨다. 두려운 순간에 누구든 그러한 어리석은 기쁨을 느끼지 않겠는가? 영혼은 모든 환영을 모조리 내쫓지 않는 한, 절망에 몸을 주지 않는다.

장 발장은 압지를 손에 쥔 채, 공연히 기뻐하고 그를 속인 착각을 떠올리며 자칫 웃음까지 터뜨릴 뻔하면서 그것을 쳐다보고 있었다. 그러자 느닷없이 그의 눈은 다시 거울 안으로 향하고, 거울이 보여 준 환영을 다시금 보았다. 몇 줄의 글씨는 냉정하게도 또렷하게 비치고 있었다. 이번에는 꿈이 아니었다. 환영도 두 번 보이면 현실이다. 만질 수 있었다. 거울에 반사돼 바르게 된 글씨였다. 그는 깨달았다.

그는 휘청거리며 압지를 떨어뜨리고, 찬장 옆의 낡은 팔걸이의자에 쓰러져 머리를 떨구고, 흐리멍덩한 눈을 한 채 착란상태에 빠졌다. 일은 분명하다. 이 세상의 빛은 영영 사라졌다. 코제트는 어떤 이에게 이 편지를 써 보냈다고 그는 생각했다. 그러자 자신의 영혼이 다시 무시무시한 모습으로 돌아와 어둠 속에서 낮게 신음하는 소리를 들었다. 울타리 안에 가두어 둔 강아지를 호랑이의 먹이로 만들 수는 없다. 찾아와야 한다!

이상하고도 가슴 아픈 일이지만 그때 마리우스는 아직 코제트의 편지를 전해 받지 못했다. 우연은 마리우스를 배반하고 그 편지가 제대로 전해지기 전에 장 발장에게 넘어가 버린 것이다.

장 발장은 지금까지 어떤 시련에도 진 적이 없었다. 그는 갖가지의 무시무시한 시련을 헤쳐 왔다. 불운의 길목은 깡그리 지나왔다. 처절한 운명은 모든 방법을 다해, 사회적 박해를 가하며 그를 엄습해 왔다. 그러나 그는 어떤 것에도 도망치거나 굴복하지 않았다. 어쩔 수 없는 경우가 아니라면 어떤 곤경도 기꺼이 받았다. 겨우 되찾은 인권을 희생하고, 자유도 버리고, 생명을 걸고, 모든 것을 잃고, 어떤 것도 참아 내고, 그러면서도 항상 공정하고 욕심을 버리고 욕망을 억제해 왔기 때문에, 가끔은 순교자처럼 자신을 보살피지 않는 것이 아닌가 여겨질 정도였다. 갖가지 고난의 습격에 익숙해진 그의 양심은 이제는 영영 함락되지 않을 것 같았다. 하지만 지금 그의 양심을 본다면 매우 약해지고 있다는 것을 인정하지 않을 수 없다.

다시 말해, 그가 운명에게 오래 심문당하며 받은 온갖 고문 중에서 이번 것이 제일 두렵고 참기 힘든 것이었다. 지금까지 이처럼 끔찍한 고문 기구를 본 적이 없었다. 그는 모든 내적 감각이 이상하게 동요하는 것을 느꼈다. 알 수 없는 신경이 바짝 서는 것을 알 수 있었다. 아아, 마지막 남은 시련이란, 아니 단 하나뿐인 시련은 사랑하는 이를 잃는 일이다.

가여운 장 발장은 당연히 아버지로서 그녀를 사랑하고 있었다. 그러나 이미 말했듯이 홀아비 생활의 외로움은 그 부성애에 온갖 사랑을 키워 주었다. 그는 그녀를 딸로서 사랑하고, 어머니로서 사랑하고, 여동생으로서 사랑했다. 그리고 여태까지 연인이나 부인을 둔 적이 없었기 때문에, 그의 본성은 어떤 지급거절도 수용하지 않는 채권자 같았기 때문에, 모든 감정 중에서 가장 막강한 그 부성애는 다른 여러 감정과 뒤섞여 있었다. 아리송하고, 무지몽매하고, 맹목적으로 순수하고, 무의식적이고, 천사 같고, 천국 같고, 성스러워서 감정보다는 오히려 본능에 가깝고, 본능보다는 보이지도 느껴지지도 않는 끌림에 더욱 가까웠다. 하지만 참된 것이었다. 소위 사랑이라는 것도 코제트를 향한 그의 깊고 넓은 애정 속에서는 마치 어두운, 아직 인적이 없는 산속의 금광맥이 감춰져 있는 것과 같았다.

앞서 말한 마음의 상태를 기억해 주기 바란다. 그들 사이에는 어떠한 결혼도 존재할 수 없었다. 설령 영혼이 결혼한다 해도. 하지만 그 둘의 운명은 분명히 연결돼 있다. 코제트가 없었다면, 즉 한 아이가 없었다면 그는 그 길고 긴 삶 속에서 사랑을 느낄 수 있는 어떤 것도 모르고 보냈을 것이다. 연이어 솟아나는 열정이나 사랑은 겨울을 지낸 나뭇잎이나 쉰 살이 넘은 사람에게서 쉽게 볼 수 있듯이, 진한 녹색 위에 연한 녹색을 만들어 주지만 그의 마음에는 일절 그런 현상은 나타나지 않았다. 요컨대 지금까지 반복해 얘기했듯이 모든 내적 융합은—모두 모여서 하나의 높은 덕을 이룬 이 전체는—장 발장을 코제트의 아비로 만들었다. 장 발장 안에 감춰져 있는, 조부와 아들과 오빠와 남편이 뒤엉킨 이상한 아버지, 모성애마저도 품고 있는 아버지, 코제트를 사랑하고 코제트를 우러러 받드는 아버지, 이 아이를 오로지 빛으로 생각하고 집으로, 가족으로, 조국으로, 그리고 천국으로 여기는 아버지였다.

그렇기 때문에 지금 모든 게 끝나 버렸다는 것을 알았을 때, 코제트가 자기의 품을 빠져나가 도망치려는 것을 알았을 때, 믿었던 것이 구름과 물 같음을 알았을 때, 그리고 다른 사내가 코제트의 마음을 차지하고 있고, 다른 사내가 평생 그녀가 원하고 사랑하는 사람이 되어, 본인은 그저 아비에 불과하며 없는 거나 마찬가지라는 참을 수 없는 증거를 발견했을 때, 그로서는 부인할 여지가 없다고 느꼈을 때, '저 아이는 내 눈에 보이지 않는 곳으로 떠나 버리는 것이다!' 하고 생각했을 때, 그는 참을 수 없는 고통을 느꼈다. 지금껏 별의별 짓을 다 해 온 결과가 이렇다니! 그렇게 생각하자 그는 격한 반발심으로 전신을 떨었다. 이기심이 머리털의 뿌리에서 뭉실뭉실 피어나는 것을 느꼈다. 이 남자 마음의 깊은 곳에서 자아가 무섭게 울부짖었다.

내적인 무너짐이라는 것이 있다. 절망적인 확실한 증거가 인간의 마음을 꿰뚫을 때, 그것은 어떤 심오한 요소를 나누고 깨부순다. 그 요소는 이따금 인간의 근본이 될 정도로 중요하다. 고통이 그 단계에 이를 때 양심의 모든 힘은 동시에 무너진다. 그야말로 생명을 위협할 위기다. 우리 인간 중에서 평소와 같은 마음을 갖고 의무를 굳게 지키면서 그런 위기를 벗어날 수 있는 인간은 거의 없다. 아무리 덕이 있다 해도 고뇌의 한계를 넘었을 때에는 흔들릴 수밖에 없다. 다시 압지를 든 장 발장은 한 번 더 사실을 확인했다. 몸을 구부린 채 화석처럼 굳은 그는 부인할 수 없는 몇 줄의 글씨를 가만히 바라보고 있었다. 그리고 영혼이 전부 무너지는 것이 아닌가 생각될 만큼 의심의 구름덩이가 마음속에 피어올랐다.

그는 그 계시를, 상상의 망원경을 통해서 겉으로는 아무렇지 않은 척 살펴보았으나 마음속은 몹시 처참했다. 인간의 침착함도 세워 둔 동상 같은 냉혹함에 닿을 때에는 무서운 모습을 나타내기 때문이다.

그는 자신이 알아채지 못하는 사이에 운명이 남겨 온 무서운 발자취를 더듬어 보았다. 작년 여름의 근심, 매우 바보처럼 해결해 대충 넘겨 버린 근심을 떠올렸다. 그는 또다시 심연에 빠졌다. 역시 다르지 않았다. 단지 장 발장은 그 심연의 주변이 아니라 그 밑바닥에 떨어져 있었다.

비참히 가슴에 꽂힌 분노는 미처 알아채기도 전에 이미 거기에 떨어져 있었던 것이다. 자기는 아직도 태양을 보고 있는 줄 알았는데 어느 샌가 삶의 모든 빛이 없어져 버렸던 것이다.

장 발장의 직감은 망설이지 않았다. 어떤 정황과 날짜와 시간 그리고 코제트의 안색이 간혹 붉어졌다 파래졌다 하던 그 변화, 이런 것들을 염두에 두고 그 남자라고 생각했다. 절망한 사람의 추리는 절대 빗나가지 않는 신기한 활이다. 그는 애초부터 마리우스라고 생각했다. 이름은 몰랐으나 어떤 사내인지는 곧 짐작할 수 있었다. 지울 수 없이 다시 떠오르는 기억 속에 뤽상부르 공원을 오가던 낯선 배회자, 길에서 사랑을 구하던 그 보잘것없는 남자가, 그 낭만적인 건달이, 그 어리석고 뻔뻔한 자가 분명히 보였다. 아버지의 품에서 아버지의 사랑을 받는 아가씨에게 추파를 던지는 행동이 뻔뻔한 게 아니면 무엇이겠는가?

이러한 사태의 원인에 그 남자가 숨어 있고, 모든 것이 그 남자로부터 시작되었다는 것이 분명해졌을 때, 새롭게 태어난 인간, 그리도 내내 숭고한 영혼을 만들려고 몸과 마음을 닦았던 인간, 삶의 모든 것, 비참한 모든 것, 불행한 모든 것을 사랑으로 해결하기 위해 그렇게 거듭 노력했던 인간 장 발장은 자신의 내면에 눈을 돌리자 그곳에 하나의 괴물이 웅크리고 있는 증오를 보았다.

크나큰 고통은 몸과 마음을 때려눕힌다. 삶의 용기를 앗아간다. 그런 고통을 겪는 사람은 자기 안에서 무언가가 빠져 나가는 것을 느낀다. 그런 고통은 어렸을 적에는 비통하고 늙어서는 참혹하다. 아아, 피는 뜨겁고, 머리는 검고, 횃불 위에 타오르는 불꽃처럼 머리가 몸 위에 똑바로 서고, 운명의 두루마리는 여전히 두껍고, 희망찬 사랑이 가득한 마음은 더욱 강한 기적 소리를 내고, 과거를 갚기에 넉넉한 내일이 있고, 온갖 미소, 온갖 미래, 온갖 지평이 눈앞에 펼쳐지고, 생명력이 부풀어 있는 그런 때에도 절망은 두려운 것인데, 더군다나 세월이 흐를수록 새하얘지고 황망히 사라져 가는 노년, 무덤 위의 별이 보이기 시작하는 인생의 황혼기에는 그 절망이 어떠한 것이겠는가?

그가 생각에 깊이 빠져 있는 와중에 뚜생이 들어왔다. 장 발장은 일어서며 입을 열었다.

"어디인지 알겠소?"

화들짝 놀란 뚜생은 되물을 수밖에 없었다.

"네?"

장 발장은 말을 덧붙였다.

"좀 전에 내게 전쟁이 났다고 했잖소."

"아! 그것 말이어유? 그건 생 메리 쪽이구먼요."

인간에게는 본인도 깨닫지 못하는 사이에 가장 깊은 생각의 밑에서 의식 없이 생겨나는 충동이 있다. 추측건대 그런 충동이었으리라. 5분 후 그는 이미 거리에 나와 있었다.

그는 모자도 없이 집 현관문 앞에 있는 경계석에 앉아 있었다. 어느덧 깊은 밤이었다.

등불을 싫어하는 부랑아

그로부터 얼마나 시간이 지났을까? 그 애통한 생각의 밀물과 썰물은 어땠을까? 그는 재기했을까? 그대로 굴복한 채였을까? 짓눌려 버릴 정도로 녹초가 되어 버렸을까? 또다시 일어나서 어떤 흔들림 없는 것에 양심의 발을 얹어 놓을 수 있었는가? 아마도 그 자신도 그중 어느 하나이었다고 얘기할 수 없었을 것이다.

거리는 고요했다. 가끔 서둘러 귀가하는 불안해 보이는 시민도 있었으나 그는 거의 관심에 두지 않았다. 위험이 바로 앞에 있을 때에는 누구든 본인의 일만을 생각한다. 불을 켜는 사람은 평소와 같이 7번지 정문 앞에 있는 가로등을 켜고 가 버렸다. 이 불빛 그늘 속에 앉아 있는 그를 누구도 살아 있는 사람이라고는 말하지 않을 것이다. 앞문의 경계석에 앉은 그는 얼음 귀신처럼 미동도 하지 않았다. 절망하면 동결되기도 하는 법이다. 먼 곳에서 경종 소리며, 태풍과 같은 야단스런 소리가 희미하게 들려왔다. 폭동에 휩쓸린 시끄러운 종소리 속에 생 폴 성당의 큰 시계가 둔하고 느리게 11시를 알렸다. 인간은 야단스런 경종을 치지만 신은 여유롭게 시간의 종을 울린다. 하지만 시간은 그에게 어떤 영향도 끼치지 못했다. 그는 여전히 꼼짝하지 않았다. 그렇게 11시가 조금 넘었을 즈음, 느닷없이 일제사격 소리가 시장 쪽에서 들리고 다시 더욱 격렬히 총을 쏘는 소리가 이어졌다. 아마도 앞서 본 것처럼, 마리우스가 물리친 샹브르리 거리의 바리케이드를 공격하는 소리였을 것이다. 밤의 적막으로 더욱 사납게 울리는 두 번의 일제사격 소리를 듣고 그는 두려움에 떨었다. 장 발장은 소리가 들리는 쪽을 보며 일어났다. 그러나 다시 경계석에 털썩 앉아, 팔짱을 끼고, 머리를 서서히 가슴으로 떨구었다.

그는 또 어둠 속의 상념에 빠졌다.

순간 그는 고개를 들었다. 누군가의 발소리가 바로 근처에서 들렸다. 가로등 빛에 비춰 보니 고문서관으로 나가는 거리 쪽에 새하얗고 명랑하고 어려 보이는 얼굴 하나가 보였다.

가브로슈가 옴므 아르메 거리에 막 도착한 것이다. 가브로슈는 뭔가를 찾는 듯 위를 쳐다보았다. 그는 분명히 장 발장을 봤으나 그의 안중에 장 발장은 없었다.

위를 올려다보던 가브로슈는 아래를 훑어보았다. 그는 발끝을 세우고 집집마다 아래층의 문과 창문을 보았으나 전부 닫혀 빗장이나 열쇠가 채워져 있었다. 그렇게 단단히 잠겨 있는 대여섯 집을 샅샅이 살펴본 뒤, 가브로슈는 어깨를 움츠리며 혼자 중얼거렸다.

"흥! 젠장!"

그런 뒤 그는 또 위를 쳐다보기 시작했다.

장 발장은 방금 전까지의 기분이었다면 누구와도 대화하지 않았을 테지만, 지금은 그 아이에게 왠지 말을 붙이고 싶었다.

"꼬마야, 왜 그러느냐?"

"배가 고파서."

가브로슈는 짧게 말했다. 그리고 이어 말했다.

"꼬마는 당신이야."

장 발장은 5프랑짜리 한 닢을 속주머니에서 꺼냈다. 그러나 할미새같이 행동이 빠른 가브로슈는 어느새 돌을 하나 주워 들고 있었다. 가브로슈는 가로등을 봤던 것이다.

"이런, 여태 가로등이 켜져 있군. 규칙을 어긴 거야. 내가 깨뜨려 버려야지."

그렇게 외친 그는 가로등을 향해 돌을 던졌다. 유리는 '쨍그랑' 하며 깨져 흩어졌다. 맞은편 집 커튼 밑에 쭈그려 앉아 있던 사람들이 소리쳤다.

"아이쿠, 93년이 왔구나!"

매우 흔들리던 가로등 불이 꺼졌다. 거리는 순식간에 어두워졌다.

"이젠 됐다, 이 늙은 거리야! 밤의 모자를 써야지."

가브로슈는 외쳤다.

그런 다음 장 발장을 향해 보며 물었다.

"저쪽 길 끝에 있는 터무니없이 큰 건물은 뭐죠? 고문서관인가? 저 굵은 기둥을 뽑아서 멋진 바리케이드를 세우면 딱이겠는걸."

장 발장은 소년에게 가까이 갔다.

"불쌍하게도 굶주린 모양이로군."

그는 나지막이 혼잣말을 했다.

그리고 소년에게 5프랑짜리 동전을 쥐어 주었다.

가브로슈는 굉장히 큰돈에 놀라서 고개를 들었다. 어둠 속에서 하얗게 반짝이는 동전을 가만히 보았다. 5프랑짜리 동전에 관해선 소문을 들어 익히 알고 있었다. 그 돈의 평판은 듣기만 해도 행복했다. 그런데 지금 바로 눈앞에서 본 가브로슈는 황홀경에 빠졌다.

"어디 호랑이 좀 봐야지."

가브로슈가 외쳤다.

가브로슈는 한참 넋을 놓고 돈을 바라보았다. 이윽고 장 발장을 향해 돌아보고 돈을 다시 주며 어른스럽게 말했다.

"부자 어른, 난 가로등을 깨는 게 훨씬 좋아. 이 사나운 호랑이는 도로 넣어요. 전 넘어가지 않아요. 이 짐승은 발톱이 다섯 개나 갖고 있지만 날 상처 낼 수는 없어."

"너, 어머니가 계시느냐?"

장 발장이 물었다.

소년은 답했다.

"글쎄, 당신보다 많을걸."

"그럼 네 어머니를 위해 가져가라."

장 발장은 또 말했다.

소년은 마음이 변했다. 더욱이 앞에 있는 남자가 모자를 안 쓴 것을 보고 안심했다.

"그러면 돈을 줘서 가로등을 못 깨게 하려는 게 아니었군?"

"깨고 싶으면 네 맘대로 하렴."

"당신은 좋은 사람이야."

소년은 말했다.

그리고 호주머니에 5프랑짜리 동전을 넣었다.

더 안심한 소년이 말을 덧붙였다.

"이 거리에 집이 있나요?"

"그런데. 무슨 일이지?"

"7번지가 어딘지 알려 주세요."

"7번지는 왜?"

그러자 소년은 입을 닫았다. 좀 많이 말한 건 아닌가 싶었다. 소년은 쓱쓱 세게 머리를 긁으며 단지 이렇게 답했다.

"아아, 여기로군요."

퍼뜩 어떤 생각이 장 발장의 머리를 스쳤다. 고민은 그런 꿰뚫어 보는 능력을 갖고 있다. 장 발장은 소년에게 물었다.

"지금 난 편지를 기다리는데, 네가 배달원이 아니냐?"

"당신? 당신은 여자가 아니잖아."

소년은 대답했다.

"편지의 수신인은 코제트 양으로 되어 있지?"

"코제트? 맞아요. 그거와 비슷한 이름이었어요."

소년은 중얼댔다.

"그럼, 그 편지는 내가 전달하게 되어 있다. 이리 주거라."

장 발장이 말했다.

"그럼 당신은 제가 바리케이드에서 심부름 온 걸 아시는군요?"

"당연히 알지."

장 발장은 대답했다.

가브로슈는 돈이 든 주머니와는 다른 곳에 손을 넣어 넷으로 접힌 종이를 꺼냈다.

그러고 나서 그는 오른손을 머리에 대고 경례를 했다.

"급한 공문서에 경례! 이것은 임시정부에서 왔으니까."

소년은 말했다.

"내게 줘."

장 발장이 손을 내밀며 말했다.

소년은 머리 위로 편지를 올렸다.

"이것을 연애편지쯤으로 알아선 안 돼요. 여자에게 쓴 거지만 민중에게 쓴 거요. 우리 남자들은 싸우고 있지만 여자를 존경하지. 병아리를 낙타에게 보내는 사자들이 있는 그런 상류사회와는 같지 않으니까."

"빨리 내게 다오."

"요컨대 저는 당신은 좋은 사람이라고 생각했어요."

가브로슈는 연이어 말했다.

"자, 빨리."

"여기요."

가브로슈는 장 발장에게 편지를 건넸다.

"어서 전해 줘요, 아무개 아저씨. 아무개 아가씨가 기다리고 계실 테니까요."

가브로슈는 자기가 운율을 맞춰 한 말에 흡족했다.

장 발장이 물었다.

"답장은 생 메리로 하면 되지?"

"아녜요, 말도 안 될 소릴. 이건 샹브르리 거리의 바리케이드에서 온 거예요. 저는 거기로 돌아가야 해요. 그럼 안녕히."

그렇게 말한 뒤 가브로슈는 떠나 버렸다. 아니 새장에서 도망친 새처럼 말하고 그는 왔던 길로 날아갔다. 어둠 속에 구멍이라도 있는 듯 총알처럼 빠르게 없어졌다. 옴므 아르메의 뒤안길은 또 조용하고 쓸쓸해졌다. 한 몸에 그림자와 꿈을 감춘 그 묘한 소년은 순식간에 검은 집들을 에워싼 안개 속에 싸여 어둠 속 연기처럼 스러져 버렸다. 몇 분 후, 와장창 유리창 깨지는 소리와 길 위로 떨어지는 가로등의 시끄러운 소리가 나서, 또다시 갑자기 사람들의 잠을 깨우고 화나게 했으나, 그런 소리가 없었다면 소년은 어둠 속의 안개처럼 사라져 버렸을까 싶을 정도였다. 그 소리는 솜 거리를 지나던 가브로슈가 한 짓이었다.

코제트와 투생이 자고 있는 사이에

장 발장은 마리우스가 보낸 편지를 갖고 집으로 들어갔다.

그는 먹이를 쥔 부엉이처럼 어둠에 만족하며 손으로 계단을 더듬으며 올라가서 방문을 가만히 열었다가 다시 조용히 닫은 뒤, 무슨 소리가 들리지 않나 잠시 귀를 쫑긋 세우고 여러 모로 보아 코제트와 투생이 잠들었다고 확신하자, 퓨마드 등에 불을 붙이려 했으나 잘 되지 않아서 성냥개비 서너 개를 허비했다. 그는 손을 떨었다. 그의 행동은 마치 물건을 훔치는 것 같았다. 겨우 등불을 붙이자 그는 팔꿈치를 탁자 위에 괴고 편지를 읽었다.

격정에 휩싸인 자는 어떤 것도 읽을 수가 없다. 들었던 편지를 바닥에 던져서 흡사 잡아 온 짐승인 양 잡아 누르고, 조르며, 분노의 손톱을, 혹은 미칠 듯한 기쁨의 손톱을 그곳에 세우는 것이다. 그는 단번에 마지막 글로 뛰어갔다가 다시 처음으로 달려왔다. 흥분해서 대강 요점만을 이해하고 어느 한 부분을 움켜쥐면 나머지는 잊어버리고 말았다. 마리우스가 코제트에게 쓴 짧은 글 중에서 장 발장의 눈에는 아래의 글만 보였다.

나는 죽습니다. 당신이 이 편지를 보실 즈음
내 영혼은 당신 옆에 있을 겁니다.

이 두 줄을 읽은 그는 매우 어지러웠다. 마음에서 발생한 감정의 변화에 억눌린 듯 한참을 가만히 멍하니 서서 놀란 마음으로 마리우스의 편지를 쳐다보고 있었다. 미운 사람이 죽어 가는 통쾌한 장면이 눈앞에 펼쳐졌다.

그는 마음속으로 무서운 환호성을 질렀다. 이것으로 모든 것은 끝났다. 끝은 예상 밖으로 빨리 왔다. 그의 운명의 장애물이던 바로 그 남자가 없어지고 있다. 그놈은 제멋대로 없어지고 있다. 장 발장이 아직 손도 쓰기 전에, 아직 죄도 짓기 전에 '그 남자'는 죽어 가고 있다. 아니 이미 죽었을지도 모른다. 이런 생각이 들자 그의 격정은 추리를 시작했다. 아니, 그 자식은 아직 안 죽었다. 편지는 내일 아침에 코제트가 볼 것이라 생각하고 쓴 것이 틀림없다. 11시와 12시 사이에 나는 두 번의 일제 사격 소리 외에는 아무런 소리도 듣지 못했다. 바리케이드는 새벽이 되어서야 본격적인 공격을 받게 될 것이다. 하지만 어찌됐든 똑같다. '그 남자'는 일단 싸움에 끼어든 이상 살 수 있는 방법은 없다. 톱니바퀴에 휩쓸린 것이다. 장 발장은 되살아난 듯했다. 이제는 다시 코제트와 단 둘만 남게 되리라. 전쟁은 끝났다. 미래는 다시 환하게 열렸다. 자기는 이 편지를 주머니 안에 넣어 두기만 하면 된다. 코제트는 그 남자가 어찌 되었는지 영원히 알지 못하리라.

'일이 흘러가는 대로 그냥 두면 된다. 그 남자는 도저히 헤어 나올 수 없을 것이다. 아직까지는 죽지 않았다 해도 곧 죽을 게 분명하다. 이 얼마나 천만다행한 일이냐!'

이런 것을 마음속으로 중얼대자 그는 우울해졌다.

그는 아래층으로 가서 문지기를 불렀다.

한 시간가량 지난 뒤, 그는 국민군 군복을 입고 무장을 하고 나갔다. 문지기가 근처에서 손쉽게 그의 몸에 필요한 것을 찾아 주었던 것이다. 그는 탄약이 가득 든 탄창과 장전한 총을 들고 있었다. 장 발장은 시장을 향해 갔다.

가브로슈의 과한 열정

그사이에 가브로슈에게 어떤 사건이 발생하고 있었다.

가브로슈는 숌 거리의 가로등을 일부러 깬 뒤, 비에유 오드리에트 거리에 이르러 '도둑고양이 한 마리'도 얼씬대지 않는 것을 보고, 그 기회를 틈타 아는 노래를 죄다 부르기 시작했다. 그의 발은 노래 때문에 느려지기는커녕 더욱 빨라졌다. 모두들 자는지 아니면 무서워서 그런지 쥐 죽은 듯 조용한 집들을 지나가며, 불을 지르듯이 이런 노래를 막 부르기 시작했다.

새들이 울타리 안에서 쑥덕대네.
아탈라는 바로 전날 바로 전날에
러시아 남자와 도망쳤다네.

처녀들 어디로 가는 거야?
롱 라.

요놈 떠버리 참새 녀석아,
창문 밖으로 나를 불러낸 것을
그다지도 지껄이고 다니다니!

처녀들 어디로 가는 거야?
롱 라.

말할 수 없을 만큼 사랑스런 계집애들,
나를 취하게 한 그녀들의 독기에는
오르필라(당시 유명한 독극물학자_옮긴이)도 취하리라.

처녀들 어디로 가는 거야?

롱 라.

사랑과 사랑싸움 나는 좋더라.
아녜스도 파멜라도 모두 좋아라.
내게 불을 붙여 몸을 불태워 버린 리즈여!

처녀들 어디로 가는 거야?
롱 라.

그 예전 쉬제트와 제일라를 보호해 주던
가리개를 봤을 때 그 주름 틈새로
내 영혼 스스르 녹아 버렸네.

처녀들 어디로 가는 거야?
롱 라.

어둠 속에 반짝이는 사랑이여,
롤라에게 장미꽃 쓰개를 씌워
내 가슴 애끓게 하려는 거냐.

처녀들 어디로 가는 거야?
롱 라.

거울 앞에 앉아 단장하는 잔,
어느 땐가 날아간 내 맘을
잔, 당신은 가지고 있겠지.

처녀들 어디로 가는 거야?
롱 라.

카드리유를 추고 나오던 그날 밤,
별들에게 스텔라를 가리키며,
나는 이야기했지. "보라, 이 여자를."

처녀들 어디로 가는 거야?
롱 라.

가브로슈는 노래하며 사뭇 춤을 췄다. 춤은 후렴을 지지한다. 다양하게 바뀌는 그의 표정은 강한 바람에 구멍 난 셔츠가 흔들리는 것보다 더 괴상하게 별의별 변덕스러운 모양을 만들었다. 다만 안타깝게도 그는 혼자이고 한밤중이었으므로 아무도 봐 주지 않았고 또 보이지도 않았다. 세상에는 나오지 않은 이런 보물도 있는 것이다.

느닷없이 그는 노래를 멈췄다.

"노래는 이쯤 해 두자."

그는 말했다.

어떤 집 현관문 안쪽에서, 그림에서 앙상블이라고 하는 것이 고양이 같은 그의 눈에 띈 것이다. 말하자면 하나의 인물과 정물을 본 것이다. 정물이란 손수레였고, 인물이란 그 안에서 자고 있는 오베르뉴에서 온 촌뜨기였다.

손수레의 손잡이는 초석 위에 내려져 있고 오베르뉴 남자의 머리는 수레 앞부분의 판자 위에 기대어 있었다. 비스듬히 기울어진 수레 위에 몸뚱이가 웅크러져 있었고, 땅바닥에 두 다리가 닿아 있었다.

가브로슈는 이런 자들의 습성을 잘 알고 있어 그 남자가 몹시 술에 취해 있다는 것을 알아챘다.

그는 술을 너무 많이 마셔서 깊은 잠에 빠진 어느 교외의 짐꾼이었다.

가브로슈는 '여름밤이란 좋은 게 있구나.' 하고 생각했다.

'오베르뉴 사내가 수레 속에 잠들어 있다. 그러면 난 공화국을 위해 수레를 징수하고 오베르뉴 남자는 왕정에 맡기자.'

가브로슈의 뇌에서는 이와 같은 번갯불이 번쩍 일었다.

"이 수레를 우리 바리케이드에 갖다 놓으면 딱이겠는걸."

오베르뉴 남자는 코를 골며 잤다.

가브로슈는 가만히 뒤에서 수레를 잡아당기고 앞에서 오베르뉴 남자를, 즉 발을 잡고 끌었다. 그리하여 1분 후에는 천하태평인 오베르뉴 남자는 돌길 위에 길게 뻗었다.

수레는 자유가 됐다.

의외의 상황에 부딪히는 데 익숙한 그는 늘 별의별 것을 몸에 지니고 있었다. 그는 주머니를 뒤져서 종이 한 장과 어느 목수에게서 빼앗은 붉은 색연필 동강이를 꺼냈다.

그는 다음과 같이 적었다.

'프랑스 공화국'은
그대의 수레를 받았음.

그리고 '가브로슈'라고 사인했다.

다 쓴 다음에는 여전히 코를 골며 자는 오베르뉴 남자의 벨벳 조끼에 종이를 넣고 수레를 두 손으로 꽉 잡고 밀며 시장 쪽으로 득의양양 전속력으로 내달렸다.

그것은 무모한 행동이었다. 왕립 인쇄소에는 초소가 있었다. 그는 미처 그것을 생각하지 못했다. 그곳에는 교외의 국민군들이 있었다. 여태껏 심상찮은 분위기에 동요된 그 부대의 군인 몇몇이 야전침대 위로 머리를 내밀고 있었다. 이어서 깨진 가로등 두 개, 큰 소리로 부른 그 노래, 이런 것들은 해가 떨어지면 자려고 일찍 불을 꺼 버리는 거리의 나약한 주민들을 놀라게 하기에 충분했다. 한 시간 전부터 가브로슈는 그 평온한 지역에서 마치 병 속의 날벌레와 같은 소란을 일으키고 있었던 것이다. 교외 부대의 중사는 귀를 쫑긋 세우며 기다리고 있었다. 그는 조심스럽고 신중한 사람이었다.

미친놈이 끄는 듯 요란스런 수레 소리에 가만히 있을 수가 없던 중사는 결국 그 정체를 밝히고자 마음먹었다.

"저 소리면 아마도 한 부대는 되겠는데! 어디 조용히 가 보자."

그는 작게 말했다.

우리에서 나온 '무정부파의 뱀들'이 거리에서 설치고 있음이 분명했다.

판단한 중사는 조용히 초소 밖으로 나갔다.

수레를 끌어 가브로슈는 비에유 오드리에트 거리를 나오려던 순간, 갑자기 군복과 군모와 깃털 장식과 소총에 부딪혔다.

두 번째로 가브로슈는 멈춰 섰다.

"아! 난 또 누군가 했네."

그는 말했다.

"안녕하시오? 공안 질서."

그가 놀란 것은 순간이었다.

"어디 가냐, 떠돌이 녀석?"

중사가 물었다.

"동지, 난 아직 당신을 부르주아라고 하지 않았는데 왜 당신은 나를 그렇게 모욕합니까?"

가브로슈는 외쳤다.

"어디로 가는 거냐, 이 망할 자식아?"

"이보시오. 당신은 분명 어제까지는 재치 있는 분이었을 텐데 오늘 아침부터 직업을 바꾼 게로군요."

"어디를 가느냔 말이다, 이 부랑아 놈아?"

가브로슈는 말했다.

"당신은 꽤 점잖은 말을 하는 군요. 암만 봐도 나이에 맞지 않는데. 그 머리카락을 팔면 좋겠군요. 전부 500프랑은 벌 수 있겠소."

"어딜 가는 게야? 어디로 가는 거난 말이야? 어디 가느냐고 묻고 있잖아, 이놈아?"

가브로슈는 대답했다.

"말이 아주 더럽군. 젖을 먹을 땐 입을 좀 깨끗이 닦아야만 하겠어요."

중사는 총칼을 갖다 댔다.

"말해라. 어딜 가느냔 말이야, 이 불한당 자식아?"

"대장 나리, 제 아내가 애를 낳으려 해서 의사를 데리러 가는 거요."

가브로슈가 대답했다.

"전투 개시!"

중사가 외쳤다.

자신을 위험에 빠뜨린 것을 방패막이로 탈출하는 것이야말로 강자의 능력이다. 가브로슈는 순간 모든 정세를 파악했다.

그를 위험하게 한 것은 수레였다. 그를 지켜 주는 것도 수레의 몫이었다.

중사가 가브로슈에게 달려들려는 순간 수레는 탄환처럼 힘껏 떠밀려서 미친 듯 중사에게로 굴러갔다. 중사는 배를 맞고 도랑에 나자빠지고 총은 공중으로 쏘아졌다.

중사의 외침에 우르르 쏟아져 나온 초소의 군인들은 이 총소리를 신호로 마구잡이로 일제사격을 가했다. 그러고는 또 총을 장전하여 쏴 댔다.

그동안 정신없이 왔던 길로 달려간 가브로슈는 거기에서 대여섯 거리

떨어진 곳에 가서야 발을 멈추고 숨을 몰아쉬며 앙팡 루즈 거리 모퉁이에 있는 경계석 위에 주저앉았다.

그는 귀를 쫑긋 세웠다.

잠시 숨을 돌린 가브로슈는 총소리가 맹렬하게 들리는 곳을 향해 왼손을 코 높이로 들고 왼손을 서너 번 앞으로 까딱거리면서 오른손으로 뒷머리를 때렸다. 이것은 파리의 부랑아들이 프랑스적 야유를 전부 응축해 만든 최고의 몸짓인데, 어느덧 반세기나 이어지는 것을 보면 틀림없이 효과가 있는 모양이다.

그러나 이 장난스러운 마음은 불현듯 씁쓸한 생각이 들어 혼란에 빠졌다.

"그렇군 참, 울기도 하고 기뻐서 배를 잡고 펄쩍펄쩍 뛰기도 했지만 길을 잃어버렸는걸. 돌아가는 방법밖엔 없겠군. 제시간에 바리케이드에 도착하면 좋겠는데 말이야!"

그래서 가브로슈는 다시 뛰기 시작했다.

뛰다가 "아니, 도대체 여긴 어디지?" 하고 말했다.

가브로슈는 서둘러 거리 여기저기를 달리면서 방금 전에 부르던 노래를 다시 시작했다. 노랫소리는 점차 어둠 속으로 사라져 갔다.

하지만 여전히 감옥들은 남아 있다오.

그런 질서라면,

내가 입 닫게 해 주리오.

처녀들 어디로 가는 거야?

롱 라.

누군가 나인핀스 놀이를 하지 않겠는가?

어머어마하게 큰 공이 굴러가면
낡아 빠진 이 세상은 전부 깨지리.

처녀들 어디로 가는 거야?
롱 라.

이 후덕한 늙어 빠진 인간들아,
루브르 궁의 염병할 왕좌를
지팡이를 휘둘러 쳐부수자꾸나.

처녀들 어디로 가는 거야?
롱 라.

우리들은 쇠문을 깨 버렸지.
그때서야 샤를 10세도
위험을 감지하고 내 목을 잘랐다네.

처녀들 어디로 가는 거야?
롱 라.

초소의 군인들의 발포 소동은 그대로 끝나지 않았다. 수레는 포획되었고 주정뱅이는 포로로 잡혔다. 수레는 계류장에 들어갔고 주정뱅이는 후에 방조범으로 몰려 군법회의에서 한동안 취조를 당했다. 당시의 검사는 그걸 기회로 사회 방위에 관한 지치지 않는 자신의 열정을 증명했다.

가브로슈의 모험담은 탕플 지역민들에게 오랫동안 전해졌고, 마레 구역의 늙은 사람들에게 가장 무서운 추억이 되어 '왕립 인쇄소 초소의 야습'이라는 이름으로 기억되었다.

레 미제라블 4

옮긴이 베스트트랜스

세계 여러 곳에 숨겨진 작품을 발굴·기획하고 번역하는 사람들의 모임이다. 베스트트랜스는 기존의 번역가가 번역한 작품을 편집자가 편집하는 방식에서 탈피하여 번역가와 편집자가 한 팀을 이뤄 양질의 책을 만드는 데 온 힘을 쏟고 있다. 번역한 책으로는 더클래식 세계문학컬렉션 《노인과 바다》《동물 농장》《어린 왕자》《사람은 무엇으로 사는가》《이방인》《그리스인 조르바》《도리언 그레이의 초상》《벨 아미》《안나 카레니나》 등이 있다.

레 미제라블 4

초판 1쇄 펴낸 날   2012년 12월 10일
초판 6쇄 펴낸 날   2017년 9월 7일

지 은 이   빅토르 위고
옮 긴 이   베스트트랜스
펴 낸 이   장영재
편   집   백수미, 배우리, 서진
디 자 인   고은비, 안나영
마 케 팅   남성진, 김대성, 강복엽
경영지원   마명진
물류지원   한철우, 노영희, 김성용, 강미경

펴 낸 곳   (주)미르북컴퍼니
자 회 사   더클래식
전   화   02)3141-4421
팩   스   02)3141-4428
등   록   2012년 3월 16일(제313-2012-81호)
주   소   서울시 마포구 성미산로32길 12, 2층 (우 03983)
E-mail   sanhonjinju@naver.com
카   페   cafe.naver.com/mirbookcompany

(주)미르북컴퍼니는 독자 여러분의 의견에 항상 귀 기울이고 있습니다.

파본은 책을 구입하신 서점에서 교환해 드립니다.
책값은 뒤표지에 있습니다.

더클래식
—
세계문학
컬렉션

1 | **노인과 바다** | 어니스트 헤밍웨이
1953년 퓰리처상 수상작 / 1954년 노벨문학상 수상 / 미국대학위원회 선정 SAT 추천도서

2 | **동물 농장** | 조지 오웰
미국대학위원회 선정 SAT 추천도서 / 〈타임〉지 선정 현대 100대 영문소설
한국 문인이 선호하는 세계명작소설 100선 / 서울시 교육청 추천도서
논술 및 수능에 출제된 책(1998~2005)

3 | **어린 왕자** | 앙투안 드 생텍쥐페리
전 세계 1억 부 이상 판매 기록 / 16개국 언어로 번역

4 | **사람은 무엇으로 사는가**(톨스토이 단편선1) | 레프 니콜라예비치 톨스토이
영어권 문학가들이 가장 좋아하는 작가 / 전 세계 거의 모든 언어로 번역된 필독서

5 | **더 레이븐**(포 단편선) | 에드거 앨런 포
포 최고의 미스터리 세계를 보여 준 호러 문학의 걸작

6 | **예언자** | 칼릴 지브란
대한민국 대표 명사 혜민스님 추천작

7 | **젊은 베르테르의 슬픔** | 요한 볼프강 폰 괴테
세기의 철학가와 문인들의 찬사를 받은 대표작

8 | **독일인의 사랑** | 프리드리히 막스 뮐러
잊히지 않는 낭만적 사랑의 향기 / 독일 낭만주의 시인 막스 뮐러의 유일 순수문학 작품

9 | **이방인** | 알베르 카뮈
노벨 연구소 선정 최고의 세계문학 100선 / 1957년 노벨문학상 수상작
대한민국 명사 101인의 대표 추천작 / 연세대학교 필독도서 / 미국대학위원회 선정 SAT 추천도서
〈타임〉지 선정 세상을 움직인 책 100권

10 | 데미안 | 헤르만 헤세

1946년 노벨문학상 수상 작가 / 20세기 일대 센세이션을 일으킨 성장 소설의 고전
서울시 교육청 추천도서

11 | 그리스인 조르바 | 니코스 카잔차키스

미국대학위원회 선정 SAT 추천도서 / 한국간행물윤리위원회 선정추천도서
한국출판인회의 출판인이 선정한 100권의 도서

12 | 위대한 개츠비 | 프랜시스 스콧 피츠제럴드

〈타임〉지 선정 현대 100대 영문소설 / 어니스트 헤밍웨이가 인정한 완벽한 일급 작품
20세기 100대 영문소설 1위 / 미국대학위원회 선정 SAT 추천도서 / 뉴욕 공립도서관 추천도서
대한민국 명사 101인의 대표 추천작 / WTO 북클럽 추천도서

13 | 도리언 그레이의 초상 | 오스카 와일드

미국대학위원회 고교 추천도서 101 / 대한민국 명사 101의 대표 추천작

14 | 벨 아미 | 기 드 모파상

모파상의 가장 매력적이고 파격적인 작품 / 19세기 파리를 뒤흔든 파격 스캔들
2012년 개봉한 영화 〈벨 아미〉 원작

15 | 이상한 나라의 앨리스 | 루이스 캐럴

난센스와 판타지의 대표작 / 아카데미 '미술상' 수상한 영화의 원작
19세기 가장 유명한 영국 아동문학 작가

16 | 두 도시 이야기 | 찰스 디킨스

영국이 낳은 가장 위대한 소설가 / 영화 〈다크나이트〉의 모티프
미국대학위원회 선정 SAT 추천도서 / 서울시 교육청 선정 청소년 필독도서

17 | 햄릿 | 윌리엄 셰익스피어

대한민국 명사 101인의 대표 추천작 / 서울대학교 권장도서 100선 / 서울대학교 동서고전 200선
연세대학교 필독도서 / 미국대학위원회 선정 SAT 추천도서 / 국립중앙도서관 선정 청소년 권장도서

18 | 오페라의 유령 | 가스통 르루

4대 뮤지컬 〈오페라의 유령〉 원작 소설 / 프랑스 최고 추리소설 작가

19 | 1984 | 조지 오웰

〈타임〉지 선정 세상을 움직인 책 100권 / 〈텔레그라프〉지 완벽한 도서관을 위한 권장도서 100
세계 3대 디스토피아 미래 소설 / 〈가디언〉지 권장도서 / 뉴욕 공립도서관 추천도서
하버드 대학생이 가장 많이 산 책 1위

20 | 수레바퀴 아래서 | 헤르만 헤세

대한민국 명사 101인의 대표 추천작
헤르만 헤세의 사춘기 시절 경험을 바탕으로 한 자전적 소설
1946년 노벨문학상 / 국립중앙도서관 선정 청소년 권장도서

21 22 23 | **안나 카레니나 1~3** | 레프 니콜라예비치 톨스토이

톨스토이 생애 최고의 리얼리즘 소설 / 서울대학교 권장도서 100선 / 서울대학교 동서고전 200선
연세대학교 필독도서 / 미국대학위원회 선정 SAT 추천도서 / 오프라 윈프리 북클럽 권장도서
논술 및 수능에 출제된 책(1998~2005)

24 | **오즈의 마법사 1 - 오즈의 위대한 마법사** | 라이먼 프랭크 바움

미국대학위원회 선정 SAT 추천도서 / 연세대학교 필독도서 / 국립중앙도서관 선정 우수 번역서

25 | **리어 왕** | 윌리엄 셰익스피어

대한민국 명사 101인의 대표 추천작 / 서울대학교 권장도서 100선 / 연세대학교 필독도서
미국대학위원회 선정 SAT 추천도서 / 〈가디언〉지 권장도서 / 세인트존스 대학교 권장도서
논술 및 수능에 출제된 책(1998~2005)

26 27 28 29 30 | **레 미제라블 1~5** | 빅토르 위고

저명한 문학비평가들이 극찬한 세기의 걸작 / WTO 북클럽 추천도서
2013년 개봉한 영화 〈레 미제라블〉의 원작 / 전자책 베스트셀러 1위(2013)

31 | **월든** | 헨리 데이비드 소로

미국대학위원회 고교추천도서 101 / 미국대학위원회 선정 SAT 추천도서
박원순 서울시장이 선택한 책 50권

32 | **눈의 여왕(안데르센 단편선)** | 한스 크리스티안 안데르센

어린이문학에 꽃을 피운 불멸의 작가 / 세계를 움직인 100권의 책 선정
노벨 연구소 선정 세계 100대 문학 작품

33 | **오만과 편견** | 제인 오스틴

서울대학교 동서고전 200선 / 연세대학교 필독도서 / 세인트존스 대학교 권장도서
〈텔레그라프〉지 완벽한 도서관을 위한 권장도서 100 / 〈가디언〉지 권장도서
미국대학위원회 선정 SAT 추천도서 / 국립중앙도서관 선정 청소년 권장도서

34 | **로미오와 줄리엣** | 윌리엄 셰익스피어

서울대학교 동서고전 200선 / 미국대학위원회 선정 SAT 추천도서
칼리지보드 선정 고교생 필독서 101권

35 | **바람이 분다** | 호리 다쓰오

미야자키 하야오의 애니메이션 영화 〈바람이 분다〉 원작

36 | **맥베스** | 윌리엄 셰익스피어

서울대학교 권장도서 100선 / 연세대학교 필독도서 / 미국대학위원회 선정 SAT 추천도서
국립중앙도서관 선정 청소년 권장도서

37 | **신곡 - 인페르노(지옥)** | 단테 알리기에리

서울대학교 권장도서 100선 / 국립중앙도서관 선정 청소년 권장도서
미국대학위원회 선정 SAT 추천도서 / 〈뉴스위크〉지 선정 100대 명저

38 | **외투·코**(고골 단편선) | 니콜라이 바실리예비치 고골
사실주의 문학의 지평을 연 작품

39 | **인간 실격** | 다자이 오사무
교육과학기술부 산하 사단법인 한국교육지원회 선정 아침독서 10분 운동 필독서
영화 평론가 이동진 추천도서

40 | **마지막 잎새**(오 헨리 단편선) | 오 헨리
서울대학교·연세대학교 추천도서 / 서울시 교육청 추천도서 / EBS 주최 북퀴즈 왕 선발 추천도서

41 | **오즈의 마법사 2 – 환상의 나라 오즈** | 라이먼 프랭크 바움
미국대학위원회 선정 SAT 추천도서

42 | **좁은 문** | 앙드레 지드
교육과학기술부 산하 사단법인 한국교육지원회 선정 아침독서 10분 운동 필독서

43 | **깨끗하고 밝은 곳**(헤밍웨이 단편선) | 어니스트 헤밍웨이
국립중앙도서관 선정도서 / 남산도서관 선정도서

44 | **벤자민 버튼의 시간은 거꾸로 간다**(피츠제럴드 단편선 1) | 프랜시스 스콧 피츠제럴드
전미비평가협회 선정 '톱 10 작품', 영화 〈벤자민 버튼의 시간은 거꾸로 간다〉의 원작
2013 화제의 영화 〈위대한 개츠비〉 작가, 피츠제럴드 단편선

45 | **광란의 일요일**(피츠제럴드 단편선 2) | 프랜시스 스콧 피츠제럴드
2013 화제의 영화 〈위대한 개츠비〉 작가, 피츠제럴드 단편선

46 | **천로역정** | 존 버니언
성경 다음으로 많이 읽힌 기독교 3대 고전 중 하나 / 2003년 국립중앙도서관 선정 고전 100선

47 | **세 가지 질문**(톨스토이 단편선 2) | 레프 니콜라예비치 톨스토이
영어권 문학가들이 가장 좋아하는 작가 / 전 세계 거의 모든 언어로 번역된 필독서

48 | **벚꽃 동산**(체호프 희곡선 1) | 안톤 체호프
미국대학위원회 선정 SAT 추천도서 / 서울대학교 권장도서 100선

49 | **개를 데리고 다니는 여인**(체호프 단편선 1) | 안톤 체호프
서울대학교 동서고전 200선 / 노벨 연구소 선정 세계문학 100선

50 | **귀여운 여인**(체호프 단편선 2) | 안톤 체호프
노벨 연구소 선정 세계문학 100선

51 | **폭풍의 언덕** | 에밀리 브론테
서울대학교·연세대학교·고려대학교 권장도서
1940 아카데미 상 최우수작 지명 〈폭풍의 언덕〉 원작

52 | **지킬 박사와 하이드** | 로버트 루이스 스티븐슨
2004 한국 문인이 선호하는 세계 명작 소설 100선

53 | **바냐 아저씨**(체호프 희곡선 2) | 안톤 체호프
서울대학교 권장도서 100선 / 노벨문학상 수상자 네이딘 고디머, 앨리스 먼로의 표본

54 55 | **이솝 이야기 1~2** | 이솝
어린이독서위원회, 서울 독서교육연구회 권장도서

56 | **오즈의 마법사 3 - 오즈의 오즈마 공주** | 라이먼 프랭크 바움
미국대학위원회 선정 SAT 추천도서

57 | **주홍색 연구**(셜록 홈즈 시리즈 1) | 아서 코난 도일
영국 BBC 제작, KBS 방영 〈셜록〉의 원작 / 대한민국 대표 추리 소설가 백휴의 작품해설 수록

58 | **네 개의 서명**(셜록 홈즈 시리즈 2) | 아서 코난 도일
영국 BBC 제작, KBS 방영 〈셜록〉의 원작 / 대한민국 대표 추리 소설가 백휴의 작품해설 수록

59 | **배스커빌가의 개**(셜록 홈즈 시리즈 3) | 아서 코난 도일
영국 BBC 제작, KBS 방영 〈셜록〉의 원작 / 대한민국 대표 추리 소설가 백휴의 작품해설 수록

60 | **공포의 계곡**(셜록 홈즈 시리즈 4) | 아서 코난 도일
영국 BBC 제작, KBS 방영 〈셜록〉의 원작 / 대한민국 대표 추리 소설가 백휴의 작품해설 수록

61 | **페스트** | 알베르 카뮈
노벨문학상 수상 작가 / 1947년 프랑스 비평가상 수상 / 서울대학교 권장도서 100선

62 | **무기여 잘 있거라** | 어니스트 헤밍웨이
〈타임〉지가 뽑은 20세기 최고의 문학 100선 / 미국 대학 위원회 선정 SAT 추천 도서

63 | **야간 비행** | 앙투안 드 생텍쥐페리
1931년 페미나 문학상 수상 / 작가의 경험이 들어간 직업 소설

64 | **톰 소여의 모험** | 마크 트웨인
미국 현대문학의 효시 마크 트웨인의 대표작 / 일본 후지TV 애니메이션 〈톰 소여의 모험〉 원작

65 | **프랑켄슈타인** | 메리 셸리
오늘날 SF소설의 선구 / 과학기술이 야기하는 사회적, 윤리적 문제를 다룬 최초의 소설

66 | **마음** | 나쓰메 소세키
서울대 권장도서 100선 / 일본의 셰익스피어 나쓰메 소세키의 대표작

67 | **노예 12년** | 솔로몬 노섭
2014 아카데미 시상식 3관왕 〈노예 12년〉 원작 / 노예 해방의 도화선이 된 작품

68 | **어머니 이야기(안데르센 단편선 2)** | 한스 크리스티안 안데르센
SBS 드라마 신의 선물—14일 메인 테마 도서 / 어린이문학에 꽃을 피운 불멸의 작가

69 70 | **제인 에어 1~2** | 샬럿 브론테
150년간 사랑받은 로맨스 소설의 고전 / 미국 대학위원회 선정 SAT 추천도서
영국 〈가디언〉이 선정한 세계 100대 최고의 소설 / 연세대학교 권장도서
영국 BBC 조사 영국인들이 가장 사랑하는 소설 100선 / 현대 여성들이 가장 사랑하는 필독서

71 | **선 오브 갓, 예수—예수의 생애** | 찰스 디킨스
2014년 개봉 〈선 오브 갓〉 원작 / 종교철학자 헤겔의 사상을 만든 고전
대문호 찰스 디킨스의 숨은 명작

72 | **싯다르타** | 헤르만 헤세
대한민국 명사 시인 장석남이 강력 추천한 작품 / 출간과 동시에 10만 부가 넘게 팔린 역작
진정한 자아를 깨닫기 위해 늘 고민하던 헤르만 헤세의 자전적 소설

73 | **신곡—연옥** | 단테 알리기에리
서울대 권장도서 100선 / 미국대학위원회 선정 SAT 추천도서
국립중앙박물관 선정 청소년 권장도서 / 〈뉴스위크〉 선정 100대 명저

74 75 | **테스 1~2** | 토머스 하디
미국 영국 BBC 선정 영국인이 사랑한 책 100선 / 서울대 추천 고등학생 권장도서 100선

76 | **잠자는 숲속의 공주(샤를 페로 단편선)** | 샤를 페로
프랑스 아동 문학의 아버지 / 영화 〈말레피센트〉 원작

77 | **미녀와 야수(보몽 단편선)** | 쟌 마리 르 프랭스 드 보몽
변신 모티프의 전형을 완성 / 미야자키 하야오와 디즈니 애니메이션 원작

78 79 80 | **웃는 남자 1~3** | 빅토르 위고
빅토르 위고가 최고로 자부한 걸작 / 출간 당시 전 유럽을 충격에 빠트린 문제작
뮤지컬, 영화 등 여러 매체로 알려진 〈웃는 남자〉의 원작
한국간행물윤리위원회 선정 청소년 권장도서(2007)

81 | **보바리 부인** | 귀스타브 플로베르
사실주의 문학의 거장 귀스타브 플로베르의 대표작 / 서울대학교 추천 도서 100선
외설적이라는 이유로 19세기 교황청 금서목록에 선정된 작품 / 〈뉴스위크〉지 선정 100대 명저

82 | **별(도데 단편선 1)** | 알퐁스 도데
자연주의와 인상주의의 절묘한 조화 / 서정적인 감수성과 아름다운 문체
부산시 교육청 선정 중학생 권장도서 / 포스코 교육재단 선정 중학생 필독도서

83 | **보이첵(뷔히너 단편선)** | 게오르그 뷔히너
세계 최초로 한국에서 뮤지컬화 된 〈보이첵〉의 원작 / 시대를 폭로하는 천재 작가의 현실감 넘치는 작품

84 | **오셀로** | 윌리엄 셰익스피어
  셰익스피어 4대 비극 중 하나 / 뉴스위크 선정 100대 명저 / 서울대학교 권장도서 100선

85 | **변신(카프카 단편선)** | 프란츠 카프카
  소외된 인간이었던 작가의 갈등과 고독을 반영 / 서울대 추천도서 100선 / 명사 101명이 추천한 파워클래식

86 | **피노키오** | 카를로 콜로디
  월트 디즈니 인생 최고의 애니메이션으로 재탄생 / 스티븐 스필버그 감독의 2001년작 〈A.I〉의 모티브 /
  260개 언어로 번역된 교훈적 내용

87 | **세상을 보는 지혜** | 발타자르 그라시안 · 쇼펜하우어
  세기를 아우르는 저명한 철학자가 쓰고 철학자가 옮긴 대표적인 작품 /
  세상을 살아가는 데 꼭 필요한 빛나는 지혜를 전수해 주는 인생 처세서

88 | **마지막 수업(도데 단편선)** | 알퐁스 도데
  중 · 고등학교 국어 교과서 수록 작품 / 교육청 선정 청소년 권장도서 100선

89 | **키다리 아저씨** | 진 웹스터
  출간 이래 100년 동안 사랑받아 온 스테디셀러 / 세상의 편견을 뛰어넘은, 편지 형식 소설의 대명사

90 | **키다리 아저씨 2 —그 후 이야기** | 진 웹스터
  미국 · 일본 · 한국에서 2차 창작된 작품의 속편 / 여성의 대외 활동을 고양시킨 사회적 걸작

91 92 93 | **피터 래빗 이야기 1~3** | 베아트릭스 포터
  세상에서 가장 사랑받는 토끼 이야기 / 자연 보호와 동물 존중 사상이 담긴 작품

94 95 | **드라큘라 1~2** | 브램 스토커
  지금까지 가장 많은 동명의 영화로 제작된 고딕 소설의 대명사
  2004년 뮤지컬로 만들어져 브로드웨이 초연 이후 세계 각국에서 사랑 받아온 작품

96 97 98 99 | **카라마조프가의 형제들 1~4** | 표도르 도스토옙스키
  신 · 종교, 삶 · 죽음, 사랑 · 욕망 등 인간 내면의 본성의 문제를 다룬 작품
  정신분석학자 프로이트가 꼽은 세계문학사 3대 걸작 중 하나

100 | **하늘과 바람과 별과 시** | 윤주 (양승갑 영작)
  요절한 천재 민족 시인의 유고시집 / 대중성과 문학성을 겸비한 시인 김경주 추천작

101 | **정글북** | 러디어드 키플링
  영미권 작품 최초, 최연소 노벨문학상 수상작 / 정글의 생명력을 담은 자연친화적 작품
  작가의 아버지 존 록우드 키플링이 직접 그린 삽화 및 기타 삽화가들 그림 삽입

102 | **거울나라의 앨리스** | 루이스 캐럴
  난센스와 판타지의 대표작 《이상한 나라의 앨리스》 속편
  거울 속으로 떠난 앨리스의 두 번째 모험 이야기

103 | **마테오 팔코네**(메리메 단편선) | 프로스페르 메리메
프랑스 단편소설의 거장 메리메의 대표 단편선 / 비제의 오페라 〈카르멘〉의 원작자

104 | **빨강머리 앤** | 루시 모드 몽고메리
캐나다의 대표적인 소설가 몽고메리의 데뷔작 / 서울시 교육청 선정 청소년 권장도서
KBS TV '책을 말하다' 추천도서 / 일본 후지 TV 애니메이션 〈빨강머리 앤〉 원작

105 | **삶이 그대를 속일지라도**(푸시킨 시선집) | 알렉산드르 푸시킨
러시아 리얼리즘 소설의 선구자이자 러시아 국민시인 푸시킨의 대표 시선집

106 | **도련님** | 나쓰메 소세키
일본의 셰익스피어 나쓰메 소세키를 인기 작가 반열에 올린 작품
'책으로 따뜻한 세상 만드는 교사들(책따세)' 권장도서
서울시 교육청 '청소년을 위한 고전 콘서트' 도서 / 서울대학교 지정 수능필독도서

107 | **은하철도의 밤**(겐지 단편선) | 미야자와 겐지
일본이 가장 사랑하는 동화작가 미야자와 겐지의 대표 단편선
일본 후지 TV 애니메이션 〈은하철도 999〉의 모티브

108 | **자기만의 방** | 버지니아 울프
20세기 페미니즘 비평의 선구자 버지니아 울프의 수필집
국립중앙도서관 선정 권장도서 / 서강대학교 권장도서 100선

109 | **플랜더스의 개**(위다 단편선) | 위다(매리 루이스 드 라 라메)
멜로 드라마풍의 작품으로 유명한 영국의 아동문학가
서울시 교육청 선정 청소년 권장도서 / 일본 후지 TV 애니메이션 〈플랜더스의 개〉 원작

110 | **크리스마스 캐럴** | 찰스 디킨스
셰익스피어와 함께 영국을 대표하는 작가 찰스 디킨스의 중편소설
'책으로 따뜻한 세상 만드는 교사들(책따세)' 권장도서

111 | **탈무드** | 유대교 랍비
5000년에 걸친 유대인의 지혜가 담긴 책 / 서울대학교 지정 수능필독도서
포스코 교육재단 선정 초등학교 필독도서 / 경북교육청 선정 청소년 권장도서
백인제기념도서관 교양도서

* 더클래식 세계문학 컬렉션은 계속 출간될 예정입니다.